Karen Rose

TODESBRÄUTE

Thriller

Eder & Bach

Lizenzausgabe des Verlags Eder & Bach GmbH, München
1. Auflage Februar 2018
© 2008 by Karen Rose.
© 2009 der deutschsprachigen Ausgabe bei Knaur Verlag. Ein Imprint der
Verlagsgruppe Droemer Knaur GmbH & Co. KG, München
Ein Projekt der AVA-International GmbH
Lizenzausgabe mit Genehmigung der
Verlagsgruppe Droemer Knaur GmbH & Co. KG
Covergestaltung: hilden_design, München
Satz: Satzkasten, Stuttgart
Druck und Verarbeitung: CPI – Ebner & Spiegel, Ulm
ISBN: 978-3-945386-53-8

Prolog

Mansfield Community Hospital, Dutton, Georgia
Dreizehn Jahre zuvor

EIN *PING*. Wieder war ein Fahrstuhl angekommen. Alex starrte zu Boden und wünschte sich, unsichtbar zu sein. Ein starker Parfumduft drang in ihre Nase.

»Violet Drummond, jetzt komm schon. Wir müssen noch zwei Patienten besuchen. Warum bleibst du denn stehen? Oh!« Die Sprecherin zog scharf die Luft ein.

Geht doch weg, dachte Alex.

»Ist das nicht … dieses Mädchen?« Das Flüstern erklang zu Alex' Linken. »Die kleine Tremaine – die überlebt hat?«

Alex hielt den Blick starr auf ihre Fäuste geheftet, die in ihrem Schoß lagen. *Lasst mich in Ruhe.*

»Ich glaube auch«, antwortete die erste Frau mit gedämpfter Stimme. »Meine Güte, sie sieht wie ihre Schwester aus. Ich habe das Bild in der Zeitung gesehen. Das gleiche Gesicht.«

»Na ja, es sind Zwillinge. Eineiige. Oder besser, waren. Möge sie in Frieden ruhen.«

Alicia. Alex schnürte es die Kehle zu, und plötzlich konnte sie nicht mehr atmen.

»Es ist eine Schande. Das hübsche kleine Ding splitterfasernackt in den Graben zu werfen. Gott allein weiß, was dieser Mann ihr angetan hat, bevor er sie tötete.«

»Dreckskerl. Solchen Herumtreibern ist nicht zu trauen. Er sollte bei lebendigem Leib verbrannt werden. Angeblich hat er … oh, du weißt schon.«

Schreie. Schreie. In ihrem Kopf schrien eine Million Stimmen. *Halt dir die Ohren zu. Schließ sie aus.* Aber Alex' Hände lagen reglos in ihrem Schoß. *Tür zu. Mach die Tür zu.* Die Tür in ihrem Geist schloss sich, und die Stimmen verstummten abrupt. Stille. Alex holte mühsam Luft. Ihr Herz raste.

»Na ja, und die da im Rollstuhl«, fuhr die Frauenstimme fort, »soll versucht haben, sich umzubringen, als sie ihre Mutter gefunden hat. Angeblich hat sie die Tabletten geschluckt, die Doc Fabares der Mutter für ihre Nerven verschrieben hat. Zum Glück hat ihre Tante sie noch rechtzeitig gefunden. Das Mädchen, nicht die Mutter.«

»Das ist mir schon klar. Man steht selten wieder auf, wenn man sich in den Kopf geschossen hat.«

Alex zuckte zusammen, als sei der Knall des Schusses, der in ihrem Kopf erklang, real. So laut. Ohrenbetäubend. Und das viele Blut. *So viel Blut. Mama. Ich hasse dich, ich hasse dich, ich wünschte, du wärst tot.* Alex kniff die Augen zu. Versuchte, die Schreie auszuschließen, aber diesmal gelang es ihr nicht. *Ich hasse dich, ich hasse dich, ich wünschte, du wärst tot. Mach die Tür zu.*

»Und die Tante? Wo kommt sie her?«

»Delia aus der Bank meint, aus Ohio. Sie ist Kathys Schwester. Oder war es jedenfalls. Als die Frau an ihren Schalter kam, ist Delia fast das Herz stehengeblieben. Sieht genauso aus wie Kathy – einfach unheimlich.«

»Wollen wir hoffen, dass diese Schwester ein bisschen mehr Anstand besitzt als Kathy Tremaine. Mit zwei halbwüchsigen Töchtern einfach zu einem Mann zu ziehen … Das ist doch kein Vorbild für zwei junge Mädchen.«

Panik stieg in ihr auf. *Mach die Tür zu.*

»Drei. Er hat doch auch eine Tochter. Bailey heißt sie.«

»Ja, ein wilder Haufen, die drei. So etwas musste ja irgendwann passieren.«

»Wanda, bitte. Das Mädchen ist doch nicht schuld daran, dass ein Landstreicher es vergewaltigt und ermordet hat.« Wieder musste Alex um Atem ringen. *Geht doch weg. Geht zur Hölle. Beide. Alle. Lasst mich doch in Ruhe beenden, was ich angefangen habe.*

Wanda schnaubte. »Hast du mal gesehen, wie sich die Mädchen heutzutage anziehen? Sie betteln ja förmlich darum, dass ein Kerl sie in die Büsche zerrt und mit ihnen wer weiß was anstellt. Ich bin nur froh, dass sie von hier verschwindet.«

»Ach so? Nimmt ihre Tante sie mit nach Ohio?«

»Das hat Delia jedenfalls gesagt. Es ist wirklich besser, dass sie nicht auf die Highschool zurückkehrt. Meine Enkelin geht auf dieselbe Schule, auch in die Zehnte, genau wie Alex Tremaine. Ein solches Mädchen in der Klasse … das ist doch niemandem zuzumuten.«

»Da sagst du was«, stimmte Violet ihr zu. »Oh, sieh nur, wie spät es ist. Wir müssen noch zu Gracie und Estelle Johnson. Hol du den Fahrstuhl, Wanda. Mir fallen sonst die Blumen aus der Hand.« Wieder erklang die Glocke des ankommenden Aufzugs, und die zwei alten Damen waren fort.

Das Beben in Alex' Körper ließ sich nicht unterdrücken. Kim wollte sie also mit nach Ohio nehmen. Na und? Alex kümmerte es nicht. Sie hatte nicht vor, in Ohio anzukommen. Sie wollte nur beenden, was sie begonnen hatte.

»Alex?« Schritte klackerten auf den Kacheln, und sie roch ein blumiges, frisches Parfum. »Was ist los? Du zitterst ja entsetzlich. Meredith, was ist passiert? Du solltest auf sie aufpassen, nicht auf der Bank sitzen und lesen.«

Kim berührte ihre Stirn, und Alex fuhr zurück, ohne den Blick von den Händen zu nehmen. *Fass mich nicht an.* Sie hätte es gerne hervorgestoßen, aber die Worte hallten nur in ihrem Kopf wider.

»Ist alles in Ordnung mit ihr, Mom?« Merediths Stimme. Alex erinnerte sich vage an ihre Cousine, an ein damals großes siebenjähriges Mädchen, das mit zwei fünfjährigen Barbie gespielt hatte. *Zwei kleine Mädchen. Alicia.* Alex war nicht mehr die eine von zwei. *Ich bin allein.* Wieder stieg Panik in ihr auf. *Herrgott noch mal, mach die Tür zu.* Alex holte tief Luft. Konzentrierte sich auf die Finsternis in ihrem Geist. Das stille Dunkel.

»Ja, ich glaube schon.« Kim hockte sich vor den Rollstuhl und tippte an Alex' Kinn, bis sie den Kopf hob. Ihr Blick begegnete Kims und glitt sofort zur Seite. Mit einem Seufzen richtete sich Kim wieder auf, und Alex stieß den Atem aus. »Komm, bringen wir sie zum Wagen. Dad fährt ihn vor den Eingang.« Der Fahrstuhl gab erneut ein *Ping* von sich, und Alex wurde rückwärts hineingefahren. »Aber was hat sie denn so aufgeregt? Ich war doch nur ein paar Minuten fort.«

»Da waren zwei alte Ladys. Ich glaube, sie haben über Alex und Tante Kathy gesprochen.«

»*Was?* Meredith, warum hast du sie denn nicht angesprochen?«

»Ich habe nicht alles verstanden und dachte, Alex würde sie auch nicht hören. Sie haben die ganze Zeit geflüstert.«

»Ja, das kann ich mir vorstellen. Alte Klatschtanten.«

Die Fahrstuhltür glitt auf, und der Rollstuhl wurde in die Eingangshalle geschoben.

»Mom.« Merediths Stimme klang warnend. »Da ist Mr. Crighton. Bailey und Wade sind bei ihm.«

»Mist. Ich hätte gedacht, er wäre schlauer. Meredith, lauf zum Wagen und hol deinen Vater. Er soll den Sheriff anrufen – nur für den Fall, dass Mr. Crighton Ärger macht.«

»Okay. Mom … mach ihn nicht wütend, ja? Bitte.«

»Keine Sorge. Lauf jetzt.«

Der Rollstuhl hielt an, und Alex starrte konzentriert auf die Hände in ihrem Schoß. Ihre eigenen Hände. Hatten sie schon immer so ausgesehen?

»Dad! Sie will sie mitnehmen! Bitte nicht! Sie darf Alex nicht mitnehmen.« Bailey. Sie klang, als weinte sie. *Nicht weinen, Bailey. Es ist besser so.*

»Sie wird sie nirgendwo hinbringen.« Das schlurfende Geräusch seiner Stiefel war nicht mehr zu hören.

Kim seufzte. »Craig, bitte. Mach keine Szene. Das ist weder gut für Alex noch für deine beiden Kinder. Bring Bailey und Wade nach Hause. Ich nehme Alex mit.«

»Alex ist meine Tochter. Du kannst sie mir nicht einfach wegnehmen.«

»Sie ist *nicht* deine Tochter, Craig. Du warst mit Kathy nicht verheiratet, und du hast sie nicht adoptiert. Sie ist meine Nichte und gehört zu mir. Es tut mir leid, Bailey«, fügte sie sanfter hinzu. »Es geht nicht anders. Aber du darfst natürlich jederzeit zu Besuch kommen.«

Abgewetzte Arbeiterstiefel blieben vor dem Rollstuhl stehen. Alex zog die Füße ein. Fixierte ihre Hände. *Atme.*

»Nein. Das Mädchen hat fünf Jahre in meinem Haus gelebt, Kim. Sie hat mich Daddy genannt.«

Nein, das hatte Alex nie getan. Sie hatte »Sir« gesagt.

Bailey weinte nun laut und schluchzend. »Bitte, Kim, nimm sie mir nicht weg.«

»Du kannst nicht einfach mit ihr verschwinden. Sie will dich ja nicht einmal ansehen.« In Craigs Stimme lag ein Hauch Hysterie, aber er sagte die Wahrheit. Alex konnte Kim nicht ansehen, nicht einmal jetzt, da sie ihr Haar verändert hatte. Es war ein gutgemeinter Versuch gewesen, und Alex wusste, sie hätte ihrer Tante dankbar sein müssen. Aber Kim konnte ihre Augen nicht verändern, und das wusste Craig auch. »Du hast dir das Haar geschnitten und gefärbt, aber du siehst noch immer aus wie Kathy. Jedes Mal, wenn sie dich ansieht, sieht sie ihre Mama. Willst du ihr das antun?«

»Und wenn sie bei dir bliebe, würde sie ihre Mutter jedes Mal, wenn sie das Wohnzimmer betritt, tot auf dem Boden liegen sehen«, fuhr Kim ihn an. »Wie konntest du sie nur allein lassen?«

»Ich musste zur Arbeit«, knurrte Craig. »Damit sorgt man im Allgemeinen dafür, dass das Essen auf den Tisch kommt.«

Ich hasse dich. Ich wünschte, du wärst tot. Die Stimmen kreischten in ihrem Kopf, laut, ausdauernd, zornig. Alex ließ den Kopf sinken, und Kims Hand strich leicht über ihren Nacken. *Fass mich nicht an.* Sie wollte wegrücken, aber Craig stand zu dicht bei ihr. So blieb sie reglos sitzen. »Herrgott noch mal. Deine verdammte Arbeit«, stieß Kim hervor. »Du hast Kathy am schlimmsten Tag ihres Lebens allein gelassen. Wenn du zu Hause gewesen wärst, könnte sie noch leben, und Alex wäre jetzt nicht hier.«

Die Stiefel kamen näher. Alex versuchte verzweifelt, sich noch weiter in den Stuhl zurückzuziehen.

»Willst du damit sagen, dass *ich* daran schuld bin? Dass *ich* für Kathys Tod verantwortlich bin? Und Alex dazu gebracht habe, die Pillen zu schlucken? *Ist es das, was du sagen willst?*«

Das Schweigen zwischen ihnen war angespannt, und Alex hielt den Atem an. Kim sagte nicht Nein, und Craigs Fäuste waren genauso fest geballt wie Alex'.

Die Eingangstüren glitten auseinander und wieder zusammen, Schritte waren in der Halle zu hören.

»Kim? Gibt es ein Problem?« Steve, Kims Mann. Alex stieß den Atem wieder aus. Steve war ein großer Mann mit einem netten Gesicht. Ihn konnte sie ansehen. Aber nicht jetzt.

»Ich weiß es nicht.« Kims Stimme zitterte. »Craig, gibt es ein Problem?«

Wieder ein paar Augenblicke Schweigen, dann entspannten sich Craigs Fäuste langsam. »Nein. Können die Kinder und ich wenigstens ›Auf Wiedersehen‹ sagen?«

»Ja, ich denke, das ist okay.« Der Duft von Kims Parfum wurde schwächer, als sie davonging.

Craig kam näher. *Mach die Tür zu.* Alex kniff die Augen zusammen und wagte nicht zu atmen, als er sich herabbeugte und ihr etwas ins Ohr flüsterte. Sie konzentrierte sich, zwang sich, ihn aus ihrem Verstand auszuschließen, und endlich, endlich trat er zurück.

Ihr Oberkörper war gekrümmt, als Bailey sie umarmte. »Du wirst mir so fehlen, Alex. Wessen Klamotten soll ich denn jetzt klauen?« Bailey versuchte zu lachen, aber es klang wie ein Schluchzen. »Bitte schreib mir.«

Wade kam zuletzt. *Mach die Tür zu.* Wieder versteifte sie sich, als er sie zum Abschied umarmte. Die Stimmen kreischten. Es tat weh. *Bitte. Es soll aufhören.* Sie stellte sich ihre Hände an der Tür vor, stemmte sich dagegen, drückte sie zu. Und dann war auch Wade fort, und sie konnte wieder atmen.

»Wir fahren jetzt«, sagte Kim. »Lasst uns bitte gehen.«

Alex hielt die Augen geschlossen, bis sie einen weißen Wagen erreicht hatten. Steve hob sie aus dem Stuhl und setzte sie ins Auto.

Klick. Er schnallte sie an und umschloss ihr Gesicht mit seinen Händen.

»Wir passen auf dich auf, Alex, das verspreche ich dir«, sagte er sanft.

Die Autotür fiel zu, und erst jetzt erlaubte sich Alex, die Fäuste zu öffnen. Nur ein wenig. Nur um zu sehen, ob die Tüte noch in ihrer Hand war. Die Tüte mit den kleinen weißen Pillen. Wo? Und wann? Aber das spielte keine Rolle. Sie musste nur beenden, was sie begonnen hatte. Sie leckte sich über die Lippen und hob den Kopf ein wenig. »Bitte.« Der Klang ihrer Stimme erschreckte sie. Es war, als sei sie durch mangelnden Gebrauch eingerostet.

Sowohl Steve als auch Kim fuhren in ihren Vordersitzen zu ihr herum.

»Mom! Alex hat gesprochen!« Meredith grinste breit.

Alex nicht.

»Was ist denn, Liebes?«, fragte Kim. »Was möchtest du?«

Alex senkte den Blick. »Wasser. Bitte.«

1. Kapitel

Arcadia, Georgia, Gegenwart
Freitag, 26. Januar, 1.25 Uhr

ER HATTE SIE MIT SORGFALT AUSGEWÄHLT. Mit Genuss entführt. Hatte sie zum Schreien gebracht. Schreie, lang und laut.

Mack O'Brien schauderte. Sein Herzschlag beschleunigte sich. Noch immer löste allein der Gedanke daran eine heftige körperliche Reaktion in ihm aus. Seine Nasenflügel blähten sich, als er sich daran erinnerte, wie sie ausgesehen, sich angehört, wie sie geschmeckt hatte. Der Geschmack nackter Angst war unvergleichlich. Das wusste er nur allzu gut. Sie war die Erste gewesen, die er getötet hatte. Sie würde nicht die Einzige bleiben.

Auch ihre letzte Ruhestätte hatte er mit großer Sorgfalt ausgewählt. Er ließ ihre Leiche von seinem Rücken rutschen, sie fiel mit einem gedämpften Laut auf die durchweichte Erde. Dann ging er neben ihr in die Hocke und zog die grobe braune Decke, in die sie eingewickelt war, zurecht. Seine Erregung wuchs. Sonntag fand das Crossrennen statt. Hundert Fahrradfahrer würden hier vorbeirasen. Er hatte sie so platziert, dass sie von der Straße aus zu sehen war.

Bald würde sie gefunden werden. Bald würden *sie* von ihrem Tod erfahren.

Und sie werden sich alle den Kopf zerbrechen. Sich gegenseitig verdächtigen. Sich fürchten.

Er richtete sich auf und betrachtete zufrieden sein Werk.

Sie *sollten* sich fürchten. Sie sollten zittern und beben wie kleine Mädchen. Sie sollten diesen einzigartigen Geschmack der Angst kennen- und hassen lernen.

Ja, er kannte ihn, diesen Geschmack. Genau wie er sich mit dem Geschmack von Hunger und Wut auskannte. Und dass dem so war, hatten nur sie zu verantworten.

Er sah auf die Tote hinab und stieß sie mit dem Fuß an. Sie hatte bezahlt. Bald würden sie alle bezahlen. Bald würden sie wissen, dass er zurückgekehrt war.

Hallo, Dutton. Mack ist wieder da.

Und er würde nicht eher ruhen, bis er sie alle fertiggemacht hatte.

Cincinnati, Ohio, Freitag, 26. Januar, 14.55 Uhr

»Au. Das tut weh.«

Alex Fallon sah auf das blasse Mädchen herab, das mürrisch ihrem Blick auswich. »Tja, so ist das nun mal.« Schnell fixierte Alex die Nadel an ihrem Arm. »Vielleicht denkst du daran, bevor du das nächste Mal blaumachst, dich mit Karamelleis vollstopfst und anschließend in die Notfallambulanz eingeliefert werden musst. Vonnie, du hast Diabetes, und so zu tun, als wär's nicht so, ändert nichts daran. Du musst dich unbedingt …«

»An die Diät halten«, murrte Vonnie. »Jaja, ich weiß. Warum lasst ihr mich nicht alle einfach in Frieden?«

Die Worte trafen und hallten wie immer in Alex' Kopf wider. Und wie immer weckten sie in ihr Mitgefühl für ihre Patienten und Dankbarkeit ihrer Familie gegenüber. Wären Kim, Steve und Meredith nicht gewesen … »Eines Tages isst du das Falsche und landest unten im Keller.«

Vonnies Trotz bäumte sich ein letztes Mal auf. »Na und? Was soll da unten schon sein?«

»Das Leichenschauhaus.« Alex hielt dem verblüfften Blick des Mädchens stand. »Es sei denn, dass du genau da hinwillst.«

Plötzlich klang Vonnies Stimme erstickt. »Manchmal ja.«

»Ich weiß, Liebes.« Und sie verstand besser, als sich jeder, der nicht zu ihrer Familie gehörte, vorstellen konnte. »Aber du wirst dich entscheiden müssen. Für oder gegen das Leben.«

»Alex?« Letta, die Oberschwester, steckte den Kopf in den Untersuchungsraum. »Da ist ein wichtiger Anruf für dich. Ich kann hier übernehmen.«

Alex drückte Vonnies Schulter. »Schon gut, ich bin eigentlich fertig.« Sie zwinkerte Vonnie zu. »Ich will dich hier nicht wiedersehen.« Alex reichte das Krankenblatt an Letta weiter. »Wer ist dran?«

»Nancy Barker vom Sozialamt Fulton County in Georgia.«

Alex war alarmiert. »Da lebt meine Stiefschwester.«

Letta zog die Brauen hoch. »Ich wusste gar nicht, dass du eine Stiefschwester hast.«

Hatte Alex eigentlich auch nicht, aber die Geschichte war zu lang und zu verworren. »Ich habe sie schon lange nicht mehr gesehen.« Genauer gesagt, zum letzten Mal vor fünf Jahren, als Bailey hier in Cincinnati auf Alex' Türschwelle aufgetaucht war. Vollgepumpt mit Drogen. Alex hatte versucht, sie zu einer Entziehungskur zu überreden, aber Bailey war wieder verschwunden und hatte Alex' Kreditkarten mitgenommen.

Lettas Brauen zogen sich besorgt zusammen. »Dann hoffe ich nur, dass alles in Ordnung ist.«

Alex hatte diesen Anruf seit Jahren sowohl erwartet als auch gefürchtet. »Ja. Ich auch.«

Es war wirklich bittere Ironie, dachte Alex, während sie zum Telefon eilte. Sie hatte vor vielen Jahren versucht, Selbstmord zu begehen, und Bailey war süchtig geworden. Alex hatte Kim, Steve und Meredith gehabt, die ihr beigestanden hatten, aber Bailey … Bailey hatte niemanden gehabt.

Sie nahm das Gespräch auf Leitung zwei an. »Alex Fallon.«

»Nancy Barker, guten Tag. Ich arbeite für das Sozialamt Fulton County.«

Alex seufzte. »Sagen Sie es mir bitte gleich – ist sie noch am Leben?«

Eine lange Pause entstand. Dann: »Wer, Miss Fallon?«

Alex wand sich innerlich bei der Anrede »Miss«. Sie war es noch immer nicht gewohnt, nicht mehr »Mrs. Preville« zu sein. Ihre Cousine Meredith meinte, es sei nur eine Frage der Zeit, aber die Scheidung war nun schon ein Jahr her, und Alex hatte noch immer nicht mit ihrer Ehe abgeschlossen. Nun, vielleicht lag es daran, dass sie und ihr Ex sich jede Woche mehrmals begegneten. Jetzt gerade zum Beispiel. Alex sah zu, wie Dr. Richard Preville nach den für ihn eingegangenen Nachrichten griff, die neben dem Telefon lagen. Sorgsam darauf bedacht, nicht ihrem Blick zu begegnen, brachte er ein linkisches Nicken zustande. Nein, in den gleichen Schichten wie der Ex zu arbeiten, war wirklich nicht hilfreich, wenn man eine Beziehung ad acta legen wollte.

»Miss Fallon?«, fragte die Frau am anderen Ende der Leitung.

Alex zwang ihre Aufmerksamkeit zurück auf das Telefonat. »Entschuldigung. Bailey Crighton. Ihretwegen rufen Sie doch an, nicht wahr?«

»Ähm, nein, es geht um Hope.«

»Hope«, wiederholte Alex verständnislos. »Ich kenne keine Hope. Hope wer?«

»Hope Crighton, Baileys Tochter. Ihre Nichte.«

Alex ließ sich auf einen Stuhl sinken. »Ich … ich wusste nicht, dass Bailey eine Tochter hat.« Das arme Kind.

»Oh. Nun, dann wussten Sie vermutlich auch nicht, dass Ihr Name auf allen Formularen ihres Kindergartens als Kontaktadresse in Notfällen eingetragen ist.«

»Nein.« Alex atmete schwer. »Ist Bailey tot, Miss Barker?«

»Ich hoffe nicht, aber wir wissen leider nicht, wo sie sich aufhält. Sie ist heute Morgen nicht zur Arbeit erschienen, daher ist eine Kollegin zu ihr nach Hause gegangen, um nach ihr zu sehen. Sie hat Hope zusammengekauert in einem Schrank gefunden.«

Übelkeit erregende Angst kroch in Alex' Eingeweiden hoch, aber sie verlieh ihrer Stimme einen neutralen Klang. »Und Bailey war fort.«

»Man hat sie gestern Abend zum letzten Mal gesehen, als sie Hope vom Kindergarten abgeholt hat.«

Kindergarten. Das Mädchen war alt genug, um in den Kindergarten zu gehen, und Alex hatte nicht einmal von seiner Existenz gewusst. *O Bailey, was hast du getan?* »Und Hope? War sie verletzt?«

»Körperlich ist sie unversehrt, aber sie hat Angst. Schreckliche Angst. Und sie redet mit niemandem.«

»Wo ist sie jetzt?«

»Im Augenblick ist sie bei einer Pflegefamilie.« Nancy Barker seufzte. »Nun, wenn Sie sie nicht aufnehmen können, setze ich sie auf die Liste für eine permanente Unterbringung …«

»Sie kommt zu mir.« Die Worte waren heraus, noch bevor Alex wusste, dass sie sie sagen wollte. Aber es war das Richtige, sie spürte es.

»Sie wussten bis vor fünf Minuten nicht einmal, dass es sie gibt«, wandte Barker halbherzig ein.

»Das macht nichts. Ich bin ihre Tante. Ich nehme sie auf.« *Wie Kim mich damals aufgenommen hat. Ohne sie wäre ich nicht mehr am Leben.* »Ich komme, sobald ich mich von meiner Arbeit freimachen kann und einen Flug gebucht habe.«

Alex legte auf, drehte sich um und stieß gegen Letta, deren Augenbrauen beinahe unter ihren Haaren verschwanden. Sie hatte offenbar gelauscht. »Also? Kann ich mir freinehmen?«

Letta musterte sie besorgt. »Hast du nicht noch Urlaubsanspruch?«

»Sechs Wochen. Ich habe seit drei Jahren keinen Tag freigemacht.« Es hatte keinen Grund dazu gegeben. Richard hatte nie genug Zeit ge-

12

habt, um eine Reise oder auch nur einen Kurztrip zu unternehmen. Für ihn hatte es nur die Arbeit gegeben.

»Na, dann los«, sagte Letta. »Ich finde schon jemanden, der deine Schichten übernimmt. Aber, Alex … du weißt doch nichts über dieses Kind. Vielleicht ist es behindert oder braucht besondere Betreuung.«

»Es wird schon gehen«, erwiderte Alex. »Sie hat niemanden, und sie gehört zu meiner Familie. Ich kann sie nicht einfach im Stich lassen.«

»Wie ihre Mutter es getan hat.« Letta neigte den Kopf zur Seite. »Wie *deine* Mutter es getan hat.«

Alex versuchte, sich nichts anmerken zu lassen. Ihre Vergangenheit war für jeden, der googeln konnte, leicht einsehbar. Aber Letta meinte es nur gut, daher zwang sich Alex zu einem Lächeln. »Ich rufe dich an, sobald ich da bin und mehr weiß. Danke, Letta.«

Arcadia, Georgia, Sonntag, 28. Januar, 16.05 Uhr

»Herzlich willkommen, Danny«, murmelte Special Agent Daniel Vartanian vor sich hin, als er ausstieg und sich umsah. Er war nur zwei Wochen fort gewesen, aber es kam ihm wie eine halbe Ewigkeit vor. Nun, es waren zwei ereignisreiche Wochen gewesen. Aber jetzt war es Zeit, wieder zu seinem Leben, zu seiner Arbeit zurückzukehren. Was ein und dasselbe war. Arbeit war sein Leben, und der Tod war seine Arbeit.

Unwillkürlich dachte er wieder an die vergangenen zwei Wochen, an all die Toten, die zerstörten Leben. Das, was er gesehen und erlebt hatte, reichte aus, um jemanden in den Wahnsinn zu treiben.

Daniel hatte allerdings nicht die Absicht, es dazu kommen zu lassen. Er würde sein gewohntes Dasein wieder aufnehmen und einem Opfer nach dem anderen Gerechtigkeit verschaffen. Er würde sie rächen. Es war seine einzige Chance auf … Wiedergutmachung.

Heute war das Opfer eine Frau. Sie war in einem Graben neben der Straße gefunden worden, die nun von Polizeifahrzeugen jeder Form und Funktion gesäumt wurde.

Die Spurensicherung war bereits hier, ebenso der Gerichtsmediziner. Daniel blieb am Straßenrand vor dem gelben Absperrband stehen und spähte in den Graben. Ein Techniker der medizinischen Abteilung hockte neben der Leiche, die in eine braune Decke eingewickelt worden war. Man hatte die Decke gerade weit genug von ihrem Körper gezogen, um eine erste Untersuchung zu ermöglichen. Daniel sah schwarzes Haar und schätzte die Größe des Opfers auf ungefähr eins siebzig. Die Frau war nackt und ihr Gesicht ... verwüstet. Er stieg mit einem Bein über das Band, als eine Stimme ihn aufhielt.

»Stopp, Sir. Das Gebiet ist abgesperrt.«

Daniel blickte über die Schulter und sah einen jungen Officer mit ernstem Gesicht, der seine Hand auf die Waffe an seiner Hüfte gelegt hatte. »Ich bin Special Agent Daniel Vartanian, vom Georgia Bureau of Investigation.«

Die Augen des Mannes weiteten sich. »Vartanian? Sie meinen ... ich meine ...« Er holte tief Luft und straffte die Schultern. »Verzeihen Sie, Sir. Ich war nur überrascht.«

Daniel nickte und schenkte dem Mann ein Lächeln. »Verstehe.« Es gefiel ihm nicht, aber er verstand tatsächlich. Der Name Vartanian war in der Woche nach dem Tod seines Bruders zu einiger Berühmtheit gelangt. Nur leider nicht die Art von Berühmtheit, die man sich wünschte. Simon Vartanian hatte siebzehn Menschen getötet, darunter die eigenen Eltern. Die Story war landesweit in jeder Zeitung veröffentlicht worden. Und es würde noch sehr, sehr lange dauern, bis er seinen Namen nennen konnte, ohne entsetzt angestarrt zu werden. »Wo finde ich Ihren Vorgesetzten?«

Der Officer deutete die Straße entlang. »Das ist Sheriff Corchran.«

»Danke, Officer.« Daniel stieg wieder über das Band und ging in die angezeigte Richtung davon. Er spürte, dass der junge Polizist ihm nachsah. In zwei Minuten würde jeder hier am Fundort wissen, dass ein Vartanian auf den Plan getreten war. Daniel konnte nur hoffen, dass sich das Gerede auf ein Minimum reduzieren ließ. Hier ging es um die Frau im Graben. Sie hatte eine Familie, die sie vermissen würde. Und diese Familie verlangte und brauchte Gerechtigkeit, um einen Abschluss zu finden.

Früher hatte Daniel gedacht, Gerechtigkeit und dieser Abschluss seien dasselbe, hatte geglaubt, das Wissen, dass ein Täter festgenommen und bestraft worden war, reiche aus, damit die Opfer und Familienmitglieder ein quälendes Kapitel in ihrem Leben beenden und mit ihrem Alltag fortfahren konnten.

Doch inzwischen, Hunderte von Fällen, Opfern und trauernden Familien später, wusste er, dass jedes Verbrechen wie ein Stein war, den man ins Wasser warf und der ringförmige, sich fortsetzende Wellen erzeugte: Jedes Verbrechen berührte die Existenz von verschiedenen

Menschen auf eine Art, die sich nicht in Statistiken erfassen ließ. Nur zu wissen, dass ein Verbrechen bestraft worden war, reichte nicht immer aus, um den eigenen Weg fortzusetzen. Das hatte Daniel am eigenen Leib erfahren.

»Daniel.« Die überraschte Stimme gehörte zu Ed Randall, dem Leiter der Forensik. »Ich wusste nicht, dass du schon wieder da bist.«

»Ich bin auch erst heute angekommen.« Eigentlich hatte er erst morgen wieder beginnen sollen, doch da er zwei Wochen fort gewesen war, stand er ganz oben auf der Liste für neue Fälle. Als der Fund der Leiche gemeldet worden war, hatte sein Chef zuerst ihn angerufen. Daniel streckte die Hand aus. »Sheriff Corchran, ich bin Special Agent Vartanian, GBI. Wir unterstützen Sie, wo immer es nötig ist.« Der Sheriff riss die Augen auf, als er Daniel die Hand schüttelte. »Irgendwelche verwandtschaftlichen Beziehungen zu …«

Leider Gottes. Er zwang sich zu einem Lächeln. »Ich fürchte, ja.«

Corchran betrachtete ihn misstrauisch. »Und Sie sind bestimmt schon so weit, wieder den Dienst anzutreten?« *Nein.* Daniel behielt das Lächeln bei. »Ja. Aber wenn es für Sie ein Problem darstellt, fordere ich jemand anderen an.« Corchran schien es in Erwägung zu ziehen, und Daniel wartete, bemüht, den aufsteigenden Zorn niederzukämpfen. Es war nicht fair, und es war nicht richtig, aber es gehörte wohl nun zu seiner Realität, an den Taten seiner Familie gemessen zu werden. Schließlich schüttelte Corchran den Kopf. »Nein, nicht nötig. Sie werden wissen, was Sie tun.«

Daniel beruhigte sich, und er schaffte es sogar, wieder ein Lächeln auf sein Gesicht zu zaubern. »Gut. Also … können Sie mir sagen, was passiert ist? Wer hat die Leiche entdeckt? Und wann?«

»Heute ist unser jährliches Radrennen. Die Strecke führt hier entlang. Einer der Fahrer hat die Decke bemerkt. Er wollte das Rennen nicht aufgeben, also hat er den Notruf gewählt und ist weitergefahren. Ich habe veranlasst, dass er am Ziel auf uns wartet, falls Sie mit ihm reden wollen.«

»Ja, will ich. Hat sonst noch jemand angehalten?«

»Nein, wir hatten Glück«, meldete sich Ed Randall zu Wort. »Der Fundort war fast unberührt, als wir kamen, und es gab keine Schaulustigen. Die Leute standen alle an der Ziellinie.«

»Tja, das passiert nicht allzu oft. Wer war aus Ihrem Büro als Erster hier, Sheriff?«

»Larkin. Er hat nur einen Zipfel der Decke angehoben und ihr Gesicht gesehen.« In Corchrans steinerner Miene zuckte ein Muskel. »Ich habe sofort bei euch Jungs angerufen. Wir haben nicht die Mittel, um einen solchen Fall zu untersuchen.«

Daniel nahm die letzte Aussage mit einem Nicken zur Kenntnis. Er schätzte Leute wie Sheriff Corchran, die nicht zögerten, das staatliche Ermittlungsbüro einzuschalten. Leider war das keine Selbstverständlichkeit. Viele lokale Behörden pochten auf ihre Revieransprüche und setzten die Einmischung des GBI mit einer ... einer Heuschreckenplage gleich. Das hatte vor zwei Wochen jedenfalls der Sheriff aus Daniels Heimatstadt getan. »Wir stellen Ihnen zur Verfügung, was immer Sie brauchen, Sheriff.«

»Im Augenblick können Sie den Fall gerne komplett übernehmen«, erwiderte Corchran. »Mein Büro wird Sie nach Kräften unterstützen.« Seine Kieferknochen traten hervor. »Wir hatten hier in Arcadia seit zehn Jahren keinen Mordfall mehr. Nicht in meiner Amtszeit. Und wir wollen, dass derjenige, der das da getan hat, für lange, lange Zeit weggesperrt wird.«

»Das wollen wir auch.« Daniel wandte sich an Ed. »Kannst du mir schon etwas sagen?«

»Getötet wurde sie woanders. Der Täter hat sie hier nur, in eine braune Decke eingewickelt, abgelegt.«

»Wie in ein Leichentuch«, murmelte Daniel, und Ed nickte.

»Genau. Die Decke sieht neu aus, irgendein Wollgemisch. Ihr Gesicht ist ziemlich übel zugerichtet, um den Mund Blutergüsse. Die Autopsie wird dir mehr dazu sagen. Im und um den Graben herum gibt es keine Spuren eines Kampfes. Keine Fußabdrücke am Hang.«

Daniel runzelte die Stirn und blickte in den Graben. Es war ein Entwässerungsgraben, und das Wasser floss in den Regenwasserkanal in ein paar Metern Entfernung. Die Seitenwände des Grabens waren glatt. »Dann muss er durch das Wasser bis zum Kanal gegangen und dort auch wieder auf die Straße gelangt sein.« Er dachte einen Moment darüber nach. »Dieses Fahrradrennen. Ist es groß angekündigt worden?«

Corchran nickte. »Es ist eine Benefizveranstaltung und ziemlich wichtig für unsere Jugendorganisationen, das heißt, die Plakate hingen überall in einem Umkreis von ungefähr fünfzig Meilen aus. Im Übrigen findet dieses Rennen seit über zehn Jahren immer am letzten

Sonntag im Januar statt. Es kommen viele Fahrer aus dem Norden, die sich wärmeres Wetter wünschen. Es ist eine ziemlich große Sache.«

»Dann wollte er, dass sie gefunden wird«, sagte Daniel.

»Daniel.« Die beiden Männer der Rechtsmedizin stiegen über das Absperrband. Einer der beiden ging direkt zum Wagen, der andere blieb neben Ed stehen.

»Schön, dich wieder bei uns zu haben.«

»Schön, wieder bei euch zu sein, Malcolm. Was weißt du?«

Malcolm Zuckerman streckte sich. »Dass es spaßig wird, die Leiche aus dem Graben zu holen. Der Hang ist steil und rutschig. Trey versucht, einen Kran zusammenzubasteln.«

»Malcolm«, sagte Daniel übertrieben geduldig. Malcolm beschwerte sich ständig über seinen Rücken, die Wetterbedingungen oder was auch immer sich gerade anbot. »Was weißt du über das Opfer?«

»Weiblich, weiß, Mitte zwanzig. Seit zwei Tagen tot. Todesursache wahrscheinlich Ersticken. Hämatome am Gesäß und an den Innenseiten der Oberschenkel deuten auf sexuelle Nötigung hin. Ihr Gesicht wurde mit einem stumpfen Gegenstand geschlagen. Ich weiß noch nicht, wo mit genau, aber es hat der Knochenstruktur ernsthaften Schaden zugefügt. Nase, Wangenknochen und Kiefer sind gebrochen.« Er legte die Stirn in Falten. »Diese Verletzungen könnten allerdings post mortem zugefügt worden sein.«

Daniel zog eine Braue hoch. »Also sollte sie gefunden, aber nicht identifiziert werden.«

»Ja, das denke ich auch. Ich wette, ihre Fingerabdrücke sind nicht in der Datenbank erfasst. Auf einer Seite des Mundes ist ein Druckmuster zu sehen. Könnte von den Fingern des Täters stammen.«

»Er hat ihr die Hand auf den Mund gepresst, bis sie erstickt ist«, murmelte Corchran und ballte die Faust. »Und dann hat er ihr Gesicht zu Brei geschlagen. Dieses Schwein.«

»So sieht's aus.« In Malcolms Stimme lag Mitgefühl, aber seine Augen blickten müde. Daniel verstand das nur allzu gut. Zu viele Leichen, zu viele Killer. »Wir wissen mehr, sobald Dr. Berg sie sich angesehen hat. Brauchst du mich noch, Danny?«

»Nein. Ruf mich an, wenn ihr die Autopsie vornehmt. Ich will dabei sein.«

Malcolm zuckte die Achseln. »Meinetwegen. Doc Berg fängt wahrscheinlich nach dem Drei-M an.«

17

»Was ist Drei-M?«, fragte Corchran, als Malcolm zu seinem Fahrzeug schlenderte.

»Mediziner-Morgen-Meeting«, erklärte Daniel. »Das bedeutet, dass Berg gegen neun Uhr dreißig oder zehn Uhr anfängt. Falls Sie kommen wollen ...«

Corchran schluckte. »Danke. Mach ich, wenn ich es schaffe.«

Corchrans Teint hatte eine grünliche Farbe angenommen, und Daniel konnte es ihm nicht verdenken. Es war nicht leicht, bei einer Autopsie dabei zu sein. Das Geräusch der Knochensäge verursachte Daniel noch immer ein mulmiges Gefühl im Bauch. »Okay. Ed, was noch?«

»Wir haben den Fundort und die Grabenwände aufgenommen«, sagte Ed. »Foto und Video. Wir kümmern uns erst um diese Seite des Grabens, damit Malcolm keine Spuren vernichtet, wenn er sie herausholt. Dann holen wir Scheinwerfer und sehen uns die andere Seite an.« Er bedeutete seinem Team, wieder über das Band zu steigen, und wollte ihnen gerade folgen, als er sich noch einmal zu Daniel umdrehte. Er zögerte einen Moment und zog ihn dann einen Schritt zur Seite. »Das mit deinen Eltern tut mir leid, Daniel«, sagte er leise. »Ich weiß, dass nichts, was ich sage, dir hilft, aber ich wollte, dass du es weißt.«

Überrumpelt senkte Daniel den Blick. Ed tat es leid, dass Arthur und Carol Vartanian tot waren. Daniel war sich nicht sicher, ob er ebenso empfand. An manchen Tagen fragte er sich, in welchem Ausmaß sie ihren schrecklichen Tod selbst verursacht hatten. Simon war eine gestörte Persönlichkeit gewesen, aber in gewisser Hinsicht hatten seine Eltern die Entwicklung gefördert.

Die Menschen, für die Daniel echtes Mitleid empfand, waren Simons andere Opfer. Dennoch ... Arthur und Carol waren seine Eltern gewesen. Vor seinem inneren Auge sah er sie noch immer im Leichenschauhaus von Philadelphia, getötet durch die Hand des eigenen Sohnes. Die Erinnerung an ihren grausigen Anblick mischte sich mit all den anderen Bildern, die ihn verfolgten, ob er nun schlief oder wach war. So viele Tote. So viele vernichtete Leben. Der Stein, der ins Wasser geworfen worden war.

Daniel räusperte sich. »Ich habe dich auf der Beerdigung gesehen. Danke, Ed. Das hat mir viel bedeutet.«

»Wenn du irgendetwas brauchst, rufst du einfach an, okay?« Ed schlug ihm fest auf die Schulter, dann wandte er sich verlegen ab, um seinem Team zu folgen.

Daniel kehrte zu Corchran zurück, der die kurze Szene beobachtet hatte.

»Sheriff, ich möchte mit Officer Larkin reden und ihn bitten, mir zu zeigen, wie er zu der Leiche in den Graben gestiegen ist. Ich weiß, dass er einen ausführlichen Bericht schreiben wird, aber ich möchte seine Eindrücke direkt von ihm hören.«

»Kein Problem. Er ist ein Stück die Straße abwärts stationiert und hält Schaulustige fern.« Corchran funkte Larkin an, und in weniger als fünf Minuten war der Officer bei ihnen. Larkins Gesicht war noch immer recht blass, aber sein Blick war heller. Er hielt ein Blatt Papier in der Hand.

»Der Bericht, Agent Vartanian. Aber da ist noch etwas. Es fiel mir eben ein, als ich zurückkam. Es hat hier in der Gegend vor einiger Zeit einen Mord gegeben, der diesem sehr ähnelt.«

Corchran schaute ihn erstaunt an. »Was? Wo? Und wann?«

»Bevor Sie hier angefangen haben«, erwiderte Larkin. »In diesem April müssen es dreizehn Jahre her sein. Auch damals wurde ein Mädchen in einem Graben gefunden. Es war in eine braune Decke eingewickelt. Sie wurde vergewaltigt und erstickt.« Er schluckte. »Und ihr Gesicht war genauso zugerichtet.«

Daniel spürte, wie ihm ein kalter Schauder über den Rücken lief. »Sie scheinen sich ja noch sehr gut daran zu erinnern, Officer.«

Larkin verzog gequält das Gesicht. »Das Mädchen war erst sechzehn gewesen … genauso alt wie meine Tochter damals. Ich weiß nicht mehr, wie das Opfer hieß, aber es passierte in der Nähe von Dutton. Das liegt ungefähr fünfundzwanzig Meilen von hier entfernt.«

Kälte kroch in Daniels Eingeweide. »Ich weiß, wo Dutton liegt«, sagte er. Er kannte den Ort gut. Er war schon oft durch die Straßen gegangen, hatte dort eingekauft, hatte dort Baseball gespielt. Er wusste auch, dass in Dutton das Böse gelebt und den Namen Vartanian getragen hatte. Dutton war Daniels Heimatstadt.

Larkin nickte. Auch er war informiert. »Davon gehe ich aus.«

»Vielen Dank, Officer.« Daniel war erstaunt, wie ruhig seine Stimme klang. »Ich schaue so bald wie möglich in Ihren Bericht. Lassen Sie uns zunächst einmal unsere Jane Doe betrachten.«

Dutton, Georgia, Sonntag, 28. Januar, 21.05 Uhr

Alex schloss die Schlafzimmertür und lehnte sich erschöpft dagegen. »Sie ist eingeschlafen. Endlich«, murmelte sie mit einem Blick auf ihre Cousine Meredith, die im Wohnraum von Alex' Hotelsuite saß.

Meredith hatte das aufgeschlagene Malbuch auf dem Schoß, mit dem sich die vierjährige Hope Crighton beschäftigt hatte, seit Alex sie vor sechsunddreißig Stunden in ihre Obhut genommen hatte. »Dann sollten wir reden«, sagte sie leise.

Merediths Blick war besorgt. Und da ihre Cousine Kinderpsychologin mit Spezialisierung auf emotionale Traumatisierung war, war es genau dieser Blick, der Alex' Furcht noch verstärkte.

Alex setzte sich. »Danke, dass du gekommen bist. Ich weiß, wie viele Patienten du hast.«

»Kein Problem. Für ein oder zwei Tage finde ich immer jemanden, der sich um sie kümmert. Ich wäre auch gestern schon hier gewesen, wenn du mir Bescheid gesagt hättest, dass du kommst. Du kannst sicher sein, dass ich mich neben dich ins Flugzeug gesetzt hätte.« Meredith klang gekränkt. »Ach, Alex, was hast du dir bloß dabei gedacht? Ganz allein hierherzukommen ... ausgerechnet hierher!« *Hierher.* Dutton, Georgia. Allein der Name verursachte Alex ein Brennen im Magen. Es war der letzte Ort auf dieser Welt, an dem sie sein wollte. Aber das Brennen in ihrem Magen war nichts, verglichen mit der Angst, die sie gepackt hatte, als sie das erste Mal in Hopes leere graue Augen gesehen hatte.

»Ich weiß auch nicht«, gab Alex zu. »Du hast recht, das war nicht klug. Aber, Mer, ich hatte keine Ahnung, dass es so schlimm um die Kleine stehen würde. Und es ist so schlimm, wie ich denke, nicht wahr?«

»Wenn ich aus dem, was ich die vergangenen drei Stunden gesehen habe, einen Schluss ziehen soll, ja. Ob sie deshalb traumatisiert ist, weil sie am Freitag beim Aufwachen festgestellt hat, dass ihre Mutter verschwunden ist, oder ob die Jahre vorher ihren Zustand verursacht haben, kann ich nicht beurteilen. Ich weiß leider nicht, wie Hope vor Baileys Verschwinden gewesen ist.« Meredith runzelte die Stirn. »Nur ist sie überhaupt nicht so, wie ich es erwartet hätte.«

»Ja, ich weiß. Ich war auf ein verdrecktes, unterernährtes Kind vorbereitet. Ich meine, als ich Bailey das letzte Mal gesehen habe, machte sie wirklich einen furchtbaren Eindruck. Sie war heruntergekommen und high. Ihre Arme waren von Einstichen übersät. Ich hätte einfach mehr tun müssen.«

Meredith sah sie eindringlich an. »Und deshalb bist du jetzt hier?«

»Nein. Na ja, okay, vielleicht war das der ursprüngliche Gedanke. Aber sobald ich Hope sah, war mein Motiv ein anderes.« Das Mädchen hatte goldblonde Locken und ein Engelsgesicht, das von Botticelli hätte stammen können ... wenn nicht die leeren grauen Augen gewesen wären. »Zuerst dachte ich, sie hätten mir das falsche Kind gebracht, weil sie so sauber und gepflegt ist. Ihre Kleidung ist ja praktisch neu.«

»Nun ja, die Sozialarbeiterin kann sie eingekleidet haben.«

»Nein. Es sind Hopes Kleider. Die Sozialarbeiterin hat sie vom Kindergarten mitgenommen. Hopes Erzieherin hat gesagt, Bailey habe immer dafür gesorgt, dass in Hopes Spind frische, ordentliche Wechselkleidung hing. Das Kindergartenpersonal war schockiert, als es hörte, dass sie verschwunden war. Mer, die Leiterin der Einrichtung, ist der festen Überzeugung, Bailey hätte ihre Tochter nie im Leben einfach so im Stich gelassen.«

Meredith zog eine Braue hoch. »Heißt das, sie vermutet ein Verbrechen?«

»Die Leiterin? Ja. Das hat sie der Polizei auch gesagt.«

»Und was sagt die Polizei?«

Alex biss die Zähne zusammen. »Dass man jeder Spur nachgeht, aber dass Junkies nun mal ab und an untertauchen. Es war die Standardantwort, die eigentlich nur besagt: ›Geh uns nicht auf die Nerven.‹ Der Anruf hat mich keinen Schritt weitergebracht. Die Cops ignorieren mich. Sie ist jetzt seit drei Tagen weg, aber sie ist noch nicht einmal als vermisst eingetragen worden.«

»Aber Junkies verschwinden wirklich hin und wieder, Alex.«

»Das weiß ich doch. Aber warum sollte sich die Leiterin des Kindergartens so etwas aus den Fingern saugen?«

»Vielleicht hat sie das nicht. Vielleicht ist Bailey eine gute Schauspielerin oder war eine Weile clean und hängt jetzt wieder an der Nadel. Aber ich würde mich jetzt lieber auf Hope konzentrieren. Die Sozialarbeiterin hat dir also erzählt, dass sich Hope die komplette Nacht mit ihrem Malbuch beschäftigt hat?«

»Ja. Die Frau heißt Nancy Barker. Sie sagt, seit sie Hope aus dem Schrank geholt hat, hätte sie nichts anderes getan als gemalt.« Der

21

Schrank in Baileys Haus. Panik stieg in ihr auf, wie jedes Mal, wenn sie an dieses Haus dachte. »Bailey wohnt immer noch dort.«

Meredith riss die Augen auf. »Tatsächlich? Ich dachte, es sei schon vor Jahren verkauft worden.«

»Nein. Ich habe online die Besitzverhältnisse überprüft. Craigs Name steht noch immer im Grundbuch.« Der Druck auf Alex' Brust wuchs, und sie schloss die Augen, um sich wieder ein wenig zu fangen. Plötzlich spürte sie Merediths Hand auf ihrer.

»Alles klar, Kleine?«

»Ja.« Alex schauderte. »Dumm, diese Panikattacken. Ich sollte sie längst überwunden haben.«

»Na klar, weil du Superwoman bist«, sagte Meredith humorlos. »Hier in diesem Kaff ist damals dein Leben zusammengebrochen, also hör auf, dich selbst zu kasteien, weil du ein Mensch bist.«

Alex zuckte die Achseln und konzentrierte sich wieder auf das, was wirklich wichtig war. »Nancy Barker meinte, das Haus sei vollkommen heruntergekommen gewesen. Überall Müll auf dem Boden. Die Matratzen alt und zerfetzt. Im Kühlschrank verdorbene Nahrungsmittel.«

»Was man im Allgemeinen von der Wohnung eines Junkies erwartet.«

»Schon. Aber nirgendwo waren Kleider für Bailey oder Hope zu finden. Weder saubere noch schmutzige.«

Meredith runzelte die Stirn. »Das ist allerdings merkwürdig, wenn man bedenkt, was der Kindergarten über Hope sagt.« Sie zögerte. »Warst du dort? Im Haus?«

»Nein.« Alex hatte das Wort so heftig hervorgestoßen, dass sie selbst zusammenfuhr. »Nein«, wiederholte sie ruhiger. »Noch nicht.«

»Wenn du hingehst, komme ich mit. Keine Diskussion. Wohnt Craig noch dort?«

Konzentriere dich auf die Stille. »Nein. Nancy Barker hat versucht, ihn aufzuspüren, aber niemand scheint zu wissen, wo er ist. Ich stand als Kontaktperson im Anmeldeformular des Kindergartens.«

»Woher wusste das Sozialamt, in welchem Kindergarten Hope ist?«

»Baileys Kollegin hat es ihr gesagt. So haben sie Hope überhaupt gefunden – Bailey war nicht bei der Arbeit erschienen, und ihre Kollegin hat sich Sorgen gemacht.«

»Wo arbeitet Bailey denn?«

»Bei einem Friseur. Muss ein ziemlich teurer Laden sein.« Meredith blinzelte ungläubig. »Ein teurer Friseur in Dutton?«

»Nein. Dutton hat Angie's.« Ihre Mutter war alle zwei Wochen montags bei Angie's gewesen. »Bailey hat in Atlanta gearbeitet. Ich habe die Nummer der Kollegin bekommen, aber sie war bisher nicht erreichbar. Ich habe ihr Nachrichten auf dem Anrufbeantworter hinterlassen.«

Meredith nahm eins der Malbücher in die Hand. »Von wem sind all diese Bücher?«

Alex warf einen Blick auf den Stapel. »Eins hat Nancy Barker in Hopes Rucksack gefunden. Sie hat erzählt, dass Hope ins Leere gestarrt habe, aber als man ihr Stifte und Malbuch gab, habe sie sofort angefangen. Nancy hat versucht, ihr ein weißes Blatt Papier unterzuschieben, weil sie hoffte, Hope würde etwas malen, das ihnen Aufschluss über die Ereignisse gäbe. Aber Hope wollte nur das Buch. Gestern Abend waren alle Bücher voll, und ich habe einen Hotelpagen zum nächsten Laden geschickt, um neue zu kaufen. Und noch mehr Stifte.«

Alex starrte die Schachtel an, in der gestern noch vierundsechzig Buntstifte gewesen waren. Nun befanden sich noch siebenundfünfzig darin: Alle Farben außer Rot. Jeder Buntstift einer Rotschattierung war bis auf einen Stummel verbraucht.

»Sie mag Rot«, bemerkte Meredith trocken.

Alex schluckte. »Und ich mag mir nicht einmal vorstellen, was das heißen soll.«

Meredith hob die Schultern. »Vielleicht nichts anderes, als dass sie Rot mag.«

»Aber du glaubst nicht dran.«

»Nein.«

»Sie hat auch jetzt einen roten Stift in der Hand. Sie wollte ihn partout nicht hergeben, also habe ich ihr erlaubt, ihn mit ins Bett zu nehmen.«

»Was ist denn gestern Abend passiert, als kein roter Stift mehr da war?«

»Sie hat geweint, aber kein Wort gesagt.« Alex schauderte. »Ich habe schon unzählige Kinder in der Notaufnahme weinen sehen, vor Schmerzen, aus Angst … aber niemals so. Sie kam mir vor wie … wie ein Roboter. Kein Gefühl, kein einziger Laut. Kein Wort. Und dann war es plötzlich, als würde sie in eine Art katatonische Starre fallen. Ich habe derartige Angst bekommen, dass ich sie zum Arzt brachte. Aber Dr. Granville meinte, sie stünde nur unter Schock.«

»Hat er irgendwelche Tests mit ihr gemacht?«

»Nein. Die Sozialarbeiterin hatte sie am Freitag bereits vorsichtshalber ins Krankenhaus gebracht. Dort hat man eine toxikologische Analyse durchgeführt. Offenbar ist sie gegen die üblichen Kinderkrankheiten geimpft worden, und man hat nichts Auffälliges gefunden.«

»Wer ist ihr Hausarzt?«

»Keine Ahnung. Dr. Granville meinte, er habe weder Bailey noch Hope je in ›beruflicher Hinsicht‹ gesehen. Aber er war überrascht über ihren gepflegten Zustand. Jedenfalls wollte er ihr eine Spritze geben. Ein Beruhigungsmittel.«

Meredith sah sie aufmerksam an. »Und? Hat er?«

»Nein. Er war ziemlich sauer, als ich sagte, dass ich das nicht will. Warum ich sie denn überhaupt hergebracht hätte, wenn er nichts tun dürfe? Aber mir gefiel der Gedanke nicht, sie ruhigzustellen, wenn es doch eigentlich nicht nötig ist. Sie ist nicht aggressiv gewesen, und es bestand in meinen Augen auch keine Gefahr, dass sie sich selbst verletzt.«

»Gut gemacht. Ich bin deiner Meinung. Hope hat also die ganze Zeit noch kein einziges Wort gesagt? Kann sie denn reden?«

»Im Kindergarten sagt man, sie sei normalerweise sehr gesprächig und hätte bereits einen großen Wortschatz. Sie kann sogar schon lesen.«

Meredith stieß einen Pfiff aus. »Wow. Wie alt ist sie? Vier?«

»Knapp. Laut Kindergärtnerin hat Bailey ihr jeden Abend vorgelesen. Meredith, für mich klingt das alles nicht nach einer drogensüchtigen Mutter, die ihr Kind sitzenlässt.«

»Du glaubst auch an ein Verbrechen.«

Irgendetwas in Merediths Tonfall gefiel Alex nicht. »Du nicht?«

»Ich weiß nicht«, antwortete ihre Cousine ungerührt. »Mir ist klar, dass du im Zweifel eher für Bailey sprichst, aber hier geht es jetzt vor allem um Hope und um das, was für sie am besten ist. Willst du sie nach Hause mitnehmen? Zu dir nach Hause, meine ich?«

Alex dachte an ihre kleine Wohnung, in der sie nur schlief. Richard hatte das Haus behalten, Alex hatte es nicht haben wollen. Aber ihre Wohnung reichte durchaus für einen Erwachsenen und ein kleines Kind. »Das habe ich vor, ja. Aber, Meredith, wenn Bailey etwas passiert ist … ich meine, falls sie sich doch zum Positiven verändert hat und nun aus einem anderen Grund in Schwierigkeiten steckt …«

»Also – was hast du vor?«

»Ich weiß es noch nicht. Aber telefonisch konnte ich bei der Polizei nichts erreichen, und ich wollte Hope nicht allein lassen, um persönlich hinzugehen. Könntest du ein paar Tage bei mir bleiben und mir mit Hope helfen?«

»Bevor ich geflogen bin, habe ich alle Termine mit den Patienten, die mich am dringendsten brauchen, auf Mittwoch verschoben. Ich muss also Dienstagabend zurückfliegen. Mehr geht nicht.«

»Das würde schon helfen. Dank dir.«

Meredith drückte ihre Hand. »Und jetzt sieh zu, dass du ein bisschen schläfst. Ich lege mich hier aufs Sofa. Wenn du mich brauchst, weck mich.«

»Ich hoffe bloß, dass Hope durchschläft. Bisher waren es immer nur zwei, drei Stunden am Stück, dann wacht sie wieder auf und malt. Ich sag dir Bescheid, wenn es nötig ist.«

»Auch das. Aber ich habe eben von dir gesprochen, nicht von Hope. So, ab ins Bett.«

2. Kapitel

Atlanta, Sonntag, 28. Januar, 22.45 Uhr

»DANIEL, ICH GLAUBE, DEIN HUND IST TOT.«

Die Stimme kam aus Daniels Wohnzimmer und gehörte seinem Kollegen, Luke Papadopoulos, ebenfalls Ermittler beim GBI. Luke war außerdem das, was einem besten Freund wohl am nächsten kam, obwohl er der Grund war, warum Daniel überhaupt einen Hund hatte.

Daniel stellte den letzten Teller in die Spülmaschine und trat dann in den Türrahmen der Küche. Luke saß auf der Couch und sah ESPN. Der Basset Riley lag zu Lukes Füßen und sah aus wie immer. Wodurch er, wie Daniel zugeben musste, tatsächlich den Anschein erweckte, bereits im Hundehimmel zu sein. »Biete ihm dein Kotelett an. Dann regt er sich schon.«

Riley öffnete bei der Erwähnung des Koteletts ein Auge, schloss es jedoch sofort wieder, da er genau wusste, dass er vermutlich doch keins bekommen würde. Riley war Realist. Daniel und er verstanden sich gut.

»Von wegen. Eben habe ich ihm von der Moussaka angeboten, aber auch das hat ihn nicht geweckt«, murrte Luke. Daniel seufzte. »Was deine Mutter kocht, ist nichts für Hunde. Es bekommt Riley nicht.«

Lukes Miene verdüsterte sich. »Als ob ich das nicht wüsste. Als ich die zwei Wochen auf ihn aufgepasst habe, habe ich nur ein einziges Mal versucht, ihm Reste von Mamas Essen zu geben.« Er zog den Kopf ein. »Das war gar nicht schön, wirklich nicht, das kann ich dir sagen.«

Daniel verdrehte die Augen. »Glaub ja nicht, dass ich die Teppichreinigung bezahle, Luke.«

»Keine Sorge. Mein Cousin hat eine Reinigungsfirma. Er hat sich schon darum gekümmert.«

»Aber wenn du es doch weißt, warum hast du eben wieder versucht, ihn damit zu füttern?«

Luke stieß das Hinterteil des Hundes sanft mit der Stiefelspitze an. »Er guckt immer so traurig.«

In Lukes Familie bedeutete ein trauriger oder seelenvoller Blick stets: »Gib mir was zu essen.« Was auch der Grund dafür war, warum Luke heute mit einem kompletten griechischen Menü auf Daniels Schwelle aufgetaucht war, obwohl er dafür, wie Daniel wusste, eine Verabredung mit seiner derzeitigen Gelegenheitsfreundin, einer Stewardess, absagen musste.

Aber Mama Papadopoulos sorgte sich um Daniel, seit er vergangene Woche aus Philadelphia zurückgekehrt war. Lukes Mama war eine herzliche Frau, doch ihre Mahlzeiten waren nicht hundekompatibel, und Daniel hatte *keinen* Cousin mit einer Reinigungsfirma.

»Er ist ein Basset, Luke. Die sehen immer so aus. Riley geht es gut, also hör auf, ihn zu füttern.« Daniel setzte sich in seinen Sessel und stieß einen Pfiff aus. Riley stand schwerfällig auf, trottete zu ihm und ließ sich mit einem tiefen Seufzer zu seinen Füßen fallen. »Ich weiß genau, wie du dich fühlst, Kumpel.«

Luke schwieg einen Moment. »Wie ich gehört habe, hat man dir heute einen gruseligen Fall angehängt.«

Daniel sah augenblicklich das Opfer im Graben vor sich. »Woher weißt du denn das schon?«

Luke sah verlegen zur Seite. »Ed Randall hat mich angerufen. Er macht sich Sorgen um dich. Dein erster Tag im Dienst, und du kriegst ausgerechnet einen Fall wie den in Arcadia.«

Daniel unterdrückte den aufkommenden Ärger. Sie meinten es nur gut mit ihm. »Und da hast du gedacht, du bringst mir etwas zu essen vorbei.«

»Nee. Mama hatte schon vor Eds Anruf alles für dich zusammengepackt. Ich werde ihr sagen, dass du alles verputzt hast und es dir gutgeht, okay? Dir geht es doch gut, oder?«

»Sicher. Ich habe auch keine andere Wahl. Die Arbeit muss erledigt werden.«

»Du hättest dir mehr Urlaub nehmen können. Eine Woche ist nicht besonders viel, wenn man bedenkt.«

In dieser Zeit hatte er seine Eltern beerdigen müssen. »Wenn du die Woche dazu zählst, die ich in Philly nach ihnen gesucht habe, war ich sogar zwei Wochen weg. Das ist lang genug.« Er beugte sich vor, um Riley zwischen den Ohren zu kraulen. »Wenn ich nicht arbeite, drehe ich durch«, fügte er leise hinzu.

»Es ist nicht deine Schuld, Daniel.«

»Nein, nicht direkt. Aber ich wusste seit Langem, was für ein Mensch Simon war.«

»Ja, stimmt. Dafür dachtest du aber auch, dass er seit zwölf Jahren tot ist.«

Daniel musste ihm in diesem Punkt recht geben. »Das ist wahr.«

»Und wenn du mich fragst, trägt dein Vater den größten Teil der Schuld. Nach Simon, natürlich.«

Siebzehn Menschen. Simon hatte siebzehn Menschen getötet. Achtzehn, wenn die alte Dame auf der Intensivstation es nicht schaffen würde. Und Daniels Vater hatte nicht nur gewusst, wie gefährlich Simon gewesen war, sondern hatte es ihm auch noch ermöglicht, ungehindert sein Unwesen zu treiben. Zwölf Jahre zuvor hatte Arthur Vartanian seinen jüngsten Sohn aus dem Haus geworfen und der Welt erzählt, er sei tot. Um die Lüge wasserdicht zu machen, hatte er sogar eine fremde Leiche im Familiengrab bestatten lassen und seinem Sohn einen Grabstein gesetzt. Simon hatte also von nun an einen Freibrief besessen, zu tun, was immer ihm beliebte, solange er es nicht im Namen eines Vartanian tat.

»Siebzehn Menschen«, murmelte Daniel und fragte sich nicht zum ersten Mal, ob es sich bei dieser Summe nicht bloß um die Spitze des Eisbergs handelte. Der Gedanke an die Fotos lauerte stets dicht unter der Oberfläche seines Bewusstseins. Fotos, die Simon hinterlassen hatte. Wieder zogen die Gesichter wie in einer grauenhaften Diashow durch seinen Geist. Gesichter von Frauen. Namenlose Vergewaltigungsopfer.

Wie die Frau im Graben. Er musste dafür sorgen, dass das Arcadia-Opfer rasch einen Namen bekam. Dass sie gerächt wurde. Nur das würde ihm helfen, sich seine geistige Gesundheit zu bewahren. »Einer der Officer aus Arcadia erwähnte einen ähnlichen Mord, der vor dreizehn Jahren begangen wurde. Ich war gerade dabei, das zu überprüfen, als du kamst. Es passierte in Dutton.«

Lukes Brauen zogen sich zusammen. »Dutton? Daniel, da bist du doch groß geworden.«

»Oh, vielen Dank. Hätte ich fast vergessen«, erwiderte Daniel sarkastisch. »Als ich vorhin im Büro meinen Bericht einreichte, habe ich in unserer Datenbank nachgesehen, aber da das GBI damals nicht ermittelt hat, konnte ich nichts finden. Ich habe Frank Loomis, dem Sheriff von Dutton, eine Nachricht hinterlassen, aber er hat sich noch nicht gemeldet. Die Deputys wollte ich nicht anrufen. Dutton kann momentan nicht noch mehr Publicity gebrauchen. Und diese Geier von Reportern lauern dort überall.«

»Aber du *hast* etwas gefunden, richtig?«, drängte Luke ihn. »Also?«

»Einen alten Zeitungsartikel. Im Netz.« Er tippte an den Laptop, den er auf den Couchtisch gestellt hatte, als Luke mit dem Essen gekommen war. »Alicia Tremaine wurde vor dreizehn Jahren, am 2. April, ermordet in einem Graben außerhalb von Dutton gefunden. Sie war in eine braune Wolldecke eingewickelt, und ihre Gesichtsknochen waren gebrochen. Vergewaltigt. Sie war erst sechzehn.«

»Ein Nachahmer?«

»Ja, vielleicht. Bei all den Schlagzeilen, die Dutton in der vergangenen Woche gemacht hat, ist vielleicht jemand auf den Artikel gestoßen und hat beschlossen, die Tat nachzuahmen. Möglich wäre es. Leider war bei dem Artikel kein Foto dabei. Ich war auf der Suche nach einem Bild von Alicia.«

Luke warf ihm einen herablassenden und gleichzeitig gequälten Blick zu. Luke war Computerexperte und oft entsetzt über Daniels mangelhaftes Grundlagenwissen … oder zumindest das, was Luke als Grundlagenwissen betrachtete. »Gib mir das Laptop.« In weniger als drei Minuten lehnte sich Luke mit zufriedener Miene zurück. »Hab's. Schau her.«

Daniel beugte sich vor und erstarrte. *Das kann nicht sein.* Seine müden Augen spielten ihm einen Streich. Er blinzelte mehrere Male, aber das Bild blieb dasselbe. »Mein Gott.«

»Was ist?«

Daniel warf Luke einen raschen Seitenblick zu. Sein Puls raste. »Ich kenne sie, das ist alles.« Aber er hörte selbst, wie verstellt seine Stimme klang. Ja, er kannte sie. Ihr Gesicht verfolgte ihn seit Jahren in seinen Alpträumen, ihres und das von all den anderen. Jahrelang hatte er gehofft, die Bilder seien gefälscht gewesen, nur gestellt. Jahrelang hatte er gefürchtet, sie seien echt. Dass sie alle tot waren. Nun wusste er es. Nun hatte eines der namenlosen Opfer einen Namen. *Alicia Tremaine.*

»Woher kennst du sie?« Lukes Stimme klang barsch. »Daniel?«

Daniel holte tief Luft, um sich zu beruhigen. »Wir lebten damals beide in Dutton. Es ist doch nicht unlogisch, dass ich sie kannte.«

Lukes Kieferknochen traten hervor. »Eben hast du gesagt, du ›kennst‹ sie, nicht ›kanntest‹.«

Verärgerung löste seine schockierte Erstarrung. »Was soll das, Luke? Ist das ein Verhör?«

»Ja. Du sagst mir nicht die Wahrheit. Du siehst aus, als hättest du einen Geist gesehen.«

»Das habe ich auch.« Mit brennenden Augen starrte er in ihr Gesicht. Sie war sehr hübsch gewesen. Karamellfarbenes Haar hing ihr in dicken Locken über die Schultern, und ihre Augen schienen zu funkeln, als sei sie zu jedem Spaß aufgelegt. Gewesen. Sie war tot.

»Wer ist sie?«, fragte Luke, nun etwas sanfter. »Eine Ex von früher?«

»Nein.« Er ließ die Schultern hängen und senkte den Kopf. »Sie ist mir nie begegnet.«

»Aber du kennst sie«, erwiderte Luke. »Sag schon – woher?«

Daniel richtete sich auf, straffte den Rücken und ging hinter die Bar in der Ecke des Wohnzimmers.

Er schob das Coolidge-Gemälde *Dogs Playing Poker* zur Seite und machte sich am Safe zu schaffen. Lukes Überraschung konnte er förmlich spüren.

»Du hast einen Wandsafe?«

»Familientradition«, erwiderte Daniel knapp. Blieb zu hoffen, dass es die einzige Vorliebe war, die er mit seinem Vater gemein hatte. Er gab die Zahlenkombination ein und holte den Briefumschlag heraus, den er nach seiner Rückkehr aus Philadelphia dort verstaut hatte. Er durchsuchte den Stapel, fand Alicias Foto und reichte es Luke, der sichtlich zusammenfuhr.

»O Gott. Sie ist es.« Entsetzt sah er zu Daniel auf. »Wer ist der Mann?«

Daniel schüttelte den Kopf. »Das weiß ich nicht.«

Lukes Augen funkelten wütend. »Das ist doch krank, Daniel. Woher hast du diese Fotos?«

»Von meiner Mutter«, sagte Daniel verbittert.

Luke machte den Mund auf und schloss ihn wieder. »Von deiner Mutter«, wiederholte er ungläubig.

Daniel ließ sich erschöpft auf die Couch fallen. »Meine Mutter hat mir diese Fotos hinterlassen, als …«

Luke hielt die Hand hoch. »Moment. Fotos? Plural? Was ist da noch im Umschlag?«

»Noch mehr Fotos dieser Art. Verschiedene Mädchen. Verschiedene Männer.«

»Sie sieht aus, als stünde sie unter Drogen.«

»Ja. Alle. Keine ist bei Bewusstsein. Es sind insgesamt fünfzehn. Die Bilder, die eindeutig aus Zeitschriften ausgeschnitten sind, nicht mitgezählt.«

»Fünfzehn«, murmelte Luke. »Okay, jetzt erzähl, wieso deine Mutter dir solche Fotos gibt.«

»Geben ist nicht das richtige Wort. Sie hat sie mir hinterlassen. Mein Vater hatte sie ursprünglich und …« Als Luke ihn verständnislos ansah, seufzte Daniel. »Vielleicht sollte ich es von Anfang an erzählen.«

»Das wäre wohl das Beste.«

»Einiges wusste ich. Einiges wusste meine Schwester. Aber wir haben erst vergangene Woche darüber gesprochen und die Puzzleteile zusammengesetzt. Nach Simons Tod.«

»Deine Schwester weiß auch davon?«

Daniel dachte an den hoffnungslosen Blick in Susannahs Augen. »Ja.« Sie wusste weit mehr, als sie ihm gesagt hatte, dessen war sich Daniel sicher. Und er war sich außerdem sicher, dass Simon ihr etwas angetan hatte. Er konnte nur hoffen, dass sie es ihm irgendwann erzählte.

»Wer sonst noch?«

»Die Polizei von Philadelphia. Ich habe Detective Ciccotelli Abzüge der Fotos gegeben. Ich dachte, sie würden mit seinem Fall zusammenhängen.« Daniel stützte die Ellenbogen auf die Knie und blickte auf Alicia Tremaines Foto. »Die Fotos haben Simon gehört. Ob er sie von jemand anderem bekommen hat, weiß ich nicht. Er hatte sie jedenfalls schon vor seinem Tod.« Er warf Luke einen Blick zu. »Seinem ersten Tod.«

»Vor zwölf Jahren«, präzisierte Luke, dann zuckte er die Achseln. »Mama hat es in der Zeitung gelesen.«

Daniel presste die Lippen zusammen. »Mama, Papa und Millionen ihrer besten Freundinnen. Aber im Grunde ist es jetzt egal. Jedenfalls fand mein Vater die Bilder, setzte Simon vor die Tür und sagte ihm, dass er ihn anzeigen würde, sollte er sich je wieder blicken lassen. Simon war gerade achtzehn geworden.«

»Dein Vater. Der Richter. Er hat Simon einfach davonkommen lassen.«

»Ja, der gute, alte Dad. Er hatte Angst, dass er seine Kandidatur für den Senat zurückziehen müsste, falls die Sache mit den Fotos publik würde.«

»Aber die Fotos hat er behalten. Warum?«

»Es war seine Rückversicherung. Solange er die Fotos hatte, konnte er Simon erpressen, sich von ihm fernzuhalten. Ein paar Tage später erzählte er meiner Mutter, er habe einen Anruf erhalten. Simon sei bei einem Autounfall in Mexiko umgekommen. Dad flog runter, brachte die Leiche heim und ließ sie im Familiengrab beisetzen.«

»Wo tatsächlich ein nicht identifizierter Mann lag, beinahe dreißig Zentimeter kleiner, als Simon gewesen war. Autsch.« Luke zuckte wieder die Achseln. »Komm, das war ein guter Artikel. Viele interessante Einzelheiten. Aber wie auch immer. Wie ist deine Mutter an die Fotos gekommen?«

»Vor elf Jahren, kurz nachdem Simon ›gestorben‹ war, entdeckte Mutter sie durch Zufall in Vaters Safe. Die Fotos und einige Zeichnungen, die Simon nach den Fotovorlagen angefertigt hatte. Meine Mutter weinte nicht oft, aber damals tat sie es … und ich ertappte sie dabei.«

»Und du hast diese Bilder ebenfalls gesehen.«

»Nur flüchtig. Es reichte allerdings, um in mir den Verdacht zu wecken, dass einige der Bilder nicht nur gestellt waren. Aber dann kehrte mein Vater zurück – und tobte! Er musste zugeben, dass er schon seit einem Jahr davon wusste. Ich verlangte, dass wir sie der Polizei übergaben, aber er weigerte sich. Das würde dem Familiennamen schaden, und Simon sei doch ohnehin tot, was hätte es also gebracht?«

Luke blickte finster auf den Umschlag. »Was es gebracht hätte? Tja, den Opfern vermutlich verdammt viel.«

»Natürlich. Aber als ich darauf bestand, zur Polizei zu gehen, gab es fürchterlichen Streit.« Daniel ballte die Fäuste. »Ich war so unglaublich wütend. Ich wäre beinahe auf ihn losgegangen.«

»Und wie ging es weiter?«

»Ich verließ das Haus, um mich ein wenig zu beruhigen. Als ich zurückkehrte, verbrannten die Fotos im Kamin. Mein Vater hatte sie vernichtet.«

»Offenbar nicht.« Luke deutete auf den Umschlag.

»Tja, er hatte sich Abzüge gemacht, aber das wusste ich zu dem Zeitpunkt nicht. Damals war ich … wie vom Donner gerührt. Meine Mutter schluchzte, dies sei doch die beste Lösung, und mein Vater blickte mich so selbstherrlich an, dass ich … dass ich die Kontrolle verlor. Ich schlug zu. Streckte ihn zu Boden. Es war furchtbar. Ich wollte gerade durch die Haustür verschwinden, als Susannah hereinkam. Sie wusste nicht, warum wir uns stritten, und ich wollte ihr nichts davon sagen. Ich meinte sie schützen zu müssen, weil sie doch erst siebzehn war. Aber neulich habe ich erfahren, dass sie weit mehr wusste, als ich damals gedacht hatte. Tja, wenn wir gleich miteinander gesprochen hätten …« Daniel dachte wieder an die vielen Leichen, die Simon in

Philadelphia hinterlassen hatte. »Vielleicht hätten wir Schlimmes verhindern können.«

»Hast du das, was du wusstest, jemandem erzählt?«

Daniel schüttelte angewidert den Kopf. »Was denn? Was hätte ich sagen sollen? Ich hatte keinerlei Beweise. Mein Wort gegen das des Richters? Meine Schwester kannte, wie ich glaubte, die Bilder nicht, und meine Mutter hätte sich niemals gegen meinen Vater gestellt. Also hielt ich den Mund. Was ich bis heute bereue.«

»Und dann bist du von zu Hause fortgegangen und nicht mehr zurückgekehrt.«

»Ja. Bis ich vor zwei Wochen den Anruf vom Sheriff aus Dutton bekam, der sich Sorgen machte, weil meine Eltern verschwunden waren. Und von ihm habe ich auch erfahren, dass meine Mutter Krebs hatte. Ich wollte sie suchen, um sie wenigstens noch einmal zu sehen, aber sie war bereits seit zwei Monaten tot, wie ich kurz darauf erfahren sollte.«

Von Simon ermordet.

»Und wie bist du jetzt an die Fotos gekommen?«

»Letztes Jahr an Thanksgiving stellte sich heraus, dass Simon noch lebte.«

»Weil die Erpresserin in Philly Kontakt mit deinem Vater aufgenommen hatte.«

Daniel sah ihn staunend an. »Wow. Der Zeitungsartikel war wirklich ausführlich.«

»Das habe ich durchs Internet erfahren. Deine Familie hat ziemlich für Schlagzeilen gesorgt, mein Freund.«

Daniel verdrehte die Augen. »Na, toll. Jedenfalls reisten Mom und Dad nach Philadelphia, um Simon zu suchen. Mutter wollte ihn wieder nach Hause bringen, weil sie sich sicher war, dass er unter irgendeiner Form von Gedächtnisschwund oder Ähnlichem litt. Dad wollte Simon daran erinnern, dass *er* am längeren Hebel saß – und ihn notfalls mit den Fotos erpressen, deshalb nahm er sie mit. Irgendwann dämmerte meiner Mutter, dass er überhaupt nicht die Absicht hatte, sie mit Simon zusammenzubringen.«

»Weil Simon ihr gesagt hätte, dass dein Vater die ganze Zeit sehr genau über alles Bescheid gewusst hatte.«

»Genau. Dann verschwand Dad. Man kann wohl davon ausgehen, dass er Simon gefunden hat, denn der brachte ihn um und begrub ihn auf einem abgelegenen Feld. Neben seinen anderen Opfern. Aber er meldete sich auch bei meiner Mutter, und sie wollte ihn treffen. Sie wusste zu dem Zeitpunkt bereits, dass sie in eine Falle tappen könnte, aber das kümmerte sie nicht.«

»Weil sie nichts mehr zu verlieren hatte. Sie hatte Krebs.«

»Wieder richtig. Für den Fall, dass Simon sie töten würde, richtete sie in einer anonymen Agentur ein Postfach für mich ein. In diesem Fach befanden sich die Bilder und ein Brief, in dem sie mir alles erklärte.«

»Du hast gesagt, dieser Ciccotelli aus Philadelphia habe Kopien. Weiß er, dass du die Originale besitzt?«

»Nein. Ich habe die Kopien, die ich ihm gegeben habe, selbst gemacht.«

Luke sah ihn fassungslos an. »Du hast die Dinger auf einem ganz normalen Kopierer gemacht?«

»Nein.« Daniel schüttelte verärgert den Kopf. »Ich habe mir einen Kopier-Scanner gekauft. Bevor Susannah aus New York kam, hatte ich ein paar Stunden Zeit. Ich habe das Ding an meinen Laptop angeschlossen und die Kopien dort gemacht.«

»Du hast den Scanner ganz allein installiert?«

»Meine Güte, ich bin ja nicht total unfähig.« Daniel musste grinsen. »Der Verkäufer hat mir gezeigt, wie es geht.« Sein Blick glitt wieder zu Alicias Foto. »Ich habe seit Jahren Alpträume wegen dieser Mädchen. Seit ich letzte Woche die Bilder bekam, sind ihre Gesichter in meinem Kopf wie eingebrannt. Ich habe mir geschworen, herauszufinden, welche Rolle Simon bei der Entstehung der Bilder gespielt hat, und die Mädchen aufzuspüren, um ihnen zu sagen, dass Simon nicht mehr lebt. Ich hätte mir nie träumen lassen, dass ich die Erste auf diese Art identifiziere.«

»Du kanntest also Alicia Tremaine nicht?«

»Nein. Sie war fünf Jahre jünger als ich, in der Schule konnten wir uns also nicht begegnen. Und als sie ermordet wurde, war ich bereits auf dem College.«

»Und Simon ist keiner von diesen Kerlen auf den Bildern?«

»Nein. Die Männer haben alle noch beide Beine. Simon hatte eine Prothese. Und er war auch ein gutes Stück größer als die Männer auf den Bildern. Leider habe ich auf keinem Bild Tätowierungen, Muttermale oder andere unveränderliche Kennzeichen entdeckt.«

»Aber jetzt hast du den Namen eines Opfers.«

»Eben. Und nun frage ich mich, ob ich Chase davon erzählen soll.«

Chase Wharton war Daniels Vorgesetzter. »Falls ich es tue, wird er mir den Arcadia-Fall abnehmen und mir verbieten, wegen dieser Bilder zu ermitteln. Aber ich will beide Fälle lösen. Ich muss es tun.«

»Deine Buße«, murmelte Luke, und Daniel nickte verlegen. Luke zog eine Braue hoch. »Aber wieso gehst du davon aus, dass Alicias Mörder nicht gefunden wurde?«

Daniel setzte sich mit einem Ruck auf. »Kannst du das überprüfen?«

Luke tippte bereits auf dem Laptop und nickte. »Kurz nachdem Alicias Leiche gefunden wurde, nahm die Polizei Gary Fulmore fest.« Seine Finger flogen über die Tastatur. »Fulmore, Gary. Verurteilt wegen Vergewaltigung und Totschlag im darauf folgenden Januar.«

»Wir haben jetzt Januar. Zufall?«

Luke zuckte mit den Schultern. »Das wirst du herausfinden müssen. Eins ist vollkommen sicher, Danny, dass Simon die Frau in Arcadia nicht umgebracht hat. Er ist seit einer Woche tot.«

»Ja. Und diesmal habe ich ihn persönlich sterben sehen«, fügte Daniel grimmig hinzu. *Tatsächlich habe ich sogar einiges dazu beigetragen.* Und er war froh darüber. Damit hatte er der Welt einen bedeutenden Dienst erwiesen.

Luke sah ihn mitfühlend an. »Und man hat den Mann, der Alicia getötet hat, festgenommen. Wer weiß, vielleicht ist das Fulmore.« Er zeigte auf den Vergewaltiger auf dem Foto. »Und noch wichtiger: Du sollst nicht den Mord an Alicia Tremaine aufklären, sondern den an der Frau im Graben. Wenn ich an deiner Stelle wäre, würde ich im Augenblick nichts von den Fotos sagen.«

Luke hatte, rational betrachtet, absolut recht. Oder vielleicht wollte Daniel es auch nur so sehen. Wie auch immer. Er seufzte befreit. »Danke. Ich schulde dir was.«

Luke klopfte Daniel freundschaftlich auf die Schulter. »Du schuldest mir nicht nur *was*, sondern eine Menge.«

Daniel betrachtete Riley, der sich die ganze Zeit nicht gerührt hatte. »Was willst du? Ich habe deinen Hund aufgenommen und dein Intimleben gerettet. Das gleicht jede Menge Gefallen aus, Papa.«

»Hey. Was kann ich denn dafür, dass Denise Brandis Hund nicht ausstehen konnte.«

»Den Brandi nur deinetwegen gekauft hat.«

»Na ja, Brandi fand eben, dass jeder Detective einen Bluthund haben sollte.«

35

»Was wieder einmal beweist, dass Brandis Stärken nicht in ihrem Verstand zu finden waren.«

Luke grinste. »Wie wahr. Aber zu ihrer Verteidigung muss ich sagen, dass in meinem Mietvertrag eine Klausel steht, die Hunde ab einer gewissen Gewichtsklasse verbietet. Also haben wir Riley genommen.«

»Ich hätte ihn zurückgeben sollen, als Denise dir weggelaufen ist«, murrte Daniel.

»Komisch. Stattdessen hast du ihn seit zwei Jahren und sechs Freundinnen«, sagte Luke. »Du hast ihn gern, den alten Riley, das ist es.«

Und natürlich hatte er recht. »Jedenfalls wirst du ihn nicht mehr mit Mama Papas Souvlaki füttern, oder du kriegst ihn zurück. Dann musst du nämlich nicht nur beten, dass deine Mama deine nächste Freundin mag, sondern auch, dass deine nächste Freundin Bassets mag.«

Lukes Neigung, Freundinnen wie Hemden zu wechseln, bereitete der armen Mama Papa schlaflose Nächte. Die Frauen selbst interessierten sie nicht sonderlich, aber sie gab nie die Hoffnung auf, dass Luke bei einer bleiben und seiner Mutter Enkel schenken würde.

»Ach, ich erinnere sie einfach daran, dass du seit Jahren keine echte Verabredung mehr gehabt hast. Dann wird sie mit solchem Feuereifer ein griechisches Mädchen für dich suchen, dass sie keine Zeit mehr hat, sich meinetwegen die Haare zu raufen.« Er machte die Tür auf und wandte sich, wieder ernst, zu Daniel um. »Du hast nichts verkehrt gemacht, Daniel. Selbst wenn du vor Jahren zur Polizei gegangen wärest, hättest du keine Beweise gehabt. Was hätten sie schon unternehmen können?«

»Danke, Kumpel. Das hilft mir.« Und das tat es wirklich.

»Und was hast du jetzt vor?«

»Jetzt führe ich den Hund aus. Morgen gehe ich den Spuren im Arcadia-Fall nach. Außerdem werde ich versuchen, Kontakt mit Alicia Tremaines Familie aufzunehmen. Vielleicht erinnert sich jemand an etwas. Sag Mama Papa vielen Dank für das leckere Essen.«

Dutton, Sonntag, 28. Januar, 23.30 Uhr

»Tut mir leid, dass ich nicht eher gekommen bin«, murmelte Mack, als er sich auf den kalten Boden setzte. Der Marmor in seinem Rücken fühlte sich noch kälter an. Er wäre gerne am Tag gekommen, als die Sonne schien, aber er wollte kein Risiko eingehen, am Grabstein gesehen zu werden. Niemand sollte wissen, dass er wieder da war, denn dann würde alles herauskommen, und dazu war er noch nicht bereit.

Dennoch hatte er wenigstens einen Besuch machen müssen. Er schuldete ihr so viel mehr, als er ihr hatte geben können. Was sie betraf, hatte er beinahe in jeder Hinsicht versagt. Sie war gestorben, ohne dass er an ihrer Seite gewesen war. Und dies machte ihn noch immer unglaublich wütend.

Zum letzten Mal war er vor dreieinhalb Jahren hier gewesen, an einem heißen Sommertag. Er hatte Fußfesseln getragen und einen Anzug, der nicht passte. An ihrem Sterbebett hatte er nicht sitzen dürfen, aber man hatte ihm erlaubt, zu ihrer Beerdigung zu kommen.

»Ein verdammter Nachmittag«, sagte er leise. »Und verdammt noch mal viel zu spät.«

Man hatte ihm alles genommen: Seine Wohnung, das Familienunternehmen, seine Freiheit und sogar seine Mutter, und alles, was er dafür bekommen hatte, war ein einziger, verdammter kurzer Nachmittag gewesen. Zu spät, um etwas anderes zu tun, als in seinem Zorn zu schmoren und Rache zu schwören.

Auf der anderen Seite des Grabes hatte seine Schwägerin gestanden und geweint, ihren einen Sohn an der Hand, den anderen auf der Hüfte. Bei dem Gedanken an Annette verspannte sich sein Kiefer. Sie hatte sich in den letzten Tagen um seine Mutter gekümmert, während er wie ein Tier eingesperrt gewesen war, und dafür würde er ihr ewig dankbar sein. Aber seit Jahren hütete die Frau seines Bruders Jared ein Geheimnis, das diejenigen vernichten würde, die seine Familie vernichtet hatten. Seit Jahren kannte Annette die Wahrheit und hatte nie ein einziges Wort gesagt.

Er erinnerte sich noch lebhaft an den Wutanfall, der ihn übermannt hatte, als er vor neun Tagen die Tagebücher gefunden und gelesen hatte. Oh, sie hatte sie sorgfältig versteckt, aber nicht sorgfältig genug. Zuerst hatte er vor allem Hass empfunden und sie auf seine Racheliste gesetzt. Aber sie hatte viel für seine Mutter getan, und wenn er in den vier Jahren hinter Gittern eines gelernt hatte, dann, dass Loyalität von unschätzbarem Wert war und sich gute Taten rentierten. Daher hatte er Annette verschont, sodass sie ihr elendes kleines Leben in dem elenden kleinen Haus weiterführen durfte.

Im Übrigen musste sie sich um seine Neffen kümmern. Ihr Familienname würde wenigstens durch die Nachkommen seines Bruders erhalten bleiben.

Und sein eigener Name würde bald unauslöschlich mit Mord und Rache verbunden sein.

Er würde sich rächen und dann verschwinden. Das hatte er im Gefängnis gelernt – wie man verschwand. Es war nicht mehr ganz so einfach, wie es früher gewesen war, aber möglich, wenn man die richtigen Kontakte und ausreichend Geduld besaß.

Geduld. Die allerwichtigste Fähigkeit, die er sich im Gefängnis angeeignet hatte. Wenn man sich Zeit ließ und warten konnte, fielen einem die Lösungen für alle Probleme in den Schoß. Mack hatte sich vier lange Jahre Zeit gelassen. Er hatte die Geschehnisse in Dutton durch die Zeitungen verfolgt, Pläne geschmiedet, gelesen und Informationen gesammelt. Er hatte Körper und Geist gestählt. Und all diese Jahre hatte unter der Oberfläche der Zorn gebrodelt. Als er vor ungefähr einem Monat als freier Mann durch die Gefängnistore gegangen war, hatte er mehr über Dutton gewusst als jeder Bürger dieser Stadt, aber er hatte noch immer nicht gewusst, wie er diejenigen bestrafen konnte, die sein Leben ruiniert hatten. Eine Kugel in den Kopf war zu schnell und zu gnädig. Er wollte eine schmerzhaftere Methode, etwas, das länger dauerte, und so hatte er sich noch ein Weilchen in Geduld geübt, hatte wie ein Schatten in der Stadt gelauert, hatte sie beobachtet, sie ausgekundschaftet, hatte ihre Gewohnheiten und Geheimnisse studiert.

Und dann, vor neun Tagen, hatte sich seine Geduld ausgezahlt. Nach vier langen Jahren der Warterei, in denen er seinen Hass unterdrücken musste, hatte sich sein Plan innerhalb weniger Minuten zusammengefügt. Der Vorhang hatte sich gehoben. Endlich war es so weit.

»Es gibt so vieles, was du nicht gewusst hast, Mama«, sagte er leise. »So viele Menschen, die dich verraten haben, obwohl du ihnen vertraut hast. Die Stützen dieser Stadt sind von Grund auf verdorben. Was sie getan haben, ist weit schlimmer als alles, was ich mir in meinen Rachephantasien je hätte ausdenken können.« *Bis jetzt.* »Ich wünschte, du könntest mit ansehen, was ich tun werde. Ich will den Dreck in dieser Stadt ans Tageslicht bringen, und dann wird jeder wissen, was man dir, mir und sogar Jared angetan hat. Ich werde sie demütigen und vernichten. Und die Menschen, die sie lieben, werden sterben.«

Heute hatten sie das erste Opfer gefunden. Während des Fahrradrennens, genau wie er es geplant hatte. Und der leitende Ermittler war kein anderer als Daniel Vartanian persönlich. Was seinem Spiel eine ganz neue Bedeutungsebene hinzufügte.

Er hob den Blick und spähte durchs Dunkel zum Familiengrab der Vartanians. Das gelbe Flatterband der Polizei war entfernt worden, und das Grab, von dem man bis vor neun Tagen geglaubt hatte, es beherberge die sterblichen Überreste Simon Vartanians, war wieder zugeschüttet worden. Nun gab es zwei weitere Särge in diesem Familiengrab.

»Der Richter und seine Frau sind tot. Die ganze Stadt ist am Freitag zum Doppelbegräbnis hier gewesen – erst vor zwei Tagen.« Die ganze Stadt im Gegensatz zu der traurigen kleinen Gruppe, die sich damals am Grab seiner Mutter versammelt hatte. *Annette, ihre Söhne, der Reverend und ich.* Und natürlich die Gefängniswärter. Die durfte man nicht vergessen. »Aber mach dir nichts draus. Die meisten sind nicht gekommen, um dem Richter ihren Respekt zu erweisen. Sie wollten bloß Susannah und Daniel anglotzen.«

Mack hatte das Geschehen aus einiger Entfernung beobachtet, sodass niemand ihn bemerkt hatte. »Daniel ist heute wieder arbeiten gegangen.« Worauf er gehofft hatte. »Dabei hätte ich gedacht, dass er sich noch ein wenig Urlaub gönnt.«

Er strich mit der Hand über das Gras, das ihr Grab bedeckte. »Wahrscheinlich bedeutet nicht jedem Familie gleich viel. Ich hätte nach deiner Beerdigung nicht so schnell wieder arbeiten können. Tja, allerdings durfte ich auch nicht frei entscheiden«, fügte er verbittert hinzu.

Wieder sah er zum Grab der Vartanians hinüber. »Der Richter und seine Frau sind durch Simons Hand gestorben. Und wir haben all die Jahre geglaubt, er sei tot. Weißt du noch, wie du Jared und mich mit an sein Grab genommen und uns gesagt hast, wir müssten den Toten Respekt erweisen? Aber Simon war gar nicht tot. Vor neun Tagen wurde das Grab geöffnet, und es wurde festgestellt, dass nicht Simon in Simons Grab lag. Am selben Tag erfuhren wir, dass er seine Eltern umgebracht hat.«

Und an diesem Tag hatte er die Tagebücher gefunden, die Annette versteckt hatte, und endlich gewusst, wie er seine Rache stillen sollte. Alles in allem war dieser Tag ein sehr guter gewesen.

»Jetzt ist Simon wirklich tot.« Zu schade, dass Daniel Vartanian seine Hand dabei im Spiel gehabt hatte und ihm zuvorgekommen war. »Er liegt zwar nicht hier, aber keine Sorge. Das Grab wird nicht lange leer bleiben. Bald wird der andere Sohn der Vartanians beerdigt werden.« Er lächelte. »Bald werden einige Leute aus Dutton beerdigt werden.«

Wie schnell sich der Friedhof füllen würde, hing davon ab, wie schlau

39

Daniel Vartanian war. Wenn Daniel das Opfer von heute noch nicht mit Alicia Tremaine in Verbindung gebracht hatte, dann würde er es bald tun. Ein kurzer, anonymer Anruf bei der *Dutton Review*, und morgen früh wusste jeder in der Stadt, was er getan hatte. Vor allem die, die es wissen sollten. Sie würden sich erinnern. Sich Fragen stellen. Sich fürchten.

»Bald werden sie alle büßen.« Er stand auf und blickte ein letztes Mal auf den Grabstein, der den Namen seiner Mutter trug. Wenn alles gutging, konnte er nie mehr zurückkehren. »Ich werde dafür sorgen, dass wir beide Gerechtigkeit erfahren, und wenn es das Letzte ist, was ich tue.«

Montag, 29. Januar, 7.15 Uhr

»Alex. Wach auf!«

Auf Merediths eindringliches Flüstern hin öffnete Alex die Schlafzimmertür. »Du brauchst nicht leise zu sein. Wir sind beide wach.« Sie deutete auf Hope, die am Tischchen saß. Ihre nackten Füße baumelten ein paar Zentimeter oberhalb des Bodens in der Luft, und sie biss sich konzentriert auf die Unterlippe. »Sie malt wieder.« Alex seufzte. »Mit Rot. Ich habe sie allerdings dazu bewegen können, ein paar Cornflakes zu essen.«

Meredith blieb im Türrahmen stehen. Sie trug ihre Laufkleidung und hielt die Morgenzeitung in der Hand. »Guten Morgen, Hope. Alex, kann ich dich einen Moment sprechen?«

»Sicher. Hope, ich bin nebenan im Wohnzimmer.« Aber Hope reagierte nicht. Alex folgte Meredith in das angrenzende Zimmer. »Als ich aufwachte, saß sie schon am Tisch. Ich habe keine Ahnung, wie lange sie schon malt. Sie hat kein Geräusch gemacht.«

Meredith ging nicht darauf ein. Stattdessen hielt sie ihr die Zeitung hin. »Am liebsten würde ich dir das nicht zeigen.« Alex warf einen Blick auf die Schlagzeile. Ihre Beine gaben nach, und sie sank auf das Sofa. Die Hintergrundgeräusche verschwanden, bis sie nur noch das Blut hören konnte, das in ihren Ohren pulsierte. *Arcadia – Ermordete Frau im Graben gefunden.* »Oh, Mer. O nein.«

Meredith ging neben Alex in die Hocke und sah ihr ins Gesicht. »Es muss nicht Bailey sein.«

Alex schüttelte den Kopf. »Aber zeitlich kommt es genau hin. Sie ist gestern gefunden worden und war schon zwei Tage tot.« Sie zwang sich zu atmen und den Rest des Artikels zu lesen. *Bitte. Sei nicht Bailey. Sei zu klein oder zu groß. Sei braun- oder rothaarig, aber sei einfach nicht*

Bailey. Doch während sie las, begann ihr hämmerndes Herz zu rasen. »Meredith!« Sie blickte auf. Heiße Panik schoss ihr durch die Adern. »Die Frau war in eine braune Decke gehüllt.«

Meredith griff nach der Zeitung. »Ich habe nur die Schlagzeile und den Anfang gelesen.« Stumm bewegten sich ihre Lippen, während sie las. Dann sah sie auf. Sie war so blass, dass die Sommersprossen deutlich hervortraten. »Ihr Gesicht.«

Alex nickte betäubt. »Ja.« Ihre Stimme klang dünn. Das Gesicht der Frau war bis zur Unkenntlichkeit zerschlagen worden. »Genau wie …« Wie bei Alicia.

»Mein Gott.« Meredith schluckte. »Sie wurde …« Sie warf einen Blick über die Schulter ins Schlafzimmer, in dem Hope noch immer konzentriert das Malbuch bearbeitete. »*Alex.*«

Sie war vergewaltigt worden. Genau wie Alicia. »Ich weiß.« Alex stand auf, obwohl sie nicht sicher war, ob ihre Knie sie tragen würden. »Ich habe der Polizei in Dutton gesagt, dass etwas Schlimmes passiert sein muss, aber sie wollten nicht auf mich hören.« Sie straffte die Schultern. »Kannst du bei Hope bleiben?«

»Ja. Was hast du vor?«

Sie nahm die Zeitung. »In dem Artikel steht, dass die Ermittlungen von Special Agent Vartanian vom GBI geleitet werden. Das Büro befindet sich in Atlanta, also fahre ich jetzt dorthin.« Ihre Augen verengten sich. »Und bei Gott, dieser Vartanian sollte noch nicht einmal daran denken, mich zu ignorieren.«

Montag, 29. Januar, 7.50 Uhr

Er hatte den Anruf erwartet, seit er heute Morgen die Zeitung von seiner Veranda aufgelesen hatte. Dennoch packte ihn die Wut, als das Telefon klingelte. Die Wut und … die Angst. Er griff mit zitternder Hand nach dem Hörer. Zwang sich zur Ruhe. Gelassenheit. »Ja.«

»Hast du das gesehen?« Die Stimme am anderen Ende war so zittrig wie seine Hand, aber er dachte nicht daran, den anderen seine Furcht spüren zu lassen. Ein Hauch von Schwäche, und die anderen würden einknicken, in sich zusammenfallen wie ein Kartenhaus.

»Ich habe die Zeitung vor mir liegen.« Die Schlagzeile hatte ihm einen Schock versetzt, der Artikel Übelkeit verursacht. »Das hat nichts mit uns zu tun. Halt den Mund, und es ist bald wieder vergessen.«

»Aber wenn jemand Fragen stellt …«

»Wir sagen nichts, genau wie damals. Das ist bloß ein Nachahmer. Tu einfach, als sei nichts, und alles wird gut.«

»Aber … aber das ist eine schlimme Sache. Ich kann nicht so tun, als ob nichts ist.«

»Du kannst und du wirst. Das hat nichts mit uns zu tun. Jetzt hör auf zu heulen und geh zur Arbeit. Und ruf mich nicht wieder an.«

Er legte auf, dann las er den Artikel noch einmal. Er war noch immer wütend, und die Furcht hatte sich in seinen Eingeweiden festgesetzt. Wie hatte er nur so dumm sein können. *Du warst damals praktisch noch ein Kind. Kinder machen Fehler.* Er nahm das Bild auf seinem Schreibtisch in die Hand und betrachtete die lächelnden Gesichter seiner Frau und seiner zwei Kinder. Jetzt war er erwachsen. Und hatte viel zu viel zu verlieren.

Wenn einer von ihnen einbricht, wenn einer etwas sagt … Er stieß sich vom Tisch ab, hastete ins Bad und übergab sich.

Dann richtete er sich auf und riss sich zusammen. Er würde den Tag überstehen.

Atlanta, Montag, 29. Januar, 7.55 Uhr

»Hier. Sie sehen aus, als hätten Sie es nötig.«

Daniel roch den Kaffeeduft und sah auf, als sich Chase Wharton auf seiner Tischkante niederließ. »Danke. Ich suche seit einer Stunde in der Vermisstenkartei und sehe schon doppelt.« Er nahm einen Schluck und verzog das Gesicht, als das bittere Gebräu durch seine Speiseröhre floss. »Danke«, wiederholte er weit weniger aufrichtig, und sein Chef lachte leise.

»Tut mir leid. Ich habe gerade frischen gemacht, und der Rest in der Kanne musste weg.« Chase blickte auf den Stapel Ausdrucke. »Kein Glück bisher?«

»Nein. Ihre Fingerabdrücke sind nicht drin. Sie ist seit zwei Tagen tot, aber sie kann schon vorher verschwunden sein. Ich bin zwei Monate zurückgegangen, aber es ist keine dabei, deren Profil passt.«

»Vielleicht stammt sie nicht aus der Gegend, Daniel.«

»Ja, ich weiß. Leigh fordert die Karteien der Polizeistellen in einem Umkreis von fünfzig Meilen an.« Aber bisher hatte auch ihre Assistentin nichts gefunden. »Ich hoffe, dass sie wirklich erst vor zwei Tagen verschwunden ist und sie deshalb noch nicht als vermisst gemeldet wurde, weil es Wochenende war. Vielleicht ruft heute jemand an, wenn sie nicht zur Arbeit erscheint.«

»Ja, drücken wir die Daumen. Was steht heute an? Werden wir mehr über sie herausfinden?«

»Ja, um sechs heute Abend. Bis dahin wird Dr. Berg die Autopsie durchgeführt und die Spurensicherung die Arbeit am Fundort beendet haben.« Er holte tief Luft. »Aber wir haben ein anderes Problem.« Unter dem Stapel lagen drei gefaxte Seiten, die heute Morgen im Gerät auf ihn gewartet hatten. Er zog sie hervor.

Chase' Miene verfinsterte sich. »Verdammt und zugenäht. Wer hat das Foto gemacht? Welche Zeitung ist das?«

»Der Kerl, der das Foto gemacht hat, ist auch der Verfasser des Artikels. Er heißt Jim Woolf, und ihm gehört die *Dutton Review*. Das ist die Schlagzeile von heute.«

Chase sah überrascht auf. »Dutton? Ich dachte, das Opfer sei in Arcadia gefunden worden.«

»Ja, das stimmt auch. Aber Sie sollten sich setzen. Es kann ein paar Minuten dauern.«

Chase setzte sich. »Also gut. Was geht hier vor, Daniel? Wer hat Ihnen das Fax geschickt?«

»Der Sheriff von Arcadia. Er hat die Zeitung gesehen, als er sich heute Morgen auf der Fahrt zur Arbeit einen Kaffee besorgt hat. Er hat mich um sechs Uhr angerufen, um es mir mitzuteilen, und dann diese Seiten gefaxt. Aus dem Blickwinkel des Fotos zu schließen, muss Jim Woolf im Baum gesessen und uns beobachtet haben.«

Daniel musterte das körnige Foto und spürte erneut Ärger aufflammen. »Woolf hat natürlich all die Einzelheiten reingebracht, die ich zurückgehalten hätte: die gebrochenen Knochen, die braune Decke. Er hat nicht einmal genug Zurückhaltung bewiesen, um zu warten, bis der Leichensack zugezogen wurde. Zum Glück steht Malcolm halb davor.« Nur ihre Füße waren zu sehen.

Chase nickte grimmig. »Wie zum Teufel ist er durch unsere Absperrung gekommen?«

»Gar nicht, glaube ich. Er hätte nie im Leben auf diesen Baum klettern können, ohne dass wir ihn gesehen hätten.«

»Also muss er da gewesen sein, bevor wir gekommen sind.« Daniel nickte. »Was wiederum bedeutet, dass er mindestens einen Tipp bekommen hat. Im schlimmsten Fall hat er den Fundort kontaminiert, bevor wir eingetroffen sind.«

»Wer hat die Tote gemeldet? Zuerst, meine ich?«

»Ein Fahrradfahrer. Teilnehmer des Rennens. Er hat erzählt, er sei nicht einmal abgestiegen, um die Polizei zu rufen. Ich habe bereits eine richterliche Verfügung beantragt, um mir seinen Verbindungsnachweis anzusehen.«

»Geier«, murmelte Chase. »Rufen Sie diesen Woolf an. Ich will wissen, von wem er die Information bekommen hat.«

»Ich habe ihn heute Morgen schon viermal angerufen, aber noch keine Antwort bekommen. Ich fahre nachher nach Dutton, um ihn zu befragen, aber ich wette, er beruft sich auf Quellenschutz und sagt kein Wort.«

»Wahrscheinlich. Verdammt.« Chase fasste das Fax so angewidert an, als handelte es sich um ein totes Insekt. »Immerhin könnte Woolf sie auch selbst dort abgelegt haben.«

»Ja, natürlich, aber das bezweifle ich. Ich bin mit Jim zur Schule gegangen und kenne seine Familie. Er und seine Brüder waren immer stille, nette Burschen.«

Chase schnaubte. »Wir können wohl behaupten, dass er sich verändert hat.«

Daniel seufzte. Hatten sie das nicht alle? Dutton schien etwas an sich zu haben, das das Schlimmste in den Menschen hervorbrachte. »So sieht's aus.«

Chase hielt die Hand hoch. »Aber Moment. Ich weiß immer noch nicht, wieso das in Dutton überhaupt eine Schlagzeile wert ist. Das Verbrechen ist in Arcadia geschehen – warum also einen Tipp an diese Zeitung?«

»Das Opfer von gestern wurde in einem Straßengraben gefunden. Eingewickelt in eine braune Decke. Ein ähnliches Verbrechen geschah vor dreizehn Jahren in Dutton.« Daniel zeigte ihm den Artikel über den Mord an Alicia Tremaine. »Ihr Mörder sitzt lebenslänglich im Macon State.«

Chase verzog das Gesicht. »Gott, ich hasse Nachahmer.«

»Die Originaltäter gefallen mir auch nicht besser. Jedenfalls glaube ich, dass jemand die Leiche vor dem Radfahrer gesehen, sich an den Tremaine-Fall erinnert und die Story an Jim Woolf weitergegeben hat. Ich habe mit der Rennleitung gesprochen, um den Zeitpunkt einzugrenzen, an dem die Leiche dort deponiert worden ist, und einer sagte, er sei den Kurs am Samstag abgefahren und habe dabei nichts bemerkt. Ich bin geneigt, ihm zu glauben, denn der Kerl hatte Brillengläser, dick wie Flaschenböden.«

»Es könnten noch andere die Strecke vorher abgefahren sein. Haken Sie nach.« Chase runzelte die Stirn. »Aber was hat es mit diesem Tremaine-Fall auf sich? Es gefällt mir nicht, wenn Sie an einem Fall arbeiten, der eine Verbindung zu Dutton hat. Nicht im Augenblick.«

Daniel hatte auf diesen Einwand gewartet. Dennoch wurden seine Handflächen feucht. »Simon hat diese Frau nicht umbringen können, Chase. Es besteht kein Interessenkonflikt.«

Chase verdrehte die Augen. »Daniel. Ich bin nicht blöd. Aber ich weiß ganz genau, dass die Verbindung der Namen Dutton und Vartanian meine Chefs nervös macht.«

»Nicht mein Problem. Ich habe nichts Unrechtes getan.«

Und eines Tages würde er das sicherlich auch glauben können. Heute reichte es, wenn Chase es glaubte.

»Also gut. Aber sobald Sie etwas von einem bösen Vartanian munkeln hören, lassen Sie alles stehen und liegen, ist das klar?«

Daniel grinste gequält. »Okay.«

»Was haben Sie jetzt vor?«

»Die Frau identifizieren.« Er tippte auf das Foto des Opfers. »Anschließend will ich zu Woolf fahren, ihn ausquetschen und dann … über den Tremaine-Fall Erkundigungen einziehen. Ich habe dem Sheriff von Dutton Nachrichten hinterlassen und die Akte angefordert. Vielleicht steht etwas drin, was mir weiterhelfen kann.«

3. Kapitel

Atlanta, Montag, 29. Januar, 8.45 Uhr

ALEX BLIEB EINEN MOMENT LANG vor dem Büro der Ermittlungsabteilung des GBI stehen und betete stumm, dass sich Agent Daniel Vartanian entgegenkommender verhalten würde, als Duttons Sheriff Loomis es getan hatte. »Versuchen Sie es in Peachtree und Pine«, hatte Loomis sie angefahren, als sie am Sonntag zum fünften Mal in seinem Büro angerufen hatte, um etwas über Bailey herauszufinden. Sie hatte im Internet nachgeforscht und herausgefunden, dass mit Peachtree und Pine ein Bezirk um die Peachtree und Pine Street gemeint war, in dem sich viele Obdachlosenasyle befanden. Falls sie sich irrte – *Lieber Gott, bitte mach, dass ich mich irre* – und das Opfer nicht Bailey war, dann würde diese Adresse ihre nächste Anlaufstelle sein.

Aber Alex hatte genug erlebt, um realistisch zu sein. Die Möglichkeit, dass es sich bei dem Opfer um Bailey handelte, war nicht gering. Und dass sie offenbar genauso getötet worden war wie Alicia …

Ein Schauder lief ihr den Rücken hinab, und sie atmete tief durch, um sich wieder zu fangen. *Konzentrier dich auf die Stille. Setz dich durch.*

Wenigstens ihre Kleider gaben ihr Selbstbewusstsein. Sie trug das schwarze Kostüm, das sie für alle Fälle mitgebracht hatte. Es war möglich, dass sie vor Gericht erscheinen musste, um die Vormundschaft für Hope zu beantragen. Und es war möglich, dass Bailey gefunden wurde.

Sie hatte das Kostüm schon zu einigen Beerdigungen getragen. Sie hoffte inständig, dass es keine weitere geben würde.

Sie holte wieder tief Luft, straffte die Schultern und öffnete die Tür.

Das Namensschildchen am Empfang besagte, dass die Blonde hinter dem Tisch Leigh Smithson hieß. Mit einem freundlichen Lächeln blickte die Frau von ihrem Computer auf. »Kann ich Ihnen helfen?«

»Ich möchte zu Agent Daniel Vartanian.« Alex hob das Kinn.

Das Lächeln der Blonden verblasste. »Haben Sie einen Termin?«

»Nein. Aber es ist wichtig. Es geht um einen Zeitungsartikel.« Sie zog die *Dutton Review* aus ihrer Umhängetasche, und die Augen der Frau schienen vor Wut zu funkeln.

»Agent Vartanian hat dazu nichts zu sagen. Wenn Sie von der Presse sind …«

»Ich bin keine Reporterin, und ich will auch nichts über Agent Vartanian wissen«, unterbrach Alex sie. »Es geht um die Ermittlung.« Sie schluckte, entsetzt, dass ihre Stimme brach. »Ich glaube, dass das Opfer meine Stiefschwester ist.«

Die Miene der Frau veränderte sich augenblicklich, und sie sprang von ihrem Stuhl auf. »Es tut mir so leid. Ich hatte angenommen, dass Sie … Wie heißen Sie, Ma'am?«

»Alex Fallon. Meine Stiefschwester heißt Bailey Crighton. Sie ist vor zwei Tagen verschwunden.«

»Ich sage Agent Vartanian sofort Bescheid, Miss Fallon. Bitte setzen Sie sich.« Sie deutete auf eine Reihe Plastikstühle und griff nach dem Telefon. »Er wird gleich bei Ihnen sein.«

Alex war zu nervös, um sich zu setzen. Unruhig ging sie auf und ab und betrachtete die Kinderzeichnungen von Polizisten, Dieben und Gefängniszellen, die an der Wand hingen. Wieder musste Alex an Hope und den roten Stift denken. Was mochte die Kleine gesehen haben? *Und kannst du damit umgehen, wenn du es weißt?*

Sie blieb wie angewurzelt stehen. Der Gedanke traf sie völlig unvorbereitet. Konnte sie damit umgehen? Konnte sie die Wahrheit ertragen? Um Hopes willen musste sie es. Das Kind hatte niemanden mehr. *Also musst du diesmal damit fertig werden, Alex.* Und bisher hatte sie es wohl noch nicht allzu gut gemacht.

In der vergangenen Nacht hatte sie wieder *den* Traum gehabt, war schweißgebadet und laut schreiend aufgeschreckt. Zum Glück war Hope davon nicht aufgewacht. Ob die Kleine auch träumte? Und was mochte sie in ihren Träumen heimsuchen?

»Miss Fallon? Ich bin Special Agent Daniel Vartanian.« Die Stimme klang tief, ruhig und voll. *Jetzt ist es so weit. Er sagt dir, dass es Bailey ist. Kannst du damit umgehen?*

Sie wandte sich langsam um und hatte für einen Sekundenbruchteil Zeit, in sein kantiges, attraktives Gesicht mit der breiten Stirn, dem ernsten Mund und den unfassbar blauen Augen zu blicken. Dann, plötzlich, weiteten sich diese Augen, und Alex sah, wie sein Blick flackerte, während gleichzeitig alle Farbe aus seinem Gesicht wich.

Also war es Bailey. Alex presste die Lippen aufeinander und

kämpfte gegen das Bedürfnis an, sich auf einen Stuhl sinken zu lassen. Sie hatte schließlich gewusst, dass es so kommen konnte. Dennoch. Sie hatte so sehr gehofft … »Agent Vartanian«, sagte sie tonlos. »Ist diese Frau meine Stiefschwester?«

Er starrte sie an, während das Blut langsam in sein Gesicht zurückkehrte. »Bitte«, sagte er und klang nun gepresst. Er streckte den Arm aus, um ihr zu bedeuten, voranzugehen. Alex hatte Mühe, sich in Bewegung zu setzen. »Mein Büro ist dort. Durch die Tür und dann links.«

Der Raum war karg eingerichtet. Die üblichen nichtssagenden Möbel. Karten an der Wand, ein paar Gedenktafeln. Keine Bilder. Sie ließ sich auf dem Stuhl nieder, den er ihr anbot, während er sich hinter seinen Tisch setzte. »Ich muss mich entschuldigen, Miss Fallon. Sie sehen jemandem sehr ähnlich, und ich war … einen Moment aus der Bahn geworfen. Bitte erzählen Sie mir etwas über Ihre Stiefschwester. Miss Smithson sagte, ihr Name sei Bailey Crighton, und sie würde seit zwei Tagen vermisst.«

Er blickte sie so eindringlich an, dass sie nicht wusste, was sie tun sollte. Also erwiderte sie einfach seinen Blick und stellte fest, dass es ihr half, sich zu konzentrieren. »Am Freitagmorgen habe ich einen Anruf vom Sozialamt bekommen. Bailey ist nicht zur Arbeit gekommen, und eine Kollegin fand ihre kleine Tochter allein zu Hause.«

»Sie sind also hergekommen, um sich der Tochter anzunehmen?«

Alex nickte. »Ja. Ihr Name ist Hope. Sie ist vier. Ich habe versucht, mit dem Sheriff in Dutton zu reden, aber er meinte, Bailey sei wahrscheinlich nur untergetaucht.«

Sein Kiefer verspannte sich so leicht, dass es ihr entgangen wäre, hätte sie ihn nicht unentwegt angesehen. »Sie hat also in Dutton gewohnt?«

»Ja. Ihr ganzes Leben schon.«

»Aha. Können Sie sie beschreiben, Miss Fallon?«

Alex verschränkte die Hände in ihrem Schoß. »Ich habe sie seit fünf Jahren nicht mehr gesehen. Sie war damals drogenabhängig, sie wirkte ausgemergelt und alt. Aber man sagte mir, dass sie seit der Geburt ihrer Tochter clean sei. Ich weiß nicht genau, wie sie jetzt aussieht, und ein Foto habe ich auch nicht.« Als Kim und Steve sie vor dreizehn Jahren mitgenommen hatten, hatte sie alles zurückgelassen, und später … Alex hatte kein Bild von der süchtigen Bailey haben wollen. Sie hätte nicht ertragen können, sie anzusehen.

»Sie hat ungefähr meine Größe. Als ich sie das letzte Mal sah, war sie sehr dünn. Graue Augen. Damals war sie blond, aber sie ist Friseurin, es wäre also ein Leichtes für sie, die Haare zu färben.«

Vartanian machte sich Notizen. »Was für ein Blond? Dunkel? Gold?«

»Nicht so wie Ihres.« Daniel Vartanians Haare hatten die Farbe von Weizen, und es war so dick, dass es abstand, wenn er sich mit den Fingern hindurchfuhr. Er sah auf, und seine Lippen zuckten. Sie errötete. »Entschuldigen Sie.«

»Schon gut«, sagte er lächelnd. Obwohl er sie noch immer so eindringlich ansah, hatte sich etwas in seinem Verhalten verändert, und zum ersten Mal verspürte Alex wieder ein wenig Hoffnung.

»War das Opfer blond, Agent Vartanian?«

»Nein. Hatte Ihre Stiefschwester irgendwelche unveränderlichen Kennzeichen?«

»Eine Tätowierung am rechten Fußknöchel. Ein Schaf.«

Er sah sie überrascht an. »Ein Schaf?«

Alex errötete erneut. »Genauer gesagt, ein Lamm. Es war eine Art Familienwitz zwischen ihr, mir und meiner Schwester. Wir haben alle eins …« Sie brach ab. Musste sie so dummes Zeug reden?

Sein Blick flackerte wieder, nur kurz. »Ihre Schwester?«

»Ja.« Alex blickte auf Vartanians Tisch und sah ein Exemplar der heutigen Ausgabe der *Dutton Review*. Plötzlich verstand sie seine extreme Reaktion auf ihren Anblick, und sie wusste nicht genau, ob sie erleichtert oder verärgert sein sollte. »Sie haben die Zeitung schon gelesen, also wissen Sie von den Übereinstimmungen zwischen diesem Mord und dem an meiner Schwester.« Er erwiderte nichts darauf, und Alex entschied, dass sie verärgert war. »Bitte, Agent Vartanian. Ich bin erschöpft und habe furchtbare Angst um meine Stiefschwester. Spielen Sie nicht mit mir.«

»Es tut mir leid, Miss Fallon. Ich wollte wirklich nicht den Eindruck vermitteln, mit Ihnen zu spielen. Erzählen Sie mir von Ihrer Schwester. Wie war ihr Name?«

Alex biss sich auf die Innenseiten ihrer Wangen. »Alicia Tremaine. Herrgott noch mal, Sie müssen ihr Foto kennen. Sie haben mich eben angestarrt, als hätten Sie ein Gespenst gesehen.«

Wieder flackerte sein Blick, aber diesmal sprach seine Reaktion von Verärgerung. »Die Ähnlichkeit ist da«, sagte er täuschend ruhig.

»In Anbetracht der Tatsache, dass wir eineiige Zwillinge waren, überrascht mich das eigentlich nicht.« Alex schaffte es, ihre Stimme

49

neutral zu halten, aber es kostete sie Mühe. »Agent Vartanian, ist die Tote Bailey oder nicht?«

Er spielte mit seinem Kugelschreiber, bis Alex am liebsten über den Tisch gesprungen wäre und ihn ihm abgenommen hätte. Endlich sprach er. »Sie ist nicht blond, und sie ist nicht tätowiert.«

Vor Erleichterung wurde ihr schwindelig. Alex musste kämpfen, um die Tränen, die in ihr aufstiegen, zu unterdrücken. Als sie sich wieder im Griff hatte, stieß sie kontrolliert den Atem aus und hob den Blick.

»Dann kann es nicht Bailey sein.«

»Tätowierungen kann man entfernen.«

»Aber dann müsste es Narben geben. Ihr Rechtsmediziner kann das überprüfen.«

»Und ich sorge dafür, dass sie es tut.« Sein Tonfall verriet Alex, dass er als Nächstes versprechen würde, sich bei ihr zu melden, sobald er etwas Neues wüsste. Aber sie konnte nicht warten.

Sie hob das Kinn ein wenig höher. »Ich will sie sehen. Ich meine, das Opfer. Ich muss es wissen. Bailey hat ein Kind, und Hope hat ein Recht darauf, es zu erfahren. Sie muss erfahren, dass ihre Mutter sie nicht einfach im Stich gelassen hat.« Alex nahm an, dass Hope sehr wohl wusste, was geschehen war, aber das würde sie der Polizei nicht unter die Nase reiben.

Vartanian schüttelte den Kopf, obwohl in seinem Blick etwas lag, das man als Mitgefühl deuten konnte. »Sie können sie nicht sehen. Sie ist in keinem guten Zustand. Ihr Gesicht ist unkenntlich.«

»Ich bin Krankenschwester, Agent Vartanian. Ich habe schon einige Tote gesehen. Wenn es Bailey ist, werde ich es wissen. Bitte.«

Er zögerte, nickte dann aber schließlich. »Also gut. Ich rufe die Rechtsmedizinerin an. Sie wollte gegen zehn anfangen, also können wir sie vielleicht noch vorher erwischen.«

»Danke.«

Montag, 29. Januar, 9.45 Uhr

»Bitte hier entlang.« Dr. Felicity Berg trat einen Schritt zur Seite und ließ Alex Fallon durch die Tür in den Raum vorangehen, der an den Autopsiesaal angrenzte. Daniel folgte ihr. »Sie können sich setzen, wenn Sie möchten.«

Daniel beobachtete, wie sich Alex umsah und einen Blick auf den Vorhang vor der großen Scheibe warf. »Danke, aber ich möchte lieber stehen«, sagte sie. »Ist sie so weit?« Sie gab sich cool, diese Alex Fallon. Und sie hatte ihm den Schock seines Lebens verpasst.

Sie ist es, hatte er nur denken können, als sie zu ihm aufgesehen hatte. Er konnte von Glück sagen, dass er sich nicht noch lächerlicher gemacht hatte. Als sie gesagt hatte, er habe ausgesehen, als wäre er einem Geist begegnet, hatte sie den Nagel auf den Kopf getroffen. Sein Herz schlug noch immer unregelmäßig, wenn er sie ansah, aber er konnte es nicht lassen.

Bei genauerer Betrachtung unterschied sie sich natürlich von dem Foto ihrer lächelnden Schwester als Teenager. Sie war dreizehn Jahre älter, aber das war es nicht allein. Ihre Augen hatten zwar die gleiche Whisky-Farbe wie die ihrer Schwester, aber es lag etwas anderes darin. Das Mädchen auf dem Foto hatte vergnügt ausgesehen. In Alex Fallons Augen gab es kein Lachen.

Vielleicht hatte es in ihrem Blick einmal dasselbe spitzbübische Funkeln gegeben. Aber vor dreizehn Jahren hatte diese Frau Schlimmes erlebt, und nun war sie kühl und beherrscht.

Er hatte bei ihrem Gespräch miterlebt, wie verschiedene Gefühle – Angst, Ärger, Erleichterung – aufgeblitzt waren, aber sie hatte sie ebenso rasch wieder unter Kontrolle gebracht. Was mochte ihr wohl jetzt gerade durch den Kopf gehen?

»Ich sehe nach«, sagte Felicity und schloss die Tür hinter sich.

Sie waren allein.

Alex stand ruhig vor dem verhängten Fenster. Ihre Arme hingen herab, doch die Fäuste waren geballt, und Daniel musste plötzlich gegen das Bedürfnis ankämpfen, ihre Finger zu lösen.

Sie war eine schöne Frau, dachte er. Endlich konnte er sie betrachten, ohne ihren Blick auf sich zu spüren. Ihre Augen hatten ihn erschüttert, sie hatten mehr gesehen, als er sich für sie wünschte. Ihre vollen Lippen schienen selten zu lächeln. Sie war schlank, wenn ihr strenges schwarzes Kostüm auch das meiste ihrer Figur verhüllte. Ihr Haar hatte genau wie das ihrer Schwester die Farbe von dunklem Karamell und fiel ihr in dicken, glänzenden Wellen über den Rücken.

Weil der Gedanke, ihr Haar zu berühren, ihre Wange zu streicheln … weil der Gedanke ihm tatsächlich durch den Sinn ging, schob Daniel die Hände in die Taschen. Sie fuhr leicht zusammen, als er sich bewegte.

»Wo wohnen Sie, Miss Fallon?«

Sie wandte leicht den Kopf, um ihn anzusehen. »Cincinnati.«

»Und dort arbeiten Sie als Krankenschwester?«

51

»Ja. Notaufnahme.«

»Harter Job.«

»Wie Ihrer.«

»Und Sie nennen sich nicht mehr Tremaine.«

Ihre Halsmuskeln bewegten sich, als sie schluckte. »Nein. Ich habe meinen Namen geändert.«

»Wann haben Sie geheiratet?«, fragte er und erkannte, dass er den Atem anhielt.

»Ich bin nicht verheiratet. Ich bin nach dem Tod meiner Schwester von meiner Tante und meinem Onkel adoptiert worden.«

Sie war nicht verheiratet. Es spielte keine Rolle. Nur dass es doch eine Rolle spielte. Tief im Inneren spürte er, dass es eine verdammt große Rolle spielte. »Sie haben gesagt, dass Ihre Stiefschwester eine Tochter hat. Hope.«

»Ja. Sie ist vier. Das Sozialamt hat sie am Freitagmorgen in einem Schrank entdeckt. Sie hat sich anscheinend dort versteckt.«

»Und die Behörden glauben, Bailey hat ihre Tochter allein gelassen?«

Ihre Kiefer spannten sich an, ihre Fäuste ebenso. Selbst im Dämmerlicht des Raumes sah er, dass die Knöchel weiß hervortraten. »Ja. Aber Hopes Kindergärtnerin meint, Bailey hätte das unter keinen Umständen getan.«

»Und Sie sind sofort hergekommen, um sich um das Kind zu kümmern?«

Nun endlich sah sie ihn direkt an, lange und eindringlich, und er wusste, er hätte seinen Blick nicht abwenden können, selbst wenn er es gewollt hätte. Sie strahlte eine innere Kraft, eine Entschlossenheit aus, die ihn in ihren Bann zog. »Ja. Bis Bailey wieder auftaucht. So oder so.«

Er wusste, dass es keine gute Idee war, nahm aber dennoch ihre Hand und löste die Finger. Ihre unlackierten Nägel hatten tiefe Kerben in der Handfläche hinterlassen. Sanft strich er mit seinem Daumen darüber. »Und wenn Bailey nie wieder auftaucht?«, murmelte er.

Sie blickte auf ihre Hand, die in seiner lag, dann sah sie wieder in seine Augen, und ihr Blick löste eine Kettenreaktion in seinem Inneren aus. Plötzlich hatte er das Gefühl, dass es eine Verbindung zwischen ihnen gab, ein Band, eine Anziehungskraft, die er in dieser Form nie zuvor erlebt hatte. »Dann wird Hope mein Kind werden und muss nie wieder Angst haben oder allein sein«, antwortete sie ruhig, aber bestimmt, und er hatte keinerlei Zweifel, dass sie ihr Wort halten würde.

Er wusste selbst nicht, wieso, aber er musste schlucken. »Ich hoffe, Sie finden einen Abschluss, Miss Fallon.«

Die harte Linie um ihren Mund ließ etwas nach, aber sie lächelte noch immer nicht. »Danke.«

Er hielt ihre Hand noch ein paar Sekunden fest, dann ließ er sie los, als Felicity zurückkehrte.

Die Medizinerin sah von Daniel zu Alex, und ihre Augen verengten sich leicht. »Wir sind so weit, Miss Fallon. Aber wir werden Ihnen ihr Gesicht nicht zeigen, einverstanden?«

Alex Fallon nickte. »Ich verstehe.«

Felicity zog den Vorhang zu zwei Dritteln auf. Dahinter erschien der Raum, in dem sich das Opfer und Malcolm Zuckerman befanden. Felicity beugte sich über das Mikrofon. »Fangen wir an.«

Malcolm schlug das Tuch auf, sodass man die rechte Seite der Leiche sehen konnte.

»Agent Vartanian meinte, Ihre Stiefschwester habe eine Tätowierung gehabt«, sagte Felicity. »Aber es gibt keine Anzeichen, dass jemals eine da gewesen ist.«

Alex nickte wieder. »Danke. Kann ich die Innenseiten ihrer Arme sehen?«

»Wir haben auch keine vernarbten oder frischen Einstichwunden entdeckt«, fuhr Felicity fort, als Malcolm den Arm zu ihr gedreht hatte.

Endlich entspannten sich Alex' Schultern ein wenig, und sie begann sichtlich zu zittern. »Das ist nicht Bailey.« Sie begegnete Daniels Blick und sah eine Mischung aus Mitgefühl, Erleichterung und Bedauern in seinen Augen. »Und Sie haben immer noch ein nicht identifiziertes Opfer. Das tut mir leid.«

Er lächelte traurig. »Aber ich bin froh, dass es nicht Ihre Stiefschwester ist.«

Felicity zog den Vorhang wieder vor. »Ich fange gleich mit der Autopsie an. Soll ich auf Sie warten, Daniel?«

»Wenn es keine Umstände macht, ja. Danke, Doc.« Als Felicity fort war, stand er auf und schob die Hände in die Taschen.

Alex Fallon zitterte immer noch, und er war versucht, sie in die Arme zu ziehen und festzuhalten, bis sie sich wieder beruhigt hatte. »Geht es Ihnen gut, Miss Fallon?«

Sie deutete ein Nicken an. »Aber ich mache mir immer noch Sorgen um Bailey.«

Er wusste, was sie damit sagen wollte. »Ich kann Ihnen bei Ihrer Suche nach ihr nicht helfen.«

Ihr Kopf fuhr hoch. »Warum nicht?«

»Weil das GBI Fälle nur auf Anfrage übernimmt. Wir können uns nicht eigenmächtig in die Arbeit der lokalen Behörden einmischen.«

Ihr Blick wurde kalt. »Ich verstehe. Nun, können Sie mir dann vielleicht sagen, wie ich nach Peachtree und Pine komme?«

Daniel blinzelte überrascht. »Wie bitte?«

»Peachtree und Pine«, wiederholte sie betont. »Sheriff Loomis aus Dutton meinte, ich solle mich dort nach Bailey umsehen.«

Verdammt noch mal, Frank, dachte Daniel. *Das war unsensibel und unverantwortlich.* »Ich sage es Ihnen gerne, aber Sie hätten mehr Glück nach Einbruch der Dunkelheit, und das würde ich Ihnen nicht empfehlen. Sie sind nicht aus der Gegend und haben keine Ahnung, welche Gassen man besser meidet.«

Sie hob das Kinn. »Ich habe keine große Wahl. Sheriff Loomis will mir nicht helfen, und Sie dürfen nicht.«

Er blickte auf seine Schuhe herab, dann wieder auf. »Wenn Sie bis sieben Uhr warten können, fahre ich Sie.«

Ihre Augen verengten sich. »Warum?«

»Weil ich um sechs Uhr ein Meeting habe, das erst gegen sieben zu Ende sein wird.«

Sie schüttelte den Kopf. »Sie missverstehen mich absichtlich, Agent Vartanian. Warum?«

Er beschloss, ihr ein kleines Stück der Wahrheit zu sagen. »Weil das Opfer so gefunden wurde wie Ihre Schwester damals und weil man die Frau am gleichen Tag getötet hat, an dem auch Ihre Stiefschwester verschwunden ist. Ob wir es hier mit einem Nachahmungstäter zu tun haben oder nicht – ich kann diese Übereinstimmungen nicht einfach ignorieren. Außerdem, Miss Fallon, sind Sie hier in der Gegend. Ist Ihnen noch nicht in den Sinn gekommen, dass auch Sie Zielobjekt für den Mörder sein könnten?«

Sie wurde blass. »Nein.«

»Ich will Ihnen keine Angst machen, aber noch weniger will ich Sie hier auf dem Obduktionstisch sehen.«

Sie nickte zitternd. Dem Argument hatte sie nichts entgegenzusetzen. »Das weiß ich zu schätzen«, murmelte sie.

»Also um sieben. Wo treffen wir uns?«

»Wie wäre es mit hier? Aber ziehen Sie sich bitte um. Das Kostüm ist zu elegant.«

»Okay.«

Der Wunsch, den Arm um sie zu legen, überkam ihn erneut, aber er ignorierte ihn. »Kommen Sie. Ich bringe Sie hinaus.«

Montag, 29. Januar, 10.45 Uhr

Ich lebe noch. Sie versuchte, aufzuwachen, aber es gelang ihr nicht, die Augen ganz zu öffnen. Andererseits spielte es keine Rolle, denn es war so dunkel um sie herum, dass sie ohnehin nicht viel gesehen hätte. Sie wusste jedoch, dass es Tag sein musste, denn sie hörte Vogelgezwitscher.

Sie bewegte sich vorsichtig und stöhnte, als jeder Knochen, jeder Muskel aufschrie. Ihr ganzer Körper schmerzte höllisch.

Und sie wusste nicht einmal, warum ihr das angetan wurde. Nun, eigentlich wusste sie es doch, zum Teil jedenfalls, vielleicht auch ganz, aber sie durfte es sich nicht einmal selbst eingestehen. Denn dann würde sie es ihm in einem schwachen Moment sagen, und er würde sie umbringen.

Sie wollte nicht sterben. *Ich will nach Hause. Ich will zu meinem Baby.* Sie erlaubte sich, an Hope zu denken, und biss sich auf die Lippe, als sich eine Träne heiß in ihre Haut brannte. *Lieber Gott, bitte pass auf mein Kind auf.* Sie konnte nur beten, dass jemand ihr Fehlen bemerkt und nach Hope gesucht hatte. *Dass jemand nach mir sucht.* Dass sie jemandem wichtig genug war.

Irgendjemandem. *Bitte.*

Schritte näherten sich, und sie holte flach Atem. Er kam wieder. *Gott, hilf mir, er kommt. Ich will keine Angst haben.* Sie zwang ihren Verstand zur Ruhe, zu absoluter Leere. *Nichts denken.*

Die Tür ging auf, und sie blinzelte im schwachen Licht, das aus dem Flur hereindrang.

»Nun, meine Liebe?«, sagte er gedehnt. »Sagst du es mir jetzt?«

Sie biss die Zähne zusammen und bereitete sich auf den Schlag vor. Dennoch schrie sie auf, als sein Stiefel ihre Hüfte traf. Sie blickte in die nahezu schwarzen Augen, denen sie einmal vertraut hatte.

»Bailey, Liebes. Du kannst nicht gewinnen. Sag mir, wo der Schlüssel ist. Dann darfst du gehen.«

Dutton, Montag, 29. Januar, 11.15 Uhr

Es stand noch immer dort.

Alex saß im Auto am Straßenrand und betrachtete Baileys Haus. *Geh schon rein. Sieh dich um. Sei nicht so ein Feigling.* Aber sie blieb dennoch sitzen und lauschte ihrem zu schnellen, zu heftigen Herzschlag. Bisher hatte sie um Bailey Angst gehabt. Und sich vor Baileys Haus gefürchtet. Jetzt fürchtete sie dank Agent Vartanian auch um sich selbst.

Vielleicht irrte er sich, aber wenn nicht … Sie brauchte Schutz. Einen Hund. Einen großen Hund. Und eine Pistole. Sie drehte den Zündschlüssel im Schloss des Mietwagens und wollte gerade wieder auf die Straße einscheren, als ein Klopfen an der Scheibe ihr einen Schrei entlockte. Sie blickte sich um und sah einen jungen Mann in Militäruniform am Fenster stehen. Er lächelte. Natürlich hatte er ihren Schrei nicht gehört. Niemand hörte jemals ihre Schreie. Weil sie in ihrem Kopf eingeschlossen waren.

Alex ließ das Fenster ein Stück herunter. »Ja?«

»Entschuldigen Sie, dass ich Sie belästige«, sagte er freundlich. »Ich bin Captain Beardsley, U. S. Army. Ich suche Bailey Crighton. Ich dachte, Sie wüssten vielleicht, wo ich sie finden kann.«

»Und was wollen Sie von ihr?«

Wieder war sein Lächeln freundlich. »Das ist eine private Angelegenheit. Falls Sie sie sehen, könnten Sie ihr sagen, dass Reverend Beardsley sie sucht?«

Alex zog die Brauen zusammen. »Sind Sie jetzt Captain oder Reverend?«

»Beides. Ich bin Armeekaplan.« Er lächelte. »Einen schönen Tag noch.«

»Moment.« Alex nahm ihr Handy und wählte Meredith an, während der Mann neben ihrem Auto wartete. Sie sah ein Kreuz auf seinem Jackenaufschlag. Vielleicht war er wirklich ein Kaplan.

Aber vielleicht auch nicht.

Vartanian hatte es geschafft, dass sie unter Verfolgungswahn litt. Aber schließlich *war* Bailey verschwunden, und diese andere Frau war tot.

»Und?«, fragte Meredith ohne Umschweife.

»Das war nicht Bailey.«

Meredith seufzte. »Puh. Aber andererseits …«

»Ja, ich weiß. Hör zu, ich bin zu ihrem Haus gefahren, um mich umzusehen, aber …«

»*Alex*. Du hast versprochen zu warten, bis ich mitkommen kann.«

»Ich war nicht drin. Ich wollte nur herausfinden, ob ich es könnte.«
Sie warf einen Blick zum Haus hinüber und spürte sofort Übelkeit.
»Ich kann nicht. Aber während ich im Auto saß, kam ein Typ vorbei.«

»Was für ein Typ?«

»Ein Reverend Beardsley. Er sagt, er sucht Bailey. Er ist angeblich
Kaplan bei der Armee.«

»Ein Armeekaplan, der nach Bailey sucht? Warum?«

»Das will ich ja rausfinden. Aber ich will, dass es jemand weiß. Wenn
ich mich nicht in zehn Minuten bei dir melde, rufst du die Polizei an,
okay?«

»Alex, du machst mir Angst.«

»Gut. Ich hatte selbst gerade so viel davon in mir, dass ich einen Teil
wieder loswerden musste. Wie geht's Hope?«

»Unverändert. Wir müssen sie aus diesem Hotel schaffen.«

»Ich kümmere mich darum.«

Sie legte auf und stieg aus.

Captain Beardsley sah sie besorgt an. »Ist Bailey etwas zugestoßen?«

»Ja. Sie ist verschwunden.«

Aus Sorge wurde ein schockierter Ausdruck. »Seit wann?«

»Seit letzten Donnerstag. Seit vier Tagen also.«

»O nein. Wer sind Sie?«

»Mein Name ist Alex Fallon. Ihre Stiefschwester.«

Er sah sie erstaunt an. »Alex Tremaine?«

Alex schluckte. »So hieß ich früher, ja. Woher wissen Sie das?«

»Wade hat's mir gesagt.«

»*Wade?*«

»Baileys älterer Bruder.«

»Ich weiß, wer Wade ist. Warum sollte er mit Ihnen über mich reden?«

Beardsley neigte den Kopf und betrachtete sie. »Er ist tot.«

Alex blinzelte. »Tot?«

»Ja, tut mir leid. Ich hatte angenommen, dass man Sie benachrichtigen würde. Lieutenant Wade Crighton ist vor einem Monat bei einem
Einsatz im Irak getötet worden.«

»Wir sind nicht blutsverwandt, deshalb bin ich nicht informiert worden. Und warum suchen Sie nach Bailey?«

»Ich habe ihr einen Brief geschickt, den ihr Bruder mir kurz vor seinem Tod diktiert hat. Lieutenant Crighton wurde bei einem Überfall auf ein Dorf außerhalb von Bagdad verwundet. Einige nannten es ein Selbstmordkommando.«

Ein Hauch Befriedigung schlich sich in Alex' Bewusstsein, und sie schämte sich dafür. »War die Mission erfolgreich?«, fragte sie sehr ruhig.

»Zum Teil. Jedenfalls wurde Wade von einer Granate getroffen. Als die Sanitäter ihn endlich fanden, war es zu spät. Er bat mich, ihm die Beichte abzunehmen.«

Alex zog die Brauen zusammen. »Wade war nicht einmal katholisch.«

»Das bin ich auch nicht. Ich bin Lutheraner. Viele Männer, die mich bitten, ihnen die letzte Beichte abzunehmen, sind nicht katholisch. Jeder Geistliche ist dazu befugt.«

»Entschuldigen Sie, das weiß ich natürlich. Bei uns in der Notaufnahme gehen viele verschiedene Geistliche ein und aus. Ich war einfach nur überrascht, dass Wade etwas beichten wollte. Ist es üblich, dass Sie die Familien der Gefallenen besuchen?«

»Nein, ganz und gar nicht. Ich wollte Urlaub nehmen und bin gerade erst in Fort Benning angekommen. Die Adresse lag auf meinem Heimweg, also dachte ich, ich halte kurz an. Ich habe noch immer einen von Wades Briefen. Er hatte mich nämlich gebeten, drei zu schreiben. Einen an seine Schwester, einen an seinen Vater und einen an Sie.«

Der Schrei in ihrem Kopf wurde ohrenbetäubend, und Alex schloss die Augen. Als sie sie wieder aufschlug, musterte Beardsley sie besorgt. »Wade hat *mir* geschrieben?«

»Ja. Ich habe die Briefe an Bailey und ihren Vater mit der Post geschickt, aber ich hatte keine Ahnung, wie ich Sie finden sollte. Ich habe allerdings auch nach Alex Tremaine gesucht.« Aus einer Mappe, die er unter dem Arm trug, zog er einen Umschlag und eine Visitenkarte hervor. »Rufen Sie mich an, falls Sie reden wollen.«

Alex nahm den Umschlag, und Beardsley verabschiedete sich. »Warten Sie. Wade schickt Bailey einen Brief. Sie verschwindet, und am gleichen Tag wird eine Frau ermordet und in einem Graben abgelegt.«

Er sah sie überrascht an. »Eine Frau wurde ermordet?«

»Ja. Ich hatte befürchtet, dass es Bailey ist, aber zum Glück war sie es nicht.« Sie riss den Umschlag auf und überflog den Brief, den Wade diktiert hatte. Dann sah sie wieder auf. »Hier steht nichts, was erklären könnte, warum Bailey verschwunden ist. Er bittet mich um Vergebung, sagt aber noch nicht einmal, weswegen.« Obwohl Alex ziemlich sicher war, dass sie es wusste. Dennoch war das nichts, weshalb man Bailey entführt hätte. »Hat er es Ihnen gesagt?«

»Er hat es mir nicht diktiert.«

Alex war nicht entgangen, dass sein Blick geflackert hatte. »Aber er hat es gebeichtet. Nur werden Sie mir vermutlich nicht sagen, was er gebeichtet hat, richtig?«

Beardsley schüttelte den Kopf. »Ich darf nicht. Und jetzt sagen Sie nicht wieder, ich sei ja nicht katholisch. Das Beichtgeheimnis gilt auch für mich. Tut mir leid, Miss Fallon, aber ich darf Ihnen nichts sagen.«

Erst Vartanian, nun dieser Beardsley. *Ich darf nicht.* »Bailey hat eine Tochter. Hope.«

»Ich weiß. Wade hat mir von ihr erzählt. Er hat die Kleine innig geliebt.«

Das konnte Alex allerdings kaum glauben. »Dann sagen Sie mir doch bitte irgendetwas, das mir helfen kann, Bailey zu finden. Bitte. Die Polizei tut nichts. Sie meint, Bailey sei bloß ein Junkie, und die verschwänden nun mal hin und wieder. Hat Wade etwas gesagt, das nicht zu seiner Beichte gehörte?«

Beardsley sah zu Boden, dann in ihre Augen. »Simon.« Alex schüttelte frustriert den Kopf. »Simon? Und was soll das heißen?«

»Es ist ein Name. Kurz bevor er starb, sagte Wade ›Wir sehen uns in der Hölle, Simon‹. Es tut mir leid, Miss Fallon. Das muss reichen. Ich kann Ihnen nicht mehr sagen.«

4. Kapitel

Atlanta, Montag, 29. Januar, 12.15 Uhr

DR. FELICITY BERG SAH DURCH DIE SCHUTZBRILLE zu Daniel auf. Sie stand auf der anderen Seite des Untersuchungstisches und beugte sich über das, was von ihrer Jane Doe übrig geblieben war. »Wollen Sie zuerst die gute oder die schlechte Nachricht hören?«

Daniel hatte schweigend zugesehen, wie Felicity die Tote mit geübter Sorgfalt zerlegt hatte. Er hatte schon vielen Autopsien beigewohnt, aber er fragte sich jedes Mal, wie es ihr gelang, die Hände vom Zittern abzuhalten. »Die schlechte.«

Die Maske über dem unteren Teil des Gesichts bewegte sich, und er konnte sich ihr Lächeln vorstellen. Er mochte Felicity Berg, obwohl die meisten Männer sie heimlich den »Eisberg« nannten. Daniel hielt sie jedoch nicht für kühl oder distanziert, sondern für … vorsichtig. Das war ein Unterschied, wie er sehr wohl wusste.

»Ich kann sie nicht definitiv identifizieren. Sie war um die zwanzig. Kein Alkohol im Blut, keine sichtbaren Krankheiten oder körperlichen Defekte. Todesursache Asphyxie.«

»Und die Verletzungen im Gesicht? Wurden sie vor oder nach dem Todeszeitpunkt zugefügt?«

»Danach. Ebenso die Hämatome um den Mund.« Sie deutete auf vier Blutergüsse von Fingerspitzengröße.

Daniel runzelte die Stirn. »Ich dachte, der Täter hätte ihr den Mund zugehalten und sie so erstickt.«

Sie nickte. »Er möchte ja auch, dass Sie das denken. Aber ich erwähnte doch eben Fasern in der Lunge und im Mund, nicht wahr?«

»Baumwolle«, sagte Daniel. »Er hat ihr ein Taschentuch in den Mund gesteckt.«

»Richtig. Wahrscheinlich hat er befürchtet, sie würde zubeißen, und wollte verhindern, dass wir etwas von seiner DNS in ihrer Mundhöhle entdecken. An der Nase finden sich Hämatome, die ihr vor dem Tod zugefügt wurden. Man sieht sie nur nicht, weil ihr Gesicht so zerschlagen ist. Die Fingerabdrücke um ihre Lippen sind aber erst nachher entstanden. Die Abstände zwischen den Flecken lassen auf eine männliche Hand schließen, allerdings eine ziemlich kleine. Und er hat sich beträchtliche Mühe gegeben, sie so aussehen zu lassen, Daniel. Er hat dafür gesorgt, dass nichts mehr zu erkennen ist, aber den Mundbereich fast unberührt gelassen. Es kommt mir vor, als wollte er uns seine Finger zeigen.«

»Ich würde gerne wissen, ob Alicia Tremaine ähnliche Hämatome um den Mund gehabt hatte.«

»Dann sollten Sie es herausfinden. Übrigens war ihre letzte Mahlzeit italienisch. Wurst, Pasta und Hartkäse.«

»Es gibt ja nur eine Million Italiener in der Stadt«, bemerkte er düster.

Sie nahm die Hand der Toten. »Sehen Sie das? An ihren Fingerspitzen haben sich Schwielen gebildet.«

Daniel beugte sich darüber. »Das könnte darauf hinweisen, dass sie ein Musikinstrument gespielt hat. Vielleicht Geige?«

»Ein Saiteninstrument mit Bogen ist jedenfalls wahrscheinlich. Die andere Hand ist weich und frei von Schwielen, also handelt es sich vermutlich nicht um eine Harfe oder eine Gitarre.«

»War das die gute Nachricht?«

Sie lächelte amüsiert. »Nein. Die gute Nachricht lautet, dass ich Ihnen zwar nicht sagen kann, wer sie ist, wohl aber, wo sie sich vierundzwanzig Stunden vor ihrem Tod aufgehalten hat. Kommen Sie rüber auf meine Seite.« Felicity ging mit einem Schwarzlichtstab über die Hand des Opfers, sodass die Überreste eines fluoreszierenden Stempels sichtbar wurden.

Er sah auf und begegnete Felicitys zufriedenem Blick. »Sie war bei Fun-N-Sun«, sagte er. Der Vergnügungspark gab jedem einen Stempel auf die Hand, der gehen und am gleichen Tag noch einmal wiederkommen wollte. »Zwar dürften dort täglich Tausende von Besuchern ein und aus gehen, aber vielleicht haben wir ja Glück.«

Felicity legte den Arm der Frau behutsam an ihren Körper. »Oder jemand wird sie letztendlich vermissen«, sagte sie ruhig.

»Dr. Berg?« Eine ihrer Assistentinnen trat mit einem Blatt Papier in der Hand ein. »Die toxikologische Untersuchung des Urins des Opfers hat einhundert Mikrogramm Flunitrazepam ergeben.«

Daniel sah sie stirnrunzelnd an. »Rohypnol? Eine Date-Rape-Droge? Aber das ist doch keine tödliche Dosis, oder?«

»Das reicht noch nicht einmal, um sie umzuhauen. Kaum genug, um ein Testergebnis zu zeigen. Jackie, können Sie den Test wiederholen? Wenn ich vor Gericht aussagen muss, brauche ich eine Bestätigung der Ergebnisse. Ich stelle Ihre Kompetenz nicht infrage.«

Jackie nickte unbekümmert. »Habe ich auch so nicht gesehen. Ich mach's sofort.«

»Er wollte, dass wir die Droge finden, aber nicht, dass die Frau das Bewusstsein verlor«, überlegte Daniel. »Sie sollte wach sein.«

»Und er kennt sich offenbar mit Medikamenten aus. Es ist nicht einfach, so eine niedrige Dosis Flunitrazepam zu erreichen. Auch hier muss er sich einige Mühe gegeben haben.«

»Also ist das Vorhandensein von Rohypnol eine weitere Sache, nach der ich in der Akte von Alicia Tremaine suchen muss. Verdammt, ich brauche diesen Polizeibericht.« Bisher hatte er noch keinen Rückruf von Sheriff Loomis aus Dutton erhalten. So viel zum Thema Kooperation unter Kollegen. Daniel würde nach Dutton fahren und sich den Bericht persönlich abholen müssen. »Danke, Felicity. Hat wie immer Spaß gemacht.«

»Daniel.« Felicity trat vom Tisch zurück und zog nun die Maske ab. »Ich wollte Ihnen noch sagen, dass es mir leidtut mit Ihren Eltern.«

Daniel zog die Luft ein. »Danke.«

»Ich wollte zur Beerdigung kommen, aber …« Ein reuiges Lächeln erschien auf ihren Lippen. »Ich war vor der Kirche, aber ich bin nicht reingegangen. Beerdigungen machen mich depressiv. Ob Sie's mir glauben oder nicht.«

Er lächelte. »Ich glaub's Ihnen. Und danke für den Versuch.«

Sie nickte knapp. »Ich habe Malcolm gebeten, den Autopsiebericht von Alicia Tremaine anzufordern, als Miss Fallon weg war. Ich sage Ihnen Bescheid, wenn wir ihn haben.«

»Und noch mal danke.« Er ging und spürte ihren Blick im Rücken.

Atlanta, Montag, 29. Januar, 13.15 Uhr

Als Daniel sein Büro betrat, saß Luke auf seinem Stuhl. Er hatte einen Laptop auf dem Schoß, und seine Füße lagen auf dem Tisch.

Er blickte auf, sah Daniels Miene und zuckte die Achseln. »Du machst es mir verdammt schwer, Mama anzulügen, Daniel. Ich kann ihr ja sagen, dass mit dir alles in Ordnung ist, aber die Ringe unter deinen Augen erzählen etwas anderes.«

Daniel hängte seine Jacke hinter die Tür. »Hast du keinen Job?«

»Hey, ich arbeite doch.« Luke hielt den Laptop hoch. »Ich überprüfe gerade die Kiste vom Chef. Sie läuft ›verwanzt‹.« Er zeichnete Gänsefüßchen in die Luft und grinste, aber Daniel hörte die Anspannung in seiner Stimme.

Er setzte sich an den Tisch und betrachtete seinen Freund genauer. Luke hatte keine dunklen Ringe unter den Augen, aber in ihnen lag eine erschreckende Trostlosigkeit, die er meistens überspielen konnte. Heute nicht. »Schlechten Tag gehabt?«

Lukes Lächeln verschwand, er schloss die Augen und schluckte hörbar. »Ja.« Luke arbeitete in der Abteilung Internetverbrechen, und seit einem Jahr lag sein Schwerpunkt auf Kinderpornographie. Daniel wusste, dass ihm jede grausige Autopsie lieber war als ein Blick auf die Bilder, mit denen sich Luke beinahe jeden Tag auseinandersetzen musste. Luke atmete tief durch, schlug die Augen auf und hatte sich wieder im Griff, auch wenn von Gelassenheit keine Rede sein konnte.

Aber gab es überhaupt einen Cop, der Verbrechen gelassen gegenüberstand?

»Ich brauchte einfach eine Pause«, sagte Luke, und Daniel nickte.

»Ich bin eben im Leichenschauhaus gewesen. Meine Jane Doe war am Donnerstag bei Fun-N-Sun und spielt Geige.«

»Na ja, die Geige könnte die Suche etwas eingrenzen. Ich habe dir etwas mitgebracht.« Er zog einen dicken Packen Papier aus seiner Laptop-Tasche. »Ich habe noch einmal nach Alicia Tremaine geforscht und all diese Artikel hier gefunden. Sie hat eine Zwillingsschwester.«

»Ich weiß«, sagte Daniel trocken. »Schade, dass ich das nicht gewusst habe, bevor sie heute Morgen hier reinmarschiert ist und mir den Schock meines Lebens versetzt hat.«

Luke riss die Augen auf. »Sie war *hier*? Alexandra Tremaine?«

»Sie nennt sich jetzt Fallon. Alex Fallon. Arbeitet als Krankenschwester in Cincinnati.«

»Also hat sie's überlebt«, sagte Luke nachdenklich.

»Was soll das heißen?«

Luke reichte ihm den Stapel Papier. »Die Geschichte war mit dem Mord an Alicia leider noch nicht vorbei. Am Tag, an dem man die Leiche des Mädchens gefunden hat, beging die Mutter Selbstmord: Sie schoss sich in den Kopf. Laut Zeitungsberichten wurde sie von ihrer Tochter Alexandra gefunden, die anschließend alle Beruhigungstabletten ihrer Mutter schluckte. Der Arzt soll sie der Mutter verschrieben haben, nachdem sie ihre andere Tochter hatte identifizieren müssen.«

Daniel dachte an die Frau auf dem Autopsietisch. Auch sie hatte eine Mutter, die sie in diesem Zustand identifizieren musste. Dennoch war Selbstmord der Ausweg der Feiglinge … wenn man nicht gerade ein Mädchen war, dessen Welt in Trümmern lag. »Mein Gott«, murmelte er.

»Kathy Tremaines Schwester war sofort aus Ohio gekommen und entdeckte die beiden. Sie hieß Kim Fallon.«

»Ja. Alex sagte, sie sei von Onkel und Tante adoptiert worden.«

»In den Berichten steht noch einiges über den Prozess und die Verurteilung von Gary Fulmore, den man als Täter überführt hat. Alexandra wird nach der Verhaftung Fulmores nicht mehr erwähnt. Kim Fallon wird sie wohl mit nach Ohio genommen haben.«

Daniel blätterte die Seiten durch. »Hast du irgendetwas über eine Bailey Crighton gefunden?«

»Craig Crighton, ja, aber eine Bailey war nicht dabei. Craig war der Mann, mit dem Kathy Tremaine zu der Zeit zusammen war. Warum?«

»Deswegen war Alex Fallon heute hier. Ihre Stiefschwester wird seit Donnerstag vermisst, und sie glaubte, sie sei die Arcadia-Frau.«

Luke stieß einen leisen Pfiff aus. »Himmel. Das muss hart gewesen sein.«

Daniel dachte an die fest geballten Fäuste, bevor sie die Leiche gesehen hatte. »Ja, das denke ich auch. Sie hat sich aber recht gut gehalten.«

»Ich hatte eigentlich dich gemeint.« Luke schwang seine Füße vom Tisch und stand auf. »Ich muss wieder rüber. Die Pause ist vorbei.«

Daniel sah ihn prüfend an. »Glaubst du, du kriegst es hin?«

Luke nickte. »Na sicher.« Aber er klang selbst nicht überzeugt. »Bis später.«

Daniel hob den Stapel an. »Danke, Luke.«

»Schon okay.«

Daniel sah ihm hinterher. Der Stein, der ins Wasser plumpst … Ein Verbrechen veränderte das Leben der Opfer und ihrer Familien. *Und manchmal verändert es uns.* Mit einem Seufzen schaltete er seinen Computer ein und suchte nach der Nummer von Fun-N-Sun. Er musste ein Opfer identifizieren.

Dutton, Montag, 29. Januar, 13.00 Uhr

»Hier. Alles da.« Alex ließ ihre Ausbeute auf das Sofa in ihrem Hotelzimmer fallen. »Knete, Legosteine, Mr. Potato Head, Stifte, Papier und Malbücher.«

Meredith saß neben Hope an dem kleinen Esstisch. »Und der Barbie-Frisuren-Kopf?«

»In der Tüte, allerdings gab's keine Barbie mehr. Du kriegst stattdessen Prinzessin Fiona aus *Shrek*.«

»Aber das Ding hat Haare, die man abschneiden kann, ja? Ich meine, wenn Bailey Friseurin war, dann hat sie das vielleicht auch mit Hope gespielt.«

»Jep. Ich hab's mir genau angesehen. Und ich habe noch Kleidung für Hope gekauft. Mann, ist Kinderkleidung teuer.«

»Tja, gewöhn dich dran, Tantchen.«

»Hast du sie aus dem Schlafzimmer hierhergebracht?«

»Ging nicht anders. Wir hatten drüben nicht beide Platz, und ich fand, dass ein Szenenwechsel angebracht wäre.« Meredith nahm einen blauen Stift. »Hope, ich nehme mir jetzt Kobaltblau. Ich finde, Kobalt klingt lustig. Wie ein kleiner Kobold.«

Meredith plapperte weiter, während sie ausmalte, und Alex sah, dass sie das wohl schon eine ganze Weile tat. Auf dem Tisch lag ein Stapel Seiten, die Meredith aus dem Malbuch gerissen hatte. Alle Seiten waren blau bemalt.

»Können wir uns unterhalten, während du malst?«

Meredith lächelte. »Sicher. Oder du setzt dich zu uns und machst mit. Hope und ich haben nichts dagegen, oder, Hope?«

Hope schien sie nicht einmal zu hören. Alex holte sich den Stuhl vom Tisch im Schlafzimmer und setzte sich. Dann begegnete sie Merediths Blick über Hopes Kopf hinweg. »Und?«

»Nichts«, erwiderte Meredith fröhlich. »Es gibt nun mal keine Zauberstäbe, Alex.«

Hopes Hand verharrte plötzlich. Ihr Blick fixierte immer noch das Malbuch, aber sie war vollkommen reglos geworden. Alex öffnete den Mund, aber Meredith warf ihr einen warnenden Blick zu, und so sagte Alex nichts.

»Jedenfalls nicht in der Tüte vom Spielwarenladen«, fuhr Meredith fort. »Ich mag Zauberstäbe.« Hope regte sich nicht. »Als ich klein war, stellte ich mir immer vor, dass Selleriestangen Zauberstäbe wären. Meine Mom war stinksauer, wenn sie Salat machen wollte und der ganze Sellerie weg war.« Meredith lachte leise, während sie weitermalte. »Aber trotzdem hat sie mit mir gespielt. Sie hat immer gesagt, Sellerie sei billig, aber Spielzeit kostbar.«

Alex schluckte. »Das hat meine Mom auch immer gesagt. Spielzeit ist kostbar.«

»Wahrscheinlich weil unsere Mütter Schwestern waren. Hat deine Mom das auch gesagt, Hope?«

Langsam begann sich Hopes Buntstift wieder zu bewegen, dann schneller, bis sie wieder genauso konzentriert ausmalte wie zuvor.

Alex wollte seufzen, aber Meredith lächelte breit. »Minischritte«, murmelte sie. »Manchmal ist die beste Therapie, einfach da zu sein, Alex.« Sie riss ein Blatt aus ihrem Malbuch. »Probier's mal. Wirklich sehr entspannend.«

Alex holte tief Luft. »Du hast das auch für mich getan. Bei mir gesessen, als ich zu euch kam. Jeden Tag nach der Schule und den ganzen Sommer über. Du bist einfach in mein Zimmer gekommen und hast gelesen. Ohne etwas zu sagen.«

»Ich wusste nicht, was ich sagen sollte«, erwiderte Meredith. »Aber du warst traurig und schienst dich ein wenig besser zu fühlen, wenn ich bei dir war. Dann hast du eines Tages ›Hi‹ gesagt. Erst Tage später hast du wieder mehr gesprochen, und es hat noch Wochen gedauert, bis man sich mit dir unterhalten konnte.«

»Ich glaube, du hast mir das Leben gerettet«, murmelte Alex. »Du, Kim und Steve.« Die Fallons waren ihre Rettung gewesen. »Sie fehlen mir.«

Ihre Tante und Onkel waren tot. Steves kleines Flugzeug war im vergangenen Jahr über einem Feld in Ohio abgestürzt.

Meredith hielt mitten im Malen inne und musste schlucken. »Mir fehlen sie auch.« Einen Moment lang legte sie ihre Wange auf Hopes Lockenkopf. »Das ist aber eine schöne Raupe, Hope. Ich nehme mein Kobaltblau jetzt für den Schmetterling.« Sie plapperte noch ein paar Minuten lang vor sich hin, dann verlagerte sie beinahe unmerklich das Thema. »Ich würde schrecklich gerne mal wieder Schmetterlinge sehen. Gibt es hier in der Stadt vielleicht einen Park, in den wir mit Hope gehen können?«

»Ja, in der Nähe der Grundschule ist einer. Als ich unterwegs war, habe ich eine Broschüre von einem Makler mitgenommen. Nicht weit von diesem Park entfernt befindet sich ein möbliertes Haus, das wir für eine Weile mieten könnten.« *Bis ich Bailey gefunden habe*, fügte sie stumm hinzu.

Meredith nickte. »Verstehe. Oh, und weißt du was? Wenn wir im Park sind, können wir ›Simon sagt‹ spielen.« Ihre Brauen hoben sich bedeutungsvoll. »Ich habe die Spielanleitung online gefunden. Sie ist wirklich interessant, du solltest sie dir mal ansehen. Ich habe die Seite auf meinem Laptop offen gelassen. Er steht im Schlafzimmer.«

Alex stand auf. Ihr Herzschlag stolperte. »Ich schau mal nach.« Sie konnte nicht umhin, Meredith zu bewundern, dass ihr das Kinderspiel eingefallen war, um ihr die Botschaft zu übermitteln. Offenbar hatte Meredith ein paar Nachforschungen betrieben, während Alex bei Wal-Mart die Spielzeugabteilung leergekauft hatte. Alex hatte sie nach dem Gespräch mit dem Captain-Reverend sofort angerufen und ihr alles erzählt. *Wir sehen uns in der Hölle, Simon.*

Alex klickte den Bildschirmschoner weg und las die Seite, die Meredith aufgerufen hatte. Nach einem Moment zog sie scharf die Luft ein, als ihr Verstand endlich ein paar Verbindungen knüpfte. *Simon Vartanian.*

Vartanian. Der Name des Special Agent war ihr bekannt vorgekommen, aber sie war zu sehr in Sorge um Bailey gewesen, um ihn einzuordnen. Und als er im Leichenschauhaus ihre Hand gehalten hatte, war in ihr etwas aufgeflammt, das sie von innen heraus gewärmt hatte. Aber da war noch etwas anderes gewesen. Eine Nähe, eine Art Verwandtschaft, ein tröstendes Gefühl, als kannten sie sich schon lange … und vielleicht taten sie das auch.

Vartanian. Ja, sie erinnerte sich jetzt wieder an die Familie, wenn auch nur undeutlich. Sie waren reich gewesen. Der Vater ein hohes Tier in der Stadt. Ein Richter. Auch an Simon konnte sie sich jetzt wieder vage erinnern. Ein großer, kräftiger, einschüchternder Junge. Simon war in Wades Klasse gewesen.

Sie setzte sich an den Tisch und las den Artikel. Was für eine furchtbare Geschichte. Simon Vartanian war vor einer Woche gestorben, nachdem er seine Eltern und zahlreiche andere Menschen ermordet hatte. Ein Detective aus Philadelphia namens Vito Ciccotelli hatte ihn schließlich getötet.

Simon hatte auch seine Schwester umbringen wollen, doch sie hatte es überlebt. *Susannah Vartanian.* Alex erinnerte sich auch an sie. Susannah war in ihrem Alter gewesen, aber immer unerreichbar. Teure Kleidung,

67

teure Privatschule. Inzwischen war sie Staatsanwältin in New York. Alex stieß einen langen Pfiff aus. Simon hatte auch seinen Bruder töten wollen. Daniel Vartanian, Special Agent des Georgia Bureau of Investigation. Alex ging im Kopf ihre erste Begegnung am Morgen durch. Der schockierte Gesichtsausdruck. Er hatte von Alicia gewusst, und Alex hatte seine Reaktion nur darauf zurückgeführt. Aber nun ... *Wir sehen uns in der Hölle, Simon.*

Sie presste sich die Fingerknöchel gegen die Lippen, während sie Simons Foto auf dem Bildschirm betrachtete. Es gab eine gewisse Ähnlichkeit zwischen den Brüdern. Beide hatten dieselbe Statur, waren groß und breitschultrig, und der durchdringende Blick aus den unglaublich blauen Augen war ebenfalls derselbe. Aber Simons Augen wirkten kalt, während Daniels ... traurig gewesen waren. Müde und sehr, sehr traurig. Seine Eltern waren ermordet worden, das würde die Trauer erklären. Aber seine schockierte Reaktion, als er sie gesehen hatte? Was wusste Daniel Vartanian?

Wir sehen uns in der Hölle. Was hatte Simon getan? Was er kürzlich getan hatte, war in der Zeitung zu lesen, und das war schrecklich genug. Aber was war damals gewesen? Und was hatte Wade getan? *Ich weiß, was er* mir *angetan hat* ... Aber welche Verbindung hatte zwischen ihm und Simon bestanden? Und wie passte Baileys Verschwinden dazu – wenn überhaupt? Und ... Alicia? Und schließlich die Frau, die man gestern Abend im Graben gefunden hatte und die auf dieselbe Weise wie Alicia gestorben war. Hatte Wade vielleicht ...?

Alex hörte ihr Herz in ihren Ohren hämmern und konnte plötzlich nicht mehr atmen. *Beruhige dich. Konzentriere dich auf die Stille.* Langsam holte sie Luft, stieß sie aus, holte wieder Luft. *Denk nach.* Alicias Mörder verrottete im Gefängnis, wo er hingehörte. Und Wade ... nein. Nicht Mord. Was immer es war, das er getan hatte, es konnte sich nicht um Mord handeln. Dessen war sie sich sicher.

Heute Abend würde sie Agent Vartanian treffen, und er *würde* ihr sagen, was er wusste. Bis dahin hatte sie noch einiges zu tun.

Atlanta, Montag, 29. Januar, 14.15 Uhr

Daniel sah von seinem Bildschirm auf, als Ed Randall in sein Büro kam. Ed sah angewidert aus. »Hey, Ed. Was hast du herausgefunden?«

»Dass dieser Kerl sehr vorsichtig war. Wir haben nicht einmal ein Haar gefunden. Wir haben die obere Schlammschicht am Zugang zum Kanal abgenommen und untersuchen sie jetzt im Labor. Wenn er dort von der Straße heruntergekommen ist, hat er vielleicht etwas fallen lassen.«

»Was ist mit der braunen Decke?«

»Die Etiketten sind entfernt worden«, sagte Ed. »Wir versuchen, das Material zu einem Hersteller zurückzuverfolgen. Mit etwas Glück finden wir den Händler. Sind wir bei der Identifizierung des Opfers weitergekommen?«

»Ja, ein wenig. Felicity hat auf dem Arm einen Stempel von Fun-N-Sun entdeckt.«

»Na toll. Du darfst in den Vergnügungspark, und ich muss im Schlamm buddeln. Das ist ungerecht.«

Daniel grinste. »Ich glaube nicht, dass ich in den Park gehen muss. Ich habe bereits mit deren Sicherheitsleuten gesprochen. Sie haben mich in ihr Computersystem eingeloggt, sodass ich von hier aus die Bänder der Sicherheitskameras durchsehen kann.«

Ed pfiff beeindruckt. »Was wären wir nur ohne die moderne Technik. Und?«

»Wir haben eine Frau entdeckt, die in der Schlange vor einem italienischen Stand wartet. Ihre letzte Mahlzeit war Pasta. Und um es uns ganz leicht zu machen, trägt sie ein Sweatshirt, auf dem *Die schönste Saite der Cellisten* steht … An ihren Fingern waren Schwielen, die auf eine Musikerin hinweisen. Der Park geht nun die Quittungen durch, um herauszufinden, ob sie ihr Mittagessen mit Kreditkarte bezahlt hat. Ich warte auf einen Rückruf. Drück uns die Daumen.«

»Nur zu gerne. Wir haben allerdings auch eine Sache gefunden, die ganz interessant ist.« Ed stellte ein kleines Schraubglas auf den Tisch. »In der Rinde eines Baumes etwa fünfzig Fuß vom Graben entfernt haben wir Haar und Hautpartikel gefunden.«

Daniel warf einen Blick auf die Schlagzeile, die Corchran ihnen am Morgen gefaxt hatte. »Der Reporter?«

»Denke ich. Wenn du diesen Jim Woolf in die Finger kriegst, können wir ihn festnageln.«

»Aber wie kann er wieder verschwunden sein, ohne dass wir ihn gesehen haben?«

»Mein Team war gestern noch bis nach elf dort, dann erst wieder heute Morgen. Zwischen elf und sechs sind Streifenwagen patrouilliert. Ungefähr in einer Viertelmeile Entfernung haben wir Fußabdrücke gefunden. Ich nehme an, dass der Reporter gewartet hat, bis wir alle weg waren, dann vom Baum gestiegen und geduckt losgelaufen ist, bis er irgendwo an der Straße abgeholt worden ist.«

»Die ganze Straße entlang gibt es nirgendwo Deckung. Er muss auf dem Bauch gerutscht sein, damit man ihn nicht sieht.«

Ed nickte finster. »Das würde passen. Der Typ ist eine miese Schlange. Er hat in seinem Artikel alles verraten, was wir haben. Ich habe gehört, dass du mit ihm zur Schule gegangen bist.«

Eds Tonfall war anklagend, als sei Daniel schuld an Jim Woolfs Verhalten. »Ich war V, er W, also saß er immer hinter mir. Damals war er ein netter Kerl. Aber wie Chase so scharfsichtig festgestellt hat, scheint er sich verändert zu haben. Ich denke, ich fahre los, um genau das herauszufinden.« Er deutete auf den Bildschirm des Computers. »Ich sehe mir gerade seinen Lebenslauf an. Er war ursprünglich Buchhalter, bis sein Vater vor einem Jahr starb und ihm die Zeitung hinterließ. Jim ist ziemlich neu in der Branche. Vielleicht können wir ihn zum Plaudern bringen.«

»Hast du eine Flöte dabei?«

»Wieso?«

»Haben Schlangenbeschwörer nicht immer eine dabei?«

Daniel verzog das Gesicht. »Ich mag Schlangen genauso wenig wie Reporter.«

Ed grinste breit. »Na, dann wirst du ja einen lustigen Nachmittag haben.«

Dutton, Montag, 29. Januar, 14.15 Uhr

»Das wären tausend im Monat«, sagte Delia Anderson, die Maklerin, mit einem Leuchten in den Augen, als wären die Papiere bereits unterschrieben. Die Mittfünfzigerin hatte eine Frisur, die vermutlich nicht einmal durch Sprengstoff in Unordnung geraten würde. »Die erste und letzte Miete sind bei Vertragsabschluss zu zahlen.«

Alex sah sich in dem Bungalow um. Er war gemütlich, drei Zimmer und eine voll eingerichtete Küche … und war nur einen Block von einem schönen Park entfernt, in dem Hope spielen konnte. Falls sie jemals ihre Stifte aufgeben würde. »Die Möbel sind inklusive?«

Delia nickte. »Sogar die Heimorgel.« Es war ein älteres Modell, das jedes Instrument eines Orchesters elektronisch wiedergeben konnte. »Sie können morgen einziehen.«

»Heute Abend.« Alex begegnete den Adleraugen der Frau. »Ich muss heute einziehen.«

Delia lächelte listig. »Ich denke, das lässt sich machen.«

»Gibt es hier eine Alarmanlage?«

»Ich glaube nicht.« Das Gesicht der Frau nahm einen bekümmerten Ausdruck an. »Nein, keine Alarmanlage.«

Alex runzelte die Stirn. Vartanians Warnung von heute Morgen wollte ihr nicht aus dem Kopf. Sie war kein Fan von Feuerwaffen, aber Angst war eine starke Triebfeder. Sie hatte versucht, in der Sportabteilung des Markts, in dem sie heute das Spielzeug für Hope eingekauft hatte, eine zu erstehen, aber der Verkäufer hatte ihr gesagt, dass man in Georgia keine Waffe bekam, wenn man hier nicht wohnte. Mit einer Fahrerlaubnis konnte sie beweisen, dass sie hier ansässig war. Und die Fahrerlaubnis bekam sie, wenn sie einen Mietvertrag vorlegen konnte. *Also unterschreib das Ding.*

Dennoch war sie praktisch veranlagt. »Wenn das Haus keine Alarmanlage hat, kann ich dann einen Hund halten?« Sie zog eine Braue hoch. »Eine Alarmanlage kostet den Vermieter Geld. Für einen Hund würde ich eine Sicherheitskaution hinterlegen.«

Delia biss sich auf die Lippe. »Vielleicht, wenn es ein kleiner ist. Ich frage bei den Besitzern nach.«

Alex verkniff sich das Grinsen. »Tun Sie das. Wenn der Hund erlaubt ist, unterschreibe ich direkt.«

Delia holte ihr Handy aus der Tasche. Zwei Minuten später war sie zurück und das listige Lächeln ebenfalls. »Liebes, wir sind im Geschäft.«

Dutton, Montag, 29. Januar, 16.15 Uhr

Daniel kam es vor, als sei er vorübergehend zu Clint Eastwood geworden, als er die Hauptstraße von Dutton entlangging. Wo er vorbeikam, verstummten die Gespräche, und alle Augen richteten sich auf ihn. Es fehlte nur noch der Poncho und die richtige Musik. Als er letzte Woche hier gewesen war, hatte er sich beim Bestatter, auf dem Friedhof und im Haus seiner Eltern aufgehalten. Mit Ausnahme der Beerdigung hatte er sich nicht in der Öffentlichkeit gezeigt.

Ganz im Gegenteil zu jetzt. Er hielt den Kopf erhoben und begegnete jedem Blick. Die meisten Menschen, die ihn anstarrten, kannte er. Alle waren sichtlich gealtert, aber es war lange her, dass er sie zum letzten Mal gesehen hatte. Vor elf Jahren hatte er sich mit seinem Vater wegen der Fotos überworfen und Dutton ein für alle Mal verlassen, aber im Grunde genommen hatte er sich schon sieben Jahre zuvor verabschiedet, um aufs College zu gehen. Und in all den Jahren war er ein anderer Mensch geworden.

Duttons Hauptstraße war allerdings dieselbe geblieben. Bäckerei, Blumenladen, Herrenfriseur, vor dem drei alte Männer auf einer Bank saßen. Seit sich Daniel erinnern konnte, hatten immer drei alte Männer auf der Bank vor dem Friseur gesessen. Wenn einer in die ewigen Jagdgründe einging, übernahm ein anderer seinen Platz. Daniel hatte sich schon oft gefragt, ob es eine Art Warteliste für diese Bank gab. Gewundert hätte es ihn nicht.

Aber dass einer der alten Männer nun aufstand, erstaunte ihn sehr. Er konnte sich nicht erinnern, das je zuvor erlebt zu haben. Der Mann stützte sich auf seinen Stock und sah Daniel an. »Daniel Vartanian.«

Daniel erkannte die Stimme augenblicklich und hätte am liebsten über sich gelacht, als er unwillkürlich die Schultern straffte und Haltung annahm. Interessant, was sein alter Englischlehrer noch heute für eine Wirkung auf ihn hatte. »Mr. Grant.«

Der buschige Schnurrbart des Alten hob sich an einer Seite. »Du erinnerst dich also noch.«

Daniel sah ihm in die Augen. »›Tod, sei nicht stolz, hast keinen Grund dazu, bist gar nicht mächtig stark, wie mancher spricht.‹« Seltsam, dass ihm ausgerechnet dieses Zitat seiner Schulzeit als Erstes in den Sinn kam. Doch dann fiel ihm wieder die Frau im Graben ein, die noch immer nicht identifiziert worden war. *Wohl doch nicht so seltsam.*

Nun hob sich auch die andere Schnurrbartseite, und Grant neigte anerkennend den Kopf. »John Donne. Damals einer deiner Lieblingsdichter, wenn ich mich richtig erinnere.«

»Heute allerdings weniger. Vielleicht habe ich zu viel vom Tod gesehen.«

»Davon kann man wohl ausgehen, Daniel. Wir alle bedauern den Tod deiner Eltern sehr.«

»Danke. Es war für uns alle eine schwierige Zeit.«

»Ich bin bei der Beerdigung gewesen. Susannah sah sehr blass aus.«

Daniel musste schlucken. Das war eine glatte Untertreibung. Aber sie hatte gute Gründe dafür gehabt. »Sie schafft das schon.«

»Natürlich. Deine Eltern haben anständige und gute Kinder großgezogen.« Grant zog ein Gesicht, als ihm bewusst wurde, was er gesagt hatte. »Verflucht. Du weißt, was ich meine.«

Zu seiner eigenen Überraschung musste Daniel lächeln. »Ja, Sir, das weiß ich.«

»Dieser Simon war immer eine seltsame Brut.« Grant beugte sich vor und senkte die Stimme, obwohl Daniel wusste, dass die halbe Stadt sie beobachtete. »Ich habe in der Zeitung gelesen, was du getan hast, Daniel. Das war mutig. Und, mein Sohn, ich bin stolz auf dich.«

Daniels Lächeln verblasste, und er musste wieder schlucken. Seine Augen brannten. »Danke.« Er räusperte sich. »Wie ich sehe, haben Sie einen Platz auf der Bank ergattert.«

Grant nickte. »Musste nur darauf warten, dass der alte Jeff Orwell den Löffel abgibt.« Er verzog das Gesicht. »Der Bursche hat sich zwei Jahre lang ans Leben geklammert, nur weil er wusste, dass ich warte.«

Daniel schüttelte den Kopf. »Unglaublich, was sich manche Leute rausnehmen.«

Grant lächelte. »Jedenfalls ist es schön, dich wiederzusehen, Daniel. Du warst einer meiner besten Schüler.«

»Und Sie einer meiner Lieblingslehrer. Sie und Miss Agreen.« Er zog die Brauen hoch. »Sind Sie beide noch immer verbandelt?«

Grant hustete, bis Daniel befürchtete, einen Notarzt rufen zu müssen. »Das wusstest du?«

»Jeder wusste das, Mr. Grant. Und ich habe geglaubt, das wäre Ihnen klar, würde Sie aber nicht kümmern.«

Grant senkte den Kopf. »Und da denken die Leute immer, ihre Geheimnisse wären sicher«, murmelte er so leise, dass Daniel ihn beinahe nicht verstanden hätte. »Narren, allesamt.« Dann flüsterte er an Daniel gewandt: »Mach nichts Dummes, Junge.« Er hob den Kopf, und das Lächeln war zurück. Lauter fuhr er fort: »Wie gesagt: Schön, dich zu sehen, Daniel Vartanian. Komm bald wieder vorbei.«

Daniel betrachtete seinen alten Lehrer, konnte jedoch in dessen Blick keinen Hinweis darauf finden, dass das, was er leise gesagt hatte, eine Warnung hätte sein sollen. »Ich gebe mir Mühe. Passen Sie auf sich auf, Mr. Grant. Und sehen Sie zu, dass der Nächste auf der Warteliste für die Bank sehr, sehr viel Geduld aufbringen muss.«

»Verlass dich drauf.«

Daniel ging weiter zur Redaktion der *Dutton Review*, weswegen er ursprünglich gekommen war. Die Zeitung befand sich gegenüber der Polizeistation, was Daniels nächster Stopp sein würde. Das Redaktionsbüro war stickig und vom Boden bis zur Decke mit Kartons und Kisten vollgestopft. Ein Fleckchen war freigeräumt worden, sodass Tisch, Computer und Telefon Platz hatten. Am Tisch saß ein dicklicher Mann, der seine Brille auf seinen sich lichtenden Schädel geschoben hatte.

Vier breite Pflaster zierten seinen linken Unterarm, und ein grimmig roter Striemen ragte aus seinem Hemdkragen. Es sah aus, als habe der Mann mit etwas gerungen und verloren. Vielleicht mit einem Baum. *Hallo*, dachte Daniel.

Der Mann blickte auf, und Daniel erkannte in ihm den Jungen, der vom Kindergarten bis zur Highschool immer hinter ihm gesessen hatte.

Jim Woolfs Lippen verzogen sich zu etwas, das nur knapp an einem hämischen Grinsen vorbeischrammte. »Da schau her. Wenn das nicht Special Agent Daniel Vartanian persönlich ist.«

»Jim. Wie geht's dir?«

»Besser als dir, nehme ich an, obwohl ich zugeben muss, dass ich geschmeichelt bin. Ich hätte gedacht, du schickst einen Laufburschen für die Schmutzarbeit, aber du kommst tatsächlich persönlich ins gute alte Dutton.«

Daniel ließ sich auf der Tischkante nieder. »Du hast mich trotz mehrmaliger Bitten nicht zurückgerufen, Jim.«

Jim legte seine Finger auf den sich rundenden Bauch. »Ich hatte nichts zu sagen.«

»Ein Zeitungsverleger, der nichts zu sagen hat. Das ist ja mal was Neues.«

»Ich werde dir nicht verraten, was du wissen willst, Daniel.«

Daniel beschloss, die höfliche Schiene zu verlassen. »Dann verhafte ich dich wegen Behinderung polizeilicher Ermittlungen.«

Jim verzog das Gesicht. »Wow. Du hast die Samthandschuhe aber schnell ausgezogen.«

»Ich habe den ganzen Morgen damit verbracht, der Autopsie der Frauenleiche zuzusehen. Komisch, aber das verdirbt mir immer ein wenig den Tag. Warst du schon einmal bei einer Autopsie, Jim?«

Jim presste die Kiefer aufeinander. »Nein. Aber ich sage dir trotzdem nicht, was du hören willst.«

»Okay. Dann hol deinen Mantel.«

Jim setzte sich kerzengerade auf. »Du bluffst.«

»Nein. Jemand hat dir einen Hinweis gegeben, noch bevor die Cops eingetroffen sind. Wer weiß, wie lange du um die Leiche herumgekrochen bist. Was du alles angefasst hast. Oder mitgenommen hast.« Daniel begegnete Jims Blick. »Vielleicht hast du sie ja sogar dort hingelegt.«

Jims Gesicht färbte sich rot. »Ich habe nichts damit zu tun, und das weißt du ganz genau.«

»Ich weiß gar nichts. Ich war nicht dort. Du aber schon.«

»Wie kannst du so etwas behaupten? Vielleicht habe ich die Fotos von jemand anderem bekommen.«

Daniel beugte sich über den Tisch und deutete auf die Pflaster am Arm des anderen. »Du hast ein Stückchen von dir zurückgelassen, Jim. Die Spurensicherung hat deine Hautfetzen an der Baumrinde gefunden.« Jim wurde wieder blasser. »Entweder ich kassiere dich jetzt ein und besorge mir eine richterliche Verfügung für eine DNS-Probe, oder du sagst mir, woher du wusstest, dass du gestern Nachmittag auf dem Baum in der ersten Reihe sitzen würdest.«

»Das kann ich nicht. Ganz abgesehen von meinen Bürgerrechten. Ich würde nie wieder einen Tipp bekommen, wenn ich dir die Quelle preisgebe.«

»Also hast du einen Tipp bekommen.«

Jim seufzte. »Daniel … Wenn ich es wüsste, würde ich es dir zwar nicht sagen, aber ich habe tatsächlich keine Ahnung, wer ihn mir gegeben hat.«

»Oh, ein anonymer Tipp. Sehr praktisch.«

»Und die Wahrheit. Der Anruf hat mich gestern zu Hause erreicht, aber die Nummer war unterdrückt. Ich wusste nicht einmal, was mich erwarten würde, bevor ich dort eintraf.«

»War der Anrufer weiblich oder männlich?«

Jim schüttelte den Kopf. »Nein, das werde ich dir nicht sagen.«

Daniel überlegte. Er hatte bereits mehr erfahren, als er gehofft hatte. »Dann erzähl mir, wann du angekommen bist und was du gesehen hast.«

Jim neigte den Kopf. »Was springt für mich dabei raus?«

»Ein Interview. Exklusiv. Vielleicht kannst du es sogar an eines der großen Blätter in Atlanta verkaufen.«

Jims Augen leuchteten auf, und Daniel wusste, dass er die richtige Saite angeschlagen hatte. »Also gut. Es ist nicht besonders kompliziert.

Gestern gegen Mittag bekam ich einen Anruf. Um ungefähr ein Uhr war ich dort, stieg auf den Baum und wartete. Gegen zwei kamen die ersten Rennfahrer, eine halbe Stunde später tauchte Officer Larkin auf. Er warf einen Blick auf die Leiche, kletterte wieder zur Straße hinauf und übergab sich. Bald darauf kamt ihr Bundesagenten. Nachdem alle wieder abgezogen waren, stieg ich vom Baum und fuhr nach Hause.«

»Wie genau bist du nach Hause gekommen, nachdem du vom Baum gestiegen bist?«

Jim presste die Lippen aufeinander. »Meine Frau hat mich abgeholt. Marianne.«

Daniel blinzelte überrascht. »Marianne? Marianne Murphy? Du hast Marianne Murphy geheiratet?«

Jim nickte selbstzufrieden. »Jep.«

Marianne Murphy war damals ein Mädchen gewesen, von der jeder gedacht hatte, sie würde bei … na ja, jedem landen. »Aha.« Daniel räusperte sich. Er mochte sich die dralle und überaus großzügige Marianne nicht unbedingt mit Jim Woolf vorstellen. »Und wie bist du hingekommen?«

»Sie hat mich dort auch abgesetzt.«

»Ich will mit ihr reden. Um die Zeiten zu verifizieren. Und ich will die Fotos, die du vom Baum aus gemacht hast. Alle.«

Mit einem wütenden Funkeln in den Augen zog Jim die Speicherkarte aus seiner Kamera und warf sie ihm zu. Daniel fing sie mit einer Hand und steckte sie in seine Jackentasche, als er sich erhob. »Ich melde mich.«

Jim folgte ihm zur Tür. »Wann?«

»Wenn ich etwas weiß.« Daniel öffnete die Tür und blieb dann abrupt stehen, die Hand noch immer am Türknauf. Hinter ihm hörte er Jim nach Luft schnappen.

»Ach du Schande. Das ist doch …«

Alex Fallon. Sie stand am Fuß der Treppe, die zur Polizeistation führte. Sie hatte eine Umhängetasche bei sich, und sie trug noch immer das schwarze Kostüm. Ihre Schultern versteiften sich, und sie drehte sich langsam um, bis sie Daniels Blick begegnete. Eine ganze Weile starrten sie einander über die Straße hinweg an. Sie lächelte nicht. Sogar aus der Entfernung konnte Daniel sehen, dass sie die Lippen zusammenpresste. Sie war offenbar wütend.

Daniel überquerte die Straße, ohne den Blickkontakt zu unterbrechen. Als er vor ihr stand, hob sie das Kinn. »Agent Vartanian.«

Sein Mund war plötzlich trocken. »Ich hatte nicht erwartet, Sie hier zu sehen.«

»Ich bin hier, um eine Vermisstenanzeige für Bailey aufzugeben.« Sie sah über seine Schulter. »Und wer sind Sie?«

Jim trat um ihn herum. »Jim Woolf, *Dutton Review*. Habe ich gerade gehört, dass Sie jemanden vermisst melden möchten? Vielleicht kann ich behilflich sein. Wir könnten ein Foto abdrucken. Von Bailey, sagten Sie? Bailey Crighton wird vermisst?«

Daniel warf Jim einen finsteren Blick zu. »Verschwinde.«

Aber Alex neigte den Kopf. »Geben Sie mir Ihre Karte. Vielleicht sollten wir uns unterhalten.«

Selbstzufrieden reichte Jim ihr seine Visitenkarte. »Jederzeit, Miss Tremaine.«

Alex fuhr sichtlich zusammen. »Fallon. Ich heiße Alex Fallon.«

»Jederzeit, Miss Fallon.« Jim hob kurz die Hand, um sich von Daniel zu verabschieden, und ging.

Etwas hatte sich verändert, und das gefiel Daniel nicht. »Ich muss auch zur Polizei. Kann ich Ihnen die Tasche abnehmen?«

Die Art, wie sie sein Gesicht studierte, bereitete ihm Unbehagen.

»Nein, danke.« Sie wandte sich um und ging die Treppe hinauf. Er folgte ihr.

Aus der verspannten Schulter folgerte er, dass die Umhängetasche schwer sein musste, aber das schien ihren Hüftschwung nicht beeinträchtigen zu können. Daniel konzentrierte sich rasch wieder auf die Tasche. Mit zwei großen Schritten hatte er Alex eingeholt. »Sie werden noch vornüberkippen. Was schleppen Sie denn da mit sich herum? Ziegelsteine?«

»Eine Pistole und ziemlich viele Patronen. Falls Sie es unbedingt wissen müssen.«

Sie lief weiter, aber Daniel packte ihren Arm und zog sie so herum, dass sie ihn ansehen musste. »Wie bitte?«

Ihre whiskyfarbenen Augen waren kühl. »Sie haben mir gesagt, dass ich in Gefahr sein könnte. Und das habe ich ernst genommen. Ich habe ein Kind zu beschützen.«

Die Tochter ihrer Stiefschwester. Hope. »Wie sind Sie denn an eine Waffe gekommen? Sie sind hier nicht gemeldet.«

»Jetzt schon. Wollen Sie meine Fahrerlaubnis sehen?«

»Sie haben sich eine Fahrerlaubnis für diesen Staat besorgt? Und wie haben Sie das geschafft? Sie wohnen doch gar nicht hier.«

»Jetzt schon«, wiederholte sie. »Wollen Sie meinen Mietvertrag sehen?«

Überrumpelt blinzelte er. »Sie haben eine Wohnung gemietet?«

»Ein Haus.« Sie wollte anscheinend eine Weile bleiben.

»In Dutton?«

»In Dutton. Ich werde nicht eher wieder abreisen, bis Bailey gefunden worden ist, und Hope kann nicht ewig im Hotel bleiben.«

»Ich verstehe. Treffen wir uns immer noch um sieben?«

»Das war fest eingeplant. Wenn es Ihnen nichts ausmacht, würde ich nun gerne weitergehen. Ich habe bis dahin nämlich noch eine Menge zu tun.« Sie lief ein paar Stufen weiter hinauf, bevor er sie rief.

»Alex.« Er wartete, bis sie anhielt und sich umdrehte.

»Ja, Agent Vartanian? Was gibt es?«

Er ignorierte das Eis in ihrer Stimme. »Alex. Sie können die Polizeistation nicht mit einer Waffe betreten. Nicht einmal in Dutton. Es ist immer noch ein Regierungsgebäude.«

Sie ließ die Schultern hängen, und ihre eisige Miene schmolz, um Erschöpfung und Frustration Platz zu machen. Sie hatte Angst und gab alles, um das zu verbergen. »Oh, das habe ich vergessen. Ich wäre besser zuerst hergekommen. Ich wollte bloß die Fahrerlaubnis holen, bevor das Amt schließt. Aber ich kann doch die Pistole nicht im Auto lassen – da ist sie nicht sicher.« Der Schatten eines Lächelns huschte über ihre ungeschminkten Lippen und versetzte ihm einen Stich. »Nicht einmal in Dutton.«

»Sie sehen müde aus. Ich bin auch auf dem Weg zum Sheriff. Ich frage ihn nach Bailey, in Ordnung? Sie fahren in Ihr Haus und schlafen ein wenig. Wir treffen uns um sieben vor dem GBI-Gebäude.« Er beäugte ihre Umhängetasche. »Und sorgen Sie um Himmels willen dafür, dass das Ding gesichert ist und irgendwo eingeschlossen wird, sodass Hope nicht damit spielen kann.«

»Ich habe eine abschließbare Kassette gekauft.« Trotzig hob sie das Kinn, eine Geste, die er langsam zu fürchten lernte. »Ich habe in der Notaufnahme genug Kinder behandelt, die mit scharfen Waffen gespielt haben. Ich werde meine Nichte keiner solchen Gefahr aussetzen. Bitte rufen Sie mich an, wenn sich Loomis weigert, Bailey als vermisst zu melden.«

»Er wird sich nicht weigern«, sagte Daniel grimmig. »Aber geben Sie mir trotzdem Ihre Handynummer.« Sie tat es, und er prägte sie sich ein, während sie kehrtmachte und müde die Treppe hinunterging. Als sie unten an der Straße angekommen war, blickte sie zu ihm zurück.

»Sieben Uhr, Agent Vartanian.«

So wie sie es sagte, klang es eher nach einer Drohung als nach einer Terminbestätigung. »Sieben Uhr. Und vergessen Sie nicht, sich umzuziehen.«

Dutton, Montag, 29. Januar, 16.55 Uhr

Mack zog den Hörer aus seinem Ohr. *Wunderbar, wie sich die Geschichte entwickelt*, dachte er, während er beobachtete, wie Daniel Vartanian Alexandra Tremaine nachsah. *Oh, Moment. Alex Fallon.* Sie hatte ihren Nachnamen geändert.

Dass sie zurückgekommen war, hatte ihn überrascht. Eine Kleinstadt hatte auch ihre guten Seiten: Kurz nachdem sie Delia Andersons Maklerbüro betreten hatte, hatte das ganze Dorf es gewusst. *Alexandra Tremaine ist wieder da. Die noch lebende Zwillingsschwester.*

Ihre Stiefschwester, Bailey Crighton, war verschwunden. Er hatte eine ziemlich präzise Vorstellung davon, wer Bailey entführt haben könnte und warum, aber das war im Augenblick nicht sein Problem. Sollte es wichtig werden, würde er etwas unternehmen. Bis dahin würde er beobachten und lauschen.

Alex Tremaine war also zurück. Und Daniel Vartanian hatte ein Auge auf sie geworfen. Das war nicht zu übersehen gewesen, und es konnte nützlich werden. Er lächelte. Was für ein Spaß das gewesen wäre. Viele Jahre später die Zwillingsschwester zu töten und sie genauso abzulegen wie die erste. *Warum bin ich bloß nicht darauf gekommen?* Aber er hatte sein Opfer sorgfältig ausgewählt, und die Frau hatte verdient, was sie bekommen hatte. Dennoch: Alex Tremaine hätte ein großartiges erstes Opfer dargestellt. Nun – jetzt war es zu spät.

Für ein erstes Opfer. Nachdenklich zog er die Brauen zusammen. *Aber wie wäre es mit dem letzten?* Wäre das nicht ein großartiges Finale? Und der Kreis wäre geschlossen. Er musste darüber nachdenken.

Aber im Augenblick hatte er zu tun. Noch eine Schöne, mit der er sich auseinandersetzen musste. Sehr bald würden die Cops eine weitere Tote im Graben finden und mit ihren Ermittlungen die sprichwörtlichen Leichen im Keller der *Säulen der Gemeinde* ans Licht zerren. Nun, vielleicht nicht ans Licht. Aber er hatte die befriedigende Ahnung, dass sich die betreffenden Personen bereits jetzt vor Angst in die Hosen machten. Wer würde einknicken? Wer würde plaudern? Wer würde das idyllische kleine Örtchen zum Einsturz bringen?

Er lachte leise bei der Vorstellung. Sehr bald würden die ersten beiden Zielobjekte Briefe erhalten. Und er fing an, sich richtig gut zu amüsieren.

5. Kapitel

Dutton, Montag, 29. Januar, 17.35 Uhr

»WIRKLICH HÜBSCH HIER!« Meredith ging mit einem erfreuten Lächeln durch den Bungalow. Hope saß am Tisch. Alex betrachtete die rote Knete unter ihren Fingernägeln als gutes Zeichen.

»Ja, finde ich auch«, stimmte Alex ihr zu. »Und nicht einmal einen Block entfernt liegt der Park mit dem Karussell.«

Meredith sah sie staunend an. »Ein echtes Karussell? Mit Pferden?«

»Mit Pferden. Das gab es schon, als ich noch klein war.« Alex setzte sich auf die Armlehne des Sofas. »Das Häuschen hier war damals auch schon da. Es lag auf meinem Schulweg.«

Meredith setzte sich neben Hope, sah aber weiterhin Alex an. »Du klingst so sehnsüchtig.«

»Damals war ich es sicher auch. Ich fand, dass es wie ein Puppenhaus aussah und die Leute, die darin wohnten, sehr glücklich sein müssten. Sie konnten zum Karussell hinübergehen, wann immer sie wollten.«

»Und du nicht?«

»Nein. Nachdem mein Dad gestorben war, hatten wir kein Geld dafür. Mama hatte schon Mühe, genug zusammenzukratzen, dass wir immer etwas zu essen bekamen.«

»Bis sie bei Craig einzog.«

Alex fuhr innerlich zusammen und warf die Tür in ihrem Geist zu, bevor der erste Schrei ertönte. »Ich ziehe mich um und gehe etwas einkaufen. Danach muss ich noch einmal weg.«

Meredith sah überrascht auf. »Warum?«

»Ich will auf die Suche gehen. Ich muss es versuchen, Mer, denn anscheinend will es niemand anderes tun.«

Das stimmte nicht ganz. Daniel Vartanian hatte seine Hilfe angeboten. *Wir werden ja sehen, wie hilfreich er wirklich ist.*

»Ich muss morgen Abend nach Cincinnati zurück, Alex.«

»Ich weiß. Deswegen versuche ich ja, möglichst viel noch heute zu erledigen. Wenn ich nachher zurückkomme, kannst du mich einweisen, damit ich weiß, wie ich mit Hope umgehen soll.«

Alex ging ins Schlafzimmer, schloss die Tür und holte die Pistole aus ihrer Tasche. Sie befand sich noch in dem Kasten, und Alex nahm sie mit leicht zitternden Händen heraus und sah sie sich erneut genau an.

Sie lud das Magazin, wie es der Verkäufer ihr erklärt hatte, und sicherte die Waffe. Sie würde eine größere Tasche brauchen, wenn sie das Ding ständig mit sich führen wollte, denn was nützte sie ihr in einer abschließbaren Kassette, wenn sie unterwegs war?

Im Augenblick musste sie allerdings mit dem auskommen, was sie hatte.

»Mein Gott, Alex.«

Alex fuhr herum und sah gerade noch, wie eine zornige Meredith die Schlafzimmertür zuwarf. »Was zum Teufel soll das denn?«, zischte ihre Cousine.

Alex presste sich die Hand auf ihr rasendes Herz. »Mach das nicht noch mal.«

»*Mach das nicht noch mal?*« Merediths Flüstern war schrill.

»Du sagst mir, ich soll das nicht noch mal machen, während du hier mitten im Schlafzimmer mit einer Pistole hantierst? Sag mal, geht's dir noch gut?«

»Mir ja, aber Bailey ist verschwunden, und eine andere Frau ist tot.« Alex setzte sich auf die Bettkante. »Ich will nicht genauso enden.«

»Aber du hast doch überhaupt keine Ahnung von Waffen.«

»Ich habe auch keine Ahnung, wie man vermisste Personen wiederfindet. Oder mit traumatisierten Kindern umgeht. Ich muss wohl oder übel mit meinen Aufgaben wachsen, Mer. Und schrei mich bitte nicht an.«

»Ich schreie nicht.« Meredith stieß die Luft aus. »Ich flüstere laut.« Sie ließ sich gegen die Tür sinken. »Tut mir leid. Ich hätte nicht so heftig reagieren dürfen, aber dich mit der Waffe zu sehen, hat mir einen Schock versetzt. Wieso hast du das Ding gekauft?«

»Ich war heute im Leichenschauhaus, um mir die Tote anzusehen.«

»Das hast du mir schon gesagt. Agent Vartanian war dabei.«

Er hatte ihr nicht die ganze Wahrheit erzählt, dessen war sich Alex sicher. Aber seine Augen waren freundlich, seine Berührung tröstlich gewesen, und das konnte sie nicht ignorieren.

»Er hält Baileys Verschwinden nicht für einen Zufall. Falls der, der die Frau umgebracht hat, Alicias Tod nachahmt, dann bin ich die nächste Originaldarstellerin, die wieder auf die Bühne tritt.«

Meredith wich die Farbe aus dem Gesicht. »Wohin willst du heute Abend noch, Alex?«

»Der Sheriff von Dutton meinte, ich sollte mir die Obdachlosenunterkünfte in Atlanta anschen, wenn ich nach Bailey suchen will. Vartanian hält es für zu gefährlich, dort allein hinzugehen, deswegen begleitet er mich.«

Meredith zog die Brauen zusammen. »Aha? Und was hat er davon?«

»Das will ich eben herausfinden.«

»Wirst du ihm erzählen, was Wade diesem Armeekaplan gesagt hat?«

Wir sehen uns in der Hölle, Simon. »Ich weiß noch nicht. Ich denke, das entscheide ich spontan.«

»Du wirst mich anrufen, wenn du unterwegs bist«, sagte Meredith drohend. »Und zwar jede halbe Stunde.«

Alex ließ die Pistole in ihre Tasche gleiten. »Ich habe Knete unter Hopes Fingernägeln gesehen.«

Meredith zuckte die Achseln. »Ich habe ihre Finger in eine Knetkugel gedrückt, weil ich hoffte, sie zu animieren, aber Pustekuchen. Du könntest ein paar rote Stifte mitbringen, wenn du einkaufen gehst.«

Alex seufzte. »Was ist der Kleinen bloß passiert, Meredith?«

»Ich weiß nicht. Aber jemand muss sich in Baileys Haus umsehen. Wenn du die Polizei hier im Ort nicht dazu bringen kannst, dann tut es vielleicht dieser Vartanian.«

»Glaub ich nicht. Er darf nur ermitteln, wenn er von der zuständigen Behörde dazu eingeladen wird, sagt er. Und bisher war Sheriff Loomis nicht gerade kooperativ.«

»Vielleicht ändert der Tod dieser Frau etwas daran.«

Alex streifte sich die Kostümjacke ab. »Vielleicht. Aber so richtig glauben kann ich daran nicht.«

Atlanta, Montag, 29. Januar, 18.15 Uhr

Daniels Miene war noch immer finster, als er aus dem Fahrstuhl trat und auf den Konferenzraum zuging. Frank Loomis hatte ihn aus Zeitmangel nicht empfangen können, und irgendwann hatte Daniel gehen müssen. Ohne etwas erreicht zu haben.

Er setzte sich an den Tisch, wo Chase und Ed bereits warteten. »Tut mir leid wegen der Verspätung.«

»Wo waren Sie?«, fragte Chase.

»Ich habe versucht, Sie auf dem Weg anzurufen, aber Leigh meinte, Sie seien in einer Besprechung. Ich erklär's gleich, versprochen.« Er zog seinen Notizblock hervor. »Aber tauschen wir zuerst die Neuigkeiten aus.«

Ed hielt triumphierend eine Plastiktüte hoch. »Ein Schlüssel.«

Daniel beugte sich vor und betrachtete ihn mit zusammengekniffenen Augen. Der Schlüssel war ungefähr zweieinhalb Zentimeter lang, silbern und mit einem verschmutzten Band durch den Ring versehen. »Wo hast du den gefunden?«

»In dem Schlamm, den wir aus dem Abwasserkanal mitgenommen haben. Er ist nagelneu, man sieht sogar noch die Schnittmarken. Meiner Meinung nach ist er noch nie benutzt worden.«

»Fingerabdrücke?«, fragte Chase.

Ed schnaubte. »Na klar, das wäre ja mal was.«

»Jemand könnte ihn verloren haben, bevor die Leiche dort abgelegt wurde.«

Ed nickte unbeirrt. »Oder der Täter hat ihn verloren.«

»Und die Decke?«, fragte Daniel. »Wissen wir schon, woher sie stammt?«

»Noch nicht. Es ist eine Campingdecke, wie man sie in Sportgeschäften verkauft. Das Wollgemisch ist imprägniert. Dadurch ist die Leiche trotz des Regens am Sonntag einigermaßen trocken geblieben.«

»Und der Mord, der vor dreizehn Jahren in Dutton begangen wurde?«, forschte Chase nach. »Hatten wir es da auch mit einer Campingdecke zu tun?«

Daniel rieb sich die Stirn. »Ich weiß es nicht. Mir ist bisher noch nicht gelungen, den Polizeibericht in die Finger zu bekommen. Ich renne gegen eine Wand und habe keine Ahnung, wieso.« Es war wirklich seltsam. Und ärgerlich. »Aber wir haben vielleicht eine brauchbare Spur zum Opfer, vielleicht sogar ein Foto.« Daniel erzählte Chase von Fun-N-Sun und der freundlichen Kooperationsbereitschaft der Sicherheitsleute. »Der verantwortliche Bursche hat mir dieses Bild gemailt. Es ist körnig, aber das Gesicht lässt sich erkennen. Die Frau hat die passende Größe und Statur.«

»Nicht schlecht«, murmelte Chase. »Das stammt aus den Überwachungsbändern des Parks?«

»Jep. Der Cellisten-Slogan auf dem Sweatshirt hat meine Aufmerksamkeit geweckt. Die Security rief mich an, als ich auf dem Rückweg hierher war. Sie konnten keine Kreditkartenquittung finden, also hat sie ihr Essen vermutlich bar bezahlt. Sie wollen jetzt die Bänder an den Eingangstoren durchsehen und uns Kopien rüberschicken. Es kann ja sein, dass die Frau zumindest den Eintritt mit Karte bezahlt hat. Wenn wir sie bis morgen früh noch nicht aufgespürt haben, gebe ich das Foto an die Nachrichtendienste.«

»Klingt gut«, sagte Chase. »Und Ihr Ausflug nach Dutton war erfolglos?«

»Nicht ganz.« Daniel legte die Speicherkarte aus Jim Woolfs Kamera auf den Tisch. »Der Reporter hat angeblich einen anonymen Anruf bekommen, wodurch er erfahren hat, wo und wann er sich einfinden soll.«

»Sie glauben ihm nicht?«

»Nicht hundertprozentig. Er hat mich in ein, zwei Punkten angelogen und ein paar Fakten ganz ausgelassen. Woolf behauptet zum Beispiel, er habe den Anruf um zwölf Uhr bekommen, sei um eins auf dem Baum gewesen und hätte die Radfahrer um zwei vorbeifahren sehen.«

»Von Dutton bis Arcadia dauert es mit dem Auto nur eine halbe Stunde. Er hätte die Zeit gehabt.«

»Ja, normalerweise dauert es nur eine halbe Stunde«, sagte Daniel. »Aber durch das bevorstehende Rennen waren bereits um neun Uhr die Straßen in einem Umkreis von fünf Meilen gesperrt. Bei jedem, der hindurchwollte, hat man die Nummer der Fahrerlaubnis und das Kennzeichen notiert. Woolf hat erzählt, seine Frau habe ihn abgesetzt, aber ich habe Sheriff Corchran angerufen, und er hat es überprüft: Woolfs Frau steht nicht auf der Liste der Wagen, die die Absperrung passiert haben.«

Chase nickte. »Also ist er entweder schon vor neun am Fundort gewesen, oder seine Frau hat ihn in einiger Entfernung abgesetzt, damit er den Rest zu Fuß erledigt. Er hätte immer noch um zwei auf dem Baum sein können, allerdings nur, wenn er die ganze Strecke gerannt wäre.«

»Nur kommt mir Jim nicht gerade sportlich vor. Eigentlich war ich schon überrascht, dass er einen Baum hinaufgeklettert sein soll. Hinzu kommt, dass der Notruf um drei Minuten nach zwei eingegangen ist«, fuhr Daniel fort. »Der Fahrer, der ihn getätigt hat, ist als dreiundsechzigster ins Ziel gekommen, also muss er relativ weit hinten im Feld gewesen sein. Ich habe mit der Rennleitung gesprochen. Der erste Biker ist um Viertel vor zwei an der Stelle vorbeigefahren.«

Ed runzelte die Stirn. »Aber wieso sollte der Reporter bei etwas lügen, das du überprüfen kannst?«

»Ich denke, er wollte einfach nicht zugeben, dass er sich weit länger als nur ein paar Minuten im Graben aufgehalten hat. Dadurch hatte er Zeit, den Fundort zu kontaminieren. Und vielleicht hat er darauf spekuliert, dass ich wieder verschwinde, wenn er mir sagt, was ich hören will. Ich habe Chloe Hathaway bei der Staatsanwaltschaft angerufen. Sie versucht, mir eine richterliche Verfügung für Woolfs Verbindungsnachweise zu besorgen. Ich brauche die Verfügung für das Redaktionstelefon, für seinen Privatanschluss und für sein Handy. Und ich wette, er hat bereits Sonntagmorgen früh einen Anruf erhalten.« Daniel seufzte. »Als ich bei Woolf fertig war, bin ich zur Polizei gegenüber gegangen. Alex Fallon wollte ebenfalls gerade hinein.«

Chase zog die Brauen hoch. »Interessant.«

»Sie sagte, sie wolle endlich jemanden dazu bringen, eine Vermisstenanzeige für Bailey Crighton aufzunehmen. Sie hat am Wochenende mehrmals angerufen, aber nur zu hören bekommen, dass ihre Stiefschwester vermutlich untergetaucht sei. Fallon ist überzeugt, dass das Verschwinden ihrer Stiefschwester und der Mord in Arcadia irgendwie zusammenhängen. Ich bin geneigt, ihr zuzustimmen.«

»Und ich bin nicht geneigt, den Gedanken von der Hand zu weisen«, sagte Chase. »Und weiter?«

»Also habe ich ihr gesagt, ich sei auf dem Weg zum Sheriff und würde für sie nachfragen.« Als Chase die Brauen noch höher zog, fuhr Daniel hastig fort: »Ich musste doch sowieso mit Loomis reden, Chase. Ich dachte, es gäbe vielleicht etwas, was sie Alex nicht sagen wollten, irgendeinen Grund, warum sie so sicher waren, dass ihre Stiefschwester einfach nur abgetaucht ist.«

»Aber?«, hakte Chase nach.

»Aber ich bin nicht einmal bis zu Loomis vorgedrungen. Die Dame am Empfang sagte mir alle paar Minuten, es könne nicht mehr lange dauern. Schließlich habe ich aufgegeben. Entweder war Frank überhaupt nicht da, oder aber er weigert sich, mich zu empfangen, und die arme Sekretärin wollte es nur nicht ausbaden müssen. So oder so – in Dutton wird gemauert, und das gefällt mir nicht.«

»Hast du den Tremaine-Polizeibericht offiziell verlangt?«, fragte Ed.

»Schlussendlich ja. Wanda, das ist Loomis' Assistentin, sagte, der Bericht sei ›eingelagert‹, und sie bräuchte eine Weile, um ihn zu suchen. Sie würde sich in ein paar Tagen bei mir melden.«

»Na ja, er ist schon dreizehn Jahre alt«, bemerkte Chase, aber Daniel schüttelte den Kopf.

»Wir reden hier über Dutton. Erzählen Sie mir nicht, dort gäbe es ein gigantisches Archiv. Wanda hätte nur in den Keller gehen und eine Kiste heraufholen müssen. Sie hat mich abgewimmelt.«

»Was wollen Sie jetzt tun?«

»Als ich mit Chloe wegen der Verfügung für Jim Woolf sprach, fragte ich sie, was ich wegen der Akte tun sollte. Sie meinte, ich sollte mich wieder bei ihr melden, wenn ich sie am Mittwochmorgen noch nicht hätte. Ich weiß, dass Frank Loomis die Einmischung von Außenstehenden nicht leiden kann, aber es ist trotzdem seltsam, dass er mich derart vor den Kopf stößt. Ich fange langsam an, mir Sorgen zu machen. Vielleicht ist *er* eine vermisste Person.«

»Und was ist mit der Stiefschwester dieser Fallon?«, fragte Ed. »Ist die Anzeige nun aufgenommen worden?«

»Ja, aber Wanda sagte, man würde der Sache wohl nicht nachgehen. Bailey Crighton hat ein sattes Vorstrafenregister. Sie ist ein Junkie.«

»Dann ist sie vielleicht wirklich untergetaucht«, sagte Chase leise. »Im Augenblick sollten wir uns auf unser Opfer konzentrieren.«

»Ja, sicher.« Daniel dachte nicht daran, seinen geplanten Ausflug nach Peachtree und Pine zu erwähnen. »Felicity ist der Meinung, die Druckstellen um den Mund der Frau seien ihr erst nach dem Tod zugefügt worden, wir sollten also darauf aufmerksam werden. Die Untersuchung hat ergeben, dass sie vergewaltigt worden ist, aber natürlich waren keine fremden Körperflüssigkeiten zu finden. Sie starb irgendwann zwischen zehn Uhr Donnerstagabend und zwei Uhr Freitag früh, und sie hatte gerade genug Rohypnol in ihrer Blutbahn, dass der Test ein Ergebnis zeigte. In den alten Zeitungsberichten über Alicia Tremaines Tod stand, man habe GHB in ihrem Körper gefunden. Beiden Opfern wurden also K.-o.-Tropfen eingeflößt.«

Chase stieß geräuschvoll den Atem aus. »Verdammt. Unser Täter kopiert wirklich alles.«

»Ja, ich weiß.« Daniel sah auf die Uhr. Alex würde gleich hier sein. Er wurde den Gedanken nicht los, dass man sie aus einem bestimmten Grund hergelockt hatte. Aber warum? Nun, vielleicht erfuhr er mehr, wenn er sie auf der Suche nach ihrer Stiefschwester in diesem Höllenloch Peachtree und Pine begleitete. »Okay, für heute ist das alles. Wir treffen uns morgen zur selben Zeit wieder, einverstanden?«

Atlanta, Montag, 29. Januar, 19.25 Uhr

Alex hatte ihr Auto kaum vor einem kleinen zweigeschossigen Haus in einem Vorort von Atlanta geparkt, als Daniel Vartanian schon an ihrem Fenster auftauchte. Sie öffnete es, und er beugte sich herab.

»Es dauert nicht lange«, sagte er. Er hatte sie gebeten, ihm zu sich nach Hause zu folgen. »Sie können Ihren Wagen hier stehen lassen und haben es nachher nicht so weit zurück.«

Seine blauen Augen fixierten ihr Gesicht, und Alex ertappte sich dabei, wie sie ihn genau musterte. Seine Nase war scharf geschnitten, seine Lippen fest, seine Züge alles in allem sehr attraktiv, wenn auch kantig und hart. Sie musste daran denken, wie er ihre Hand gehalten hatte, rief sich aber in Erinnerung, dass er vermutlich mehr wusste, als er ihr sagen wollte. »Ich weiß es zu schätzen, dass Sie mich begleiten wollen.«

Ein kleines Lächeln erschien auf seinen Lippen und machte seine harten Züge sanfter. »Ich muss mich schnell umziehen und den Hund rauslassen. Sie können mitkommen oder hier sitzen bleiben, aber es wird kälter.«

Das wurde es in der Tat. Nun, da die Sonne untergegangen war, lag Frost in der Luft. Dennoch war die Vorsicht stärker. »Schon okay. Ich warte hier.«

»Alex. Sie vertrauen mir so weit, dass Sie mich als Begleitung für eine Gegend wie Peachtree und Pine akzeptieren. Mein Wohnzimmer ist ein gutes Stück ungefährlicher, das kann ich Ihnen versichern. Aber gut – Sie müssen es selbst wissen.«

»Nun, so gesehen …« Sie fuhr die Scheibe hoch, griff nach ihrer Umhängetasche und verschloss den Wagen. Als sie sich zu Vartanian umwandte, betrachtete er die Tasche misstrauisch.

»Ich möchte gar nicht wissen, ob Sie darin irgendetwas Schlimmes mit sich herumschleppen, denn falls Sie keine Erlaubnis besitzen, eine Waffe bei sich zu tragen, verstoßen Sie gerade gegen das Gesetz.«

»Das wäre allerdings sehr ungezogen von mir«, sagte Alex und klimperte mit den Augenlidern, sodass er lächeln musste.

»Aber wenn Sie Ihre Tasche in meinen privaten Räumlichkeiten lassen, dann ist das in Ordnung.«

»Keine Kinder im Haus?«

Er nahm sie am Arm und führte sie den Gehweg entlang. »Nur Riley, und da er keine brauchbaren Daumen hat, ist er nicht in Gefahr.« Er schloss seine Haustür auf und schaltete die Alarmanlage aus. »Das ist er.«

Alex lachte, als sich ein triefäugiger Basset erhob und gähnte. »Oh, der ist ja süß.«

»Na ja, manchmal schon. Geben Sie ihm nur nichts zu fressen.« Mit diesem kryptischen Rat lief Daniel die Treppe hinauf und ließ Alex allein. Interessiert sah sie sich um. Das Wohnzimmer war recht nett, gemütlicher jedenfalls als ihres in Cincinnati in ihrer Wohnung, was allerdings keine Kunst war. Der riesige Fernseher mit Flachbildschirm bildete das Zentrum des Raumes. Ein Billardtisch beherrschte das Esszimmer, und in einer Ecke stand eine polierte Mahagoni-Bar, die mit den hohen Hockern und dem Gemälde *Dogs Playing Poker* beinahe professionell aussah.

Sie lachte leise, fuhr aber zusammen, als etwas gegen ihre Wade stupste. Sie hatte den Hund nicht kommen hören, aber nun stand Riley neben ihr und blickte schwermütig zu ihr auf.

Sie ging in die Hocke, um ihn zu streicheln, als Vartanian auch schon mit einer Leine in der Hand zurückkam. In den gebleichten Jeans und dem Sweatshirt sah er vollkommen anders aus.

»Er mag Sie«, sagte er. »Sonst hätte er sich nie die Mühe gemacht, aufzustehen und einmal quer durchs Wohnzimmer zu laufen.«

Alex richtete sich auf, als sich Vartanian bückte und die Leine ans Halsband klickte. »Ich werde mir auch einen Hund besorgen«, sagte sie. »Das steht auf meiner Liste für morgen.«

»Ehrlich gesagt, gibt mir das ein viel besseres Gefühl als der Gedanke, dass Sie mit einer geladenen Waffe durch die Gegend spazieren.«

Sie hob das Kinn. »Ich bin nicht dumm, Agent Vartanian. Ich weiß durchaus, dass ein bellender Hund eher Angreifer abschreckt als eine Waffe in der Hand einer Person, die nicht damit umgehen kann. Aber ich möchte mich absichern, so gut ich kann.«

Er grinste, stand auf und versuchte, Riley in Richtung Tür zu ziehen. »Was wirklich recht schlau ist. Wollen Sie mit uns kommen? Riley scheint die Idee zu gefallen.«

Riley hatte sich auf den Boden gelegt, die langen Schlappohren rechts und links vom Kopf ausgebreitet, die Nase auf Alex ausgerichtet. Verschlafen blickte er zu ihr auf, und Alex musste wieder lachen. »Kein schlechter Schauspieler. Aber ich glaube, ich benötige ein etwas aktiveres Tier. Eher Marke Wachhund.«

»Ob Sie es glauben oder nicht, der Bursche hier kann extrem fix sein, wenn er will.«

Riley trottete zwischen ihnen, als Vartanian mit ihr aus der Tür hinaus auf den Gehweg trat. »Nun, er bewegt sich, wie ich sehe«, bemerkte Alex. »Aber ein Wachhund ist er nicht.«

»Nein, ein Jagdhund. Und als solcher hat er schon Preise gewonnen.«

Sie wanderten eine Weile in angenehmem Schweigen nebeneinanderher, bis Vartanian fragte: »Mag Ihre Nichte Hunde?«

»Keine Ahnung. Ich habe sie erst vor zwei Tagen kennengelernt, und sie ist nicht sehr ... gesprächig.« Alex runzelte die Stirn. »Ich weiß nicht, ob sie Angst vor Hunden hat, ich weiß nicht einmal, ob sie vielleicht allergisch gegen Tierhaare ist. Verdammt, das ist noch etwas, das ich auf meine Liste setzen muss: Ihren Arzt finden und ihre Krankengeschichte in Erfahrung bringen.«

»Probieren Sie doch aus, wie sie auf Riley reagiert, bevor Sie sich einen Hund kaufen. Wenn sie sich vor *ihm* fürchtet, könnte jedes andere Tier zu viel für sie sein.«

»Ich hoffe sehr, dass sie Hunde mag. Aber ich wäre schon froh, wenn sie auf *irgendetwas* reagierte.« Alex seufzte. »Alles ist besser, als ihr den ganzen Tag beim Ausmalen zuzusehen.«

»Sie malt Bilder aus?«

»Wie besessen.« Und bevor sie sich zurückhalten konnte, hatte Alex ihm die ganze Geschichte erzählt, und sie waren wieder in seinem Wohnzimmer angekommen. »Ich würde so gerne wissen, was sie gesehen hat. Ihr Verhalten macht mir entsetzliche Angst.«

Riley ließ sich mit einem dramatischen Seufzer zu Boden sinken, und beide bückten sich gleichzeitig, um ihm die langen Schlappohren zu kneten. »Das klingt nicht gut«, sagte er. »Was wollen Sie denn tun, wenn Ihre Cousine morgen wieder abreisen muss?«

»Ich weiß es nicht.« Alex sah Daniel Vartanian in die Augen und spürte eine Verbindung, obwohl er sie nicht berührt hatte. »Ich habe nicht die geringste Ahnung.«

»Auch das macht Ihnen Angst«, sagte er sanft.

Sie nickte und presste die Lippen zusammen. »In letzter Zeit scheint mir alles Angst zu machen.«

»Ich bin sicher, dass unsere Psychologin Ihnen einen guten Spezialisten für Kinder empfehlen kann.«

»Danke«, murmelte sie, und als sie wieder in sein Gesicht blickte, verlagerte sich etwas zwischen ihnen. Rutschte an den richtigen Platz.

Und Alex holte zum ersten Mal an diesem Tag befreit Luft.

Vartanian sah verlegen weg und erhob sich. Der Bann war gebrochen. »Ihre Jacke ist immer noch zu hübsch und zu modisch für das, was wir vorhaben.« Er ging zu seinem Garderobenschrank und schob die Bügel mit mehr Schwung beiseite, als es vermutlich nötig war. Schließlich erschien er mit einer alten Highschool-Jacke in der Hand. »Ich war damals um einiges schmaler. Mit etwas Glück ertrinken Sie nicht darin.«

Er hielt sie ihr hin, und sie streifte ihre Jacke ab, um seine überzuziehen. Sie roch nach ihm, und Alex musste gegen den Impuls ankämpfen, am Ärmel zu schnüffeln. Rileys Gegenwart schien einen schlechten Einfluss auf sie zu haben. »Danke.«

Er nickte, schaltete die Alarmanlage wieder ein und schloss die Tür hinter ihnen ab. Als sie an seinem Auto angelangt waren, brachte irgendetwas sie dazu, zu ihm aufzuschauen, und sie hielt den Atem an. Seine Augen waren so durchdringend wie immer, doch nun lag noch etwas anderes in seinem Blick, eine Art von Begierde, die ihr hätte Angst machen sollen, sie aber seltsamerweise anzog.

»Sie sind sehr nett zu mir, Agent Vartanian. Netter, als es nötig wäre. Warum?«

»Ich weiß nicht«, sagte er so ruhig, dass sie fröstelte. »Ich habe keine Ahnung.«

»Und … das macht Ihnen Angst?«, wiederholte sie seine Frage von kurz zuvor.

Ein Mundwinkel hob sich zu dem für ihn typischen ironischen Lächeln, das sie immer sympathischer fand. »Sagen wir einfach … es ist unbekanntes Terrain für mich.« Er öffnete ihr die Beifahrerseite. »Fahren wir nach Peachtree und Pine. Es ist nachts immer noch kalt genug, dass die meisten Obdachlosen in den Unterkünften Schutz suchen werden. Die Heime sind meistens um sechs schon gut gefüllt, sodass das Abendessen wohl bereits vorbei ist, wenn wir ankommen. So wird es leichter sein, nach Bailey zu suchen.« Sie wartete, bis er sich hinters Steuer gesetzt hatte. »Ich wünschte, ich hätte ein neueres Foto von ihr. In dem Friseursalon, in dem sie arbeitet, gibt es eins – auf ihrem Diplom. Aber ich habe ganz vergessen, dort anzurufen, und jetzt ist der Laden geschlossen.«

Er zog ein gefaltetes Blatt aus seiner Tasche. »Ich habe mir ihre Fahrerlaubnis ausdrucken lassen. Das Bild ist nicht gerade berühmt, aber recht neu.«

Alex wurde die Kehle eng. Auf dem Foto lächelte ihr eine Bailey mit sehr klarem Blick entgegen. »Oh, Bailey.« Vartanian warf ihr einen verwirrten Blick zu. »Ich fand nicht, dass sie schlecht aussieht.«

»Nein, ganz im Gegenteil. Sie sieht gut aus. Ich bin gleichzeitig erleichtert und … traurig. Als ich sie das letzte Mal sah, war sie ein

Wrack. Ich habe mir die ganze Zeit gewünscht, sie wieder so wie auf diesem Bild hier zu sehen.« Alex schürzte die Lippen. »Und jetzt ist sie vielleicht tot.«

Vartanian drückte ihre Schulter. »Denken Sie nicht daran. Denken Sie lieber positiv.«

Alex holte tief Luft. Ihre Schulter prickelte von seiner Berührung. Das war etwas Positives, an das man denken konnte. »Okay. Ich versuch's.«

Atlanta, Montag, 29. Januar, 19.30 Uhr

Sie war inzwischen verheiratet, und zwar mit irgendeinem reichen Börsenmakler, den sie auf dem College kennengelernt hatte. Sie war also aufs College gegangen, während er … *während ich in einer Zelle verrotte bin.* Seine Racheliste war während seiner Haft zu stattlicher Länge angewachsen. Sie allerdings stand relativ weit oben.

Ihre Absätze klapperten auf dem Betonboden, als sie aus dem Fahrstuhl kam und in die Tiefgarage ging. Sie war piekfein angezogen, trug einen Nerz und ein Parfum, das vermutlich mehrere Hundert Dollar die Unze gekostet hatte. Die Perlen um ihren Hals schimmerten in der Innenbeleuchtung des Wagens, als sie sich hinter das Steuer setzte. Er wartete geduldig, dass sie die Tür schloss und den Motor startete. Dann hielt er ihr blitzschnell das Messer an die Kehle und stopfte ihr ein Taschentuch in den Mund.

»Fahr«, murmelte er und lachte leise, als sie die Augen aufriss und gehorchte. Er sagte ihr genau, wohin sie fahren und wann sie abbiegen musste, und genoss das Entsetzen in ihren Augen, wann immer sie in den Rückspiegel blickte. Sie erkannte ihn nicht, und obwohl das im Alltag von Vorteil war, wollte er doch, dass sie genau wusste, wer die Kontrolle über ihr Leben übernommen hatte. Über ihr nicht mehr sehr lange währendes Leben.

»Erzähl mir nicht, dass du mich nicht mehr kennst, Claudia. Denk mal an den Abend deines Abschlussballs zurück. So lange ist es doch gar nicht her.« Ihre Augen weiteten sich wieder, und er wusste, dass sie begriffen hatte und ahnte, was ihr bevorstand. Er lachte. »Du weißt, dass ich dich jetzt nicht mehr am Leben lassen kann. Aber wenn es dich irgendwie tröstet – ich hätte es in keinem Fall getan.«

Montag, 29. Januar, 19.45 Uhr

Bailey blinzelte, als sie langsam erwachte. Der Boden war kalt an ihrer Wange. Sie hörte Schritte im Flur. Er kam wieder. *Bitte nicht.*

Sie wappnete sich gegen das Licht. Gegen den Schmerz. Aber die Tür öffnete sich nicht. Stattdessen hörte sie, wie sich eine andere Tür öffnete und etwas Schweres fallen gelassen wurde. Der Aufprall verursachte ihr Übelkeit, denn sie ahnte, dass es ein Mensch war. Dann hörte sie ein dumpfes Stöhnen. Es klang nach einem Mann.

Aus dem Flur drang *seine* Stimme, und sie bebte vor Zorn. »Ich bin in wenigen Stunden zurück. Denk über das nach, was ich gesagt habe. Getan habe. Du hast jetzt Schmerzen. Vielleicht solltest du meine Fragen beim nächsten Mal richtig beantworten.«

Sie presste die Kiefer fest zusammen, um nicht aufzuschreien, um keine Aufmerksamkeit auf sich zu ziehen. Aber die Tür nebenan wurde zugeworfen, und dann herrschte Stille.

Sie hatte nichts mehr zu befürchten. Im Augenblick jedenfalls nicht. Keine weiteren Schläge, keine Strafe für ihre dreiste Weigerung, ihm zu sagen, was er hören wollte. Nebenan war wieder ein Stöhnen zu hören, und es klang mitleiderregend. Der Person dort ging es kaum besser als ihr. Niemand würde sie finden. Niemand suchte nach ihr. *Ich werde meine Kleine nie wiedersehen.* Tränen quollen unter ihren Lidern hervor und liefen ihr die Schläfen hinab. Es hatte keinen Sinn, zu schreien. Jeder, der sie hören konnte, war ebenfalls eingesperrt.

Atlanta, Montag, 29. Januar, 21.15 Uhr

»Bailey Crighton?« Die Frau, die sich als Schwester Anne vorgestellt hatte, stellte ein Tablett mit schmutzigem Geschirr auf der Arbeitsfläche der Küche ab. »Was ist mit ihr?«

Alex stand vor Daniel und zeigte der Frau das Foto aus Baileys Führerschein, mit dem sie schon in vier anderen Obdachlosenasylen gewesen waren. »Ich suche sie. Haben Sie sie vielleicht gesehen?«

»Kommt drauf an. Sind Sie von der Polizei?«

Alex schüttelte den Kopf. »Nein«, antwortete sie wahrheitsgemäß, ohne einen Kommentar zu Daniel abzugeben.

Alex Fallon in Aktion zu sehen, war eine lehrreiche Erfahrung. Sie log niemals direkt, war jedoch sehr geschickt darin, nur das zu sagen, was unbedingt nötig war, und die Leute glauben zu lassen, was immer sie glauben wollten. Aber sie war müde und entmutigt, und er konnte ein Beben in ihrer Stimme hören, das in ihm den Wunsch weckte, etwas für sie zu tun. *Irgendetwas.*

»Ich bin Krankenschwester. Bailey ist meine Stiefschwester, und sie ist verschwunden. Haben Sie sie gesehen?«

Schwester Anne warf Daniel einen misstrauischen Blick zu. »Bitte«, formte er das Wort lautlos mit den Lippen, und ihre Miene wurde weicher.

»Sie kommt jeden Sonntag her. Gestern war sie zum ersten Mal seit vielen Jahren nicht hier. Ich habe mir Sorgen gemacht.«

Die Frau war die Erste, die zugab, Bailey gesehen zu haben, obwohl Daniel genau wusste, dass sie nicht die Einzige war. Aber in diesen Kreisen reagierte man auf neugierige Fremde häufig mit Ablehnung, und einige der Personen, die sie befragt hatten, hatten einfach keine Lust gehabt, zu antworten.

»Sie kommt jeden Sonntag her?«, fragte Alex. »Warum denn?«

Schwester Anne lächelte. »Niemand backt so leckere Pfannkuchen wie sie.«

»Sie macht für die Kinder Pfannkuchen mit Gesichtern«, sagte eine andere Frau, die mit einem weiteren Tablett hereinkam. »Was ist denn los mit Bailey?«

»Sie wird vermisst«, antwortete Schwester Anne.

»Das heißt, sie arbeitet hier ehrenamtlich?«, hakte Daniel nach, und Schwester Anne nickte.

»Seit fünf Jahren schon, seit sie clean ist. Wie lange wird sie schon vermisst?«

»Seit Donnerstagabend.« Alex straffte ihre Haltung. »Kennen Sie Hope?«

»Aber natürlich. Die Kleine quasselt uns allen die Taschen voll, und wir lieben sie.« Sie brach ab und runzelte die Stirn. »Wird Hope auch vermisst?«

»Nein. Sie ist bei mir und meiner Cousine«, sagte Alex schnell. »Aber es geht ihr nicht gut. Sie hat noch kein Wort gesprochen, seit ich sie am Samstag abgeholt habe.«

Schwester Anne sah sie verdattert an. »Das klingt aber wirklich nicht gut. Erzählen Sie mir, was passiert ist.«

Alex tat es, und Schwester Anne begann, den Kopf zu schütteln.

»Niemals würde Bailey ihre Tochter einfach so zurücklassen. Hope bedeutet ihr alles.« Sie seufzte. »Hope hat ihr das Leben gerettet.«

»Bailey war also hier Stammgast, bevor sie clean wurde?«, fragte Daniel.

»O ja. Hier und in der Methadon-Klinik ein Stück die Straße hinauf. Ich sehe seit dreißig Jahren die Junkies kommen und gehen. Ich weiß, wer es schafft und wer nicht. Bailey hätte es geschafft. Wird es schaffen. Jede Woche herzukommen und zu arbeiten, war ihre Methode, sich immer wieder in Erinnerung zu rufen, dass sie nicht als Hilfesuchende zurückkehren wollte. Sie war dabei, für sich und ihre Tochter eine Existenz aufzubauen. Ich bin mir ganz sicher, dass sie Hope niemals im Stich gelassen hätte.« Sie biss sich auf die Lippe, schien nachzudenken. »Haben Sie mit ihrem Vater gesprochen?«

»Hopes Vater?«, fragte Alex zögernd.

»Nein.« Schwester Anne sah Alex prüfend an. »Baileys Vater.«

Daniel spürte, dass sich etwas in Alex' Haltung veränderte, und das lag nicht nur an der Tatsache, dass sie sich plötzlich versteifte.

»Alex?«, murmelte er hinter ihr. »Alles in Ordnung?«

Ein knappes Nicken. »Nein. Ich habe nicht mit ihm gesprochen.« Ihre Worte klangen kühl und kontrolliert, aber Daniel wusste bereits, dass sie in diesen Tonfall verfiel, wenn sie Angst hatte. »Wissen Sie, wo er sich aufhält?«

Schwester Anne stieß einen langen Seufzer aus. »Irgendwo und nirgends. Bailey hat nie die Hoffnung aufgegeben, dass er irgendwann nach Hause kommen würde. Ich weiß, dass sie viele Stunden lang in jeder Ecke dieser Stadt nach ihm gesucht hat.« Sie warf Alex einen Seitenblick zu. »Sie wohnt nur deshalb noch in diesem Haus in Dutton, weil sie hofft, dass er wiederkommt.«

Alex schien nun vollkommen zu erstarren, und endlich gab Daniel dem Bedürfnis, sie zu berühren, nach. Er hatte dagegen angekämpft, seit sie sich im Wohnzimmer in die Augen gesehen hatten, aber nun musste er sie wissen lassen, dass er bei ihr war und sie sich nicht zu fürchten brauchte. Also legte er ihr beide Hände auf die Schultern und zog sanft, bis sie an seiner Brust lehnte.

»Ich hasse dieses Haus«, flüsterte sie.

»Ich weiß«, erwiderte er ebenso leise. Und das entsprach der Wahrheit. Er wusste, was in »diesem Haus« geschehen war. In den Zeitungsartikeln, die Luke ihm heruntergeladen hatte, hatte er gelesen, dass sich

95

Alex' Mutter am Tag, an dem man Alicia tot im Graben gefunden hatte, eine .38 an den Kopf gehalten und abgedrückt hatte. Alex hatte ihre Mutter in diesem Haus gefunden.

Schwester Anne musterte Alex eindringlich. »Bailey verabscheut das Haus auch, meine Liebe. Aber sie bleibt, weil sie hofft, dass ihr Vater zurückkommt.«

Alex zitterte jetzt, und Daniel verstärkte den Druck seiner Hände auf ihren Schultern. »Ist er denn jemals zurückgekommen?«

»Nein. Zumindest hat sie es mir nicht erzählt.«

Alex rückte ein Stück von ihm ab. »Vielen Dank, Schwester. Würden Sie mich anrufen, wenn Sie irgendetwas hören?« Sie riss eine Ecke des Ausdrucks von Baileys Führerschein ab und schrieb ihren Namen und ihre Telefonnummer auf. »Und denken Sie, Sie könnten einmal mit Hope sprechen? Es ist uns bisher nicht gelungen, zu ihr durchzudringen.«

Schwester Annes Lächeln war mitfühlend und traurig. »Nichts täte ich lieber. Aber ich fahre kein Auto mehr, deswegen ist es nicht leicht für mich, nach Dutton zu gelangen.«

»Wir bringen sie zu Ihnen«, sagte Daniel, und Alex drehte sich zu ihm um und sah ihn überrascht an. »Wenn die Gegend nicht sicher ist«, murmelte er defensiv, »dann für ein Kind noch weniger.«

»Für Bailey und Hope aber durchaus«, protestierte sie.

»Bailey kennt sich hier aus. Sie nicht. Wann würde es Ihnen passen, Schwester?«

»Wann immer Sie wollen. Ich bin hier.«

»Dann würde ich sagen, wir kommen morgen Abend.« Daniel drückte noch einmal Alex' Schultern. »Gehen wir.«

Sie waren an der Tür angelangt, als eine junge Frau sie aufhielt. Sie konnte nicht älter als zwanzig Jahre sein, aber wie bei allen Frauen hier wirkten ihre Augen sehr viel abgeklärter. »Entschuldigen Sie«, sagte sie. »Jemand hat Sie in der Küche reden hören. Stimmt es, dass Sie Krankenschwester sind?«

Daniel spürte eine Veränderung in Alex. Sie schob ihre Angst beiseite und war augenblicklich ganz bei dieser Frau, die vor ihr stand. Sie nickte. »Sind Sie krank?«

»Nein, aber meine Tochter.« Die junge Frau deutete in einen Raum voller Liegen und Pritschen. Auf einer lag ein Mädchen, das sich ganz klein gemacht hatte. »Sie hat irgendeinen Ausschlag am Fuß. Ich war den ganzen Tag in der Klinik, aber wenn man nicht bis sechs Uhr hier ist, sind alle Betten belegt.«

Alex legte der Frau eine Hand auf den Rücken. »Sehen wir sie uns mal an.« Daniel folgte ihnen neugierig. »Wie heißen Sie?«, fragte Alex die Frau.

»Sarah. Sarah Jenkins. Das ist Tamara.«

Alex lächelte das Mädchen an, das vier oder fünf Jahre alt sein mochte. »Hallo, Tamara. Darf ich mir mal deinen Fuß ansehen?« Sanft, aber effizient untersuchte sie das Kind. »Nichts Ernstes«, sagte sie schließlich, und die Mutter entspannte sich. »Borkenflechte. Wahrscheinlich hat es mit einem kleinen Schnitt oder Kratzer begonnen. Hat sie vor Kurzem eine Tetanus-S-P-R-I-T-Z-E bekommen?«

Tamara riss entsetzt die Augen auf. »Ich muss eine Spritze kriegen?«

Alex lächelte. »Du bist ganz schön clever, Tamara. Also, Sarah? Hatte sie eine?«

Sarah nickte. »Noch vor Weihnachten.«

»Dann brauchst du jetzt keine«, sagte sie an Tamara gewandt, die erleichtert wirkte. Alex schaute zu Schwester Anne hoch. »Haben Sie eine Wundsalbe da?«

»Nur Neosporin.«

»Das sieht ziemlich entzündet aus. Neosporin wird nicht viel helfen. Wenn ich morgen herkomme, bringe ich etwas Stärkeres mit. Bis dahin sollten Sie die Stelle säubern und bedeckt halten. Haben Sie Mull hier?«

Die Nonne nickte. »Ein wenig.«

»Dann legen Sie es ihr bitte auf. Ich bringe morgen auch noch Verbandsmaterial mit. Und nicht dran kratzen, Tamara.«

Tamara schob die Unterlippe vor. »Aber es juckt.«

»Ich weiß«, sagte sie sanft. »Du musst dir einfach immer sagen, dass es das nicht tut.«

»Du meinst, ich soll lügen?«, fragte Tamara, und Alex schnitt eine Grimasse.

»Nein. Es ist eher ein Trick. Hast du schon einmal einen Zauberer gesehen, der jemanden in einen Schrank steckt und ihn verschwinden lässt?«

Tamara nickte. »In einem Zeichentrickfilm.«

»So was sollst du auch tun. Stell dir vor, das Jucken kommt in den Schrank, und du drückst die Tür ganz fest zu.« Sie zeigte es mit den Händen. »Dann ist das Jucken im Schrank gefangen und nicht mehr auf deiner Haut. Ein Mädchen, das schon ›Spritze‹ buchstabieren kann, sollte diesen Schranktrick in null Komma nichts beherrschen.«

»Na gut, ich versuch's.«

»Gut. Aber gib nicht gleich auf. Das Jucken will vielleicht nicht sofort in den Schrank. Du musst dich ganz fest konzentrieren.« Sie klang, als spräche sie aus Erfahrung. »Und reib dir bitte nicht die Augen. Das ist auch ganz wichtig.«

»Vielen Dank«, sagte die Mutter, als Alex aufstand.

»Kein Problem. Ein kluges Mädchen haben Sie da.« Dann wandte sie sich an die Nonne. »Wir kommen morgen zurück, Schwester.«

Schwester Anne nickte. »Ich bin hier. Ich bin immer hier.«

Dutton, Montag, 29. Januar, 22.00 Uhr

Im Mondlicht waren die Karussellpferde noch schöner als bei Tag. Als Kind hatte er den Park geliebt. Aber er war kein Kind mehr, und die Unschuld dieser Anlage schien ihn zu verspotten, als er sich nun auf die Bank setzte. Sein Leben lief nicht mehr rund wie ein Karussell. Es war außer Kontrolle geraten und hatte die gewohnte Bahn verlassen. Die Bank, auf der er saß, wackelte und hob sich leicht, als sich der andere niederließ. »Du bist ein Idiot«, flüsterte er, ohne den Blick von den Holzpferden zu nehmen. »Es war dumm genug, heute Morgen anzurufen, aber dich hier mit mir treffen zu wollen … Was, wenn uns jemand sieht?«

»Verdammt.« Ein angstvolles Zischen. »Ich habe einen Schlüssel bekommen.«

Er setzte sich aufrechter hin. »Einen echten?«

»Nein. Nur ein gezeichneter Umriss. Aber es sieht aus, als stimmte er überein.«

Das tat er. Er hatte *seinen* Schlüssel auf die Zeichnung gelegt. Er passte perfekt. »Also weiß jemand Bescheid.«

»Wir sind am Ende.« Das Flüstern wurde schrill. Hysterisch. »Wir kommen alle ins Gefängnis. Ich will nicht ins Gefängnis.«

Als würde das irgendeiner von ihnen wollen. *Lieber sterbe ich.* Aber er legte ruhige Zuversicht in seine Stimme. »Niemand geht ins Gefängnis. Es wird alles gut. Der Kerl will wahrscheinlich bloß Geld.«

»Wir müssen mit den anderen reden. Uns etwas ausdenken.«

»Nein. Sag den anderen nichts. Halt den Mund und den Ball flach, und wir überstehen das.« Reden war ungesund. Einer von ihnen hatte es offenbar getan und musste daran gehindert werden, es wieder zu tun. Für immer. »Bleib ruhig, tu so, als wäre nichts, und halte dich von mir fern. Wenn du die Nerven verlierst, sind wir alle tot.«

6. Kapitel

Atlanta, Montag, 29. Januar, 22.15 Uhr

VARTANIAN PARKTE DEN WAGEN in seiner Auffahrt und wandte sich in der Dunkelheit zu ihr um. »Ist alles in Ordnung mit Ihnen?« Seine Stimme war tief und ruhig. »Sie waren sehr schweigsam auf der Rückfahrt.«

Das war sie tatsächlich gewesen. Sie hatte Mühe gehabt, all die Sorgen und Ängste, die ihr durch den Kopf gingen, zu verarbeiten. »Mir geht's gut. Ich musste nur nachdenken.« Dann erinnerte sie sich wieder an ihre gute Erziehung. »Vielen Dank, dass Sie mich begleitet haben. Das war sehr nett von Ihnen.«

Er war sehr ernst, als er um den Wagen ging und ihr die Tür öffnete. Sie folgte ihm zum Haus und wartete, bis er den Alarm deaktiviert hatte. »Kommen Sie herein. Ich hole Ihnen Ihre Jacke.«

»Und meine Tasche.«

Sein Lächeln war grimmig. »War mir schon klar, dass Sie die nicht vergessen.«

Riley setzte sich auf und gähnte. Er tappte durchs Zimmer und ließ sich zu Alex' Füßen fallen. Vartanians Lippen zuckten. »Und Sie sind nicht einmal ein Kotelett«, murmelte er.

Sie beugte sich herab, um Riley zu kraulen. »Haben Sie gerade etwas von Kotelett gesagt?«

»Oh, das ist ein Scherz zwischen Riley und mir. Ich hole Ihre Jacke.« Er seufzte. »Und die Umhängetasche.«

Alex sah ihm kopfschüttelnd nach. Männer waren eine Spezies, die sie nicht durchschaute. Nicht, dass sie viel Übung darin gehabt hätte. Richard war der Erste gewesen, wenn sie Wade nicht mitzählte, und sie weigerte sich, Wade mitzuzählen. Also blieb ... genau einer. Ein einziges Übungsexemplar. Und war Richard nicht ein Musterbeispiel für ihre Gewandtheit im Umgang mit dem anderen Geschlecht?

Der Gedanke an Richard verursachte ihr immer noch Depressionen. Sie hatte in ihrer Ehe versagt. Es war ihr nie gelungen, ihm die Frau zu sein, die er sich gewünscht hatte. Sie hatte ihn auf ganzer Linie enttäuscht.

Aber Hope würde sie nicht enttäuschen. Baileys Kind sollte ein gutes Leben führen, mit oder ohne Bailey. Und da sie nicht nur deprimiert, sondern auch wieder voller Angst war, blickte sie sich in Vartanians Wohnzimmer nach einer Ablenkung um. Ihr Blick blieb an dem Gemälde über der Bar hängen. Sie musste lächeln.

»Was?«, fragte er, als er mit der Jacke erschien. Er hatte sie über einem Arm drapiert wie ein Oberkellner die Serviette. »Das Bild.«

Er grinste, wodurch er jünger aussah. »Hey. Das ist ein Klassiker.«

»Na ja, ich weiß nicht. Irgendwie hatte ich Sie als Mann mit einem etwas feineren Geschmack eingestuft.«

Sein Grinsen ließ etwas nach. »Ich nehme Kunst nicht so ernst.«

»Wegen Simon«, sagte sie ruhig. Vartanians Bruder hatte Talent als Maler gehabt, und er hatte für seine Kunst gemordet.

Der Rest seines Lächelns verschwand. »Aha. Sie wissen Bescheid.«

»Ich habe online darüber gelesen.« Dort hatte sie herausgefunden, wen Simon getötet hatte. Unter anderem die eigenen Eltern. Daniels Eltern. Außerdem hatte sie gelesen, welche Rolle er, Daniel, bei Simons Ergreifung und Tod gespielt hatte.

Wir sehen uns in der Hölle, Simon. Sie musste es ihm sagen. »Agent Vartanian. Ich habe etwas erfahren, das Sie unbedingt wissen müssen. Als ich heute Morgen aus dem Leichenschauhaus kam, bin ich zu Baileys Haus gefahren. Dort bin ich einem Mann begegnet, einem Reverend. Und Soldaten.«

Er setzte sich auf einen Barhocker, ließ ihre Jacke und die Tasche auf die Bar fallen und sah sie mit seinen durchdringend blauen Augen an. »Ein Soldat und ein Reverend kamen zu Baileys Haus?«

»Nein. Der Reverend war Soldat. Ein Armeekaplan. Bailey hatte einen älteren Bruder. Er hieß Wade. Er ist vor einem Monat im Irak gestorben.«

»Das tut mir leid.«

Sie runzelte die Stirn. »Ich bin mir nicht sicher, ob es auch mir leidtut. Wahrscheinlich finden Sie das jetzt ziemlich kalt von mir.«

Etwas glomm in seinen Augen auf. »Nein, eigentlich nicht. Was hat der Kaplan gesagt?«

»Reverend Beardsley war bei Wade, als er starb. Er hat ihm die Beichte abgenommen und drei Briefe geschrieben, die Wade ihm diktiert hat. Einen für mich, seinen Vater und Bailey. Beardsley hat den an Bailey und seinen Vater an die Adresse ihres ehemaligen Hauses geschickt, in dem Bailey noch immer wohnt. Meine Adresse hatte er nicht, also hat er ihn mir heute gegeben.«

»Bailey hat den Brief also vor ein, zwei Wochen bekommen. Das Timing ist interessant.«

»Ich habe Beardsley gesagt, dass Bailey verschwunden ist, aber er wollte mir nicht verraten, was Wade ihm gebeichtet hat. Ich bat ihn um irgendetwas, das mir bei meiner Suche nach Bailey helfen würde, etwas, das nicht durch das Beichtgeheimnis geschützt ist. Er meinte, bevor Wade starb, habe er gesagt ›Wir sehen uns in der Hölle, Simon‹.«

Sie hielt den Atem an und beobachtete, wie Vartanian blass wurde.

»Wade kannte Simon?«

»Es sieht so aus. Und es sieht auch so aus, als wüssten Sie mehr, als Sie mir sagten, Agent Vartanian. Ich sehe es Ihrem Gesicht an. Und ich will wissen, um was es sich handelt.«

»Ich habe meinen Bruder vor einer Woche getötet. Wenn ich nicht reagieren würde, wäre ich wohl kein Mensch.« Alex zog die Brauen zusammen. »Im Artikel stand, dass ein Detective Ciccotelli ihn erschossen hat.«

Sein Blick flackerte. »Wir haben beide geschossen. Ciccotelli hatte einfach mehr Glück.«

»Sie wollen es mir also nicht erzählen.«

»Da gibt es nichts zu erzählen. Was macht Sie so sicher, dass ich etwas weiß?«

Alex sah ihn aus schmalen Augen an. »Sie sind viel zu nett zu mir.«

»Natürlich. Männer haben ja immer niedere Motive.« Er starrte finster zurück.

Sie streifte seine Jacke ab. »In meiner Erfahrung, ja.«

Er ließ sich vom Hocker gleiten und kam zu ihr, bis er direkt vor ihr stand. »Ich war nett zu Ihnen, weil ich dachte, Sie bräuchten einen Freund.«

Sie verdrehte die Augen. »Oh, na klar. Wahrscheinlich habe ich ›Vorsicht: Doofchen. Bitte hilf mir!‹ auf meine Stirn tätowieren lassen.«

Seine blauen Augen blitzten. »Schön. Ich war nett zu Ihnen, weil ich denke, dass Sie recht haben: Baileys Verschwinden hängt irgendwie mit dem Tod der Frau zusammen, die wir gestern gefunden haben, und ich schäme mich, dass der Sheriff von Dutton, den ich für meinen Freund gehalten habe, noch keinen Finger gerührt hat, um einem von uns zu helfen. Das ist die Wahrheit, Alex, ob sie Ihnen nun passt oder nicht.«

Kannst du die Wahrheit denn ertragen? Wie am Morgen schon drang dieser Satz vollkommen unerwartet in ihr Bewusstsein, und sie musste die Augen schließen, um die Panik niederzukämpfen.

Als sie sie wieder öffnete, sah er sie immer noch an. »Also gut«, murmelte sie. »Ich glaube Ihnen.«

Er beugte sich zu ihr. Kam ihr viel zu nah. »Gut. Es gibt nämlich noch einen anderen Grund.«

»Da schau her.« Ihr ironischer Tonfall stand im krassen Kontrast zu ihrem heftig hämmernden Herzschlag.

»Ich mag Sie. Ich möchte Zeit mit Ihnen verbringen, wenn Sie nicht gerade ängstlich oder verletzlich sind. Und ich habe größten Respekt davor, wie Sie sich halten. Jetzt und … damals.«

Ihr Kinn kam ruckartig hoch. »Damals?«

»Sie haben die Artikel über mich gelesen, Alex, ich die über Sie.«

Das Blut schoss ihr in die Wangen. Er hatte von ihrem Zusammenbruch gelesen, wusste von ihrem Selbstmordversuch.

Sie hätte gerne den Blick abgewandt, aber sie dachte nicht daran, es als Erste zu tun. »Ich verstehe.«

Er sah sie einen Moment lang schweigend an, dann schüttelte er den Kopf. »Nein, ich glaube nicht, dass Sie das tun. Und vielleicht ist es im Augenblick auch gut so.« Er richtete sich auf und trat einen Schritt zurück, und sie holte tief Luft. »Also kannte Wade Simon«, sagte er. »Waren sie gleich alt?«

»Sie waren in derselben Klasse auf der Jefferson High.« Sie runzelte die Stirn. »Aber Ihre Schwester ist so alt wie ich, und sie ist auf die Bryson Academy gegangen.«

»Wie Simon und ich zuerst auch. Mein Vater war auch da, ebenso sein Vater.«

»Bryson war damals eine teure Schule. Heute wahrscheinlich auch noch.«

Daniel zuckte die Achseln. »Uns ging es recht gut.«

Alex' Lächeln war ein wenig bitter. »Nein, Sie waren reich. Diese Schule kostet mehr als manches College. Meine Mutter versuchte, uns über ein Stipendium dort unterzubringen, aber unsere Vorfahren hatten nicht an der Seite von Lee und Jackson gekämpft.«

Sein Lächeln war ähnlich bitter. »Sie haben recht. Finanziell ging es uns blendend. Simon blieb aber nicht bis zum Abschluss auf Bryson. Er wurde der Schule verwiesen und musste auf die Jefferson High gehen.«

Auf eine öffentliche Schule. »Unser Glück«, sagte Alex. »So haben sich Simon und Wade also kennengelernt.«

»Das nehme ich an. Ich war damals schon auf dem College. Was stand in Wades Brief an Sie?«

Sie hob die Schultern. »Er bat mich um Verzeihung und wünschte mir ein schönes Leben.«

»Und für was hat er Sie um Verzeihung gebeten?«

Alex schüttelte den Kopf. »Er hat sich auf nichts festgelegt. Es könnte alles sein.«

»Aber Sie wissen recht genau, was er meint.«

Sie hob die Brauen. »Ich glaube, ich werde nie mit Ihnen pokern. Da sind Rileys Hundekumpels doch eher mein Kaliber.«

»Alex.«

Sie seufzte verärgert. »Okay. Alicia und ich waren Zwillinge. Eineiige.«

»Ja, danke«, sagte er trocken. »Das ist mir heute Morgen auch aufgefallen.«

Sie verzog mitfühlend das Gesicht. »Ich hatte wirklich nicht darüber nachgedacht, dass ich jemanden erschrecken könnte.« Er verbarg immer noch etwas vor ihr, dessen war sie sich sicher, aber im Augenblick würde sie sich auf sein Spiel einlassen. »Sie kennen doch sicher die üblichen Zwillingsgeschichten, nicht wahr? Verwechslungsspielchen, die eine gibt sich als die andere aus, und so weiter. Alicia und ich haben das recht oft getan. Mama hat es, glaube ich, immer gewusst – aber egal. Jedenfalls liebte Alicia Partys, während ich eher die Bodenständige, die praktisch Veranlagte war.«

»Ach was«, sagte er so unbewegt, dass sie trotz allem grinsen musste.

»Ein paarmal tauschten wir unsere Rollen bei Klassenarbeiten, bis die Lehrer etwas bemerkten. Ich hatte deswegen ein so schlechtes Gewissen, dass ich alles beichtete. Alicia war furchtbar sauer. Ich sei eine Spielverderberin, schimpfte sie, und dass sie in Zukunft nur noch allein losziehen würde. Sie hatte immer einen Freund, war ständig unterwegs, und manchmal hatte sie sich sogar doppelt verabredet. Einmal musste ich einspringen.«

Daniel wurde ernst. »Irgendwie gefällt mir nicht, in welche Richtung das Gespräch geht.«

»Also marschierte ich zu dieser nicht besonders hippen Party, auf die Alicia eigentlich nicht gehen wollte, die sie aber auch nicht verpassen durfte, weil sie sonst beim nächsten Mal wahrscheinlich ausgeschlossen werden würde. Wade war auch da. Er wurde nie auf die richtig tollen Partys eingeladen, obwohl er sich das immer wünschte. Jedenfalls hat er dort ... Alicia belästigt. Also mich.«

Daniel verzog das Gesicht. »Das ist ja widerlich.«

Das war es gewesen. Niemand hatte sie je zuvor angefasst, und Wade war nicht gerade sanft mit ihr umgegangen. Allein die Erinnerung verursachte ihr immer noch Übelkeit. »Tja, schon, aber theoretisch waren wir nicht verwandt. Meine Mutter hat seinen Vater nicht geheiratet, aber ... ich fand es trotzdem abstoßend.« Und es hatte ihr große Angst gemacht.

»Und wie haben Sie reagiert?«

»Ich habe aus reinem Reflex zugeschlagen. Kräftig. Erst habe ich ihm die Nase gebrochen und dann mein Knie in seine ... na ja, Sie wissen schon.«

Vartanian zog den Kopf ein. »Ich weiß schon.«

Noch immer sah sie Wade vor ihrem geistigen Auge am Boden liegen, blutend, fluchend und stöhnend. »Wir waren beide schockiert. Anschließend fühlte er sich gedemütigt, und ich war immer noch schockiert.«

»Und dann? Wie ging es weiter? Hat er Ärger bekommen?«

»Nein. Alicia und ich hatten einen Monat Hausarrest, und Wade durfte fröhlich seiner Wege gehen.«

»Wie unfair.«

»Aber so lief es bei uns zu Hause.« Alex betrachtete seine Miene. Da war noch immer etwas, aber er war mit Abstand der bessere Pokerspieler. »Ich hätte mir nie träumen lassen, dass sich jemand auf dem Sterbebett bei mir entschuldigt. Aber man kann wohl nie wissen, was man so tut, wenn der Sensenmann an die Tür klopft.«

»Wahrscheinlich nicht. Hören Sie, haben Sie eine Kontaktadresse von diesem Kaplan?«

»Ja.« Alex wühlte in ihrer Tasche. »Wieso?«

»Weil ich mit ihm reden will. Der Zeitpunkt kommt mir irgendwie zu passend vor. So, und was morgen betrifft ...«

»Morgen?«

»Ja. Ihre Cousine reist doch ab, oder nicht? Wie wäre es, wenn ich morgen mit Riley vorbeikomme, damit er Ihre Nichte kennenlernt? Ich bringe eine Pizza oder Ähnliches mit, und wir sehen, ob Hope Hunde leiden kann, bevor wir zu Schwester Anne fahren.«

Sie sah ihn verblüfft an. Sie hätte nicht gedacht, dass es ihm so ernst damit war. Aber dann erinnerte sie sich wieder an die Hände auf ihren Schultern, die sie hielten, als ihre Knie einzuknicken drohten. Vielleicht war Daniel Vartanian wirklich nur ein netter Bursche. »Okay, warum nicht. Danke, Daniel. Dann haben wir eine Verabredung?«

Er schüttelte den Kopf, und seine Miene veränderte sich. »Kaum. Eine Verabredung schließt meist weder Kinder noch Hunde ein.« Sein Blick war vollkommen ernst und sandte ihr einen Schauder über den Rücken. Einen angenehmen Schauder, dachte sie. Von der Art, wie sie ihn lange nicht empfunden hatte. »Und definitiv keine Nonnen.«

Sie schluckte und spürte, wie ihr das Blut in die Wangen stieg. »Ich verstehe.«

Er hob seine Hand an ihr Gesicht und zögerte einen kurzen Moment, bevor sein Daumen über ihre Unterlippe strich, und sie schauderte wieder. »Ja, ich glaube, diesmal tust du es wirklich«, murmelte er und zuckte plötzlich zusammen. Er griff in seine hintere Hosentasche und zog sein Handy hervor, das ihn offenbar vibrierend aus einer Stimmung geholt hatte, die sehr interessant hätte werden können.

»Vartanian.« Seine Miene war ausdruckslos, und sie schloss daraus, dass der Anruf seinen Fall betraf. Alex dachte unwillkürlich an die Frau auf dem Autopsietisch. Wer mochte sie sein? Hatte jemand sie schon als vermisst gemeldet? »Wie viele Eintrittskarten hat sie gekauft?«, fragte Vartanian nun. »Nein, Sie brauchen es nicht zu buchstabieren. Ja, ich kenne die Familie. Vielen Dank, Sie haben mir sehr geholfen.«

Er drückte das Gespräch weg und verblüffte sie erneut, indem er sich sein Sweatshirt über den Kopf zog und dabei bereits die Treppe hinauflief. Auf dem Weg knüllte er den Pulli zusammen und warf ihn in Richtung eines Wäscheschachts in der Wand. Er verfehlte ihn, hielt jedoch nicht für einen zweiten Versuch an. »Bleib da«, rief er über die Schulter. »Ich bin gleich zurück.«

Mit großen Augen und offenem Mund sah sie ihn oben verschwinden. Der Mann hatte einen prächtigen Rücken, breit, muskulös und sanft gebräunt. Seine Brust, auf die sie ebenfalls einen kurzen Blick hatte werfen können, war auch nicht zu verachten. *Himmel.* Dieser Mann war als Ganzes nicht zu verachten. Plötzlich bemerkte Alex, dass sie unwillkürlich die Hand ausgestreckt hatte, als wollte sie ihn berühren. *Lächerlich.* Aber dann fiel ihr der Ausdruck seiner Augen ein, kurz bevor das Handy ihn abgelenkt hatte. *Vielleicht doch nicht so lächerlich.*

Sie zog schaudernd den Atem ein und hob das Sweatshirt auf. Der Impuls, daran zu riechen, war übermächtig, und beinahe hätte sie ge-.grinst. *Pass auf, Alex.* Wie hatte er es genannt? Unbekanntes Terrain. Sie warf einen sehnsüchtigen Blick zum Treppenabsatz hinauf. Wahrscheinlich zog er jetzt gerade seine Jeans aus. Unbekanntes Terrain, ja, aber ein sehr reizvolles.

Weniger als zwei Minuten später polterte er im Laufschritt die Treppe wieder herab. Er trug einen dunklen Anzug und zog sich gerade die Krawatte zurecht. Ohne das Tempo zu drosseln, nahm er ihre Tasche. »Nimm deine Jacke und komm. Ich fahre dir bis Dutton hinterher.«

»Das ist nicht nötig«, begann sie, aber er war bereits zur Tür hinaus.

»Ich muss sowieso dorthin. Ich komme Morgen um halb sieben mit Riley zu dir.« Er öffnete ihr die Autotür und wartete, bis sie sich angeschnallt hatte, bevor er sie zuwarf.

Sie ließ das Fenster herab. »Daniel.«

Er wandte sich im Gehen zu ihr um und bewegte sich rückwärts auf sein Auto zu. »Was denn?«

»Danke.«

Seine Schritte wurden zögernd. »Gern geschehen. Wir sehen uns morgen Abend.«

Dutton, Montag, 29. Januar, 23.35 Uhr

Daniel stieg aus und blickte voller Unbehagen zu dem Haus auf dem Hügel hinauf. Das hier würde nicht schön werden. Er hasste es, derartige Nachrichten zu überbringen. Janet Bowie hatte ihre Eintrittskarte zu Fun-N-Sun plus die von sieben Kindern mit ihrer Kreditkarte gezahlt. Und nun musste er dem Kongressabgeordneten Robert Bowie mitteilen, dass seine Tochter wahrscheinlich tot war.

Mit schweren Schritten ging er die steile Auffahrt hinauf und drückte auf den Klingelknopf.

Ein verschwitzter junger Mann in Laufbekleidung öffnete. »Ja?«

Daniel zog seine Marke hervor. »Special Agent Vartanian, Georgia Bureau of Investigation. Ich muss mit dem Abgeordneten und Mrs. Bowie reden.«

Der Mann verengte die Augen. »Meine Eltern schlafen schon.«

Daniel blinzelte. »Michael?« Es musste sechzehn Jahre her sein, seit er Michael Bowie zum letzten Mal gesehen hatte. Als Daniel abreiste,

107

um aufs College zu gehen, war Michael ein magerer Vierzehnjähriger gewesen. Mager war er nicht mehr. »Tut mir leid. Ich habe dich nicht gleich erkannt.«

»Du hast dich dagegen überhaupt nicht verändert.« Diese Aussage konnte sowohl ein Kompliment als auch eine Beleidigung gewesen sein. Michaels Tonfall ließ beides zu. »Du musst morgen wiederkommen.«

Daniel legte die Hand an die Tür, als Michael sie schließen wollte. »Ich muss jetzt mit deinen Eltern reden«, sagte er bestimmt. »Ich wäre nicht um diese Zeit gekommen, wenn es nicht wichtig wäre.«

»Michael? Wer ist denn das noch so spät?«, drang eine dröhnende Stimme zur Tür.

»Staatliche Ermittlungsbehörde.« Michael wich einen Schritt zurück, und Daniel betrat die große Eingangshalle des stattlichen Hauses, einer der wenigen Südstaatenpaläste, die im Bürgerkrieg nicht von den Yankees niedergebrannt worden waren.

Kongressmitglied Bowie band den Gürtel seines Hausmantels zu.

Sein Gesichtsausdruck war neutral, aber Daniel sah die vage Furcht in seinen Augen. »Daniel Vartanian. Ich habe schon gehört, dass Sie in der Stadt sind. Was kann ich für Sie tun?«

»Entschuldigen Sie, dass ich Sie um diese Zeit noch belästigen muss«, begann Daniel. »Ich ermittle in einem Mordfall. Gestern wurde in Arcadia eine Tote gefunden.«

»Beim Radrennen.« Bowie nickte. »Ich hab's heute Morgen in der Zeitung gelesen.«

Daniel holte Luft. »Ich glaube, dass es sich bei dem Opfer um Ihre Tochter handeln könnte, Sir.«

Bowie wich zurück. Er schüttelte langsam den Kopf. »Nein. Das kann nicht sein. Janet ist in Atlanta.«

»Wann haben Sie Ihre Tochter zum letzten Mal gesehen?«

Bowie presste die Kiefer zusammen. »Vergangene Woche. Aber ihre Schwester hat gestern Morgen noch mit ihr gesprochen.«

»Kann ich mit ihr reden, Mr. Bowie?«, fragte Daniel. »Patricia schläft. Es ist schon spät.«

»Das weiß ich, Sir, aber wenn es sich um einen Irrtum handelt, müssen wir es wissen, damit wir mit der Identifizierung des Opfers fortfahren können. Irgendjemand wartet vergeblich auf diese junge Frau.«

»Selbstverständlich, Sie haben recht. Patricia! Komm runter. Und zieh dir etwas Anständiges über.«

Oben öffneten sich beinahe gleichzeitig zwei Türen, und Mrs. Bowie sowie ein junges Mädchen kamen die Treppe hinab.

Das Mädchen sah Daniel verunsichert an.

»Bob. Was soll denn das?«, fragte Mrs. Bowie gereizt. Dann entdeckte sie Daniel. »Was will er hier? Bob?«

»Beruhige dich, Rose. Es handelt sich um einen Irrtum, den wir jetzt aufklären werden.« Bowie wandte sich an das Mädchen. »Patricia, du hast gesagt, dass du gestern Morgen noch mit Janet gesprochen hast. Sie fühlte sich nicht gut und konnte nicht zum Essen zu uns kommen, so war es doch, nicht wahr?«

Patricia blinzelte, und Daniel seufzte innerlich. Schwestern, die einander ein Alibi verschafften, um sich vor lästigen Familienpflichten zu drücken.

»Janet hat gesagt, sie sei erkältet.« Patricia lächelte unschuldig. »Wieso? Hat sie mal wieder falsch geparkt? Typisch Janet.«

Bowie war inzwischen genauso blass wie seine Frau. »Patricia«, brachte er heiser hervor. »Agent Vartanian ermittelt in einem Mordfall. Er glaubt, Janet könnte das Opfer sein. Bitte versuch nicht, sie zu decken.«

Patricia blieb der Mund offen stehen. »Was?«

»Hast du wirklich gestern noch mit deiner Schwester gesprochen?«, fragte Daniel leise.

Die Augen des Mädchens füllten sich plötzlich mit Tränen der Angst. »Nein. Sie hat mich gebeten, allen zu erzählen, dass sie krank sei. Sie musste gestern irgendwo anders hin. Aber sie ist nicht tot. Das kann nicht sein. Wirklich nicht.«

Mrs. Bowie stieß einen panischen Laut aus. »Bob!«

Bowie legte ihr den Arm um die Schultern. »Michael, bring deiner Mutter einen Stuhl.«

Michael hatte bereits einen geholt und drückte seine Mutter nun sanft darauf nieder, während sich Daniel auf Patricia konzentrierte. »Wann hat sie dich darum gebeten, das zu sagen?«

»Mittwoch. Am Abend. Sie hat gesagt, dass sie das Wochenende mit … Freunden verbringen wollte.«

»Es ist wichtig, Patricia. Was für Freunde?«, hakte Daniel nach. Aus dem Augenwinkel sah er, wie Mrs. Bowie am ganzen Körper zu zittern begann.

Patricia sah von Vater zu Mutter. Tränen liefen ihr über die Wangen.

»Sie hat einen Freund. Aber sie war sich sicher, dass ihr das nicht wollt. Es tut mir so leid.«

Mit aschfahlem Gesicht wandte sich Bowie an Daniel. »Was brauchen Sie von uns?«

»Haare aus ihrer Bürste. Und wir müssen Fingerabdrücke aus dem Zimmer nehmen, in dem sie schläft, wenn sie hier ist.« Er zögerte. »Und die Adresse ihres Zahnarztes.« Bowie wurde noch eine Spur blasser, nickte aber. »Sie bekommen sie.«

»O Gott.« Mrs. Bowie weinte und wiegte sich auf dem Stuhl vor und zurück. »Wir hätten ihr nie erlauben sollen, in Atlanta zu wohnen.«

»Sie hat eine Wohnung in Atlanta?«, fragte Daniel.

Bowies Nicken war kaum sichtbar. »Sie spielt dort in einem Orchester.«

»Als Cellistin«, bemerkte Daniel ruhig. »Aber sie kommt an den Wochenenden nach Hause?«

»Meistens Sonntagabend. Zum Essen.« Bowie presste die Lippen zusammen und rang um Fassung. »In letzter Zeit nicht mehr so häufig. Sie wird eben erwachsen. Aber sie ist erst zweiundzwanzig.« Seine Stimme brach, und er senkte den Kopf. Daniel sah rasch zur Seite, um ihm seine Privatsphäre zu lassen.

»Ihr Zimmer ist oben«, murmelte Michael.

»Vielen Dank. Ich rufe die Spurensicherung an. Patricia, ich muss wissen, was du über Janet und ihren Freund weißt. Alles.« Daniel legte seine Hand auf Bob Bowies Arm. »Es tut mir leid, Sir.«

Bowie nickte ruckartig, sagte aber nichts.

Dutton, Dienstag, 30. Januar, 0.55 Uhr

»Was ist denn hier los?«

Daniel blieb stehen und wandte sich um. Ärger stieg in ihm auf, aber er blieb äußerlich ruhig. »Sieh an. Wenn das nicht unser schwer fassbarer Sheriff Loomis ist. Darf ich mich vorstellen? Mein Name ist Special Agent Daniel Vartanian, und ich habe dir seit Sonntag sechs Nachrichten hinterlassen!«

»Spar dir bei mir deinen Sarkasmus, Daniel.« Frank beobachtete finster, wie eine kleine Armee von Leuten aus den verschiedenen Fahrzeugen stieg. »Verdammtes GBI. Ihr seid schlimmer als eine Heuschreckenplage.«

Tatsächlich gehörten nur ein Personenwagen und ein Van zum GBI. Die anderen Autos stammten von der Polizei in Dutton, ein weiteres kam aus Arcadia. Sheriff Corchran war persönlich gekommen, um den Bowies sein Beileid auszusprechen und Daniel seine Hilfe anzubieten.

Deputy Mansfield, Loomis' Stellvertreter, war kurz nach Eds Untersuchungsteam angekommen und hatte getobt, dass nicht er derjenige war, der die Untersuchung in Janets Zimmer leitete. Gemeinsam gaben sich Mansfield und Loomis also alle erdenkliche Mühe, Corchrans Hilfsbereitschaft noch heller strahlen zu lassen.

Die anderen Wagen, die die Straße säumten, gehörten dem Bürgermeister von Dutton, zwei von Bowies Mitarbeitern und Dr. Granville, der sich gegenwärtig um die nahezu hysterische Mrs. Bowie kümmerte.

Und dann war da noch das Auto von Jim Woolf. Die Bowies hatten keinen Kommentar abgeben wollen, und Daniel hatte ihn mit dem Versprechen abgewimmelt, ihm nach Bestätigung der Identität eine Erklärung zu liefern.

Und vor wenigen Minuten war die Bestätigung eingetroffen. Einer von Eds Technikern hatte eine Karte mit den Fingerabdrücken des Opfers mitgebracht und sie fast augenblicklich mit denen abgleichen können, die man von einer Vase neben Janet Bowies Bett genommen hatte. Daniel selbst hatte die schlechte Nachricht Bob Bowie mitgeteilt, und dieser war soeben ins Schlafzimmer zu seiner Frau gegangen.

Der Schrei aus der oberen Etage sagte Daniel, dass Mrs. Bowie es nun wusste. Frank und er sahen einander an, dann blickten sie wieder die Treppe hinauf. »Hast du mir etwas zu sagen, Frank?«, fragte Daniel kalt. »Ich bin im Augenblick nämlich ein wenig beschäftigt.«

Franks Miene verfinsterte sich. »Das ist meine Stadt, Daniel Vartanian. Nicht deine. Du bist damals gegangen.«

Wieder musste Daniel den aufkommenden Ärger unterdrücken. »Es ist vielleicht nicht meine Stadt, Frank, wohl aber mein Fall. Und wenn du mich wirklich hättest unterstützen wollen, dann hättest du einen der zahlreichen Anrufe beantwortet, die ich dir auf deinem Anrufbeantworter hinterlassen habe.«

Frank hielt seinem Blick stand. »Ich war gestern und heute nicht in der Stadt. Deine Nachrichten habe ich erst am Abend gehört.«

»Ich habe heute beinahe eine Dreiviertelstunde vor deinem Büro gesessen«, sagte Daniel ruhig. »Wanda hat behauptet, sie dürfe dich nicht stören. Es ist mir egal, ob du unterwegs warst oder nicht, aber du hast meine Zeit verschwendet. Zeit, die ich sinnvoller dazu hätte einsetzen können, um nach dem Mörder von Janet Bowie zu suchen.«

Endlich sah Frank zur Seite. »Tut mir leid, Daniel.« Doch die Entschuldigung klang wenig aufrichtig. »Die letzten Tage waren nicht gerade leicht. Deine Eltern waren auch meine Freunde. Die Beerdigung war schon schlimm genug, aber die Presse … Nachdem ich mich tagelang mit diesen Geiern auseinandersetzen musste, brauchte ich dringend ein wenig Zeit für mich. Ich habe Wanda gebeten, für sich zu behalten, dass ich nicht da war. Ich hätte dich aber anrufen müssen.«

Daniels Ärger ebbte ein wenig ab. »Okay. Aber ich brauche den Polizeibericht dringend, Frank – die Akte Tremaine. Bitte sorge dafür, dass ich sie schnell kriege.«

»Ich werde sie dir gleich morgen früh besorgen«, versprach Frank. »Wenn Wanda kommt. Sie weiß genau, wo die einzelnen Akten sind. Und du bist sicher, dass die Tote Janet ist?«

»Die Fingerabdrücke passen zueinander.«

»Verdammt. Wer hat das getan?«

»Da wir das Opfer nun identifiziert haben, können wir endlich mit den Ermittlungen anfangen. Frank, wenn du Hilfe gebraucht hast, warum hast du mich dann nicht angerufen?«

Frank presste die Kiefer zusammen. »Ich habe nicht gesagt, dass ich Hilfe brauchte. Ich sagte, ich brauchte Zeit für mich. Ich war oben in meiner Hütte.« Er machte auf dem Absatz kehrt und ging auf die Tür zu.

»Wie du meinst«, murmelte Daniel und versuchte, nicht gekränkt zu sein. »Frank?«

Frank sah sich um. »Was noch?« Es klang barsch.

»Bailey Crighton. Ich denke, sie muss wirklich vermisst gemeldet werden.«

Frank verzog spöttisch die Lippen. »Danke für Ihre geschätzte Meinung, *Special Agent* Vartanian. Gute Nacht.« Verdammt, es *tat* weh. Aber Daniel hatte zu tun und konnte sich nicht über Frank Loomis Sorgen machen. Frank war ein erwachsener Mann. Falls er Hilfe brauchte, würde Daniel für ihn da sein.

Ed trat zu ihm. »Ich habe ein paar alte Tagebücher in ihrem Schreibtisch gefunden. Ein paar Streichholzbriefchen. Nicht viel mehr, leider. Hast du schon etwas über ihren Freund herausgefunden?«

»Er heißt Lamar Washington. Afroamerikaner. Spielt in einem Jazzclub, aber Patricia weiß nicht, wo.«

Ed hielt ihm die Tüte mit den Streichhölzern hin. »Mit etwas Glück in einem von denen, die hier draufstehen.«

Daniel nahm die Tüte. »Ich schreibe mir die Namen ab, dann gebe ich sie dir wieder. Patricia sagte, es hätte sich bei Janet so angehört, als sei der Kerl nur ein Abenteuer. Sie hätte ihn nicht einmal den Eltern vorstellen wollen.«

»Das reicht sicher, um jemanden so wütend zu machen, dass er auf seine Freundin einprügelt, aber es erklärt nicht die exakte Nachahmung des Tremaine-Falls.«

»Ich weiß«, sagte Daniel. »Aber etwas anderes haben wir im Moment nicht. Ich sehe mir die Jazzclubs an, sobald ich hier fertig bin.«

»Wir fahren zu Janets Wohnung.« Ed hielt einen Schlüssel hoch. »Michael hat ihn uns gegeben.«

Als Ed weg war, kehrte Daniel ins Wohnzimmer zurück, in dem sich die anderen Anwesenden versammelt hatten. Michael Bowie vertrat seine Familie. Er hatte sich, ganz der Sohn eines Politikers, einen Anzug angezogen, doch sein Gesicht war grau und hager vor Kummer. »Können Sie den Leuten sagen, was sie brauchen, damit sie verschwinden?«, murmelte er. »Ich wäre lieber allein.«

»Ich beeile mich«, versicherte Daniel ihm, dann räusperte er sich. »Meine Herren.« Er blickte in die Runde. »Wir haben das Opfer, das am Sonntagnachmittag in Arcadia gefunden wurde, vorläufig als Janet Bowie identifiziert.« Was für keinen hier mehr eine Überraschung war. »Zur Bestätigung werden wir die DNS analysieren und bei definitiven Ergebnissen eine Pressekonferenz ansetzen.«

Jim Woolf erhob sich. »Was ist die offizielle Todesursache?«

»Auch das werden wir morgen bekanntgeben.« Er sah auf die Uhr. »Oder vielmehr später am Tag. Ich schätze, am frühen Nachmittag.«

Der Bürgermeister glättete seine Krawatte. »Agent Vartanian, gibt es zu diesem Zeitpunkt bereits einen Verdächtigen?«

»Wir haben ein paar Spuren, denen wir nachgehen, Mayor Davis«, sagte Daniel. Der Titel ging ihm nur schwer von der Zunge. Er hatte in der Highschool Football mit Garth Davis gespielt. Damals war Garth ein eher etwas tumb wirkender Sportlertyp gewesen. Hätte man Daniel damals gesagt, Garth würde eines Tages für das Amt des Bürgermeisters kandidieren, hätte er vermutlich schallend gelacht. Aber Garth hatte die Wahl sogar gewonnen. Nun, er stammte aus einer Politikerfamilie, sein Vater war selbst viele Jahre lang Bürgermeister von Dutton gewesen.

»Toby? Wie geht es Mrs. Bowie?«, fragte Woolf den Arzt.

»Sie schläft jetzt«, antwortete Dr. Granville. Dazu hatte es sicherlich

starker Beruhigungsmittel bedurft. Jeder hier im Raum hatte die verzweifelten Schreie der armen Frau gehört.

Daniel deutete auf die Tür. »Es ist spät. Ich bin sicher, dass jeder von
Ihnen der Familie seine Unterstützung zusichern möchte, aber im Augenblick wäre es besser, wenn Sie nach Hause gingen. Bitte.«

Der Mayor blieb, als die anderen hinausgingen. »Daniel, hast du
schon einen Verdächtigen?«

Daniel seufzte. Auch er war langsam am Ende. »Garth …«

Garth Davis beugte sich vor. »Sobald morgen die *Review* ausgeliefert
wird, läuft bei mir das Telefon heiß. Die Bürger werden sich um die Sicherheit ihrer Familien sorgen. Bitte gib mir etwas mehr als das übliche
›Wir gehen verschiedenen Spuren nach‹.«

»Ich kann dir nicht mehr sagen, weil wir nicht mehr haben. Wir wissen ja erst seit knapp zwei Stunden, um wen es sich überhaupt handelt.
Gib uns wenigstens einen Tag.«

Stirnrunzelnd nickte Davis. »Du rufst mich an?«

»Versprochen.«

Endlich waren alle fort, und Daniel, Michael und Doc Granville
blieben allein zurück. »Ich dachte, sie würden nie gehen«, sagte Michael
müde.

Granville nestelte an seiner Krawatte. »Ich sehe noch einmal nach
deiner Mutter, bevor auch ich fahre. Ruf mich an, wenn sie in der Nacht
etwas braucht.«

Daniel schüttelte beiden Männern die Hand. »Wenn es irgendetwas
gibt, das ich für dich oder deine Familie tun kann, Michael, dann sag es
mir bitte.«

Er trat durch die Haustür, blieb im kalten Wind stehen und blickte
zur Straße hinab, wo sich drei weitere Transporter eingefunden hatten.
Die Reporter sprangen aus den Wagen, sobald sie ihn auf der Schwelle
entdeckten. *Wie Heuschrecken*, dachte Daniel und zog innerlich den Kopf
ein. Ja, in gewisser Hinsicht konnte er Frank verstehen.

Er wappnete sich gegen die kommende Attacke, als er die lange
Auffahrt hinunterging, vorbei an einem Mercedes, zwei BMWs, einem
Rolls-Royce, einem Jaguar und einem Lincoln Town Car. Sein eigener
Dienstwagen wirkte dagegen nahezu schäbig. Die Reporter hatten sich
bereits auf Garth gestürzt, ließen ihn jedoch stehen, als er sich näherte.

»Agent Vartanian, können Sie uns sagen …«

Daniel hob die Hand, um sie zum Schweigen zu bringen. »Wir haben das Arcadia-Opfer als Janet Bowie identifiziert.« Blitze flammten auf, Kameras surrten, und Daniel setzte sein Pressegesicht auf.

»Ist der Kongressabgeordnete bereits benachrichtigt worden?«

Daniel unterdrückte das Bedürfnis, die Augen zu verdrehen. »Ja, oder ich würde es Ihnen nicht sagen. Keinen Kommentar mehr in dieser Nacht. Für morgen wird eine Pressekonferenz angesetzt. Zeit und Ort erfahren Sie von der Presseabteilung des GBI. Gute Nacht.«

Er ging weiter, aber ein Reporter blieb ihm hartnäckig auf den Fersen. »Agent Vartanian, was ist das für ein Gefühl, nur eine Woche nach dem Mord an Ihrem Bruder in Ihrer Heimatstadt zu ermitteln?«

Daniel blieb stehen und starrte den jungen Mann, der ihm das Mikrofon hinhielt, fassungslos an. Simon war nicht *ermordet* worden. Das Wort mit seinem Tod in Verbindung zu bringen, war ein Affront gegen Opfer und ihre Familien auf der ganzen Welt. Simon war … eliminiert worden. Aber der Begriff hatte natürlich mehr als nur einen unangenehmen Beigeschmack, also sagte Daniel nur: »Kein Kommentar.« Als der Mann den Mund öffnete, um nachzuhaken, bedachte er ihn mit einem Blick, der den Reporter einen Schritt zurückweichen ließ.

»Keine weiteren Fragen«, stammelte der Mann.

Anderen mit einem einzigen Blick das Blut zu Eis gefrieren zu lassen, war eine besondere Spezialität Arthur Vartanians gewesen, und diese Fähigkeit hatte Daniel von seinem Vater gelernt. Er setzte sie nicht oft ein, aber wenn, dann hatte er immer Erfolg damit. »Gute Nacht.«

Als Daniel in seinem Wagen saß, schloss er die Augen. Er musste sich schon seit vielen Jahren mit trauernden Familien auseinandersetzen, und es wurde nicht leichter. Doch es war Frank Loomis' Verhalten, das ihn am meisten beschäftigte. Frank war Daniel beinahe wie ein echter Vater gewesen. Arthur Vartanian hatte diese Rolle nie ausfüllen können … oder wollen. Dass Frank ihm heute nur Spott und Ablehnung entgegengebracht hatte … tat weh.

Doch Frank war auch nur ein Mensch, und zu erfahren, dass Arthur Simons »ersten« Tod gedeckt hatte, musste für ihn sehr hart gewesen sein. Abgesehen von der persönlichen Enttäuschung, von einem guten Freund belogen worden zu sein, hatte ihn die Presse nach der Enthüllung der Wahrheit als trägen und faulen Dorfbullen dargestellt, der ohne Hilfe nicht einmal seine eigenen Schuhe zubinden konnte. Wer wollte es ihm verübeln, dass er ablehnend reagierte?

Daniel ließ den Motor an und fuhr in Richtung Main Street. Er war vollkommen erschöpft, aber er wollte noch Lamar Washingtons Jazzbar suchen, bevor auch er endlich schlafen ging.

Dutton, Dienstag, 30. Januar, 1.40 Uhr

Nun fahren sie wieder, dachte Alex, während sie am Fenster ihres Bungalows stand und die Schlange von Autos beobachtete, die den Hügel herabrollte. Woher mochten sie kommen? Sie zog den Morgenmantel fester um ihren Körper. Ihr Frösteln hatte nichts mit der winterlichen Kälte draußen zu tun.

Sie hatte wieder geträumt. Blitz und Donner und Schreie. Durchdringende schrille Schreie. Sie war im Leichenschauhaus gewesen, und die Frau auf dem Tisch hatte sich aufgesetzt und sie mit leeren Augen angesehen. Doch diese leeren Augen waren Baileys gewesen, ebenso die Hand, die sie berührt und die sich wächsern und tot angefühlt hatte. »Bitte«, hatte die Leiche gesagt. »Hilf mir!«

Alex war schweißgebadet und erbärmlich zitternd aufgewacht. Ein Blick auf Hope hatte ihr verraten, dass sie, Alex, offenbar nicht geschrien hatte: Das Kind schlummerte friedlich. Sie war aufgestanden und ins Wohnzimmer gegangen. An Schlaf war im Augenblick nicht mehr zu denken.

Bailey, wo bist du? Und was soll ich bloß mit deiner kleinen, süßen Tochter tun?

»Bitte, lieber Gott«, flüsterte sie. »Ich will nicht alles falsch machen.«

Aber Gott reagierte nicht, und Alex starrte aus dem Fenster und sah die Autos den Hügel herabkommen. Dann drosselte ein Wagen vor ihrem Haus das Tempo und hielt an.

Ihr Magen zog sich vor Furcht zusammen, und sie dachte an die Pistole in der Kassette, bis sie das Auto und den Fahrer erkannte.

Daniels Wagen rollte die Main Street entlang, vorbei am Park mit dem Pferdekarussell und bis zu Alex' Bungalow, wo er anhielt. Er hatte sie vorhin belogen, und das schlechte Gewissen nagte an ihm.

Sie hatte ihn rundheraus gefragt, was er wusste, und er hatte behauptet, es gäbe nichts zu erzählen. Was, wie er sich selbst zugestand, nicht komplett gelogen war. Er hatte ihr wirklich noch nichts zu erzählen. Gewiss würde er ihr nicht die Fotos zeigen, auf denen ihre Schwester vergewaltigt wurde. Alex Fallon hatte schon genug durchgemacht. Er dachte an

Wade Crighton. *Wir sehen uns in der Hölle.* Ihr Stiefbruder hatte Simon gekannt, und das konnte nichts Gutes heißen …

Allem Anschein nach hatte Wade versucht, Alex zu vergewaltigen, und allein deshalb war Daniel froh, dass Wade tot war. Auch wenn Alex ihre Geschichte vorhin im lockeren und gleichmütigen Tonfall erzählt hatte, hatte Daniel doch die Wahrheit in ihren Augen sehen können.

Und wenn ihr Stiefbruder sie im Glauben, sie sei Alicia, einmal belästigt hatte, dann hatte er sich vielleicht noch öfter an dem Mädchen vergriffen. Vielleicht war der Mann auf dem Foto mit Alicia Tremaine ja tatsächlich Wade. Der Mann hatte zwei Beine, sodass es nicht Simon gewesen sein konnte, aber wenn die beiden sich gekannt hatten … Und wer waren die anderen Mädchen? Diese Frage wollte ihn nicht loslassen. Vielleicht waren es Mädchen aus der Stadt gewesen. Mädchen von der öffentlichen Schule. Daniel hätte sie nicht gekannt, aber Simon schon. Hatte es andere Kleinstadt-Morde gegeben, von denen er nur noch nichts gehört hatte? Waren auch all die anderen Mädchen auf den Fotos tot?

Du musst Chase die Bilder geben. Seit einer Woche kreiste der Gedanke durch sein Bewusstsein. Zum Glück *hatte* er sie der Polizei in Philadelphia gegeben, was der einzige Grund war, warum er überhaupt schlafen konnte. Aber Daniel war sich ziemlich sicher, dass Detective Vito Ciccotelli noch keine Zeit gehabt hatte, etwas wegen dieses Beweismaterials zu unternehmen. Vito und sein Partner hatten immer noch alle Hände voll damit zu tun, sich durch das grausige Chaos zu kämpfen, das Simon in seiner Mordlust hinterlassen hatte.

Wir sehen uns in der Hölle, Simon. Und was für ein Chaos mochten Wade und Simon wohl gemeinsam hinterlassen haben? Natürlich war jedes Verbrechen, das die beiden begangen hatten, wahrscheinlich schon über zehn Jahre her. Und nun hatte er ein nagelneues Verbrechen zu klären. Er war es Janet Bowie schuldig, seine ganze Aufmerksamkeit der Aufklärung ihres Falls zu widmen. Warum hatte sie sterben müssen? Und warum auf diese Art?

Der Zustand ihrer Leiche ließ darauf schließen, dass der Mörder von Hass getrieben worden war. Dennoch konnte es durchaus sein, dass Janet nur ein beliebiges Zielobjekt gewesen war, nicht Gegenstand von Rache oder blinder Wut. Oder … Daniel dachte an den Kongressabgeordneten. Der Mann hatte in seiner politischen Karriere schon oft durch kontroverse Ansichten für Aufregung gesorgt. Vielleicht verabscheute *ihn* jemand genug, um seine Tochter umzubringen. Aber warum diese Verbindung zu Alicia? Warum jetzt? Und was hatte es mit dem Schlüssel auf sich?

Er legte den Gang ein, als sich die Bungalowtür öffnete. Alex trat auf die Veranda hinaus, und ihm verschlug es den Atem. Sie trug einen züchtigen Morgenrock, der sie vom Hals bis zu den Fußknöcheln einhüllte. Dennoch konnte er bloß daran denken, was sich wohl unter dem Morgenrock verbarg. Der Wind zerrte an ihrem glänzenden Haar, und sie schob es zur Seite, um ihn über den winzigen Vorgarten hinweg anzusehen.

Es lag kein Lächeln auf ihrem Gesicht, dachte er, als er den Motor abwürgte, ausstieg und den Garten durchquerte.

Weiterzufahren und sie in Ruhe zu lassen, kam ihm nicht in den Sinn. Er wollte sich nur das holen, was er vorhin schon hatte haben wollen – wovon der Anruf der Security des Vergnügungsparks ihn abgehalten hatte. Er wollte wieder ihr Staunen sehen, den verblüfften Ausdruck in ihren Augen, als sie endlich verstand, was er von ihr wollte. Und er wünschte sich so sehr, dass sie dasselbe von ihm wollte. Ohne sich mit einer Begrüßung aufzuhalten, stieg er die Verandatreppe mit einem großen Schritt hinauf, legte beide Hände an ihr Gesicht, drückte seine Lippen auf ihre und nahm sich, was er brauchte. Tief in ihrer Kehle erklang ein kleiner, gieriger Laut, und sie stellte sich auf Zehenspitzen, um besser an ihn heranzukommen.

Alex packte die Aufschläge seines Jacketts und zog ihn an sich. Daniel ließ ihr Gesicht los, um die Arme fest um sie zu schlingen. Und während der eisige Wind um sie herum pfiff, küssten sie einander und spürten nichts als die Hitze, die sich in ihren Körpern ausbreitete wie ein Flächenbrand.

Es ist schon so lange her, war alles, was er denken konnte, alles was er durch den brausenden Wind und das Rauschen des Blutes in seinen Ohren hören konnte. Es war zu lange her, dass er sich so gefühlt hatte. Lebendig. Unbesiegbar. Viel zu lange.

Aber *hatte* er sich je so gefühlt?

Viel zu bald ließ sie sich wieder auf ihre Fersen sinken, unterbrach den Kuss, nahm die Wärme mit sich. Er senkte den Kopf, strich mit den Lippen über ihre Wange, vergrub das Gesicht in ihren Haaren. Er schauderte und atmete schwer, als ihre Hände, beruhigend, tröstend, über sein Haar streichelten. Und als sich sein Pulsschlag verlangsamte, stieg ihm vor Verlegenheit das Blut in die Wangen. »Es tut mir leid«, murmelte er endlich und hob den Kopf. »Normalerweise tue ich so etwas nicht.«

Sie zeichnete seine Lippen mit dem Zeigefinger nach. »Ich auch nicht. Aber jetzt habe ich es gebraucht. Danke.«

Verärgerung wallte in ihm auf. »Hör endlich auf, mir zu danken.« Es war fast ein Knurren gewesen, und sie zuckte zusammen, als habe er sie geschlagen. Sofort packte ihn das schlechte Gewissen, und er senkte den Kopf, nahm ihre Hand und führte sie an seine Lippen. »Verzeih mir. Aber ich will nicht, dass du denkst, ich täte etwas, das ich eigentlich nicht wollte.« *Ich wollte es. Ich brauchte es.* »Ich wollte es«, sprach er den Gedanken aus. »Ich wollte dich. Ich will dich immer noch.«

Sie holte tief Luft, und er sah das Blut in der Kuhle unter ihrer Kehle pulsieren. Der Wind zerrte noch immer an ihrem Haar, und wieder schob sie es sich aus dem Gesicht. »Ich verstehe.« Sie versuchte ein kleines Lächeln, aber es gelang ihr nicht recht.

»Was ist passiert?«, fragte er.

Sie schüttelte den Kopf. »Nichts.«

Daniel presste die Lippen aufeinander. »Alex.«

Sie sah zur Seite. »Nichts. Ich habe schlecht geträumt, also bin ich aufgestanden. Und dann kamst du.«

Er küsste leicht ihre Handinnenfläche. »Ich bin vorbeigekommen, weil du mir nicht aus dem Sinn gehst. Und dann standest du dort. Ich konnte nicht anders.«

Sie schauderte. Er sah herab, als sie auf der Stelle trat, und entdeckte, dass sie einen nackten Fuß mit dem anderen bedeckte. »Alex. Du hast ja nicht einmal Strümpfe an.«

Diesmal war das Lächeln echt. »Ich hatte nicht erwartet, bei diesem Wetter auf der Veranda zu stehen und dich zu küssen.« Sie stellte sich auf Zehenspitzen und küsste ihn wieder, weitaus sanfter, als er es eben getan hatte. »Aber es hat mir gefallen.«

Und plötzlich war es genauso simpel, wie sie es ausgedrückt hatte. Auch er lächelte nun. »Geh wieder ins Haus, schließ ab und wärm dir die Füße auf. Wir sehen uns morgen Abend. Halb sieben.«

7. Kapitel

Dutton, Dienstag, 30. Januar, 1.55 Uhr

ALEX SCHLOSS DIE TÜR und lehnte sich von innen dagegen, die Augen geschlossen. Ihr Herz raste noch immer. Sie hob die Hände ans Gesicht und atmete seinen Duft ein, der an ihrer Haut haftete. Sie hatte beinahe vergessen, wie gut ein Mann riechen konnte.

Mit einem Seufzen schlug sie die Augen auf. Und presste sich die Hand auf die Lippen, um einen Schrei zu unterdrücken.

Meredith saß am Esstisch und suchte einen Hut für Mr. Potato Head aus. Sie grinste, als sie dem Kartoffelmännchen den Hut dorthin steckte, wo eigentlich die Füße hätten sein sollen, doch am Kopf ragten schon die Lippen hervor. »Ich dachte schon, ich müsste dir Pantoffel hinausbringen.«

Alex fuhr sich mit der Zunge über die Zähne. »Hast du etwa schon die ganze Zeit dort gesessen?«

»Ziemlich lange jedenfalls.« Ihr Grinsen wurde breiter. »Ich hörte den Wagen vor dem Haus halten, dann die Haustür gehen. Ich hatte Angst, du wolltest dein neues … Spielzeug testen.« Sie zog eine Braue hoch.

»Hope schläft noch. Du kannst das Ding auch Pistole nennen.«

»Oh«, sagte Meredith in gespielter Naivität. »Das natürlich auch.«

Alex lachte. »Schäm dich.«

»Nein. Das wäre jetzt dein Part. Was ich eben mitbekommen habe, hörte sich nämlich wie etwas an, für das sich eine anständige Frau schämen sollte.«

Alex warf ihr einen vorsichtigen Blick zu. »Er ist sehr nett.«

»Nett ist nicht nett. Unanständig ist viel netter. Sie wird's mir schon erzählen«, sagte sie an den Kartoffelkopf gewandt, der im Augenblick eher wie ein Picassokopf aussah. »Ich habe da so meine Methoden.«

»Manchmal versetzt du mich in Angst und Schrecken, Mer. Wieso spielst du mit dem Ding? Hope schläft schon.«

»Ich spiele einfach gerne. Du solltest es auch mal probieren. Das entspannt ungemein.«

Alex setzte sich an den Tisch. »Ich bin ungemein entspannt.«

»Jetzt lügt sie. Sie ist angespannter als eine Sprungfeder«, sagte Meredith zu der Kartoffel. Dann wurde ihr Blick ernst. »Was hast du geträumt, Alex? Wieder Schreie?«

»Ja.« Alex nahm die Plastikkartoffel und pulte geistesabwesend am Ohr herum. »Und von der Leiche, die ich gestern gesehen habe.«

»Es wäre besser gewesen, wenn ich hingegangen wäre.«

»Nein. Ich musste mich selbst davon überzeugen, dass es nicht Bailey war. In meinem Traum war sie es allerdings. Sie hat sich hingesetzt und ›Hilf mir‹ gesagt.«

»Das Unterbewusstsein ist ein ziemlich mächtiges Ding, Alex. Du willst, dass sie lebt, und ich auch, aber du hast bereits überlegt, wie du damit zurechtkommst, falls sie tot ist. Oder falls du sie noch findest. Oder noch schlimmer: Falls du sie findest und sie nicht auf dich hören will.«

Alex hätte am liebsten mit den Zähnen geknirscht. »Du stellst es so hin, als sei ich ein totaler Kontrollfreak.«

»Bist du auch, Cousinchen«, sagte Meredith liebenswürdig. »Schau doch nur.«

Alex sah auf das Plastikding in ihren Händen. Der Picassokopf war wieder zum regulären Kartoffelkopf geworden, an dem jedes Teilchen an der richtigen Stelle saß. »Ich beschäftige doch bloß meine Hände«, sagte sie verärgert.

»Nein, tust du nicht«, erwiderte Meredith. »Aber du kannst es gerne weiterhin so betrachten, wenn du magst.«

»Okay. Ich mag es, die Kontrolle zu haben. Ich mag es, alles säuberlich einzusortieren und mit einem Etikett zu versehen. Daran ist nichts Schlimmes.«

»Nein. Und manchmal brichst du sogar aus und kaufst ein *Spielzeug*.«

»Oder küsse einen Mann, den ich gerade erst kennengelernt habe?«

»Das auch, also ist dein Fall nicht ohne Hoffnung.« Sie zog den Kopf ein, als ihr auffiel, wie doppeldeutig das gewesen war. Hoffnung. Hope. »So war's nicht gemeint.«

»Weiß ich. Aber irgendwie glaube ich, dass Bailey ihr genau aus dem Grund den Namen gegeben hat.«

»Das denke ich auch. Hör zu, Alex, Spielzeuge – echte Spielzeuge – sind wichtig. Unterschätze ihren Wert nicht. Beim Spielen wandert der Verstand an andere Orte und gibt seine Schutzmechanismen auf. Denk immer daran, wenn du mit Hope spielst.«

»Daniel bringt morgen seinen Hund her, damit wir sehen, wie Hope auf Tiere reagiert.«

»Das ist nett von ihm.«

Alex sah sie verwundert an. »Ich dachte, nett sei nicht nett.«

»Nur, wenn es um Sex geht, Herzchen. Ich gehe jetzt wieder ins Bett. Und das solltest du auch tun.«

Dienstag, 30. Januar, 4.00 Uhr

Jemand weinte. Bailey lauschte angestrengt. Es war nicht der Mann in dem Raum nebenan. Sie war nicht sicher, ob er überhaupt bei Bewusstsein war. Nein, das Weinen kam aus einiger Entfernung. Sie sah zur Decke, um dort nach Lautsprechern zu suchen. Sie sah keine, aber das musste nichts heißen. Vielleicht wollte er ihr eine Gehirnwäsche verpassen.

Weil sie ihm nicht gesagt hatte, was er wissen wollte. Noch nicht. *Niemals.*

Sie schloss die Augen. *Oder vielleicht verliere ich bloß den Verstand.*

Das Weinen hörte abrupt auf, und sie sah wieder zur Decke. Und ließ ihre Gedanken zu Hope wandern. *Du verlierst nicht den Verstand, Bailey. Das kannst du dir nicht leisten. Hope braucht dich.*

Diese Sätze waren zu ihrem Mantra geworden, kurz nachdem Hope auf die Welt gekommen war. Es hatte Tage gegeben, an denen sich Bailey so sehr nach einem Schuss gesehnt hatte, dass sie am liebsten gestorben wäre. *Hope braucht dich.* Der Gedanke hatte ihr durch die schlimme Zeit geholfen, und er würde ihr jetzt helfen. *Wenn er mich nicht vorher umbringt.* Was als Möglichkeit nicht weit entfernt lag.

Dann hörte sie nebenan ein Geräusch. Sie hielt den Atem und lauschte. Etwas kratzte. Schrammte. Jemand scharrte an der Wand zwischen den beiden Zellen.

Mühsam erhob sie sich auf Hände und Knie und verzog das Gesicht, als sich alles um sie herum zu drehen begann. Sie kroch zur Wand, elend langsam, aber sie schaffte es. Und wartete.

Das Kratzen hörte auf, aber an seiner Stelle setzte ein Klopfen ein. Derselbe Rhythmus, wieder und wieder. Ein Code? Verdammt. Sie kannte keine Codes. Sie war keine Pfadfinderin gewesen.

Aber vielleicht war es eine Falle. Vielleicht war *er* es. Um ihr falsche Hoffnungen zu machen.

Oder vielleicht wollte jemand nebenan Kontakt mit ihr aufnehmen.

Zögernd streckte sie den Arm in der Finsternis aus und klopfte. Das Klopfen auf der anderen Seite verstummte, und das Scharren setzte wieder ein. Nun konnte sie es auch besser orten und erkannte, dass es von dort kam, wo die Wand den Boden berührte. Obwohl ihre Finger wehtaten, schabte Bailey über den alten Beton und spürte ihn bröckeln.

Das Scharren verstummte abermals, und Bailey hörte Schritte im Flur. Das war *er*. *Lieber Gott, bitte verzeih mir, aber bitte lass ihn nach nebenan gehen.* Zu dem, der scharrte und kratzte. *Bitte nicht zu mir.* Aber Gott hörte nicht zu, und die Tür ging auf.

Sie blinzelte im Licht und hob schwach eine Hand vor die Augen.

Ein Lachen. »Zeit zum Spielen, Bailey.«

Dienstag, 30. Januar, 4.00 Uhr

Er konnte sich glücklich schätzen, in einer Gegend zu wohnen, die von Entwässerungsgräben durchzogen war. Er lehnte sich an eine Wand und ließ den eingewickelten Körper zu Boden fallen. Sie war so schön gestorben. Sie hatte ihn um Gnade angefleht, während er sein Schlimmstes gegeben hatte. Sie war zickig und arrogant gewesen, als sie die Macht gehabt hatte. Nun hatte er die Macht. Und sie hatte für ihre Sünden bezahlt.

Das würden auch die vier verbleibenden *Stützen der Gemeinde* tun. Er hatte seine ersten beiden Zielobjekte mit dem Brief, in dem der Umriss des Schlüssels gewesen war, in Angst und Schrecken versetzt. Sie waren alarmiert. Mit dem nächsten Brief an dieselben beiden Zielobjekte würde er sich etwas Geld verschaffen. Alles war sorgfältig geplant, und wenn er mit den zweien fertig war, würde auch von den Existenzen der anderen nichts mehr übrig sein. *Und ich?* Er lächelte zufrieden. *Ich sehe gemütlich zu, wie sie zugrunde gehen.*

Er zog die Decke von ihrem Fuß und nickte. Der Schlüssel war da. Auf Janets Bild in der *Review* war der Schlüssel nicht zu sehen gewesen, also musste er irgendwo verlorengegangen sein. Enttäuschend, aber er hatte dafür gesorgt, dass dieser fest saß. Die Drohung würde ankommen. *Viel Spaß, Vartanian.*

Dutton, Dienstag, 30. Januar, 5.30 Uhr

Ein Knarren ließ Alex hochschrecken. Sie war auf dem Sofa eingeschlafen. Wieder hörte sie das Knarren und wusste, dass sie nicht geträumt hatte. Jemand oder etwas befand sich auf der vorderen Veranda. Sie dachte an die Pistole in der Kassette und fluchte lautlos. Ja, so eine Waffe war wirklich enorm nützlich, wenn man sie wegschloss.

Lautlos tastete sie nach dem Handy, das sie auf den Beistelltisch gelegt hatte. Wenigstens die Polizei konnte sie anrufen. Obwohl das vermutlich nicht viel helfen würde, wenn Sheriff Loomis' Reaktion auf Baileys Verschwinden die Norm für diese Dienststelle war. Alex schlich in die Küche, nahm das größte Messer, das sie besaß, aus der Schublade, kroch zum Fenster und spähte hinaus.

Und stieß erleichtert den Atem aus. Es war nur der Zeitungsbursche, ein junger Mann, ungefähr im Collegealter. Er füllte ein Formular aus und hatte sich eine kleine Taschenlampe zwischen die Zähne geklemmt. Als er in diesem Moment aufsah, entdeckte er sie. Vor Schreck riss er den Mund auf, und die Taschenlampe fiel klappernd auf die Holzbohlen. Mit weit aufgerissenen Augen starrte er ins Fenster, bis Alex begriff, dass er das Messer gesehen hatte. Sie senkte den Arm und öffnete das Fenster einen Spaltbreit. »Sie haben mir einen höllischen Schrecken eingejagt.«

Sein Schlucken war in der Stille hörbar. »Und Sie mir erst, Ma'am.«

Ihre Lippen zuckten, und zögernd erwiderte er das Lächeln. »Ich habe keine Zeitung bestellt.«

»Ich weiß, aber Miss Delia sagte, Sie hätten den Bungalow gemietet, und Zugezogene bekommen die *Review* eine Woche kostenlos.«

Sie zog die Brauen hoch. »Ziehen denn viele Leute her?«

Er grinste verlegen. »Nein, Ma'am.« Dann reichte er ihr die Zeitung und das Formular, das er ausgefüllt hatte. Sie öffnete das Fenster noch ein wenig weiter und nahm beides entgegen.

»Danke«, flüsterte sie. »Und vergessen Sie Ihre Taschenlampe nicht.«

Er nahm sie auf. »Willkommen in Dutton, Miss Fallon. Und einen schönen Tag.«

Sie schloss das Fenster, als er zurück zu seinem Lieferwagen ging, um zum nächsten Haus zu fahren. Während sich ihr Herzschlag normalisierte, schlug sie die Zeitung auf und sah sich die Titelseite an.

Und wieder begann ihr Herz zu rasen. »Janet Bowie«, murmelte sie. Alex hatte nur noch eine vage Erinnerung an den Kongressabgeordneten, aber seine Frau war in ihrem Gedächtnis noch ausgesprochen präsent. Rose Bowie und ihr sehr negatives und sehr öffentliches Urteil über den Charakter von Alex' Mutter war der Grund gewesen, weshalb sie sonntags nicht mehr in die Kirche gegangen waren. Die meisten Frauen in Dutton hatten Kathy Tremaine geschnitten, nachdem sie bei Craig Crighton eingezogen war.

Alex rieb sich müde die Schläfen und verbannte Craig aus ihren Gedanken. Die Erinnerung an ihre Mutter ließ sich jedoch nicht so leicht verdrängen. Da waren die guten Jahre, als ihr Vater noch gelebt hatte und ihre Mutter glücklich gewesen war. Dann die schweren Jahre, als es nur sie drei gegeben hatte. *Mama, Alicia und ich.* Das Geld war knapp gewesen, und Mama hatte sich ständig Sorgen gemacht, aber noch hatte es Fröhlichkeit in ihren Augen gegeben. Doch als sie bei Craig eingezogen waren, war es aus gewesen mit der Fröhlichkeit.

Die letzten Erinnerungen an ihre Mutter waren keine guten. Ihre Mutter hatte sich auf Craig eingelassen, damit sie ein Heim und genug zu essen haben würden. Und Frauen wie Rose Bowie hatten sie dafür verachtet und zum Weinen gebracht. Das war schwer zu vergeben. Alex hatte all die wispernden Klatschtanten gehasst. Sie blickte wieder auf die Schlagzeile. Wer hatte wiederum Janet Bowie so viel Hass entgegengebracht, um ihr so etwas anzutun?

Und warum hatte der Mörder nach so vielen Jahren Alicias Geist heraufbeschworen?

Dutton, Dienstag, 30. Januar, 5.35 Uhr

Mack stieg in seinen Lieferwagen und fuhr langsam weiter. Die alte Violet Drummond kam aus dem Haus gewackelt, um ihre Zeitung wie jeden Tag persönlich entgegenzunehmen. Als sie es das erste Mal getan hatte, war er beinahe vor Schreck aus dem Hemd gesprungen, aber sie hatte ihn nicht erkannt. Er hatte sich in den Jahren, seit er Dutton verlassen hatte, stark verändert, und das in vielerlei Hinsicht. Und so war die alte Violet keine Bedrohung, sondern eine unerschöpfliche Quelle von Informationen, die sie nur allzu gerne verbreitete. Da sie außerdem mit Wanda aus dem Büro des Sheriffs befreundet war, waren ihre Informationen gewöhnlich ziemlich nützlich.

Er reichte ihr die Zeitung durch das offene Fenster. »Morgen, Mrs. Drummond.«

Sie nickte. »Morgen, Jack.«

Mack sah über die Schulter zum Bungalow zurück. »Sie haben eine neue Nachbarin.«

Violets Augen verengten sich. »Das Tremaine-Mädchen ist zurück.«
»Die kenne ich nicht«, log er.

»Das Mädchen taugt nichts. Taucht hier in der Stadt auf, und alles fängt wieder von vorn an.« Violet überflog die Titelseite, auf der Jim Woolf Janet Bowies Tod detailliert beschrieben hatte. »Und benimmt sich auch noch unanständig.«

Er blickte sie erstaunt an. »Was hat sie denn getan?« Seine Überwachung hatte ergeben, dass Alex Fallon in die Stadt gekommen war, um ihre Stiefschwester zu finden, und dieses Ziel verfolgte sie hartnäckig. Von etwas »Unanständigem« hatte er nichts bemerkt.

»Hat diesen Daniel Vartanian geküsst. Direkt dort auf der Veranda, wo alle es sehen konnten.«

»Wie schändlich.« Wie faszinierend. »Manche Leute haben eben keinen Stil.«

Violet schnaubte. »Nein, allerdings nicht. Na ja, ich will Sie nicht aufhalten, Jack.«

Mack lächelte. »Ist mir doch immer ein Vergnügen, Mrs. Drummond. Bis morgen.«

Atlanta, Dienstag, 30. Januar, 8.00 Uhr

Daniel gesellte sich zu Chase und Ed an den Tisch und unterdrückte ein Gähnen. »Die Identität ist bestätigt. Felicity hat die Krankenakte von ihrem Zahnarzt mit dem Gebiss der Toten verglichen. Alles passt. Es ist erstaunlich, wie schnell alles geht, wenn man Kongressabgeordneter ist«, fügte er trocken hinzu. »Der Zahnarzt war schon um fünf Uhr hier, um mir die Röntgenbilder zu geben.«

»Gute Arbeit«, sagte Chase. »Was ist mit ihrem Freund? Dem Jazzsänger?«

»Lamar hat ein Alibi, das zehn Zeugen und die Überwachungsvideos des Clubs bestätigen.«

»Er hatte einen Auftritt, als Janet umgebracht wurde?«, fragte Ed.

»Vor ausverkauftem Haus. Der Bursche ist ehrlich erschüttert. Er hat angefangen zu weinen, als ich ihm die Nachricht überbrachte. Er hat wohl von dem Mord gehört, wäre aber nie auf die Idee gekommen, dass es sich um Janet handeln könnte, sagt er.«

Ed runzelte die Stirn. »Aha? Und was hat er sich gedacht, als sie nicht zu ihrem Wochenend-Date auftauchte?«

»Er hatte eine Nachricht von ihr auf dem Anrufbeantworter. Sie sagte, ihr Vater habe irgendein offizielles Dinner und wollte, dass sie mitkam. Der Anruf ging um acht Uhr abends am Donnerstag ein.«

»Also lebte sie um acht noch, war aber ungefähr um Mitternacht tot«, sagte Chase. »Sie hat den Tag bei Fun-N-Sun verbracht und ist wann gegangen?«

»Das weiß ich noch nicht. Lamar sagte, sie sei mit einer Gruppe Kindern von der Lee Middle School hingegangen.«

»War sie Lehrerin?«, fragte Chase.

»Nein. Sieht so aus, als hätte sie da Sozialstunden abgeleistet. Man hat sie dazu verdonnert, nachdem sie im vergangenen Jahr im Orchester eine kleine Keilerei mit einer anderen Cellistin hatte.«

Chase lachte erstaunt. »Cellistinnen-Catchen? Oder haben sie die Bogen gekreuzt?«

Daniel verdrehte die Augen. »Ich habe nicht genug geschlafen, um über müde Gags zu lachen. Die andere Cellistin beschuldigte Janet, ihr Instrument beschädigt zu haben, damit Janet auf den ersten Platz vorrücken könne. Es kam zu einem richtigen Handgemenge mit Haareziehen, Kratzen und allem, was dazugehört. Danach zeigte die andere Janet wegen Sachbeschädigung und Körperverletzung an. Ein Überwachungsband zeigte, wie sich Janet am Cello zu schaffen machte, daher hat sie sich wohl oder übel schuldig bekannt. Ihr Bruder Michael hat mir erzählt, dass die Sozialstunden Wirkung gezeigt hatten. Diese Kids bedeuteten ihr wirklich etwas.«

»Und heutzutage darf man an einem ganz normalen Schultag in einen Vergnügungspark gehen?«, fragte Ed skeptisch.

»Lamar meinte, es sei eine Belohnung für besonders leistungsstarke Kinder gewesen.«

»Die Fahrt von Atlanta bis Fun-N-Sun dauert vier Stunden«, sagte Chase. »Nicht unwahrscheinlich, dass sie diesen Anruf bei Lamar unter Zwang getätigt hat. Wenn dem so ist, hätten wir ein hübsches, kleines Zeitfenster, falls wir wüssten, wann sie den Park verlassen hat.«

»Ich habe versucht, die Schule zu erreichen, aber da war noch niemand. Ich fahre hin, wenn wir hier durch sind.«

»Hoffentlich bekommen wir dann mehr Informationen als bei der Durchsuchung ihrer Wohnung«, sagte Ed düster. »Wir haben die Abdrücke genommen, ihren Anrufbeantworter abgehört und den Computer durchgesehen. Nichts bislang.«

»Natürlich wär's auch möglich, dass dieser Anruf nicht erzwungen war. Was, wenn sie Lamar einfach nur belogen hat? Wenn sie mit einem anderen Kerl verabredet war?«

»Ich habe eine Verfügung für ihren Einzelverbindungsnachweis beantragt«, sagte Daniel. »Dann werden wir ja sehen, wen sie angerufen hat. Aber wo wir gerade bei der Verfügung sind – ich habe die für Jim Woolfs Leitungen. Bald wissen wir mehr.«

»Woolf war gestern Nacht auch bei Bowie«, sagte Ed nachdenklich. »Woher wusste er es?«

»Er hat behauptet, er sei bloß der Karawane den Berg hinauf gefolgt«, sagte Daniel, und Ed setzte sich gerader auf. »Apropos Autos. Janet Bowie fährt einen BMW, einen Z4, und der steht weder bei den Bowies in Dutton noch in der Tiefgarage, die zu ihrem Wohnhaus in Atlanta gehört.«

»Jedenfalls kann sie die Kids darin nicht zu Fun-N-Sun gekarrt haben«, bemerkte Chase. »Dürfte schwierig sein in einem Zweisitzer.«

»Ich werde den Rektor der Schule fragen. Vielleicht sind die Eltern gefahren. Die Kinder sind jedenfalls noch nicht alt genug dazu.«

»Chase?« Leigh öffnete die Tür. »Ein Anruf von Sheriff Thomas aus Volusia.«

»Sagen Sie ihm, ich rufe zurück.«

Sie verzog das Gesicht. »Er sagt, es sei dringend. Danny – dein Fax mit Woolfs Anruferliste.«

Daniel überflog den Nachweis, während Chase den Anruf annahm. »Jim Woolf hat über seinen Privatanschluss am Sonntagmorgen um sechs einen Anruf bekommen.« Er blätterte durch die Seiten. »Zwei Minuten vorher ging von derselben Nummer ein Anruf auf seinem Bürotelefon ein. Dieselbe Nummer taucht auf … Oh, verdammt!« Er sah stirnrunzelnd auf. »Heute Morgen um sechs.«

»Shit«, murmelte Ed.

»Shit ist genau der richtige Ausdruck«, sagte Chase, als er auflegte. Daniel seufzte. »Wo?«

»Tylersville. Ein Mädchen, braune Decke, Schlüssel am Zeh festgebunden.«

»Du hattest recht, Ed«, murmelte Daniel. War Bailey diese Tote? Der Gedanke, Alex die Nachricht überbringen zu müssen, machte ihn krank, doch das, was dieser zweite Mordfall implizierte, bekümmerte ihn noch mehr. »Meine Herren, wir haben es mit einem Serienmörder zu tun.«

Dienstag, 30. Januar, 8.00 Uhr

Wieder erklang das Scharren. Bailey blinzelte. Der Schmerz in ihrem Schädel war nahezu unerträglich. *Er* war in der vergangenen Nacht brutaler denn je gewesen, aber sie hatte durchgehalten. Sie hatte ihm nichts verraten, aber sie war sich nun nicht mehr sicher, ob es überhaupt einen Unterschied machte. Er genoss die Folter. Er hatte sie ausgelacht. Er war ein Tier. Ein Ungeheuer.

Sie versuchte, sich auf das Scharren zu konzentrieren. Es war rhythmisch, wie das Ticken einer Uhr. Die Zeit verstrich. Wie lange war sie schon hier? Wo war Hope? *Bitte, es ist mir egal, ob er mich umbringt, aber bitte lass Hope in Sicherheit sein.*

Sie schloss die Augen, und das Scharrgeräusch verklang. Alles verklang.

Volusia, Georgia, Dienstag, 30. Januar, 9.30 Uhr

»Wer hat sie gefunden?«, fragte Daniel Sheriff Thomas.

Thomas' Kiefermuskeln traten hervor. »Brüder. Vierzehn und sechzehn. Der Sechzehnjährige hat uns über sein Handy angerufen. An dieser Stelle kommen viele Kinder auf ihrem Schulweg vorbei.«

»Dann wollte er auch bei diesem Opfer, dass es gefunden wird.« Daniel sah sich um. Überall Bäume. »Am letzten Schauplatz hatte sich ein Reporter in den Bäumen versteckt und Fotos gemacht. Könnten Sie einen Ihrer Deputys damit beauftragen, sich umzusehen?«

»Wir sind hier, seit der Junge angerufen hat. Kein Reporter hätte durch die Absperrung kommen können.«

»Wenn es derselbe ist, war er schon hier, bevor die Kinder das Opfer entdeckt haben.«

Thomas verengte die Augen. »Dieser Mistkerl versorgt ihn mit Tipps?«

»Das denken wir, ja.«

Thomas' Lippen verzogen sich angewidert. »Okay. Ich sehe mich selbst um. Ich will nicht, dass dieser Bursche etwas vernichtet, was ihr Jungs später noch braucht.«

Daniel sah zu, wie Thomas ein paar seiner Leute heranwinkte und in Richtung Bäume davonmarschierte, dann wandte er sich an Felicity Berg, die gerade aus dem Graben kletterte.

»Dieselbe Vorgehensweise«, sagte sie, während sie ihre Handschuhe von den Fingern schälte. »Todeszeitpunkt zwischen neun und elf gestern Nacht. Abgelegt wurde sie hier vor vier Uhr.«

»Der Tau«, sagte Daniel. »Die Decke war nass. Vergewaltigt?«

»Ja. Und ihre Gesichtsknochen sind genauso zertrümmert wie Janet Bowies. Wieder die Druckstellen um den Mund. Ich gehe davon aus, dass auch sie post mortem zugefügt wurden, aber das kann ich erst nach einer genauen Untersuchung sagen. Oh, und der Schlüssel. Er ist extrem fest geknotet worden. Wenn sie noch gelebt hätte, hätte es ihr das Blut am Zeh abgeschnürt. Er wollte, dass wir ihn finden.«

»Hat sie Einstichnarben am Arm?«

»Nein. Und auch keine Tätowierung am Knöchel. Sie können Miss Fallon sagen, dass auch dieses Opfer *nicht* ihre Stiefschwester ist.«

Daniel stieß einen erleichterten Seufzer aus. »Danke, Felicity.«

Felicity sah zu, wie die Tote über den Grabenrand gehievt wurde. »Ich nehme sie jetzt mit. Vielleicht finde ich etwas, das auf ihre Identität schließen lässt.«

Als sich das Fahrzeug der Rechtsmedizin entfernte, hörte Daniel einen Schrei und drehte sich um. Sheriff Thomas und seine Deputys zogen gerade Jim Woolf aus einem Baum, und sie taten es nicht besonders sanft.

»Woolf.« Daniel sah ihm kopfschüttelnd entgegen, als Thomas ihn am Arm zu ihm zerrte. »Was zum Teufel soll das?«

»Ich mache nur meinen Job«, fauchte Woolf.

Der Deputy hielt Woolfs Kamera hoch. »Er hat geknipst wie ein Verrückter.«

Woolf sah Daniel wütend an. »Ich war außerhalb der Absperrung. Das ist nicht verboten. Du kannst mir die Kamera nicht ohne richterliche Verfügung abnehmen. Immerhin war ich so nett, dir die anderen Fotos zu überlassen.«

»Du hast mir die anderen Fotos überlassen, weil du sie bereits verwendet hast«, korrigierte Daniel ihn. »Jim, sieh es von meiner Seite. Du bekommst am Sonntag um sechs Uhr morgens einen Anruf, heute Morgen, wieder um sechs, noch einen von derselben Nummer. An beiden Tagen tauchst du noch vor uns am Fundort auf. Ich könnte doch zu dem Schluss kommen, dass du etwas damit zu tun hast.«

»Hab ich aber nicht«, presste Woolf hervor.

»Dann solltest du uns deine guten Absichten beweisen. Du lädst deine Speicherkarte auf einen von unseren Computern herunter. Dann darfst du mit deinen Fotos verschwinden, und alle sind zufrieden.«

Woolf schnaubte wütend. »Dann lass uns loslegen, damit ich meine Arbeit machen kann.«

»Du sprichst mir aus der Seele«, erwiderte Daniel. »Ich hole meinen Laptop.«

Dutton, Dienstag, 30. Januar, 10.00 Uhr

Meredith schloss die Haustür zu und betrat in Laufkleidung das Wohnzimmer. Sie zitterte. »Mann, es muss mindestens sechs Grad kälter sein als gestern Morgen.«

Alex hielt die Hand hoch, ohne den Blick vom Fernseher zu nehmen. Die Lautstärke war gedämpft, und sie hatte Hopes Stuhl so hingestellt, dass das Kind den Bildschirm nicht sah. »Schsch.«

»Was ist denn passiert?«, fragte Meredith alarmiert.

Alex musste kämpfen, um ihre Stimme einigermaßen angstfrei zu halten. »Neuigkeiten.«

Merediths Augen weiteten sich. »Noch eine?«

»Ja. Keine Einzelheiten, keine Bilder.«

»Vartanian hätte dich schon angerufen«, sagte Meredith.

Wie aufs Stichwort klingelte Alex' Handy, und ihr Herz krampfte sich zusammen, als sie die Nummer auf dem Display erkannte. »Das ist er. Daniel. Ja?«, fragte sie, ohne das Zittern in ihrer Stimme unterdrücken zu können.

»Es ist nicht Bailey«, sagte er ohne Umschweife.

Die Erleichterung ließ sie schaudern. »Danke.«

»Schon gut. Du hast es also tatsächlich schon gehört.«

»Ja, aber in den Nachrichten wird nichts Genaues gesagt. Nur, dass eine andere gefunden wurde.«

»Mehr weiß ich im Grunde auch noch nicht.«

»Genau wie …?«

»Genau wie«, bestätigte er.

Alex hörte im Hintergrund das Klappen einer Autotür und einen Motor. »Alex, geh bitte nicht mehr allein aus dem Haus. *Bitte.*«

Unwillkürlich schlang sie einen Arm um sich. »Aber ich muss heute einiges erledigen. Und ich *muss* es heute machen, da Meredith am Abend abreist.«

Er stieß einen ungeduldigen Laut aus. »Also gut. Bleib aber in der Öffentlichkeit und stell dein Auto immer da ab, wo viele Leute es sehen können. Besser noch, lass Parkwächter deinen Wagen abstellen, und halte dich von Baileys Haus fern. Ach ja, und … ruf mich immer wieder an, okay? Damit ich weiß, dass alles in Ordnung ist.«

»Okay«, murmelte sie, dann räusperte sie sich, als Meredith ihr einen vielsagenden Blick zuwarf. »Wird sich Loomis denn jetzt Baileys Haus ansehen?«

»Ich bin gerade unterwegs nach Dutton, um mich mit ihm zu treffen. Ich frage nach.«

»Danke. Und, Daniel – wenn du es heute Abend nicht schaffst, kann ich das verstehen.«

»Ich gebe mein Bestes. Ich muss jetzt noch ein paar Anrufe tätigen. Bis später.«

Dann war das Gespräch weg. Behutsam klappte Alex ihr Handy zu. »Bis später«, murmelte sie.

Meredith setzte sich neben Hope und betrachtete die ausgemalten Bilder. Alex hatte ebenfalls gemalt. »Ihr zwei habt die gleiche Technik. Und ihr bleibt schön innerhalb der Linien.«

Alex verdrehte die Augen. »Ja, ich weiß schon. Ich bin ein Kontrollfreak.«

»Stimmt, aber das Ergebnis ist recht hübsch.« Meredith legte der Kleinen einen Arm um die Schultern und drückte sanft. »Deine Tante Alex muss noch lernen, Spaß zu haben. Sorg dafür, dass ihr euch amüsiert, während ich weg bin.«

Hopes Kinn ruckte hoch, und ihre grauen Augen weiteten sich entsetzt. Meredith strich ihr mit dem Daumen über die Wange. »Ich komme wieder. Versprochen.«

Hopes Unterlippe begann zu zittern, und Alex brach es fast das Herz. »Ich lasse dich nicht allein, Liebes«, murmelte sie. »Solange Meredith weg ist, klebe ich an dir wie Leim. Das verspreche *ich* dir.«

Hope schluckte und senkte ihren Blick wieder auf das Malbuch.

Alex lehnte sich auf ihrem Stuhl zurück, während Meredith ihre Wange auf Hopes Locken legte. »Du bist in Sicherheit, Hope.« Sie begegnete Alex' Blick. »Sag ihr das immer wieder. Sie muss es hören. Und sie muss es glauben können.«

Ich auch. Aber Alex nickte. »Das tue ich. Aber jetzt habe ich einen Haufen Dinge zu erledigen. Zuerst muss ich zum Gericht. Ich muss eine Erlaubnis beantragen, das … Ding mitzuführen.«

»Und wie lange wird das dauern?«

»Auf der Webseite steht, ein bis zwei Wochen.«

»Und bis dahin?«, fragte Meredith drohend.

Alex blickte auf Hopes Malbuch. Rot. Immer nur rot. »Es ist nicht verboten, es im Kofferraum aufzubewahren.«

Meredith zog die Wangen ein. »Eine halbe Wahrheit ist im Grunde genommen eine Lüge, weißt du.«

Alex hob das Kinn. »Ach. Rufst du jetzt die Bullen an?«

Meredith verdrehte die Augen. »Du weißt genau, dass ich das nicht tue. Aber du, denn du hast es Vartanian versprochen, wenn ich das eben richtig gedeutet habe. Und nach jedem Anruf meldest du dich bei mir, verstanden?«

»Schon gut.« Alex stieß sich vom Tisch ab und ging in Richtung Schlafzimmer.

»Ich muss um fünf hier weg, wenn ich meinen Flieger bekommen will«, rief Meredith hinter ihr her.

»Bis dahin bin ich zurück.« Sie hatte also nur sieben Stunden, um die Erlaubnis zu beantragen und anschließend mit allen Leuten zu sprechen, die Bailey gekannt hatten.

Nicht viel Zeit, aber es musste genügen.

Dienstag, 30. Januar, 11.00 Uhr

»Hallo.«

Es war nur ein Traum. *Oder?*

»Hallo.«

Bailey hob den Kopf und stöhnte, als sich der Raum zu drehen begann. Nein, kein Traum. Es war ein Flüstern, und es kam von der anderen Seite der Wand. Sie zwang sich auf Hände und Knie und würgte, als die Übelkeit sie wie ein Vorschlaghammer traf. Doch nichts kam heraus, denn sie hatte seit einer Ewigkeit nichts gegessen. Oder getrunken.

Wie lange? Wie lange bin ich hier?

»Hallo.« Wieder das Flüstern.

Kein Traum. Wirklich. Bailey kroch zur Wand und brach dort zusammen. Sie sah, wie sich der Boden an der Mauer bewegte, nur ein wenig. Ein Teelöffel voll. Sie biss die Zähne zusammen und fegte den Schmutz zur Seite.

Und berührte etwas Festes. Sie zog scharf die Luft ein, als sich der Finger bewegte und mit ein wenig Dreck von ihrer Seite verschwand.

»Hallo«, flüsterte sie. Der Finger erschien erneut, und als sie ihn berührte, brach ein Schluchzer aus ihrer Kehle.

»Nicht weinen«, flüsterte die Stimme. »Er hört Sie sonst. Wer sind Sie?«

»Bailey.«

»Bailey Crighton?«

Bailey hielt den Atem an. »Sie kennen mich?«

»Ich bin Reverend Beardsley.«

Wades Brief. Der Brief mit dem Schlüssel, den *er* jedes Mal von ihr verlangte, wenn er sie aus der Zelle holte. Wenn er sie … »Warum sind Sie hier?«

»Aus demselben Grund wie Sie, nehme ich an.«

»Aber ich habe nichts gesagt. Nichts. Ich schwör's.« Ihre Stimme bebte.

»Sch. Bleiben Sie ruhig, Bailey. Sie sind stärker, als er glaubt. Und ich auch.«

»Wie hat er von Ihnen erfahren?«

»Keine Ahnung. Ich bin zu Ihrem Haus gefahren. Gestern Morgen. Ihre Stiefschwester war dort.«

»Alex?« Wieder stieg ein Schluchzen in ihr auf, aber sie kämpfte es nieder. »Sie ist hergekommen? Sie ist wirklich hergekommen?«

»Sie sucht Sie, Bailey. Sie hat Hope bei sich. Das Mädchen ist in Sicherheit.«

»Mein Baby.« Nun kamen die Tränen, aber sie flossen stumm. »Sie haben ihr wahrscheinlich nichts gesagt, oder?« Sie hörte die Anklage in ihrer Stimme, aber sie konnte nicht anders.

Er schwieg eine ganze Weile. »Nein. Ich konnte nicht. Es tut mir leid.«

Sie hätte »Ich verstehe« sagen müssen, aber sie hatte keine Energie für höfliche Heuchelei. »Haben Sie es *ihm* gesagt?«

»Nein.«

Sie zögerte. »Was hat er mit Ihnen gemacht?«

Sie hörte, wie er tief Luft holte. »Nichts, was ich nicht überstehen würde. Und mit Ihnen?«

Sie schloss die Augen. »Ebenso. Aber ich … ich weiß nicht, wie lange ich noch durchhalte.«

»Seien Sie stark, Bailey. Für Hope.«

Hope braucht mich. Das Mantra würde sie noch eine Weile länger aufrecht halten. »Können wir irgendwie fliehen?«

»Wenn mir etwas einfällt, sage ich es Ihnen.« Dann verschwand sein Finger, und sie hörte das Rieseln, als er das Loch wieder zustopfte.

Sie tat dasselbe auf ihrer Seite und kroch zu der Stelle zurück, an der sie vorher gelegen hatte. Alex hat Hope. *Hope ist in Sicherheit.* Das war das Einzige, was wirklich zählte. Alles andere … *Vielleicht bin ich an allem anderen selbst schuld.*

8. Kapitel

Dutton, Dienstag, 30. Januar, 11.15 Uhr

WANDA PETTIJOHN SAH DANIEL über ihre halben Brillengläser an.
»Frank ist nicht da.«

»Ist er unterwegs oder krank?«

Deputy Randy Mansfield kam aus Franks Büro. »Einfach nicht da,
Danny.« Mansfields Stimme klang gelassen, aber die Botschaft war klar:
Das geht dich nichts an, also frag gar nicht erst. Randy schob einen dün-
nen Ordner über die Empfangstheke. »Das soll ich dir von ihm geben.«

Daniel blätterte durch die wenigen Seiten. »Alicia Tremaines Akte.
Ich hätte doch erwartet, dass sie dicker ist. Wo sind die Tatortfotos, die
Aufzeichnungen der Verhöre, die Fotos des Opfers?«

Randy hob die Schultern. »Mehr hat Frank mir nicht gegeben.«

Daniel sah ihn aus schmalen Augen an. »Es muss mehr da sein.«

Randys Lächeln verblasste. »Wenn nicht mehr dabei ist, dann exis-
tiert auch nicht mehr.«

»Niemand hat ein Polaroid oder eine Zeichnung vom Fundort gemacht? Wo hat man sie gefunden?«

Randy zog den Ordner zu sich heran und strich mit dem Finger über
die Seite. »Auf der Five Mile Road.« Er sah auf. »In einem Graben.«

Daniel musste sich auf die Zunge beißen. »Wo auf der Five Mile
Road? Wo war die nächste Zufahrt? Wer war zuerst am Schauplatz? Wo
ist die Kopie der Gerichtsmedizin?«

»Es ist dreizehn Jahre her«, sagte Randy. »Damals war man noch
nicht so gründlich.«

Schwachsinn, dachte Daniel.

Wanda kam um die Theke herum. »Ich habe es damals mitbekommen, Daniel. Ich kann dir sagen, was passiert ist.« Daniel spürte, wie
sich eine Migräne anbahnte. »Okay, dann leg los. Was ist damals passiert, Wanda?«

»Es war der erste Samstag im April. Die kleine Tremaine lag nicht in
ihrem Bett, als die Mutter sie wecken wollte. Sie war die ganze Nacht
nicht dort gewesen. Nun, sie war ein ziemlicher Feger, diese junge Tre-

maine. Ihre Mutter rief sofort alle Freundinnen an, aber niemand hatte sie gesehen.«

»Wer hat die Leiche gefunden?«

»Die Porter-Jungen. Davy und John. Sie waren mit ihren Crossrädern draußen.«

Daniel notierte es sich auf seinem Block. »Davy und John waren die mittleren von sechs Kindern, wenn ich mich richtig erinnere.«

Wanda nickte anerkennend. »Du erinnerst dich richtig. Davy war elf, John dreizehn. Es gibt noch zwei ältere und zwei jüngere Brüder.«

Das heißt, Davy und John würden nun vierundzwanzig respektive sechsundzwanzig sein. »Sie haben sie also entdeckt. Und was haben sie gemacht?«

»Nachdem sich John übergeben hat, ist er zur Monroe Farm geradelt. Di Monroe hat dann die Polizei angerufen.«

»Welcher Polizist war zuerst dort?«

»Nolan Quinn. Er ist inzwischen gestorben«, antwortete Wanda ernst.

»Alicias Tod hat ihn vollkommen aus der Bahn geworfen«, fügte Randy leise hinzu, und Daniel musste sich in Erinnerung rufen, dass es auch für das Sheriffbüro nicht einfach irgendein Fall gewesen war. Es war das übelste Verbrechen gewesen, das je in Dutton oder der Umgebung begangen worden war. Bis zu diesem Wochenende. »Ich kam im folgenden Jahr aus der Schule und bewarb mich bei der Polizei. Nolan war damals nicht mehr voll einsetzbar.«

»Es gibt wohl niemanden, der sich von solch einer Entdeckung nicht erschüttern lassen würde«, murmelte Daniel und dachte an die Porter-Jungen. »Wer hat die Obduktion durchgeführt, Wanda?«

»Doc Fabares.«

»Der ebenfalls nicht mehr lebt.« Randy zuckte die Achseln. »Die meisten Beteiligten sind inzwischen gestorben. Oder sitzen auf der Bank vor dem Friseur.«

»Doc Fabares wird aber die Unterlagen behalten haben.«

»Irgendwo sicher«, sagte Randy, als sei »irgendwo« gleichzusetzen mit »nicht mehr auffindbar«.

»Was wurde an der Leiche gefunden?«, fragte Daniel.

Wanda runzelte die Stirn. »Was meinst du damit? Sie war nackt. In eine Decke eingehüllt.«

»Keine Ringe oder sonstigen Schmuck?« *Oder ein Schlüssel?* Aber davon würde er den beiden nichts sagen.

»Nichts«, sagte Wanda. »Der Landstreicher hatte sie beraubt.«

Daniel entdeckte den Verhaftungsbericht. »Gary Fulmore.« An den Bericht war ein Polizeifoto geheftet. Fulmores Gesicht war hager, die Augen blickten wild in die Kamera. »Er sieht stoned aus.«

»Er war auch stoned«, sagte Randy. »So weit kann ich mich noch erinnern. Er war auf PCP, als wir ihn schnappten. Drei Männer mussten ihn festhalten, damit Frank ihm die Handschellen anlegen konnte.«

»Frank hat ihn also verhaftet?«

Randy nickte. »Fulmore hatte in Jackos Ersatzteilwerkstatt randaliert, Scheiben eingeschmissen und mit einem Montiereisen um sich geschlagen. Bei seiner Verhaftung fand man Alicias Ring in seiner Tasche.«

»Das war alles? Man hat kein Sperma, keine Haare oder Hautfetzen gefunden, die ihn als Täter identifiziert hätten?«

»Nein. Ich kann mich nicht erinnern, dass man in Alicia Sperma gefunden hätte. Nun, das müsste natürlich in Fabares' Akten zu finden sein. Aber so, wie ihr Gesicht zerschlagen war … nur jemand, der unter Drogen stand, konnte so gewütet haben. Und er hatte das Montiereisen.«

»Eigentlich nicht überraschend, wenn jemand in eine Werkstatt einbricht.«

»Ich sage dir ja nur, an was ich mich erinnere«, erwiderte Randy verärgert. »Willst du es jetzt wissen oder nicht?«

»Tut mir leid. Rede weiter.«

»Auf dem Eisen fand man Alicias Blut. Außerdem auf den Aufschlägen seiner Hose.«

»Ziemlich stichhaltige Beweise«, sagte Daniel.

Randys Mund verzog sich zu einem Lächeln, das ein eindeutiges »Du kannst mich mal« war. »Freut mich, dass Sie zustimmen, Agent Vartanian.«

Daniel klappte den Ordner zu. »Wer hat seine Aussage aufgenommen?«

»Frank«, sagte Wanda. »Fulmore hat natürlich alles abgestritten. Aber er hat auch behauptet, er sei irgendein berühmter Rocksänger.«

»Stimmt. Jimi Hendrix.« Randy schüttelte den Kopf. »Er hat eine ganze Menge Schwachsinn von sich gegeben.«

»Randys Vater hat ihn vor Gericht gestellt«, sagte Wanda stolz, fiel dann jedoch ein wenig in sich zusammen. »Aber auch er ist verstorben. Herzversagen, schon vor zwölf Jahren. Er war erst fünfundvierzig.«

Daniel hatte in den Artikeln, die Luke ihm heruntergeladen hatte, gelesen, dass Mansfields Vater die Anklage vertreten hatte. Von seinem Tod hatte er jedoch nichts gewusst. Niemanden von den ursprünglich Beteiligten befragen zu können, war verdammt ärgerlich.

»Das tut mir leid, Randy«, sagte er aus reiner Höflichkeit.

»Das mit deinen Eltern tut mir auch leid«, erwiderte Randy ebenso teilnahmslos.

Daniel beließ es dabei. »Richter Borenson war für Fulmores Fall zuständig. Lebt er noch?«

»Ja«, sagte Wanda. »Er ist im Ruhestand und wohnt irgendwo in den Bergen.«

»Lebt da wie ein Einsiedler«, fügte Randy hinzu. »Ich glaube, er hat noch nicht einmal Telefon.«

»Doch, hat er«, sagte Wanda. »Er geht nur nicht dran.«

»Haben Sie seine Nummer?«, fragte Daniel, und Wanda blätterte durch ihre Kartei.

Sie schrieb die Nummer auf und reichte ihm den Zettel. »Viel Glück. Er ist wirklich sehr schwer zu erwischen.«

»Was ist mit der Decke geschehen, in die Alicia eingewickelt war?«

Wanda verzog das Gesicht. »Bei der Überschwemmung durch den Hurrikan ging alles verloren, was unter einem Meter fünfzig gelagert wurde. Diese Akte wäre auch vernichtet gewesen, wenn sie nicht höher gelegen hätte.«

Daniel seufzte. Der Hurrikan Dennis hatte vor ein paar Jahren Atlanta und Umgebung unter Wasser gesetzt. »Verdammt«, murmelte er, zog dann den Kopf ein, als Wanda ihn böse anfunkelte. »Verzeihung.«

Ihr empörter Blick verwandelte sich in Besorgnis. »Der Mann, der Janet umgebracht hat. Er hat es wieder getan, nicht wahr?«

»Vergangene Nacht. Er scheint die Einzelheiten dieses alten Falls ziemlich genau zu kopieren.«

»Bis auf den Schlüssel«, sagte Wanda, und Daniel musste all seine Selbstbeherrschung aufbringen, um nicht überrascht zu blinzeln.

»Wie bitte?«

»Der Schlüssel«, wiederholte Wanda. »Der am Zeh des neuen Opfers gefunden wurde.«

»Die Bilder stehen im Internet«, fügte Randy hinzu. »Und der Schlüssel ist ziemlich gut darauf zu sehen.«

Daniel hätte am liebsten geschrien. »Danke. Ich habe mir die Nachrichten bisher noch nicht angesehen.«

Man hätte Randys Miene als hämisch interpretieren können. »Ich würde sagen, ihr habt ein Leck bei euch in der Dienststelle.«

Oder einen verantwortungslosen Reporter namens Woolf. »Danke für die Informationen.« Er wandte sich zum Gehen, als ihm sein Versprechen Alex gegenüber wieder einfiel. »Noch eines. Bailey Crighton.«

Wanda presste die Lippen zusammen. Randy verdrehte theatralisch die Augen. »Danny …«

»Ihre Stiefschwester macht sich Sorgen«, sagte Daniel entschuldigend, obwohl er den beiden am liebsten an die Gurgel gegangen wäre. »Bitte.«

»Pass mal auf, Danny. Alex kannte Bailey nicht besonders gut.« Randy schüttelte den Kopf. »Bailey Crighton war eine kleine Nutte, so einfach ist das.« Er warf Wanda einen Blick zu. »Entschuldigung.«

»Nein, es ist wahr«, sagte Wanda, der das Blut in die Wangen stieg. »Bailey war Gesindel. Sie wird nicht *vermisst*. Sie ist einfach auf und davon, wie Drogenflittchen es eben tun.« Die Gehässigkeit in Wandas Stimme verschlug Daniel beinahe den Atem. »Wanda!«

Wanda hob den Zeigefinger und stach ihn wütend vor Daniels Gesicht in die Luft. »So ist es aber. Und du solltest dich vor dieser Stiefschwester hüten. Sie mag im Mondlicht ein hübsches Ding sein, aber auch sie hat es faustdick hinter den Ohren.«

Randy legte der alten Dame einen Arm um die Schultern und drückte sie. »Schon gut, meine Liebe«, murmelte er und wandte sich an Daniel, um ihm einen warnenden Blick zuzuwerfen. »Wandas Sohn hatte vor ein paar Jahren eine … Beziehung mit Bailey.«

Wandas Augen funkelten wütend. »Das klingt ja geradezu, als hätte mein Zane diese Hure haben wollen.« Nun zitterte sie vor Zorn. »Sie hat ihn verführt und dadurch beinahe seine Ehe zerstört.«

Daniel kramte in seiner Erinnerung. Zane Pettijohn war in seinem Alter. Er hatte sich damals auf der Highschool durch seine Liebe zu üppigen Mädchen und starkem Schnaps ausgezeichnet. »Aber letztendlich ist alles gutgegangen?« Wanda schnaubte. »Ja. Aber das war nicht diesem Flittchen zu verdanken.«

»Ich verstehe.« Daniel ließ einige Augenblicke verstreichen, und Wanda setzte sich wieder auf ihren Platz. Ihre mageren Arme umklammerten ihren ebenso mageren Oberkörper. »Aber von alldem einmal abgesehen, was ist in der Sache unternommen worden? Ich meine, waren Sie inzwischen in Baileys Haus? Wo ist ihr Auto?«

»Das ist kein Haus, sondern ein Saustall«, sagte Randy verächtlich. »Überall Müll und Unrat, Nadeln …Verdammt, Danny, du hättest das kleine Mädchen sehen sollen, das wir im Schrank entdeckt haben. Das arme Ding war doch nicht mehr ansprechbar. Wenn Bailey weg ist, dann ist sie auf ihren eigenen zwei Beinen davonmarschiert, oder einer ihrer Freier hat sie abgeschleppt.«

Daniel riss die Augen auf. »Sie hat noch immer angeschafft?«

»Ja. Und wenn du sie überprüfen lässt, wirst du sehen, dass sie ein ellenlanges Vorstrafenregister hat.«

Daniel hatte sie bereits überprüfen lassen. Zum letzten Mal war sie vor fünf Jahren verhaftet worden, davor mehrfach wegen Drogenbesitzes und Prostitution. Doch seit fünf Jahren war sie nicht mehr aufgefallen, und nichts, was Randy über Baileys Haus gesagt hatte, passte zu dem, was er am Abend zuvor von Schwester Anne gehört hatte. Entweder war Bailey Fachfrau darin geworden, sich nicht erwischen zu lassen, oder hier stimmte etwas nicht. Daniel gab der zweiten Theorie den Vorzug.

»Ich sehe mir ihre Akte an, wenn ich wieder im Büro bin. Danke.«

Er saß bereits im Wagen, als ihn die Erkenntnis traf. *Du solltest dich vor dieser Stiefschwester hüten. Sie mag ja im Mondlicht ein hübsches Ding sein …* Er hatte Alex gestern Nacht im Mondlicht auf ihrer Veranda geküsst, und jemand hatte sie anscheinend dabei beobachtet. Der Bungalow befand sich ziemlich nah an der Main Street, also mochte es sich bloß um irgendeine neugierige Klatschtante handeln. Dennoch hatte Daniel ein ungutes Gefühl, und er hatte gelernt, sich auf seine Instinkte zu verlassen.

Weswegen er Alex Fallon in der vergangenen Nacht überhaupt geküsst hatte. Ihm wurde angenehm warm bei der Erinnerung. Er würde es sehr bald wieder tun. Dennoch wollte das Unbehagen nicht fortgehen, und plötzlich machte sich Besorgnis in ihm breit. Jemand *hatte* sie beobachtet. Er wählte ihre Nummer und hörte ihre kühle Stimme auf der Ansage der Mailbox.

»Hier ist Daniel. Ruf mich bitte an, sobald du kannst.« Er wollte gerade sein Handy zurück in die Tasche schieben, als ihm noch etwas einfiel. Woolf. Er rief Ed an. »Hast du schon die Nachrichten gesehen?«

»Ja«, sagte Ed düster. »Chase telefoniert sich gerade die Finger wund. Er muss der Obrigkeit erklären, wie Woolf das hingekriegt hat.«

»Und wie hat er?«

»Blackberry. Hat das Foto geknipst und direkt ins Netz gestellt.«

»Verdammt. Den Blackberry habe ich bei der richterlichen Verfügung vergessen. Ich muss Chloe anrufen.«

»Habe ich schon, nur läuft das Gerät nicht auf Woolfs Namen, sondern auf den seiner Frau.«

»Marianne.« Daniel seufzte tief. »Kriegt Chloe das noch schnell hin?«

»Sie hofft es. Hey, hast du die Beweise aus dem Tremaine-Fall eingesehen?«

Daniel schnaubte angewidert. »Von wegen. Die Asservatenkammer hat die Überschwemmung nicht überstanden, und die Akte selbst ist jämmerlich mager. Das Einzige, was ich weiß, ist, dass es keinen Schlüssel gegeben hat. Der ist neu.«

»Die beiden Schlüssel passen übrigens zueinander«, sagte Ed. »Aber wen überrascht das? Hast du schon mit dem Rektor der Middle School gesprochen?«

»Ja, auf dem Weg vom Fundort der Leiche zur Polizei. Man hat mir gesagt, dass Janet einen Mini-Van gemietet hat, um mit den Kindern zu Fun-N-Sun zu fahren. Ich habe die Eltern angerufen, und die sagten mir, Janet habe die Kinder um Viertel nach sieben abgeliefert. Leigh sucht über die Kreditkarte nach der Autovermietung. Falls jemand fragt, ich bin unterwegs zum Leichenschauhaus. Ich ruf dich später an.«

Atlanta, Dienstag, 30. Januar, 12.55 Uhr

Alex warf einen letzten Blick auf das Foto der lächelnden Bailey, bevor sie es in ihre Tasche steckte. Sie war höllisch schwer. Meredith hatte missbilligend beobachtet, wie sie die Pistole aus der Kassette genommen und in die Tasche gesteckt hatte, aber Alex dachte nicht daran, ein Risiko einzugehen. Sie richtete den Schulterriemen und sah Baileys Chef in die Augen.

»Danke, Desmond. Für alles.«

»Ich fühle mich so hilflos. Bailey ist jetzt schon drei Jahre bei uns, und eigentlich gehört sie zur Familie. Wir möchten unbedingt etwas tun.«

Alex spielte mit dem gelben Band, das man über Baileys Frisierstation in dem teuren Salon in Atlanta gespannt hatte. »Sie haben bereits viel getan.« Sie deutete auf das Flugblatt, das Desmond und seine Mitarbeiter verteilt hatten. Sie hatte Dutzende davon gesehen, als sie durch das Underground, das riesige unterirdische Einkaufszentrum Atlantas, gegangen war. Auf dem Blatt war ein Foto von Bailey zu sehen. Der Text bot jedem, der etwas über ihren Verbleib sagen konnte, eine Belohnung an. »Ich wünschte bloß, dass die Leute in ihrer Heimatstadt nur halb so engagiert wären wie Sie.«

Desmonds Miene wurde finster. »Die werden sie immer an den Fehlern ihrer Vergangenheit messen. Ich habe sie angefleht, nach Atlanta zu ziehen, aber sie wollte nicht.«

»Sie ist jeden Tag gependelt?« Die Fahrt dauerte jeweils eine Stunde.

»Bis auf Samstag.« Er zeigte auf einen leeren Platz. »Sissy und Bailey waren befreundet. Samstag hat Sissys Tochter auf Hope aufgepasst, während Bailey im Salon war, danach haben sie immer bei Sissy übernachtet. Bailey hat sonntags ehrenamtlich in einer Obdachlosenunterkunft gearbeitet. Das war ihr extrem wichtig.«

»Hätte ich bloß gestern schon mit Ihnen gesprochen. Ich habe ewig gebraucht, bis ich das Obdachlosenheim gefunden habe.«

Desmonds Augen weiteten sich. »Sie waren da?«

»Gestern Abend. Die Leute dort schienen sehr angetan von Bailey.«

»Das ist jeder.« Er kniff die Augen zusammen. »Bis auf die Leute aus diesem Kaff. Wenn Sie mich fragen, sollte man das Volk da mal ganz genau unter die Lupe nehmen.«

Alex konnte ihm nur zustimmen. »Kann ich mit Sissy reden?«

»Sie hat heute frei, aber ich suche Ihnen gerne ihre Telefonnummer raus. Geben Sie mir Ihr Parkticket. Ich entwerte es.«

Alex kramte die Parkkarte aus ihrer Tasche und erwischte ihr Handy. Das Display blinkte. »Seltsam. Ich habe eine Nachricht bekommen, aber ich habe gar kein Signal gehört.«

»Der Empfang hier unten ist manchmal großartig und manchmal eine Todeszone.« Er verzog augenblicklich das Gesicht. »Verzeihen Sie. Das war taktlos.«

»Schon gut. Wir müssen daran glauben, dass wir sie finden.« Desmond ging mit gesenktem Kopf davon, und Alex ließ sich die Nummer auf ihrem Handy anzeigen. Daniel hatte viermal angerufen.

Sofort beschleunigte sich ihr Herzschlag. *Beruhige dich. Er wollte bestimmt nur hören, ob alles in Ordnung ist.* Aber was, wenn er sich geirrt hatte? Wenn die Frau, die man heute Morgen gefunden hatte, doch Bailey war? Sie folgte Desmond zur Empfangstheke, nahm ihr Parkticket und schüttelte seine Hand. »Ich muss jetzt gehen. Vielen Dank für alles«, rief sie, als sie die Treppe hinauf zur Straße lief und den Parkwächter suchte.

Atlanta, Dienstag, 30. Januar, 13.00 Uhr

»Ein einzelnes Haar, lang und braun.« Felicity Berg hielt eine kleine Plastiktüte hoch, in der das Haar aufgerollt wie ein dünnes Lasso zu sehen war. »Er wollte garantiert, dass wir es finden.«

Daniel ging in die Hocke, um sich den Zeh des Opfers anzusehen. »Er hat also erst das Haar um den Zeh gewickelt, dann den Schlüssel darüber festgebunden.« Er stand auf und schloss kurz die Augen. Die Kopfschmerzen wurden immer stärker. »Also muss es wichtig sein. Männlich oder weiblich?«

»Eher weiblich. Und er war so ausgesprochen freundlich, uns ein Haar mitsamt Follikel zu überlassen, sodass wir mit der DNS-Bestimmung auch wirklich keine Probleme haben werden.«

»Kann ich es mal sehen?« Er hielt die Tüte gegen das Licht. »Schwierig, bei nur einem Haar die Farbe festzulegen.«

»Ed kann Ihnen ein Muster der entsprechenden Farbe geben.«

»Was können Sie mir sonst noch über die Frau sagen?«

»Anfang zwanzig. Recht frische Maniküre. Baumwollfasern an den Innenseiten der Wangen und Spuren von sexueller Nötigung. Wir testen ihr Blut auf Rohypnol. Ich hab's dringend gemacht. Kommen Sie, schauen Sie sich das einmal an.« Sie drehte die Lampe so, dass das Licht die Kehle der Frau beleuchtete. »Sehen Sie die runden Male am Hals? Sie sind schwach, aber erkennbar.«

Er nahm die Lupe, die sie ihm reichte. »Perlen?«

»Große. Erwürgt hat er sie nicht damit, dann wären die Male deutlicher gewesen. Ich denke, er hat daran gezogen, um ihr Angst zu machen. Und sehen Sie das? Die kleine Kerbe?«

»Er hat ihr ein Messer an den Hals gehalten.«

Felicity nickte. »Und noch etwas. Sie hatte *Forevermore* aufgelegt. Ein Parfum«, fügte sie hinzu, als Daniel fragend die Brauen zusammenzog. »Höllisch teuer.«

Daniel riss die Augen auf. »Und woher wissen Sie das?«

»Ich kenne den Duft, weil meine Mutter ihn trägt. Und ich kenne den Preis, weil ich mich vor ihrem letzten Geburtstag danach erkundigt habe.«

»Haben Sie es Ihrer Mutter geschenkt?«

»Nein. Das lag außerhalb meines Budgets.« Kleine Fältchen erschienen um ihre Augen, und Daniel wusste, dass sie unter der Maske lächelte. »Stattdessen hat sie ein Waffeleisen bekommen.«

Jetzt lächelte auch Daniel. »Das ist doch auch viel nützlicher.« Er gab ihr die Lupe zurück und richtete sich auf. »Perlen und Parfum. Entweder ist diese Frau wohlhabend, oder sie bekommt Geschenke von jemandem, der es ist.«

Sein Handy summte, und ein Blick auf das Display jagte seinen Puls in die Höhe.

Alex reichte dem Parkwächter ihre Karte, als es an ihrem Ohr klingelte. Die Wahlwiederholung hatte Daniel erreicht.

»Vartanian.«

»Daniel, ich bin's, Alex.«

»Entschuldigen Sie«, hörte sie ihn sagen. »Ich muss es annehmen.« Ein paar Sekunden später war er wieder dran. Und wütend. »Wo bist du gewesen?«, fauchte er. »Ich habe dreimal angerufen.«

»Viermal sogar«, sagte Alex. »Ich war bei dem Besitzer des Friseursalons, in dem Bailey arbeitet. Im Underground. Sie haben Flyer mit Baileys Bild verteilt und bieten eine Belohnung an.«

»Wow. Das nennt man Eigeninitiative«, sagte er, etwas besänftigt. »Tut mir leid. Ich habe mir Sorgen gemacht.«

»Warum? Ist etwas passiert?«

»Eigentlich nicht.« Er senkte die Stimme. »Nur dass wir … beobachtet worden sind. Gestern Nacht.«

»Was?« Alex verließ den Gehweg. »Das ist ja –«

Weiter kam sie nicht. Sie hörte das Quietschen von Reifen und einen lauten Ruf. Dann Schreie und ihr eigenes Grunzen, als jemand sie von hinten rammte und auf den Bürgersteig stieß. Sie schlug auf dem Beton auf und schrammte auf Händen und Knien über den Boden.

Die Zeit schien stehengeblieben, als sie, noch immer auf Händen und Knien, den Kopf hob. Gedämpfte Geräusche, Stimmen und das Gesicht eines Fremden in ihrem Blickfeld. Seine Lippen bewegten sich, und sie blinzelte, während sie versuchte, ihn zu verstehen. Leute packten ihre Arme und halfen ihr auf. Jemand reichte ihr ihre Umhängetasche.

Betäubt blickte sich Alex um und sah, wie der Parkwächter mit leichenblassem Gesicht aus ihrem Mietwagen sprang. »Was ist passiert?«, fragte Alex, und ihre Stimme klang schrill. Dann gaben ihre Knie nach. »Ich muss mich setzen.«

Die Hände, die sie stützten, führten sie zu einem großen Blumentopf aus Zement, und sie ließ sich behutsam auf der Kante nieder. Ein neues

145

Gesicht erschien vor ihren Augen. Es wirkte ruhig. Und trug eine Polizeimütze. »Geht es Ihnen gut? Sollen wir einen Krankenwagen rufen?«

»Nein.« Alex schüttelte den Kopf und zuckte zusammen. »Ich bin nur ein bisschen durcheinander.«

»Ich weiß nicht.« Das erste Männergesicht, das sie gesehen hatte, erschien über dem des Cops, als hätte man sie gestapelt. »Sie ist böse gestürzt.«

»Ich bin Krankenschwester«, sagte Alex. »Ich brauche keine Ambulanz.« Sie betrachtete ihre aufgescheuerten Handflächen und verzog das Gesicht. »Nur ein wenig Erste Hilfe.«

»Was ist passiert?«, wollte der Polizist wissen.

»Sie wollte gerade auf die Straße treten, um zu ihrem Wagen zu gehen, als ein anderes Auto mit Vollgas um die Ecke geschossen kam«, erklärte der erste Mann. »Ich habe sie aus dem Weg gestoßen. Ich hoffe, ich habe Ihnen nicht zu sehr weh getan«, fügte er bedauernd hinzu.

Alex lächelte ihm zu, obwohl ihr schwindelig war. »Nein. Sie haben mir das Leben gerettet. Danke.«

Sie haben mir das Leben gerettet. Die Wirklichkeit brach mit Wucht über sie herein und mit ihr eine Welle der Übelkeit. Jemand hatte versucht, sie umzubringen. *Daniel.* Sie hatte mit Daniel telefoniert. Er hatte gesagt, sie wären gestern Nacht beobachtet worden.

Sie holte tief Luft. »Mein Handy? Wo ist mein Handy?«

»Alex?« Daniel brüllte ins Telefon, aber da war nichts als Stille. Die Leitung war tot. Er wandte sich an Felicity, die ihn beobachtete. Ihre Augen waren unter der Schutzbrille kaum zu erkennen.

»Was ist los?«, fragte sie.

»Sie hat mit mir gesprochen, und plötzlich hörte ich Schreie und quietschende Reifen. Dann nichts mehr. Ich muss Ihr Telefon benutzen.« Eine Minute später sprach er mit der Zentrale des Atlanta PD. »Sie kam gerade aus dem Underground«, sagte er, bemüht ruhig. »Ihr Name ist Alex Fallon. Ungefähr eins siebzig, schlank, braunes Haar.«

»Wir überprüfen das sofort, Agent Vartanian.«

»Danke.« Daniel wandte sich wieder Felicity zu.

»Setzen Sie sich«, sagte sie ruhig. »Sie sind ganz blass geworden.«

Er gehorchte. Zwang sich zum Atmen. Zum Denken. Dann summte das Handy in seiner Hand. Alex' Nummer. Hastig drückte er auf Annehmen. »Vartanian.«

»Daniel. Alex hier.«

Ihre kühle Stimme. Sie hatte Angst. »Was ist passiert?«

»Mit mir ist alles okay. Aber … Daniel, jemand wollte mich überfahren.«

Sein Herz begann wieder zu rasen. »Bist du verletzt?«

»Nur ein paar Schrammen. Vor mir steht ein Polizist. Er will dich sprechen. Bleib dran.«

»Officer Jones, APD. Mit wem spreche ich?«

»Special Agent Daniel Vartanian, GBI. Ist sie verletzt?«

»Nicht weiter schlimm. Sie ist ein wenig desorientiert, meint aber, sie sei Krankenschwester und bräuchte keine Ambulanz. Ist sie in eine laufende Ermittlung verwickelt?«

»Jetzt ja.« Zu spät erinnerte sich Daniel an Alex' Umhängetasche. Er hätte einen stattlichen Betrag gewettet, dass sie die Pistole dabeihatte. Wenn sie damit auch nur einen Fuß in die Polizeistation setzte, würde sie wegen verdeckten Tragens einer Waffe verhaftet werden. »Aber sie ist nicht verdächtig, also müssen Sie sie nicht mitnehmen. Wo befinden Sie sich?«

»Am Parkplatz. Kommen Sie, oder schicken Sie jemanden?«

Jemanden schicken? Ganz sicher nicht. »Ich komme selbst. Würden Sie bei ihr warten, bis ich eintreffe?«

»Ja. Mein Partner ist dem Wagen, der sie umfahren wollte, hinterhergelaufen, aber abgehängt worden. Wir nehmen die Aussagen der Zeugen auf. Sobald wir eine Beschreibung des Autos haben, geben wir eine Fahndungsmeldung raus.«

»Danke.« Daniel klappte das Handy zu. »Ich muss weg, Felicity.« Er gab ihr das Tütchen mit dem Haar, das der Täter an der Leiche hinterlassen hatte. »Können Sie das Ed zukommen lassen? Ich bräuchte eine Farbbestimmung.«

Felicity nickte. In ihren Augen war noch immer nichts zu lesen, und Daniel hatte plötzlich das unbehagliche Gefühl, dass sie diese Ausdruckslosigkeit sehr viel Kraft kostete. »Sicher. Ich rufe Sie an, wenn ich mehr weiß.«

Dienstag, 30. Januar, 13.15 Uhr

»Weißt du, Bailey, du fängst an, mir wirklich auf die Nerven zu gehen.«

Bailey versuchte, durch den Dunst aus Schmerz und Angst etwas zu

147

erkennen. Er stand über ihr und atmete schwer. Diesmal hatte er ihr ein paar Rippen gebrochen, und sie war nicht sicher, wie viele Tritte sie noch einstecken konnte, bevor sie das Bewusstsein verlor.

»Tja, wie schade«, presste sie hervor. Es hätte beißend und stark klingen sollen, war aber nur ein jämmerliches Krächzen.

»Wirst du jetzt in diese hübsche kleine Maschine sprechen oder nicht?« Sie warf einen angewiderten Blick auf das Aufnahmegerät. »Nein.«

Nun lächelte er. Sein Kobralächeln. Zuerst hatte es ihr entsetzliche Angst gemacht. Nun war sie darüber hinaus. Was wollte er ihr noch antun? *Er kann mich töten.* Wenigstens hatte sie dann keine Schmerzen mehr.

»Dann, Bailey-Liebes, lässt du mir keine Wahl. Du willst mir nicht sagen, was ich hören will, und du willst auch nicht aufsagen, was ich aufnehmen will. Dann muss ich wohl zu Plan B übergehen.«

Jetzt ist es so weit. Er bringt mich um.

»Oh, ich werde dich keinesfalls töten«, sagte er amüsiert. »Obwohl du es dir wahrscheinlich wünschst.« Er drehte sich um, um etwas aus einer Schublade zu holen, und als er sich wieder zu ihr umwandte …

»Nein.« Baileys Inneres erstarrte zu Eis. »Nicht das.«

Er lächelte nur. »Dann sprich in das Gerät oder …« Er tippte die Spritze an und drückte sie so weit hinein, dass ein paar Tropfen aus der Nadel drangen. »Das ist richtig gutes Zeug, Bailey. Du wirst Spaß haben.«

Ein Schluchzen entrang sich ihrer ausgetrockneten Kehle. »Bitte nicht.«

Er seufzte theatralisch. »Also, Plan B. Einmal Junkie, immer Junkie.«

Sie kämpfte gegen ihn an, aber der Versuch war genauso jämmerlich wie ihre Stimme. Er hielt sie mühelos am Boden und packte ihren Arm.

Sie versuchte, sich loszumachen, aber selbst fit und gesund hätte sie seiner Kraft nichts entgegenzusetzen gehabt.

Rasch band er den Riemen um ihren Arm und zog ihn mit geübtem Griff fest. Dann fuhr er mit dem Daumen über ihren Unterarm. »Du hast schöne Adern, Bailey«, verspottete er sie. »Eine Freude für jeden Arzt.«

Sie spürte den Stich, den Druck der Spritze und dann … dann hob sie ab. Schwebte davon. »Du Dreckschwein«, krächzte sie. »Du mieses Dreckschwein.«

»Ja, das sagen sie alle. Aber noch ein paar davon, und du wirst mich anflehen, alles tun zu dürfen, was ich dir befehle.«

Atlanta, Dienstag, 30. Januar, 13.30 Uhr

Alex zuckte zusammen, als Desmond ihre Handfläche mit dem Desinfektionsmittel abtupfte. Sie saß noch immer auf dem Rand des Blumentopfs, während er neben ihr auf dem Straßenpflaster kniete. Neuigkeiten sprachen sich unterirdisch offenbar schnell herum. Desmond war im Laufschritt herbeigeeilt. »Das beißt.«

Er sah auf. »Sie sollten in ein Krankenhaus gehen.«

Sie klopfte ihm beruhigend mit den Fingerspitzen auf die Schulter, die einzigen Hautstellen ihrer Hände, die nicht wie Feuer brannten. »Das geht schon, wirklich. Ich bin einfach nur eine wehleidige Patientin.«

»Erst Bailey, und dann das«, murmelte er. Er griff nach der anderen Hand, und sie zuckte wieder zusammen und nahm sich vor, das nächste Mal etwas mehr Mitgefühl aufzubringen, wenn sie in der Notaufnahme Schürfwunden behandelte. Es tat wirklich weh. *Aber es hätte weitaus schlimmer kommen können.*

Desmond holte Verbandszeug aus seiner Erste-Hilfe-Tasche. »Strecken Sie die Hand aus, Handfläche nach oben.« Er legte ein Stück Mull auf und wickelte behutsam den Verband um die Hand.

»Sie hätten Krankenpfleger werden sollen, Desmond.«

Er sah sie, ohne zu lächeln, an. »Das ist ein Alptraum.« Er richtete sich auf und setzte sich neben sie. »Sie könnten jetzt tot sein. Genau wie Bailey.«

»Sie ist nicht tot«, sagte sie ruhig. »Das glaube ich einfach nicht.«

Darauf erwiderte er nichts, sondern saß nur schweigend neben ihr, bis Daniels Wagen am Gehweg anhielt.

Er ist da. Er ist gekommen.

Daniel näherte sich ihr wie in der Nacht zuvor, die Miene beinahe streng, der Blick durchdringend, seine Schritte kräftig und zielstrebig. Sie stand auf, obwohl allein sein Anblick sie so erleichterte, dass ihr schon wieder schwindelig wurde.

Er musterte sie von Kopf bis Fuß, bis sein Blick an ihren bandagierten Händen hängenblieb. Dann zog er sie sanft an sich und drückte ihren Kopf gegen seine Brust, in der sein Herz laut und heftig hämmerte. Er legte seine Wange auf ihren Kopf und schauderte plötzlich, als würden sich alle Sorgen auf einen Schlag lösen.

»Es geht mir gut«, sagte sie und zeigte ihm die Hände mit einem zögernden Lächeln. »Ich bin schon versorgt worden.«

»Ihre Knie sind aber auch aufgeschrammt«, sagte Desmond hinter ihr.

Daniel fixierte ihn mit seinem durchdringenden Blick. »Und Sie sind?«

»Desmond Warriner. Bailey Crightons Chef.«

»Er hat mich verarztet«, fügte Alex hinzu.

»Danke«, sagte Daniel leise.

»Sind Sie auf der Suche nach Bailey?«, fragte Desmond gepresst. »Bitte sagen Sie mir, dass jemand sie sucht.«

»Das tue ich.« Daniel nahm ihre Umhängetasche und legte ihr den anderen Arm um die Taille.

Dann wandte er sich mit ihr zum Wagen um, an dem ein großer schwarzhaariger Mann lehnte, der Alex nachdenklich betrachtete. »Das ist mein Freund, Luke. Er wird deinen Wagen fahren, und du steigst bei mir ein.« Luke nickte ihr höflich zu.

Alex drückte Desmond rasch an sich. »Und noch mal danke.«

»Passen Sie gut auf sich auf«, sagte Desmond und zog eine Karte aus der Tasche. »Sissys Telefonnummer. Baileys Freundin«, fügte er hinzu. »Sie waren weg, bevor ich sie Ihnen noch geben konnte. Ich bin Ihnen nachgelaufen, als ich sah, wie … Rufen Sie mich bitte an, wenn Sie etwas wissen.«

»Bestimmt.« Sie blickte zu Daniel auf, der noch immer sehr ernst wirkte. »Wir können.« Sie ließ sich von ihm in seinen Wagen helfen, hielt ihn aber auf, als er sie anschnallen wollte. »Das kann ich schon noch selbst tun. Wirklich, Daniel, so schlimm ist es nicht.«

Er senkte den Blick, starrte auf ihre Hände. Als er wieder aufsah, war sein Blick nicht mehr streng, sondern ausgehöhlt. »Als du angerufen hast, war ich gerade im Leichenschauhaus. Bei dem zweiten Opfer.«

Ihr tat das Herz für ihn weh. »Es tut mir leid. Du hast dir Sorgen gemacht.«

Ein Mundwinkel hob sich. »Das ist eine glatte Untertreibung.« Er stellte die Tasche zu ihr in den Fußraum. »Bleib hier und versuche, dich ein wenig auszuruhen. Ich komme gleich wieder.«

Daniel trat vom Wagen zurück. Seine Hände zitterten, also schob er sie in die Taschen und wandte sich von ihr ab, bevor er etwas tat, das ihnen beiden peinlich wäre. Luke kam mit einem Schlüsselbund in der Hand auf ihn zu.

»Ich habe die Autoschlüssel schon«, sagte er. »Soll ich anschließend noch bleiben?«

»Nein. Stell den Wagen auf dem Besucherparkplatz ab und leg die Schlüssel auf meinen Schreibtisch. Danke, Luke.«

»Entspann dich. Sie ist okay.« Er betrachtete Alex, die den Kopf zurückgelehnt und die Augen geschlossen hatte. »Sie sieht wirklich aus wie Alicia. Kein Wunder, dass sie dir einen Schock versetzt hat.« Luke zog die Brauen hoch. »Wie mir scheint, versetzt sie dir jetzt Schocks ganz anderer Art. Mama wird sich freuen, das zu hören, obwohl sie sich dann vermutlich wieder ganz mir zuwenden wird.«

Daniel grinste, wie Luke es beabsichtigt hatte. »Geschieht dir recht. Wo ist Jones?«

»Das ist der, der mit dem Parkwächter spricht. Sein Partner heißt Harvey. Er spricht gerade mit dem Mann in dem blauen Hemd, der, wie ich eben mitbekommen habe, Alex aus der Gefahrenzone geschubst hat. Vielleicht hat er ja das Gesicht des Fahrers gesehen. So, ich bin jetzt weg. Wir sehen uns später.«

Von den Officers Harvey und Jones erfuhr Daniel, dass der Wagen ein altes Modell war, eine dunkle Limousine, wahrscheinlich ein Ford Taurus mit einem Nummernschild aus South Carolina. Der Fahrer war ein junger schwarzer Mann gewesen, dünn, bärtig. Er hatte mindestens eine Stunde an der Ecke gestanden, behaupteten Zeugen, denen der Wagen aufgefallen war. Aus dieser Position hatte der Fahrer problemlos darauf warten können, dass Alex aus dem Underground auftauchte.

Vor allem dieser letzte Informationsbrocken hatte Daniel wütend gemacht. Dieser Mistkerl hatte auf sie gewartet, dann angegriffen. Wäre der Mann mit den hervorragend funktionierenden Reflexen nicht gewesen, hätte Alex jetzt tot sein können. Daniel dachte an die zwei Opfer und die vermisste Bailey. Alex würde nicht die Nächste sein. Er würde auf sie aufpassen.

Warum?, hatte sie ihn gestern Nacht gefragt. Gestern Nacht hatte er keine Antwort darauf gehabt. Aber heute wusste er es. *Weil sie zu mir gehört*. Es war eine Reaktion, die wahrscheinlich menschlichen Urinstinkten entsprang oder, nun ja … in seinem Fall vielleicht auch pubertären Wünschen, aber es war ihm egal. *Im Augenblick gehört sie zu mir. Wir werden sehen, wie es weitergeht.*

Er dankte den Officers und dem Mann, der Alex aus dem Weg gestoßen hatte, dann stieg er in den Wagen und fuhr fünf Blocks weiter, wo er am Straßenrand hielt, sich zu ihr beugte und sie mit all den Gefühlen küsste, die er hatte zurückhalten müssen.

151

Als er sich von ihr löste, seufzte sie.

»Du kannst das gut«, murmelte sie.

»Du auch.« Und dann küsste er sie wieder, länger und inniger. Als er sich erneut losmachte, drehte sie den Kopf, um ihn anzusehen, und er erkannte Begierde und Angst in ihrem Blick.

»Was willst du von mir, Daniel?«

Alles, wollte er sagen, aber weil sie gestern Nacht seine Motive angezweifelt hatte, tat er es nicht. Stattdessen strich er mit dem Daumen über ihre Unterlippe und spürte sie beben. »Ich weiß nicht. Aber nichts, was du nicht selbst und … nur allzu gerne geben willst.«

Ihr Lächeln war traurig. »Ich verstehe«, war alles, was sie sagte.

»Ich bringe dich zu meinem Büro. Ich habe um halb drei eine Pressekonferenz, aber danach kann ich mir freinehmen und dich zu deinem Haus zurückfahren.«

»Ich finde es unerträglich, dass du das für nötig hältst.«

»Sei still, Alex.« Er sagte es sanft, um den Worten die Schärfe zu nehmen. »Ich weiß nicht, wie du mit dieser Geschichte zusammenhängst, aber jeder Instinkt in mir schreit, dass du es tust.«

Sie fuhr kaum merklich zusammen. »Was ist?«, fragte er. »Alex?«

Sie seufzte. »In meinen Träumen höre ich Schreie. Und wenn ich angespannt bin – wie eben –, höre ich sie auch.« Sie sah ihn müde an. »Jetzt glaubst du wahrscheinlich, ich bin verrückt.«

»Unfug. Du bist nicht verrückt. Im Übrigen waren einige der Schreie eben absolut real. Ich habe sie auch gehört, kurz bevor die Verbindung abbrach.«

»Danke.« Sie lächelte selbstironisch. »Das musste ich wirklich auch mal hören.«

Letzte Nacht hatte sie schlecht geträumt, hatte sie gesagt. »Was tust du, wenn du die Schreie hörst?«

Sie hob die Schultern und sah weg. »Ich konzentriere mich, damit sie aufhören.«

Er dachte an das, was sie dem Mädchen in dem Obdachlosenasyl gesagt hatte. »Du steckst sie in einen Schrank?«

»Ja«, flüsterte sie verlegen.

Er nahm ihr Gesicht zwischen seine Hände. »Das muss eine Menge mentale Energie kosten. Du musst doch völlig ausgelaugt sein.«

»Du machst dir kein Bild.« Ihre Stimme wurde kühl. »Wir sollten weiterfahren. Du hast einen Job, und ich kann mir auch nicht leisten, hier zu sitzen und mich selbst zu bemitleiden.« Sie hob ihr Kinn und löste den Kontakt zu seiner Hand. »Bitte.«

Sie hatte Todesangst. Und das war kein Wunder, denn schließlich hatte gerade jemand versucht, sie umzubringen. Allein der Gedanke verursachte ihm ein scharfes Brennen im Bauch. Er würde ihr nicht mehr erlauben, allein durch die Gegend zu fahren, aber es würde ihr nicht gefallen. Nun, das musste er später mit ihr besprechen. Im Augenblick wirkte sie, als stünde sie kurz vor einem Zusammenbruch, selbst wenn sie ihr Kinn vorreckte wie ein Preisboxer, der seinem nächsten Kampf entgegensah.

Daniel legte den Gang ein und fuhr los.

9. Kapitel

Atlanta, Dienstag, 30. Januar, 14.15 Uhr

ER HATTE DIE UMHÄNGETASCHE in seinem Kofferraum eingeschlossen und ihre Schlüssel genommen. Alex rutschte unruhig auf ihrem Stuhl im Wartezimmer des GBI hin und her. Weil sie wusste, dass er sie nur beschützen wollte, versuchte sie, über diese Form von Bevormundung nicht allzu verärgert zu sein, aber sie war sich bewusst, dass die Minuten verstrichen.

Meredith würde bald abreisen, und Alex war noch immer weder beim Kindergarten noch bei Baileys Freundin Sissy gewesen. Morgen hatte sie keine Möglichkeit mehr, nach Bailey zu suchen. Nicht, dass sie bisher wenigstens einen Anhaltspunkt gefunden hätte. Alles, was sie wusste, war, dass die Leute hier in Atlanta Bailey gut leiden konnten. Die Leute in Dutton nicht. Und die letzte Person, die sie gesehen hatte, war Hope, und die sprach kein einziges Wort.

Der letzte Ort, an dem man Bailey gesehen hatte, war ihr altes Haus gewesen. *Du musst dorthin, Alex. Unbedingt. Es ist unverzeihlich, dass du es noch nicht getan hast.*

Dennoch. Jemand hatte heute versucht, sie umzubringen, und sie würde Daniels Warnung, nicht allein zum Haus der Crightons zu gehen, nicht in den Wind schlagen. *Ich bin ein neurotischer Feigling, aber dumm bin ich nicht.*

Wohl aber spät dran. »Entschuldigen Sie«, rief sie Leigh zu, der Empfangsdame und Sekretärin. »Wissen Sie, wie lange Agent Vartanian noch brauchen wird? Er hat die Schlüssel zu meinem Mietwagen.«

»Leider nein. Drei Leute haben auf ihn gewartet, als er zurückkam, und um halb drei findet die Pressekonferenz statt. Kann ich Ihnen etwas zu trinken bringen? Ein Wasser?«

Als die Frau von Lebensmitteln sprach, begann Alex' Magen zu knurren. Ihr fiel ein, dass sie seit heute Morgen nichts gegessen hatte. »Ich würde gerne etwas essen. Gibt es hier eine Cafeteria?«

»Ja, aber die hat leider schon geschlossen. Ich hätte hier Cracker und Wasser für Sie, wenn Sie erst einmal damit auskommen können.«

Alex hätte beinahe Nein gesagt, aber das aggressive Knurren ihres Magens überredete sie. »Das ist sehr nett.«

Leigh schob ihr mit einem Lächeln Schachtel und Flasche über die Theke. »Sie dürfen nur niemandem sagen, dass Sie hier bei Brot und Wasser geschmachtet haben.«

Alex erwiderte das Lächeln. »Ich verspreche es.«

Die Tür hinter ihr öffnete sich, und ein großer, schlanker Mann mit Drahtgestell-Brille ging, ohne anzuhalten, auf die Büros zu. »Ist Daniel schon wieder da?«

»Ja, aber … Ed, stopp. Er ist bei Chase mit« – sie warf Alex über die Schulter einen Blick zu – »ein paar anderen Leuten. Warte bitte einen Moment.«

»Das kann nicht warten. Ich …« Seine Stimme verebbte. »Sie sind Alex Fallon«, sagte er dann. Sein Tonfall war seltsam.

Alex kam sich plötzlich vor wie eine Kuriosität. Sie nickte.

»Ich bin Ed Randall. Ich gehöre zur Spurensicherung.« Er streckte den Arm über die Theke, um ihr die Hand zu schütteln, und bemerkte ihre Verbände. »Hatten Sie einen Unfall?«

»Miss Fallon ist eben beinahe überfahren worden«, sagte Leigh leise, und Ed Randalls Miene veränderte sich abrupt.

»Mein Gott. Aber Sie sind unverletzt? Abgesehen von den Händen, meine ich?«

»Ja. Ein Mann mit gutem Reaktionsvermögen hat mich aus dem Weg geschubst.«

Leigh drehte den Flaschenverschluss für Alex auf. »Ed, sie sind bestimmt gleich fertig. In weniger als zwanzig Minuten findet die Pressekonferenz statt. Ich würde an deiner Stelle wirklich warten.«

Alex nahm die Cracker und die Flasche mit zu ihrem Platz und ließ die beiden flüstern.

Sie hatte den Mann, der auf Daniel gewartet hatte, als sie hereingekommen waren, nicht gekannt. Er war ungeduldig im Warteraum auf und ab gegangen und hatte sich förmlich auf Daniel gestürzt und nach »Antworten« verlangt.

Hinter der Theke öffnete sich eine Tür, und Daniel und sein Chef traten mit dem ungeduldigen Mann und zwei anderen heraus. Der Ungeduldige war aschfahl im Gesicht. Seine »Antworten« waren offensichtlich nicht so gewesen, wie er sie sich gewünscht hätte.

»Es tut mir sehr leid, Sir«, sagte Daniel. »Wir rufen Sie an, sobald wir

Neues wissen. Mir ist klar, dass es Ihnen im Augenblick nicht hilft, aber wir tun alles, was wir können.«

»Danke. Wann kann ich sie …« Seine Stimme brach, und Alex stiegen plötzlich Tränen in die Augen, als eine Woge von Mitgefühl über sie hereinbrach.

»Wir geben den Leichnam so schnell wie möglich frei«, sagte Daniels Chef freundlich. »Mein Beileid, Mr. Barnes.«

Mr. Barnes ging auf die Tür zu, als er plötzlich wie angewurzelt stehen blieb und Alex anstarrte. Auch der letzte Rest Farbe wich nun aus seinem Gesicht. »Sie«, murmelte er, kaum hörbar.

Alex warf Daniel aus dem Augenwinkel einen Blick zu. Sie hatte keine Ahnung, was sie sagen sollte.

»Mr. Barnes.« Daniel trat vor. »Was ist?«

»Ihr Bild. Gestern in den Zeitungen. Claudia hat es gesehen.«

Alicia. Alle Zeitungen hatten die offensichtliche Verbindung zu dem alten Fall aufgegriffen und in den Nachrichten gebracht. *Dieser Mann hat Alicias Bild gesehen, nicht meines.* Alex spürte, wie ihr die Knie weich wurden, und öffnete den Mund, wusste aber immer noch nicht, was sie sagen sollte.

»Hat Ihre Frau etwas zu dem Bild gesagt?«, fragte Daniels Chef.

»Sie kannte das Mädchen … konnte sich an die Sache erinnern. Claudia war damals noch klein, aber sie wusste es noch. Sie hat Angst gehabt. Sie wollte am liebsten zu Hause bleiben, aber sie musste doch zu dieser verdammten Party. Wäre ich doch bloß mit ihr gegangen! Wäre ich nur bei ihr gewesen!« Barnes richtete seinen Blick wieder auf Alex. Plötzlich stand nacktes Entsetzen darin. »Sie sind doch tot. Wer sind Sie?«

Alex hob das Kinn. »Das Bild in den Zeitungen war das meiner Schwester Alicia.« Ihre Lippen zitterten, aber sie presste sie zusammen. »Ihre Frau hat meine Schwester gekannt? War sie aus Dutton?«

Der Mann nickte. »Ja. Ihr Mädchenname war Silva.«

Unwillkürlich hob Alex ihre bandagierte Hand an den Mund. »Claudia Silva?«

»Kanntest du sie?«, fragte Daniel sanft.

»Ja. Ich war Babysitter bei ihr. Bei ihr und ihrer kleinen Schwester.« Sie schloss die Augen und konzentrierte sich darauf, die Schreie zum Verstummen zu bringen, die in ihrem Kopf gellten. *Ich verliere den Verstand.* Sie öffnete die Augen und sah den Mann an, dessen Kummer sie beinahe schmecken konnte. »Es tut mir so leid für Sie.«

Er nickte und wandte sich an Daniels Chef. »Ich will, dass Sie jeden verfügbaren Mann für diesen Fall einsetzen, Wharton. Ich kenne Leute …«

»Rafe«, sagte einer der anderen Männer. »Lass ihn seinen Job machen.« Sie nahmen Barnes in die Mitte und verließen den Raum.

Alex begegnete Daniels Blick. »Zwei Frauen aus Dutton sind tot, und Bailey wird immer noch vermisst«, sagte sie heiser. »Was zum Teufel ist hier eigentlich los?«

»Ich weiß es nicht«, sagte Daniel ernst. »Aber wir werden es herausfinden, das schwöre ich.«

Ed Randall räusperte sich. »Daniel, ich muss mit dir reden. Jetzt.«

Daniel nickte. »Okay. Nur noch einen kleinen Moment, Alex, dann bringe ich dich nach Hause.«

Die Männer kehrten in eines der Büros zurück und ließen Leigh und Alex allein zurück. Alex ließ sich wieder auf ihrem Platz nieder. »Irgendwie fühle ich mich … verantwortlich.«

»Beteiligt«, korrigierte Leigh sie. »Nicht verantwortlich. Auch Sie sind in dieser Sache ein Opfer, Miss Fallon. Vielleicht sollten Sie darüber nachdenken, Personenschutz zu beantragen.«

Alex dachte an Hope. »Ja, das werde ich.« Und dann fiel ihr Meredith ein. Sie hatte sich schon eine Weile nicht mehr bei ihrer Cousine gemeldet. Wahrscheinlich würde sie toben, wenn sie erfuhr, wie knapp Alex heute einer Einlieferung ins Krankenhaus entgangen war. »Ich muss mal eben telefonieren. Ich gehe in den Flur.«

Ed lehnte sich an Daniels Tischkante. »Vielleicht haben wir eine heiße Spur. Über die Decken.«

Daniel wühlte in seiner Schublade nach Aspirin. »Und?«

»Sie sind in einem Sportgeschäft nur drei Blocks von hier entfernt gekauft worden.«

»Direkt vor unserer Nase also«, bemerkte Daniel. »Absicht?«

»Können wir zumindest nicht ausschließen«, sagte Chase. »Gibt es Sicherheitskameras?«

Ed nickte. »Jep. Gekauft wurden die Decken von einem Jungen, höchstens achtzehn. Weiß, nicht besonders groß. Hat direkt in die Kamera geblickt, damit wir sein Gesicht auch wirklich sehen. Hat bar gezahlt. Der Verkäufer konnte sich gut daran erinnern, weil es verdammt viel Bargeld war.«

Daniel schluckte trocken zwei Aspirin. »Na ja, natürlich hat er bar be-

157

zahlt.« Er warf die Packung in die Schublade zurück. »Ich mag gar nicht fragen. Wie viele Decken hat er gekauft?«

»Zehn.«

Chase stieß geräuschvoll den Atem aus. »Zehn?«

In Daniels Kehle stieg bittere Galle auf. »Wir müssen sein Foto rausgeben.«

»Schon passiert«, sagte Ed. »Aber der Junge sah nicht so aus, als hätte er irgendetwas zu verbergen. Er ist bestimmt nur angeheuert worden, um die Decken zu kaufen.«

»Aber er wird uns wenigstens sagen können, wer ihn angeheuert hat«, sagte Chase gepresst. »War's das? Wir haben in fünf Minuten eine Pressekonferenz.«

»Nein. Noch etwas.« Ed legte die kleine Klarsichttüte mit dem einzelnen Haar auf den Tisch. »Das ist das Haar, das an dem Opfer von heute entdeckt wurde.«

»Claudia Barnes«, sagte Chase.

»Es gehört nicht zu ihr.«

»Das wussten wir schon«, sagte Daniel. »Claudia war blond. Dieses ist braun.«

»Ich habe es durch ein Kolorimeter geschickt.« Aus einer Papiertüte nahm Ed einen falschen Pferdeschwanz, der zu einer Schlaufe zusammengefasst war. »Das ist die Farbe, die am ehesten dazu passt.«

Daniel nahm das Muster in die Hand. Die Ähnlichkeit fiel ihm sofort auf. Karamellfarben. Wie Alex' Haare. »Shit.«

»Ich schwöre bei Gott, Daniel, als ich sie eben da draußen sah, dachte ich, mich trifft der Schlag. Falls der Täter nicht hundertprozentig dieselbe Farbe getroffen hat, dann war er verdammt nah dran.«

Daniel reichte das Muster an Chase weiter. In seinem Magen hatte sich ein Klumpen gebildet. »Er spielt mit uns.« *Und mit Alex.*

Chase hielt das einzelne Haar ins Licht. »Ist es möglich, dass es ein falsches Haar ist? So etwas kann man doch kaufen, nicht wahr?«

»Nein, das Ding ist definitiv echt und menschlich«, sagte Ed. »Und alt.«

Daniels Nackenhaare stellten sich auf. »Wie alt?«

»Einer der Jungs im Labor ist Haarexperte. Er meint, mindestens fünf Jahre. Vielleicht zehn.«

»Oder dreizehn?«, fragte Daniel.

Ed hob die Schultern. »Kann sein. Ich kann es testen, aber dann bleibt nicht mehr viel für die DNS.«

»Dann machen Sie erst den DNS-Test«, sagte Chase grimmig. »Daniel, bitten Sie Alex, uns ein paar Haare zu überlassen.«

»Aber ich werde ihr eine Erklärung geben müssen.«

»Dann tun Sie das. Erzählen Sie ihr, was Sie wollen, nur nicht die Wahrheit.«

Daniel zog die Brauen zusammen. »Chase, sie ist nicht verdächtig.«

»Nein, aber in diesen Fall verwickelt. Wenn die Proben zusammenpassen, können Sie es ihr sagen. Wenn nicht, muss man ihr auch keine Angst machen.«

Das zumindest ergab Sinn. »Also gut.«

Chase richtete seine Krawatte. »Los jetzt – Showtime. Ich beantworte die Fragen.«

»Moment mal«, protestierte Daniel. »Ich leite die Ermittlung. Ich kann die Fragen selbst beantworten.«

»Das weiß ich, aber denken Sie bitte daran, was ich zu der gleichzeitigen Nennung von ›Vartanian‹ und ›Dutton‹ in ein und demselben Satz gesagt habe. Meine Vorgesetzten wollen, dass ich das übernehme. Sonst bleibt alles, wie es ist.«

»Na gut«, brummte Daniel und blieb stehen, als er an Leighs Theke vorbeikam. Alex war fort. »Wo ist sie?« Er schob die Hand in die Tasche. Ihre Autoschlüssel waren noch da. Sie konnte ein Taxi genommen haben, aber so dumm würde sie doch nicht sein. Falls …

»Entspann dich, Danny«, sagte Leigh. »Sie ist draußen im Flur und telefoniert.«

Daniel spürte, wie sich sein Nacken leicht entspannte. »Danke.«

»Daniel.« Chase hielt die Tür auf. »Kommen Sie schon.«

Daniel konnte sie am Ende des Flurs stehen sehen, als er, Chase und Ed in die andere Richtung davongingen. Sie hatte das Handy am Ohr, stand leicht vornübergebeugt da und hatte einen Arm um den Oberkörper geschlungen. Und mit einem Mal begriff Daniel, dass sie weinte.

Er blieb stehen. Auf seiner Brust lag plötzlich ein enormer Druck. Trotz allem, was in den vergangenen beiden Tagen passiert war, hatte sie kein einziges Mal geweint. Zumindest hatte er es nicht gesehen.

»Daniel.« Chase packte ihn an der Schulter. »Wir sind spät dran. Kommen Sie. Ich brauche Sie klar im Kopf. Sie können später mit ihr reden. Sie kann nicht verschwinden, solange Sie ihre Schlüssel haben.«

Ed warf ihm einen Blick zu, der eine Mischung aus Überraschung und Mitgefühl verriet, und Daniel begriff, dass man offensichtlich in seinem Gesicht lesen konnte. Er bemühte sich um eine ausdruckslose Miene und wandte sich ab. Aber es fiel ihm schwer.

Er würde seinen Job tun. Er würde diesen Killer, der sie mit falschen Fährten und Schlüsseln verspottete, finden. Er würde dafür sorgen, dass nicht noch mehr Frauen tot in Gräben gefunden wurden. Er würde Alex beschützen.

Atlanta, Dienstag, 30. Januar, 14.30 Uhr

»Es tut mir sehr leid, Miss Fallon«, sagte Nancy Barker. Die Sozialarbeiterin klang beinahe so unglücklich, wie sich Alex fühlte. »Mehr kann ich Ihnen leider im Augenblick nicht sagen.«

»Und Sie sind sicher?«, hakte Alex nach. Sie wischte sich das Gesicht mit dem bandagierten Handrücken ab.

Gott, wie sie es hasste, mit Tränen Schwäche zu zeigen. Tränen halfen nicht. Aber bei allem, was heute schon passiert war … Wahrscheinlich kam jeder irgendwann an seine Grenzen. Sie hatte damit gerechnet, von Baileys Tod zu erfahren, aber *damit* nicht. Damit nicht.

»Ich weiß, wie schwer es für Sie sein muss, aber Bailey war süchtig. Heroinsüchtige haben eine besonders hohe Rückfallquote. Sie sind Krankenschwester. Ich werde Ihnen da nichts Neues erzählen.«

»Nein, sicher nicht. Aber alle, die in letzter Zeit mit Bailey Kontakt hatten, schwören, dass sie clean war.«

»Vielleicht stand sie unter Stress und konnte einfach nicht mehr. Es kann alle möglichen Gründe geben. Ich weiß nur, dass sie im Büro angerufen und eine Nachricht hinterlassen hat. Zitat: ›Für denjenigen, der mein Baby, Hope Crighton, hat.‹ Da man wusste, dass Hope einer meiner Fälle ist, wurde die Nachricht an mich weitergeleitet.«

»Also hat niemand wirklich mit Bailey gesprochen.« Der erste Schock ebbte ab, und Alex' Verstand arbeitete wieder. »Wann hat sie die Nachricht hinterlassen?«

»Heute. Vor etwa einer Stunde.«

Vor einer Stunde. Alex sah auf ihre verbundenen Hände. Es gibt keine Zufälle, hatte Daniel gesagt. »Könnten Sie die Nachricht auch an mich weiterleiten?«

»Ich weiß nicht, ob das mit unserem internen System funktioniert. Wieso?«

Alex hörte einen Hauch von Misstrauen in der Stimme der Sozialarbeiterin. »Miss Barker, ich will Ihnen bestimmt keine Schwierigkeiten machen und auch keine Tatsachen leugnen, aber zwei Frauen aus Baileys Heimatstadt sind tot. Bitte verstehen Sie, dass ich nicht, ohne zu hinterfragen, an einen Anruf von Bailey glaube, mit dem sie verkündet, sie sei untergetaucht und habe Hope einfach im Stich gelassen.«

»Zwei Frauen?«, fragte Barker. »Ich hatte von der einen gelesen, der Tochter des Abgeordneten aus Dutton, aber nun sind es schon zwei?«

Alex biss sich auf die Unterlippe. »Die Nachricht ist noch nicht öffentlich.« Obwohl Daniel inzwischen bei der Pressekonferenz war, also war es wohl nur noch eine Frage von Minuten. »Sie können meine Besorgnis sicher nachvollziehen.«

»Ich denke schon«, sagte Barker nach einem Moment. »Hören Sie, ich weiß nicht genau, wie ich eine Nachricht aus unserem Telefonsystem herausbekomme, aber ich könnte sie aufzeichnen.«

»Das wäre großartig. Kann ich das Band heute abholen?«

»Wahrscheinlich eher morgen. Die Bürokratie, Sie wissen schon.«

Sie klang zögernd, also setzte Alex ihr nächstes Argument ein. »Miss Barker, kurz bevor Sie den Anruf erhalten haben, hat jemand versucht, mich zu überfahren. Wenn mich nicht ein geistesgegenwärtiger Passant zur Seite gestoßen hätte, wäre ich jetzt vielleicht tot.«

»O mein Gott.«

»Verstehen Sie jetzt?«

»O mein Gott«, wiederholte Barker erschüttert. »Auch Hope könnte in Gefahr sein.«

Der Gedanke, dass jemand Hope etwas antun könnte, ließ sie innerlich erstarren. Dennoch sprach sie mit Zuversicht: »Ich werde Polizeischutz beantragen. Und wenn es sein muss, bringe ich Hope aus der Stadt.«

»Wo ist das Mädchen jetzt?«

»Bei meiner Cousine.«

Meredith war regelrecht durchgedreht, als sie ihr von dem Vorfall auf dem Parkplatz erzählt hatte. Alex hatte gerade mit ihr telefoniert, als Barker in der Leitung angeklopft hatte. »Sie ist Kinderpsychologin aus Cincinnati. Hope ist also in guten Händen.«

»Also gut. Ich rufe Sie an, sobald ich die Nachricht auf Band gezogen habe.«

Alex rief Meredith zurück und wappnete sich gegen einen weiteren Anfall. Sie wurde nicht enttäuscht.

»Du kommst mit mir nach Hause«, fauchte Meredith, ohne sich mit einer Begrüßung aufzuhalten.

»Nein, tue ich nicht. Mer, der Anruf war von der Sozialarbeiterin. Jemand, der behauptet, Bailey zu sein, hat bei ihr angerufen und gesagt, sie sei soeben aus einem schönen, langen High aufgetaucht und wolle sich jetzt nur vergewissern, dass Hope gut aufgehoben sei, denn sie würde nicht zurückkommen.«

»Vielleicht war es ja Bailey.«

»Der Anruf ging vor etwa einer Stunde ein, gerade als jemand versucht hat, mich umzunieten. Jemand will, dass ich meine Suche nach Bailey einstelle.«

Meredith schwieg ein paar Augenblicke, dann seufzte sie. »Hast du es Vartanian erzählt?«

»Noch nicht. Er ist gerade auf der Pressekonferenz. Ich will Polizeischutz beantragen, aber ich weiß nicht genau, ob man ihn mir gewährt. Vielleicht solltest du Hope mit nach Ohio nehmen.«

»Nein, denn es könnte sein, dass gerade etwas geschieht. Ich mochte heute den Fernseher nicht anstellen, weil ich Angst hatte, dass sie etwas von den Morden mitbekommt. Also habe ich die Orgel eingestöpselt und ›Twinkle, twinkle little star‹ gespielt. Nur mit einem Finger, nichts Tolles, und nur, damit ich hier nicht wahnsinnig werde.«

»Und?«

»Und Hope bekam wieder diesen komischen Ausdruck im Gesicht. Es war richtig unheimlich, Alex.«

»Und was macht sie jetzt?«

»Sie spielt auf dieser verdammten Orgel, inzwischen schon mindestens zwei Stunden. Ich stehe draußen auf der Veranda. Ich brauchte eine Pause, sonst hätte ich einen Schreianfall bekommen. Sie spielt eine Melodie aus sechs Noten. Wieder und wieder. Ich würde mich nicht wundern, wenn sie demnächst aus Kartoffelbrei Berge baut.«

»Wie geht die Melodie?« Alex erwartete beinahe, eine Tonfolge aus *Unheimliche Begegnung der dritten Art* zu hören, aber sie wurde enttäuscht, als Meredith das Liedchen summte. »Habe ich noch nie gehört. Du?«

»Nein, aber wenn es mit der Orgel so geht wie mit den Malbüchern, dann können wir uns noch lange daran erfreuen.« Alex dachte einen Augenblick nach. »Tu mir bitte einen Gefallen. Ruf den Kindergarten an und frag dort nach, ob man die Melodie kennt. Vielleicht ist das ein Kinderlied.«

»Gute Idee. Haben die Erzieher vielleicht erwähnt, dass Hope autistische Züge hat?«

»Ich konnte noch nicht mit ihnen reden. Das hatte ich eigentlich heute Nachmittag vor.«

»Okay, ich rufe sie an. Wenn diese Wiederholungshandlungen ihrem üblichen Verhalten entsprechen und nicht auf ein Trauma zurückzuführen sind, dann habe ich im Augenblick den vollkommen falschen Ansatz. Wann kommst du wieder?«

»Sobald Daniel fertig ist. Er hat meinen Autoschlüssel eingesteckt.«

Meredith schnaubte, und Alex wusste, dass sie lachen wollte. »So kriegt er dich wenigstens dazu, dass du auf ihn hörst.«

»Ich höre ja auf ihn«, protestierte Alex.

»Genau, und dann tust du doch, was du willst.« Sie seufzte. Dann sagte sie: »Ich kann nicht nach Hause fahren.«

»Was soll das heißen? Du bleibst?«

»Noch ein paar Tage. Wenn ich jetzt abreise und etwas passiert, dann werde ich mir das nie verzeihen.«

»Ich kann mich um mich selbst kümmern, Meredith«, sagte Alex, hin- und hergerissen zwischen Ärger und Erleichterung. »Das mache ich schon seit vielen Jahren.«

»Machst du nicht«, erwiderte Meredith ruhig. »Du kümmerst dich seit vielen Jahren um jeden, nur nicht um Alex. Komm bald zurück. Ich kann diese Melodie nicht mehr ertragen.«

Dienstag, 30. Januar, 14.30 Uhr

Der Jaguar rollte neben ihm heran, und das Fenster senkte sich. Der Mann, der dahinter erschien, war sehr, sehr wütend. »Was zum Teufel ist passiert?«

Er hatte gewusst, dass ihm Ärger bevorstand, als ihn mitten am Tag der Anruf erreichte, dass sie sich treffen müssten.

Sie befanden sich an einem abgelegenen Ort, und keiner von ihnen würde aus dem Wagen steigen, aber allein das Risiko, zusammen gesehen zu werden …

»Du hast gesagt, ich soll sie davon abbringen, nach Bailey zu suchen. Mein Helfer meinte, dass sie heute Morgen geradewegs zur Polizei marschiert ist. Ich hatte ihn angewiesen, etwas zu unternehmen, falls sie zu nah kommt.«

»Oh, und du hast es ›deinem Helfer‹ überlassen, selbst zu entscheiden, was und wann?«

»Er hat definitiv seine Kompetenzen überschritten, du hast recht.«

»Und ob ich recht habe. Weißt du überhaupt, was sie im Gericht wollte?«

»Nein. Mein Mann konnte ihr nicht folgen. Man hätte … ihn erkannt.«

Der andere verdrehte die dunklen Augen. »Herr im Himmel! Du hast also irgendeinen Halbaffen engagiert, der polizeilich gesucht wird? Mein Gott, diese Stadt steckt voller Versager. Ich habe dir doch gesagt, dass ich mich um Bailey kümmern werde.«

Er schob das Kinn vor, nicht gewillt, mit den Versagern der Stadt in einen Topf geworfen zu werden. »Du hast sie schon beinahe eine Woche lang. Du hast gesagt, dass du den verdammten Schlüssel in zwei Tagen hättest. Wenn du *deinen* Job erledigt hättest, wäre diese Stiefschwester niemals aufgetaucht, um hier herumzuschnüffeln, denn dann hätte ich *meinen* Job tun können, und Bailey wäre längst auf irgendeiner Müllhalde außerhalb von Savannah gefunden worden.«

Die dunklen Augen blitzten gefährlich. »Was du getan hast, kann dem einen oder anderen das Genick brechen, aber ich werde ganz sicher nicht dazugehören. Verdammt noch mal. Wenn du schon irgendeinen Vollidioten engagieren musstest, warum nicht jemanden, der das Ganze geschickter angeht? Ein Mordversuch mitten am Tag mitten in der Innenstadt? Dein Kerl ist nicht nur blöd, sondern saublöd. Jetzt gefährdet er uns alle. Sieh zu, dass du ihn loswirst.«

»Wie denn?«

»Was weiß ich? Das ist dein Problem. Und dann findest du heraus, warum Alex Fallon heute am Gericht war. Es fehlt gerade noch, dass diese Frau in den alten Prozessprotokollen herumschnüffelt.«

»Sie wird nichts finden.«

»Ja, natürlich. Sie sollte auch glauben, dass ihre Schwester ein unverbesserlicher Junkie und einfach abgetaucht ist, aber das hat sie uns ja auch abgekauft, stimmt's? Ich denke gar nicht daran, noch irgendein Risiko einzugehen.«

Weil auch er nicht sicher war, ob Alex Fallon nicht vielleicht doch etwas finden würde, lenkte er das Thema auf die größere Niederlage. »Und was wirst du jetzt wegen Bailey Crighton unternehmen?«

Das Kobralächeln des anderen sorgte dafür, dass sich ihm die Nackenhaare aufstellten. »Bailey ist wieder voll drauf.«

Das überraschte ihn allerdings. Bailey war seit fünf Jahren clean. »Freiwillig?«

Sein finsteres Lächeln wurde breiter. »Wo bliebe da denn der Spaß? Spätestens morgen bettelt sie um den nächsten Schuss, ganz wie früher. Dann wird sie mir sagen, was ich wissen will. Aber ich habe dich nicht wegen Bailey und ihrer Stiefschwester angerufen. Ich will wissen, was es mit diesen verdammten toten Frauen auf sich hat.«

Er blinzelte. »Aber ich dachte …«

»Du dachtest, ich stecke dahinter? Shit. Du bist ein noch größerer Idiot, als ich geglaubt hätte.«

Sein Gesicht begann zu brennen. »Tja, ich bin's nicht gewesen, und die anderen auch nicht.«

»Und woher willst du das wissen?«

»Bluto hat nicht den Mumm, irgendjemanden umzulegen, und Igor ist nur ein kleiner Jammerlappen. Er bibbert vor Angst und hat sich mit Bluto am helllichten Tag im Park getroffen. Der Bursche ist in der Lage, uns alle auffliegen zu lassen.«

»Das hättest du mir sofort sagen müssen.« Die Stimme war nun sanft, täuschend sanft.

Säure breitete sich in seinen Gedärmen aus, als ihm klarwurde, was er angerichtet hatte. »Moment mal.«

Die dunklen Augen blickten ihn amüsiert an. »Du steckst zu tief drin, Sweetpea. Du kannst keinen Rückzieher machen.«

Das war die Wahrheit. Er steckte viel zu tief drin. Er leckte sich über die Lippen. »Nenn mich nicht so.«

»Die Spitznamen waren doch deine Idee. Selbst schuld, wenn du deinen nicht leiden magst.« Das höhnische Lächeln verschwand. »Du Vollidiot. Du regst dich über einen Spitznamen auf, wenn du nicht einmal weißt, wer diese Frauen erledigt? Du denkst, Igor wird uns alle auffliegen lassen? Du glaubst, Alex Fallons Fragen bedrohen uns? Das alles ist nichts, verglichen mit dem, was diese Morde bewirken können. Die Presse ist sofort auf die Verbindung angesprungen. Das Bild der kleinen Tremaine war gestern überall in den Nachrichten. *Was weißt du?*«

Sein Mund wurde trocken. »Ich dachte zuerst, es müsste ein Nachahmer sein, ein Spinner, der irgendwie von dem alten Fall erfahren hat, nachdem die Geschichte mit Simon durch die Presse ging.«

»Es ist mir verdammt egal, was du dachtest. Ich will wissen, was du weißt!«

»Claudia Silva ist das zweite Opfer. Als man sie fand, hatte sie einen Schlüssel um den Zeh gebunden.«

Er versteifte sich. Ein Streichholz wurde angerissen, und Zigarettenrauch quoll aus dem Fenster. »Hat Daniel schon Simons Schlüssel gefunden?«

Simons Schlüssel. Das Lockmittel, mit dem Simon Vartanian sie verhöhnt hatte und es sogar noch aus seinem Grab tat. Sein echtes Grab diesmal. Wenigstens das hatte Daniel richtig gemacht. »Falls ja, hat er noch nichts davon verlauten lassen.«

»Und dir wird er es bestimmt nicht sagen. Ist er in dem Haus seiner Eltern gewesen?«

»Nicht seit der Beerdigung.«

»Und du hast das Haus durchsucht?«

»Zehnmal.«

»Dann mach elf draus.«

»Er kann auch ohne Schlüssel ans Bankschließfach.«

»Ja, aber vielleicht weiß er gar nichts davon. Sobald er den Schlüssel findet, wird er sich auf die Suche machen. Wenn er es nicht bereits tut. Dieses Arschloch, das die Frauen tötet, weiß jedenfalls von dem Schlüssel. Und er will, dass die Polizei es auch weiß. Also sorg dafür, dass Daniel Simons Schlüssel nicht findet.«

»Er war noch nicht auf der Bank. Das weiß ich. Aber er scheint irgendwas mit dieser Fallon zu haben. Die halbe Stadt hat gesehen, wie er ihr gestern Nacht die Zunge in den Hals gesteckt hat.«

Wieder das Kobralächeln. »Das sollte man nutzen. Tu es, sobald du dich um Igor gekümmert hast.«

Sein Blut gefror zu Eis. »Ich werde Rhett Porter nicht umbringen.« Er hatte Igors echten Namen benutzt, weil er hoffte, den anderen damit wachzurütteln und zu Verstand zu bringen. Aber offensichtlich verschwendete er nur seinen Atem, denn das Kobralächeln wurde breiter.

»Natürlich wirst du, Sweetpea.« Das Fenster glitt hoch, und der Jaguar rollte leise davon.

Und er saß da, starrte stur geradeaus und wusste, dass er es tun würde, genau wie beim letzten Mal, als man ihm zu töten befohlen hatte. Weil er viel zu tief drinsteckte.

Er atmete ein paarmal tief durch, um die aufsteigende Übelkeit zu bekämpfen. Er *musste* Rhett Porter töten. Was machte schließlich einer mehr?

Atlanta, Dienstag, 30. Januar, 15.25 Uhr

»Und daher will die Sozialarbeiterin es mir aufnehmen«, endete Alex. Sie saß vor Daniels Tisch und sah von Daniel zu Chase Wharton, der am ganzen Körper angespannt war, obwohl seine Miene nichts verriet. Aus dem Augenwinkel sah sie Ed Randall, der sie so eingehend musterte, dass sie sich wie auf dem Präsentierteller vorkam.

Chase wandte sich an Daniel. »Rufen Sie Papadopoulos. Und sorgen Sie dafür, dass die Aufnahme so gut gemacht wird, dass wir Hintergrundgeräusche herausfiltern können.«

»Wer ist Papadopoulos?«, fragte Alex, während sie ihre Finger verschränkte. Dass niemand hier wenigstens vorsichtig anmerkte, Bailey hätte den Anruf selbst und freiwillig getätigt haben können, machte sie nervös.

»Luke«, sagte Daniel. »Du hast ihn vorhin kennengelernt. Er war derjenige, der deinen Wagen hergefahren hat.«

»Apropos Wagen«, sagte Alex und zuckte unter Daniels warnendem Blick beinahe zusammen. »Ich brauche den Schlüssel, Daniel. Ich kann nicht den ganzen Tag hierbleiben. Ich muss mit Hopes Kindergarten sprechen. Sie macht schon wieder etwas Merkwürdiges, das wir nicht verstehen. Außerdem muss ich irgendwann in Baileys Haus. Wenn sich Loomis nicht darum kümmert, dann muss ich es tun.«

Chase wandte sich an Ed. »Schicken Sie ein Team zu Bailey Crightons Adresse. Sie sollen sich gut umsehen. Alex, Sie können mitfahren, wenn Sie wollen.«

Alex' Finger verharrten in ihrem Schoß, als sich ihre Kehle verschloss und die Schreie einsetzten. Sie wurden lauter. Der Nachmittag ging ihr wirklich an die Nieren. *Ruhe. Ruhe.* Sie schloss die Augen und konzentrierte sich. *Werde erwachsen, Alex. Es ist bloß ein Haus.* Sie blickte auf und sah Chase Wharton resolut an. »Danke. Gern.«

»Okay, ich stell das Team zusammen«, sagte Ed. »Wollen Sie bei mir mitfahren, Alex?«

Sie begegnete Daniels eisernem Blick und erkannte, dass er wieder Angst um sie hatte. »Ich möchte lieber in meinem Wagen fahren, aber ich würde mich sicherer fühlen, wenn ich auf der Strecke nach Dutton vor Ihnen bleiben könnte. Und ich denke, das würde auch Agent Vartanians Bedenken ausräumen, stimmt's?«

Sie sah Eds Lippen zucken und kam zu dem Schluss, dass sie den

Mann mochte, selbst wenn er sie die ganze Zeit so seltsam anstarrte. »Ich sage Bescheid, wenn wir so weit sind.« Er stand auf und verließ den Raum.

»Daniel hat mir von dem Kind erzählt«, sagte Chase. »Was für seltsame Dinge tut es?«

»Jetzt spielt sie in dem Bungalow, den ich gemietet habe, Orgel. Eine Sechser-Tonfolge, immer und immer wieder. Keiner von uns kennt die Melodie.«

»Vielleicht kann Schwester Anne etwas dazu sagen«, sagte Daniel nachdenklich. »Wir sollten sie nachher danach fragen.«

Alex riss die Augen auf. »Ich dachte, du wärest zu beschäftigt, um mit mir und Hope dorthin zu fahren.«

Er warf ihr einen Blick gutmütiger Verärgerung zu. »Zum Abendessen werde ich wohl heute nirgendwo pünktlich hinkommen, aber wir müssen Hope zu Schwester Anne bringen. Wenn das Mädchen etwas gesehen hat, dann sollten wir das wissen. Bailey hat mit dieser Geschichte zu tun. Vielleicht ist sie sogar Augenzeugin.«

»Ich denke auch«, sagte Chase. »Miss Fallon, wir versuchen, Personenschutz für Sie und Ihre Nichte zu bekommen, aber es wird keine Rundum-Überwachung werden, weil uns dafür das Personal fehlt. In regelmäßigen Abständen wird ein Wagen bei Ihnen vorbeifahren, und wir bräuchten für den Notfall eine Liste all Ihrer Mobilnummern. Zögern Sie nicht, uns anzurufen, wenn Sie sich in Gefahr glauben.«

»Sicher nicht. Vielen Dank.« Sie stand auf und streckte die Hand aus. »Den Schlüssel?«

Widerstrebend zog Daniel ihn aus der Tasche. »Ruf mich an. Und bleib bei Ed.«

»Ich bin nicht dumm, Daniel. Ich passe auf.« An der Tür wandte sie sich um. »Meine Tasche?«

Seine blauen Augen verengten sich. »Treib's nicht zu weit, Alex.«

»Aber du bringst sie mir später?«

»Ja, sicher.« Er knurrte fast.

»Und Riley?«

Die Andeutung eines Lächelns umspielte seine Mundwinkel. »Den auch.«

Sie strahlte ihn an. »Danke.«

»Ich bringe dich hinaus. Hier entlang.« Er zog sie in einen dunklen, kleinen Flur, hob ihr Kinn an und sah in ihr Gesicht. »Du hast vorhin geweint. Ist wirklich alles in Ordnung mit dir?«

Alex stieg das Blut in die Wangen, und sie musste das Bedürfnis unterdrücken, sich mit Gewalt von ihm zu lösen. »Ich hatte vorhin einen schlechten Moment, als ich mit Barker telefonierte. So was kommt vor, wenn der Adrenalinspiegel wieder absackt. Aber mir geht es gut, wirklich.«

Er strich ihr mit dem Daumen über die Unterlippe. Dann lag sein Mund über ihrem. Plötzlich spürte sie, wie sich eine wunderbare Ruhe in ihr ausbreitete, obwohl ihr Herzschlag an Tempo zulegte.

Er hob den Kopf gerade weit genug, dass sie Atem holen konnte. »Werden wir gefilmt?«, fragte sie und spürte sein Lächeln an ihrem Mund.

»Wahrscheinlich. Geben wir ihnen also etwas, worüber man sich das Maul zerreißen kann.« Und dann vergaß sie die Kamera und sogar das Atmen, als er sie härter und heißer küsste, als sie je zuvor geküsst worden war. Abrupt zog er sich zurück und schluckte. »Du solltest jetzt besser gehen.«

Sie nickte zögernd. »Sollte ich wohl. Bis später.« Sie wandte sich zum Gehen und fuhr zusammen. »Autsch.« Sie rieb sich den Kopf und blickte finster auf seinen Ärmel. »Das tat weh.«

Er zog die Haare ab, die sich an seinem Knopf verheddert hatten, und küsste sie auf den Kopf. »Die Frau wird fast von einem Auto plattgefahren und jammert über ein paar ausgerupfte Haare.«

Sie lachte leise. »Wir sehen uns heute Abend. Ruf mich an, wenn du es zeitlich nicht schaffst.«

Chase war noch immer in seinem Büro, als er zurückkehrte. Daniel ließ sich schwer auf einen Stuhl fallen und tat, als bemerkte er Chase' neugierigen Blick nicht. »Na los, sagen Sie es schon.«

»Was sagen?«, fragte Chase amüsiert.

»Dass ich emotional beteiligt bin, nicht mehr objektiv sein kann, dass ich zu schnell vorangehe … was immer Sie wollen.«

»Wie schnell Sie in Ihrem Privatleben vorangehen, ist allein Ihre Sache, Daniel. Aber man munkelt, dass man nicht viel dagegen unternehmen kann, wenn es einen gepackt hat. Also – wie ›schlimm‹ steht's?«

»Keine Ahnung, im Augenblick will ich nur, dass sie am Leben bleibt.« Daniel nahm Alex' Haare und legte sie neben das Muster, das Ed vorhin gebracht hatte. »Verdammt. Passt gut.«

Chase setzte sich. »Was haben Sie ihr erzählt?«

Daniel sah ihn finster an. »Gar nichts.«

Chases Augen weiteten sich. »Sie haben einfach gerupft?«

»Nein. Ich war geschickter.« Und wenn sie es herausfand, würde sie

169

gekränkt sein. Aber darum konnte er sich kümmern, wenn es so weit war.

Chase zuckte die Achseln. »Nun, Ihre Sache. Im Augenblick, da stimme ich Ihnen zu, sollten wir uns darauf konzentrieren, dass sie am Leben bleibt. Und dazu müssen wir herausfinden, wer zwei Frauen tötet und einen dreizehn Jahre alten Mordfall kopiert. Und warum es ausgerechnet jetzt geschieht. Liegt es wirklich nur an der Publicity, die Dutton in letzter Zeit bekommen hat?«

Wir sehen uns in der Hölle, Simon. Daniel biss sich auf die Unterlippe. Er musste die Wahrheit sagen. »Es hat etwas mit Simon zu tun.«

Chase verengte die Augen. »Ich will das wahrscheinlich nicht hören, oder?«

»Nein. Aber es könnte uns enorm weiterhelfen.« Er erzählte Chase von den Briefen, die Baileys Bruder geschrieben hatte, und von dem Besuch des Kaplans. *Wir sehen uns in der Hölle, Simon.*

Chase runzelte die Stirn. »Und wie lange wissen Sie das schon?«

Seit zehn Jahren. Nein, das stimmte nicht. Die Fotos mochten gar nichts mit den Morden zu tun haben, weder mit diesen noch mit dem, der vor dreizehn Jahren begangen worden war. *Belüg dich doch nicht selbst.* »Seit gestern Abend«, sagte er. »Wie aber Simon und Wade mit den Morden zusammenhängen, weiß ich nicht.«

Sag's ihm. Aber sobald er es getan hatte, würde er von dem Fall abgezogen werden. Das wollte er nicht riskieren, also sprach er das Einzige an, dessen er sich absolut sicher war. »Ich weiß allerdings, dass Simon weder Janet noch Claudia umgebracht hat. Er hat auch weder Bailey entführt noch versucht, Alex zu ermorden.«

Chase stieß den Atem aus. »Schwierig, wenn man tot ist. Verdammt. Okay, Sie haben freie Hand. Machen Sie keine Dummheiten.«

Die Erleichterung war enorm. »Ich fahre jetzt zur Eigentumswohnung der Barnes'. Der Wächter im Parkhaus hat Mr. Barnes gesagt, er habe gestern Abend gesehen, wie Claudias Mercedes hinausfuhr, aber sie ist nicht zurückgekommen. Vielleicht hat der Täter sie bereits in der Garage in seine Gewalt gebracht.«

»Und was ist mit Janet Bowies Wagen?«

»Noch nichts. Leigh hat Janets Kreditkarte geprüft und die Firma gefunden, bei der sie den Van für den Ausflug gemietet hat. Aber sie hat ihn nicht zurückgebracht. Sie hat die Kids um Viertel nach sieben an der Schule abgesetzt und ihren Freund um sechs nach acht angerufen.«

»Also haben wir ein fünfzigminütiges Zeitfenster, in dem der Killer sie geschnappt hat, vorausgesetzt, der Anruf bei ihrem Freund war erzwungen. Wo war sie, als sie angerufen hat?«

Daniel ging die Faxe durch, die Leigh ihm hingelegt hatte, während er bei der Pressekonferenz war. »Hier ist etwas von der Telefongesellschaft. Ich habe sie gebeten, den Anruf von Janet an Lamar zu orten. Es war ein Parkplatz, ungefähr eine halbe Meile von der Mietwagenfirma entfernt. Bis zur Schule sind es von dort etwa dreißig Minuten.«

»Blieben ihm also zwanzig Minuten, sie in seine Gewalt zu bringen. Wo und wann? Und wo ist der Mini-Van? Hat er ihn versteckt?«

»Und wo ist Janets Wagen?«, überlegte Daniel. »Hat sie ihn bei der Mietfirma stehen lassen? Ich rufe an und frage nach.«

Chase stand auf und streckte sich. »Ich brauche einen Kaffee. Sie auch?«

»Ja, bitte. Ich habe diese Nacht nur etwa eine Stunde geschlafen.« Daniel suchte die Nummer der Mietwagenfirma heraus, redete mit dem Manager und legte gerade wieder auf, als Chase mit Kaffee und Keksen aus dem Automaten wiederkam.

»Haferflocken oder Chocolate Chip?«, fragte er.

»Schoko.« Daniel fing die Tüte und riss sie auf. »Mist. Ich hatte noch Essensreste von Lukes Mutter im Kühlschrank, habe sie aber vergessen.«

»Wir könnten Lukes Mittagessen klauen.«

»Keine Chance. Er hat es schon vertilgt. Okay. Janet hat ihren Z4 am Donnerstag früh bei der Mietwagenfirma stehen lassen, aber Freitagmorgen war er fort. Der Parkplatz wird kameraüberwacht, also fahre ich gleich vorbei und hole mir die entsprechenden Bänder.«

»Sehen Sie sich auch die Gegend an, die uns die Mobilgesellschaft angegeben hat. Vielleicht haben wir ja Glück und stellen fest, dass es da, wo er sie sich geschnappt hat, auch eine Überwachungskamera gibt.«

Daniel nickte, während er nachdenklich seine Kekse kaute. »Janet ruft ihren Freund an, höchstwahrscheinlich unter Zwang. Heute ruft Bailey an und erzählt, sie hat die Stadt und ihr Kind verlassen.«

»Kann Alex Baileys Stimme einwandfrei identifizieren, wenn wir das Band vom Sozialamt haben?«

»Ich bezweifle es. Sie hat mir erzählt, dass sie zum letzten Mal vor fünf Jahren mit ihr gesprochen hat. Ich frage mal im Friseursalon nach. Dort hat sie gearbeitet, daher wird man dort wissen, wie ihre Stimme am Telefon klingt.«

171

»Sieht nicht gut aus für Bailey«, sagte Chase. »Sie ist schon fünf Tage weg.«

»Ich weiß. Aber sie ist die Verbindung. Vielleicht findet Ed etwas in ihrem Haus. Ich habe den Armeekaplan angerufen, aber noch keinen Rückruf erhalten.«

»Sie werden aus einem Geistlichen ohnehin nichts rauskriegen, das wissen Sie. Konzentrieren wir uns lieber auf das kleine Mädchen. Holen Sie sie her, damit Mary McCrady sie sich ansehen kann. Je eher wir aus dem Mädchen herauskriegen, was sie weiß, umso besser.«

Daniel verzog das Gesicht. Mary war die Psychologin ihrer Abteilung. »Hey, die Kleine ist keine Verdächtige.«

Chase verdrehte die Augen. »Sie wissen, was ich meine. Formulieren Sie es etwas freundlicher für Alex Fallon, aber ich will das Mädchen morgen in Marys Büro haben.« Er ging zur Tür, wandte sich aber noch einmal um und sah ihn besorgt an. »Als ich hörte, was da oben in Philly passiert ist, dachte ich, die Dämonen, die Sie treiben, seit ich Sie kenne, wären endlich tot und erledigt. Aber dem ist nicht so, stimmt's?«

Langsam schüttelte Daniel den Kopf.

»Habe ich Ihnen genügend freie Hand gegeben, dass Sie sie wenigstens vorübergehend k. o. schlagen können?«

Daniel musste lachen. »Sollte klappen. Wenn nicht, schlagen sie wahrscheinlich mich k. o.«

Chase lächelte nicht. »Das werde ich nicht zulassen. Ich weiß nicht, was Sie wem beweisen wollen, aber Sie sind ein hervorragender Agent, und ich werde zu verhindern wissen, dass Sie sich Ihre Karriere versauen.« Dann war er fort und ließ Daniel mit einem Stapel Faxe und Alex' Haaren zurück.

Setz dich in Bewegung, Vartanian. Die Dämonen hatten einen Vorsprung.

10. Kapitel

Dienstag, 30. Januar, 15.45 Uhr

»BAILEY.« Beardsleys Stimme war gedämpft. »Bailey, sind Sie da?«

Bailey öffnete ein Auge, schloss es aber wieder, als sich der Raum heftig zu drehen begann. »Ja.«

»Alles okay?«

Ein Schluchzen. »Nein.«

»Was hat er getan?«

»Spritze«, brachte sie hervor. Ihre Zähne klapperten. Sie bebte so sehr, dass sie glaubte, ihre Knochen rasseln zu hören. »Heroin.«

Schweigen. Dann ein gemurmeltes: »Lieber Gott.«

Also wusste er es. »Ich habe alles, *alles* getan, um davon wegzukommen, und jetzt …«

»Ich weiß. Wade hat es mir erzählt. Aber wir kommen hier raus, und dann schaffen Sie es wieder.«

Nein, dachte Bailey. *Das schaffe ich kein zweites Mal. Ich kann nicht mehr.*

»Bailey?« Beardsleys Flüstern klang eindringlich. »Sind Sie noch da? Sie müssen unbedingt einen klaren Kopf behalten. Kann sein, dass ich eine Möglichkeit gefunden habe, zu fliehen. Verstehen Sie mich?«

»Ja.«

Aber sie wusste, dass es hoffnungslos war. Sie würde hier nicht wieder rauskommen. Fünf Jahre lang hatte sie jeden Tag gegen ihre Dämonen gekämpft. *Komm, gib mir was, nur ein kleines bisschen. Dann geht es dir gleich besser.* Aber sie hatte ihnen widerstanden. Für Hope. Für sich selbst.

Und mit einer einzigen Spritze hatte *er* alles zerstört.

Dienstag, 30. Januar, 15.45 Uhr

Das Telefon auf seinem Tisch klingelte. Er ignorierte es und starrte unbewegt auf den neusten Brief. *Natürlich bin ich es, den er anruft.* Es war schlimmer, als er je für möglich gehalten hätte.

Das Telefon hörte zu klingeln auf, während beinahe gleichzeitig sein Handy damit begann. Wütend griff er danach. »Was?«, fauchte er. »Was zum Teufel willst du?«

»Ich habe noch einen gekriegt.« Die Stimme war atemlos. Voller Entsetzen.

»Weiß ich.«

»Er will hunderttausend. So viel habe ich nicht. Du musst es mir leihen.«

Die fotokopierte Seite war mitsamt einer Anweisung geschickt worden, wie und wohin das Geld überwiesen werden sollte. In einer ersten hilflosen Kurzschlussreaktion hatte er das Blatt zerknüllt. Dass es sich dabei um eine harmlose Buchseite zu handeln schien, machte sie umso anstößiger. »Was hast du noch bekommen?«

»Eine Seite mit Jahrbuchfotos. Janets und Claudias. Du auch?«

»Ja.« Genauer gesagt, eine Seite, auf der ausgeschnittene Jahrbuchfotos in alphabetischer Reihenfolge aufgeklebt waren. Zehn Mädchen insgesamt. Claudias und Janets Fotos mit einem großen X durchgestrichen. »Kates Foto ist auch drauf«, sagte er heiser. *Meine kleine Schwester.*

»Ja, ich weiß. Was soll ich bloß machen?«

Was soll ich bloß machen? Diese Frage sagte alles über Rhett Porter aus. Herrgott, Kates Foto befand sich auf der Seite, und Rhett machte sich mal wieder allein um sich selbst Sorgen. Dieser egoistische, jämmerliche kleine Mistkerl. »Hast du sonst noch etwas bekommen?«

»Nein. Warum?« Die Panik ließ Rhetts Stimme um eine halbe Oktave ansteigen. »Was hast du denn noch gekriegt?«

Als ob Kates Foto nicht ausreicht.

»Nichts.« Aber er konnte die Verachtung in seiner Stimme nicht unterdrücken.

»Verdammt, sag's mir.« Rhett schluchzte jetzt tatsächlich. »Ruf mich nicht mehr an.« Er klappte das Telefon zu. Augenblicklich begann es wieder schrill zu klingeln. Er schaltete es aus, dann schleuderte er es, so fest er konnte, gegen die Wand.

Er nahm einen alten Aschenbecher aus seiner Schublade. In seinem Büro durfte niemand rauchen, aber der Aschenbecher war ein Vatertagsgeschenk seines Sohnes gewesen, ein plumpes Ding, das ein Fünfjähriger aus Ton geformt hatte. Für ihn war es ein kostbarer Schatz. Seine Familie war sein Ein und Alles. Er musste sie beschützen, und zwar um jeden Preis. Sie durften von alldem hier nichts erfahren.

Du bist ein Feigling. Du musst etwas sagen. Du musst diese Frauen warnen.

Aber er würde es nicht tun. Denn wenn er sie warnte, würde er ihnen sagen müssen, woher er es wusste, und das war nicht möglich. Er knipste das Feuerzeug an und hielt es an die Ecke der Kopie. Sie brannte langsam und rollte sich ein, bis er das extra eingekreiste Foto seiner eigenen Schwester nicht mehr sehen konnte. Kate hatte ihren Abschluss im selben Jahr gemacht wie Janet Bowie und Claudia Silva Barnes. Die Drohung war eindeutig. Zahlen, oder Kate war die Nächste.

Das letzte Bild, das verbrannte und das offenbar nur auf seiner Kopie gewesen war, war Rhett Porters. Er sah zu, wie Rhetts Gesicht schmolz und dann zu Asche zerfiel.

Rhett. Du dämliches Stück Dreck. Du bist ein toter Mann, weil du deine Klappe nicht halten konntest. Als das Blatt nur noch Asche war, kippte er die Überreste in den Kaffee von heute Morgen, den er nicht angerührt hatte. Er stand auf und strich seine Krawatte glatt.

Ich dagegen bin lernfähig. Er faltete die Anweisung für die Geldforderung sorgfältig zusammen und steckte sie in seine Brieftasche. Er kannte jemanden, der einen Banktransfer durchführen und dennoch den Mund halten würde. Er wischte den Aschenbecher mit einem Taschentuch sauber und schob ihn zurück in die Schublade. Er musste zur Bank.

Dutton, Dienstag, 30. Januar, 17.45 Uhr

Oh, Gott. *Alex.* Daniels Herz setzte einen Schlag aus, als er in die Straße bog, in der Bailey Crightons Haus stand. Ein Notarztwagen stand mit blinkendem Licht am Bürgersteigrand.

Er sprang aus dem Auto und rannte zu dem Krankenwagen. Alex saß hinten drin und hatte den Kopf zwischen den Knien.

Er zwang sich zu einer ruhigen Stimme, obwohl ihm das Herz in die Kehle gehüpft war. »Hey.«

Sie sah auf. Ihr Gesicht war bleich. »Es ist bloß das Haus«, flüsterte sie. »Wieso komme ich nicht darüber hinweg?«

»Was ist passiert?«

Der Sanitäter erschien neben ihm. »Sie hatte eine stinknormale Panikattacke«, sagte er verächtlich. Alex' Kinn kam hoch, und sie funkelte ihn wütend an. Aber sie schwieg, und der Mann entschuldigte sich nicht.

Daniel legte ihr einen Arm um die Schultern. »Was genau ist passiert,

Liebes?«, murmelte er, während er auf das Namensschildchen des Sanitäters blickte. P. Bledsoe. Er erinnerte sich vage an die Familie.

Alex lehnte sich gegen ihn. »Ich wollte hineingehen. Bis zur Veranda bin ich gekommen, dann wurde mir schlecht.«

Bledsoe zuckte die Achseln. »Wir haben sie untersucht. Sie hat leicht erhöhten Blutdruck, aber nichts Alarmierendes. Vielleicht braucht sie bloß Tranquilizer.« Sein Tonfall war sarkastisch, aber Daniel begriff erst, als sich Alex versteifte.

Mistkerl. Mit einem Mal unglaublich wütend, sprang er auf. »Wie bitte?«

Alex packte seine Jacke. »Daniel. Bitte.«

Als er die Scham in ihrer Stimme hörte, verlor er fast die Kontrolle. »Nein. Das war mehr als unangemessen.«

Bledsoe blinzelte unschuldig. »Ich wollte doch nur damit andeuten, dass Miss Tremaine ein wenig Ruhe braucht.«

Daniel verengte die Augen. »Blödsinn. Bereiten Sie sich jetzt schon mal darauf vor, mindestens fünfzig Formulare auszufüllen, denn Ihr Vorgesetzter wird hiervon erfahren.« Bledsoes Wangen röteten sich. »Ich wollte wirklich nichts Böses.«

»Erklären Sie das Ihrem Vorgesetzten.« Daniel nahm Alex' Kinn in die Hand und hob sanft ihren Kopf. »Kannst du gehen?«

Sie sah zur Seite. »Klar.«

»Dann los. Du kannst dich in meinen Wagen setzen.« Sie schwieg, bis sie sein Auto erreichten, doch als er die Beifahrertür aufschloss, machte sie sich von ihm los.

»Du hättest nichts sagen sollen. Ich brauche nicht noch mehr Feinde in dieser Stadt.«

»Niemand darf so mit dir reden, Alex.«

Sie verzog die Lippen. »Das weiß ich selbst. Aber denkst du nicht, dass es schon demütigend genug ist, dass ich dieses Haus nicht betreten kann?« Ihre Stimme wurde eiskalt. »Aber was er eben gerade angedeutet hat, entspricht der Wahrheit. Ich habe damals eine ganze Flasche Beruhigungspillen geschluckt und mich damit beinahe ins Jenseits befördert.«

»Darum geht es hier nicht.«

»Natürlich geht's nicht darum. Es geht darum, dass ich die Leute in dieser Stadt brauche, bis ich herausgefunden habe, was mit Bailey passiert ist. Anschließend ist es mir egal, was sie denken. Ich habe nicht vor, hierzubleiben.«

Daniel sah sie verblüfft an. Zum ersten Mal begriff er, dass sie irgendwann zu der Existenz zurückkehren würde, die sie von jetzt auf gleich verlassen hatte. »Tut mir leid. So habe ich das noch nicht betrachtet.«

Sie ließ die Schultern hängen, und ihre kühle Fassade verschwand. »Und mir tut es auch leid. Du wolltest mir nur helfen. Vergessen wir es einfach.« Sie bückte sich, stieg in seinen Wagen, und ihre Miene erhellte sich. »Riley.«

Riley saß hinterm Steuer. Er wirkte erstaunlich wach.

»Er mag Autofahren.«

»Das sieht man. Hey, Riley.« Sie streichelte ihm über den Kopf, während sie durch das Fenster auf der Fahrerseite zu Baileys Haus hinüberblickte. »Eine erwachsene Frau sollte doch keine Angst vor Häusern haben.«

»Willst du es noch einmal versuchen?«, fragte Daniel.

»Ja.« Sie kroch rückwärts aus dem Wagen, und Riley folgte ihr über den Schaltknüppel auf die Beifahrerseite. »Lass mich nicht noch einmal weglaufen. Bring mich dazu, hineinzugehen.«

»Ich weiß nicht«, sagte er. »Ed würde es gar nicht gefallen, wenn du dich über seine Beweise erbrichst.« Er nahm ihren Arm und warf Riley die Tür vor der Nase zu.

Sie lachte leise. »Wenn ich grünlich anlaufe, renn schnell weg.« Aber das Lachen verschwand, als sie sich dem Haus näherten. Ihre Schritte wurden zögernd, und sie begann zu zittern. Sie reagierte körperlich auf das Haus, wie Daniel begriff, und es gefiel ihm nicht, dass er nichts dagegen tun konnte.

»PTBS«, murmelte er. Posttraumatische Belastungsstörung. Sie wies alle Symptome auf.

»Danke. So weit war ich auch schon«, gab sie zurück. »Sorg dafür, dass ich nicht weglaufe. Versprich es mir.«

»Ich verspreche es. Ich werde direkt hinter dir sein.« Mit sanftem Druck schob er sie die Treppe zur Veranda hoch. »Bis hierher bin ich eben auch schon gekommen«, presste sie zwischen den Zähnen hervor. Sie war inzwischen sehr blass.

»Aber da war ich ja nicht bei dir.«

Die Eingangstür stand offen, und sie wich mit dem Oberkörper zurück, aber er behielt den Druck bei und schob sie vorwärts. Sie stolperte, aber er fing sie auf. Ihr ganzer Körper bebte nun heftig, und er hörte sie leise vor sich hinmurmeln.

»Still. Still.«

»Die Schreie?«, fragte er, und sie nickte. Er warf einen Blick über ihre Schulter. Sie hielt ihren Oberkörper umklammert und hatte die Augen geschlossen. Ihre Miene war angespannt. Ihre Lippen bewegten sich stumm, und Daniel schlang seine Arme um ihre Taille und zog sie an sich.

»Du machst das großartig. Du bist jetzt im Wohnzimmer, Alex.«

Sie nickte, schlug die Augen aber nicht auf. »Sag mir, was du siehst.«

Daniel stieß die Luft aus. »Na ja, ein einziges Chaos. Überall liegt Müll herum.«

»Das kann ich riechen.«

»Auf dem Boden liegt eine alte Matratze. Kein Laken. Die Matratze ist fleckig.«

»Blut?«, presste sie hervor.

»Nein, wohl eher Schweiß.« Sie zitterte immer noch, doch nicht mehr ganz so heftig. Er legte sein Kinn auf ihren Kopf. Ihre Größe passte perfekt zu seiner. »An der Wand hängt ein altes Bild. Schief. Eine Strandszene. Es ist verblichen.«

Sie entspannte sich mit jeder Minute ein wenig mehr. »Das hing früher nicht hier.« Endlich schlug sie die Augen auf und zog scharf die Luft ein. »Die Wände sind ja gestrichen.« Ihre Stimme klang erleichtert, und Daniel hätte gerne gewusst, wie ihr dieses Haus in ihren Träumen erschien.

Sie hatte ihre Mutter hier im Wohnzimmer gefunden. Tot. Daniel hatte im Laufe der Jahre im Staatsdienst schon einige Selbstmorde durch Kopfschuss gesehen. An mindestens einer Wand mussten Blut, Hirnmasse und Knochensplitter zu sehen gewesen sein. Was für eine schauderhafte Kindheitserinnerung.

»Der Teppich ist blau«, bemerkte er.

»Früher lag ein brauner hier.« Sie wandte langsam den Kopf und sah sich um. »Alles ist anders.«

»Na ja, es ist dreizehn Jahre her, Alex. Man kann erwarten, dass jemand hier aufgeräumt und gestrichen hat. Natürlich ist das Haus nicht mehr so wie in deiner Erinnerung.«

Sie lachte selbstironisch. »Ich weiß. Oder ich hätte es wissen müssen.«

»Sch.« Er küsste sie auf den Scheitel. »Du machst das gut.«

Sie nickte, und ihr Schlucken war hörbar. »Danke. Wow, die Polizei hatte recht. Das Zimmer ist wirklich ein Saustall.« Sie stieß die Matratze mit einem Zeh an. »Bailey, wie konntest du nur?«

»Kommst du mit? Ich wollte Ed suchen.«

Sie nickte, beinahe hastig. »Ja«, presste sie hervor. »Nur –« *Nur lass mich nicht allein.* »Ich gehe nicht weg, Alex. Kennst du die alte Clownsnummer? Bei der zwei Männer hintereinander in einer riesigen Hose stecken und wie ein Mann gehen? Das machen wir jetzt einfach auch so, nur ohne die Hose.«

Sie kicherte, aber es klang bemüht. »Das ist doch albern, Daniel.«

Er ging los und hatte sie dabei vor sich. »Ed?«, rief er.

Die Hintertür fiel zu, und Ed kam durch die Küche herein. Seine ernste Miene zeigte Überraschung, als er Alex sah. »Hat der Sanitäter gesagt, dass alles mit ihr okay ist?«

»Hast du sie gerufen?«

»Ja. Sie war weiß wie ein Laken, und ihr Puls raste.«

»Danke, Agent Randall«, sagte sie, und Daniel hörte die Verlegenheit in ihrer Stimme. »Mir geht's wieder gut.«

»Das freut mich.« Er wandte sich amüsiert an Daniel. »Ich hatte ihr angeboten, sie zu stützen, aber sie hat mir einen Korb gegeben.«

Daniel bedachte ihn mit einem strafenden Blick, und Ed biss sich auf die Lippe, um nicht zu grinsen. Dann wurde er wieder ernst, verschränkte die Arme vor der Brust und warf einen Blick auf das Chaos. »Das ist inszeniert«, verkündete er, und unter Daniels Kinn ruckte Alex' Kopf hoch.

»Was?«, fragte sie barsch.

»Ja, Ma'am. Jemand wollte, dass es hier wie auf einer Müllhalde aussieht. Der Teppich ist dreckig, aber der Dreck hat sich nicht besonders festgesetzt. Die Teppichfasern sind an der Basis sauber. Hier hat jemand oft gesaugt. Von dem Staub, der hier überall liegt, haben wir verschiedene Proben genommen, aber ich wette, er hat überall dieselbe Zusammensetzung. Sieht aus wie eine Mischung aus Asche und Sand. Die Toiletten sind so sauber, dass man daraus trinken könnte.« Er grinste. »Nicht, dass ich es empfehlen würde.«

»Die Sozialarbeiterin hat gesagt, man hätte Hope in einem Schrank gefunden.« Sie streckte den Finger aus. »In dem hier.«

»Wir sehen gleich nach.«

Daniel kannte Ed gut genug, um zu wissen, dass da mehr war. »Was hast du sonst noch gefunden?«

Alex versteifte sich. »Bitte, sagen Sie es mir.«

»Draußen, im Waldstück hinter dem Haus, hat ein Kampf stattgefunden. Wir haben Blut entdeckt.«

»Wie viel Blut?«, fragte Alex sehr ruhig. Zu ruhig.

»Viel. Jemand hat die Fläche mit Blättern abgedeckt, aber der Wind hat sie wieder fortgeweht. Daher fanden wir blutverschmierte Blätter noch in einiger Entfernung. Tut mir leid.«

Unsicher nickte sie. Sie hatte wieder zu zittern begonnen.

»Ich verstehe.«

Daniel zog sie fester an sich. »Hast du auch im Haus Blut gefunden, Ed?«

»Noch nicht, aber wir haben ja auch gerade erst angefangen. Wieso?«

»Weil Hope ausschließlich mit Rot malt«, antwortete Alex an seiner Stelle. »Aber wenn sie sich die ganze Zeit im Schrank versteckt hat, dann hätte sie kein Blut sehen können.«

»Also war sie entweder draußen oder hat durch ein Fenster gesehen.«

»Ich kümmere mich darum«, versprach Ed.

Daniel stieß Alex sanft an. »Komm, Alex, gehen wir wieder raus. Du hast genug gesehen.«

Ihr Kinn hob sich. »Noch nicht. Darf ich nach oben gehen, Agent Randall?«

»Wenn Sie nichts anfassen.«

Aber sie regte sich nicht. Daniel senkte den Kopf und murmelte in ihr Ohr: »Willst du auf Slapstickart hoch, oder soll ich dich im Höhlenmenschenstil über meine Schulter werfen?«

Sie kniff die Augen zu und verschränkte die verbundenen Hände fest. »Ich muss es tun, Daniel.« Aber ihre Stimme zitterte.

Daniel konnte nicht behaupten, dass er die Idee für gut hielt. Kalter Schweiß hatte sich auf ihrer Stirn gebildet, und jegliche Farbe war ihr aus dem Gesicht gewichen. Dennoch drückte er sie aufmunternd. »Wenn du meinst, dann tun wir es gemeinsam.«

Sie trat zur Treppe und blieb stehen. Jetzt zitterte sie von Kopf bis Fuß, und ihr Atem ging flach und viel zu schnell. Sie packte das Geländer und umklammerte es. »Nur ein verdammtes Haus«, murmelte sie und zog sich zwei Stufen hoch, nur um wieder anzuhalten.

Daniel nahm ihr Kinn und drehte ihr Gesicht zu sich. Ihre Augen blickten glasig.

»Ich kann nicht«, flüsterte sie.

»Dann tu's nicht«, flüsterte er zurück.

»Aber ich muss.«

»Warum?«

»Ich weiß nicht. Ich muss einfach.« Sie schloss die Augen, und ihr Gesicht verzog sich wie unter Schmerzen. »Sie sind so laut«, sagte sie und klang dabei mehr wie ein kleines Kind.

»Was sagen sie?«, fragte er, und ihre Lider flogen auf. »Was?«

»Was schreien die Stimmen?«

»›Nein!‹ Und sie schreit: ›Ich hasse, ich hasse dich. Ich wünschte, du wärst tot.‹« Tränen liefen ihr nun über die Wangen.

Daniel wischte die Tränen mit dem Daumen ab. »Wer? Wer sagt das?«

Sie schluchzte jetzt. »Meine Mom. Es ist meine Mom.«

Daniel drehte sie in seinem Arm herum, und sie packte seine Jackenaufschläge, während krampfartige Schluchzer ihren Körper schüttelten.

Rückwärts trat er mit ihr im Arm die wenigen Stufen, die sie geschafft hatten, hinab.

Als sie draußen waren, packten die Sanitäter gerade ihre Ausrüstung ein.

Bledsoe sah Alex, die mehr taumelte, als dass sie ging, und marschierte sofort auf sie zu. Daniel bedachte ihn mit einem eiskalten Blick, und Bledsoe blieb wie angewurzelt stehen.

»Was ist passiert?«, fragte er.

»Das ist keine stinknormale Panikattacke«, knurrte Daniel. »Gehen Sie mir aus dem Weg.«

Bledsoe setzte sich rückwärts in Bewegung. »Es tut mir leid. Ich dachte nicht …«

»Verdammt richtig, Sie haben nicht gedacht. Ich sagte, aus dem Weg!«

Bledsoe stieß gegen die Bürgersteigkante. »Ist sie … ist alles in Ordnung mit ihr?«

Sie weinte noch immer in seinen Armen, und es brach Daniel das Herz. »Nein.«

Dutton, Dienstag, 30. Januar, 18.45 Uhr

Eine schlanke Rothaarige saß auf der Treppe zu Alex' Veranda und hatte den Kopf in die Hände gelegt.

Die Eingangstür stand offen, und sobald Daniel die Autotür öffnete, hörte er die Tonfolge, von der Alex ihm erzählt hatte. Wieder und wieder und wieder.

Die Rothaarige hob den Kopf, und Daniel sah eine frustrierte Frau am Rande der Beherrschung. Dann fiel ihr Blick auf Alex, und sie kam rasch auf die Füße. »Mein Gott. Was ist passiert?«

»Alles okay«, sagte Daniel. Er ging um den Wagen herum und half Alex hinaus. »Komm, Riley.« Der Hund sprang träge auf die Straße.

Alex verzog das Gesicht, als sie die Musik hörte. »Sie spielt also immer noch.«

Die Rothaarige nickte. »O ja.«

»Warum ziehen Sie nicht einfach den Stecker?«, fragte Daniel, und die Frau warf ihm einen derart zornigen Blick zu, dass er beinahe zurückgewichen wäre. »Dummer Vorschlag?«

»Ich hab's ja versucht. Den Stecker zu ziehen, meine ich«, sagte sie gepresst. »Sie hat sofort angefangen zu weinen. Laut und heftig.« Wütend und hilflos sah sie Alex an. »Jemand hat sogar die Polizei gerufen.«

»Mach keine Witze«, sagte Alex. »Und?«

»Ein Deputy namens Cowell kam. Er hat gesagt, er müsse das Sozialamt anrufen, wenn das Mädchen nicht zu schreien aufhört. Die Nachbarn würden sich beschweren. Also habe ich das Ding wieder in Gang gesetzt, aber wir müssen uns überlegen, was wir tun sollen. Alex, vielleicht müssen wir ihr doch Medikamente zur Beruhigung geben.«

Alex ließ frustriert die Schultern hängen. »Oh, verdammt. Daniel, meine Cousine, Dr. Meredith Fallon. Meredith, Agent Daniel Vartanian.« Sie senkte den Blick. »Und Riley.«

Meredith nickte. »Das dachte ich mir schon. Komm rein, Alex, du siehst gruselig aus. Bitte entschuldigen Sie meine Unhöflichkeit, Agent Vartanian. Meine Nerven sind ein wenig strapaziert.«

Das konnte er nachvollziehen. Obwohl er erst ein paar Minuten hier war, begann die Musik bereits, ihn mürbe zu machen, und er wollte sich nicht einmal vorstellen, wie es einem nach mehreren Stunden gehen musste. Er folgte den beiden Frauen ins Wohnzimmer, wo ein kleines Mädchen mit goldenen Locken vor der Orgel saß und mit einem Finger spielte. Sie schien nicht einmal wahrzunehmen, dass jemand hereingekommen war.

Alex presste die Lippen zusammen. »Das dauert schon viel zu lange. Wir müssen Hope dazu bringen, mit uns zu sprechen.«

Alex ging zur Wand und zog den Stecker. Die Musik brach ab, und Hopes Kopf fuhr hoch. Sie öffnete den Mund, und ihre Brust hob sich, als sie Luft holte, aber bevor sie auch nur einen Laut von sich geben konnte, hockte sich Alex vor sie hin. »Nein. Nicht schreien.« Sie legte ihre Hände auf die Schultern des Mädchens. »Sieh mich an, Hope. Sofort.«

Verblüfft hob Hope den Kopf und tat es.

Hinter ihr schnaufte Meredith frustriert. »›Nicht schreien‹«, brummte sie. »Ich wünschte, diese Zauberformel wäre mir eingefallen.«

»Sch«, machte Daniel warnend.

»Ich komme gerade von eurem Haus, Hope«, sagte Alex. »Liebes, ich weiß, was du gesehen hast. Jemand hat deiner Mami wehgetan.«

Meredith fuhr überrascht zu Daniel herum. »Sie waren beim Haus?«, bildete sie lautlos mit den Lippen, und er nickte.

Hope starrte Alex an. Ihre Miene wirkte gequält, aber anstatt zu schreien, begann sie, stumm zu weinen.

»Du hast furchtbare Angst«, sagte Alex. »Und ich auch. Aber, Hope, deine Mami liebt dich. Das weißt du. Sie hätte dich niemals verlassen.«

Daniel fragte sich, wen Alex eigentlich überzeugen wollte – Hope oder sich selbst. *Ich hasse dich. Ich wünschte, du wärst tot.* Ob ihre Mutter die Worte nun tatsächlich gesagt hatte oder nicht, in Alex' Bewusstsein waren sie real. Es war eine schreckliche Belastung, mit etwas Derartigem leben zu müssen, das wusste er selbst nur allzu gut.

Hope hatte begonnen, sich auf der Bank vor und zurück zu wiegen, und Alex setzte sich neben sie, zog sie an sich und wiegte sich mit ihr. »Sch. Ich bin hier. Meredith ist hier. Wir lassen dich nicht allein. Du bist hier in Sicherheit.«

Riley tappte zur Orgel und stupste seine Nase an Alex' Wade.

Alex nahm Hopes geballte Faust, löste behutsam die Finger und legte ihre Hand auf Rileys Kopf. Riley stieß einen seiner hochdramatischen Seufzer aus und legte die Schnauze auf Hopes Knie. Beinahe automatisch begann Hope, seinen Kopf zu streicheln.

Meredith Fallon zog neben Daniel schaudernd den Atem ein. »Ich hoffe nur, dass es sich mit dem Streicheln nicht wie mit dem Ausmalen verhält. Sonst haben Sie bald einen kahlen Hund.«

»Wir setzen ihm eine Kappe auf. Er steht auf Baseball«, sagte Daniel.

Meredith prustete los, aber es klang wie ein Schluchzen. »Sie ist also im Haus gewesen.«

Daniel seufzte. »Ja.«

»Und Sie waren dabei.«

»Wieder ja.«

»Danke.« Sie räusperte sich. »Alex, ich habe Hunger, und ich muss eine Weile von hier verschwinden. Als ich heute Morgen gelaufen bin, bin ich an einer Pizzeria neben der Post vorbeigekommen.«

»Presto's Pizza?«, fragte Daniel überrascht.

»Sie kennen den Laden?«

»Ich habe mich als Kind von Peperoni-Pizza ernährt. Ich hätte nicht gedacht, dass es den noch gibt.«

»Dann gehen wir dorthin. Alex, leg Make-up auf. Wir gehen essen.«

Alex hob den Kopf. »Ich denke nicht. Wir wollten zu Schwester Anne.«

»Danach. Hope muss auch mal hier raus. Ich habe sie mit Samthandschuhen angefasst und sie beobachtet. Du hast gerade einen Durchbruch erreicht. Ich will nicht, dass sie wieder in alte Gewohnheiten zurückfällt.«

»Alex, wir müssen wirklich etwas essen«, sagte Daniel und erhielt dafür einen anerkennenden Blick von Meredith. »So lange wird es nicht dauern, und anschließend können wir immer noch zum Obdachlosenasyl.«

Sie nickte. »Du hast recht. Tut mir leid, Daniel, ich war egoistisch. Wahrscheinlich kann ich im Augenblick nicht geradeaus denken.«

»Schon gut. Du hattest einen nicht ganz einfachen Tag.«

Und weil sie so aussah, als brauchte sie es, ging er zu ihr und zog sie in die Arme. Sie legte ihre Wange an seine Brust, und er gestand sich ein, dass auch er es brauchte. »Los, zieh dich rasch um.« Er sah auf Hope herab, die immer noch Riley streichelte. Riley bedachte ihn mit einem schwermütigen Blick, und er lachte leise. »Und beeil dich bitte, bevor Riley ein Toupet braucht.«

Dienstag, 30. Januar, 19.00 Uhr

Er umklammerte das Steuer und sah in den Rückspiegel. Nervös fuhr er sich über die Lippen. Er war noch immer da. Der Wagen verfolgte ihn schon, seit er auf die US-19 gebogen war.

Rhett Porter hatte keine Ahnung, wohin er wollte. Er wusste nur, dass er fortmusste. *Verschwinde.* Er war ein Gezeichneter. Er hatte es gewusst, sobald sein Freund verächtlich »Nichts« hervorgestoßen hatte. Sein Freund. Er schnaubte. Von wegen.

Ein toller Freund, der dich wie eine heiße Kartoffel fallen lässt, sobald es brenzlig wird.

Er musste weg. Er wusste zu viel. Er wusste Dinge, die jeder halbwegs verantwortungsvolle Staatsanwalt wissen wollte. Für die jeder zahlen würde. Und er würde eine Bezahlung in Form von Zeugenschutz verlangen.

Er würde irgendwo hinziehen, sich seinen Südstaatenakzent abtrainieren, untertauchen.

Er hörte das Aufheulen des Wagens hinter ihm, kurz bevor er den Ruck spürte. Das Steuerrad entglitt seinen Händen, als die Reifen über den Straßenrand holperten. Er versuchte, den Wagen unter Kontrolle zu bringen, aber es war schon zu spät. Sein Wagen raste über die Böschung und kippte nach vorn. Er sah, wie die Bäume vorbeirasten, hörte das Knirschen von Metall und Holz.

Dann ein heftiger Schlag auf seinen Schädel, einen durchdringenden Schmerz in der Brust. Schwindel, als sich der Wagen wieder und wieder überschlug. Der metallische Geruch nach Blut. Sein Blut. *Ich blute.*

Als die Welt aufhörte, sich zu drehen, hob er halb betäubt den Blick. Er hing, noch immer angeschnallt, kopfüber im Sitz. Er hörte Schritte und sah zwei Knie, als sich jemand hinhockte und in das Wrack blickte, das sein Wagen gewesen war. Seine Hoffnung endete, als die Augen, die er kannte und denen er einmal vertraut hatte, durch die zerborstene Windschutzscheibe blickten.

Dennoch versuchte er es. »Hilf mir«, stöhnte er.

Der andere verdrehte die Augen. »Typisch. Der gesetzestreue Bürger, der sich brav anschnallt. Du kannst noch nicht einmal richtig sterben.«

Die Augen verschwanden. Schritte entfernten sich, kehrten zurück.

»Hilf mir, bitte.«

»Du bist unfähig, Porter.« Er schlug mit dem Ellenbogen den Rest der zerbrochenen Scheibe ein, griff hinein und zog den Zündschlüssel ab. Einen Augenblick später wurden die Schlüssel wieder zurückgesteckt. Ein Schlüssel, das wusste Rhett, würde fehlen. Er hätte beinahe gelächelt. Wie gerne würde er dabei sein und ihre verdatterten Blicke erleben, wenn sie sahen, was dieser Schlüssel enthüllte.

Dann roch er Benzin und den beißenden Geruch von brennendem Zunder und wusste Bescheid.

Jetzt sterbe ich. Er schloss die Augen und verfluchte die Männer, die er so lange gedeckt hatte. Dreizehn Jahre lang hatte er das Geheimnis bewahrt. Es war vorbei.

Wir sehen uns alle in der Hölle.

Er stand auf der Straße, die Hände in die Hüften gestemmt, und sah zu, wie das Feuer den Wagen unter ihm auffraß. Er konnte die Hitze noch hier oben spüren. Bald würde jemand vorbeikommen. Er stellte den Benzinkanister in den Kofferraum und fuhr davon. *Mach's gut, Igor, du dummer Hurensohn.*

Er schluckte. Sie waren einmal sieben gewesen. Heute waren sie nur noch zu dritt.

Er war auch für die Eliminierung des anderen zuständig gewesen. DJs Leiche war nie gefunden worden. Er erinnerte sich noch an den Schwefelgeruch des Sumpfes, an das Platschen, als er DJs Körper über den Bootsrand geworfen hatte. Wahrscheinlich hatte er noch in der gleichen Nacht als Festmahl für einen Alligator gedient.

DJ war eine Gefahr für sie gewesen. Glücksspiele, Alkohol, Frauen. Sehr viele Frauen. Sie hatten Jared O'Brien nicht umsonst den Spitznamen Don Juan gegeben. Wenn Jared betrunken war, hatte er gerne schwadroniert und gejammert. Es war nur eine Frage der Zeit gewesen, bis er sie alle verraten hätte. So hatten sie vor der Wahl gestanden, und die war ihnen erstaunlich leichtgefallen.

Er dachte an die anderen beiden, die bereits tot waren. Daniel Vartanian hatte praktischerweise Ahab erledigt. Nicht, dass sie es je gewagt hätten, Simon in seinem Beisein so zu nennen. Simon war ein unangenehmer Kerl gewesen, und seine Beinprothese war nicht das einzige Thema, das man tunlichst anzusprechen vermied. Er erinnerte sich noch an das erste Mal, als sie Simon begraben hatten. An die Erleichterung, die alle empfunden, aber keiner ausgesprochen hatte.

Und der andere? Es war nur eine Frage der Zeit gewesen, und tatsächlich hatte es ihn eher erstaunt, dass Po'boy, der in jedem verdammten Kriegsgebiet dieser Erde Granaten ausgewichen war, überhaupt so lange überlebt hatte. Schließlich hatte irgendein irakischer Rebell Wade ausgeschaltet. Er war enorm erleichtert gewesen, als er hörte, dass Duttons Kriegsheld in einer Holzkiste nach Hause kommen würde. Auch Wade Crighton war eine Bedrohung für sie alle gewesen, der Einzige, der die Stadt verlassen hatte, der Einzige, der sich der Kontrolle der anderen entzogen hatte.

Nun, natürlich abgesehen von Simon. Sie hatten sich in Sicherheit gewähnt, weil sie ihn all die Jahre für tot gehalten hatten. Wahrscheinlich musste er Daniel Vartanian dankbar sein, dass er den Mistkerl ein für alle Mal von dieser Erde getilgt hatte, aber allein der Gedanke, Vartanian für irgendetwas zu danken, machte ihn krank. Simon war verrückt gewesen, aber Daniels Selbstherrlichkeit war unerträglich.

Nun waren sowohl Simon als auch Wade tot, genau wie Jared und Rhett.

Und sie waren nur noch zu dritt. Simon und Wade waren außerhalb seiner Reichweite gestorben, sodass er keine Ahnung hatte, wo ihre Schlüssel waren. Vor einer Woche noch hatte er geglaubt, die Lösung all seiner Probleme seien die Schlüssel. Aber nun waren die Schlüssel das geringste Problem.

Janet und Claudia waren tot, gestorben wie Alicia Tremaine. *Und ich bin's nicht gewesen.* Sein Chef genauso wenig. *Ich muss ein Idiot gewesen sein, ihn für den Täter zu halten.* Harvard war ein kranker Bastard, aber er war nicht dumm.

Damals waren sie alle dumme Jungen gewesen, doch nun waren sie erwachsen. Führende Persönlichkeiten. Sie hatten diesen wackeligen Waffenstillstand jahrelang aufrechterhalten, da keiner von ihnen das Leben, das er sich aufgebaut hatte, wieder verlieren wollte. Sie waren respektierte, geachtete Stützen der Gemeinde.

Jemand anderes hatte also Janet und Claudia umgebracht, jemand, der Alicia Tremaines Tod bis ins kleinste Detail kopiert hatte. Es mochte ein Nachahmer gewesen sein.

Nur, dass ein Nachahmer nichts von den Schlüsseln hätte wissen können. Er dachte an Rhett Porter. Jemand wollte sie in Angst und Schrecken versetzen. In Panik. Rhett war in Panik geraten, und nun war er tot.

Blieben noch drei. Wenn nicht noch einer in Panik geriet, dann würde niemand je herausfinden, was geschehen war, würde niemand sie je mit Alicia Tremaine in Verbindung bringen.

Weil sie sie nicht getötet hatten. Sie hatten sie vergewaltigt, aber sie hatten sie weder getötet noch in eine Decke eingewickelt und in einen Graben geworfen. Der Mann, der Alicia umgebracht hatte, verrottete seit dreizehn Jahren in einer Gefängniszelle. Niemand würde sie jemals verdächtigen, wenn sie nur den Mund hielten. Sie mussten nur alle die Ruhe bewahren.

Bleib ruhig. Und denk nach. Er musste herausfinden, wer diese Frauen umgebracht hatte, bevor es Vartanian tat. Wenn Vartanian ihn zuerst schnappte ... Wer immer Janet und Claudia getötet hatte, wusste von dem Club. Und er würde reden. Und dann wäre alles, was sie sich aufgebaut hatten, vernichtet.

Ich muss herausfinden, was Daniel Vartanian weiß. Warum war ausgerechnet Vartanian für diesen Fall eingeteilt worden? Wusste Vartanian es selbst? Wusste er von Simon ... *und uns?* Hatte er Simons Schlüssel gefunden?

Der Wagen vor ihm schlich elend langsam dahin, sodass er auf die Bremse treten musste. Er biss die Zähne zusammen und betätigte die Lichthupe, und sofort wechselte der andere Fahrer die Spur. Gut so.

Wieder konzentrierte er sich auf die leere Straße vor ihm. Es half ihm, einen klaren Kopf zu bekommen, nachzudenken. Falls Vartanian einen Verdacht hatte, sagte er jedenfalls nichts, aber Daniel war schon als Kind ziemlich einsilbig gewesen. Auf seine Art war er beinahe so unheimlich wie Simon. Diese durchdringenden blauen Augen schienen dem Gegenüber bis in die Seele blicken zu können.

Dass Vartanian plötzlich mit Alex Fallon zu tun hatte, war ein weiteres Problem. Selbst wenn man herausfand, wer Janet und Claudia ermordet hatte, war der Schaden schon angerichtet. Alicia Tremaine und ihr Tod vor dreizehn Jahren waren wieder in aller Munde. Dass Alex Fallon, die ihr noch immer so ähnlich sah, nun durch die Stadt marschierte und dumme Fragen stellte, heizte die Gerüchteküche nur an.

Alex Fallon stellte ihre dummen Fragen, weil Bailey noch immer nicht wieder aufgetaucht war. Er hatte es nicht mehr in der Hand, was mit Bailey Crighton geschah, aber sehr wohl, was mit Alex Fallon geschah. Sein Handlanger hatte es heute Nachmittag gewaltig verdorben. Der Mann hatte sie nur beobachten, ihm Bericht erstatten und sie gegebenenfalls daran hindern sollen, mit den falschen Leuten zu sprechen. Von Mord war nie die Rede gewesen. Es gab andere, weit diskretere Methoden, jemanden loszuwerden. Damit kannte er sich aus. Er würde Alex Fallon auf diskrete Art loswerden. Dann würde er herausfinden, wer sie mit den toten Frauen und den Schlüsseln verhöhnte. Bevor sich Vartanian ihn schnappte.

Denn wenn Daniel erfuhr, was tatsächlich geschehen war, war alles aus. Sie würden ins Gefängnis gehen. *Aber lieber sterbe ich.* Er trat das Gaspedal durch und jagte zur Stadt zurück. Er würde weder ins Gefängnis gehen noch sich umbringen. Er würde dieses Schwein finden.

Mack senkte die Kamera und lächelte grimmig. Er hatte doch gewusst, dass sie übereinander herfallen würden. Er hatte nur nicht geglaubt, dass es so schnell geschehen würde. Sobald einer von ihnen im vergangenen Monat eine Spazierfahrt aus der Stadt hinaus unternommen hatte, war Mack gefolgt. Gewöhnlich war er mit köstlichen Geheimnissen belohnt worden, und der heutige Abend bildete keine Ausnahme.

Nun waren aus vier drei geworden, und Mack war der Erfüllung seiner Wünsche einen Schritt näher gekommen. Er klickte sich durch die Aufnahmen im Speicher seiner Kamera. Sein Plan für die verbleibenden drei stand fest, aber diese Bilder würden sehr praktisch sein, falls er auf einen Plan B zurückgreifen musste. Es war wichtig, sich stets ein Hintertürchen offen zu lassen, einen Plan B zu haben, einen Fluchtweg zu kennen. Auch das war eine Lektion, die er im Gefängnis gelernt hatte.

Apropos Lektion ... Auch er musste nun wieder eine erteilen. In wenigen Stunden würde er stolzer Besitzer eines weiteren hübschen Mädchens und einer sehr schicken Corvette sein.

11. Kapitel

Dutton, Dienstag, 30. Januar, 19.30 Uhr

»Tja.« Meredith nippte an ihrem Drink, hielt den Kopf gesenkt und blickte aus den Augenwinkeln aufgesetzt verschwörerisch nach rechts und links. »Verdammt cool, eine berühmte Persönlichkeit zu sein.«

Alex sah sie über den Tisch in Presto's Pizza Parlor hinweg zerknirscht an. »Ich habe ja versucht, dich zu warnen. Die Leute starren mich schon die ganze Woche über an.« Sie warf Daniel einen finsteren Blick zu, der demonstrativ seinen Arm um sie gelegt hatte, sobald sie sich an einem Tisch niedergelassen hatten. »Und du machst es nicht besser.«

Er zuckte die Achseln. »Sie wissen doch ohnehin schon, dass ich dich gestern Nacht geküsst habe.«

»Und dass er mit dir Baileys Haus betreten hat«, fügte Meredith hinzu.

Alex zog den Kopf ein. »Ernsthaft? Aber das ist doch vorhin erst passiert.«

»Tja, das hört man so an der Jukebox. Du bist ohnmächtig geworden, und Daniel hat dich auf den Armen nach draußen getragen.«

»Ich bin gar nicht ohnmächtig geworden. Und ich habe das Haus auf meinen eigenen Füßen verlassen.« Sie schürzte die Lippen. »Wirklich, können sich die Leute nicht um ihren eigenen Kram kümmern?«

»Sei nicht ungerecht«, murmelte Daniel. »Es passiert nicht oft, dass zwei Einheimische nach langer Zeit gleichzeitig wieder in ihr Kaff zurückkehren.«

»Und miteinander Unzucht treiben.« Meredith hob abwehrend die Hand. »Ihre Worte, nicht meine. Ich schwör's.«

Alex verengte die Augen. »Wer ist ›sie‹?«

Daniel zog sie fester an sich. »Ist doch egal. Wir sind hier, und wir sind Futter für die Öffentlichkeit, bis eine andere Sau durchs Dorf läuft.«

Meredith sah auf die Zeichnung, die Hope auf ihrem Platzdeckchen gemacht hatte. »Sehr schön, Hope.«

Alex seufzte. »Und sehr rot«, sagte sie so leise, dass nur Daniel es hören konnte. Er drückte ihr stumm die Schulter. Sie sah zu ihm auf. »Hat Agent Randall noch etwas gefunden, das dir bei den anderen beiden Fällen weiterhilft?«, flüsterte sie. Er legte den Finger an die Lippen und schüttelte den Kopf.

»Nicht hier«, flüsterte er.

Er sah sich um und musterte die Gesichter, die sie beobachteten. Seine Augen wurden hart und misstrauisch, und sie wusste, dass er überlegte, ob die Person, die für die beiden Morde und Baileys Verschwinden verantwortlich war, hier saß und ihnen zusah.

Mir zusieht, dachte sie und versuchte, die Übelkeit, die sich in ihr breitmachte, zu unterdrücken. Sie blickte auf ihre aufgeschürften Hände. Sie hatte die dicken Verbände abgenommen, aber sie musste nur auf die Wunden sehen, um den Schock des Nachmittags noch einmal zu spüren. Die quietschenden Reifen und die Schreie – sowohl die der Zeugen als auch die in ihrem Kopf.

Jemand hatte versucht, sie umzubringen. Sie konnte es noch immer nicht fassen.

Jemand hatte zwei Frauen umgebracht. Auch das konnte sie noch immer nicht fassen.

Jemand hatte Bailey entführt. Obwohl sie es im Stillen gewusst hatte, machte es die Tatsache, dass Blut vergossen worden war, realer. Sie dachte an das Haus. Nun, da sie Abstand hatte, konnte sie die Ereignisse ein wenig objektiver betrachten.

»Das hat mich noch niemand gefragt«, murmelte sie und bemerkte, dass sie die Worte laut ausgesprochen hatte.

Daniel lehnte sich zurück und sah sie an. »Was?«

Sie begegnete seinem Blick. »Was sie schreien.«

Seine blauen Augen flackerten leicht. »Wirklich nicht? Das überrascht mich. Aber ... wusstest du schon immer, was sie schreien, oder ist es dir erst heute bewusst geworden?«

Ich hasse dich. Ich wünschte, du wärst tot. Sie sah zur Seite. »Ich wusste es schon immer, aber als ich da stand ... da war alles so klar und deutlich. Als sei es erst gestern geschehen.«

Er schob seine Hand unter ihr Haar und massierte genau die Stelle im Nacken, die besonders verspannt war. »Und wer sagt ›Nein‹?«

Sie schluckte. »Ich. Glaube ich. Aber ich bin mir nicht sicher.«

Sein Daumen setzte seine Arbeit fort, und ein wenig der Spannung fiel von ihr ab. Sie ließ das Kinn auf die Brust sinken und … genoss. »Auch das kannst du ziemlich gut.« Sein leises Lachen tat ihr gut. »Schön zu wissen.« Doch allzu bald zog er seine Hand zurück. »Da kommt die Pizza.«

Die große Pfanne glitt auf den Tisch, und Alex blickte in das Gesicht der Kellnerin, das müde und ausgezehrt aussah. Sie kam Alex bekannt vor, aber sie wusste nicht, wo sie sie einordnen sollte.

Die Frau hatte harte Augen und zu viel Make-up aufgelegt. Ihr Alter war nahezu unbestimmbar, es musste irgendwo zwischen fünfundzwanzig und fünfunddreißig liegen. Auf ihrem Namensschild stand »Sheila«.

Sheila blieb einen Moment am Tisch stehen und starrte Daniel an. »Sie sind Daniel Vartanian«, sagte sie schließlich.

Er betrachtete sie genauer. »Ja. Aber leider kann ich mich nicht an Sie erinnern, tut mir leid.«

Ihre rotbemalten Lippen pressten sich zu einer dünnen Linie zusammen. »Nein, das kann ich mir denken. Wir haben auch nicht in denselben Kreisen verkehrt. Mein Vater arbeitete in der Papiermühle.«

Alex' Schultern verkrampften sich. Die Papiermühle war Arbeitgeber für die halbe Stadt gewesen. Baileys Vater hatte ebenfalls dort gearbeitet, und zwar auch an jenem Abend. An jenem Abend, als ihre Mutter ihn dringend gebraucht hätte. *An jenem Abend, an dem ich meine Mutter gebraucht hätte.* Sie schloss die Augen. *Still. Sei still.* Daniel schob wieder seine Hand in ihr Haar und begann zu massieren, und erneut ebbte die Spannung ein wenig ab und schuf Raum für andere Erinnerungen.

»Du bist Sheila Cunningham, stimmt's?«, sagte Alex. »Wir haben in Biologie nebeneinandergesessen.« *In dem Jahr, als ich abgebrochen habe. In dem Alicia starb.*

Sheila nickte. »Ich hätte nicht gedacht, dass du dich an mich erinnerst.«

Alex zog die Brauen zusammen. »Und es gibt viel, an das ich mich nicht erinnere.«

Sheila nickte wieder. »Alles taucht wieder auf.«

»Was können wir für Sie tun, Sheila?«, fragte Daniel.

Sheilas Kiefermuskeln traten hervor. »Sie waren heute mit Alex in Baileys Haus.«

Meredith sah wachsam auf. Die Gäste in der Nische hinter ihnen hatten sich umgedreht und hörten ebenfalls zu.

Sheila schien es nicht zu bemerken. Oder wollte es nicht bemerken.

»Die Leute hier in der Stadt wollen Ihnen erzählen, dass Bailey eine Schlampe war. Ein Flittchen. Aber das ist nicht wahr.« Sheila warf Hope einen kurzen Blick zu. »Sie war eine gute Mutter.«

»Sie sagen ›war‹«, bemerkte Daniel leise. »Wissen Sie, was ihr zugestoßen ist?«

»Nein. Wenn, dann würde ich es Ihnen sagen. Aber ich weiß genau, dass sie dieses Kind da nicht einfach verlassen hätte.« Sie biss sich auf die Innenseiten der Wangen, eindeutig bemüht, nicht das zu sagen, was ihr wirklich auf dem Herzen lag. »Alle hier regen sich auf, dass diese reichen Mädchen tot sind. Niemand hat sich um die ganz normalen gekümmert. Niemand will sich um Bailey kümmern.« Sie wandte sich an Alex. »Außer dir.«

»Sheila.« Der barsche Ruf kam vom Fenster zur Küche. »Komm jetzt her.«

Sheila schüttelte den Kopf, und auf ihren Lippen erschien ein spöttisches Lächeln. »Upps. Ich muss wieder. Hab wohl zu viel gesagt. Bloß keine Wellen schlagen, bloß keine wichtigen Leute verärgern.«

»Und warum nicht?«, hakte Daniel nach. »Was würde dann passieren?«

Ihre roten Lippen verzogen sich höhnisch. »Fragen Sie doch Bailey. Oh, Moment. Geht ja gar nicht.« Sie machte auf dem Absatz kehrt und betrat die Küche durch die Schwingtür.

Alex lehnte sich auf der Bank zurück. »Puh.«

Daniel beobachtete die noch immer schwingende Küchentür. »Ja, puh.«

Dann widmete er sich der Pizza und verteilte Stücke davon auf ihre Teller, aber seine Miene war angespannt. »Los, Leute. Essen fassen.«

Meredith schob einen Teller unter Hopes gesenkten Kopf, aber das Mädchen starrte nur reglos darauf. »Komm schon, Hope«, sagte sie aufgesetzt fröhlich. »Iss was.«

»Hat sie überhaupt schon etwas gegessen?«, fragte Daniel.

»Wenn man es lange genug vor ihr stehen lässt, nimmt sie immer ein bisschen zu sich«, antwortete Meredith. »Aber bisher hatten wir nur Brote. Das ist unsere erste richtige Mahlzeit, seit ich hier bin.«

»Es tut mir leid«, sagte Alex zerknirscht. »Ich war nicht gerade eine gute Gastgeberin.«

»Ich habe doch gar nichts gesagt.« Meredith biss in ihr Stück Pizza und schloss genießerisch die Augen. »Lecker. Sie hatten recht, Agent Vartanian.«

193

Daniel biss ebenfalls in sein Stück und nickte. »Daniel, bitte. Für manche Dinge lohnt sich eine Heimkehr.« Dann seufzte er, als sich die Eingangstür öffnete. »Na toll.«

Ein großer Mann in einem teuren Anzug durchquerte das Restaurant mit finsterer Miene.

»Der Bürgermeister«, flüsterte Alex Meredith zu. »Garth Davis.«

»Ich weiß«, murmelte Meredith zurück. »Ich habe heute Morgen sein Bild in der Zeitung gesehen.«

»Daniel.« Der Bürgermeister blieb an ihrem Tisch stehen. »Du hast versprochen, mich anzurufen.«

»Wenn ich etwas zu berichten habe. Aber ich habe noch nichts zu berichten.«

Der Bürgermeister legte beide Hände flach auf den Tisch, beugte sich vor und schob sein Gesicht nahe an Daniels heran. »Du wolltest einen Tag Zeit. Du hast gesagt, dass du dran arbeitest. Und doch sitzt du hier.«

»Und doch sitze ich hier«, antwortete Daniel freundlich. »Halte ein wenig Abstand, Garth.«

Der Bürgermeister regte sich nicht. »Ich will neue Informationen.« Er sprach laut, damit ihn sein Publikum hören konnte. Seine Wähler-schaft. So waren sie, die Politiker.

Nun beugte auch Daniel sich vor. »Halte Abstand, Garth«, flüsterte er und sah den Mann so kalt an, dass sogar Alex zurückfuhr. »Tu es.« Davis richtete sich langsam auf, und Daniel holte Luft. »Danke, Bürger-meister Davis. Ich verstehe durchaus, dass Sie sofort über neue Entwick-lungen informiert werden möchten. Und *Sie* verstehen sicher, dass dies nicht der Ort ist, um das zu tun, selbst wenn es welche gäbe. Ich habe im Übrigen heute Nachmittag in Ihrem Büro angerufen. Das Telefon hat lange geklingelt, aber es ist niemand drangegangen.«

Davis verengte die Augen zu Schlitzen. »Ich war bei dem Abgeordne-ten Bowie. Man hat mir nichts gesagt. Es tut mir leid.« Aber sein Blick besagte etwas anderes. »Ich werde allerdings meinen Assistenten fragen, wie es sein kann, dass niemand den Anruf angenommen hat.«

»Tu das. Und falls du immer noch informiert werden willst, dann komme ich deinem Wunsch an einem weniger öffentlichen Ort gerne nach.«

Davis' Wangen färbten sich rot. »Selbstverständlich. Es war ein schlim-mer Tag. Erst Janet, dann Claudia.«

»Und Bailey Crighton«, sagte Alex kühl.

Bürgermeister Davis hatte wenigstens genug Anstand, verlegen auszusehen. »Und Bailey natürlich. Daniel, ich werde heute Abend noch länger im Büro sein. Ruf mich bitte an, wenn du die Zeit findest.«

»Das kann einem allerdings den Appetit verderben«, sagte Alex, als sich der Bürgermeister weit genug entfernt hatte.

»Alex.« Merediths Stimme klang gepresst, und als sie den Kopf wandte, blieb ihr beinahe das Herz stehen.

Hope hatte den Käse von der Pizza gezogen und die Tomatensauce auf ihren Händen und im Gesicht verteilt. Sie sah aus wie blutüberströmt. Während Alex sie noch fassungslos anstarrte, begann sie erneut, sich hin und her zu wiegen.

Daniel reagierte schnell. Er stand auf und wischte dem Kind die Sauce aus dem Gesicht und von den Händen. »Hope, Schätzchen«, sagte er mit aufgesetzter Fröhlichkeit. »Schau dir nur an, was du gemacht hast. Und dein schönes neues Kleid!«

Das Paar in der Nische nebenan drehte sich um, und Alex erkannte Toby Granville und seine Frau. »Kann ich helfen?«, fragte Granville besorgt.

»Nein, danke«, sagte Daniel leichthin. »Wir fahren einfach nach Hause, damit sie sich umziehen kann. Sie wissen ja, wie Kinder so sind.« Er zog seine Brieftasche hervor, als Sheila mit einem feuchten Tuch in den Händen aus der Küche kam.

Sie hatte sie offenbar beobachtet. Wie wahrscheinlich alle in diesem Laden.

Daniel reichte ihr einen gefalteten Geldschein, und Alex sah den weißen Rand seiner Visitenkarte dazwischen hervorlugen. »Behalten Sie bitte das Wechselgeld.« Er zog Alex von der Bank, und sie schnitt ein Gesicht, weil ihre steifen Knie schmerzten. Sie folgte Meredith zur Tür. Daniel hob Hope auf die Arme. »Komm, meine Süße. Wir gehen nach Hause.«

In weniger als fünf Minuten waren sie wieder beim Bungalow. Meredith rannte voran, und als Alex über die Schwelle humpelte, hatte Meredith schon den Prinzessin-Fiona-Frisurenkopf auf den Tisch gestellt. Sie nahm Hope aus Daniels Armen und setzte sie an den Tisch. Dann hockte sie sich neben sie und sah sie eindringlich an.

»Hope. Bitte zeig uns, was mit deiner Mutter passiert ist«, sagte sie leise, aber drängend. Sie nahm eine Dose roter Knete und schüttete den Inhalt in Hopes Hand. »Bitte. Zeig es uns.«

195

Hope schmierte einen Knetklecks auf Fionas Kopf. Dann den nächsten.

Sie machte weiter, bis Fionas Gesicht und Haar über und über mit roter Knete bedeckt waren. Dann ließ sie die Hände sinken und sah Meredith hilflos an.

Alex glaubte, nicht mehr atmen zu können. »Sie hat alles mit angesehen.«

»Was bedeutet, dass sie auch gesehen haben kann, wer es getan hat«, sagte Daniel leise. »Wir bringen euch morgen an einen sicheren Ort, Alex, ich möchte aber Hope noch heute zu einem Zeichner unserer Forensikabteilung bringen. Meredith, mein Chef will, dass sich unsere Psychologin Hope morgen ansieht, aber ich halte es für besser, es noch heute zu tun.«

Alex' Kopf fuhr zu ihm herum. »Meredith ist eine gute Kinderpsychologin«, protestierte sie. »Und Hope vertraut ihr.«

Aber Meredith nickte bereits. »Ich bin ihr schon zu nah, Alex. Ruf deine Psychologin an, Daniel. Ich helfe, wo immer ich kann.«

Atlanta, Dienstag, 30. Januar, 21.00 Uhr

Schon jetzt war mindestens ein Dutzend hübscher Mädchen in der Bar, aber Mack wusste ganz genau, welche die Richtige für ihn war. Das wusste er schon seit fünf Jahren, seit sie und ihre zwei Freundinnen ihren hübschen kleinen Trick abgezogen und damit sein Leben zerstört hatten. Sie hatten sich für so schlau, so clever gehalten. Nun waren Claudia und Janet so tot. Und Gemma würde ihnen bald folgen. Er spürte ein angenehmes Prickeln der Vorfreude, als er sich ihr näherte. Wie sie auch reagieren würde, der Ausgang des Abends stand fest.

Sie würde vergewaltigt, tot und in eine Decke eingewickelt in einem Graben landen. Noch ein weiteres Mittel, um den Säulen der Gemeinde Angst einzujagen. Er lehnte sich gegen die Bar und ignorierte die Proteste der Frau hinter ihm, als er sich viel zu dicht an ihren Barhocker drängte. Sie ging, und das war ihm recht. Er hatte nur Augen für seine Beute. Gemma Martin. Sie war sein erster Fick gewesen. Und er würde ihr letzter sein. Sie waren sechzehn gewesen, und ihr Preis hatte darin bestanden, dass sie eine Stunde mit seiner Corvette durch die Gegend brausen durfte. Sie war betrunken gewesen und hatte ihm eine Schramme in den linken Kotflügel gefahren. Heute Abend war sie fast schon betrunken, und er würde in ihr Schrammen hinterlassen, die man nicht mehr reparieren konnte. Mack hatte vor, seine Rache sehr lange zu genießen.

»Entschuldigung«, rief er über die laute Musik hinweg.

Sie wandte sich zu ihm um und musterte ihn unverhohlen von Kopf bis Fuß. In ihren Augen leuchtete Interesse auf. Fünf Jahre zuvor hatte sie ihn ausgelacht. Jetzt wollte sie ihn und hatte keine Ahnung, wer er war.

Sie legte den Kopf schief. »Ja?«

»Ich habe draußen deine traumhafte rote Corvette gesehen. Ich wollte mir eventuell auch eine kaufen. Wie fährt sich der Wagen denn so?«

Ihr Lächeln war gierig, und Mack erkannte, dass er das Rohypnol heute nicht brauchen würde. Sie würde mit ihm kommen, weil sie es wollte. Das würde ihr Ende umso köstlicher machen. »Ein tolles Auto. Heiß, schnell und gefährlich.«

»Das klingt genau nach dem, was ich suche.«

Atlanta, Dienstag, 30. Januar, 21.00 Uhr

»Bitte rufen Sie mich an, wenn Sie etwas hören«, sagte Daniel und legte auf, als Chase in sein Büro kam. Sein Chef sah genauso müde aus, wie Daniel sich fühlte. Chase hatte sich mit der Führungsetage auseinandersetzen müssen, und seine Miene ließ darauf schließen, dass es kein schönes Gespräch gewesen war.

»Wer war das?«, fragte Chase.

»Fort Benning. Ich habe für diesen Kaplan eine ganze Reihe Nachrichten hinterlassen.«

»Der Kaplan, der Bailey besuchen wollte und stattdessen mit Alex geplaudert hat.«

»Genau der. Er hatte sich in Fort Benning zu seinem Erholungsurlaub abgemeldet und wollte nach Albany, wo seine Eltern leben. Aber er ist dort nicht angekommen. Selbst mit dem Zwischenstopp in Dutton hätte er locker zum Abendessen in Albany sein können. Er gilt jetzt als vermisst.«

»Verdammt, Daniel. Ich will mal wieder eine gute Nachricht hören.«

»Ich glaube, ich weiß, wo Janet entführt worden ist. Ich habe das Gebiet, das die Telefongesellschaft angegeben hat, abgesucht und einen Angestellten in einem Fastfood-Laden gefunden, der sich an sie und ihr Frikadellensandwich erinnert. Sie haben sie auf dem Überwachungsvideo, wie sie gerade bestellt. Da Felicity das Sandwich nicht in ihrem Magen gefunden hat, kann sie es nicht gegessen haben. Ich denke, er ist in den Mini-Van eingebrochen und hat sie überwältigt, sobald sie eingestiegen ist.«

»Haben wir den Wagen auch auf Band?«

»Nein. Die Kameras befinden sich nur in dem Laden, nicht auf dem Parkplatz. Und die umliegenden Geschäfte haben auch keine Kameras installiert. Ich habe mich bereits erkundigt.«

Chase rieb sich die Stirn. »Dann sagen Sie mir wenigstens, dass der Zeichner etwas bei dem Kind erreicht hat.«

»Ein Zeichner steht erst morgen wieder zur Verfügung«, sagte Daniel und hielt beschwichtigend die Hand hoch, als Chase Anstalten machte, zu explodieren. »Zanken Sie sich deswegen nicht mit mir. Beide Zeichner arbeiten gerade mit anderen Opfern. Wir sind die nächsten in der Schlange.«

»Und wo ist das Kind jetzt?«, fauchte Chase.

»Chase.« Mary McCrady betrat Daniels Büro und warf Chase einen tadelnden Blick zu. »Das Kind heißt Hope.«

Daniel mochte Mary McCrady. Sie war ein wenig älter als er, ein wenig jünger als Chase. Sie hatte ausgesprochen bodenständige Ansichten, ließ sich von niemandem einschüchtern und schützte ihre Patienten mit einer Zähigkeit, die ihn beeindruckte.

Chase verdrehte die Augen. »Ich bin müde, Mary. Mein Chef und *sein* Chef haben mich gerade eine volle Stunde lang in Stücke gehackt und in kleine Scheibchen zerlegt. Sagen Sie mir bitte, dass Sie etwas bei Hope erreicht haben.«

Mary hob die Schultern. »Sie sind ein großer Junge, Chase. Sie überstehen es, gelegentlich in Scheibchen geschnitten zu werden. Hope ist ein traumatisiertes Kind. Sie übersteht es nicht.«

Chase wollte wieder ansetzen, doch Daniel schnitt ihm das Wort ab. »Also, Mary, haben Sie etwas herausfinden können?«

Mary setzte sich auf einen Stuhl. »Nicht viel. Dr. Fallon hat getan, was ich auch getan hätte. Sie hat mit Hope gespielt und ihr das Gefühl der Sicherheit gegeben. Ich kann nichts aus Hope herausholen, was sie nicht preisgeben will.«

»Also haben wir nichts.« Chase schlug den Kopf leicht gegen die Wand. »Phantastisch.«

Mary warf ihm einen verärgerten Blick zu. »Ich habe nicht gesagt, dass wir nichts haben, sondern nicht viel.« Sie zog ein Blatt Papier aus ihrer Mappe. »Das hat sie gezeichnet.«

Daniel betrachtete die Kinderzeichnung und erkannte eine Gestalt, die am Boden lag und deren Kopf rot übermalt war. Eine andere Gestalt, offenbar männlich, stand aufrecht daneben und war so groß, dass sie beinahe das ganze Blatt ausfüllte. »Das ist allerdings eine ganze Menge mehr, als wir vorher hatten. Bisher hat sie nur ausgemalt.«

Mary stand auf und kam an seine Seite des Tisches. »Meiner Meinung nach soll das hier Bailey sein.« Sie deutete auf die liegende Figur.

»Würde ich auch sagen.« Er warf ihr einen knappen Seitenblick zu. »Meredith Fallon hat Ihnen von der Tomatensauce und der roten Knete erzählt?«

»Ja.« Mary zog die Stirn in Falten. »Ich will die Kleine nicht zu sehr drängen, aber wir müssen herausfinden, was sie genau gesehen hat.« Sie deutete auf die stehende Gestalt. »Baileys Angreifer.«

»Äh, ja, auch das dachte ich mir. Ganz schön riesig.«

»Das ist natürlich nicht die echte Größe des Mannes«, sagte Mary.

»Sie hat die Bedrohung oder seine Macht als riesig empfunden und das bildlich dargestellt«, sagte Chase. Als sich Mary überrascht zu ihm umdrehte, hob er verlegen die Schultern. »Na ja, ich bin ja kein Unmensch, Mary. Ich weiß, dass das Kind Schlimmes durchgemacht hat. Aber je eher wir etwas aus ihr herausbekommen, umso schneller können Sie damit beginnen, sie … wieder in Ordnung zu bringen.«

Mary seufzte, halb verärgert, halb amüsiert. »Wir behandeln sie, Chase, wir bringen sie nicht wieder in Ordnung. Sie ist kein Apparat, den man reparieren kann.« Sie wandte sich wieder dem Bild zu. »Er trägt eine Kappe.«

»Eine Baseballkappe?«, fragte Daniel.

»Schwer zu sagen. Kinder in ihrem Alter haben nur eine begrenzte Anzahl grafischer Bilder, die sie malen können. Die Kopfbedeckungen sehen, genau wie die Figuren, meistens gleich aus. Aber sehen Sie sich seine Hand an.«

Daniel rieb sich die Augen und hob das Bild näher an die Augen. »Ein Stock. Von dem Blut tropft.«

»Hat Eds Team irgendeinen blutigen Stock gefunden?«, fragte sie.

»Sie sind bei der Arbeit«, sagte Daniel. »Sie haben Scheinwerfer aufgestellt und suchen nach der Stelle, an der sich Hope versteckt haben kann. Warum ist der Stock so winzig?«

»Weil sie die Erinnerung unterdrückt«, sagte Chase. »Er jagt ihr Angst ein, daher macht sie ihn in ihrem Verstand so klein wie möglich.«

Mary nickte. »So ungefähr. Wir haben für heute Schluss gemacht. Nach diesem Bild habe ich es nicht gewagt, sie noch weiter zu drängen. Wir können morgen weitermachen. Ruhen Sie sich ein bisschen aus, Daniel.« Ihre Lippen verzogen sich zu einem kleinen Lächeln. »Ein ärztlicher Rat.«

»Ich versuch's. Gute Nacht, Mary.« Als sie gegangen war, betrachtete Daniel das Bild. Er hatte ein schlechtes Gewissen und fühlte sich hin- und hergerissen. »Eigentlich wünsche ich mir nichts mehr, als dass Alex, Hope und Meredith irgendwo an einem sicheren Ort untergebracht werden. Aber bisher sind Hope und Alex unsere einzige Verbindung zu dem Täter, wer auch immer all das plant und ausführt. Wenn wir sie verstecken ...«

Chase nickte. »Ja, ich weiß. Ich habe ihren Polizeischutz verstärkt. Da inzwischen genug Gründe vorliegen, wird sie jetzt rund um die Uhr überwacht. Wenigstens etwas, das ich bei der Konferenz eben durchsetzen konnte.«

»Das dürfte Alex beruhigen. Und mich auch. Danke, Chase.«

»Mary hat recht. Gehen Sie schlafen, Daniel. Wir sehen uns morgen früh.«

»Ich habe Ed für acht Uhr bestellt.« Im Geist rechnete Daniel aus, wie viel Zeit er in der morgendlichen Rushhour von Dutton bis zum GBI brauchen würde. Denn trotz der Polizeipräsenz vor der Haustür würde Daniel kein Risiko eingehen. Im Wohnzimmer des Bungalows stand ein Sofa, das groß genug war. Er würde heute Nacht dort schlafen.

Dienstag, 30. Januar, 21.00 Uhr

Sein Handy klingelte. Der Apparat, der nicht auf seinen Namen registriert war. Er musste nicht erst auf das Display sehen, um zu wissen, wer ihn anrief. Er war der Einzige, der je diese Nummer wählte.

»Ja.« Er klang müde, er konnte es selbst hören. Und er *war* es ... körperlich wie seelisch. Sofern er noch eine Seele besaß. Er dachte an den Ausdruck in Rhett Porters Augen kurz vor seinem Tod. *Hilf mir.*

»Ist er erledigt?« Die Stimme war kalt und ließ keine Schwäche zu.

Also richtete er sich kerzengerade auf. »Ja. Rhett ist in Rauch aufgegangen.«

Der andere grunzte. »Du hättest ihn den Alligatoren vorwerfen sollen, wie du es mit DJ getan hast.«

»Ja, vielleicht, habe ich aber nicht. Ich hatte keine Zeit, in den Sumpf zu fahren. Hör zu, ich bin müde. Ich fahre nach Hause und …«

»Nein, tust du nicht.«

Er wollte seufzen, unterdrückte es aber. »Und warum nicht?«

»Weil du noch nicht fertig bist.«

»Ich kümmere mich um Fallon. Ich habe bereits einiges in Gang gesetzt. Es wird diskret vonstattengehen.«

»Gut, aber das ist noch nicht alles. Vartanian ist heute mit Alex Fallon und Baileys Kind essen gewesen.«

»Redet das Kind wieder?«

»Nein.« Eine zornige Pause. »Aber es hat sich das ganze Gesicht mit Tomatensauce vollgeschmiert. Sah aus wie blutüberströmt.«

Er erstarrte. Sein Verstand suchte verzweifelt nach einer Erklärung. »Das kann nicht sein. Sie hat in dem Schrank gesteckt. Sie hat nichts gesehen.«

»Dann hat sie vielleicht übersinnliche Kräfte.« Die Worte kamen sarkastisch und scharf heraus. »Aber Baileys Tochter *hat* etwas gesehen, Sweetpea.«

Sein Magen revoltierte. »Nein.« *Sie ist doch noch ein Kind.* Niemals könnte er … »Sie ist doch bloß ein kleines Mädchen.«

»Wenn sie dich gesehen hat, bist du erledigt.«

»Sie hat mich nicht gesehen.« Verzweiflung schnürte ihm die Kehle zu. »Ich war draußen.«

»Und du bist reingegangen.«

»Aber alles, was sie hätte sehen können, war, wie ich das Haus präpariert habe. Ich habe mir Bailey draußen geschnappt.«

»Und ich sage dir, dass ein ganzes Restaurant gesehen hat, wie sich das Kind mit Sauce beschmierte.«

»Kinder tun so etwas nun mal. Dabei denkt sich doch keiner etwas.«

»Normalerweise nicht.«

»Was noch?«, fragte er betäubt.

»Sheila Cunningham.«

Er schloss die Augen. »Was hat sie gesagt?«

»Hauptsächlich, dass Bailey nicht die verantwortungslose Schlampe war, als die man sie darstellt. Und dass sich jeder wegen der reichen

Mädchen aufregt, sich aber niemand um die normalen gekümmert hat – dass sich niemand um Bailey kümmert.«

»Das ist alles?« Ein wenig Zuversicht kehrte in seinen Verstand zurück. »Also hat sie gar nichts gesagt.«

»Hast du mir nicht zugehört?«

In der eiskalten Stille, die folgte, kapierte er schließlich.

»Oh, verdammt.«

»Ja. Und du kannst darauf wetten, dass unser guter alter Dannyboy es auch begriffen hat. *Er* ist nämlich kein Idiot.« Er schluckte die Beleidigung. »Hat er noch länger mit Sheila gesprochen?«

»Nein, noch nicht. Er hat das Kind so schnell aus dem Lokal geschleppt, dass einem schwindelig werden konnte. Aber er hat Sheila seine Karte gegeben.«

Dreck. »Warst du dabei?«

»Ja. Ich habe alles gesehen. Außerdem ist es *das* Gesprächsthema in der Stadt.«

»Und? Ist Vartanian zurückgekehrt, um sich noch einmal mit Sheila zu unterhalten?«

»Nein. Sie haben die Kleine zu dem Haus geschleppt, das Fallon gemietet hat. Eine knappe Viertelstunde später sind alle vier in Vartanians Wagen gestiegen und davongefahren.«

»Moment. Vier?«

»Sag mal, weißt du eigentlich nicht einmal, was in deiner eigenen Stadt vor sich geht? Die Tremaine ist mit ihrer Cousine gekommen. Die Frau ist Kinderpsychologin.« Der Rest Hoffnung, den er sich hatte bewahren können, verpuffte. »Und sie sollen alle verschwinden?«

»Diskret. Wenn Vartanian sie für tot hält, gibt er nicht eher Ruhe, bis er weiß, wer dafür verantwortlich ist. Also musst du es so aussehen lassen, als wären sie nach Hause zurückgekehrt.«

»Früher oder später findet er es doch heraus.«

»Und bis dahin ist uns eingefallen, was wir *seinetwegen* unternehmen. Kümmere dich zuerst um Sheila, dann um die anderen drei. Und ruf mich an, wenn du fertig bist.«

Dienstag, 30. Januar, 23.30 Uhr

Mack hob den Kopf unter der geöffneten Motorhaube der Corvette und blickte zu Gemma Martin hinüber, die gefesselt auf dem Garagenboden lag und ihn entsetzt anstarrte. »Du hast den Motor wirklich gut gepflegt«, sagte er anerkennend. »Ich denke, ich behalte die Kiste.« Er hatte für den Z4 und den Mercedes bereits mehrere Interessenten. Das war einer der großen Vorteile, wenn man einmal gesessen hatte. Man traf jede Menge hilfreiche Menschen.

»Wer bist du?«, krächzte sie, und Mack lachte.

»Das weißt du.«

Sie schüttelte den Kopf. »Bitte. Wenn du Geld willst …«

»Oh, ich will Geld, und von deinem habe ich schon einen hübschen Batzen.« Er hielt das Bargeld hoch, das er in ihrer Tasche gefunden hatte. »Früher habe ich auch mal so ein dickes Bündel mit mir herumgeschleppt. Aber die Zeiten ändern sich.« Als er die dünne Latexschicht von seinen Wangen zog, kam er sich vor, als sei er dem ersten *Mission-Impossible*-Streifen entsprungen. Diese Maskerade plus die dicke Schminke hatten es ihm erlaubt, das auffällige Merkmal zu überdecken, an dem man ihn leicht wiedererkennen konnte.

Gemmas Augen weiteten sich noch mehr. »Nein. Du sitzt doch im Gefängnis.«

Er lachte leise. »Ganz offensichtlich nicht, aber Logik war noch nie deine Stärke.«

»Du hast Claudia und Janet umgebracht.«

»Haben sie es etwa nicht verdient?«, fragte er sanft und ließ sich neben ihr auf dem Boden nieder. »Und verdienst du es nicht auch?«

»Wir waren Kinder.«

»Ihr wart Flittchen. Und bald wirst du ein totes Flittchen sein.« Er zog sein Messer aus der Tasche und begann, ihre Kleidung aufzuschneiden. »Ihr drei habt euch für so unfassbar schlau gehalten.«

»Aber wir haben es doch nicht böse gemeint«, schrie sie.

»Was dachtest du denn, was passieren würde, Gemma?«, sagte er, noch immer sanft. »Ich habe dich gefragt, ob wir zusammen zum Abschlussball gehen. Du hast ja gesagt. Aber du wolltest nicht. Ich habe nicht mehr in deiner Liga gespielt.«

»Es tut mir leid!« Sie schluchzte und weinte jetzt heftig, und ihre Augen waren riesig vor Angst.

»Tja, dafür ist es jetzt leider zu spät, selbst wenn ich wirklich geneigt wäre, deine Entschuldigung anzunehmen. Bin ich aber nicht. Erinnerst du dich an diesen Abend, Gemma? Ich nämlich schon. Ich weiß noch, wie ich dich in der alten Kiste meiner Schwester abgeholt habe, weil uns kein anderer fahrbarer Untersatz geblieben war. Ich hatte erwartet, dass du anbietest, wir sollten deinen nehmen. Und ich hätte misstrauisch werden sollen, als du es nicht tatest. Ich weiß auch noch, wie wir deine Freundinnen getroffen haben. Dann erinnere ich mich an gar nichts mehr, bis ich Stunden später nackt an irgendeiner Tankstelle hundert Meilen entfernt aufwachte. Mein Auto war weg, und du und deine Freundinnen, ihr wart es auch.«

»Wir haben es nicht böse gemeint«, presste sie unter Schluchzern hervor.

»Doch, habt ihr. Ihr wolltet mich demütigen, und das habt ihr geschafft. Ich weiß auch noch sehr genau, was danach geschah. Ich habe in den Büschen gewartet, bis ein Mann anhielt, um aufs Klo zu gehen. Ich wollte seinen Wagen stehlen, damit ich nach Hause konnte. Aber als ich noch dabei war, den Motor kurzzuschließen, kam er zurück. Er und ich kämpften, und ich war so wütend, dass ich ihn bewusstlos schlug. Ich war noch keine fünf Meilen weit gekommen, als mich die Bullen anhielten. Gefährliche Körperverletzung, schwerer Diebstahl. Ich habe vier Jahre gesessen, weil mir kein Mensch in Dutton helfen wollte. Niemand half meiner Mutter, die Kaution aufzubringen. Niemand half mir, einen anständigen Anwalt zu bekommen. Ja, ihr habt es nicht böse gemeint«, schloss er kalt. »Aber ihr habt mir alles genommen. Jetzt nehme ich dir alles.«

»Bitte«, schluchzte sie. »Bitte bring mich nicht um.«

Er lachte. »Wenn die Schmerzen richtig heftig werden, dann schreist du diese Worte noch mal für mich, Süße.«

Dutton, Dienstag, 30. Januar, 23.30 Uhr

Daniel bog in die Auffahrt zum Bungalow ein. Keiner von ihnen hatte auf der Fahrt von Atlanta hierher gesprochen. Meredith und Hope schliefen auf der Rückbank. Alex neben ihm war wach, aber tief in Gedanken versunken. Mehrere Male hätte er beinahe gefragt, ob etwas nicht stimmte, aber die Frage war lächerlich. Was stimmte denn schon? Vor vielen Jahren war ihr Leben vollkommen auseinandergefallen, und nun geschah es wieder. *Und ich werde dazu beitragen, dass alles noch viel, viel schlimmer kommt.*

Denn das Schweigen hatte ihm endlich Zeit gegeben, um nachzudenken, um die Puzzleteile zusammenzusetzen, und ein einzelner Satz wollte ihm nicht mehr aus dem Kopf gehen. Er hatte ihn in einen Winkel seines Bewusstseins geschoben, als Garth Davis aufgetaucht war und Hope sich die Tomatensauce ins Gesicht geschmiert hatte. Niemand hat sich um die ganz normalen gekümmert. *Hat.* Sheila, die Kellnerin, hatte in der Gegenwart gesprochen, als sie die »reichen Mädchen« und Bailey erwähnt hatte. *Alle hier regen sich auf, dass diese reichen Mädchen tot sind. Niemand will sich um Bailey kümmern.*

Aber niemand hatte sich um die normalen Mädchen gekümmert. Er begann zu verstehen. Als er Sheila gesehen hatte, war sie ihm irgendwie bekannt vorgekommen. Zuerst hatte er geglaubt, dass er sie noch aus der Schule kannte. Aber ihm dämmerte nun, dass das nicht der Fall war.

Er schaltete den Motor ab, und die Stille vertiefte sich, sodass nur noch das regelmäßige Atmen vom Rücksitz zu hören war. Alex' Blick glitt zu der Zivilstreife, die am Bürgersteig vor ihrem Haus parkte, und das Mondlicht tauchte ihr blasses Profil in silbriges Licht. *Zart* war das Adjektiv gewesen, mit dem er sie gestern Morgen im Geist beschrieben hatte, und *zerbrechlich* war das Wort, das ihre äußere Erscheinung im Augenblick am besten wiedergab. Aber er wusste, dass sie weder das eine noch das andere war. Alex Fallon war stark. Er hoffte nur, dass sie stark genug für das war, was er nicht länger für sich behalten konnte.

Er würde warten, bis Meredith und Hope im Bett lagen. Dann würde er es ihr erzählen und ihre Reaktion hinnehmen, wie auch immer sie ausfallen würde. Wenn er büßen musste, dann würde er es tun. Aber sie hatte ein Recht darauf, es zu erfahren.

»Dein Chef hat schnell gehandelt«, murmelte sie und deutete auf den Polizeiwagen.

»Entweder so, oder er hätte euch in ein sicheres Haus bringen müssen. Wäre dir das vielleicht lieber, Alex?«

Sie warf einen Blick in den Fond. »Für die beiden vielleicht, aber nicht für mich. Wenn ich mich irgendwo verstecken muss, kann ich nicht mehr nach Bailey suchen, und ich glaube, dass wir nah dran sind.« Sie senkte den Blick auf ihre Handflächen. »Zumindest will jemand nicht, dass ich nach ihr suche. Und sofern ich nicht zu viele Krimis gesehen habe, heißt das, denke ich, dass ich jemanden nervös mache.«

Sie sprach mit ihrer kühlen Stimme. Sie hatte furchtbare Angst. Trotzdem konnte er sie nicht belügen. »Das ist wahrscheinlich eine berechtigte Annahme. Alex …« Er atmete lautlos aus. »Lass uns reingehen. Es gibt einiges, das du wissen musst.«

»Was?«

»Lass uns reingehen.«

Sie packte seinen Arm, fuhr aber zusammen und zog ihre aufgeschürften Hände zurück. »Sag es mir.«

Ihre Furcht war spürbar, und er verfluchte sich. Er hätte nichts sagen dürfen, bevor sie im Haus und allein waren. Nun, jetzt war es zu spät, also würde er ihr so viel verraten, wie er konnte, nur damit sie mit ihm hineinging. »Beardsley wird vermisst.«

Ihr blieb der Mund offen stehen. »Aber ich habe ihn doch erst gestern gesprochen.« Entsetzen weitete ihre Augen, als die Erkenntnis sie traf. »Jemand beobachtet mich.«

»Ich denke, das ist ebenfalls eine berechtigte Annahme.«

Sie schürzte die Lippen. »Du musst auch etwas wissen. Während sich Dr. McCrady Hope angesehen hat, habe ich Baileys Freundin aus dem Salon angerufen. Ich hatte es den ganzen Tag schon versucht, aber immer nur den Anrufbeantworter erreicht. In deinem Büro habe ich eins von euren Telefonen benutzt. Prompt hat sie abgenommen.«

»Du meinst, sie hatte vorher deine Nummer auf dem Display gesehen und nicht abgenommen, weil sie nicht mit dir reden wollte?«

»Ich *weiß*, dass es so ist. Sobald ich ihr sagte, wer ich bin, ging sie in die Defensive. Ich fragte sie, ob ich zu ihr kommen und mit ihr über Bailey reden könnte, aber sie meinte, dass sie sie nicht besonders gut kennen würde. Ich sollte lieber mit einer anderen Angestellten aus dem Salon reden.«

»Aber der Besitzer hat doch gesagt, dass sie Baileys beste Freundin ist.«

»Eben. Und dass Bailey jeden Samstag bei ihr übernachtet hat. Außerdem war es laut Aussage des Sozialamts Sissy, die nach Bailey gesehen hat, als sie nicht zur Arbeit erschien.«

»Also wird sie bedroht«, sagte Daniel.

»Sissy hat eine Tochter, alt genug, um auf Hope aufzupassen, wenn Bailey samstags arbeitet.« Alex biss sich auf die Unterlippe. »Wenn jemand Sissy bedroht und Beardsley verschwunden ist, dann sind vielleicht auch Schwester Anne und Desmond in Gefahr.«

Daniel streckte den Arm aus und strich ihr über die Wange. »Ich schicke einen Wagen zum Obdachlosenasyl und zu Desmonds Adresse.« Er zog die Hand wieder weg, obwohl er sie am liebsten den ganzen Tag lang in den Armen gehalten hätte. »Komm, bringen wir Hope ins Bett. Es ist schon spät.«

Sie stiegen aus. Alex öffnete die hintere Tür und wollte nach Hope greifen, aber er schob sie sanft zur Seite. »Schließ vorne auf. Ich trag sie hinein.« Er schüttelte Meredith an der Schulter, und sie schreckte auf und blinzelte. Dann löste er Hopes Gurt und hob das Mädchen auf die Arme. Sie schmiegte sich an seine Schulter. Sie war viel zu erschöpft, um Angst zu haben.

Auf dem Weg zum Bungalow kam er an dem Polizeiwagen vorbei, und er nickte den beiden Insassen zu. Er kannte Hatton und Koenig seit Jahren und traute ihnen vorbehaltlos. Er würde nachher zu ihnen gehen und mit ihnen reden.

Riley setzte sich auf, als er eintrat, und trottete sofort näher, um sich ihnen anzuschließen.

Alex führte Daniel zum linken Schlafzimmer. Vorsichtig legte er Hope auf das Bett und zog ihr die Schuhe aus. »Willst du ihr den Schlafanzug anziehen?«, flüsterte er. Alex schüttelte den Kopf. »Es wird nicht schaden, wenn sie heute so schläft.«

Daniel zog die Decke über das Mädchen und strich ihr eine goldene Locke aus der Stirn. Er schluckte. Die Pizzasauce hatte Flecken im Gesicht und in den Haaren hinterlassen, sodass es noch immer wie Blut aussah. Behutsam schob er die Locke nach hinten, sodass sie verdeckt war.

Er hatte bereits zu viele verstörende Bilder in seinem Kopf. Er musste ihnen nicht das einer blutverschmierten Vierjährigen hinzufügen.

»Ich schlafe auch hier«, flüsterte Alex. Daniel blickte auf die säuberlich gemachte Bettseite, dann sah er ihr wieder in die Augen, die ihn mit einem beinahe strengen Blick bedachten.

Daniel runzelte die Stirn. »*Jetzt* willst du schlafen?«

Sie seufzte. »Wohl nicht. Komm mit.« Sie wandte sich an der Tür um und zog die Brauen hoch. »Oh. Sieh mal.«

Riley war auf einen Koffer gestiegen und mühte sich nun ab, auf den Stuhl zu gelangen, der neben Hopes Bettseite stand. »Riley«, wisperte Daniel. »Runter da.«

Aber Alex gab dem Hund den nötigen Schubs, um auf den Stuhl zu kommen. Von dort tappte er aufs Bett und ließ sich mit dem für ihn typischen theatralischen Seufzer auf den Bauch fallen.

»Riley«, schimpfte Daniel flüsternd. »Raus aus dem Bett.« Aber Alex schüttelte den Kopf.

»Lass ihn. Falls sie aufwacht, ist sie wenigstens nicht allein.«

Dutton, Dienstag, 30. Januar, 23.30 Uhr

Er zog an seiner Krawatte und rutschte auf dem Sitz herum, da ein Mann seiner Größe in einem engen Auto auf Dauer nicht bequem saß. Seine Schwester Kate war gerade von der Arbeit zurückgekehrt, ihr Volvo stand in der Garage. Von seinem Beobachtungsposten aus konnte er sehen, wie sie im Haus umherlief, die Katze fütterte und ihren Mantel aufhängte.

Er hatte vor, jede Nacht hier draußen Stellung zu beziehen, bis die Sache ausgestanden war. Er war ihr von der Stadt aus gefolgt und hatte aufgepasst, damit sie ihn nicht sah. Falls sie ihn doch entdeckte, würde er zugeben, dass er sich um ihre Sicherheit sorgte. Aber er konnte ihr unmöglich erklären, dass sie ein potenzielles Opfer war. Sie würde sofort wissen wollen, weshalb.

Sie durfte es nicht wissen. Niemand durfte es wissen. Und niemand würde es je wissen, wenn er sich still verhielt. Beide Frauen waren zwischen acht Uhr abends und zwei Uhr nachts getötet worden. Beide Frauen waren aus ihren Autos entführt worden. Also würde er sich Kate an die Fersen heften, sobald sie in ihren Wagen stieg, und nachts auf sie aufpassen. Am Tag war sie die ganze Zeit von Leuten umgeben, sodass die Gefahr weitaus geringer war.

Die Jahrbuchfotos. Zwei davon schon ausgestrichen. Er hatte bereits den ganzen Abend versucht, die Gedanken daran zu verdrängen. Die Warnung war eindeutig. Neben Kate standen sieben weitere junge Frauen auf der Liste. Er hätte das Blatt Vartanian geben und dadurch den anderen das Leben retten können. Aber immer wieder musste er an seine Schwester denken. An seine Frau und seine Kinder. Und er wusste, wäre er noch einmal vor die Wahl gestellt, würde er das Blatt wieder verbrennen.

Hätte er es der Polizei gegeben, würde sich Daniel Vartanian automatisch fragen, wieso *er* diese Warnung erhalten hatte. Selbst ein anonymer Brief wäre keine Lösung gewesen. Daniel hätte nur einen Blick auf den roten Kreis um Kates Foto werfen müssen, um zwei und zwei zusammenzuzählen.

Du hättest Kates Foto herausschneiden können. Du hättest das Blatt der Polizei übergeben und die anderen retten können. Du hättest sie schützen müssen.

Und das Risiko eingehen, dass das Labor im GBI seine Fingerabdrücke auf dem Blatt finden würde? Nein. Er konnte nicht. Im Übrigen hätte Vartanian natürlich angefangen zu graben, und weiß Gott, was er ans Tageslicht gezerrt hätte.

Wenn eine der sieben Frauen stirbt, klebt ihr Blut auch an meinen Händen.

Dann musste es eben so sein. Er hatte eine eigene Familie zu beschützen. Wenn die Familien dieser Frauen, die damals mit Janet und Claudia in die Schule gegangen waren, auch nur ein wenig Verstand besaßen, würden auch sie sie beschützen. *Aber sie wissen nicht, was du weißt.*

Er hatte in seinem Leben scheußliche, abartige Dinge getan. Aber bislang klebte noch kein Blut an seinen Händen. *O doch.* Alicia Tremaines. Alicias Gesicht tauchte vor seinem geistigen Auge auf, und er dachte an die Nacht, die dreizehn Jahre her war.

Aber wir haben sie nicht getötet. Sie hatten sie allerdings vergewaltigt. Alle. Alle außer Simon. Er hatte nur Fotos gemacht. Simon war immer schon ein krankes Schwein gewesen.

Ach, und du nicht? Du hast das Mädchen vergewaltigt. Und wie viele noch?

Er schloss die Augen. Er hatte Alicia Tremaine und vierzehn andere Mädchen vergewaltigt. Sie alle hatten es getan. Bis auf Simon. Er hatte nur die Fotos gemacht.

Wo waren die Fotos?

Diese Frage verfolgte ihn seit dreizehn Jahren. Die Bilder waren an einem sicheren Ort verstaut worden. Als Rückversicherung, dass keiner von ihnen erzählte, was damals geschehen war. Was für dumme Kinder sie gewesen waren. Nichts, was er unternahm, konnte auslöschen, was sie damals getan hatten. *Was ich getan habe.*

Jede scheußliche Einzelheit. Festgehalten auf Fotopapier. Als Simon zum ersten Mal für tot erklärt worden war, hatten sie alle aufgeatmet, doch in die Erleichterung hatte sich auch die Angst gemischt, dass diese Bilder irgendwann auftauchen würden. Das waren sie jedoch nicht, und inzwischen war viel Zeit vergangen. Aber keiner von ihnen hatte die vergangenen Jahre unbeschwert verbracht.

Niemals wieder hatten sie von diesen Fotos gesprochen. Oder von dem Club. Oder von dem, was sie getan hatten. Bis sich DJ zu einem Alkoholiker entwickelt hatte. Und verschwunden war.

Genau wie Rhett heute Abend verschwunden war. Er wusste, dass

209

Rhett tot war. Rhett war bereit gewesen, auszupacken, und er war beseitigt worden. Genau wie DJ.

Ich dagegen bin schlau genug, mich ruhig zu verhalten, bis die Sache vorbei ist. Damals hatten die Fotos ihr Schweigen besiegelt. Wenn einer unterging, würde er die anderen mitreißen. Aber nun ... heute waren sie erwachsene Menschen mit verantwortungsvollen Aufgaben. Und sie hatten Familien, die es zu beschützen galt.

Wer brachte diese Frauen um? Frauen, die vor dreizehn Jahren noch unschuldige kleine Mädchen gewesen waren. *Die Mädchen, die du vergewaltigt hast, waren auch unschuldig. Sie waren unschuldig.*

»Ich weiß«, brach es aus ihm heraus. Dann wurde aus seiner Stimme ein Flüstern. »O Gott, ich weiß es doch.«

Jetzt, dreizehn Jahre später, hatte ein anderer in Erfahrung gebracht, was damals geschehen war. Er wusste von dem Schlüssel, also wusste er von dem Club und wohl auch von Simons Fotos. Keiner von ihnen hatte diese Frauen getötet, keiner von den verbleibenden vier. Nein, vier waren es nicht mehr. Rhett Porter war tot. *Von den verbleibenden drei.* Keiner von ihnen hätte es getan.

Dass dieser Alptraum eine Woche nach Simon Vartanians endgültigem Tod begonnen hatte, konnte kein Zufall sein. Hatte Daniel Simons Fotos gefunden?

Nein. Unmöglich. Wenn Daniel die Fotos kannte, hätte er zu ermitteln begonnen.

Er ermittelt gerade, du Vollidiot.

Ja, aber zu den Morden an Janet und Claudia.

Daniel wusste also nichts.

Aber ein anderer schon. Jemand, der Geld wollte. Jemand, der zwei Frauen getötet hatte, um ihnen zu zeigen, wie ernst es ihm war. Jemand, der drohte, noch weitere Frauen zu töten, wenn sie nicht auf ihn hörten.

Also würden sie auf ihn hören. Er hatte die Anweisungen, die er mit den Jahrbuchfotos erhalten hatte, genau befolgt. Er hatte hunderttausend Dollar auf ein Konto in Übersee transferieren lassen. Bestimmt würde eine weitere Forderung folgen. Und er würde weiterhin zahlen, um sicherzustellen, dass sein Geheimnis genau das blieb.

Ein Geheimnis.

12. Kapitel

Dutton, Dienstag, 30. Januar, 23.55 Uhr

MEREDITH STECKTE MIT DEM KOPF im Kühlschrank, als Alex die Tür zu Hopes Schlafzimmer schloss. »Ich habe Hunger wie ein Wolf«, klagte Meredith. »Ich habe höchstens zwei Bissen von der Pizza gehabt.«

»Ich glaube nicht, dass einer von uns mehr gegessen hat«, sagte Daniel und legte sich unwillkürlich die Hand auf den Bauch. »Danke, dass du mich daran erinnert hast«, fügte er knurrend hinzu.

Alex wandte hastig den Blick von Daniels sehr attraktiver Körpermitte ab, als sich überraschend ein warmes Gefühl in ihr breitmachte. Nach allem, was heute geschehen war, war es eher kontraproduktiv, an einen flachen Männerbauch zu denken. Oder an andere männliche Körperteile.

Meredith stellte ein Glas Mayonnaise und einen Teller mit Schinkenscheiben auf die Theke, die die Küche vom Wohnzimmer trennte. Sie begegnete Alex' Blick und grinste sie wissend an. Alex zog die Brauen zusammen, um ihr zu bedeuten, verdammt noch mal die Klappe zu halten.

Meredith räusperte sich vergnügt. »Daniel, soll ich dir ein Sandwich machen?«

Daniel nickte. »Gern.« Er stützte sich mit den Unterarmen auf die Theke, ließ einen Moment den Kopf hängen und stieß einen tiefen Seufzer aus.

Meredith kicherte, während sie Schinken auf mehrere Brotscheiben verteilte. »Du wirkst wie dein Hund, wenn du das machst.«

Er grinste müde. »Es heißt ja auch, dass sich Menschen und ihre Hunde im Laufe der Zeit angleichen. Ich hoffe nur, dass dies in unserem Fall nicht für Äußerlichkeiten gilt. Ich muss dem Burschen nun wirklich nicht ähnlich sehen.«

»Oh, warum denn nicht? Ich finde ihn süß.« Meredith streckte Alex heimlich die Zunge heraus und schob Daniel einen Teller mit einem Sandwich hin. »Du nicht, Alex?«

Alex verdrehte die Augen, zu müde, um zu scherzen. »Iss einfach, Mer.« Sie trat ans Fenster und zog den Vorhang zur Seite, um das unauffällige Auto am Straßenrand zu betrachten. »Sollen wir ihnen Kaffee oder so etwas bringen?«

211

»Das würde sie bestimmt freuen«, sagte Daniel. »Wenn du ihn machst, bringe ich ihn raus. Mir wäre es lieber, wenn ihr nicht vor die Tür geht, wenn es nicht unbedingt sein muss.«

Meredith nahm ihren Teller mit zum Tisch. Sie schob die mit Knete geschmückte Prinzessin Fiona zur Seite und setzte sich. Nun seufzte auch sie. »Stehen wir unter Hausarrest, Agent?«

»Du weißt, dass dem nicht so ist. Aber es wäre grobe Fahrlässigkeit, nicht alles dafür zu tun, dass euch nichts geschieht.«

Alex beschäftigte sich mit der Kaffeemaschine. »Entweder so oder ein sicheres Haus«, murmelte sie.

Meredith runzelte die Stirn. »Für dich und Hope wäre das auf jeden Fall das Klügste.«

Alex blickte von der Kaffeedose auf. »Ich würde eher sagen, für dich und Hope.«

»Das war mir klar«, schnaubte Meredith. »Verdammt, Alex, du hast wirklich Nerven. Ich meine, man versucht nicht, *mich* umzubringen. Du bist hier diejenige, die im Fadenkreuz steht.«

»Vielleicht«, sagte Alex. »Aber der Reverend wird gesucht. Und ich glaube, dass jemand Baileys Freundin bedroht. Du bist *meine* Freundin. Glaub nicht, dass du noch niemandem aufgefallen bist.«

Meredith öffnete den Mund protestierend, schloss ihn dann aber wieder. »Mist.«

»Gut ausgedrückt«, sagte Daniel. »Denk diese Nacht mal darüber nach. Das lässt sich auch noch morgen entscheiden. Der Wagen draußen bleibt mindestens einen Tag dort stehen.« Er rieb sich die Stirn. »Habt ihr Aspirin im Haus?«

Alex streckte sich über die Theke und hob sein Kinn an, um ihm in die Augen zu sehen. »Was tut dir denn weh?«

»Mein Schädel«, sagte er schmollend.

Sie lächelte. »Beug dich vor.« Mit einem misstrauischen Blick gehorchte er. »Und schließ die Augen«, murmelte sie, und wieder gehorchte er. Sie presste ihre Fingerspitzen gegen seine Schläfen, bis er blinzelnd die Augen öffnete.

»Besser«, sagte er überrascht.

»Gut. Ich habe ein wenig Akupressur gelernt, weil ich dachte, ich könnte es bei mir anwenden, aber dummerweise klappt es wohl nur bei anderen.«

Er kam um die Theke herum und schob eine Hand unter ihr Haar in den Nacken. »Tut's da immer noch weh?«

Sie nickte und ließ den Kopf nach vorn fallen, während sein Daumen zielsicher die richtige Stelle fand. Ein Schauder rann ihr den Rücken herab. »Ja, genau da.« Aber die Worte klangen heiser, und plötzlich schien sie nicht mehr genug Luft zu bekommen.

Es war sehr still im Raum, als seine Hände zu ihren Schultern wanderten und die Muskeln durch den dicken Tweed ihrer Jacke kneteten. Alex hörte nichts mehr bis auf das Tröpfeln der Kaffeekanne und das Pochen ihres Herzens, das ihr viel zu laut und viel zu heftig vorkam.

Meredith räusperte sich. »Ich gehe dann mal ins Bett«, sagte sie.

Und dann war sie weg und ließ sie beide allein. Wieder schauderte Alex, als er ihr die Jacke von den Schultern streifte.

»Hmmm.« Wie er es zuvor getan hatte, stützte sie sich mit den Unterarmen auf der Theke ab und ließ den Kopf hängen.

»Nicht einschlafen«, murmelte er, und sie stieß geräuschvoll die Luft aus.

»Keine Chance.«

Er drehte sie zu sich um, sodass sie ihn ansehen konnte. Seine Augen schienen blauer, intensiver denn je, und sein Blick jagte ihr ein Prickeln den Rücken herab. Das Pulsieren in ihrem Kopf wanderte durch ihren ganzen Körper und zwischen ihre Beine, und plötzlich wünschte sie sich sehnlich, sich an ihn zu pressen.

Der Daumen, der in ihrem Nacken Wunder vollbracht hatte, strich über ihre Lippen, und sie fragte sich unwillkürlich, wie er sich ... woanders anfühlen würde. Und sie fragte sich außerdem, wie eine Frau um diesen Service bitten konnte.

Und dann hörte sie auf, sich etwas zu fragen, denn seine Lippen berührten ihre. Ihre Arme glitten selbsttätig um seinen Nacken, und sie ergab sich dem plötzlichen Ansturm der Gefühle. So etwas hatte sie nicht mehr empfunden, seit ... seit er sie das letzte Mal geküsst hatte. Sein Mund war gleichzeitig weich und hart, und seine Hände ... seine Hände wanderten von ihren Schultern abwärts und nach vorn, bis sie über ihre Rippen strichen. Dann lagen seine Daumen unter ihren Brüsten, und seine Finger gruben sich in ihre Seiten.

Fass mich an. Bitte. Aber die Worte wollten nicht heraus, und als er ihr in die Augen sah, hoffte sie, dass er verstehen würde. Seine Daumen glitten aufwärts, über ihre Brustspitzen, und sie schloss die Augen. »Ja«, hörte sie sich flüstern. »Genau da.«

»Was willst du, Alex?«, fragte er. Seine Stimme war tief. Und obwohl er gefragt hatte, hörten seine Daumen nicht auf, sie zu liebkosen, zu necken, bis ihr die Knie weich wurden. »Ich ...«

»Ich will dich«, murmelte er dicht an ihrem Ohr. »Ich will dich nur warnen. Wenn es nicht das ist, was du willst ...«

Sie hatte zu zittern begonnen. »Ich ...«

Sie spürte sein Lächeln. »Dann nick einfach nur«, flüsterte er, und sie tat es und zog scharf die Luft ein, als er sie gegen den Schrank drückte und sich gegen sie presste.

»O ja, genau da«, flüsterte sie, bevor er sie wieder küsste, härter, heißer als zuvor. Seine Hände rutschten auf ihre Hüften, packten sie, hoben sie ein Stück an, damit sie sich besser an ihn schmiegen konnte und ...

Ein lautes Hämmern an der Tür machte alles zunichte. »Vartanian!«

Daniel schreckte zurück und rieb sich mit einer Hand über das Gesicht. Seine Augen blickten augenblicklich scharf und wachsam. Seine Rechte fuhr zu der Waffe, die an seiner Hüfte befestigt war. »Bleib hier«, befahl er, dann öffnete er die Tür so, dass Alex von draußen nicht zu sehen war. »Was ist los?«, fragte er.

»Ein Funkruf an alle Einheiten«, sagte eine männliche Stimme, und Alex schob sich vorsichtig heran, bis sie an der Tür vorbeisehen konnte.

Draußen stand einer der Officers aus dem Wagen am Straßenrand. »Schüsse auf der Main Street 256, bei einer Pizzeria. Ein Officer und zwei weitere Personen sind getroffen worden. Eine davon ist die Kellnerin, die gerade abschließen wollte.«

»Sheila«, sagte Alex atemlos.

Daniel presste die Kiefer zusammen. »Ich fahre hin, kommen Sie herein. Ist Koenig noch im Wagen?«

»Ja.« Der Officer betrat das Haus und nickte Alex zu. »Ma'am, ich bin Agent Hatton.«

»Du kannst Agent Hatton vertrauen, Alex«, sagte Daniel. »Ich muss los.«

Dutton, Mittwoch, 31. Januar, 0.15 Uhr

Herr im Himmel. Die Stille in der Pizzeria, in der sie vor wenigen Stunden gewesen waren, kam Daniel surreal vor. Als er sich vorsichtig, die

SIG im Anschlag, in das Restaurant schob, sah er sofort, dass er zu spät kam.

Über der Theke neben der offenen Kasse lag ein Mann. Schwarz. Seine Arme baumelten herab, und auf dem Boden unter ihm lag eine .38. Blut sammelte sich unter seinem Körper und rann an der Seite herab, und Daniel musste unwillkürlich an die mit Tomatensauce beschmierte Hope denken.

Schluckend richtete er seinen Blick auf Sheila, die an der Jukebox am Boden saß, den Rücken an die Wand gelehnt. Ihre Beine waren weit gespreizt, die Augen aufgerissen und leblos, und der rote Lippenstift hob sich grell von ihrem wächsernen Gesicht ab. Sie hielt eine Pistole in den Händen, die nun schlaff in ihrem Schoß lagen. Ihre Uniform glänzte von Blut, das noch immer aus ihrer Brust und ihrem Bauch quoll. Die Wand hinter ihr war ebenfalls voller Blut. Eine .38 verursachte verdammt böse Austrittswunden.

Aus dem Augenwinkel sah Daniel eine Bewegung. Er riss seine SIG hoch. »Polizei. Nehmen Sie die Hände hoch, damit ich sie sehen kann.« Ein Mann stand hinter einem umgestürzten Tisch auf, und Daniel senkte verblüfft die Waffe. »Randy?«

Deputy Randy Mansfield nickte stumm. Sein weißes Uniformhemd war blutgetränkt, und er machte einen taumelnden Schritt vorwärts. Daniel hastete zu ihm, um ihn zu stützen, und half ihm behutsam auf einen Stuhl. Dann zog er scharf die Luft ein.

»Verdammt«, flüsterte er. Hinter dem Tisch lag ein junger Officer ausgestreckt auf dem Boden, die Finger seiner Hand noch immer um den Abzug seines Dienstrevolvers gekrümmt. Auch er hatte ein blutendes Loch im Bauch, und unter seinem Körper sammelte sich eine Pfütze.

»Alle tot«, murmelte Randy. »Alle tot.«

»Bist du verletzt?«, fragte Daniel.

Randy schüttelte den Kopf. »Wir haben beide geschossen. Ich und Deputy Cowell. Cowell hat's erwischt. Er ist tot.«

»Randy, hör mir zu. Bist du verletzt?«

Wieder schüttelte der Deputy den Kopf. »Nein. Das ist sein Blut.«

»Wie viele Schützen?«

Langsam kehrte ein wenig Farbe in Randys Gesicht zurück. »Einer.«

Daniel ging in die Hocke und legte seine Finger an die Kehle des jungen Officers. Kein Puls. Mit der Waffe an der Seite trat er durch die Schwingtür in die Küche.

»Polizei!« rief er, aber niemand antwortete. Es war nichts zu hören. Er überprüfte den Kühlraum, aber auch dort war niemand. Dann öffnete er die Hintertür, die in eine Gasse hinausführte, und entdeckte einen dunklen Ford Taurus, dessen Motor noch lief. Falls der Schütze einen Helfer gehabt hatte, so war dieser längst geflohen.

Er schob seine Waffe zurück ins Holster und kehrte in den Schankraum zurück, wo Sheila wie eine weggeworfene Stoffpuppe an der Wand lehnte. Etwas Weißes lugte aus ihrer Tasche. Er zog die Latexhandschuhe über, die er immer bei sich hatte, und hockte sich neben sie. Er wusste, was er finden würde.

Eine Visitenkarte. Seine.

Daniel schluckte die Galle, die in seiner Kehle aufstieg, als er ihr Gesicht musterte. Hätte er sie ein paar Stunden zuvor so gesehen, hätte er sie augenblicklich erkannt, dachte er voller Bitterkeit. Mit den toten Augen und den erschlafften Gesichtszügen war ihre Ähnlichkeit mit der jungen Frau auf Simons Foto sehr viel größer.

»Was zum Teufel machst du da?«

Die Stimme ließ ihn zusammenfahren, und er erhob sich langsam. In der Mitte des Raumes stand Frank Loomis mit zornig geröteten Wangen.

»Sie war meine Zeugin«, sagte Daniel.

»Und das ist meine Stadt. Mein Zuständigkeitsbereich. Mein Tatort. Du bist hier nicht erwünscht, Daniel.«

»Und du bist ein Narr, Frank.« Daniel warf einen letzten Blick auf Sheila und wusste, was er zu tun hatte. »Auch ich war bis vor Kurzem einer. Aber jetzt ist es genug.« Ohne ein weiteres Wort verließ er die Pizzeria und drängte sich durch die kleine Truppe schockierter Anwohner zu seinem Auto. Als er allein war, rief er Luke an.

»Papadopoulos.« Im Hintergrund lief ein Fernseher.

»Luke, Daniel hier. Ich brauche deine Hilfe.«

Das Geräusch des Fernsehers brach abrupt ab. »Was gibt es?«

»Ich bin in Dutton. Ich brauche die Fotos.«

Luke schwieg einen Moment. »Was ist passiert?«

»Ich glaube, ich habe noch eine identifiziert.«

»Lebend?«

»Bis vor zwanzig Minuten, ja. Jetzt nicht mehr.«

»Mein Gott.« Luke stieß geräuschvoll die Luft aus. »Wie ist die Kombination von deinem Safe?«

216

»Der Geburtstag deiner Mama.«

»Ich komme, so schnell ich kann.«

»Danke. Bring sie zur Main Street 1448. Ein Bungalow neben einem Park.«

Daniel legte auf, und bevor er seine Meinung ändern konnte, wählte er Chase' Nummer. »Chase? Ich brauche Sie hier in Dutton. Am besten sofort.«

Dutton, Mittwoch, 31. Januar, 0.55 Uhr

»Sind Sie sicher, dass ich Ihnen nichts anbieten kann, Agent Hatton?«

»Wirklich, Ma'am, danke. Ich habe alles, was ich brauche.«

»Also, ich nicht«, murmelte Alex und nahm ihre Wanderung durch das Wohnzimmer wieder auf.

»Setz dich endlich hin, Alex«, sagte Meredith ruhig. »Damit erreichst du auch nichts.«

»Aber damit richte ich auch keinen Schaden an.« Sie ging auf das Fenster zu, erhaschte jedoch Hattons warnenden Blick. »Oh, Entschuldigung.«

»Ihre Cousine hat recht, Miss Fallon. Versuchen Sie, sich zu entspannen.«

»Sie ist übermüdet und hat zu wenig gegessen«, erklärte Meredith.

Der Agent schüttelte den Kopf. »Ich denke, Sie sind Krankenschwester. Sie sollten es eigentlich besser wissen.«

Alex sah beide düster an, ließ sich aber schließlich aufs Sofa fallen. Eine Sekunde später fuhr sie wieder auf, als es an der Tür klopfte.

»Vartanian«, sagte Daniel von draußen, und Hatton öffnete die Tür.

»Und?«

»Drei Tote«, erklärte er. »Darunter eine Zeugin. Hatton, ich muss mit Miss Fallon reden.«

Hatton berührte seine Schläfe in einem ironischen Gruß. »Meine Damen.« Dann wandte er sich an Daniel. »Ich bin draußen.«

»Soll ich auch gehen?«, fragte Meredith, aber Daniel schüttelte den Kopf. Er schloss die Tür hinter Agent Hatton und starrte sie eine lange Weile stumm an, und Alex' Panik wuchs mit jeder Sekunde.

Schließlich konnte sie das Schweigen nicht mehr länger ertragen. »Was wolltest du mir sagen?«

Er wandte sich zu ihr um. »Nichts Gutes.«

»Für wen?«

»Für keinen von uns.« Er ging zur Theke, lehnte sich dagegen und senkte den Kopf. »Als ich dich zum ersten Mal sah, war ich wie vom Donner gerührt.«

Alex nickte. »Ich weiß, du hattest Alicias Foto in dem alten Zeitungsartikel gesehen.«

»Aber ich kannte ihr Bild schon vorher. Du hast doch die Artikel über meinen Bruder Simon gelesen, nicht wahr?«

»Einige, ja.« Alex ließ sich behutsam auf das Sofa nieder. »Wir sehen uns in der Hölle, Simon‹«, murmelte sie. »Heißt das, du wusstest sofort, was das bedeuten sollte, als ich es dir erzählte?«

»Nein. Bis vorhin nicht. Hast du in den Zeitungen auch davon gelesen, dass meine Eltern nach Philadelphia gefahren waren, um einen Erpresser zu suchen?«

Alex schüttelte den Kopf, aber Meredith nickte. Dann hob sie die Schultern. »Im Netz. Ich konnte nicht die ganze Zeit Bilder ausmalen, ich wäre verrückt geworden. Jedenfalls stand in dem Bericht, dass eine Frau deine Eltern erpresst hatte. Als sie nach Philadelphia reisten, um die Frau ausfindig zu machen, erfuhren sie, dass Simon die ganzen Jahre über mitnichten tot in seinem Grab gelegen hatte.«

»Aber die tollste Neuigkeit hat offenbar nicht in dem Artikel gestanden«, sagte Daniel bitter. »Mein Vater hatte die ganze Zeit über gewusst, dass Simon am Leben war. Er hatte ihn kurz nach seinem achtzehnten Geburtstag vor die Tür gesetzt, allen erzählt, er sei tot, und sogar sein Begräbnis inszeniert, sodass meine Mutter nicht nach ihm suchen würde. Ich zweifelte Simons Tod nicht an. Niemand tat das. Wir alle waren davon überzeugt, dass er nicht mehr unter uns weilte. Und mein Vater hatte eine hübsche Rückversicherung, dass er auch ja nicht wieder auftauchen würde.«

»Was muss das für ein Schock gewesen sein, als sich herausstellte, dass er noch quicklebendig war.«

»Das ist noch milde ausgedrückt. Simon war immer ein grausamer Mensch gewesen. Als er achtzehn wurde, entdeckte mein Vater etwas, das das Fass zum Überlaufen brachte. Deswegen setzte er ihn vor die Tür, und dadurch hielt er ihn sich vom Leib.«

»Und was war es?«, fragte Alex barsch. »Sag's einfach.«

Ein Muskel in seinem Kiefer zuckte. »Fotos von Frauen, jungen Frauen. Mädchen noch. Wie sie vergewaltigt wurden.«

Meredith zog scharf die Luft ein, aber Alex war sprachlos. »Und Alicia war eine von diesen Mädchen?«, fragte Meredith leise.

»Ja.«

Meredith befeuchtete sich die Lippen. »Und wie ist die Erpresserin an die Bilder gelangt?«

»Gar nicht. Meine Mutter hatte sie, und als ihr klarwurde, dass Simon noch am Leben war, hinterlegte sie sie in einem Postfach für mich, für den Fall, dass sie es nicht … überleben würde. Die Erpresserin kannte Simon von früher. Sie begegnete ihm zufällig in Philly und sah ihre Chance, da er ja eigentlich hätte tot sein müssen.«

»Das heißt«, fuhr Meredith fort, »sie drohte deinem Vater damit, bekanntzumachen, dass das Begräbnis fingiert gewesen war.«

»Im Prinzip, ja. Vor zwei Wochen fand ich also die Fotos, die meine Mutter mir hinterlassen hatte. Am selben Tag erfuhr ich auch, dass meine Eltern tot waren. Ein paar Tage später war auch Simon tot.«

»Und dann? Was hast du getan?«, fragte Meredith. »Mit den Fotos, meine ich.«

»Ich gab sie den Detectives in Philadelphia«, sagte Daniel. »Am gleichen Tag noch. Zu dem Zeitpunkt glaubte ich noch, sie wären die Basis für die Erpressung gewesen.«

»Das heißt, sie sind bei der Polizei?«, fragte Alex. »Fotos von *Alicia* mit … fremden Männern?« Sie hörte den hysterischen Unterton in ihrer Stimme und kämpfte dagegen an.

»Kopien, ja. Ich habe die Originale behalten. Ich hatte mir geschworen, diese Frauen ausfindig zu machen. Aber ich wusste nicht, wer sie waren oder welche Rolle Simon in der ganzen Sache gespielt hatte. Ich wusste einfach nicht, wo ich ansetzen sollte. Und dann bekam ich am ersten Tag meiner Rückkehr zur Arbeit den Fall mit der Frau in Arcadia.«

Meredith holte Luft, als sie begriff. »Die Decke und der Graben. Wie bei Alicia damals.«

»Einer der Officers aus Arcadia erinnerte sich an Alicias Fall. Als ich ihr Foto in einem alten Zeitungsartikel entdeckte, erkannte ich sie sofort von Simons Bildern wieder. Ich hatte vor, gleich am nächsten Tag nach Alicias Familie zu suchen.« Er sah Alex an. »Und dann bist du direkt in mein Büro marschiert.«

Alex starrte ihn wie vom Donner gerührt an. »Simon hat Alicia vergewaltigt? Aber man hat den Kerl, der sie getötet hat, doch erwischt.

Gary Fulmore. Ein Landstreicher.« Daniel ließ müde den Kopf hängen. »Die Fotos zeigen fünfzehn Mädchen. Nur eines davon ist tot – soweit ich weiß, zumindest. Alicia. Heute Abend ist noch eines gestorben.«

»O Gott«, murmelte Meredith. »Sheila.«

Daniel hob den Kopf. Seine Augen waren ausdruckslos. »Ich glaube, ja.«

Alex sprang auf. Heißer Zorn brodelte in ihrem Inneren. »Du hast es gewusst. Du verdammter Mistkerl. Du hast es gewusst und nichts gesagt!«

»Alex«, warnte Meredith.

Daniels Miene war angespannt. »Ich wollte dir nicht wehtun.«

Alex schüttelte den Kopf. »Du wolltest mir nicht *wehtun?*«, wiederholte sie verblüfft. »Du wusstest, dass dein Bruder meine Schwester vergewaltigt hat, und du *wolltest mir nicht wehtun?*«

»Es ist möglich, dass dein Stiefbruder mit der Sache zu tun hat«, sagte Daniel ruhig.

Alex erstarrte. »O mein Gott. Der Brief.«

Daniel nickte, sagte aber nichts.

»Und der Brief, den er Bailey geschickt hat«, fügte sie hinzu. Betäubt ließ sie sich nieder. »Und … der Reverend.« Ruckartig wandte sie sich ihm zu. »Wade hat ihm gebeichtet.«

»Und nun ist Beardsley verschwunden«, sagte Daniel.

»Moment.« Meredith stand kopfschüttelnd auf. »Wenn Simon und Wade diese Mädchen vergewaltigt haben und inzwischen beide tot sind, wer steckt dann hinter alldem hier? Wer hat die Frauen umgebracht?«

»Ich weiß es nicht. Aber ich glaube nicht, dass Simon die Mädchen vergewaltigt hat.«

Wieder kochte Alex' Zorn hoch. »Bei allen –«

Rasch hob Daniel die Hand. »Alex, bitte. Simon war beinamputiert. Zumindest hatten alle Männer auf den Bildern noch beide Beine. Ich denke eher, dass Simon der Fotograf war. Das würde ihm ähnlich sehen.«

»Moment mal«, sagte Meredith wieder. »*Männer?* Auf den Fotos war nicht immer derselbe Mann zu sehen?«

»Vielleicht fünf, vielleicht mehr. Schwer zu sagen.«

»Also sind noch andere in diese Sache verwickelt«, schloss Alex.

»Und sie wollen nicht, dass etwas herauskommt.« Meredith seufzte. »Fünfzehn Mädchen. Ein verdammt großes Geheimnis, das es zu bewahren gilt.«

Alex schloss die Augen, als sich der Raum zu drehen begann. »Wo sind diese Fotos?«

»Sie waren in meinem Safe zu Hause. Luke bringt sie gerade her. Ich habe ihn eben angerufen.«

Sie hörte, wie er sich von der Theke löste und durchs Wohnzimmer ging.

Er setzte sich neben sie, berührte sie aber nicht. »Ich habe außerdem meinen Chef angerufen. Auch er muss es wissen.«

Sie schlug die Augen auf. Daniel saß mit gebeugtem Rücken und hängendem Kopf am Ende des Sofas. »Wirst du Ärger bekommen, weil du es ihm nicht sofort gesagt hast?«

»Wahrscheinlich. Aber ich wusste einfach nicht, was ich tun sollte.« Er drehte den Kopf, um sie anzusehen, und sie erkannte den Schmerz in seinen Augen. »Wenn er es erlaubt, möchte ich, dass du dir die Bilder ansiehst. Du hast heute Abend Sheila erkannt. Vielleicht kennst du eines der anderen Mädchen.«

Leicht strich sie ihm mit den Fingern über den Rücken. Der verzweifelte Ausdruck seiner Augen hatte ihren Zorn verrauchen lassen. »Und vielleicht erkennen wir auch einen der Männer.«

Er schluckte. »Das auch.«

»Ihr beide seid hier aufgewachsen«, sagte Meredith. »Warum sollte Alex jemanden wiedererkennen, den du nicht erkannt hast?«

»Ich bin fünf Jahre älter«, sagte Daniel. »Ich war zu der Zeit, als es geschah, auf dem College.«

»Und er stammte aus einer reichen Familie«, erklärte Alex. »Die reichen Kinder sind alle auf Privatschulen gegangen. Alicia, Sheila, Bailey und ich waren auf der öffentlichen. Und zwischen diesen beiden Welten lag eine starre Grenze.«

»Immerhin waren Simon und Wade doch wohl befreundet.«

»Oder wenigstens Komplizen«, sagte Daniel. »Simon ist von der Privatschule geflogen. Seinen Abschluss hat er in Duttons städtischer Highschool gemacht. Wir müssten uns ein Jahrbuch besorgen.«

»Und wie passen Claudia und Janet da rein?«, fragte Alex.

»Sie waren erst neun, als Alicia starb.«

»Ich weiß es noch nicht«, antwortete Daniel. Er lehnte sich zurück und schloss die Augen. »Ich bin mir allerdings sicher, dass Sheila mir etwas zu sagen hatte. Meine Visitenkarte steckte in ihrer Tasche.«

»Wer hat sie getötet?«, wollte Meredith wissen.

221

»Ein Kerl, der die Kasse ausrauben wollte.« Daniel zuckte die Achseln. »Zumindest sollen wir das glauben.« Plötzlich riss er die Augen auf und sprang auf die Füße. »Ich kann nicht fassen, dass mir das eben entgangen ist.« Er riss die Tür auf. »Hatton. Können Sie herkommen?« Er wandte sich an Alex. »Ihr bleibt hier. Ich treffe mich mit Luke und Chase in der Pizzeria.«

Dutton, Mittwoch, 31. Januar, 1.35 Uhr

Daniel betrat wieder Presto's Pizza, wo Corey Presto direkt neben der Tür an der Wand lehnte und schockiert auf sein Restaurant blickte. Er hatte offensichtlich geweint, denn man sah Tränenspuren in seinem Gesicht.

Dr. Toby Granville untersuchte die Leiche, die über der Theke hing, und einer von Franks Deputys nahm mit einer Digitalkamera den Tatort auf. Frank hockte neben der Stelle, an der der tote Deputy gelegen hatte, und starrte auf den Boden. Die Leiche war bereits abgeholt worden. Sheila saß immer noch in ihrer grotesken Puppenhaltung am Boden. Daniel konnte Deputy Mansfield nirgendwo entdecken und nahm an, dass man ihn entweder ins Krankenhaus gebracht oder nach Hause geschickt hatte. »Frank«, sagte Daniel.

Frank sah auf, und einen kurzen Augenblick lang stand tiefe Verzweiflung in seinen Augen. Dann war der Moment vorbei, und die Augen seines Freundes wurden ausdruckslos. »Warum bist du zurückgekommen, Daniel?«

»Ich übernehme hier. Toby, wenn es Ihnen nichts ausmacht, dann treten Sie bitte von der Leiche zurück. Ich beordere die staatliche Rechtsmedizin und unsere Spurensicherung her.«

Toby Granvilles Blick schoss in Windeseile zu Frank, der langsam aufstand und die Fäuste in die Hüften stemmte. »Das wirst du nicht tun«, sagte er drohend.

»Der Wagen da draußen war heute an einem Anschlag auf eine Zeugin beteiligt. Nun steht er hier, und eine andere Zeugin ist tot. Dieses Restaurant ist ab jetzt ein GBI-Tatort. Bitte, Frank, geh, oder ich lasse dich entfernen.«

Frank blieb der Mund offen stehen, und er fuhr zu dem Mann auf der Theke herum. »Ein Anschlag?«, fragte er verunsichert. »Auf wen? Und wo?«

»In Atlanta, draußen vor dem Underground-Einkaufszentrum«, antwortete Daniel. »Auf Alex Fallon. Er wollte sie überfahren.« Er wandte sich an den Doktor. »Tut mir leid, Toby. Das hier müssen wir intern erledigen. Ohne Ihnen auf die Zehen treten zu wollen.«

Granville streckte die behandschuhten Hände aus und wich zurück. »Ich verstehe.«

»Moment.« Corey Presto schüttelte den Kopf, wie um ihn klarzubekommen. »Wollen Sie damit sagen, dass das gar kein Raubüberfall war? Der Mann *wollte* Sheila töten?«

»Ich habe nur gesagt, dass der Wagen hinter der Pizzeria heute Nachmittag zu einem Mordversuch verwendet wurde.« Daniel wandte sich langsam zu Frank um, der erschüttert zu Boden sah. »Und Sheila ist tot.«

»Wieso war sie deine Zeugin?«, fragte Frank leise.

Daniel musterte den Mann, den er so gut kannte. Zumindest gut zu kennen geglaubt hatte.

»Das unterliegt der Geheimhaltung. Tut mir leid, Frank.« Frank betrachtete das Blut zu seinen Füßen. »Sam war erst einundzwanzig.«

»Es tut mir leid, Frank«, sagte Daniel wieder. »Wenn du willst, kannst du bleiben, während wir uns an die Arbeit machen.« Nun drehte er sich zu dem Besitzer der Pizzeria um. »Mr. Presto, wir müssen wissen, ob Geld fehlt.«

Presto wischte sich mit dem Handrücken über den Mund. »Ich hatte das Geld bereits herausgenommen.«

»Sie waren heute Abend anwesend«, sagte Daniel, »als ich mit Miss Fallon und ihrer Cousine hier gegessen habe.«

»Ja, war ich.« Er hob das Kinn. »Na und?«

»Sheila hat sich mit mir unterhalten. Sie haben sie in die Küche zurückgerufen, und das nicht gerade freundlich.«

»Die Bestellungen haben sich gestapelt. Ich bezahle sie nicht fürs Quatschen.«

»Sie meinte allerdings, sie hätte wohl zu viel gesagt und dürfe keine wichtigen Leute verärgern. Von wem hat sie Ihrer Meinung nach gesprochen?«

»Keine Ahnung.« Aber er log, und das wussten sie beide.

»Wie lange hat sie schon für Sie gearbeitet?«

»Seit vier Jahren. Seit sie aus dem Entzug gekommen ist. Ich wollte ihr eine Chance geben.«

»Warum? Warum haben Sie ihr eine Chance geben wollen?«

Presto wurde rot. »Weil sie mir leidtat.«

Daniels Miene wurde ein wenig weicher. »Warum?«

Presto schluckte. »Sie hatte eine harte Zeit hinter sich. Sie hat mir leidgetan, das war alles.« Aber als er zu Sheilas lebloser Gestalt hinübersah, begann sein Adamsapfel zu hüpfen. Wieder schossen ihm Tränen in die Augen, und Daniel begriff.

»Sie haben sie geliebt«, sagte er freundlich.

Prestos Brust hob sich, dann ließ er sein Kinn auf die Brust sinken und schluchzte auf. Daniel brauchte keine weitere Antwort.

»Daniel.« Toby Granville war zu ihnen getreten. »Lassen Sie ihn gehen. Er kann Ihre Fragen auch morgen noch beantworten.« Toby legte Presto den Arm um die Schultern und führte ihn zur Tür. Als sie hinausgingen, drängte sich Ed Randall an ihnen vorbei.

Ed sah sich im Schankraum um und stieß einen Pfiff aus. »Oha.«

»Ein Opfer ist bereits hinausgetragen worden«, sagte Daniel. »Ich kann dir eine detaillierte Beschreibung des Tatorts geben, wie er war, als ich hereinkam. Deputy?«

Der junge Officer, der die Fotos gemacht hatte, fuhr zusammen. »J-Ja?«

»Wenn Sie uns Ihre Kamera überlassen, kann ich die Daten kopieren und Ihnen den Apparat zurückgeben.«

Der Deputy warf Frank einen fragenden Blick zu, und dieser nickte. »Schon gut. Du hast für heute Abend frei, Alvin.«

Der junge Bursche sah unendlich erleichtert aus, gab die Kamera weiter und verschwand.

»Ich war gerade mit der Arbeit im Haus von Bailey Crighton fertig und erst ein paar Meilen gefahren, als dein Anruf kam«, sagte Ed. »Ich nehme an, dass die Kollegen in ungefähr zwanzig Minuten hier eintrudeln. Erzähl mir bis dahin, was du gesehen hast.«

Luke kam an, als Malcolm und sein Partner Trey die Bahre mit dem Leichensack hinausschoben. Sheila lag auf einer zweiten Bahre, doch der Sack war nur bis zur Hälfte geschlossen. Luke ging ohne Umwege zur Bahre und betrachtete einen Moment lang ihr Gesicht.

»Du hattest recht«, murmelte er. »Ich hatte gehofft, dass du dich irrst.«

»Wo sind sie?«, fragte Daniel leise.

»Im Kofferraum. Der Geburtstag meiner Mutter ist übrigens der erste Juni, nicht der vierte.«

»Sag's ihr nicht, okay?«

»Ich schweige wie ein Grab«, sagte Luke, lächelte aber nicht. »Bist du sicher, dass du weißt, was du tust?«

Daniel warf einen Blick auf Sheilas wächsernes Gesicht und wusste, dass er sich nie sicherer gewesen war. »Ja. Wenn ich vor einer Woche den Mund aufgemacht hätte, wäre sie vielleicht noch am Leben.«

»Das kann man nicht wissen.«

»Nein. Und ich werde es auch nie erfahren. Sie übrigens auch nicht.«

Luke seufzte. »Ich gehe den Umschlag holen.«

Daniel trat zur Seite, als Malcolm und Trey zurückkamen, um die zweite Bahre hinauszubringen. Chase betrat das Restaurant, als sie den Sack zumachten. Sein Chef blieb in der Mitte des Raumes stehen und sah sich nachdenklich um, bis er den Blick auf Daniel heftete.

»In meinem Wagen«, sagte er knapp.

»Okay.« Daniel ging an Luke vorbei, und dieser schob ihm rasch den Umschlag unter den Arm.

»Ich warte auf dich«, sagte Luke.

Daniel nickte nur.

Mit dem Gefühl, auf dem Weg zum Schafott zu sein, stieg Daniel in Chase' Wagen und zog die Tür zu. Chase setzte sich hinter das Steuer.

»Was ist in dem Umschlag, Daniel?«

Daniel räusperte sich. »Meine Dämonen.«

»Tja, irgendwie dachte ich mir das schon.«

Er sah zu, wie Malcolm und Trey die Bahre in den Van hievten und die Türen zuwarfen. *Sheilas Blut klebt an meinen Händen.* Keine Geheimnisse mehr. Keine Lügen mehr. »Es reicht. Jetzt muss Schluss sein.«

»Womit muss jetzt Schluss sein, Daniel?«

»Hoffentlich nicht mit meiner Karriere. Obwohl ich mich nicht dagegen wehren werde, falls es dazu kommt.«

»Warum lassen Sie mich nicht den Richter spielen?«

Ein ausgesprochen passendes Stichwort, dachte Daniel. »Mein Vater war Richter.«

»Ja, das weiß ich. Daniel, spucken Sie es aus. Wir werden schon irgendwie damit umgehen.«

»Ich bin bereits dabei, es auszuspucken. Denn es hat alles mit meinem Vater, dem Richter, angefangen.« Und dann erzählte Daniel ihm die gesamte Geschichte, einschließlich der Einzelheiten, die er bei Alex eben zurückgehalten hatte: wie er die Bilder vor elf Jahren zum ersten

225

Mal gesehen hatte, sein Vater sie aber lieber verbrannt hatte, als sie der Polizei zu übergeben. Als er endete, blickte Chase, die Ellen bogen aufs Lenkrad und das Kinn auf die Fäuste gestützt, stur geradeaus durch die Windschutzscheibe.

»Theoretisch haben Sie diese Fotos also erst seit einer Woche.«

»Ich habe sie noch am gleichen Tag Vito Ciccotelli von der Polizei in Philadelphia gegeben.«

»Und das ist es, was Ihnen letztendlich den Hintern rettet. Warum sind Sie nicht zu mir gekommen?«

Daniel presste sich die Handballen gegen die Stirn. »Gott, Chase, haben Sie jemals etwas so Scheußliches getan, dass Sie sich geschämt haben, es jemandem zu sagen?«

Chase schwieg so lange, dass Daniel sicher war, keine Antwort mehr zu bekommen. Doch schließlich nickte er. »Ja.« Und das schien alles zu sein, was Daniel über dieses Thema erfahren würde.

»Dann wissen Sie, warum. Seit *elf* Jahren habe ich mit dem Wissen gelebt, dass an diesen Frauen ein Verbrechen begangen wurde. Ich *wusste* es, und ich habe es für mich behalten. Dann habe ich mir geschworen, sie zu finden und es wiedergutzumachen. Als ich dann durch Zufall eines der Mädchen von damals als Alicia Tremaine identifizierte, redete ich mir ein, dass ich gerade jetzt nichts sagen durfte. Ich wollte den Fall nicht verlieren. Ich wollte doch Wiedergutmachung leisten. Und ich wollte Alex nicht wehtun.«

»Haben Sie es ihr erzählt?«

Daniel nickte. »Und sie war gar nicht so fuchsteufelswild, wie ich es erwartet hatte. Sind Sie's?«

»Was? So fuchsteufelswild, wie Sie es erwartet haben?« Chase seufzte. »Ich bin enttäuscht. Ich dachte, Sie hätten Vertrauen zu mir. Aber auch ich habe einmal in einer Situation wie Ihrer gesteckt, und leider ist richtig und falsch dann eben nicht gleich Schwarz oder Weiß.« Er warf einen Blick auf den Umschlag. »Sind das die Fotos?«

»Ja. Ich dachte, Alex könnte vielleicht eines der anderen Mädchen identifizieren. Sie hatte Sheila von der Highschool wiedererkannt.«

Chase streckte die Hand aus, und Daniel gab ihm den Umschlag.

Und plötzlich war ihm, als glitt eine Last von seinen Schultern.

Chase sah sich die Fotos an. »Mein Gott«, murmelte er angewidert. Er steckte sie in den Umschlag zurück und deponierte ihn in dem Fach neben seinem Sitz. »Okay. Wir werden Folgendes tun. Sie reichen noch heute bei diesem Ciccotelli in Philadelphia einen formellen Antrag auf Rückgabe der Fotos ein. Sie sagen, Sie hätten geglaubt, Alicia sei eines der Mädchen gewesen, hätten aber keines der anderen erkannt, bis Sie heute Abend Sheila begegnet sind. Daher bitten Sie um die Zusendung der Bilder.«

»Das ist im Grunde genommen sogar die Wahrheit«, sagte Daniel langsam, und Chase warf ihm einen ironischen Blick zu.

»Deswegen zahlt man mir ja auch ein dickes Gehalt. Sie werden nicht erwähnen, dass Sie Ciccotelli Kopien gegeben und die Originale behalten haben. Wer außer Luke weiß noch, dass Sie die Fotos haben?«

»Alex und ihre Cousine Meredith.«

»Sind sie vertrauenswürdig?«

»Ich denke, ja. Aber, Chase – ich möchte die Fotos noch heute einsetzen. Ich muss herausfinden, wer die anderen Mädchen waren. Vielleicht kann uns eines sagen, wer ihnen das angetan hat. Irgendjemand scheint nicht zu wollen, dass wir sie identifizieren.«

Chase schüttelte nachdenklich den Kopf. »Der Mord an Sheila unterstützt die Theorie, doch Janet und Claudia passen nicht dazu. Warum die Aufmerksamkeit auf sich lenken, wenn man unerkannt bleiben will?«

»Vielleicht hat jemand anderes herausgefunden, was damals passiert ist«, sagte Daniel ruhig. »Und wir dürfen auch die Schlüssel nicht vergessen. Dieses Detail ist wichtig. Ich weiß nur noch nicht, in welcher Hinsicht.«

»Und das Haar. Haben Sie Alex' Haarprobe ins Labor gebracht, damit sie sie vergleichen können?«

»Ja. Wallin macht Überstunden und meint, er könnte den DNS-Abgleich bis morgen Nachmittag fertig haben.« Er sah auf seine Uhr. »Bis heute Nachmittag, meine ich.«

Chase legte sich beide Hände an die Wangen. »Wir brauchen ein bisschen Schlaf, Daniel. Sie besonders. Seit drei Wochen treiben Sie Raubbau mit Ihrer Gesundheit.«

»Ich möchte, dass sich Alex die Fotos noch heute Nacht ansieht.«

»Also gut. Sie fahren zu Ihrem Bungalow. Ich folge Ihnen.«

Daniel zog die Brauen hoch. »Sie wollen mit?«

Chase' Lächeln war angestrengt und nicht besonders freundlich. »Tja, mein Lieber, ich bin Ihr neuer Partner. Sie werden nichts tun und nirgendwo hingehen, ohne dass ich informiert bin.«

Daniel blinzelte. »Für immer oder nur in diesem Fall?«

»Nur in diesem Fall, es sei denn, Sie ziehen irgendeine saublöde Nummer ab. Man kriegt im Leben nicht sehr viele Rückfahrscheine.«

»Freifahrtscheine«, berichtigte ihn Daniel lächelnd. Chase lächelte nicht. »Wie auch immer. Diese Sache hätte auch anders für Sie ausgehen können. Keine Geheimnisse mehr. Sie werden mir alles erzählen.«

»Fein. Ich schlafe heute auf Alex' Sofa.«

»Fein. Hauptsache, Sie bleiben auf dem Sofa.«

Daniel hob das Kinn. »Und wenn nicht?«

Chase verdrehte die Augen. »Dann lügen Sie mich eben an und behaupten, Sie hätten es getan. Nun los. Wenn wir ihr die Bilder zeigen wollen, dann bitte noch vor Sonnenaufgang.«

13. Kapitel

Dutton, Mittwoch, 31. Januar, 2.30 Uhr

SIE WAREN ABSCHEULICH. Obszön. Alex zwang sich, sich je des ganz genau anzusehen, obwohl das Sandwich, das Meredith ihr aufgezwungen hatte, zurückzukehren drohte.

»Es tut mir leid«, sagte sie zum siebten Mal und schüttelte den Kopf, als sie das nächste Foto betrachtete. *Und ich dachte, ich hätte schon Alpträume ...* »Ich kenne sie nicht.«

Daniel legte ein weiteres Foto vor sie auf den Tisch, während Chase in eisernem Schweigen zusah. Meredith saß neben Alex, während es sich Daniels Freund Luke mit seinem Laptop auf dem Schoß auf dem Sofa im Wohnzimmer bequem gemacht hatte und sie genauso nachdenklich betrachtete, wie er es am Tag zuvor getan hatte.

Es kommt mir vor, als sei es Jahre her ... Tatsächlich waren noch nicht einmal vierundzwanzig Stunden vergangen, seit man versucht hatte, sie umzubringen.

»Alex?«, murmelte Daniel, und sie zwang sich, auf das achte Foto zu blicken.

»Es tut mir ...« Sie zog die Brauen zusammen. Sie nahm das Foto in die Hand und betrachtete es genau. Ihre Augen brannten vor Müdigkeit, und sie musste blinzeln. Konzentriert musterte sie das Gesicht des Mädchens, die Nase. »Die kenne ich. Rita Danner.«

»Woher weißt du das? Bist du sicher?«, fragte Daniel.

»Ihre Nase. Sie war gebrochen. Rita gehörte zu der besseren Clique, aber sie konnte ziemlich ekelig werden, vor allem, wenn sie auf jemanden neidisch oder eifersüchtig war. Sie fiel auch gerne über die Leute her, die etwas außen vor standen.«

»Über dich zum Beispiel?«, fragte Meredith.

»Nur einmal. Wir waren gemeinsam bei einer Übernachtungsparty, und ich wachte auf, weil mir Rita Erdnussbutter in die Haare schmierte. Ich fand das nicht witzig und stopfte ihr eine Handvoll Erdnussbutter in die Nase.«

Daniels Augen weiteten sich. »*Du* hast ihr die Nase gebrochen?«

»Na ja, ich habe wohl etwas zu fest gestopft.« Alex seufzte. »Ich habe sie gehasst. Aber das hier ... Mein Gott.«

Daniel warf seinem Freund einen Blick zu. »Luke?«

»Hier ist eine Hochzeitsanzeige. Rita hat einen Josh Runyan aus Columbia, Georgia, geheiratet.« Er tippte weiter. »Und eine Scheidungsanzeige zwei Jahre später. Sieht allerdings so aus, als lebte sie immer noch in Columbia.«

»So weit ist das ja nicht«, sagte Daniel. »Wir fahren hin und fragen nach, an was sie sich erinnert. Was ist mit der Nächsten?« Er schob ihr ein anderes Foto über den Tisch.

»Die ... die kenne ich auch. Cindy ... Bouse. Sie war nett. Mit ihrer Nase habe ich nichts angestellt.«

»Dann sollten wir vielleicht zuerst mit ihr reden«, sagte Daniel trocken. »Luke?«

Luke runzelte betroffen die Stirn. »Sie hat vor acht Jahren Selbstmord begangen.«

Alex biss sich auf die Lippen. »Oh, Gott.«

Daniel strich ihr beruhigend über den Rücken, und sie riss sich zusammen. »Zeig mir das nächste.«

Die Mädchen auf dem zehnten und elften Bild kannte sie nicht. Es gäbe fünfzehn Fotos, hatte Daniel ihr gesagt, aber Alicias Bild würde sie nicht zu sehen bekommen. Dafür war sie ihm dankbar. Da Daniel bereits Sheila identifiziert hatte, blieben nur noch zwei übrig.

Das zwölfte Foto.

»Gretchen French«, sagte Alex augenblicklich. »Wir waren in der Junior High befreundet.«

»Bin schon dran«, sagte Luke, bevor Daniel noch fragen konnte. »Ah, hier gibt es eine. Sie lebt auf dem Peachtree Boulevard in Atlanta. Ernährungsberaterin. Hat eine eigene Website.« Er brachte den Laptop zum Tisch. »Hier ist ein neueres Foto von ihr.«

Daniel verglich die beiden Bilder. »Ich denke, das ist sie.«

»Dann setzen wir dort an«, sagte Chase, der bis zu diesem Moment kein einziges Wort von sich gegeben hatte. »Bitte nun auch noch das letzte.«

Alex verengte die Augen. »Carla Solomon. Sie spielte mit Bailey im Schulorchester.«

»Ich habe eine C. Solomon auf der Third Avenue hier in Dutton gefunden«, sagte Luke. »Mehr allerdings nicht.«

»Und was ist mit denen, die du nicht erkannt hast?«, fragte Meredith.

»Vielleicht waren sie von einer anderen Schule«, erwiderte Alex. »Duttons Highschool war relativ klein. Da kannte jeder jeden.«

»Wir besorgen uns Jahrbücher von den umliegenden Schulen«, sagte Chase schroff. »Fürs Erste haben wir genug. Jetzt sollten wir alle schlafen gehen. Daniel, ich sehe Sie morgen früh um Punkt acht im Büro.« Er wandte sich an Alex. »Danke. Sie haben uns sehr geholfen.«

Vor Erschöpfung verschwamm ihre Sicht. »Hoffentlich hilft uns das, Bailey zu finden.«

Daniel drückte ihr sanft das Knie. »Gib nicht auf.«

Sie hob das Kinn. »Bestimmt nicht.«

Mittwoch, 31. Januar, 2.30 Uhr

Mack konnte das Lachen, das in ihm aufstieg, nicht unterdrücken, als er auf den Computerbildschirm starrte. Alles lief prächtig. Gemma war tot und würde bald in einem Graben liegen, und *ich bin um hunderttausend Dollar reicher.* Aber um das Geld ging es im Augenblick wirklich nicht. Es ging nur darum, *dass* sie es zahlten. Bereitwillig. Denn das bedeutete, dass sie Angst hatten. Der, der die hunderttausend gezahlt hatte, hatte sogar solche Angst, dass er genau in diesem Moment vor dem Haus seiner Schwester im Auto saß und den Wachhund spielte.

Er hatte ihnen die Botschaft klar und deutlich vermittelt. *Ich bin hier. Ihr seid nicht mehr sicher. Eure Familien sind in Gefahr.*

Es hatte funktioniert. Kates großer Bruder hatte hunderttausend Dollar gezahlt. Sein jämmerlicher Freund zwar nicht, aber auch er hatte Angst gehabt. Er lächelte. Und auf andere, sehr befriedigende Art gezahlt.

Mack konnte zufrieden mit sich sein. Er hatte mit den Richtigen begonnen. Sie waren die Schwächsten gewesen, reife Früchte, die nur darauf warteten, gepflückt zu werden. Aber auch die anderen beiden wurden nervös. Obwohl nervös eine freundliche Untertreibung war.

Die Dinge waren in Bewegung geraten. Besser, als er geglaubt hatte. Und sie hatten andere Ereignisse ausgelöst, die nicht direkt auf seine Einwirkung zurückzuführen waren. Janet. Claudia, Gemma. Alle drei nur Funken, die das Feuer entfachen sollten, und nun schien es bereits lustig zu lodern.

Bailey Crighton war als vermisst erklärt worden. Mack wusste genau, wo sie war und wer sie entführt hatte. Oh, und warum natürlich. Eigentlich tat ihm Bailey sogar ein wenig leid. Sie hatte keine Schuld an alldem, war aber dummerweise darin verwickelt worden. Er wusste, wie sich das anfühlte. Wenn alles vorbei war und sie noch lebte, dann würde er sie vielleicht befreien.

Er wusste, dass jemand versucht hatte, Alex Fallon zu töten. Aber so ungeschickt! Keinerlei Raffinesse. Nun hatte sie Leibwächter. Zwei gut ausgebildete GBI-Agenten, die ihr kleines Haus beobachteten. Und ein gut ausgebildeter GBI-Agent, der drinnen aufpasste. Er wusste, dass es heute in Fallons Häuschen eine Art von Versammlung gegeben hatte. Vartanian kam näher.

Hat ja lange genug dafür gebraucht.

Er wusste außerdem, was heute Nacht in der Pizzeria geschehen war. Drei Tote. Darunter Sheila. Ja, Vartanian kam näher.

Und die verbleibenden *drei* machten sich vor Angst in die Hose. Der Vierte war seiner eigenen Schuld und Angst zum Opfer gefallen. Natürlich konnte es nie schaden, wenn man dazu von einem anderen Wagen von der Straße gedrängt wurde. Was nur bestätigte, was er sich schon die ganze Zeit über gedacht hatte: Diese aufrechten Säulen der Gemeinde würden sich, ohne mit der Wimper zu zucken, gegenseitig umbringen, falls es nottat.

Heute hatten sie also Rhett Porter beseitigt. Aus seiner Schreibtischschublade zog er das letzte der Tagebücher, die sein Bruder geführt hatte. Dieses brach irgendwo in der Mitte ab, denn vor fünf Jahren hatten sie Jared beseitigt. Ja, er wusste, dass einer der verbleibenden vier tot war. Und bei Sonnenaufgang würde es auch ganz Dutton wissen.

Mittwoch, 31. Januar, 2.30 Uhr

»Bailey.«

Bailey hörte Beardsleys Flüstern, so wie sie es auch die letzten fünf Male gehört hatte. *Ich bin hier. Bitte helfen Sie mir.* Die Worte bildeten sich in ihrem Kopf, doch sie bekam sie nicht heraus. Jeder Muskel in ihrem Körper tat weh und war verkrampft. *Mehr.* Sie brauchte mehr. Verdammt, *er* hatte ihr das angetan. Mochte er dafür in der Hölle schmoren.

»Bailey.«

Sie beobachtete, wie sich vier Finger unter der Wand hervorschoben. Beardsley hatte noch ein wenig Mörtel aus der Wand gekratzt. Hysteri-

sches Lachen stieg in ihr auf. Sie waren gefangen. Sie würden hier sterben. Aber jetzt konnte Beardsley ihr wenigstens zum Abschied winken.

Die Finger verschwanden. »Bailey. Still. Sonst kommt er.«

Er kommt sowieso. Sie schloss die Augen und betete, sterben zu dürfen.

Mittwoch, 31. Januar, 3.15 Uhr

Mack stieg lautlos die Treppe hinauf. In das Haus eines Cops einzu-
brechen, hätte schwerer zu bewerkstelligen sein sollen. Als er an dem
beeindruckenden Waffenschrank unten vorbeigekommen war, hatte er
sich gewünscht, sich nach Lust und Laune bedienen zu können, aber
das musste warten.

Heute Nacht würde er sich nur umsehen. Wenn er den Waffenschrank
ausräumte, würde man wissen, dass er hier gewesen war, und niemand
sollte etwas davon ahnen.

Er hatte geplant, den Mann mit einem chloroformgetränkten Taschentuch außer Gefecht zu setzen, aber er hatte Glück. Sein Opfer war sturz-
betrunken eingeschlafen und trug noch seine Schuhe. Behutsam klopfte
er ihm die Taschen ab und lächelte, als er das Handy fühlte. Rasch notierte
er die Mobilnummer und die Nummern in der Anrufliste.

Den Mann über Kanäle zu erreichen, denen er vertraute, war ein wichtiger Bestandteil seines Plans. Er schob das Handy vorsichtig in die Tasche zurück und sah auf die Uhr. Er musste sich beeilen. Er wollte noch
Gemmas Leiche loswerden und pünktlich mit der morgendlichen Aus-
lieferung beginnen.

Dutton, Mittwoch, 31. Januar, 5.05 Uhr

Blitz und Donner. *Ich hasse dich. Ich hasse dich. Ich wünschte, du wärst tot.*

Alex schreckte hoch. Ihr war kalt, und sie zitterte am ganzen Körper.
Sie setzte sich im Bett auf und presste sich den Handrücken auf die
Lippen. Hope schlief fest, und Alex musste sich beherrschen, um nicht
ihre Locken zu streicheln. Hope brauchte den Schlaf. *Hoffentlich träumt
sie nicht so wie ich.*

Zwischen ihnen hob Riley den Kopf und sah sie mit seinen traurigen
Triefaugen an. Alex strich ihm mit zitternder Hand über den Rücken.
»Bleib da«, flüsterte sie und stieg aus dem Bett. Sie zog ihren Morgen-

233

rock über das Nachthemd, verließ das Schlafzimmer und zog behutsam die Tür zu. Sie wollte Daniel nicht wecken.

Der Mann schlief auf ihrem Sofa. Er hatte sich geweigert zu gehen, obwohl die Agents Hatton und Koenig draußen waren. Sie blieb einen Moment stehen und sah auf ihn herab, während sie sich über die Arme rieb und versuchte, die unterschiedlichen Gefühle, die auf sie einstürmten, zu verarbeiten.

Er ist ein attraktiver Mann. Ja, das war er. Blondes Haar, ein kantiges Gesicht und diese blauen Augen, die freundlich, aber auch so beängstigend durchdringend blicken konnten.

Er hat mich angelogen. Nein, eigentlich hatte er das nicht. Sie ahnte, wie schwer es für ihn gewesen sein musste, ihr nicht zu sagen, was er wusste. Was Alicia zugestoßen war. Und welche Rolle ausgerechnet sein Bruder dabei gespielt hatte.

Wir sehen uns in der Hölle, Simon. Wenigstens war Wade nicht mit ihr verwandt gewesen. Sie erinnerte sich noch gut daran, wie er sich damals auf der Party zwischen ihre Schenkel gedrängt hatte. Er hatte sie für Alicia gehalten. Und er war erstaunt gewesen, als sie Nein gesagt hatte.

Bedeutete das, dass Alicia irgendwann einmal ja gesagt hatte? Der Gedanke war verstörend. Alex hatte gewusst, dass Alicia damals schon Sex hatte, aber sie war sicher gewesen, über alle Freunde informiert gewesen zu sein. *Alicia und Wade?* Die Vorstellung verursachte ihr eine Gänsehaut. Was für ein Mensch war Alicia wirklich gewesen?

Was für ein Ungeheuer war Wade wirklich gewesen? Diese Bilder, die sie gesehen hatte ... Wade hatte Mädchen vergewaltigt. Sie hatte jahrelang mit ihm unter einem Dach gelebt und nicht einmal geahnt, dass er zu solch einer Tat fähig gewesen war. Zu solch einer Grausamkeit.

Alicia. Sheila und Rita. Gretchen und Carla. Und Cindy. Alle waren vergewaltigt worden. Cindy hatte Selbstmord begangen. Alex kannte sich mit Depressionen aus. *Arme Cindy. Arme Sheila.*

Und die neun anderen, die sie nicht kannte ...

Diese Gesichter hatten sich in Daniels Bewusstsein eingebrannt. Er schleppte sie seit über einer Woche mit sich herum. *Armer Daniel.*

Sein Gesicht war angespannt, sogar im Schlaf. Er hatte sein Jackett ausgezogen, aber das war das einzige Zugeständnis an die eigene Bequemlichkeit gewesen. Zwar hatte er den obersten Hemdknopf geöffnet, um den Kragen zu lockern, den Krawattenknoten jedoch nur etwas tiefer gezogen. Seine Waffe steckte im Hüftholster, die Schuhe noch an seinen Füßen. Er war bereit, selbst im Schlaf.

Wieder attackierte die Erinnerung an die Bilder ihr Bewusstsein. Nachdem sie dreizehn davon gesehen hatte, war es nicht schwer, sich vorzustellen, wie Alicia ausgesehen haben musste. Sie dachte an das erste Mal, als sie Daniel in seinem Büro begegnet war. An den schockierten Ausdruck in seinem Gesicht.

Und dann dachte sie daran, wie er sie heute Abend angesehen hatte, kurz bevor er sie geküsst hatte. Und im Wagen, nachdem man sie beinahe überfahren hatte. *Was willst du von mir?*, hatte sie gefragt. *Nichts, was du nicht selbst und … nur allzu gerne geben willst.*

Sie hatte ihm vorhin geglaubt. Sie war sich nicht sicher, ob sie das jetzt noch tat.

Er fühlte sich schuldig. Und sein Schuldgefühl schien ihn von innen heraus zu verzehren. Daniel Vartanian wollte Buße.

Alex wollte nicht die Buße eines anderen sein. Sie dachte nicht daran, ein karitatives Projekt zu werden. Das hatte sie bereits mit Richard durchgespielt. Und daraus war die kläglichste Niederlage ihres Lebens geworden. Das brauchte sie kein zweites Mal.

Sie spürte sofort, dass Daniel erwacht war. Er schlug die Augen auf, und als er seinen strahlend blauen Blick auf sie richtete, schauderte sie.

Einen Moment lang sah er sie nur an, dann streckte er die Hand nach ihr aus.

Und sie begriff, dass es keine Rolle spielte, was sie wollte und was nicht. Wichtig war, was sie *brauchte*, und in diesem Augenblick brauchte sie ihn. Er setzte sich aufrecht hin und zog sie auf seinen Schoß. Und sie ließ sich willig ziehen und schmiegte sich an seinen warmen Körper.

»Deine Hände sind eiskalt«, murmelte er und nahm beide in seine Hände.

Sie legte ihre Wange an seine harte Brust. »Riley klaut mir die Decke.«

»Deswegen darf er bei mir zu Hause nicht im Bett schlafen.«

Sie hob den Kopf und sah ihm in die Augen. »Und wer darf das?«

Er versuchte nicht einmal, der Frage mit einem Scherz auszuweichen. »Niemand. Seit langer Zeit jedenfalls nicht. Warum?«

Sie dachte an Richards neue Frau. »Ich will einfach wissen, ob ich Nummer eins oder Nummer zwei wäre.«

Sie hatte gedacht, dass sie daraufhin sein typisches, angedeutetes Lächeln sehen würde, aber er blieb ernst. »Nummer eins.« Er strich ihr

235

mit dem Daumen über die Wange, und ein Prickeln breitete sich in ihrem Inneren aus. »Du warst schon einmal verheiratet, nicht wahr?«

»Ja, und ich bin geschieden.«

»Warst du die Nummer zwei?«, fragte er sehr ruhig.

»Oh, wow, das kann man wohl sagen«, versuchte sie das Gespräch aufzulockern.

Aber er lächelte noch immer nicht. »Hast du ihn geliebt?«

»Ich dachte es. Aber ich glaube, ich wollte nur nicht nachts allein schlafen.«

»Also war er für dich da.« Sein Blick wurde seltsam eindringlich. »In den Nächten.«

»Nein. Anfangs war er Praktikant in dem Krankenhaus, in dem ich arbeitete. Wir verabredeten uns ein paarmal. Dann zog meine Mitbewohnerin aus, und bevor ich mich versah, war er eingezogen. Wir sahen uns im Krankenhaus, konnten aber unsere Schichten nicht besonders gut aufeinander abstimmen. Er war nicht oft zu Hause.«

»Du hast ihn trotzdem geheiratet.«

»Ja.« Irgendwie war das eine ganz logische Entwicklung gewesen. Undramatisch. Sie konnte sich nicht erinnern, dass Richard ihr tatsächlich einen Antrag gemacht hatte.

»Hast du ihn geliebt?«

Zum zweiten Mal hatte er die Frage gestellt. »Nein. Ich wollte es. Aber es ging wohl nicht.«

»Hat er dich gut behandelt?«

Nun lächelte sie. »Ja. Richard ist ... lieb. Er mag Kinder, er mag Hunde ...« Sie brach ab, als sie merkte, in welche Richtung sich ihre Worte bewegten. »Aber ich glaube, er hat mich als eine Art Herausforderung betrachtet. Seine eigene kleine Eliza Doolittle.«

Er runzelte die Stirn. »Wieso? Warum sollte er denn etwas an dir ändern wollen?«

Einen Moment lang starrte sie ihn nur an. Seine Worte waren Balsam für ihre Seele und linderten das nagende Gefühl, dass sie für Richard nie hatte sein können, was er gebraucht hatte. Oder was sie sich für sie beide vorgestellt hatte. »Eigentlich war ich selbst schuld. Ich wollte ... interessant sein. Dynamisch. Zügellos.«

Er zog die Brauen hoch. »Zügellos?«

Sie lachte verlegen. »Na ja. Du weißt schon.« Sie wackelte mit den Brauen, und er nickte, lächelte jedoch noch immer nicht.

»Du wolltest, dass er zu dir nach Hause kam.«

»Wahrscheinlich. Aber ich war einfach nicht, wie er mich am liebsten gehabt hätte. Wie ich mich am liebsten gehabt hätte.«

»Also ist er gegangen?«

»Nein. Ich. Krankenhäuser sind wie Dörfer. Unter der Oberfläche lauern viele Geheimnisse. Richard hatte Affären. Natürlich alle sehr diskret.« Sie hielt seinem Blick stand. »Er hätte mich besser verlassen, aber er wollte mir nicht wehtun.«

Daniel zog den Kopf ein. »Autsch. Treffer und versenkt. Also bist du gegangen?«

»Er hat jemanden kennengelernt, aber zum Glück war es keine von den Schwestern. Dann hätte ich nicht mehr dort arbeiten können.«

Er sah sie verwirrt an. »Aber ich dachte, du bist gegangen.«

»Ich habe ihn verlassen. Zu diesem Zeitpunkt hatten wir bereits ein Haus gekauft, und ich bin ausgezogen. Aber ich habe nicht eingesehen, mir ein anderes Krankenhaus zu suchen. Schließlich war ich zuerst dort gewesen.«

»Also hast du ihm das Haus überlassen, aber nicht den Job.«

»Stimmt genau.« Für sie war es tatsächlich genau so gewesen. »Er hatte sein Praktikum beendet und war als Vollzeitarzt in der Notaufnahme übernommen worden. Ich glaube, alle erwarteten, dass ich mir nun eine neue Stelle suchen würde. Oder zumindest eine andere Abteilung. Aber ich mag die Notaufnahme. Also blieb ich.«

Er sah sie verblüfft an. »Das dürfte manchmal zu unangenehmen Momenten führen.«

»Milde ausgedrückt.« Sie zuckte die Achseln. »Jedenfalls bin ich vor einem Jahr aus-, und die Neue ist eingezogen. Die beiden passen gut zusammen.«

»Du siehst das ziemlich … großzügig«, sagte er vorsichtig, und sie lachte reumütig.

»Ich glaube, ich mag ihn einfach genug. Ich will ja nicht, dass er unglücklich ist. Meredith sieht das anders. Sie würde ihn gerne in Honig tauchen und auf einen Ameisenhügel legen.«

Endlich hob sich einer seiner Mundwinkel und ihre Laune gleich mit. »Daniel, bitte merken«, murmelte er. »Niemals Meredith vergrätzen.«

Sie nickte. »So ist es.«

Doch zu schnell verblasste sein Lächeln wieder. »Hast du eben wieder schlecht geträumt?«

Der Gedanke an den Traum ließ sie erneut frösteln. »Ja.« Sie schlang die Arme um den Oberkörper, aber er zog sie fester an sich und rieb ihr den Rücken. Der Mann war wie ein Ofen, warm und gemütlich und darüber hinaus noch stark und männlich. Sie schmiegte sich in seine Umarmung und wünschte sich mehr.

Und spürte an ihrer Hüfte plötzlich seine harte Erektion. Sie zog die Luft ein, als ihr mit einem Mal *sehr* warm wurde. Er wollte sie. Und sie wollte ihn. Aber bevor sie entscheiden konnte, was sie tun sollte, rückte er sie ein Stück von seinem Schoß weg, und all die wunderbare sinnliche Wärme war fort. Seine Arme schlangen sich um sie, und er schob ihren Kopf unter sein Kinn. »Tut mir leid«, murmelte er.

Sie richtete sich auf und bog den Oberkörper zurück, um ihn anzusehen. »Warum denn das?«

Er warf einen Blick zu Merediths Tür. »Na ja, ich habe dir doch versprochen, dass nichts passieren würde, was du nicht selbst willst.«

»Ja, gestern im Auto, ich kann mich erinnern. Na und? Es ist doch nichts passiert.« Sie hob das Kinn. »Noch nicht jedenfalls. Das könnte sich ändern.«

Er atmete tief ein, und seine Augen wurden einen Hauch dunkler. Doch er widerstand. »Wenn Hatton diese Nacht nicht an deine Tür geklopft hätte … hätte ich versucht …« Er schloss die Augen. »Ich wollte dich. Wenn wir nicht unterbrochen worden wären, hätte ich dich vielleicht zu etwas gedrängt, für das du noch nicht bereit gewesen wärst.«

Alex musste überlegen, welche Antwort die beste war. Er versuchte, auf sie aufzupassen, und obwohl das sicherlich süß von ihm war, war sie geneigt, sich gewaltig darüber zu ärgern. »Daniel«, sagte sie und wartete, bis er die Augen aufschlug. »Ich bin keine sechzehn mehr und will weder von dir noch von irgendeiner anderen Person als Opfer betrachtet werden. Ich werde demnächst dreißig. Ich habe einen guten Job. Ein gutes Leben. Und durchaus genug Verstand, meine eigenen Entscheidungen zu treffen.«

Er nickte. Und schluckte. Sie sah Respekt in seinen Augen, grimmigen Respekt zwar, aber er war da. »Verstanden.«

»Aber, Daniel.« Sie hakte den Finger unter seine Krawatte und wollte ihrer Stimme einen heißblütigen Unterton verleihen, doch leider kamen die Worte sehnsüchtig heraus. »Ich möchte immer noch … zügellos sein können.«

Sein Blick flammte auf. Dann küsste er sie, und sie spürte die Hitze und die Kraft seines Mundes. Er rollte sie unter sich, und sie spürte die

Hitze und die Kraft seines Körpers, als er sich gegen sie presste, wieder und wieder, und seine Hände fuhren in ihr Haar und hielten ihren Kopf, ohne sich ein einziges Mal von ihr zu lösen.

Und dann fing er erst richtig an. Das tiefe Stöhnen in seiner Kehle klang ein wenig nach ihrem Namen, und Alex klammerte sich an ihn, entschlossen, jede Sekunde zu genießen. Als seine Zunge ihren Mund attackierte, begegnete sie ihr so willig wie der Bewegung seiner Hüften.

Zu bald schon hob er den Kopf, um Luft zu holen. Er sah auf sie herab, und seine Augen glühten seltsam dunkel und ein wenig gefährlich. »Das war …«

»Wirklich gut«, flüsterte sie und entlockte ihm damit ein überrraschtes Lachen.

»Wirklich gut? Ich hätte mehr von einer Frau erwartet, die mir etwas von zügellos erzählt.«

Sie zog die Brauen hoch. »Das liegt daran, dass ich es noch nicht war. Zügellos, meine ich.«

Seine Lippen zuckten, doch sein Blick blieb heiß. »Nun, dann sollten wir das nächste Mal dafür sorgen, dass du es bist«, murmelte er. »Nun geh wieder ins Bett.« Er machte Anstalten, sich von ihr zu lösen, doch in einem Augenblick extremer Gewissheit erkannte sie, was sie wollte. Mit beiden Händen packte sie seinen Gürtel und zog ihn zurück, drückte ihre Fersen ins Sofa und stemmte sich ihm entgegen, bis er wieder heiß und hart an ihr pulsierte. »Ich will aber nicht.«

Erst weiteten sich seine Augen, dann verengten sie sich. »Nein. Es geht nicht. Nicht hier.«

Mit dem Gefühl einer unbestimmten Macht hielt sie ihn am Gürtel fest, als er einen weiteren Versuch machte, sich aufzurichten.

Wenn er wirklich gewollt hätte, wäre es ihm ein Leichtes gewesen, sich loszumachen. Aber er wollte sie, begehrte sie, und er wollte es jetzt. Sie bewegte ihre Hüften unter ihm und hoffte, dass er es als Einladung betrachten würde. »Und warum nicht?«

Er betrachtete sie ungläubig und … mit solch einer Begierde, dass ihre eigene Lust einen weiteren Schub erhielt. »Soll ich dir eine verdammte Liste erstellen?«

»Nein, du sollst die Klappe halten und mich küssen.«

Erleichterung ließ ihn beinahe in sich zusammensinken. »Okay, das kann ich machen.« Und obwohl es sich zuerst so anfühlte, als wollte er sie nur zart und züchtig küssen, wurde die Liebkosung rasch heißer und tiefer und zog sie hinein in einen Strudel aus Lust, dem sie sich nicht entziehen wollte. Sie zerrte an seinem Hemd, bis sie ihre Hände darunterschieben konnte, und endlich durfte sie ihn an den Stellen fühlen und streicheln, auf die sie bisher nur einen kurzen Blick hatte werfen können. Er stöhnte an ihrem Mund. »Alex, stopp.«

Ihre Finger verharrten an seiner Brust, und sie zog den Kopf gerade so weit zurück, dass sie ihn ansehen konnte. »Willst du das wirklich?«, flüsterte sie und hielt den Atem an, als er einen Moment die Augen schloss. Nach einer Weile, die ihr wie eine Ewigkeit vorkam, schlug er sie wieder auf und schüttelte den Kopf. »Nein.«

Die Luft, die sie angehalten hatte, strömte aus ihr heraus. »Gut.« Mit flinken Fingern knöpfte sie sein Hemd auf, zog ihm die Krawatte über den Kopf, sodass sie endlich ungehinderten Zugang zu seiner warmen Haut hatte. Mit beiden Händen strich sie darüber und erfühlte jeden Muskel, jede Rippe. Dann glitten ihre Finger tiefer, bis seine Bauchmuskeln zuckten. »Daniel, sieh dich nur an«, flüsterte sie. Er küsste sie wieder, sanft dieses Mal. »Ich sehe lieber dich an«, sagte er rau. Er löste den Gürtel ihres Morgenrocks und griff mit einer Hand nach ihrem Nachthemd. »Komm hoch«, flüsterte er, und sie tat es, sodass er ihr das Hemd über die Hüften und höher hinaufschieben konnte, bis sie die kühle Luft an ihren Brüsten spürte. Sie schauderte.

Und schloss die Augen, als er sich behutsam auf sie herabließ und seine Lippen um eine Brustwarze legte. Wieder schauderte sie, diesmal nicht vor Kälte. Er saugte und leckte, bis sie sich unter ihm wand, und ihre Hände griffen in sein Haar, um ihn näher zu sich zu ziehen. Er wechselte zu ihrer anderen Brust, und ihre Glieder begannen zu zucken.

Er legte seine Hand auf ihren Bauch, und sie zog die Luft ein und hielt sie abwartend an. Aber er tat nichts, bewegte sie nicht, ließ sie nur dort liegen, bis sie begriff, dass er auf ihre Erlaubnis wartete. Ihre Aufforderung sogar. Stattdessen bettelte sie. »Bitte.«

Das kleine Wörtchen brachte ihn wieder in Bewegung, und seine Finger schoben sich unter den Baumwollslip, den sie noch immer trug, und sie erkannte, dass sie recht gehabt hatte, dem Daumen so vieles mehr zuzutrauen.

Sie schauderte und bebte, aber als sie zu wimmern begann, legte er seinen Mund wieder über ihren und dämpfte ihr Stöhnen.

Sie war dem Höhepunkt so nah. Sie stemmte die Fersen in die Polster und drängte sich gegen seine Hand, bis das Blut heiß durch ihre Adern rauschte und jeder Nerv in Flammen stand. Dann explodierte das Licht hinter ihren Lidern, und sie bäumte sich auf. Als sie endlich keuchend zurück aufs Sofa fiel, wusste sie, dass sie sich seit Langem nicht so gut gefühlt hatte … vielleicht so gut wie nie zuvor.

Er ließ seinen Kopf auf ihre Schulter sinken. Sein Atem kam angestrengt, sein Körper war starr. »Okay«, murmelte er gepresst. »Und jetzt geh wieder ins Bett. Bitte.«

Aber seine Hand lag zwischen ihren Beinen, und sie wusste, dass sie jetzt unmöglich schlafen konnte. Ihr Blut pulsierte noch immer zu schnell, sie wollte noch immer … mehr.

Und nach der Härte seiner Erektion, die sich an ihren Schenkel drückte, ging es ihm nicht anders.

Sie ließ die Hände zu seinem Gürtel wandern, und er fuhr hoch, um sie aus schmalen Augen anzusehen. Die Hand, die eben so schöne Dinge vollbracht hatte, packte ihr Handgelenk, aber Alex' geschickte Finger hatten den Gürtel bereits gelöst.

»Was tust du?«, zischte er, und sie sah zu ihm auf.

»Wonach sieht es denn aus?«, gab sie zurück.

Ein Muskel zuckte an seinem Kiefer. »Ich dachte, ich sagte, du solltest ins Bett gehen.«

Sie strich hauchzart über seine Taille, und er zog unwillkürlich den Bauch ein. »Willst du das wirklich?«, flüsterte sie erneut.

Seinem Gesicht war der Kampf, der sich in ihm abspielte, nur allzu deutlich abzulesen, aber sie dachte nicht daran, ihm Mitleid entgegenzubringen. Dann hob er den Kopf, um zu Merediths Tür zu blicken, und Alex unterdrückte ein Lächeln, als sie sein Hemd packte und ihn zu sich herunterzog. Er ließ sich schwer auf sie fallen, und sie schlang die Arme um ihn und küsste ihn heiß, so wie er sie zuvor geküsst hatte, doch mit einem tiefen Knurren übernahm er die Kontrolle.

Mühsam löste er seine Lippen von ihren. »Das ist doch verrückt«, flüsterte er. »Wir sind doch keine Teenager, die Sex auf dem Sofa haben.«

»Nein, ich bin fast dreißig und will Sex auf dem Sofa.« Sie sah ihn herausfordernd an. »Und zwar mit dir. Also – soll ich damit aufhören?«

»Nein«, presste er heiser hervor. »Aber bist du sicher?«

»Oh, ja, ich bin sehr sicher.« Sie zog den Reißverschluss seiner Hose auf. Zögernd berührte sie ihn, und als er zusammenzuckte und einen leisen Fluch ausstieß, zog sie die Hand zurück. »Aber wenn du nicht sicher bist … Ich will nichts tun, das dir nicht guttut.«

241

Er brachte sie mit einem harten Kuss zum Schweigen, dann öffnete er mit einer Hand den Verschluss des Holsters und legte die Waffe behutsam auf den Boden. Er zog seine Brieftasche aus seiner Hosentasche, zog ein Kondom heraus und warf die Brieftasche neben die Pistole. Er sah in ihre Augen, und das Blau schien zu brennen. »Du musst sicher sein, Alex.«

Ohne ihren Blick von seinen Augen zu lösen, schob sie sich den Slip von den Hüften und schleuderte ihn mit dem Fuß weg. »Bitte, Daniel.« Er betrachtete sie von Kopf bis Fuß und schluckte, und sie begriff, dass dieser Moment mehr war als nur Sex zwischen zwei Erwachsenen, die sich einig waren. Mit dieser Vereinigung würde sie aufhören, seinem Verständnis nach das Opfer zu sein.

Und vielleicht auch ihrem eigenen Verständnis nach. »Bitte, Daniel«, flüsterte sie wieder.

Drei Herzschläge lang starrte er sie an, dann riss er die Verpackung auf und streifte sich das Kondom über. Er schob ihr die Hände in den Nacken und drängte sich zwischen ihre Schenkel. Beinahe reglos lag sein Körper da, als er sie küsste, doch diese Ruhe, diese Beherrschtheit war weit intensiver als die Wildheit zuvor. Dann drang er langsam und mit solch einer Ehrfurcht in sie ein, dass es ihr den Atem nahm.

Jede Bewegung seiner Hüften war bedacht, und er beobachtete sie, um jede ihrer Reaktionen zu sehen. Dann verlagerte er sein Gewicht, und sie keuchte auf, als unerwartete Wonnen durch ihren Körper schossen.

Er strich mit den Lippen über ihr Ohr. »Genau da?«, flüsterte er.

»Genau da ist es wirklich gut.« Sie legte die Hände auf seine Hinterbacken und genoss das Spiel der Muskeln, die sich anspannten und entspannten. Er war ein gutgebauter Mann, hart und trainiert.

Langsam brachte er sie wieder hinauf, bewegte sich härter und schneller, bis ihr Herz heftiger hämmerte als zuvor, drang tiefer und tiefer in sie ein, bis sie spürte, wie ihm langsam die Kontrolle entglitt. Und sie wollte sehen, wie ihm die Kontrolle entglitt. Sie wollte diejenige sein, die ihm seine Zurückhaltung nahm. Sie wollte, dass er vergaß, wer er war und wo er war, und sie … einfach nur nahm.

Ihre Hände glitten um seine Hüften, und ihre Fingerspitzen fanden die empfindlichen Stellen seiner Lenden. Er fuhr zusammen, erstarrte und stieß ein bebendes Stöhnen aus.

»Bitte, Daniel«, flüsterte sie. »Tu es jetzt.«

Er schauderte, und es war aus mit seiner Beherrschung. Er stieß heftig in sie hinein, als könne er gar nicht weit genug in sie eindringen, und steigerte den Rhythmus zu einem beinahe verzweifelten Tempo. Das war es, was sie gewollt hatte. Er, der nichts zurückhielt. Sie begegnete ihm bei jedem Stoß, grub ihre Nägel in seinen Rücken, und ließ ihn immer tiefer ein, bis sie am Rand des Höhepunkts angelangt war. Mit einem letzten harten Stoß schickte er sie hinauf. Sie bäumte sich auf und wollte schreien, doch er presste ihr die Hand auf den Mund und dämpfte ihr Stöhnen.

Als die Woge ihrer Empfindungen zu einem Beben verebbte, erstarrte sein Körper plötzlich, und er warf den Kopf zurück. Seine Kiefer presste sich hart zusammen, seine Hüften zuckten, doch kein Laut entrang sich ihm, als er sich in sie vergrub. Eine lange Weile verharrte er reglos zu einer wunderschönen männlichen Statue erstarrt, dann stieß er die Luft aus und sank über ihr zusammen. Keuchend vergrub er sein Gesicht an ihrem Hals, und Alex strich ihm über den Rücken, während Schauder seinen Körper schüttelten.

Schließlich lag er einen Moment lang still auf ihr. Dann hob er wieder den Kopf, stützte ihn auf einen Ellenbogen und sah sie an. Seine Wangen waren gerötet, seine Lippen waren feucht, und sein Atem ging noch immer nicht wieder regelmäßig. Aber seine Augen … immer wieder waren es vor allem seine Augen.

Und nun lag Ehrfurcht in seinen Augen. Und Alex fühlte sich, als hätte sie den Mount Everest bezwungen. Er zog bebend die Luft ein. »Habe ich dir wehgetan?«

Sie schüttelte den Kopf und lächelte innerlich. »Nein. Es war perfekt.«

Wieder schauderte er, ein Nachbeben, diesmal jedoch nicht mehr so heftig. »Du bist so eng. Ich hätte es besser machen müssen, in einem Bett, ich hätte –«

»Daniel.« Sie legte ihm einen Finger auf die Lippen. »Es war perfekt. Perfekt«, wiederholte sie flüsternd und beobachtete, wie sich ein Lächeln auf seine Lippen stahl.

»Also, das klingt für mich wie eine Herausforderung. Das nächste Mal –«

»Stopp! Polizei! Bleiben Sie stehen!«

Der Ruf kam von draußen, und Daniel war augenblicklich auf den Knien. Er zog den Reißverschluss zu, kam auf die Füße, griff nach seiner Waffe. »Bleib unten«, befahl er ihr. Er stellte sich neben das Fenster und spähte durch die geschlossenen Vorhänge.

Alex blieb wie erstarrt liegen, bis sie sah, dass er sich entspannte. »Was ist?«, fragte sie.

»Was ist?«, fragte auch Meredith, die ihre Tür einen Spaltbreit geöffnet hatte.

»Nur der Zeitungsbursche«, sagte Daniel. »Hatton hat ihm die Zeitung abgenommen und kommt jetzt den Weg herauf. Er sieht nicht gerade glücklich aus«, fügte er hinzu, wobei er selbst auch nicht gerade glücklich klang. »Was nun?«

Alex raffte ihre Unterwäsche vom Boden und stopfte sie in die Tasche ihres Morgenrocks, bevor sie den Gürtel zuknotete. Dann floh sie in die Küche und stürzte sich auf die Kaffeemaschine, wobei sie geflissentlich Merediths hochgezogene Brauen ignorierte. Derweil öffnete Daniel die Tür für Agent Hatton.

»Tut mir leid, Daniel«, sagte Hatton. »Miss Fallon.« Er nickte ihr zu, dann Meredith. Offensichtlich war er kein Mensch, der Worte verschwendete und einen Nachnamen zweimal sagte, wenn eine einmalige Nennung für beide galt. Anschließend wandte er sich wieder Daniel zu. »Ein Lieferwagen fuhr heran, und wir haben nicht sofort gemerkt, dass es sich nur um den Zeitungsboten handelte. Aber sehen Sie sich die Titelseite an. Ihr Freund Woolf ist ein eifriger Schreiber.«

Daniel nahm ihm die Zeitung ab, blickte darauf und hob mit grimmiger Miene den Kopf.

Alex vergaß den Kaffee und kam zu ihm, um in die Zeitung zu sehen. Zuerst zog sie die Brauen zusammen. Dann riss sie die Augen auf. »Rhett Porter ist tot?«

»Wer ist Rhett Porter?«, fragte Meredith und blickte über Alex' Schulter auf die Titelseite.

»Rhett war ein Freund von Wade«, sagte Alex. »Rhetts Vater gehörten alle Autohändlerfilialen hier in der Umgebung. Wade arbeitete für sie, indem er die Autos aufbereitete.«

»Rhett war außerdem der Bruder der Jungen, die Alicias Leiche fanden«, sagte Daniel.

Hatton sah sie fragend an. »Zufall?«

Daniel schüttelte den Kopf. »In dieser Stadt geschieht nichts zufällig.«

»Ich würde gerne wissen, woher Woolf das schon wieder weiß«, bemerkte Meredith. »Es war weder in den Nachrichten, noch stand es im Netz. Ich war gerade online, um nach meiner Post zu sehen.«

Sie bedachte Alex mit einem wissenden Blick, und sie begriff, dass Meredith alles, was auf dem Sofa passiert war, mitbekommen hatte.

Daniel knöpfte sich das Hemd zu, während ihm das Blut in die Wangen stieg. »Ich denke, ich werde mich mal mit Mr. Woolf unterhalten.«

Hatton nickte. »Dann bleibe ich hier bei den beiden Damen.«

»Und ich mache Kaffee«, sagte Alex. »Den brauche ich jetzt.«

Meredith folgte ihr in die Küche und grinste. »Und *ich* brauche eine Zigarette«, murmelte sie.

Alex sah sie finster an. Keine von beiden rauchte. »Halt die Klappe.«

Meredith gluckste. »Wenn du beschließt, dir deine Frisur zerstören zu lassen, dann machst du es wirklich gründlich.«

Dutton, Mittwoch, 31. Januar, 5.55 Uhr

Daniel fuhr die Main Street entlang, als er sah, dass im Fenster der *Dutton Review* Licht brannte. Sein Instinkt befahl ihm, sich zurückzuhalten, und so parkte er den Wagen hinter einer Hecke, schaltete die Scheinwerfer aus und wartete. Ein paar Minuten später tauchte Woolf hinter dem Gebäude auf und fuhr ebenfalls ohne Licht an Daniel vorbei.

Daniel holte sein Handy hervor und rief Chase an.

»Was ist?«, meldete sich Chase missgelaunt.

»Woolf hat letzte Nacht wieder einen hübschen Treffer gelandet. Ein Mann aus der Stadt ist von der Straße abgekommen und in seinem Auto verbrannt. Ich wollte Woolf deswegen befragen, aber es sieht ganz so aus, als hätte unser Freund just einen neuen, spannenden Tipp erhalten.«

»Shit«, brummte Chase. »Wohin fährt er?«

»Richtung Osten. Ich folge ihm jetzt, aber ich brauche Verstärkung. Ich will nicht, dass er mich bemerkt.«

»Sagen Sie Hatton, dass er bei den Fallons bleiben soll, und rufen Sie Koenig zur Unterstützung. Ich setze mich ins Auto und komme. Rufen Sie mich an, bevor Sie ihn stellen.«

»Ja, Sir, Partner, Sir.«

Mittwoch, 31. Januar, 6.00 Uhr

Nein, nein, nein, nein ... Wieder und wieder schlug Bailey ihren Kopf gegen die Wand. Der Schmerz war eine willkommene Erleichterung gegen den Selbsthass, den Abscheu, den sie empfand.

»Bailey. Hören Sie auf damit.«

Beardsleys Zischen war eindringlich, aber Bailey wiegte sich weiter.

Bäng, bäng, bäng. Ihr Schädel pochte, und sie verdiente es. Sie verdiente den Schmerz. Sie verdiente, zu sterben.

»Bailey.« Beardsleys Hand schoss unter der Wand hervor und packte ihr Handgelenk. Er drückte fest zu. »Hören Sie auf!«

Bailey ließ den Kopf auf die Knie sinken. »Lassen Sie mich.«

Aber er dachte nicht daran. »Was ist passiert?«

Sie blickte auf seine schmutzige Hand herab, die sie in eisernem Griff festhielt. »Ich hab's ihm gesagt«, spuckte sie aus. »Okay? Ich hab's ihm gesagt.«

»Das können Sie sich nicht zum Vorwurf machen. Sie haben länger ausgehalten, als die meisten Soldaten es geschafft hätten.«

Das verdammte Heroin war schuld gewesen, dachte sie verzweifelt. Er hatte die Spritze immer ein Stückchen außer ihrer Reichweite gehalten. Und sie hatte das Zeug gewollt … gebraucht … so dringend gebraucht, dass nichts anderes mehr Bedeutung hatte. »Was habe ich getan?«, flüsterte sie.

»Was genau haben Sie ihm erzählt, Bailey?«

»Ich habe versucht, ihn anzulügen, aber er hat es gemerkt. Er wusste genau, dass ich ihn nicht im Haus aufbewahrt habe.« Er hatte sie getreten und geschlagen, aber sie hatte durchgehalten. Bis die Nadel gekommen war.

Nun spielte es keine Rolle mehr. Nichts spielte noch eine Rolle.

»Wo haben Sie ihn denn versteckt?«

Sie war so müde. »Ich habe ihn Alex gegeben.« Sie versuchte zu schlucken, aber ihre Kehle war zu trocken. Sie versuchte zu weinen, aber sie hatte keine Flüssigkeit mehr in sich. »Nun wird er sich auf Alex stürzen, und Alex hat Hope bei sich. Und er wird mich umbringen und Sie wahrscheinlich auch, denn er braucht uns nicht mehr.«

»Er wird mich nicht töten. Er glaubt, ich hätte Wades Beichte aufgeschrieben und irgendwo versteckt.«

»Und? Haben Sie das?«

»Nein, aber dadurch gewinne ich Zeit. Und er wird Sie am Leben lassen, bis er weiß, ob Sie die Wahrheit gesagt haben.«

»Das spielt keine Rolle mehr. Ich wünschte, er hätte mich einfach umgebracht.«

»Sagen Sie das nicht. Wir kommen hier raus.«

Sie ließ ihren Kopf gegen die Wand sinken. »Nein. Niemals.«

»O doch, aber ich brauche Ihre Hilfe, Bailey.« Er grub seine Finger in ihr Handgelenk. »Helfen Sie mir. Für Ihre Tochter und für all die anderen Mädchen, die Sie nachts weinen hören.«

Bailey zögerte. »Sie haben sie auch gehört? Ich dachte, ich verliere den Verstand.«

»Nein, tun Sie nicht. Ich habe eines der Mädchen gesehen, als er mich zu seinem Raum brachte.«

Sein Raum, in dem er sie tagelang gefoltert hatte. »Wer ist sie? Das Mädchen?«

»Ich weiß nicht, aber sie ist noch jung. Vielleicht fünfzehn.«

»Warum hält er sie gefangen?«

»Was glauben Sie, Bailey?«, erwiderte er ernst.

»Oh, mein Gott. Wie viele sind es?«

»Ich habe zwölf Türen im Flur gezählt. Sie müssen mir helfen. Für diese Mädchen. Und Hope.«

Bailey holte tief Luft. Das Atmen schmerzte. »Was soll ich tun?«

Beardsley ließ ihr Handgelenk los und schob seine Finger in ihre. »Braves Mädchen.«

14. Kapitel

Dutton, Mittwoch, 31. Januar, 6.15 Uhr

»Darf ich Ihnen einen Kaffee anbieten, Agent Hatton?«, fragte Alex. Er hatte sich an den Tisch gesetzt und strahlte unerschütterliche Ruhe aus. Sein Partner war fort, um Daniel zu unterstützen.

Hatton schüttelte den Kopf. »Nein, Ma'am, danke. Meine Frau erlaubt mir nur eine Tasse pro Tag.«

Alex zog die Brauen hoch. »Sie hören auf Ihre Frau? Wirklich? Die wenigsten Männer, die mir in der Notaufnahme begegnen, hören auf ihre Frau, was genau der Grund dafür ist, warum sie in der Notaufnahme landen.«

Er nickte ernst. »Doch, ich höre immer auf sie.«

Meredith stand in der Küche und schnaubte. »Aber tun Sie auch, was sie sagt?«

Nun grinste Hatton. »Ich höre auf jedes Wort, das sie sagt.«

»Ah. Das dachte ich mir«, erwiderte Meredith und schenkte ihm Kaffee ein.

Hatton hob den Becher zum Dank, dann stellte er ihn auf den Tisch. »Hallo, Kleine.«

Hope stand in der Tür zum Schlafzimmer und starrte Hatton an.

»Das ist Agent Hatton.« Alex nahm Hope an die Hand. »Agent Hatton, meine Nichte Hope.«

Und erstarrte ungläubig, als Hope die Hand hob und Hattons weichen grauen Bart berührte.

Hatton beugte sich vor, sodass Hope besser an ihn herankam. »Alle behaupten, durch meinen Bart sähe ich aus wie der Weihnachtsmann«, sagte er.

Er breitete die Arme aus, und zu Alex' Erstaunen kletterte Hope auf seinen Schoß und begann, mit beiden Händen den Bart zu streicheln.

Meredith stöhnte leise. »Nicht schon wieder.«

Alex warf Hatton einen hilflosen Blick zu. »Hope neigt dazu, sich auf bestimmte Dinge zu fixieren.«

»Nun, sie tut ja niemandem weh, also lassen Sie sie ruhig«, erwiderte Hatton, wodurch Alex ihn augenblicklich fest ins Herz schloss.

Sie setzte sich neben ihn an den Tisch. »Haben Sie Kinder, Agent Hatton?«

»Ja. Gleich sechs. Alles Mädchen. Von sechs bis achtzehn Jahren.«

Meredith blickte zur Orgel hinüber. »Vielleicht kennt er die Melodie.«

»Aber was, wenn es dann wieder losgeht?«, sagte Alex. Dann seufzte sie. »Okay, wir müssen es versuchen.«

»Was für eine Melodie?«

Meredith summte die Tonfolge, doch Hatton runzelte die Stirn. »Leider nein, meine Damen. Da kann ich Ihnen nicht helfen.« Er sah auf seine Armbanduhr. »Vartanian sagte, Sie würden heute Morgen um acht von Dr. McCrady und dem Polizeizeichner erwartet. Wir sollten also langsam in die Gänge kommen.«

Enttäuscht, dass er das Lied nicht kannte, erhob sich Alex. Ihre Knie, die gestern über den Beton geschlittert waren, schmerzten. »Ich muss noch mit dem Hund gehen.«

Hatton schüttelte den Kopf. »Das mache ich, Miss Fallon.« An Hope gewandt, sagte er: »Du musst dich jetzt anziehen. Kleine Mädchen brauchen immer Zeit, bis sie fertig sind.«

»Er hat tatsächlich sechs Töchter«, bemerkte Meredith trocken.

Hope legte ihre Hände erneut an Hattons Bart. Ihre Augen blickten plötzlich aufmerksam. »Opa.«

Es war das erste Wort, das sie gesprochen hatte, seit Alex sie abgeholt hatte.

Hatton blinzelte, dann erschien ein Lächeln auf seinen Lippen. »Dein Opa hat auch so einen Bart?«

»Stimmt das?«, fragte Meredith an Alex gewandt, und Alex versuchte, Craig Crightons Gesicht heraufzubeschwören. *Still. Mach die Tür zu.* Als sie denken konnte, schüttelte sie den Kopf. »Jedenfalls nicht in der Zeit, die ich ihn kannte.« Sie legte eine Hand an Hopes Wange. »Hast du deinen Opa gesehen?«

Hope nickte, und ihre großen Augen waren so traurig, dass Alex hätte weinen mögen. »Wann denn, Schätzchen? Wann hast du deinen Opa gesehen?«

»Hatte die Nonne in dem Obdachlosenasyl nicht gesagt, dass Hope nach ihm gesucht, ihn aber nicht gefunden hat?«, murmelte Meredith.

»Schwester Anne glaubte, sie hätte ihn nicht gefunden«, berichtigte Alex sie stirnrunzelnd. »Da fällt mir ein, dass Daniel mir nicht erzählt hat, ob mit Schwester Anne oder Desmond alles in Ordnung ist.«

»Er hat die Order gestern Nacht durchgegeben«, sagte Hatton. »Ich frage nach, während Sie beide sich anziehen.« Er stellte Hope auf die Füße und legte ihr einen Finger unters Kinn. »Lauf mit deiner Tante«, sagte er aufmunternd, und Hope nahm gehorsam Alex' Hand.

»Den sollten wir behalten«, sagte Meredith und zeigte mit dem Daumen auf den Agent. »Er kann anscheinend gut mit Hope umgehen.«

»Oder er gibt uns einfach seinen Zauberstab«, konterte Alex ironisch, und plötzlich sah Hope mit panischem Blick ruckartig zu ihr auf.

Alex warf Meredith einen Seitenblick zu. Dann ignorierte sie den Protest ihrer malträtierten Knie und ging vor dem Kind in die Hocke. »Süße, was ist denn mit dem Zauberstab?«

Aber Hope schwieg und starrte sie nur entsetzt an. Alex schlang ihre Arme um sie. »Ach, Kleines«, flüsterte sie, »was hast du nur gesehen?« Doch noch immer sagte das Mädchen nichts, und Alex wurde das Herz schwer. »Na, komm, meine Süße. Ab in die Wanne.«

Bernard, Georgia, Mittwoch, 31. Januar, 6.25 Uhr

»Der Mistkerl ist erstaunlich flink«, murmelte Agent Koenig hinter Daniel.

Daniel sah zu, wie sich Jim Woolf den Baum hinaufzog. »Ja. Man sollte nicht glauben, was in ihm steckt.« Er presste die Kiefer zusammen, als er durch die Bäume zum Graben dahinter blickte. »Er hat eine Menge Fotos gemacht, bevor er sich diesen Baum ausgesucht hat. Ich möchte gar nicht wissen, wer dort liegt.«

»Tut mir leid, Daniel.«

»Ja, mir auch.« In seiner Tasche vibrierte sein Handy. Chase. »Koenig und ich sind gerade angekommen. Wir haben uns noch nicht umgesehen. Wo sind Sie?«

»Nicht weit. Ich bin schließlich mit Warnlicht gefahren. Gehen Sie hin, und schauen Sie es sich an.«

Daniel schob sich, das Handy noch am Ohr, durch die Bäume und stellte sich Woolfs verblüfftes Gesicht vor, wenn er ihn sah. Er trat an den Rand des Grabens und blickte hinein. »Ja, wieder eine«, sagte er. »Braune Wolldecke.«

Chase gab einen zornigen Laut von sich. »Dann zerren Sie diesen Vollidioten vom Baum, und rühren Sie sich nicht. Ich fahre gerade von der Interstate ab. CSU und die Rechtsmedizin sind unterwegs.«

Dutton, Mittwoch, 31. Januar, 6.45 Uhr

Erleichtert, erschöpft und mit steifen Gliedern fuhr er auf seine Auffahrt. Aber Kate ging es gut, und das war alles, was zählte. Er hatte noch eine Stunde Zeit, zu duschen, etwas zu essen und sich zusammenzureißen, bevor er den Abgeordneten Bowie treffen würde.

Es gab Tragödien, dachte er, und es gab Politik. Manchmal waren sie miteinander verwoben. Er stieg aus und bückte sich auf der Veranda, um die Zeitung aufzuheben, und obwohl er die Nachricht erwartet hatte, krampfte sich alles in ihm zusammen.

»Rhett, du elender Dummkopf«, murmelte er. »Ich habe dich doch gewarnt.«

Die Tür öffnete sich, und seine Frau erschien. Gekränkt musterte sie ihn. »Früher hast du deine nächtlichen Eskapaden wenigstens vor den Nachbarn verborgen. Und vor den Kindern.«

Er hätte beinahe laut gelacht. Nach all den Jahren, die sie so getan hatte, als wüsste sie nichts von seinen kurzen Affären, suchte sie sich ausgerechnet diesen Zeitpunkt, um ihn zur Rede zu stellen. Das einzige Mal, das er nicht schuldig war.

Oh, doch, das bist du. Du musst Vartanian von den sieben anderen Frauen erzählen. Es reicht nicht, auf Kate aufzupassen. Wenn noch eine von ihnen stirbt ... dann bist du genauso daran schuld.

Seine Frau sah ihn misstrauisch an. »Du siehst aus, als hättest du in deinen Kleidern geschlafen.«

»Das habe ich auch.« Die Worte waren heraus, bevor er sich zurückhalten konnte. Er war einfach zu erledigt.

»Und warum?«

Er konnte es ihr nicht sagen. Er liebte sie nicht mehr. Er war nicht sicher, ob er es je getan hatte. Aber sie war seine Frau und die Mutter seiner Kinder, und er besaß noch genügend Respekt vor sich selbst, dass ihm ihre Meinung von ihm etwas bedeutete. Er durfte ihr nicht von Kate, nichts von seinen Taten erzählen.

Also hielt er ihr stattdessen die Zeitung hin. »Rhett ist tot.«

Seine Frau zog bebend die Luft ein. »Das tut mir leid.«

Und das war keine Heuchelei. Sie war eine anständige Person. Aber weder hatte sie Rhett gemocht noch seine »Freundschaft« mit ihm verstanden. Ha. Von wegen Freundschaft. Es hatte sich eher um eine Interessengemeinschaft gehandelt. Schließe deine Feinde ins Herz, dann spürst du, wann sie dich verraten wollen. Ein wertvoller Rat, den sein Vater ihm vor langer, langer Zeit einmal gegeben hatte.

Sein Vater hatte seine politischen Feinde gemeint. Aber der Rat war nichtsdestoweniger gültig. »Er … ähm … ist von der Straße abgekommen.«

Sie hielt ihm die Tür ein wenig auf. »Dann komm rein.«

Er trat über die Schwelle und musterte ihr Gesicht. Sie war ihm eine gute Frau, und er wollte ihr nicht wehtun. Leider hatte er sich nie zurückhalten können, obwohl ihm seine Affären nichts bedeutet hatten – keine einzige, bis auf die letzte.

Diese letzte bereitete ihm noch immer ein schlechtes Gewissen. Normalerweise wollte er von Frauen nur Sex. Von Bailey Crighton hatte er Informationen gewollt. Sie hatte sich seit der Geburt ihrer Tochter verändert. Nun war sie nicht mehr die Dorfschlampe, die sie früher einmal gewesen war.

Und sie hatte geglaubt, sie bedeute ihm etwas, und in gewisser Hinsicht hatte sie das auch. Bailey hatte so sehr versucht, für sich und Hope ein neues Leben aufzubauen, und nun war sie fort. Er wusste, wo sie war und wer sie versteckte. Aber er konnte ihr genauso wenig helfen, wie er den anderen Frauen helfen konnte, die der Täter aufs Korn genommen hatte.

»Ich mache dir Eier, während du dich duschst und umziehst«, sagte seine Frau ruhig.

»Danke«, erwiderte er, und ihre Augen weiteten sich. Wahrscheinlich hatte er das in seinem Leben viel zu selten gesagt. Aber in Anbetracht seiner langen Liste von Schandtaten schien ihm Unhöflichkeit eine lässliche Sünde zu sein. Es war wohl sinnvoller, sich wegen Vergewaltigungen zu schämen. Oder für zukünftige Morde, die er verhindern könnte, wenn er nur genügend Mumm beweisen würde.

Atlanta, Mittwoch, 31. Januar, 8.45 Uhr

Daniel ließ sich auf einen Stuhl am Konferenztisch fallen und fuhr sich mit den Händen über das Gesicht. Er hatte noch nicht einmal Zeit gehabt, sich zu rasieren. Dank Luke hatte er sich wenigstens umziehen können.

Luke hatte behauptet, das sei Mama Papadopoulos zu verdanken, die ihn am Abend zuvor etwa jede Stunde angerufen hatte, weil sie sich »solche Sorgen um den armen Daniel« gemacht hatte. Luke hatte ihm also auf dem Weg ins Büro einen frischen Anzug vorbeigebracht. Lukes Gesicht war müde und hager gewesen, und Daniel wusste, dass sein Freund eigene Sorgen hatte. Daniel mochte gar nicht daran denken, mit welchen entsetzlichen Bildern sich Luke tagtäglich bei seinen Ermittlungen gegen Kinderpornographie im Netz beschäftigen musste.

Daniels Gedanken wanderten zu Alex. Sie war noch ein Kind gewesen, als sich Wade den Übergriff geleistet hatte, und es musste sie schwer schockiert haben, ob sie es nun zugab oder nicht. Erneut flammte ein heilloser Zorn in ihm auf, und er war froh, dass Wade Crighton bereits tot war. Schweine wie Wade und die Verbrecher, die Luke jagte, taten ihren Opfern weit mehr als nur körperlichen Schaden an. Sie nahmen ihnen ihr Vertrauen in die Welt, ihre Unschuld.

Daniel musste unwillkürlich daran denken, wie Alex in der Nacht zuvor ausgesehen hatte – so verletzlich und zart. Er schauderte. Sie zu lieben hatte sein Inneres zutiefst bewegt. Der Gedanke, sie verlieren zu können, machte ihm eine ungeheure Angst, wie er sie noch nie gekannt hatte.

Er musste diesem Irrsinn ein Ende bereiten. Und zwar schnell. *Also, an die Arbeit, Vartanian.*

Chase, Ed, Hatton und Koenig kamen gleichzeitig herein und setzten sich zu ihm. Alle hatten Kaffee dabei, alle blickten ernst.

»Hier«, sagte Chase und schob ihm einen Becher hin. »Er ist frisch und stark.«

Daniel nahm einen Schluck und verzog angewidert das Gesicht. Stark, allerdings. »Das Opfer Nummer drei ist Gemma Martin, einundzwanzig Jahre alt. Wie die anderen beiden wuchs sie in Dutton auf und machte im selben Jahrgang ihren Abschluss an der Bryson Academy. Gemma wohnte bei ihrer Großmutter, die sich Sorgen gemacht hat, als sie zum Frühstück nicht zu Hause war. Sie hat festgestellt, dass Gemmas Bett unbenutzt war, und sofort uns angerufen.«

»Wir haben sie über die Fingerabdrücke identifiziert«, erklärte Ed. »Alles am Fundort war eine Kopie der bisherigen Fundorte, von dem Schlüssel bis zu dem Haar um den Zeh.«

»Ich will wissen, wo er sie sich geschnappt hat«, sagte Chase. »Wo war sie gestern Abend?«

»Gemma hat ihrer Großmutter gesagt, dass sie sich nicht besonders gut fühlte und früh zu Bett wollte, aber ihre Großmutter meinte, sie habe sie oft angelogen. Ihre Corvette steht nicht in der Garage. Wir fangen mit den Bars und Kneipen an, in denen sie sich meistens aufhielt.«

»Haben die Überwachungsbänder von der Mietwagenfirma, von der Janet den Van hatte, schon etwas ergeben?«

»Ich habe sie bei der CSU abgeliefert, als ich Hope gestern zu Mary gebracht habe. Ed?«

»Einer unserer Techniker hat sie sich gestern Nacht noch durchgesehen«, sagte Ed und schob ein Bild über den Tisch. »Wir hatten Glück. Na, kennen wir den nicht?«

Daniel nahm das Foto. »Der Junge, der die Decken gekauft hat.«

»Auch dieses Mal macht er keine Anstalten, sein Gesicht zu verdecken. Er hatte den Schlüssel zu Janets Z4.«

»Und wir haben keine Ahnung, wer er ist?«, fragte Chase barsch.

»Sein Foto klebt auf dem Armaturenbrett jeder Streife in dieser Stadt, Chase«, sagte Ed. »Der nächste Schritt wäre das Fernsehen.«

Daniel warf Chase einen Blick zu. »Aber wenn wir das tun, könnte er untertauchen.«

»Ich denke, das Risiko sollten wir eingehen«, erwiderte Chase. »Veranlassen Sie das. Was steht als Nächstes an?«

»Jahrbücher«, sagte Daniel. »Wir müssen die Frauen auf den Bildern ausfindig machen.«

»Das läuft bereits«, gab Chase zurück. »Leigh ruft jede Highschool im Umkreis von zwanzig Meilen an und fordert die Jahrbücher von vor dreizehn Jahren an.«

Ed setzte sich verwirrt zurück. »Wieso denn das? Von vor dreizehn Jahren? Da wären Janet, Claudia und Gemma doch erst neun gewesen.«

»Moment. Dazu wollte ich gerade kommen.« Daniel holte Simons Bilder aus seiner Aktenmappe und erzählte den anderen die Version der Geschichte, auf die Chase und er sich vergangene Nacht geeinigt hatten.

»Daniel hatte die Fotos der Polizei in Philadelphia übergeben«, erklärte Chase. »Der für den Fall zuständige Detective war so freundlich, sie uns heute Morgen als Erstes einzuscannen und zu mailen. Die Originale kommen per Kurier.«

Daniel hatte ein schlechtes Gewissen, dass sich Vito Ciccotelli diese Arbeit hatte machen müssen, aber Daniel hatte ihm bei seinem Anruf in der Nacht die ganze Wahrheit gesagt. Ciccotelli hatte von sich aus angeboten, die Sache selbst in die Hand zu nehmen.

Vito hatte noch nicht einmal einen Dank akzeptiert, denn Daniel habe ihm bereits etwas unendlich Kostbares geschenkt: Er hatte dabei geholfen, Vitos Freundin Sophie das Leben zu retten.

Daniel dachte an Alex und konnte den Detective aus Philadelphia verstehen.

Ed schüttelte den Kopf. »Okay. Also hatte Simon diese Bilder. Einschließlich das von Alicia Tremaine und der Kellnerin, die gestern Abend erschossen wurde.«

»Ja. Alex war in der Lage, vier andere zu identifizieren. Eine ist tot – Selbstmord. Die Übrigen müssen wir noch finden. Deshalb will ich die Jahrbücher.«

Ed stieß die Luft zwischen den Zähnen hervor. »Du weißt wirklich, wie man den Dingen eine überraschende Wendung verpasst, Vartanian.«

»Glaub mir, das war nicht meine Absicht«, brummte Daniel. »Was haben wir noch?«

Hatton rieb sich abwesend den Bart. »Die Nonne aus dem Obdachlosenasyl. Schwester Anne.«

Daniels Magen drohte sich umzudrehen. »Sagen Sie mir nicht, dass sie tot ist.«

»Tot nicht«, fuhr Hatton fort, »aber nah dran. Die Polizisten, die ich gestern Abend losgeschickt habe, trafen sie nicht im Asyl an, und zu Hause machte sie nicht auf. Man hatte ihnen nicht gesagt, dass das Leben der Frau in Gefahr sein könnte, sie waren nur angewiesen worden, sie aufzusuchen. Daher waren sie gestern Abend nicht in der Wohnung.«

»Und heute Morgen?«, fragte Daniel grimmig.

»Ich hakte nach und sagte, dass diese Sache wirklich dringend sei.« Hattons Stimme war noch immer ruhig, doch seine Augen nicht. »Sie brachen die Tür auf und fanden sie. Sie war zusammengeschlagen worden. Wahrscheinlich ist jemand durchs Fenster gekommen. Man hat sie vor ungefähr einer Stunde ins Krankenhaus gebracht. Sie ist nicht bei Bewusstsein, und das ist leider alles, was ich weiß.«

»Haben Sie es Alex schon mitgeteilt?«, fragte Daniel. »Nein. Ich dachte, das würden Sie ihr lieber sagen wollen.«

255

Daniel nickte, obwohl er sich jetzt schon davor fürchtete. »Ja, danke. Und der Friseur?«

»Dem geht's gut. Keine Besuche, keine Anrufe, keine Probleme.«

»Na, wenigstens muss ich nicht zwei schlechte Nachrichten überbringen.«

Chase trommelte mit den Fingern auf den Tisch. »Unsere einzige Zeugin ist also eine Vierjährige, die nicht spricht.«

»Hope ist gerade bei McCrady. Und dem Zeichner«, sagte Daniel.

»Sie hat gesprochen«, meldete sich Hatton zu Wort. »Wenigstens ein Wort. Sie hat mich Opa genannt.«

Daniel runzelte die Stirn. »Dann muss Bailey ihren Vater doch aufgestöbert haben.«

»Weiß McCrady davon?«, wollte Chase wissen.

»Jep.« Hatton wandte sich an Daniel. »Und da ist irgendetwas mit einem Zauberstab.«

»Oh, um Himmels willen«, brummelte Chase.

»Chase«, warnte Daniel ihn verärgert. »Was hat es damit auf sich?«, fragte er Hatton.

»Miss Fallon erklärte mir, dass das Mädchen zweimal förmlich vor Schreck erstarrt ist, als sie oder ihre Cousine das Wort ›Zauberstab‹ sagte. Keine der beiden Frauen weiß, was der Grund dafür sein könnte. Ich denke, wir sollten Baileys Vater suchen. Ich kann die Straßen durchkämmen, wenn Sie wollen. Ich habe mir das letzte Führerscheinbild von Craig Crighton besorgt. Es ist fünfzehn Jahre alt, aber besser als nichts.«

»Er hat seine Fahrerlaubnis fünfzehn Jahre lang nicht erneuert?«, fragte Daniel.

»Sie ist zwei Jahre nach Alicias Tod ausgelaufen«, sagte Hatton. »Soll ich ihn aufspüren?«

»Ja, das wäre gut. Noch was?«

»Was ist mit unserem Eichhörnchen Woolf?«, fragte Koenig.

Daniel schüttelte den Kopf. »Ich habe alle Apparate gecheckt, für die wir richterliche Verfügungen haben, aber es hat keine neuen Anrufe gegeben. Vor allem würde ich gerne wissen, wie er an die Story über Rhett Porter gekommen ist.«

»Der Autohändler, dessen Wagen gestern Abend von der Straße abgekommen ist«, sagte Chase erklärend. »Kann es einen Zusammenhang geben?«

»Sein Wagen ist auf der US-19 abgekommen, über siebzig Meilen von Dutton entfernt. Niemand hat den Unfall beobachtet. Er wurde von einem Motorradfahrer gemeldet, der vorbeikam, als das Auto schon beinahe ausgebrannt war.«

»Und woher weiß man, dass es sich um Porter handelt?«, fragte Ed mit einem Blick auf die Titelseite der *Dutton Review.* »Ich kann mir kaum vorstellen, dass viel von der Leiche übrig geblieben ist.«

»Die Leiche ist tatsächlich noch nicht endgültig identifiziert«, antwortete Daniel. »Man wartet noch auf die Zahnarztunterlagen. Aber als Autohändler fuhr er oft Testmodelle mit seinem magnetischen Nummernschild. Als der Wagen die Böschung hinuntergekracht ist, hat sich das Schild gelöst, und so konnte man das Auto ihm zuordnen.«

»Tja, woher weiß Woolf es?«, fragte Chase, und Daniel schüttelte angewidert den Kopf.

»Keine Ahnung. Laut dem, was Woolf mir heute Morgen erzählt hat, als ich seinen jämmerlichen Hintern vom Baum gezerrt habe, hat sich Porters Frau Sorgen gemacht. Ihr Mann sei letzte Woche seltsam und bedrückt gewesen. Und jeder wusste wohl, dass der Lincoln Porter gehörte. Aber wieso Woolf wieder mal am Tatort war und Fotos machen konnte, ist mir ein Rätsel. Natürlich hat er sich geweigert, seine Quelle preiszugeben, und wenn er nicht gerade über die Kanäle kommuniziert, die wir untersuchen dürfen, stecken wir fest.«

»Welche Verbindung könnte es also zwischen Porter und den Morden geben? Abgesehen davon, dass er aus Dutton stammt, bedrückt war und Woolf kannte?«, fragte Chase beißend.

»Er ist mit Wade Crighton und Simon zur Schule gegangen. Alex meinte, er sei ein Freund von Wade gewesen. Und er war der ältere Bruder der beiden Jungen, die Alicias Leiche gefunden haben.«

Chase stöhnte. »Daniel.«

Daniel zuckte die Achseln. »Ich zähle nur Fakten auf. Außerdem sollten wir die Tatsache nicht unterschätzen, dass Woolf am Unfallort war. Ich habe die Außenstelle unten im Pike County gebeten, uns auf dem Laufenden zu halten. Ich will, dass jeder Zentimeter des Autos untersucht wird. Und ich will, dass Woolf rund um die Uhr beobachtet wird. Er hat zwar noch nichts getan, wofür wir ihn einbuchten können, aber das wird er, ich weiß es genau.« Er machte eine kleine Pause, um sich zu sammeln, bevor er aussprechen musste, was er nicht aussprechen wollte. »Und wenn Leigh die Jahrbücher hat, müssen wir herausfinden, mit wem Wade, Simon und Porter noch zur Schule ge-

257

gangen sind. Die Vergewaltiger auf den Fotos könnten alle Burschen aus Dutton sein.«

»Jedenfalls wird jemand nervös«, sagte Hatton auf seine typisch ruhige Art. »So sehr, dass er bei dem Anschlag auf Miss Fallon schlampig vorgegangen ist. Wie mir scheint, ist die Sache mit Porter gründlicher erledigt worden.«

»Anscheinend.« Daniel wandte sich an Ed. »Baileys Haus und die Pizzeria. Was haben wir?«

»Crightons Haus hat nichts Neues im Hinblick auf Hopes Standort bei der Entführung ihrer Mutter erbracht. Das Blut draußen stimmt mit Baileys Blutgruppe überein. Wir haben Haare von der Bürste, die wir im Bad gefunden haben, damit wir sie über PCR vergleichen können, aber ich bin mir ziemlich sicher, dass es sich um Baileys Blut handelt.«

»Und die Pizzeria?«

»Wir haben die Fingerabdrücke des Schützen und schicken sie heute durch unsere Datenbank. Außerdem wollen wir den Officer, der gestern nach dem Anschlag auf Alex dem Auto nachgejagt ist, herholen«, fügte Ed hinzu. »Vielleicht kann er ja den Wagen oder den Schützen identifizieren.«

»Das kann ich übernehmen«, sagte Koenig.

Daniel schrieb sich die nächsten Schritte in seinem Notizbuch auf. »Danke. Ich werde die Vergewaltigungsopfer von damals befragen. Aber ich brauche eine Agentin, die mit mir geht.«

»Nehmen Sie Talia Scott«, sagte Chase. »Sie ist ziemlich gut bei solchen Befragungen.«

Daniel nickte. »Gut. Lassen Sie Leigh bitte eine Liste aller Frauen erstellen, die mit Janet, Claudia und Gemma zur Schule gegangen sind, sobald wir die Jahrbücher haben. Wir müssen herausfinden, warum der Täter ausgerechnet sie ausgesucht hat, um Alicias Mord zu kopieren. Vielleicht kann uns ja eine der Klassenkameradinnen einen Hinweis geben, der uns weiterbringt.«

»Und wir sollten sie warnen«, sagte Ed. »Falls sie noch nicht von allein Vorsichtsmaßnahmen getroffen haben.«

»Das mache ich«, sagte Chase. »Wir müssen genau darauf achten, was wir wem sagen. Ich will keine Massenpanik verursachen, und wir haben nicht genug Personal, um allen potenziellen Opfern Polizeischutz zu geben.«

Daniel stand auf. »Dann los. Wir treffen uns um sechs wieder hier.«

Atlanta, Mittwoch, 31. Januar, 9.35 Uhr

»Alex, setz dich endlich hin.«

Alex blieb in ihrer rastlosen Wanderung stehen und starrte auf das Abbild Merediths, das von der verspiegelten Scheibe reflektiert wurde. Sie arbeitete ruhig an ihrem Laptop, während Alex ein Nervenbündel war. Auf der anderen Seite der Scheibe saß Hope mit der Kinderpsychologin Mary McCrady und einem Zeichner, der die Geduld gepachtet zu haben schien.

»Wie kannst du so ruhig bleiben? Da drüben passiert *gar nichts*.«

»Gestern war ich ein Wrack, was an der Musik lag.« Sie schauderte. »Aber heute war die Orgel aus, und ich konnte laufen. Was will man mehr.« Sie warf einen Blick zu Hope, die sich weigerte, die beiden Leute im Raum anzusehen. »Sie haben doch gerade erst angefangen. Gib Hope ein bisschen Zeit.«

»Wir haben aber keine Zeit.« Alex rang die Hände. »Bailey ist jetzt seit sieben Tagen verschwunden. Vier Frauen sind tot. Wir haben keine Zeit, geduldig zu warten.«

»Aber wenn du hier herumläufst wie ein Tiger im Käfig, änderst du auch nichts daran.«

Alex verdrehte die Augen. »Weiß ich«, sagte sie zähneknirschend und ließ sich neben Meredith auf den Stuhl fallen. »Glaubst du nicht, dass ich das weiß?«

Meredith schob den Laptop zur Seite und legte ihr einen Arm um die Schultern. »Alex …«

Alex lehnte ihren Kopf an Merediths. »Das nächste Opfer, das sie gefunden haben …«, murmelte sie.

Sie fühlte sich so hilflos. Die Augenblicke mit Daniel auf dem Sofa hatten ihr das Gefühl gegeben, stark und mächtig zu sein. Doch nun war die Realität wieder über sie hereingebrochen, und sie fühlte sich regelrecht erschlagen davon.

»… ist nicht Bailey, sonst hätte Daniel dir schon Bescheid gesagt«, beendete Meredith den Satz.

»Ja, ich weiß. Aber, Mer … drei Frauen und Sheila. Und Reverend Beardsley. Das ist schlimmer als jeder Alptraum, den ich je hatte.«

Meredith drückte Alex fest, und gemeinsam beobachteten sie Hope durch das Glas. Als sich die Tür hinter ihnen öffnete, fuhren beide herum. Daniel trat ein.

Alex' Herzschlag nahm an Tempo zu, und sein Anblick genügte, um ihre Laune zu bessern. Aber er lächelte nicht, und sie begriff, dass das, was er ihr zu sagen hatte, nichts Gutes sein konnte. Sie wappnete sich gegen das Schlimmste, obwohl sie sich nicht vorstellen mochte, dass es noch schlimmer kommen konnte.

»Ich habe nicht viel Zeit«, sagte er. »Aber ich muss mit dir reden.«

»Soll ich gehen?«, fragte Meredith, aber Daniel schüttelte den Kopf.

»Nicht nötig.« Er drückte Alex' Arm. »Ich weiß nicht, wie ich es dir am besten beibringen soll, also sag ich's einfach. Schwester Anne liegt im Krankenhaus. Sie ist in der Nacht zusammengeschlagen worden. Es sieht nicht gut aus.«

Alex' Knie gaben nach, und sie ließ sich langsam auf einem Stuhl nieder. »O nein.«

Er ging neben ihr in die Hocke. »Es tut mir leid, Liebes.« Er nahm ihre Hände und wärmte sie. »Die Spurensicherung ist unterwegs zu ihrer Wohnung.«

Sie schluckte. »Und Desmond?«

»Alles in Ordnung.«

Sie seufzte, erleichtert und gleichzeitig entsetzt. »Schwester Anne. Mein Gott.«

Er drückte ihre Hand. »Es ist nicht deine Schuld.«

»Ich … ich fühle mich so machtlos.«

»Ich weiß«, flüsterte er, und sie sah, dass diese Nachricht auch ihn mitgenommen hatte. Er räusperte sich. »Aber wie ich gehört habe, hat Hope Hatton Opa genannt.«

Alex nickte. Das heftige Kreischen, das jedes Mal einsetzte, wenn von Craig Crighton die Rede war, konnte sie nicht mehr aus der Bahn werfen. »Wir glauben, dass Bailey ihren Vater aufgespürt hat. Vielleicht hat sie ihm den Brief von Wade gegeben.«

»Hatton will versuchen, ihn zu finden.«

Alex verwendete ihre letzte Energie darauf, das Kreischen zu beenden. »Ich gehe mit ihm.«

Daniel erhob sich und sah streng auf sie herab. »Nein. Zu gefährlich.«

»Aber er weiß doch nicht, wie Craig aussieht.«

»Er hat ein Foto von einer alten Fahrerlaubnis.«

»Ich muss es tun, Daniel.« Sie packte seinen Arm. »Jedes Mal, wenn ich seinen Namen höre, setzen die Schreie in meinem Kopf ein. Er ist einer der Auslöser. Ich muss ihn finden. Ich muss verstehen, was es damit auf sich hat.«

Sein Blick bohrte sich in ihren, seine Miene war vollkommen unbewegt. »Und ich muss wissen, dass du in Sicherheit bist.«

»Aber ich will, dass es aufhört«, presste sie durch zusammengebissene Zähne hervor. »Ich muss herausfinden, warum ich solche Angst vor ihm habe. Vielleicht weiß er, wo Bailey ist.« Mit zitternder Hand deutete sie auf die Scheibe. »Hope hat seit einer Woche nicht mehr gesprochen. Was ist passiert?«

Er tippte sie ans Kinn, damit sie ihn ansah. »Damals oder vergangene Woche, Alex?«

»Sowohl als auch. Du hast gesagt, du würdest Hatton vertrauen. Was soll mir denn in seiner Gegenwart passieren? Bitte. Lass mich nicht einfach nur herumsitzen.« Sie packte fester zu. »Daniel, bitte. Ich habe das Gefühl, ich verliere den Verstand.«

Er hielt ihren Blick noch einige lange Sekunden fest, dann drückte er ihr einen Kuss auf die Stirn. »Wenn Hatton nichts dagegen hat, dann werde ich dich nicht daran hindern. Man hat mir schließlich vor nicht allzu langer Zeit erklärt, dass du alt genug bist, deine eigenen Entscheidungen zu treffen.«

Ihre Lippen verzogen sich zu einem traurigen Lächeln, und er küsste sie zärtlich.

»Danke, Daniel.«

Er zog sie plötzlich an sich, drückte sie und ließ sie wieder los. »Ich muss mich umziehen. Ich versuche, die Frauen zu finden, die du auf den Bildern wiedererkannt hast. Du rufst mich an«, sagte er eindringlich. »Stündlich. Wenn ich nicht rangehen kann, hinterlass mir eine Nachricht. Versprich es mir.«

»Das tue ich.«

»Ich sollte bei dir sein, wenn du mit ihm redest.«

Sie stellte sich auf Zehenspitzen und küsste ihn auf die stoppelige Wange. »Ich schaffe das schon. Und ich rufe dich an. Versprochen.«

»Daniel.« Meredith lehnte an der Wand und beobachtete sie. »Du hast gesagt, dass wir uns das mit dem sicheren Haus überlegen sollen.«

Daniel nickte. »Wenn ihr wollt, können wir das noch heute arrangieren.«

»Für Hope und Meredith«, sagte Alex bestimmt.

261

Merediths Blick war reiner Widerspruch, aber sie nickte. »Und Alex wird nicht allein sein?«

»Nein«, erwiderte Daniel grimmig. »Dafür sorge ich.«

Meredith schenkte ihm ein kleines Lächeln. »Irgendwie dachte ich mir das schon.«

»Nicht wahr?« Daniel wandte sich zum Gehen, aber Alex hielt ihn zurück.

»Daniel, das neue Opfer. Wer ist es?«

»Gemma Martin. Kanntest du sie?«

»Nein. Ich habe natürlich schon von den Martins gehört, damals aber keinen Kontakt mit ihnen gehabt. Als Babysitter brauchten sie mich nicht. Sie hatten Kindermädchen und sogar einen Butler. War sie genauso alt wie die anderen beiden?«

Er nickte. »Die anderen zwei wohnten in Atlanta, aber Gemma war hier bei ihrer Großmutter. Bisher scheint die Schule die einzige Verbindung zwischen ihnen zu sein.« Er gab ihr einen letzten, harten Kuss. »Vergiss nicht, mich anzurufen.«

»Stündlich«, sagte sie pflichtbewusst. »Versprochen. Und viel Glück.«

Er nickte ihr noch einmal zu und war fort.

Einen Moment lang herrschte Schweigen im Raum, dann ergriff Meredith das Wort. »Nun weißt du es also.«

Alex betrachtete Hope durch die Scheibe. »Was?« Aber sie wusste, was Meredith meinte.

»Dass der Gedanke an Craig Crighton einer der Auslöser für die Schreie in deinem Kopf ist.«

Alex schluckte, zu müde, die Schreie zum Schweigen zu bringen. »Ich wusste immer schon, dass es irgendwie mit Craig zu tun hat. Aber ich wollte nie wissen, was genau es war.«

»Alex … hat Baileys Vater dich sexuell belästigt?«

In der Spiegelung der Scheibe sah Alex, wie ihr Kopf sich langsam hin und her bewegte. »Ich glaube nicht. Aber ich weiß es nicht. Immer wenn ich mich erinnern will …« Sie schloss die Augen. »Aber jetzt wollen die Schreie nicht mehr verstummen. Ich schaffe es nicht mehr, sie auszusperren.«

»Alex, an was kannst du dich erinnern? Von dem Tag, an dem wir dich aus Dutton wegholten?«

Alex legte die Stirn an die kühle Scheibe. »Ich weiß noch, dass diese zwei fürchterlichen Frauen über mich und Alicia sprachen. Tante Kim hat mit dir geschimpft, weil du es nicht verhindert hattest.«

»Und weiter?«

»Dann kam er.« Sie zwang sich, seinen Namen auszusprechen. »Craig. Mit Bailey. Und Wade. Er hat mit Kim gestritten. Ich sollte bei ihm bleiben. Er sagte, er liebte mich. Behauptete, ich sei seine Tochter und hätte ihn ›Daddy‹ genannt.« Das Wort blieb ihr beinahe im Hals stecken. Es schmeckte scheußlich auf ihrer Zunge.

»Hast du aber nicht.«

»Nein. Nie. Er war nicht mein Vater. Er war Baileys Vater. Immer.«

Meredith schwieg, wartete geduldig. Alex drehte den Kopf so, dass das Glas ihre heiße Wange kühlte. »Er war oft sehr streng mit uns, mit Alicia und mir. Meinte, unsere Mutter würde uns verwöhnen. Vielleicht hatte er sogar recht damit. Nachdem mein Vater gestorben war, gab es eine sehr lange Zeit nur uns drei. Aber du wolltest wissen, ob Craig … ob er uns zum Sex gezwungen hat. Ich glaube nicht. Daran müsste ich mich doch erinnern.«

»Nicht unbedingt.« Merediths Stimme war ruhig. »An was kannst du dich sonst noch erinnern? An den Tag, an dem wir dich aus dem Krankenhaus geholt und mit nach Ohio genommen haben?«

Alex schlug die Augen auf und starrte auf ihre geballte Faust. »An die Tabletten.« Sie drehte sich ein wenig, ohne die Stirn von der Scheibe zu nehmen, um Meredith anzusehen. Eine Erinnerung drängte sich durch das Chaos an Gedanken in ihrem Kopf. »Du hast sie mir abgenommen.«

»Ich wusste nicht, was ich tun sollte. Ich war ein behüteter kleiner Bücherwurm. Ich hatte noch nie solche Pillen gesehen. Und du hast mir Angst gemacht, wie du da im Krankenhaus im Rollstuhl gesessen und ins Nichts gestarrt hast.«

»Wie Hope jetzt.«

»Wie viele Menschen nach einem Trauma«, sagte Meredith sanft. »Dad hat dich aus dem Rollstuhl gehoben und in den Wagen gesetzt. Dann hast du um Wasser gebeten. Wir waren so froh, dass du überhaupt etwas gesagt hast. Mom gab dir die Flasche, und wir fuhren los. Aber dann sah ich, wie du in deine Faust blicktest. Und ich beobachtete dich. Ich ließ dich im Glauben, dass dich niemand sah, aber als du sie schlucken wolltest, nahm ich sie dir ab. Du hast kein Wort gesagt.«

»Ich habe dich an diesem Tag gehasst«, flüsterte Alex.

»Ich weiß. Das konnte ich in deinen Augen sehen. Du wolltest nicht mehr leben, aber ich wollte dich nicht sterben lassen. Du hast meiner Mom viel bedeutet. Du warst alles, was ihr von Tante Kathy geblieben war. Es hatte so viel Gewalt gegeben. Ich konnte nicht zulassen, dass du dich umbringst.«

»Und daher kamst du jeden Tag nach der Schule in mein Zimmer und hast bei mir gelesen. Damit ich möglichst wenig Gelegenheit hatte, es doch noch zu tun.«

»Ja, so ungefähr. Und dann kamst du Schrittchen für Schrittchen zu uns zurück.«

Alex' Augen brannten. »Ihr habt mich gerettet.«

»Meine Eltern haben dich geliebt. Und ich tue es immer noch.« Meredith musste sich räuspern. »Alex, kannst du dich erinnern, woher du die Tabletten hattest?«

Sie versuchte, nachzudenken. Sich auf die Stille zu konzentrieren. »Ich weiß, dass ich meine Hand geöffnet und sie gesehen habe. Mir war egal, woher sie kamen.«

»Alle drei Crightons haben dich zum Abschied umarmt.«

Alex schluckte hart. »Ich weiß. Daran kann ich mich erinnern.«

»Ich habe mich immer gefragt, ob einer von ihnen sie dir gegeben hat.«

Alex stieß sich von der Scheibe ab. Ihr war plötzlich kalt. »Warum? Warum sollte einer von ihnen so etwas getan haben?«

»Ich weiß es nicht. Aber jetzt, da wir das über Wade und Simon wissen ... und Alicia ... wäre das wohl eine Möglichkeit. Es kann der Grund dafür sein, warum du so heftig auf die Nennung von Craigs Namen reagierst.«

Alex fuhr zusammen. »Das wusstest du immer schon?«

»Ja. Aber ich dachte, du wirst dich schon damit auseinandersetzen, wenn du dazu bereit bist. Es war leicht, seinen Namen einfach nicht auszusprechen. Aber jetzt ... müssen wir es tun. Wir müssen wissen, was damals war. Für Bailey und Hope und auch für dich.«

»Und Janet und Claudia und Gemma«, fügte Alex hinzu. »Und Sheila und all die anderen Mädchen.« Die Welle der Traurigkeit traf sie unvorbereitet. »So viele Leben, die ruiniert wurden.«

»Aber deines nicht, Alex. Und nun ist auch Hope da. Bailey hat ihr Leben für Hope geändert. Lass sie jetzt nicht hängen.«

»Bestimmt nicht. Ich finde Craig und bringe in Erfahrung, was er weiß.« Sie biss die Zähne zusammen. »Und ich gehe in das Haus. Auf die Treppe. Und wenn es mich umbringt.« Sie zog den Kopf ein. »Entschuldigung.«

»Daniel hat mir von deiner Panikattacke auf der Treppe erzählt. Dr. McCrady und ich haben uns gestern Abend darüber unterhalten, ob man bei Hope eine Form der Hypnose einsetzen könnte, um den Widerstand, den sie in ihrem Bewusstsein aufgebaut hat, zu umgehen. Als ihr Vormund müsstest du das Formular unterschreiben.«

»Sicher.«

»Und dann stellen wir uns dasselbe bei dir vor.«

Alex zog scharf die Luft ein. »In diesem Haus?«

Meredith legte ihr eine Hand an die Wange. »Denkst du nicht, dass es Zeit dafür ist?«

Alex nickte. »Ja. Es ist Zeit.«

15. Kapitel

Atlanta, Mittwoch, 31. Januar, 10.00 Uhr

AGENT TALIA SCOTT WAR eine bodenständige Frau mit einem Elfengesicht und einem lieben Lächeln, das auf Menschen, die Opfer geworden waren, ungeheuer beruhigend wirkte. Aber Daniel hatte bereits mit ihr gearbeitet und wusste genau, dass jeder, der sie in einem Sondereinsatzkommando erlebt hatte, nie wieder das Adjektiv »lieb« verwenden würde.

Nun saß sie ihm an seinem Tisch gegenüber und sah ihn an, als habe er nicht alle Tassen im Schrank. »Wenn ich Hollywoodproduzentin wäre, hätte ich mir die Rechte an dieser Story direkt gesichert.«

»Du glaubst gar nicht, was für Angebote bei mir eingehen«, erwiderte er düster.

»Also. Von diesen fünfzehn Fotos sind sechs Frauen identifiziert worden.« Talia ging die Bilder durch, und ihre leicht zusammengepressten Lippen verrieten ihren Widerwillen. »Zwei davon sind tot.«

»Drei. Drei sind tot«, korrigierte Daniel. »Alicia, Sheila und Cindy Bouse, die vor einigen Jahren Selbstmord beging. Wir haben drei Namen. Gretchen French lebt hier in Atlanta, Carla Solomon in Dutton und Rita Danner in Columbia.«

»Die Frauen sind heute alle um die dreißig, Daniel«, sagte Talia. »Vielleicht wollen sie nicht darüber reden, vor allem deswegen nicht, weil sie sich Existenzen mit Menschen aufgebaut haben, die gar nichts davon wissen.«

»Das ist mir klar«, sagte Daniel. »Aber wir müssen sie dazu bringen, uns zu erzählen, was sie wissen. Wir müssen herausfinden, wer sich durch all das, was geschieht, so bedroht sieht, dass er wieder zuschlägt.«

»Und du glaubst, dass einer der Vergewaltiger von damals die drei Frauen umgebracht hat?«

»Nein. Aber wer immer es getan hat, wollte, dass wir uns an den Mord an Alicia erinnern. Und Alicia ist auf den Fotos zu sehen.«

»Genau wie Sheila.« Talia nickte knapp. »Dann los.«

Mittwoch, 31. Januar, 10.00 Uhr

Der Jaguar wartete, als er neben ihm hielt und das Fenster herunterließ.

»Du kommst zu spät«, fauchte er, sobald er das andere Gesicht sah. »Und du siehst jämmerlich aus«, fügte er verächtlich hinzu.

Ja, das tue ich. Vergangene Nacht hatte er sich ins Nirwana gesoffen und war dann bäuchlings auf dem Bett zusammengebrochen, ohne sich seiner Kleidung zu entledigen. Das Summen des Handys in seiner Hosentasche hatte ihn geweckt. »Ich hatte noch keine Zeit, mich zu rasieren.« Aber tatsächlich hatte er keinen Wunsch verspürt, in den Spiegel zu sehen. Er konnte seinen eigenen Anblick nicht ertragen.

»Das war eine ärgerliche Fehlkalkulation. Reiß dich zusammen und mach weiter.«

Eine ärgerliche Fehlkalkulation. Zorn kochte in ihm hoch und löste seine Zunge. »Einer meiner Deputys ist gestorben. Da kann man wohl kaum von Fehlkalkulation reden.«

»Er war ein schießwütiger Hinterwäldler, der einmal gefährlicher City-Cop spielen wollte.«

»Er war erst einundzwanzig.« Seine Stimme brach, aber er war zu wütend, um sich dafür zu schämen.

»Dann hättest du in deinen Reihen für mehr Disziplin sorgen müssen.« Kein Mitgefühl war in der Stimme zu hören. Nur Verachtung. »Das nächste Mal sollten deine Jungs auf dich hören, bevor sie losstürmen, um einen großen, bösen Buben mit einem großen, bösen Ballermann zu stellen.«

Er erwiderte nichts. Er sah das Blut noch vor sich. *Das viele Blut.* Es kam ihm vor, als würde er den toten Jungen sehen, sobald er die Augen schloss, und vielleicht würde das für den Rest seines Lebens so bleiben.

»Also?«, kam es barsch aus dem Jaguar. »Wo ist er?«

Er schlug die Augen auf und zog müde einen Schlüssel aus seiner Tasche. »Hier.«

Dunkle Augen verengten sich. »Das ist nicht der richtige.«

Er lachte bitter auf. »Zum Teufel. Selbst Igor war schlau genug, ihn nicht mit sich rumzuschleppen. Das dürfte der Schlüssel zu seinem Safe bei der Bank sein.«

Er gab ihm den Schlüssel zurück. »Dann sieh zu, dass du den Safe öffnest«, sagte er, plötzlich sanft. Zu sanft. »Und bring mir den richtigen Schlüssel.«

»Ja, sicher.« Er ließ ihn wieder in seine Tasche gleiten.

»Warum solltest du auch irgendein Risiko eingehen …«

»Wie beliebt?«, fragte der andere samtig.

Er begegnete dem dunklen Blick, ohne mit der Wimper zu zucken. »Ich suche Mädchen und bringe sie dir. Ich entführe Bailey für dich. Ich bringe Jared und Rhett für dich um. Jetzt gehe ich für dich zur Bank. Ich habe das volle Risiko. Du sitzt in deinem schicken Auto und wartest im Schatten, wie es schon immer gewesen ist.«

Einen Augenblick lang herrschte tödliches Schweigen, dann verzogen sich die Lippen zu einem winzigen Lächeln. »Sieh an. Hin und wieder zeigst du, dass du tatsächlich Mumm in den Knochen hast. Hol den richtigen Schlüssel und bring ihn mir.«

»Schön.« Er war zu müde, um zu streiten. Er legte den Gang ein und wollte den Wagen starten.

»Ich bin noch nicht fertig. Ich weiß, wo Bailey Wades Schlüssel versteckt hat.«

Er zog hörbar die Luft ein. »Wo?«

»Sie hat ihn an Alex Fallon geschickt. Diese Frau hatte ihn die ganze Zeit.«

Heilloser Zorn flammte in ihm auf und loderte hoch. »Ich finde ihn.«

»Ja, tu das. Oh, und da wir annehmen können, dass Fallon ein wenig schlauer ist als Igor, wird sie ihn wohl nicht einfach mit sich herumtragen.« Das Fenster des Jaguars glitt hoch, und er fuhr davon.

Atlanta, Mittwoch, 31. Januar, 11.00 Uhr

Gretchen French war eine hübsche Frau, die nicht jedem ihr Vertrauen schenkte, dachte Daniel. Also schwieg er und überließ Talia die Führung des Gesprächs.

»Bitte setzen Sie sich«, sagte Gretchen. »Was kann ich für Sie tun?«

»Agent Vartanian und ich ermitteln in einer Reihe von Sexualverbrechen.«

»Vartanian?« Gretchens Augen weiteten sich. »Sie sind Daniel Vartanian? Der die Untersuchung zu den Morden an Claudia Barnes und Janet Bowie leitet?«

Daniel nickte. »Ja, Ma'am.«

»Aber deswegen sind wir nicht hier, Miss French«, sagte Talia. »Während der Ermittlungen zu den drei Mordfällen –«

268

Gretchen hielt die Hand hoch. »Moment mal. Drei? Wer denn noch?«

»Wir haben heute Morgen die Leiche von Gemma Martin gefunden«, sagte Daniel, und Gretchen ließ sich entsetzt auf einen Stuhl fallen.

»Was geschieht hier? Das ist doch Wahnsinn.«

»Wir verstehen, dass Sie schockiert sind.« Talias Stimme war ruhig, ohne herablassend zu wirken. »Aber wie ich schon sagte, sind wir nicht hier, um diese Todesfälle anzusprechen. Während unserer Ermittlungen sind wir auf Hinweise für frühere Sexualverbrechen gestoßen.« Talia beugte sich vor. »Miss French, ich wünschte, ich könnte es so ausdrücken, dass es für Sie leichter zu ertragen wäre, aber ich kann nicht. In der Zeit, in der damals Alicia Tremaine ermordet wurde, hat es eine Reihe von Vergewaltigungen gegeben. Sie waren im gleichen Alter wie Alicia. Sie sind mit ihr zur Schule gegangen.«

Daniel sah Furcht in Gretchens Augen aufflackern. »Ich weiß nicht, was Sie meinen.«

Talia blickte auf ihre Hände, dann wieder auf. »Wir haben Fotos gefunden. Von Mädchen, die vergewaltigt wurden. Sie sind auch darauf zu sehen, Miss French. Es tut mir leid.«

Daniel empfand hilfloses Mitleid, als er sah, wie sich Gretchens Miene veränderte. Jeder Tropfen Blut wich aus ihrem Gesicht, bis sie aschgrau wirkte. Ihre Lippen öffneten und bewegten sich, als wollte sie etwas sagen. Ihr Blick, eben noch auf ihre Besucher gerichtet, senkte sich voller Scham. Nun sah Daniel, dass sich auch Talias Miene verändert hatte. Er entdeckte Mitgefühl, aber auch Stärke, und er begriff, warum Chase ausgerechnet Talia für diese Aufgabe abgestellt hatte.

Talia legte ihre Hand behutsam auf Gretchens. »Ich weiß, dass es schlimm für Sie ist, diese Ereignisse noch einmal zu durchleben, aber ich muss Sie danach fragen. Können Sie uns erzählen, was damals geschah?«

»Ich ... ich kann mich nicht erinnern.« Nervös fuhr sie sich über die Lippen. Ihre Augen waren verdächtig trocken. »Ich würde es Ihnen sagen, wenn ich könnte. Ich wollte es schon damals tun. Aber ich weiß nichts mehr.«

»Wir nehmen an, dass man Sie unter Drogen gesetzt hat«, murmelte Daniel.

Gretchens Kopf fuhr hoch. »Man? Sie wissen nicht, wer es gewesen ist?«

Daniel schüttelte den Kopf. »Wir haben gehofft, dass Sie uns weiterhelfen können.«

Gretchen setzte sich wieder. Sie atmete flach. »Ich ... ich war sechzehn. Ich weiß noch, dass ich in meinem Auto aufwachte. Es war dunkel, und ich hatte ... ich hatte solche Angst. Ich wusste ... ich meine, ich konnte spüren ...« Sie schluckte krampfhaft. »Es tat weh. Sehr.«

Talia hielt wieder Gretchens Hand. »Hatten Sie vorher schon mit jemandem geschlafen?«

Gretchen schüttelte den Kopf. »Nein. Ein paar Jungs haben versucht, mich zu überreden, aber ich sagte immer Nein.«

Zorn explodierte in Daniel, aber er schwieg.

»Danach ... danach wollte ich nicht mehr. Ich hatte Angst. Ich wusste doch nicht, wer ...« Sie schloss die Augen. »Oder warum. Ob ich vielleicht besser hätte aufpassen müssen. Mich hätte anders benehmen sollen.«

Der Zorn war schwer, unendlich schwer zu kontrollieren. »Miss French«, fragte Daniel, als er seiner Stimme wieder traute. »Wissen Sie vielleicht noch, von wo Sie kamen, wohin Sie wollten, oder ob jemand bei Ihnen war?«

Sie schlug die Augen auf und hatte sich wieder ein wenig im Griff. »Ich kam von der Arbeit. Ich hatte damals im Western Sizzlin' Teller gespült, weil ich Geld fürs College brauchte. Und ich war allein. Es war schon spät, vielleicht halb elf. Ich weiß noch, dass ich müde war, aber damals habe ich viel gelernt und gearbeitet und auf der Farm geholfen, sodass ich eigentlich immer müde war. Und ich weiß noch, dass ich anhalten wollte, um ein bisschen frische Luft zu schnappen, bevor ich noch am Steuer einschlafen würde.«

Talia lächelte aufmunternd. »Sie machen das großartig«, sagte sie. »Wissen Sie noch, ob Sie etwas getrunken haben, bevor Sie nach Hause fuhren? Oder haben Sie vielleicht irgendwo angehalten?«

»Ich habe in der Küche gearbeitet, und wir durften so viel Cola trinken, wie wir wollten. Da ich gespült habe, wollte ich nicht jedes Mal ein neues Glas nehmen, also stellte ich meins irgendwohin und benutzte es immer wieder.«

»Das heißt, jemand könnte Ihnen etwas ins Glas getan haben«, sagte Talia.

Gretchen biss sich auf die Lippe. »Ich denke, ja. Gott, wie dumm muss ich gewesen sein.«

»Sie konnten davon ausgehen, dass Sie an Ihrer Arbeitsstelle vor solchen Dingen sicher sind«, sagte Daniel, und der dankbare Blick, den sie ihm zuwarf, weckte in ihm den Wunsch, laut zu schreien.

Sie war vergewaltigt worden, doch sie gab sich einen großen Teil der Schuld.

»Agent Vartanian hat recht. Sie haben sich keinesfalls fahrlässig benommen oder etwas Falsches getan. An was erinnern Sie sich, als Sie aufwachten?«

»Mir war schlecht, und ich hatte Kopfschmerzen. Und ich war … wund. Ich wusste, dass … ich habe geblutet.« Sie schluckte wieder, und ihre Lippen begannen zu zittern. »Ich hatte einen weißen Slip an. Er war neu, und ich hatte gespart, weil er teuer war. Und jetzt war er … völlig ruiniert.« Sie blickte zu Boden. »Ich war völlig ruiniert.«

»Sie wachten in Ihrem Wagen auf«, setzte Talia freundlich wieder an. Gretchen nickte. »Sie trugen also Ihren Slip. Waren Sie vollständig angezogen?«

Gretchen nickte wieder. »Auf den Bildern, die Sie haben. Bin ich da …?« Nun füllten sich ihre Augen mit Tränen, und auch Daniels Augen brannten. »O Gott.«

»Niemand wird die Bilder sehen«, sagte er leise. »Keine Zeitung wird sie bekommen.«

Sie blinzelte, sodass die Tränen zu strömen begannen. »Danke«, flüsterte sie. »Da war eine Flasche.«

»Was für eine Flasche?«, fragte Talia und drückte Gretchen ein Taschentuch in die Hand.

»Eine Whiskyflasche. Leer. Ich konnte Whisky an meinen Kleidern und in meinen Haaren riechen. Und ich wusste genau, wenn ich zum Sheriff ging, würde es so aussehen, als sei ich betrunken gewesen. Dass ich freiwillig mitgemacht hatte.«

Talias Kiefermuskeln traten hervor. »Das haben Sie nicht.«

»Ich weiß. Wenn mir heute so etwas passieren würde, würde ich sofort die Polizei anrufen, egal wie … Aber damals hatte ich bloß Angst. Ich war doch noch so jung.« Sie hob das Kinn, und Daniel musste an Alex denken. »Und Sie sagen, das ist nicht nur mir passiert?«

Daniel nickte. »Wir dürfen Ihnen nicht sagen, wie vielen, aber Sie waren nicht allein.«

Ihre Lippen verzogen sich zu einem traurigen Lächeln. »Aber

wenn Sie die Kerle schnappen, können Sie nichts mehr unternehmen, nicht wahr?«

»Warum nicht?«, fragte Talia.

»Es ist vierzehn Jahre her. Ist das nicht längst verjährt?«

Daniel schüttelte den Kopf. »Die Zeit läuft erst dann, wenn wir die Klage einreichen.«

Gretchens Blick wurde hart. »Das heißt, Sie können die Täter vor Gericht stellen, wenn Sie sie erwischen?«

»Ja. Absolut«, sagte Talia. »Darauf geben wir Ihnen unser Wort.«

»Dann setzen Sie mich bitte auf die Zeugenliste. Ich werde vor Gericht aussagen.«

Talias Lächeln war grimmig. »Großartig. Und wir werden alles tun, um Ihnen die Chance zu geben.«

»Miss French«, sagte Daniel. »Sie erwähnten eben, dass einige Jungen Sie zum Beischlaf überreden wollten, Sie aber immer abgelehnt hätten. Können Sie sich erinnern, welche Jungen das waren?«

»Ich hatte nicht so viele Freunde damals. Meine Mutter fand, dass sechzehn früh genug war, um mit einem Jungen auszugehen, und mein Geburtstag war erst ein paar Monate her. Der Junge, an den ich mich erinnere, hieß Rhett Porter. Ich dachte damals, er könnte es gewesen sein, aber ...«

Endlich. Die Verbindung, die sie gebraucht hatten. Nur einen Tag zu spät.

»Aber was?«, hakte er sanft nach.

»Aber er war in einer Clique, die mir überhaupt nicht gefiel. Ich dachte, wenn ich etwas sage ...«

»Würde er Ihnen etwas antun?«, wollte Daniel wissen.

»Nein.« Sie lachte bitter. »Er hätte jedem gesagt, dass ich darum gebettelt habe, und natürlich hätte man ihm geglaubt. Also hielt ich den Mund und war froh, als ich nicht schwanger wurde.«

»Noch eine Frage«, sagte Daniel. »Wann war das?«

»Im Mai. Ein Jahr bevor Alicia Tremaine ermordet wurde.«

Daniel und Talia standen auf. »Vielen Dank, dass Sie sich die Zeit genommen haben, Miss French«, sagte Talia. »Es war sehr tapfer von Ihnen, uns das alles zu erzählen. Ich weiß, wie schwer das gewesen sein muss.«

»Wenigstens weiß ich jetzt, dass ich das nicht nur geträumt habe. Und dass derjenige, der es getan hat, vielleicht doch noch bestraft wird.«

Sie runzelte die Stirn. »Werden Sie nun auch mit Rhett Porter sprechen?«

Daniel räusperte sich. »Wahrscheinlich nicht.«

Talia riss fragend die Augen auf, während sich Gretchens Miene verschloss. »Ich verstehe.«

»Nein, Miss French«, sagte Daniel. »Sie verstehen nicht. Rhett Porters
Wagen ist gestern Abend von der Straße abgekommen. Wir nehmen an,
dass er tot ist.«

»Oh … Doch, ich denke, ich verstehe durchaus. Sie haben da ein
verdammtes Chaos zu durchforsten, Agent Vartanian.«

Daniel musste beinahe lachen. Was für eine Untertreibung. »Ja, Ma'am.
Das kann man so sagen.«

»Du hättest mir das von Porter erzählen können«, sagte Talia, als sie
nebeneinander zum Wagen gingen.

»Ja, tut mir leid. Ich dachte, ich hätte es getan.«

»Na ja, da du, wie Gretchen French so treffend bemerkt hat, vor einem verdammten Chaos stehst, ist es wohl verständlich, wenn dir das
eine oder andere durchgeht.«

Sie schnallten sich an, und Daniel startete den Motor. »Du warst gut
da drin. Ich hasse es, Vergewaltigungsopfer zu befragen. Ich weiß einfach
nie, was ich sagen soll. Du schon.«

»Tja, dafür hast du es mit Morden. Das stelle ich mir auch nicht
einfacher vor.«

Daniel schnitt ein Gesicht. »Ich würde nicht sagen, ich *hätte es* mit
Morden.«

»Upps. Tut mir leid. Ungeschickte Wortwahl.«

»Ja, besonders in Anbetracht der jüngsten Ereignisse.«

»Daniel. Glaubst du, dass dein Bruder vor dreizehn Jahren Alicia Tremaine umgebracht hat?«

»Ich tue in letzter Zeit kaum etwas anderes, als mich das zu fragen.
Aber man hat damals jemand anderen verhaftet. Irgendeinen zuge-
dröhnten Penner. Man hat Alicias Ring in seiner Tasche und ihr Blut an
seiner Kleidung und an der Metallstange gefunden, die er schwang, als
man ihn überwältigte.«

»Also, was denkst du? Fällt ihre Vergewaltigung in dieselbe Zeitspan-
ne wie der Mord an ihr?«

Daniel klopfte geistesabwesend auf das Lenkrad. »Ich weiß nicht.«

Aber im Augenblick beschäftigte ihn ohnehin etwas anderes. Etwas, das ihn schon vorher hätte nachdenklich machen müssen. Etwas, das er verdrängt hatte, bis die Angst in Gretchens Blick es wieder an die Oberfläche gebracht hatte.

»Daniel? Bitte denk laut. Und hör auf mit der Klopferei. Das macht mich verrückt.«

Daniel seufzte. »Alicia Tremaine hatte eine Zwillingsschwester. Alex.« Er konzentrierte sich auf die Straße, um die aufkommende Angst einzudämmen. »Alex hat Alpträume und Panikattacken. Sie sind schlimmer geworden, seit sie vor ein paar Tagen nach Dutton zurückgekommen ist.«

»Oh.« Talia drehte sich auf ihrem Sitz zu ihm. »Und jetzt fragst du dich, welche Schwester vergewaltigt worden ist.«

»Alex streitet es ab.«

»Nicht ungewöhnlich. Hast du außer diesem Foto noch etwas? Kriminaltechnische Hinweise?«

»Nein. Wie ich dir schon sagte, sind der Sheriff von Dutton und seine Leute nicht gerade zuvorkommend.«

»Was dich wiederum misstrauisch in Bezug auf die Verhaftung des Landstreichers damals macht.«

Er nickte. »Ebendas.«

»Sieht aus, als müsstest du einen Abstecher ins Gefängnis machen, Daniel.«

»Jep. Ich muss die Fakten, die zu dem Mord an Alicia gehören, von denen der Vergewaltigung trennen.«

Talia biss sich nachdenklich auf die Lippe. »Ich hatte auch mal einen Fall mit eineiigen Zwillingen, bei dem die eine vergewaltigt wurde und anschließend an den Verletzungen starb. Wir fanden Haare von ihr in der Wohnung des Täters, aber der Verteidiger dieses Arschlochs pochte darauf, dass wir nicht eindeutig bestimmen könnten, zu welchem Zwilling das Haar gehörte. Das reichte natürlich für einen berechtigten Zweifel an der Schuld des Angeklagten.«

»Weil die DNS von Zwillingen die gleiche ist.«

»Tja, in diesem Fall war die Genetik nicht unsere Freundin. Es sah wirklich schlecht aus, bis der Staatsanwalt den noch lebenden Zwilling in den Zeugenstand rief. Es war, als hätte der Angeklagte einen Geist gesehen. Er wurde weiß wie ein Laken und zitterte so heftig, dass man glaubte, seine Knochen klappern zu hören. Das machte Eindruck auf die Geschworenen, und letztlich haben sie ihn für schuldig erklärt.«

»Alex kennt die Nummer mit dem Geist zur Genüge. Himmel, ich selbst habe sie angestarrt, als würde ich an meinem Verstand zweifeln, als ich sie zum ersten Mal sah. Das wird mir dummerweise nicht dabei helfen, herauszufinden, wer an dieser Sache beteiligt ist oder war.«

»Nein«, sagte sie geduldig. »Aber du könntest dem Burschen, der wegen des Mordes an ihrer Schwester hinter Gittern sitzt, so einen Schrecken einjagen, dass er vielleicht ein paar interessante Dinge erzählt. Nur als Gedanke.«

Und der Gedanke war verdammt gut. Daniel bog in eine Seitenstraße, um zu wenden. »Ich habe den Verdacht, dass jede Frau, mit der wir reden werden, eine ähnliche Geschichte wie Gretchen zu erzählen hat.«

»Da gebe ich dir recht. Willst du mir die Sache überlassen? Dann kannst du deine Alex abholen und mit ihr unseren Landstreicher besuchen, wie immer er auch heißt.«

»Gary Fulmore. Und es macht dir nichts aus, die Befragungen ohne mich durchzuführen?«

»Daniel, das ist mein Job. Ich hole mir zur Unterstützung einen anderen Agent. Du konzentrierst dich darauf, den Spuren deines aktuellen Falls nachzugehen. Wenn sich keine der Frauen an einen Namen oder ein Gesicht erinnern kann, kommen wir hier sowieso nicht weiter.«

»Aber sie sind trotzdem wichtig«, sagte er.

»Natürlich. Und jede dieser Frauen muss erfahren, dass sie nicht die Einzige war und nicht allein dasteht. Aber das kann ich genauso gut wie du erledigen.«

»Wahrscheinlich besser.« Er warf ihr einen Blick zu. »*Meine* Alex?«

Talia grinste. »Du hast einen Stempel auf der Stirn, Herzchen.«

Er spürte, wie sich ein Lichtstrahl durch das trübe Grau seines geistigen Zustands bahnte. »Schön.«

Atlanta, Mittwoch, 31. Januar, 12.45 Uhr

Alex lehnte an einem Laternenmast, während Hatton mit Daniel telefonierte. Sie suchten erst seit zwei Stunden nach Baileys Vater, aber Alex war bereits vollkommen erschöpft, körperlich und vor allem seelisch. So viele Gesichter, so viel Leid, so wenig Hoffnung. Und so viel Lärm in ihrem Geist. Sie hatte es aufgegeben, ihn zu unterdrücken. Craigs

Gesicht befand sich an der Oberfläche ihres Bewusstseins. Und sie versuchte, ihn sich dreizehn Jahre älter mit Bart vorzustellen.

Bisher hatten sie niemanden gefunden, der Craig Crighton gesehen hatte … oder es zugeben wollte. Aber sie hatten noch viele Viertel, in denen sie suchen konnten. Sofern ihre Knie nicht vorher nachgaben. Sie war noch immer vollkommen steif von ihrem gestrigen Sturz, und herumzustehen, machte es nicht besser.

Endlich legte Hatton auf und sagte: »Gehen wir.«

Sie stieß sich von dem Mast ab. »Und wohin?«

»Zu meinem Wagen. Agent Vartanian holt Sie ab. Sie werden dem Macon State einen Besuch abstatten.«

Sie runzelte die Stirn. »Dem College?«

»Ähm, nein. Macon State Strafvollzugsanstalt. Sie sollen Gary Fulmore treffen.«

»Warum denn das?« Aber sobald die Worte heraus waren, schüttelte sie den Kopf. »Okay, dumme Frage. Natürlich müssen wir früher oder später dorthin. Aber warum heute Nachmittag?«

»Das müssen Sie Vartanian fragen. Keine Sorge. Ich suche weiter und rufe an, wenn ich ihn gefunden habe.«

Sie zuckte zusammen, als ihre Knie zu knirschen schienen. »Ich würde allerdings vorher noch gern ins Obdachlosenasyl fahren. Ich muss ein Paket abliefern.« Hatton nahm ihren Arm, um sie zu stützen. »Sie sind wahrscheinlich froh, mich loszuwerden. Ich bremse Sie bloß.«

»Ich hatte nicht vor, im Dauerlauf durch die Straßen zu hetzen, Miss Fallon. Alles in Ordnung.«

»Sie können mich übrigens auch Alex nennen.«

»Ich weiß nicht. Miss Fallon war ökonomischer. Sonst muss ich mir zwei Namen merken.«

Sie grinste, wie er es bezweckt hatte. »Haben Sie einen Vornamen, Agent Hatton.«

»In der Tat.«

Sie sah zu ihm auf. »Und würden Sie ihn mir verraten?«

Er seufzte. »George.«

»George? Ein schöner Name. Warum der Seufzer?«

Er verdrehte ergeben die Augen. »Mein Zweitname lautet Patton.«

Sie konnte nicht verhindern, dass ihre Lippen zuckten. »George Patton Hatton. Interessant.«

»Sagen Sie es bloß nicht weiter.«

»Nie und nimmer«, versprach sie und fühlte sich ein bisschen besser … bis sie Schwester Annes Heim erreichten und ihre Stimmung erneut in den Keller rutschte. Alex war vorhin in der Intensivstation vom Atlanta County General gewesen.

Dort hatte man ihr gesagt, dass Schwester Annes Zustand kritisch sei.

Eine der Nonnen empfing sie mit einem Lächeln an der Tür. »Kann ich Ihnen helfen?«

»Mein Name ist Alex Fallon. Ich war vor zwei Tagen hier und habe mit Schwester Anne über meine Stiefschwester Bailey Crighton gesprochen.«

Das Lächeln der Nonne verschwand. »Anne meinte, Sie wollten gestern Abend noch einmal vorbeikommen.«

»Es ging nicht. Wir mussten Hope zu einem Arzt bringen. Hat Schwester Anne gestern noch irgendetwas gesagt? Etwas, das darauf schließen lässt, wer ihr das angetan hat?«

Die Nonne zögerte, dann schüttelte sie den Kopf. »Sie war gestern gar nicht hier. Sie wollte sich nach Baileys Vater umsehen. Weil Sie gesagt hatten, Sie kämen zurück.«

Alex’ Herz verkrampfte. »Hat sie ihn gefunden?«

»Das weiß ich nicht. Ich hatte sie heute Morgen erwartet, und dann hätte sie es mir wohl gesagt. Aber sie kam ja nicht.« Die Lippen der Nonne zitterten, und sie presste sie aufeinander.

»Ich komme gerade aus dem Krankenhaus«, sagte Alex. »Es tut mir leid.«

Die Nonne nickte brüsk. »Danke. Wenn das alles ist … ich muss jetzt das Essen fertigmachen.« Sie war im Begriff, die Tür zu schließen.

»Moment, sehen Sie heute Abend vielleicht Sarah Jenkins?«

»Warum?«, fragte die Nonne misstrauisch.

Alex hielt ihr eine Tüte mit Mustern verschreibungspflichtiger Salben hin, die man ihr in der Notaufnahme des Krankenhauses gegeben hatte. »Ihre Tochter hat eine Borkenflechte, und damit heilt sie schneller. Außerdem habe ich noch Verbandsmaterial und andere Medikamente hineingetan.«

Die Miene der Nonne wurde freundlicher. »Vielen Dank.« Wieder setzte sie an, die Tür zu schließen.

»Warten Sie bitte. Noch eine Frage. Kennen Sie dieses Liedchen?« Sie summte die Tonfolge, die Hope am Tag zuvor so oft gespielt hatte.

Die Nonne runzelte die Stirn. »Nein. Aber ich komme in letzter Zeit nicht viel raus. Bleiben Sie da. Ich bin gleich zurück.« Sie schloss die Tür und ließ Alex und Hatton stehen.

Und so standen sie eine lange Zeit.

Hatton sah auf die Uhr. »Wir müssen wirklich los. Vartanian wird gleich hier sein.«

»Nur noch eine Minute. Bitte.« Die Minute verstrich, und Alex seufzte. »Okay, sie wird wohl nicht wiederkommen. Gehen wir.«

Sie waren beinahe wieder auf der Straße, als die Nonne den Kopf durch die Tür steckte. Ihre Miene war finster.

»Ich habe doch gesagt, ich komme zurück.«

»Na ja, wir haben lange gewartet. Ich dachte, Sie hätten es sich anders überlegt«, sagte Alex.

»Ich bin sechsundachtzig«, fuhr die Nonne sie an. »Da hüpft man nicht mehr durch die Gänge. Hier. Reden Sie mal mit ihr.« Sie öffnete die Tür ein Stückchen weiter, und sie entdeckten eine zweite Nonne, die nur wenig jünger war als ihre Gefährtin. »Sag's ihnen, Mary Katherine.« Mary Katherine blickte ängstlich die Straße hinauf und hin ab. »Erkundigen Sie sich im Woodruff Park«, flüsterte sie.

Alex sah zu Hatton. »Wo?«

»Woodruff Park. Da versammeln sich Musiker«, erklärte er. »Sollten wir dort nach jemand Besonderem Ausschau halten, Schwester?«

Mary Katherine schürzte die Lippen, und die andere Nonne stieß sie sanft an. »Nun sag es ihnen schon.«

»Sie haben die Melodie schon gehört?«, fragte Alex, und Mary Katherine nickte.

»Bailey hat sie letzten Sonntag vor sich hingesummt, während sie ihre Pfannkuchen gemacht hat. Sie sah so traurig aus. Und das Lied klang auch traurig. Als ich fragte, was sie da singt, sah sie mich ganz erschrocken an. Es sei bloß ein Lied, das sie im Radio gehört hätte. Aber Hope meinte, nein, nicht im Radio, ob ihre Mami sich denn nicht erinnern würde, dass Opa das auf der Flöte gespielt hätte?«

Alex erstarrte. Hopes Zauberstab.

»Und wie hat Bailey reagiert?«, wollte Hatton wissen, und sie wusste, dass er dasselbe dachte.

»Sie wurde ganz hektisch und schickte Hope zum Tischdecken. Hope würde jeden Mann mit Bart für ihren Opa halten, sagte sie, aber es sei bloß irgendein betrunkener Penner gewesen, der an einer Straßenecke Flöte gespielt habe.«

278

Alex runzelte die Stirn. »Aber Schwester Anne meinte, sie glaube nicht, dass Bailey ihren Vater ausfindig gemacht habe.«

Wieder ein sanfter Stoß. »Weiter«, sagte die andere Nonne zu Schwester Katherine.

Die andere seufzte. »Anne war in dem Moment nicht in der Küche. Ich erzählte ihr am Montagabend davon, als Sie schon wieder gegangen waren. Deshalb hatte sie auch beschlossen, sich auf die Suche nach ihm zu machen.«

Alex sackte ein Stück in sich zusammen. »Sie hätte mich anrufen sollen. Ich wäre selbst losgezogen. Warum ist sie bloß allein gegangen?«

Die erste Nonne rümpfte pikiert die Nase. »Schwester Anne arbeitet schon seit Jahren auf diesen Straßen, und man kennt sie hier. Sie hatte nichts zu befürchten.« Dann seufzte sie. »Nun, offensichtlich doch. Wahrscheinlich wäre eine gesunde Angst von Vorteil gewesen. Jedenfalls wollte sie Ihnen keine falschen Hoffnungen machen. Sie wollte sehen, was sie tun konnte, und Ihnen dann am nächsten Tag Bescheid geben. Aber Sie sind am nächsten Tag nicht aufgetaucht, und Schwester Anne blieb ebenfalls weg.« Die alte Nonne besann sich wieder auf ihre übliche Schroffheit. »Nun, danke für die Medikamente. Ich sorge dafür, dass sie sinnvoll eingesetzt werden.« Und damit machte sie Alex die Tür vor der Nase zu.

Alex sah die Straße entlang. »Wo geht's zum Woodruff Park?«

Aber Hatton nahm ihren Arm. »Dazu ist jetzt keine Zeit mehr. Ich suche den Flötenspieler und schleppe ihn an, selbst wenn es nicht Crighton ist. Sie kommen jetzt mit. Sie sind verabredet.«

Atlanta, Mittwoch, 31. Januar, 15.30 Uhr

Daniel hatte seinen Wagen auf dem Gefängnisparkplatz abgestellt, blieb aber hinterm Steuer sitzen.

Er hatte ihr von dem Gespräch mit Gretchen French erzählt, von dem Überfall, von der leeren Whiskyflasche. Er hatte ihr seinen Plan erklärt, Fulmore mit ihr zu erschrecken, und dass weder Fulmore noch sein Anwalt wusste, dass sie zusammen kämen. Sie auf den neusten Stand zu bringen, hatte ungefähr zwanzig Minuten gedauert. Den Rest der Fahrt hatte er geschwiegen und abwesend gewirkt. Sie hatte ihn brüten lassen und gehofft, dass er irgendwann wieder das Wort ergreifen würde, aber es war nicht geschehen.

Schließlich brach sie das Schweigen. »Ich dachte, wir wollten da reingehen.«

Er nickte. »Werden wir auch, aber ich muss vorher mit dir reden.«

Eine dumpfe Vorahnung drückte auf ihren Magen. »Und über was?«

Daniel schloss die Augen. »Ich weiß nicht, wie ich dich das fragen soll.«

»Frag einfach«, sagte sie und hörte ihre Stimme zittern.

»Ist das Bild von Alicia wirklich Alicias ... oder deins?«

Sie fuhr zurück. »Nein. Das bin ich nicht. Wieso ... wieso fragst du mich so etwas überhaupt?«

»Weil du Alpträume hast und Schreie hörst und dich an nichts erinnern kannst. Ich habe angenommen, dass Alicia vergewaltigt und in derselben Nacht ermordet wurde, aber das Muster passt nicht. Ich fragte mich also, ob die beiden Taten mit zeitlichem Abstand begangen wurden, von verschiedenen Tätern. Und dann fing ich an, mich zu fragen ...« Er sah sie an, und sie las Qual und Schuldgefühle in seinem Blick. »Was, wenn es auch zwei Opfer gegeben hat? Wenn Simon und die anderen *dir* das angetan haben?«

Alex presste sich die Finger auf die Lippen und konzentrierte sich einen Augenblick lang nur aufs Atmen.

»Es tut mir leid«, flüsterte er. »So leid.«

Alex ließ die Hände in ihren Schoß sinken und zwang sich zum Denken. Konnte es sein? Nein. Sie hätte sich daran erinnern müssen. *Nicht unbedingt.* Mit diesen Worten hatte Meredith reagiert, als sie es vor einigen Stunden schon einmal abgestritten hatte.

»Du bist schon die zweite Person heute, die mich nach etwas Derartigem fragt. Ich weiß nicht, was ich darauf antworten soll, außer dass ich mich an nichts erinnern kann, aber ich erinnere mich auch nicht an den Abend, als sie starb. Auf dem Heimweg von der Schule fühlte ich mich plötzlich krank, daher ging ich direkt ins Bett. Dann weiß ich nur noch, dass mich meine Mutter am nächsten Morgen weckte und fragte, wo Alicia sei. Aber ich habe nicht geblutet, und ich erinnere mich auch nicht an eine Whiskyflasche. Ich kann mir vorstellen, dass sich solche Details einem eher einprägen.«

Einen Moment lang schwiegen beide.

Dann hob Alex ihr Kinn. »Du hast mir das Bild von Alicia nie gezeigt.«

Er sah sie entsetzt an. »Willst du es etwa sehen?«

Hastig schüttelte sie den Kopf. »Nein. Aber es gab etwas, das uns beide unterschied.« Sie zog das linke Hosenbein hoch. »Kannst du es durch den Strumpf sehen?«

Daniel beugte sich über den Schalthebel. »Die Tätowierung. Ein Schaf. Du hast mir gesagt, dass Bailey eins hatte. Nein, stimmt, du sagtest, ihr hättet alle eins. Montagmorgen, als du kamst, um dir die Tote anzusehen.«

»Es ist eigentlich ein Lamm. Wir fanden das niedlicher. Meine Mutter nannte uns ›ihre Lämmchen‹. Bailey, Alicia und Alex. Kurz Baa. An unserem sechzehnten Geburtstag hatte Alicia die Idee mit der Tätowierung. Im Rückblick glaube ich, dass sie high war. Aber Bailey hatte zugestimmt, und es war unser Geburtstag, Alicias und meiner, und ich wollte nicht als Einzige kneifen.«

»Ein Tattooshop, der Sechzehnjährige tätowiert?«

»Nein, Bailey kannte da jemanden. Sie hat behauptet, wir wären siebzehn. Ich versuchte, mich im letzten Moment doch noch zu drücken, aber Alicia drohte mir mit akutem Liebesentzug.«

Einer seiner Mundwinkel zuckte. »Böse.«

»Ich habe damals nie irgendetwas Aufregendes oder Tolles getan, Alicia ist immer diejenige gewesen. Also machte ich mit. Kannst du auf dem Foto, das du hast, die Tätowierung sehen?«

»Ich habe nicht darauf geachtet.«

»Dann sieh dir ihr rechtes Bein an.«

Er zog die Brauen hoch. »Du hast nicht dasselbe Bein genommen?«

Alex' Lächeln war winzig. »Nein. Erst war Bailey dran, dann Alicia, wie wir es immer hielten. Die beiden bewunderten gerade ihre Lämmer, als der Typ bei mir anfing. Ich streckte absichtlich meinen linken Fuß aus. Ich hatte es satt, den Ärger für Alicias Treiben zu bekommen.«

»Du wolltest ein Unterscheidungsmerkmal? Was hat Alicia gesagt?«

»Als sie es bemerkte, war es schon zur Hälfte fertig, also zu spät. Aber, oh, sie war stinksauer. Und meine Mutter bekam einen Tobsuchtsanfall. Sie bestrafte uns alle, und zum ersten Mal seit Langem musste Alicia die Verantwortung für ihre Taten tragen, anstatt mir alles in die Schuhe zu schieben. Und ich hatte endlich einmal das Gefühl, die Oberhand zu haben.« Aber dann war Alicia ermordet worden, und ihre Familie war vollkommen auseinandergefallen. Ihr Lächeln verblasste. »Sieh dir das Bild bitte noch einmal an, Daniel, und sag mir, was du siehst.«

»Okay.« Er holte das Bild aus seiner Aktenmappe, hielt es so, dass sie es nicht sehen konnte, und nahm eine Lupe aus der Tasche.

Als er erleichtert seufzte, tat Alex es ihm nach. Ihr war nicht bewusst

281

gewesen, dass sie den Atem angehalten hatte. Er schob das Bild in die Tasche und begegnete ihrem Blick. »Rechter Knöchel.«

Alex fuhr sich über die Lippen und schürzte sie, bis sie sicher war, dass ihre Stimme nicht zittern würde. »Dann steht das also endlich fest.« Das würde Merediths Sorge nicht ausräumen, aber darum würde sie sich kümmern, wenn es so weit war. »Komm, gehen wir hinein.«

16. Kapitel

Dutton, Mittwoch, 31. Januar, 15.45 Uhr

NICHT ÜBEL. Er stand im Tresor der Bank und starrte in den Kasten, den er aus Rhett Porters Schließfach genommen hatte. Sein leises Lachen war bitter, als er den Brief las, den Rhett hinterlassen hatte.

Mein Schlüssel ist bei einem Anwalt in Verwahrung, den ihr nie kennengelernt habt. Dieser Anwalt besitzt auch einen versiegelten Brief, in dem alle unsere Sünden detailliert niedergeschrieben sind. Wenn mir oder meiner Familie etwas zustößt, wird der Brief an jede größere Zeitung im Land verschickt, während mein Schlüssel dem Staatsanwalt übergeben wird. Wir sehen uns in der Hölle.

Datiert war das Schreiben auf eine Woche nach DJs Ende als Alligatorfutter. Und so stellte sich heraus, dass Rhett Porter doch kein gar so großer Dummkopf gewesen war. Er schob den Brief in die Tasche und verließ den Raum. Draußen nickte er Rob Davis zu, der vor dem Tresor gewartet hatte. Davis gehörte die Bank, und normalerweise hätte er eine solche Aufgabe einem niederen Angestellten überlassen. Doch dies war eine heikle Angelegenheit, und er war ohne richterliche Anordnung gekommen. Er war sich sicher gewesen, dass Davis seine Bitte nicht zurückweisen würde, denn er wusste mehr über Rob Davis als Davis über ihn. Darauf basierte Macht.

»Ich bin fertig.«

Davis sah ihn verächtlich an. »Du missbrauchst deine Position.«

»Und du nicht? Beste Grüße an die Gemahlin, Rob«, sagte er genüsslich. »Und falls Garth fragt, sag ihm, dass ich ihn habe.«

Rob Davis sah ihn an. »Ihn?«

»Dein Neffe wird das schon verstehen. Garth ist manchmal ein kluger Bursche.« Er tippte sich an den Hut. »Bis dann.«

Macon, Georgia, Mittwoch, 31. Januar, 15.45 Uhr

»Wir sind ziemlich spät«, sagte Alex, als Daniel sie in die Besucherliste eintrug.

»Ja, ich weiß. Ich wollte, dass Fulmore und sein Anwalt auf uns warten. Ich inszeniere einen großen Auftritt.«

»Er wird bloß sagen, dass er sie nicht getötet hat, wie er es seit dreizehn Jahren tut.«

»Vielleicht hat er es getan, vielleicht nicht. Wir haben mit deinen Erinnerungen und den Jahrbüchern nun inzwischen zehn von fünfzehn Frauen identifiziert. Nur Alicia ist ermordet worden.«

»Und Sheila«, berichtigte sie ihn. »Aber ich weiß, worauf du hinauswillst. Daniel, ich habe die Prozessakte gelesen. Es gab handfeste Beweise, die Fulmore mit Alicias Leiche in Verbindung brachten. Es ist nicht so, als hätten sie ihm damals einfach einen Mord angehängt.«

»Ich weiß. Aber ich erhoffe mir aus dieser Begegnung zum Beispiel einen Hinweis darauf, ob das Foto von Alicia in derselben Nacht aufgenommen wurde, in der man sie auch getötet hat. Falls es dieselbe Nacht war und der Vergewaltiger immer in etwa gleich handelte, kann er sie irgendwo abgelegt haben, wo sie Fulmore dann entdeckte.«

»Ich wünschte, ich könnte mich an etwas erinnern«, brach es aus ihr hervor. »Verdammt.«

»Es wird schon wiederkommen. Du hast gesagt, dass dir an diesem Tag nicht gut war.«

»Ja. Ich hatte Bauchkrämpfe und ging ins Bett. Es war schrecklich.«

»Warst du damals oft krank?«

Sie verlangsamte ihr Tempo und sah ihn mit weit aufgerissenen Augen an. »Nein. Praktisch nie. Noch so eine seltsame Übereinstimmung, nicht wahr? Glaubst du, man hat mich auch unter Drogen gesetzt?«

Er legte ihr einen Arm um die Schultern und drückte sie, als sie an dem kleinen Raum angelangten, in dem sie dem Mann begegnen sollte, der beschuldigt wurde, ihre Schwester erst erstickt und dann mit einem Eisen verprügelt zu haben. »Einen Schritt nach dem anderen. Bist du bereit?« Sie schluckte hart. »Ja.«

»Dann geh du zuerst hinein. Ich will ihn beobachten, wenn er dich sieht.«

Ihre Schultern verspannten sich, und sie holte tief Luft. Dann packte sie entschlossen den Türknauf und öffnete. Im Zimmer warteten ein Mann in orangefarbenem Overall und ein zweiter in einem billigen Anzug. Im billigen Anzug steckte Jordan Bell, der Verteidiger.

Bell stand verärgert auf. »Das wurde aber auch Zeit. Wir –« Er brach ab, als es neben ihm polterte. Gary Fulmore hatte sich vom Tisch abgestoßen, sodass der Stuhl auf den Betonboden krachte und seine Fußfesseln klirrten. Sein Mund stand offen, und sein Gesicht war totenbleich.

Bells Augen verengten sich. »Was zum Teufel soll das?«

Fulmore wich zur Wand zurück, als Daniel Alex einen Stuhl heranzog, auf dem sie sich niederließ.

Aber so bleich Fulmore auch war, Alex war noch bleicher. Sie war blass ... wie ein Geist. Daniel fühlte sich plötzlich wie der größte Schuft im gesamten Universum, dass er ihr das antat. Aber sie wollte Bailey finden. Sie wollte ihm helfen, den drei toten Frauen Gerechtigkeit zu verschaffen.

Und irgendwie war Alicias Mord das Bindeglied, das alles zusammenhielt.

»Ich will wissen« – der Anwalt zischte durch die Zähne –, »was hier vor sich geht.«

»S-S-Sie soll weggehen«, stammelte Fulmore keuchend. »G-Geh weg.«

»Ich bin gekommen, um Sie zu besuchen«, sagte Alex ruhig. »Wissen Sie, wer ich bin?«

Bell runzelte seine Stirn so heftig, dass sich seine Brauen in der Mitte trafen. »Sie haben mir nicht gesagt, dass Sie diese Frau mitbringen würden.«

Alex stand auf, stemmte die Fäuste auf den Tisch und beugte sich vor. »Ich habe Sie etwas gefragt, Mr. Fulmore. Wissen Sie, wer ich bin?«

Was sie war, ließ sich momentan leicht beantworten, dachte Daniel. Sie war großartig. Ruhig, kühl, gesammelt, obwohl sie unter extremem Stress stand. Sie raubte ihm, schlicht ausgedrückt, den Atem.

Nun, denselben Effekt hatte sie auf Fulmore, wenn auch aus anderen Gründen. Der Mann hyperventilierte nahezu. Daniel trat vor, sodass er zwischen Fulmore und Alex stand. Sie war noch immer leichenblass, aber ihre Augen waren hell und weit aufgerissen. Ja, sie war kühl, aber sie war es, weil sie schreckliche Angst hatte. Doch das wussten die anderen nicht.

»Alicia Tremaine war meine Schwester. Sie haben sie getötet.«

»Nein.« Fulmore schüttelte heftig den Kopf. »Das habe ich nicht.«

»Sie haben sie getötet«, fuhr Alex fort, als habe er nichts gesagt. »Sie haben ihr die Hände auf Mund und Nase gelegt und zugedrückt, bis sie gestorben ist. Dann haben Sie auf ihr Gesicht eingeschlagen, bis nicht einmal ihre Mutter sie erkannt hat.«

285

Fulmore starrte Alex an. »Das habe ich nicht«, presste er verzweifelt hervor.

»O doch«, spuckte sie aus. »Und dann haben Sie sie in den Graben geworfen, als sei sie Abfall.«

»Nein. Sie lag schon im Graben.«

»Gary«, sagte Bell. »Hören Sie auf.«

Alex' Kopf ruckte herum, und sie warf Bell einen verächtlichen Blick zu. »Er sitzt lebenslänglich. Wie sollte ich ihm da wohl noch schaden können?«

Fulmore hatte seinen Blick noch kein einziges Mal von Alex gelöst. »Ich habe sie nicht umgebracht, ich schwör's. Und ich habe sie auch nicht in den Graben geworfen. Sie war schon tot, als ich sie fand.«

Sie wandte sich wieder ihm zu, ihre Verachtung nun kalt und konzentriert. »Man hat ihr Blut auf Ihren Kleidern gefunden. Und auf der Eisenstange, die Sie in der Hand hatten.«

»Aber so ist es nicht passiert.«

»Dann sagen Sie uns doch, wie es passiert ist«, sagte Daniel ruhig.

»Gary«, warnte Bell. »Halten Sie den Mund.«

»Nein.« Fulmore zitterte heftig. »Ich sehe noch immer ihr Gesicht. Ich sehe sie, wenn ich schlafen will.« Verzweifelt sah er Alex in die Augen. »Ich sehe ihr Gesicht.«

Alex tat nichts, um es ihm zu erleichtern. Ihre Miene war versteinert. »Gut. Das tue ich nämlich auch. Jedes Mal, wenn ich in den Spiegel blicke.«

Fulmores Adamsapfel hüpfte auf und ab.

»Was ist damals passiert, Gary?«, fragte Daniel freundlich. Als Jordan Bell zum Protest ansetzte, brachte er ihn mit einem eisigen Blick zum Verstummen. Alex zitterte nun auch, und er drückte sie sanft auf den Stuhl zurück. Fulmores Blick folgte ihr.

»Es war Nacht. Und warm«, murmelte Fulmore. »Heiß sogar. Ich war zu Fuß unterwegs. Ich habe geschwitzt, und ich hatte Durst.«

»Wohin waren Sie unterwegs?«, hakte Daniel nach.

»Nach nirgendwo. Oder überallhin. Ich war high. Voll auf Drogen. Das hat man mir jedenfalls gesagt.«

»Wer ist ›man‹?«

»Die Bullen, die mich geschnappt haben.«

»Erinnern Sie sich noch, wer genau das war?«

Fulmore presste die Lippen zusammen. »Sheriff Frank Loomis.«

Daniel hätte gerne mehr darüber gewusst, hielt seine Fragen jedoch noch zurück. »Sie waren also high und unterwegs und durstig, und Ihnen war heiß. Was dann?«

Er zog kurz die Brauen hoch, um ein mimisches Achselzucken anzudeuten. »Ich roch Whisky. Und bekam Lust drauf.«

»Wo waren Sie?«

»Auf 'ner Straße außerhalb von irgendeinem gottverlassenen Kaff im Nirgendwo. Dutton.« Er spuckte das Wort förmlich aus. »Ich wünschte, ich hätte nie davon gehört.«

Dann sind wir ja schon zwei. Daniel warf Alex einen Blick zu. *Oder eher noch drei.* »Wissen Sie noch, wie spät es war?«

Er schüttelte den Kopf. »Ich hab noch nie 'ne Uhr gehabt. Aber es war wieder hell, die ganze Zeit. Ich konnte endlich sehen, wo ich war. Ich war ziemlich lange ziellos rumgelaufen … und hatte mich wohl verirrt.«

Es war wieder hell? Daniel machte sich in Gedanken eine Notiz, die Mondphasen aus der Zeit zu überprüfen. »Okay. Sie rochen also Whisky. Und dann?«

»Ich ging dem Geruch nach und stieg in den Graben. Da war 'ne Decke, und ich dachte, die nehm ich mir doch. Meine Decke war schon ziemlich verwanzt.« Er schluckte hart, den Blick immer noch auf Alex fixiert. »Ich packte die Decke und zog dran. Und sie … sie ist rausgerutscht.«

Alex zuckte zusammen. Ihre Haut sah so grau aus, dass das Rosa ihres Lippenstifts hervorstach, und Daniel musste unwillkürlich an Sheila denken, die tot an der Wand gelehnt hatte. Einen Moment lang überlegte er, die ganze Sache hier und jetzt zu beenden und Alex sofort nach draußen und an einen sicheren Ort zu schleppen. Aber sie waren schon so weit gekommen, und sie war aus härterem Holz geschnitzt. Also schluckte er seinen Beschützerinstinkt herunter und verlieh seiner Stimme einen ruhigen, freundlichen Klang. »Was meinen Sie mit ›sie ist rausgerutscht‹, Gary?«

»Na ja, ich hab mir die Decke gepackt, und sie kullerte raus. Sie war nackt. Ihre Arme waren schlaff und gummiartig, und eine Hand landete auf meinem Fuß.« Seine Stimme klang hohl. »Dann sah ich ihr Gesicht.« Er musste die Worte herauspressen. »Ihre Augen starrten mich an. Leer. Wie leere Höhlen.« So, wie Alex ihn nun anstarrte. Leer und ausdruckslos. »Ich bin … durchgedreht. Hatte totale Angst.«

Er brach ab, offensichtlich zurückversetzt in eine Erinnerung, die ihm noch immer Angst und Schrecken bereitete.

»Und dann?«

»Ich weiß nicht. Ich wollte, dass sie … sie aufhört, mich so scheußlich anzustarren.« Seine geballten Fäuste boxten in die Luft, einmal, zweimal, und seine Ketten klirrten. »Da habe ich zugeschlagen.«

»Mit den Händen?«

»Zuerst ja. Aber sie hörte einfach nicht auf, mich anzustarren.« Fulmore hatte begonnen, sich zu wiegen, doch Alex erlöste ihn nicht von ihrem starren Blick.

Daniel bereitete sich darauf vor, einzugreifen, falls Fulmore nicht mehr in der Lage sein würde, die Alicia von damals und die Alex von heute auseinanderzuhalten. »Woher hatten Sie das Montiereisen?«

»Das war in meiner Decke. Ich hatte es immer in meiner Decke dabei. Und plötzlich war es in meinen Händen, und ich schlug damit auf ihr Gesicht ein. Ich schlug immer wieder und wieder und wieder auf sie ein.«

Daniel zog scharf die Luft ein, als das Bild nur allzu deutlich vor seinem geistigen Auge erschien. Und in diesem Augenblick wusste er mit Sicherheit, dass der Mann Alicia Tremaine nicht umgebracht hatte.

Tränen liefen Fulmore über das Gesicht, aber seine geballten Fäuste waren immer noch erhoben. »Ich wollte doch nur, dass sie mich nicht mehr so anstarrt«, flüsterte er, und plötzlich fiel er förmlich in sich zusammen. »Und dann endlich hat sie damit aufgehört.«

»Sie haben ihr das Gesicht zerschlagen.«

»Ja. Aber ich wollte doch nur, dass sie die Augen zumacht.« Seine Stimme war nun wie die eines Kindes, und er sah flehend zu Daniel. »Sie sollte doch nur die Augen zumachen.«

»Und was haben Sie anschließend getan?«

Fulmore rieb sich die Tränen an der Schulter ab. »Wieder in die Decke eingepackt. Besser.«

»Besser?«

Er nickte. »Vorher war sie ziemlich locker eingewickelt gewesen. Ich packte sie fester ein.« Er schluckte. »Wie ein Baby. Aber … aber sie war kein Baby.«

»Können Sie etwas zu ihren Händen sagen, Gary?«

Fulmore nickte geistesabwesend. »Sie hatte wunderschöne Hände. Ich habe sie ihr über dem Bauch gefaltet, bevor ich sie eingerollt habe.«

Man hatte Alicias Ring in seiner Tasche gefunden. Ein Blick zu Bell verriet ihm, dass der Mann dasselbe dachte.

»Hatte sie etwas an den Händen?«, fragte Bell, ebenso sanft, wie Daniel es getan hatte.

»Ein Ring. Blau.«

»Der Stein war blau?«, fragte Daniel und sah aus dem Augenwinkel, wie Alex unwillkürlich die Hände ausstreckte, sie betrachtete und dann langsam wieder zu Fäusten ballte.

»Ja.«

»Und Sie haben sie mit dem Ring am Finger eingewickelt«, murmelte Bell, und Fulmores Blick, wütend und ängstlich, schoss zu Daniel.

»Ja. Aber die haben behauptet, ich hätte ihn in meiner Tasche gehabt.«

»Und was passierte dann, Gary?«

»Ich weiß nicht mehr. Ich muss noch was genommen haben. Angel Dust. Dann waren plötzlich drei Typen über mir und schlugen mit Knüppeln auf mich ein.« Fulmore schob das Kinn vor, seine Augen waren plötzlich klar. »Sie haben behauptet, ich hätte das Mädchen umgebracht, ich sollte mich schuldig bekennen, aber das hab ich nicht getan. Ich hab ihr Schlimmes angetan, aber ich schwöre, sie war schon tot.« Seine Stimme klang nun beinahe ruhig, normal, entschlossen. »Ich habe sie nicht umgebracht.«

»Erinnern Sie sich noch, in den Ersatzteile-Laden eingebrochen zu sein?«, fragte Bell ihn.

»Nein. Ich sage ja, ich wachte auf, als die drei Kerle mich packten.«

»Vielen Dank für Ihre Zeit«, sagte Daniel. »Wir bleiben in Kontakt.«

Fulmore warf seinem Anwalt einen Blick zu. In seinen Augen war ein Hoffnungsschimmer zu sehen. »Können wir den Prozess wieder aufrollen?«

Bells Blick begegnete Daniels. »Könnten wir?«

»Ich weiß es nicht. Ich kann nichts versprechen, Bell, das wissen Sie. Ich bin nicht der Staatsanwalt.«

»Aber Sie kennen den Staatsanwalt«, sagte Bell listig. »Gary hat Ihnen gesagt, was er weiß. Er kooperiert ohne Garantie auf Berufung. Das sollte doch etwas bedeuten.«

Daniels Augen verengten sich. »Ich sagte, wir bleiben in Kontakt. Jetzt muss ich zurück nach Atlanta.« Er zog Alex auf die Füße. »Komm, wir gehen.«

Sie ließ sich willig mitziehen, mehr wie eine Puppe als ein lebendes Wesen, und erneut wurde Daniel vom Bild der toten Sheila an der Wand heimgesucht. Er legte Alex einen Arm um die Schultern und schob sie aus dem Raum.

Sie waren schon fast an Daniels Auto angekommen, als Bell ihnen hinterherrief. Sie blieben stehen, und der Anwalt kam schwer atmend über den Parkplatz gejoggt. »Ich werde den Fall wieder aufrollen.«

»Verfrüht«, bemerkte Daniel knapp.

»Das denke ich nicht, und Sie auch nicht, sonst hätten Sie nicht den weiten Weg bis hierher gemacht und sie dem Ganzen ausgesetzt.« Er deutete auf Alex, die den Kopf hob und ihn mit einem kalten Blick bedachte. Aber sie schwieg, und er nickte zufrieden. »Ich lese Zeitungen, Vartanian. Jemand hat diesen Mord nachgespielt.«

»Eben. Wahrscheinlich ein Nachahmer«, sagte Daniel.

Bell schüttelte den Kopf. »Das glauben Sie selbst nicht, also ersparen Sie mir diese Sprüche. Hören Sie, Miss Fallon, ich weiß, dass Ihre Schwester getötet wurde, und das tut mir sehr leid, aber dieser Mann hat dreizehn Jahre seines Lebens verloren.«

Daniel seufzte. »Wenn das alles vorbei ist, gehen wir zum Staatsanwalt.«

Bell nickte knapp. »Gut. Das ist fair.«

Atlanta, Mittwoch, 31. Januar, 17.30 Uhr

Kurz bevor sie Atlanta erreichten, ergriff Daniel endlich das Wort. »Geht's dir gut?«

Sie starrte auf ihre Hände. »Ich weiß nicht.«

»Als er sagte, dass Alicia aus der Decke ›rutschte‹, hatte ich den Eindruck, du wärst nicht mehr bei dir. Du hast auf mich gewirkt wie in Trance.«

»Tatsächlich?« Abrupt drehte sie sich zu ihm. »Meredith will es mit Hypnose versuchen.«

Er hielt die Idee für gut, aber seiner Erfahrung nach musste die Person, die hypnotisiert werden sollte, offen dafür sein. Er war sich nicht sicher, ob Alex das tatsächlich war. »Und was willst du?«

»Ich will, dass es endlich aufhört«, flüsterte sie mit einer Heftigkeit, dass er ihre Hand nahm.

»Ich werde bei dir sein.«

»Danke. Daniel … ich … ich hätte nie gedacht, dass ich so empfinden kann wie eben, als ich ihn endlich sah. Ich wollte ihn eigenhändig umbringen.«

Daniel zog die Brauen zusammen. »Du meinst, du hast Fulmore nie zuvor gesehen?«

»Nein. Als der Prozess stattfand, war ich in Ohio. Tante Kim und Onkel Steve wollten mich schützen. Sie waren wirklich sehr gut zu mir.«

»Du hast großes Glück gehabt.« Die Worte kamen verbitterter heraus, als er es geplant hatte. Er hielt den Blick auf die Straße gerichtet, spürte aber, dass sie ihn nachdenklich musterte.

»Deine Eltern waren nicht gut zu dir.«

Die Feststellung war so schlicht, dass er beinahe gelacht hätte. »Nein.«

»Deine Schwester und du … steht ihr euch nah?«

Suze. Daniel seufzte. »Nein. Ich hätte es gern, aber es ist nicht so.«

»Es ist kein Wunder, dass sie sich zurückzieht. Ihr beide habt eure Eltern verloren. Obwohl sie schon ein paar Monate tot waren, habt ihr es ja erst vergangene Woche erfahren.«

Daniel stieß ein freudloses Lachen aus. »Unsere Eltern waren, schon lange bevor Simon sie umgebracht hat, für uns gestorben. Wir waren wohl das, was man eine dysfunktionale Familie nennt.«

»Weiß Susannah von den Bildern?«

»Ja. Sie war dabei, als ich sie Ciccotelli gab.« Und Suze wusste viel über Simon, mehr, als sie ihm verraten hatte, dessen war er sich sicher.

»Und?«

Er sah sie an. »Was meinst du?«

»Du sahst aus, als wolltest du noch etwas sagen.«

»Nein, ich kann nicht. Selbst wenn ich es wollte.« Seine Schwester arbeitete in New York für die Staatsanwaltschaft und lebte allein mit ihrem Hund. Wieder fielen ihm die Bilder und Gretchen Frenchs gequälte Miene ein.

Dieselbe Qual hatte er bei Susannah wahrgenommen, als er sie gefragt hatte, was Simon ihr angetan hatte. Sie hatte es ihm nicht sagen können, aber Daniel fürchtete, dass er es schon wusste. Er räusperte sich und konzentrierte sich auf das, was momentan wichtig war. »Ich denke, Fulmore hat deine Schwester wirklich nicht umgebracht.«

Alex betrachtete ihn abschätzend, ohne überrascht zu sein. »Und was bringt dich dazu?«

»Erstens glaube ich seiner Version der Geschichte. Du hast selbst gesagt, dass er ja schon lebenslänglich sitzt, was also sollten wir ihm noch antun können? Was hätte er durch eine Lüge zu gewinnen?«

»Nun, er will in Berufung gehen.«

Er hörte einen Hauch Panik in ihrer Stimme. »Alex, Schatz, ich glaube, er könnte ein Recht darauf haben. Hör mir zu und versuche einen Moment zu vergessen, dass das Opfer deine Schwester war. Er hat wiederholt gesagt, dass er ihr das Gesicht zerschlagen hat. Jetzt denk bitte als Krankenschwester, die du bist. Wenn Alicia noch gelebt hätte oder er sie gerade erst getötet hätte, bevor er so wüst auf sie eingeschlagen hat …«

»Dann hätte es weit mehr Blut geben müssen«, murmelte sie. »Er wäre blutüberströmt gewesen.«

»Aber das war er nicht. Wanda, die Sekretärin des Sheriffs, hat gesagt, er hätte Blut auf den Hosenaufschlägen gehabt. Alicia musste schon eine Weile tot gewesen sein, als er sie fand.«

»Aber vielleicht hat sich Wanda geirrt.« Ihre Stimme klang nun nahezu verzweifelt, und er erkannte, dass sie Fulmore unbedingt als Täter sehen wollte. Aber warum mochte es ihr so wichtig sein?

»Das werden wir wohl nie erfahren«, sagte er leise. »Alle Beweise sind vernichtet. Die Decke, Fulmores Kleidung, das Eisen … weg. Ich muss einfach davon ausgehen, dass Wanda die Wahrheit gesagt hat, bis ich das Gegenteil beweisen kann. Und falls Wanda recht hat, war Alicia bereits tot, als Fulmore im Graben landete.«

Sie befeuchtete ihre Lippen. »Er kann sie umgebracht und eine Weile gewartet haben. Aber … das ergibt ja keinen Sinn, nicht wahr? Hätte er sie getötet, wäre er vermutlich weggerannt und nicht zurückgekommen, um auf sie einzuschlagen und anschließend gemütlich in einem Autoteilelager zu randalieren.« Sie seufzte. »Noch etwas?«

»Jede Menge. Wenn ihre Arme derart schlaff und wie Gummi waren …« Er spürte, wie sie neben ihm reglos verharrte. »Alex? Was ist?«

Sie schloss die Augen und biss die Zähne zusammen. »Ich kann mich nicht erinnern.«

»Aber es bringt die Schreie zurück, richtig?« Sie nickte, und er führte ihre Hand an die Lippen. »Verzeih mir, dass ich dich dem aussetze.«

»Da war Donner«, sagte sie unerwartet. »An dem Abend. Blitz und Donner.«

Es war wieder hell, hatte Fulmore gesagt. Gewitter. Und offenbar hatte es schon vorher eines gegeben. Er musste das überprüfen. »Es war im April«, sagte er. »Da sind Unwetter üblich.«

»Ich weiß. Am Tag war es heiß gewesen. In der Nacht war es nicht viel besser.«

Daniel warf ihr einen kurzen Blick zu, dann sah er wieder auf die Straße, wo der Verkehr nun zu stocken begann. »Aber du hast trotzdem durchgeschlafen«, sagte er leise. »Von dem Moment an, als du aus der Schule kamst, bis deine Mutter dich am nächsten Morgen weckte. Dir ging es nicht gut.«

Sie öffnete den Mund, schloss ihn wieder. Als sie sprach, klang ihre Stimme kühl. »Wenn Alicias Körper schlaff war, hatte die Totenstarre noch nicht eingesetzt. Sie kann noch nicht lange tot gewesen sein, wenn er die Wahrheit sagt.«

»Aber du denkst immer noch, dass er lügt.«

»Vielleicht. Aber falls er sie nicht getötet hat … Gary Fulmore hat verdammt lange im Gefängnis gesessen.«

»Das ist wahr.« Er trommelte mit den Fingern auf das Lenkrad, als der Verkehr nun zum Stehen kam. Daniel befand sich auf der linken Spur. Verdammt, sie würden schon wieder zu spät kommen. »Fulmore hat eine verflucht klare Erinnerung an eine Nacht, die schon so lange her ist. Zumal er ja angeblich voll auf Angel Dust war.«

»Vielleicht hat er sich die Geschichte ausgedacht«, sagte Alex und ließ die Schultern hängen. »Oder er hatte gar kein PCP genommen.«

Was genau der Punkt war, der ihn am meisten beschäftigte. Frank Loomis hatte ihn verhaftet, und zu viele Einzelheiten passten nicht zueinander. »Randy Mansfield meinte, sie hätten ihn nur mit drei Mann festhalten können. Das klingt nach jemandem, der auf PCP ist.«

»Aber das war Stunden später. Da hatten sie Alicia schon gefunden.«

»Alex, was geschah, nachdem man Alicia entdeckt hatte? Bei dir zu Hause, meine ich?«

Sie schauderte. »Meine Mutter hatte jeden in der Stadt angerufen und nach Alicia gefragt. Sofort nachdem sie ihr Bett leer vorgefunden hatte.«

»Leer oder unbenutzt?«

»Unbenutzt. Man ging davon aus, dass sie sich aus dem Haus geschlichen hatte, als wir alle schliefen.«

»Hattet ihr euch ein Zimmer geteilt?«

Alex schüttelte den Kopf. »Zu dem Zeitpunkt nicht. Alicia war immer noch sauer auf mich wegen der Tätowierung. Sie war vorübergehend bei Bailey eingezogen.« Sie grinste reuig. »Ich wurde abgestraft.«

»Wie lange nach dem Geburtstag habt ihr euch tätowieren lassen?«

»Eine Woche danach. Sie war erst eine Woche sechzehn.« *Und du auch, mein Herz.* »Glaubst du, Bailey hat gewusst, dass Alicia in der Nacht wegwollte?«

Sie deutete ein Achselzucken an. »Bailey behauptete, nein. Aber Bailey war damals selbst ziemlich rebellisch. Sie log, ohne mit der Wimper zu zucken, wenn sie dadurch verhindern konnte, dass sie Ärger bekam. Also weiß ich es nicht. Ich weiß allerdings noch, dass ich mich immer noch krank fühlte. Irgendwie …« – sie verharrte wieder reglos – »… verkatert.«

»Zum Beispiel von Drogen?«

»Vielleicht. Aber niemand hat mich je danach gefragt, weil ich ja später …« Sie schloss die Augen und verzog das Gesicht. »Du weißt schon.«

Weil sie später am Tag die Tranquilizer geschluckt hatte, die ihrer Mutter verschrieben worden waren. »Ja, ich weiß. Wie hast du davon erfahren, dass man Alicias Leiche gefunden hatte?«

»Die Porter-Jungs entdeckten sie und rannten zu Mr. Monroes Haus. Mrs. Monroe wusste, dass Mama nach Alicia gesucht hatte, also rief sie sie an. Mama war noch vor der Polizei da.«

Daniel schnitt eine Grimasse. »Deine Mutter hat sie also so gefunden, wie sie war?«

Ihr Schlucken war hörbar. »Ja. Später waren sie noch im Leichenschauhaus, um sie … zu identifizieren.«

»Sie? Mehrzahl?«

Sie nickte. »Meine Mutter.« Sie wandte den Kopf und sah durchs Seitenfenster auf die Autokolonne neben ihnen. Ihr ganzer Körper versteifte sich. »Und Craig. Als sie nach Hause kamen, war meine Mutter hysterisch, schrie und weinte … *Er* hat ihr die Tabletten gegeben.«

»Craig?«

»Ja. Und dann ist er zur Arbeit gegangen.«

»Wie bitte? Er ist zur Arbeit gegangen? Er hat euch allein gelassen?«

»Ja«, stieß Alex bitter hervor. »Er war schon ein wahrer Ritter.«

»Er hat also deiner Mutter Beruhigungstabletten gegeben. Und dann?«

»Mama weinte so sehr, also kroch ich zu ihr ins Bett, und sie schlief ein.«

Alex war wieder blass geworden und hatte zu zittern begonnen. Der

Verkehr hatte sich keinen Zentimeter voranbewegt, also nahm Daniel den Gang raus und beugte sich hinüber, um sie in den Arm zu nehmen.

»Und was geschah dann, Liebes?«

»Ich wachte auf, und sie war nicht mehr da. Dann hörte ich sie schreien und lief die Treppe hinunter …« Abrupt riss sie sich los, stieß die Tür auf und hetzte aus dem Wagen.

»Alex!« Daniel sprang aus dem Wagen, als sie an den Straßenrand lief, dort auf die Knie sank und trocken zu würgen begann. Er kniete sich neben sie und rieb ihr den Rücken.

Einige Autofahrer hatten die Szene interessiert beobachtet. Einer von ihnen ließ sein Fenster herab. »Brauchen Sie Hilfe? Soll ich den Notruf wählen?«

Daniel wusste, dass die Fotohandys hervorkommen würden, sobald jemand Alex erkannte, also lächelte er reuig. »Nein, danke. Nur Morgenübelkeit, die ein bisschen spät am Tag eingesetzt hat. Wir kommen klar.« Er wandte sich ihr wieder zu und flüsterte: »Kannst du aufstehen?«

Sie nickte. Ihre Stirn glänzte feucht. »Es tut mir leid.«

»Unsinn. Muss es nicht.« Er schlang den Arm um ihre Taille und zog sie auf die Füße. »Komm. Verschwinden wir von hier.« Er blickte die Straße entlang. »Die nächste Ausfahrt ist drei Meilen entfernt. Ich könnte das Warnlicht einschalten, aber damit würden wir Aufmerksamkeit auf uns ziehen.«

»Na ja, das habe ich wohl gerade schon getan«, murmelte sie.

»Die Leute glauben, dass du schwanger bist. Zeig dein Gesicht nicht, dann haben sie keinen Grund, daran zu zweifeln.« Er führte sie zum Wagen zurück und bugsierte sie hinein. »Halt den Kopf unten.« Er glitt hinter das Steuer und lenkte das Auto auf den begrünten Mittelstreifen links von ihm. Die missmutigen Blicke der anderen Fahrer ignorierte er.

»Du wirst einen Strafzettel kriegen«, murmelte sie, und er grinste und streckte den Arm aus, um ihren Nacken zu massieren, bis er spürte, dass sich ihre Muskeln ein wenig entspannten.

»Ihr schwangeren Frauen seid ziemlich reizbar«, sagte er, und sie kicherte.

Er fuhr auf den nächsten Nothalt und bog dann auf die entgegenkommende Straße ein, auf der die Autos wenigstens im Schneckentempo vorwärtskamen. Dort schaltete er die Warnlampe ein, und der Verkehr teilte sich wie das Rote Meer. »Wir fahren über die kleineren Straßen. Soll ich anhalten und dir Wasser besorgen?«

295

Langsam kehrte die Farbe in ihre Wangen zurück. »Ja, das wäre nett. Danke, Daniel.«

Er runzelte die Stirn. Musste sie ihm ständig danken? Musste sie ständig einen Anlass dazu haben?

Er wünschte, er hätte in ihren Kopf sehen und herausfinden können, was diese heftige, körperliche Reaktion verursachte. Ihre Cousine hatte recht. Sie mussten der Sache auf den Grund gehen, und Hypnose schien die beste Methode zu sein.

Mittwoch, 31. Januar, 18.15 Uhr

Sie hatten lange genug dafür gebraucht, dachte er. Auf dem Bildschirm war das Foto des Jungen zu sehen, der, wie der Nachrichtensprecher sagte, von der Polizei gesucht wurde. Er war kein besonders cleverer Bursche, aber er hatte alles genau so getan, wie er es ihm aufgetragen hatte.

Dumm, dass er nun sterben musste, aber … *so laufen die Dinge eben.* Der Junge war mit allem aufgewachsen, was man mit Geld kaufen konnte. Nun war es an der Zeit, die Zeche zu zahlen oder zumindest für die Sünden des Vaters zu büßen. Nun, im Falle dieses Jungen für die Sünden des Großvaters.

Wer hätte gedacht, dass reiche Kinder einsam sein könnten? Aber er war es gewesen. Er war so aufgeregt gewesen, endlich einen Freund zu haben, so eifrig, zu helfen, wo immer er konnte.

Er würde dem Burschen einen schmerzlosen Tod bereiten. Eine Kugel direkt in den Kopf. Der Junge würde tot sein, bevor er auf dem Boden aufschlug.

17. Kapitel

Atlanta, Mittwoch, 31. Januar, 18.45 Uhr

CHASE WARTETE UNGEDULDIG am Konferenztisch, als sie ankamen. »Alles okay mit Ihnen, Alex?«

»Nur Morgenübelkeit, die ein bisschen spät am Tag eingesetzt hat«, murmelte Alex reumütig.

Chase riss die Augen auf. »Sie sind *schwanger?*«

Er sagte es so laut, dass Daniel zusammenfuhr. »Nein. Unfug.« Daniel zog einen Stuhl für Alex heran und drückte sie sanft darauf nieder. »Alex wurde auf der Heimfahrt übel, und ich wollte nicht noch mehr Aufmerksamkeit auf uns ziehen. Also habe ich das behauptet.«

Daniel begann, ihr den Nacken und die Schultern zu massieren. Inzwischen wusste er, wo sie es gern hatte. Nun, vielleicht kannte er noch nicht alle Stellen. Heute Morgen hatte er es zu eilig gehabt, aber das nächste Mal würde er sich mehr Zeit lassen. Sobald er sie in einem richtigen Bett hatte. Es zahlte sich immer aus, gründlich vorzugehen. Chase räusperte sich betont. »Ich bin froh, dass Sie einen klaren Kopf behalten haben«, sagte er trocken.

Daniel wurde unter dem wissenden Blick seines Vorgesetzten rot. »Wo sind die anderen? Wir sind doch schon zu spät.«

»Jeder ist heute spät dran. Ich habe das Meeting auf sieben verschoben.«

»Und wo ist Hope?«, fragte Alex. »Ist Dr. McCrady weitergekommen?«

»Ein wenig.« Chase lehnte sich an den Tisch und verschränkte die Arme vor der Brust. »Wir wissen jetzt, dass der ›Zauberstab‹ eine Flöte ist. Mary McCrady hat ihr eine gezeigt, und das Mädchen hat sofort begonnen, die Melodie zu summen. Der Zeichner hat das Foto von Craig Crighton genommen und einige Zeichnungen entworfen, wie er ihn sich älter und mit Bart vorstellte, Miss Fallon. Anschließend hat er das Bild mit anderen von älteren Männern gemischt, und Hope hat Crightons Zeichnung sofort herausgepickt.«

Alex presste die Kiefer zusammen, versuchte aber, sich nichts anmerken zu lassen. »Hat Agent Hatton im Woodruff Park etwas erreicht?«

»Nicht viel. Er hat erfahren, dass Crighton ziemlich jähzornig ist und

297

immer wieder Streit anfängt. Die meisten der Säufer im Park mochten nicht einmal über ihn reden.«

»Ist er je aufgegriffen worden?«, wollte Daniel wissen.

»Es liegt zumindest keine Akte vor.« Chase warf Alex einen vorsichtigen Blick zu. »Einer der Obdachlosen meinte, er hätte Craig gestern Abend spät mit einer Nonne streiten sehen.«

Alex beugte sich vor. »Gott, Sie meinen … dass Craig Schwester Anne zusammengeschlagen hat?«

»Tja, tut mir leid«, sagte Chase. »Mir scheint, Crighton will nicht gefunden werden.«

Müde schüttelte sie den Kopf. »Ich denke immer, es könnte nicht schlimmer kommen, aber dann geschieht es doch. Wo sind Hope und Meredith jetzt?«

»Essen in der Cafeteria zu Abend«, gab Chase zurück. »Wenn sie fertig sind, lasse ich sie von zwei weiblichen Agents zu einem sicheren Haus bringen. Eine wird bei ihnen bleiben, die andere wird Sie in Ihrem Haus in Dutton treffen, um die Sachen abzuholen.«

»Danke. Nun haben Sie sicherlich noch zu arbeiten. Ich setze mich zu Hope und Meredith.«

Daniel sah ihr nach und wünschte, er könnte irgendetwas tun, um ihre Angst und ihre Sorgen zu mildern. Gleichzeitig hatte er ein schlechtes Gewissen, dass ihm das Bild von ihr in einem großen Bett nicht aus dem Kopf gehen wollte. Mit einem inneren Seufzer wandte er sich wieder zu Chase um, der ungläubig den Kopf schüttelte.

»Ich hätte es mir denken können. Sie konnten wohl doch nicht auf dem Sofa bleiben, was?«

Daniel versuchte vergeblich, sein Grinsen zu unterdrücken. »Tatsächlich doch.«

Chase verdrehte die Augen gen Himmel. »Herrgott noch mal, Daniel. Wie alt sind Sie denn – auf dem Sofa?«

Daniel zuckte die Achseln. »Na ja, es bot sich gerade an.«

»Was denn?«, fragte Ed, der mit einem Ordner in der Hand durch die Tür kam.

Chase' Lippen zuckten. »Vergessen Sie's.«

»Dann muss es gut gewesen sein«, brummte Talia, die Ed auf den Fersen folgte. »Ich habe eben die Doktorinnen McCrady und Berg auf dem Parkplatz gesehen, und Hatton und Koenig sind auch auf dem Weg.«

Fünf Minuten später hatten sich alle am Tisch versammelt. Mary Mc-Crady hatte sich am entfernteren Ende niedergelassen und bearbeitete andere Fälle, solange sie sie nicht brauchten, und Daniel bemerkte, dass sich Felicity neben Koenig gesetzt hatte – so weit wie möglich von Daniel entfernt. Es machte ihn ein wenig traurig, aber er wusste nicht, was er dagegen unternehmen sollte, also konzentrierte er sich auf die vor ihm liegende Aufgabe. »Koenig, Sie zuerst.«

»Der Schütze aus der Pizzeria vergangene Nacht heißt Lester Jackson. Ellenlanges Vorstrafenregister. War öfter im Knast als draußen. Der Cop von dem Underground-Einkaufszentrum sagt, er sei zu fünfundsiebzig Prozent sicher, dass es sich um denselben Kerl handelt, der Miss Fallon zu überfahren versucht hat. Bei dem Wagen war er sich ganz sicher.«

»Wissen wir, wie Jackson gestern Nacht nach Dutton kam?«, fragte Chase.

»Wir haben ein Handy in seinem Auto gefunden«, sagte Ed. »Er hat gestern drei Anrufe von derselben Nummer bekommen und ebendiese Nummer einmal angerufen.«

Chase rieb sich das Kinn. »Was ist da genau passiert?«

»Ich habe heute Morgen Deputy Mansfields Aussage aufgenommen«, fuhr Koenig fort. »In der Pizzeria ist der Alarm ausgelöst worden. Mansfield hat dem ersten Polizisten, der dort ankam, gesagt, er solle auf Verstärkung warten. Das hat dieser aber nicht getan. Mansfield hörte die Schüsse, als er beinahe dort war. Er rannte hinein und sah gerade noch, wie Jackson Officer Cowell erschoss. Als der Mann die Waffe auf ihn richtete, feuerte er in Notwehr. So jedenfalls hat es Mansfield mir erzählt.« Koenig zog die Brauen hoch. »Und so kann es nicht gewesen sein. Deswegen ist Felicity hier.«

»Die CSU hat vier Waffen eingesammelt«, sagte Felicity. »Jacksons .38, Sheilas .45 und zwei Neun-Millimeter, die den Deputys Cowell und Mansfield gehörten. Deputy Cowell wurde zweimal aus der .38 getroffen. Beide Schüsse wären tödlich gewesen. Und tatsächlich muss ihn der erste bereits umgebracht haben. Hat ihn aus einer Entfernung von zehn Fuß in den Hals getroffen.«

»Das ist ungefähr die Entfernung vom Tresen bis zu der Stelle, an der Deputy Cowell zu Boden gegangen ist«, sagte Daniel. »Und die zweite Kugel?«

»Er war schon tot, als sie in sein Herz drang«, sagte Felicity, »und zwar aus nächster Nähe.«

»Also stand Jackson an der Kasse hinter dem Tresen, erschoss Cowell, kam dann herum und feuerte noch einmal, um sicherzugehen.« Daniel schüttelte den Kopf. »Bastard.«

»Cowell hat Jackson in den Arm getroffen«, sagte Koenig. »Sheila hat ihre Waffe nicht abgefeuert.«

Daniel erinnerte sich wieder an das grauenhafte Bild Sheilas, die, die Hände noch um die Waffe, wie eine weggeworfene Puppe an der Wand gelehnt hatte. »Sie muss vor Angst erstarrt gewesen sein.«

»Jackson hat zweimal auf sie geschossen«, fuhr Felicity fort. »Aber der Eintrittswinkel zeigt, dass er keinesfalls hinter dem Tresen gestanden hat. Sondern noch bei dem toten Deputy.«

»Und genau da liegt das Problem«, sagte Koenig. »Wir erinnern uns: Mansfield hat gesagt, er hätte Jackson erschossen, sobald er in der Pizzeria war, weil er sah, wie dieser seinen Deputy umlegte.«

»Aber Jackson stand noch nicht oder nicht mehr hinterm Tresen.« Daniel presste die Fingerspitzen gegen die Schläfe. »Also irrt sich Mansfield, was den zeitlichen Ablauf betrifft, oder er hat gewartet, bis Jackson wieder an der Kasse war, und hat ihn dann erschossen.«

Felicity nickte. »Die Kugel, die Jackson traf, ist von schräg unten eingedrungen. Sie ist glatt ausgetreten, sodass man davon ausgehen kann, dass sich Mansfield in der Hocke befand, als er seine Waffe abgefeuert hat.«

»Und«, fügte Koenig hinzu, »der Eintrittswinkel lässt auch darauf schließen, dass Mansfield neben seinem toten Deputy in die Hocke gegangen war.«

»Aber warum sollte er lügen?«, fragte Talia. »Mansfield ist ein Deputy Sheriff. Er muss doch wissen, dass uns die Ballistik die Wahrheit sagen wird.«

»Weil er davon ausgegangen ist, dass die Sache intern untersucht wird«, sagte Daniel leise. »Er dachte, dass Loomis den Fall übernimmt. Nicht wir.«

Chase' Miene war grimmig. »Wir können also davon ausgehen, dass das Sheriffbüro in Dutton ein falsches Spiel treibt.«

Daniel war noch immer nicht gewillt, dies einfach zu akzeptieren. »Ich weiß es nicht. Ich weiß allerdings, dass damals bei den Ermittlungen im Fall Alicia Tremaine nichts richtig gemacht worden ist. Es gibt keine Fotos des Fundorts, die Beweise sind nachlässig archiviert worden, sodass sie durch das Hochwasser vernichtet werden konnten, und es gibt in der Akte keinerlei Polizeiberichte oder Zeugenaussagen. Meiner Meinung nach könnte Fulmore zu Unrecht sitzen. Zumindest versucht jemand, etwas zu verbergen.«

»Ich hatte übrigens mit dem Autopsiebericht von damals auch keinen Erfolg«, sagte Felicity. »Dr. Granville behauptet, sein Vorgänger habe seine Papiere nicht ordentlich abgeheftet.«

»Aber der Bericht müsste sich doch in der Prozessakte befinden«, gab Talia zu bedenken.

»Da ist er aber nicht«, sagte Daniel. »Leigh hat die Unterlagen heute Morgen bekommen. Ziemlich dünne Akte. Nichts Wesentliches drin.«

»Was ist mit dem Richter und dem Staatsanwalt von damals?«, hakte Talia nach.

»Der eine ist tot, der andere lebt als Einsiedler irgendwo in den Bergen.«

»Jedenfalls sieht es nicht gut für Loomis aus«, schloss Chase. »Ich werde das Büro des Staatsanwalts informieren müssen.«

Daniel seufzte. »Ja, sicher. Aber wir müssen noch herausfinden, was oder wer Jackson gestern Abend nach Dutton geführt hat. Diese Person ist auch unsere Verbindung zu dem Anschlag auf Alex.«

»Jackson tätigte den Anruf an besagte Nummer gestern direkt nach dem misslungenen Mordversuch«, sagte Koenig. »Wahrscheinlich, um seinem Auftraggeber zu sagen, dass er es vermasselt hat.«

»Wir müssen herausfinden, wem die Nummer gehört«, sagte Chase.

»Das erledige ich morgen«, sagte Koenig und unterdrückte ein Gähnen. »Ich war die ganze Nacht auf, um Fallons Haus zu beobachten. Ich könnte Schlaf gebrauchen.« Er stupste Hatton neben ihm in die Seite. »Wach auf, Süßer.« Hatton bedachte seinen Partner mit einem grimmigen Blick. »Ich habe nicht geschlafen.«

»Ich habe Daniel bereits erzählt, was Sie über Craig Crighton herausgefunden haben«, sagte Chase. »Wenn es von Ihrer Seite sonst nichts mehr gibt, können Sie gern Feierabend machen.«

Hatton schüttelte den Kopf. »Ich hau mich hier ein wenig aufs Ohr, dann fahre ich noch mal nach Peachtree und Pine, um nach Crighton zu suchen. Ich habe einen Tipp bekommen, wo er sich manchmal aufhält. Und ich werde mich passender anziehen. Heute Nachmittag war ich zu auffällig gekleidet.«

»Dann gehe ich lieber mit dir«, sagte Koenig. »Ich mache einen auf Penner und schlurfe immer zehn Schritte hinter dir her.«

Chase lächelte. »Dann sage ich der Streife in der Gegend, dass Sie und der Penner im Anmarsch sind.«

Felicity Berg erhob sich ebenfalls. »Bei mir gibt es sonst auch nichts Neues. Ich bin dann weg.«

»Danke, Felicity«, sagte Daniel aufrichtig, und sie schenkte ihm ein kleines Lächeln.

»Gern geschehen. Schleppen Sie mir nur nicht noch mehr Leichen an, okay?«

Einer seiner Mundwinkel hob sich. »Ja, Ma'am.«

Als die drei fort waren, wandte sich Chase an Ed. »Das Haar.«

»Die DNS stimmt exakt mit Alex' überein«, sagte Ed ohne Umschweife.

Daniel schwand der Mut. Nun musste er Alex nicht nur von dieser beängstigenden Tatsache berichten, sondern ihr auch beichten, dass er ohne ihre Zustimmung eine Probe von ihrem Haar genommen hatte. Er bewies wirklich allergrößtes Talent, das Vertrauen dieser Frau zu gewinnen.

»Mist«, murmelte Chase.

»Wir hätten es ihr eher sagen sollen«, brummte Daniel zurück. »Jetzt sitze ich in der Klemme.«

»Was hast du denn gemacht?«, wollte Talia wissen.

»Er hat von Alex ohne ihr Wissen eine Haarprobe genommen«, sagte Ed, und Talia verzog das Gesicht.

»Ganz schlecht, Danny. Du *sitzt* in der Klemme.«

»Ihnen wird schon eine Ausrede einfallen«, sagte Chase gönnerhaft.

»Wie wär's mit der Wahrheit?«, rief Mary McCrady vom Ende des Tischs, und Daniel bedachte sie mit einem missmutigen Blick. Sie zuckte die Achseln. »Ich meine ja nur.«

»Mist, verfluchter«, murrte Daniel. »Warum höre ich eigentlich auf Sie, Chase?«

»Tja, vielleicht weil ich Ihr Boss bin. Wie auch immer, jetzt wissen wir, dass derjenige, der Claudia, Janet und Gemma umgebracht hat, irgendwie Zugang zu Haaren von einem der Zwillinge hatte. Die Frage ist nur – wie?«

»Vielleicht aus einer alten Bürste«, schlug Talia vor. »Wer hat Alicias Sachen übernommen, nachdem sie gestorben war?«

»Gute Frage«, sagte Daniel. »Ich reiche sie an Alex weiter. Talia, was hast du in Erfahrung gebracht?«

»Ich habe mit Carla Solomon und Rita Danner gesprochen. Ihre Geschichten ähneln der von Gretchen French sehr. Immer derselbe Tathergang, bis hin zur Whiskyflasche. Als ich wieder zurück war, habe ich Leigh mit den Jahrbüchern geholfen, und tatsächlich ist es uns gelungen, die letzten neun Opfer zu identifizieren. Alle gingen auf eine der drei öffentlichen Schulen zwischen Dutton und Atlanta. Keine war auf der Privatschule, die die ermordeten Frauen besuchten, eine Verbindung gibt es hierüber also nicht.«

Daniel dachte an seine Schwester Susannah und fragte sich, ob es nicht vielleicht doch ein Opfer gegeben hatte, das auf die Bryson Academy gegangen war. *Ich muss mit Suze sprechen. Heute noch.*

»Leben die anderen Vergewaltigungsopfer noch?«, fragte Daniel, und Talia nickte.

»Vier sind in einen anderen Bundesstaat gezogen, aber die anderen leben noch in Georgia. Ich muss Reisegeld beantragen, um die vier außerhalb zu besuchen. Und, Daniel? Was ist im Gefängnis passiert?«

Daniel informierte sie in allen Einzelheiten, und Mary stand vom Tischende auf, um sich zu ihnen zu setzen.

»Sie denken also, Gary Fulmore könnte unschuldig sein?«, wollte sie wissen.

»Ich weiß nicht, aber die Geschichten passen alle nicht zueinander. Und Alex schien entsetzt bei dem Gedanken, dass vielleicht ein anderer und nicht Fulmore der Täter sein könnte. Entsetzter, als sie es gewesen war, als er erzählte, wie er auf Alicia eingeschlagen hat.«

»Nur wenn sie an Fulmore als Täter glaubt, kann sie so etwas wie einen Abschluss finden, Daniel«, sagte Ed mitfühlend.

»Tja, vielleicht.« Er wandte sich an Mary. »Während Fulmore von dem Ring erzählte, den er an Alicias Hand gelassen hatte, starrte Alex wie in Trance auf ihre Finger.«

»Hat sie Ihnen erzählt, dass ihre Cousine und ich uns über eine mögliche Hypnose unterhalten haben?«

Daniel nickte. »Und ich halte das für eine gute Idee. Eigentlich. Aber kann so etwas nicht alles noch schlimmer machen?«

»Nein. Die Hypnose bewirkt nur, dass die gewohnten Schutzmechanismen nicht in Kraft treten, weil der Patient entspannt ist. Ich denke, wir sollten es so bald wie möglich versuchen.«

»Wie wäre es mit heute Abend?«, fragte Daniel.

»Ihre Cousine dürfte ihr gerade dasselbe vorschlagen.«

303

»Gut. Also fahren wir, sobald wir hier fertig sind, zu Baileys Haus«, sagte Daniel. »Aber zuerst sollten wir die potenziellen Mitglieder dieser Vergewaltigertruppe auflisten. Wir verdächtigen Wade, Rhett und Simon. Alle drei haben im selben Jahr ihren Abschluss gemacht. Sie waren in dem Frühling, in dem Alicia ermordet wurde, in der elften Klasse, stimmt's?«

»Aber Gretchens Vergewaltigung passierte fast ein Jahr vorher«, rief Talia ihm in Erinnerung.

Daniel seufzte. »Das Jahr, in dem man Simon von der Bryson Academy warf und er in die Jefferson High geschickt wurde. Das passt zeitlich. Er ist damals auch sechzehn gewesen.«

Chase holte einen Stapel Blätter aus einer der Kisten, die auf dem Tisch standen. »Leigh hat Kopien von den Jahrbuchfotos aller Jungen gemacht, die mit Simon auf die städtische Schule gegangen sind. Dies hier« – er holte den nächsten Stapel hervor – »sind die Jungen, die auf die anderen Highschools gegangen sind, Ihre Schickeria-Schule eingeschlossen, Daniel.« Chase zog amüsiert die Brauen hoch. »Bei Ihnen hieß es, ›wird aller Voraussicht nach Präsident der Vereinigten Staaten‹.«

Daniel brachte ein müdes Schnauben heraus, das ein Lachen sein sollte. »Aber das hier sind zu viele. Wo sollen wir anfangen?«

»Leigh hat sie in Tabellen eingetragen, sodass wir sie besser sortieren können, und ist dabei, den Aufenthaltsort aller herauszufinden. Die, die gestorben sind, können wir schon streichen, und da die Täter auf den Fotos ohne Ausnahme weiß sind, können wir uns auch die Minderheiten sparen.«

Daniel starrte auf die Stapel, beinahe betäubt bei dem Gedanken an die vielen Stunden, die es dauern würde, diese Personen allesamt zu überprüfen. Er blinzelte und schob den Stapel zunächst mental beiseite. »Chase. Was ist mit den reichen Mädchen?«

»Ich habe eine Liste aller Mädchen, die im selben Jahr wie Claudia, Gemma und Janet an der Bryson Academy ihren Abschluss gemacht haben. Leigh und ich haben bereits so viele angerufen, wie wir erreichen konnten, und sie gewarnt. Die meisten hatten schon die Nachrichten gehört und sich ihren Teil gedacht. Einige haben ohnehin einen Leibwächter, und ein paar wollen sich noch einen leisten. Mit den anderen versuchen wir, morgen Kontakt aufzunehmen.«

Mary beugte sich vor und drückte Daniels Arm. »Dr. Fallon und

Hope sollten jetzt mit dem Abendessen fertig sein. Sollen wir gehen und fragen, ob Alex heute Abend für die Hypnose bereit ist?«

Er nickte grimmig. »Ja. Bringen wir es hinter uns.«

Dutton, Mittwoch, 31. Januar, 21.00 Uhr

»Hope schläft bei Agent Shannon im Wagen«, sagte Meredith, als sie in den Überwachungsbus stieg. Meredith hatte sich geweigert, Alex bei der Hypnose allein zu lassen, und Hope hatte sehr bestürzt reagiert, als Agent Shannon sie allein zum sicheren Haus bringen wollte, daher hatten sie sie mitgenommen. »Ein Glück, dass sie auf der Fahrt hierher eingeschlafen ist. Ich weiß nicht, wie sie auf das Haus reagieren würde. Hast du so etwas schon miterlebt?«

Meredith setzte sich neben Daniel auf einen der Klappstühle. Ed kontrollierte die Videoschirme, und McCrady stand mit Alex auf der Veranda. Alex wirkte ruhig, nahezu unheimlich ruhig. Meredith dagegen war ein Nervenbündel.

»Entspann dich, Meredith«, sagte Daniel. »Sie macht das schon.«

»Ja, ich weiß. Ich wäre nur gern bei ihr.« Sie verschränkte die Hände in ihrem Schoß. »Wahrscheinlich sollte ich die Ruhige sein. Ich habe das nämlich schon einmal mitgemacht.«

McCrady hatte gesagt, dass außer Therapeut und Patient niemand dabei sein sollte, und das war die übliche Vorgehensweise. Aber Daniel konnte nachvollziehen, wie sich Meredith fühlte. »Ich will auch bei ihr sein. Aber da es nicht geht, behalten wir sie von hier aus im Auge.«

Mit dem für ihn typischen mitfühlenden Blick drehte Ed den Monitor ein wenig zu Meredith. »Können Sie etwas sehen?«

Sie nickte. »Ich komme mir vor wie eine Voyeurin«, sagte sie düster.

»Wäre ja nicht das erste Mal«, murmelte Daniel.

Nach einem Moment schockierter Stille begann Meredith zu kichern. »Vielen Dank, Daniel. Das brauchte ich.«

Ed räusperte sich. »Sieht aus, als wollten sie anfangen.«

Auf dem Monitor war zu sehen, wie Mary und Alex das Wohnzimmer betraten. Mehr als eine Minute lang stand Alex zitternd da, und es kostete Daniel Kraft, nicht aufzuspringen und hineinzustürmen, um sie in die Arme zu ziehen. Marys Stimme drang tief und beruhigend durch den Lautsprecher, und schließlich setzte sich Alex in den Ledersessel, den Mary eine Stunde zuvor ins Haus hatte bringen lassen.

»Vielleicht muss sie Alex einige Male wieder aus der Trance herausholen, falls sie die Hypnose so vertiefen will, dass Alex auch durchs Haus geht«, murmelte Meredith.

Im Wohnzimmer hatte Alex nun die Füße hochgelegt und die Augen geschlossen. Dennoch wirkte sie extrem angespannt, und Daniels Herz krampfte sich zusammen.

Sie hatte Angst, große Angst. Aber er blieb sitzen und hörte zu, wie Mary Alex anwies, sich einen friedlichen Ort vorzustellen und dort hinzugehen.

»Und wenn ich das nicht kann?«, fragte Alex panisch. »Wenn ich keinen friedlichen Ort habe?«

»Dann denken Sie sich einen Moment, in dem Sie sich sicher gefühlt haben«, sagte Mary. »Glücklich.«

Alex nickte und seufzte, und Daniel hätte gern gewusst, was sie sich gerade vorstellte.

Mary sprach langsam und beruhigend, um Alex immer weiter, immer gründlicher zu entspannen.

»Macht ihr das oft bei Mordfällen? Hypnose von Zeugen?«, fragte Meredith.

Daniel begriff, dass sie reden musste, um sich abzulenken, und das war ihm nur recht. »Manchmal. Meistens um neue Spuren hervorzubringen. Allerdings habe ich noch nie ausschließlich aufgrund von Erinnerungen einen Fall bearbeitet. So etwas muss immer unabhängig verifiziert werden können. Erinnerungen sind fragile Gebilde und lassen sich nur allzu leicht manipulieren.«

»Klug«, bemerkte Meredith. Beide sahen auf den Monitor, wo Mary inzwischen dabei war, die Tiefe der Trance zu überprüfen. Alex sah zu, wie sich ihr Arm hob und oben blieb. »Alex hat schon immer an die Wirksamkeit einer Hypnose geglaubt. Das macht es für Mary leichter.«

»Daniel.« Ed deutete auf den Bildschirm. »Ich glaube, Mary hat sie jetzt so weit.«

Alex hielt beide Arme in die Luft und sah mit losgelöster Neugier von einem zum anderen. Nun befahl Mary ihr, die Arme sinken zu lassen, und sie gehorchte.

»Gehen wir zur Treppe«, sagte Mary und nahm Alex an der Hand. »Ich möchte, dass Sie an den Tag zurückdenken, an dem Alicia gestorben ist.«

»Der nächste Tag«, sagte Alex ruhig. »Es ist einen Tag später.«

»Gut«, sagte Mary. »Es ist einen Tag später. Sagen Sie mir, was Sie sehen, Alex.«

Alex schaffte es bis zur vierten Stufe und hielt dann an. Ihre Hände hielten das Geländer so fest umklammert, dass Daniel sogar auf dem Monitor die Knöchel weiß hervortreten sah.

»Genau bis dort ist sie auch gestern gekommen«, murmelte er. »Ich hatte befürchtet, dass sie einen Herzanfall bekommt, so hoch war ihr Puls.«

»Alex.« In Marys Stimme lag Autorität. »Gehen Sie weiter.«

»Nein«, sagte Alex gepresst. »Ich kann nicht. Ich kann nicht.«

»Gut. Dann sagen Sie mir, was Sie sehen.«

»Nichts. Es ist dunkel.«

»Wo sind Sie?«

»Hier. Genau hier.«

»Wollten Sie hinauf? Oder hinunter?«

»Runter. Oh, Gott.« Alex' Atmung beschleunigte sich, und Mary drückte sie sanft nieder, bis sie auf der Stufe saß. Dann holte sie sie aus der Trance, nur um sie wieder hineinzuversetzen.

Als Alex wieder unter Hypnose stand, begann Mary erneut. »Wo sind Sie?«

»Hier. Diese Stufe knarrt.«

»Gut. Ist es noch dunkel?«

»Ja. Ich habe das Licht nicht angemacht.«

»Warum nicht?«

»Ich will nicht, dass sie mich sehen.«

»Wer, Alex?«

»Meine Mutter. Und Craig. Sie sind unten. Ich höre sie unten.«

»Und was tun sie?«

»Sie streiten sich. Schreien sich an.« Sie schloss die Augen.

»Sie schreien.«

»Was schreien sie?«

»Ich hasse dich. Ich hasse dich.« Alex' Stimme war plötzlich verstörend ruhig und gleichmäßig.

»Ich wünschte, du wärst tot«, murmelte Daniel im selben Moment, als Alex die Worte monoton hervorbrachte. »Sie hat geglaubt, ihre Mutter hätte das zu ihr gesagt.«

»Aber sie hatte Craig gemeint«, bemerkte Meredith leise.

»Wer sagt das?«, fragte Mary nun.

»Meine Mutter. Meine Mutter.« Tränen strömten ihr nun über das Gesicht, aber ihre Miene war ausdruckslos. Puppenhaft. Eine dumpfe Vorahnung packte Daniel.

»Und was sagt Craig?«, fragte Mary.

»Sie hätte mit ihren knappen Shorts und dem Top darum gebettelt. Wade hat ihr nur gegeben, was sie wollte.«

»Und Ihre Mutter? Was antwortet sie darauf?«

Alex stand abrupt auf, und Mary erhob sich mit ihr. »Dein Schwein von einem Sohn hat meine Kleine umgebracht. Du hast ihn nicht daran gehindert.« Ihr Atem kam jetzt stoßweise, und ihre Stimme verhärtete sich. »Wade hat sie nicht umgebracht.« Sie trat eine Stufe hinab, und Mary streckte die Arme aus, um sie, falls sie stolperte, halten zu können. »Du hast sie genommen. Du hast sie genommen und in den Graben geworfen. Hast du gedacht, ich würde die Decke nicht erkennen? Ich würde nicht begreifen?«

Sie blieb stehen, und Daniel ahnte, dass sie den Atem anhielt. Auch er musste sich zwingen, auszuatmen. Neben ihm hatte Meredith zu zittern begonnen.

»Was sagen sie jetzt?«

Alex schüttelte den Kopf. »Nichts. Sie hat das Glas zerbrochen.«

»Was für ein Glas?«

»Ich weiß es nicht. Ich kann nichts sehen.«

»Dann gehen Sie dorthin, wo Sie etwas sehen können.«

Alex stieg die letzten Stufen herab und trat an die offene Tür zum Wohnzimmer.

»Können Sie jetzt sehen?«

Alex nickte. »Da liegen Scherben auf dem Boden. Ich bin darauf getreten. Meine Füße tun weh.«

»Weinen Sie?«

»Nein. Ich will nicht, dass sie mich hören.«

»Was für ein Glas hat Ihre Mutter zerbrochen, Alex?«

»Von der Vitrine, in der die Waffen sind. Sie hat seine Pistole. Sie zielt auf ihn und schreit.«

»O Gott«, murmelte Daniel. Meredith umklammerte seine Hand.

»Was schreit sie?«

»Du hast sie umgebracht, in Toms Decke gewickelt und wie Müll weggeworfen.«

»Wer ist Tom?«, fragte Daniel leise.

»Alex' Vater«, flüsterte Meredith voller Entsetzen. »Er ist gestorben, als sie fünf war.«

Alex stand vollkommen reglos da, die Hand an der Tür. »Sie hat seine Pistole, aber er will sie zurückhaben.«

»Was macht er?«, fragte Mary sehr ruhig.

»Er packt ihre Handgelenke, aber sie wehrt sich.« Neue Tränen begannen zu fließen. »Ich bringe dich um. Ich bringe dich um, wie du meine Kleine umgebracht hast.« Ihr Kopf pendelte von einer Seite zur anderen. »Ich habe sie nicht umgebracht. Wade hat sie nicht umgebracht. Du wirst nichts sagen. Ich lasse nicht zu, dass du was sagst.« Sie holte tief Luft.

»Alex?«, fragte Mary. »Was geschieht?«

»Sie hat dich gesehen. Sie hat mir gesagt, dass sie dich gesehen hat.«

»Wer hat etwas gesehen, Alex?«

»Ich. Sie sagt, ›Alex hat dich mit der Decke gesehen‹.« Dann fuhr sie zusammen. »Nein. Nein, nein, nein.«

»Was ist los?«, drängte Mary sanft, aber Daniel wusste es schon.

»Er verdreht ihren Arm, bis die Pistole unter ihr Kinn drückt. Er hat sie erschossen. Oh, Mama.« Alex lehnte den Kopf an den Türrahmen, schlang die Arme um den Oberkörper und begann, sich zu wiegen. »Mama.«

Meredith schluchzte und wischte sich die Tränen von den Wangen, aber es kamen weitere.

Daniel drückte ihre Hand fester. Sein Hals schmerzte zu sehr, als dass er atmen konnte.

Plötzlich hörte Alex auf. Wurde wieder vollkommen reglos.

»Alex.« Mary verlieh ihrer Stimme erneut Autorität. »Was geschieht jetzt?«

»Er sieht mich.« Panik durchzog ihre Worte. »Ich laufe weg. Ich muss weg.«

»Und dann?«

Alex drehte den Kopf, bis sie Mary ansah. »Nichts.«

»O mein Gott.« Neben ihm schluchzte Meredith leise. »Die ganze Zeit … die ganze Zeit hat sie das mit sich herumgeschleppt, und wir haben ihr nicht geholfen.«

Daniel zog sie an seine Seite. »Du wusstest es doch nicht. Woher hättest du es auch wissen sollen?« Aber seine Stimme war heiser, und als er seine Wangen berührte, fühlte er Tränen.

309

Meredith vergrub ihr Gesicht an seiner Schulter und weinte nun hemmungslos. An der Konsole hörte man Ed schlucken und weitertippen. Äußerlich gefasst, führte Mary Alex zurück zum Sessel und begann, sie aus der Trance zurückzuholen. Aber als Mary in die Kamera blickte, lag auch in ihren Augen ein entsetzter Ausdruck.

Den Arm noch immer um Merediths Schultern, holte Daniel sein Handy aus der Tasche und wählte Koenigs Nummer. »Vartanian«, sagte er. »Haben Sie Crighton schon gefunden?«

»Nein«, antwortete Koenig. »Hatton spricht gerade mit einer Gruppe von Obdachlosen. Einer meint, er hätte ihn vor zwei Stunden gesehen. Warum?«

Daniel schluckte. »Verhaften Sie ihn, falls Sie ihn aufspüren.«

»Okay«, sagte Koenig. »Wegen des Überfalls auf die Nonne.« Er machte eine Pause. »Und was noch, Daniel?«

Daniel hätte Schwester Anne beinahe vergessen. »Für den Mord an Kathy Tremaine.«

»Verdammt. Sie machen Witze, oder?« Koenig seufzte. »Alles klar. Ich melde mich, wenn Hatton mehr weiß.«

»Holen Sie sich Verstärkung, bevor Sie ihn schnappen.«

»Machen wir. Und sagen Sie Alex, dass es mir leidtut. Wegen ihrer Mutter.«

»Danke.« Er schob das Handy zurück in die Tasche und stieß Meredith sanft an. »Komm. Mary ist gleich fertig. Wir sollten da sein, wenn Alex aus dem Haus kommt.«

18. Kapitel

Dutton, Mittwoch, 31. Januar, 22.00 Uhr

ES WAR SURREAL, dachte Alex. Nun, da es vorbei war, nun, da sie es wusste …

Aber vielleicht hatte sie es auch schon immer gewusst.

Sie sah zu Daniel hinüber, der auf die Straße starrte und das Lenkrad umklammert hielt, als wollte er es zerquetschen. Schon die ganze Fahrt über warf er ihr Blicke zu, die er vermutlich für verstohlen hielt. Seit er ihr in den Wagen geholfen und sie so behutsam angeschnallt hatte, dass sie hätte weinen mögen.

Er hatte es getan. Geweint. Sie hatte es an seinen Augen gesehen, als sie aus Baileys Haus gekommen war und er sie in die Arme gezogen hatte. Er hatte sie gehalten, fest an sich gedrückt, und sie hatte sich an ihn geklammert, hatte seine Kraft, seinen Trost gebraucht. Meredith hatte noch immer geweint, während sie danebenstand und darauf wartete, Alex ebenfalls in die Arme schließen zu können. Sie hatte sie um Vergebung gebeten, obwohl es nichts zu vergeben gab.

Was geschehen war, war geschehen. Sie hatte sich nur nicht erinnern wollen.

Aber nun erinnerte sie sich, an jede einzelne Minute, bis zu dem Moment, in dem Craig sie am Kragen gepackt hatte und die Welt schwarz geworden war. Als Nächstes hatte sie sich im Krankenhaus befunden, wo man ihr den Magen ausgepumpt hatte, weil sie, wie die Polizei ihr sagte, Beruhigungstabletten geschluckt hatte, um sich umzubringen.

Nur konnte sie sich nicht daran erinnern, es getan zu haben. Bisher hatte sie diese Tatsache nicht infrage gestellt.

Wieso habe ich das nie infrage gestellt?

Das würde sie wohl niemals beantworten können. Aber sie wusste nun, dass ihre Mutter nicht Selbstmord begangen hatte. Andererseits hatte sie eine Pistole in der Hand gehabt, mit der sie sich hätte retten können.

Und das war das Bild, das Alex am meisten zu schaffen machte.

»Sie ist einfach dagestanden«, murmelte sie. »Sie hatte die Waffe in der Hand und ist einfach nur dagestanden, bis es zu spät war. Hätte sie geschossen, würde sie heute noch leben.«

Daniels Hals tat noch immer weh, und er musste mehrmals schlucken, bevor er antworten konnte. »Manchmal erstarren die Menschen in einer solchen Situation einfach. Man kann schwer vorhersagen, wie man reagiert.«

»Ich fühle mich … irgendwie losgelöst von allem.«

»Mary meinte, das sei ganz normal.«

Sie musterte sein Profil. Er sah erschöpft aus. »Alles in Ordnung?«

Er stieß ein schnaubendes Lachen aus. »Du fragst *mich?*«

»Ja, ich frage dich.«

»Ich … ich weiß nicht, Alex. Ich bin wütend und … traurig. Und ich fühle mich vollkommen hilflos. Ich möchte dir das alles gern abnehmen, aber ich kann nicht.«

Sie legte ihm eine Hand auf den Arm. »Nein, das kannst du nicht. Aber es ist schrecklich lieb von dir, dass du es willst.«

»Lieb.« Er zog die Luft ein. »Ich fühle mich momentan gar nicht lieb.«

Sie nahm seine Hand vom Steuer und legte sie sich an die Wange. Sie fühlte sich gut dort an. Fest, warm, tröstend. »Am Anfang bekam ich Panik. Ich wusste keinen friedlichen Ort, wo ich in Gedanken hätte hingehen können, und hatte plötzlich Angst, dass Mary mich nicht hypnotisieren könnte, weil ich noch nicht einmal das schaffte.«

»Man konnte es sehen. Und ich habe mich gefragt, an was du letztlich gedacht hast.«

Sie rieb ihre Wange an seiner Hand. »Heute Morgen hat es einen Augenblick gegeben. Als wir … na ja, du weißt schon, *fertig waren.* Ich sah zu dir auf und du zu mir herab, und ich hatte plötzlich das Gefühl, den schönsten Moment meines Lebens zu haben. Daran habe ich gedacht.«

Seine Finger schlossen sich um ihre. »Danke.«

Sie küsste seinen Handrücken. »Gern geschehen.«

Sie hatten nun ihren Bungalow erreicht und passierten den Zivilwagen des GBI. Meredith war mit den zwei weiblichen Agents vorgefahren, um ihre Sachen zu holen, damit man sie und Hope zu dem sicheren Haus bringen konnte. Hope lag auf dem Rücksitz und schlief, während eine der beiden Frauen auf sie aufpasste.

Daniel kam zu ihrer Tür herum und öffnete sie, dann zog er sie auf die Füße und in seine Arme, und Alex wünschte sich, sie könnten ewig so stehen bleiben. Sie schlang ihre Arme unter dem Mantel um seine Taille und hielt ihn einfach nur fest. Sein Herz hämmerte heftig, und sie begriff, dass er etwas für sie empfand, das ihm vollkommen neu war. Unbekanntes Terrain, hatte er gesagt. Konnte es wirklich erst zwei Tage her sein?

Alex hatte das Gefühl, es waren zwei Jahre gewesen.

Daniel schob ihr das Haar aus dem Gesicht. Seine Lippen streiften ihre Wange, und sie schauderte. Dann flüsterte er ihr mit rauchiger Stimme ins Ohr. »Heute Morgen, Alex, das war nicht, ›na ja, du weißt schon‹. Wir haben uns geliebt. Und ich bin noch nicht annähernd fertig.« Er hob ihr Kinn an und drückte ihr einen raschen, harten Kuss auf die Lippen. »Falls du damit einverstanden bist.«

Das war das Licht am Ende des Tunnels. Sie hatten die Chance, aus der Finsternis etwas Gutes entstehen zu lassen. »Bin ich.«

»Dann komm, gehen wir rein.« Er machte sich los und verzog plötzlich das Gesicht. »Verdammt, ich habe Riley vergessen. Ich habe ihn noch nie so lange allein gelassen. Vielleicht ist ihm in deinem Haus ein Malheur passiert.«

Sie lächelte. »Nicht schlimm. Ich habe eine Haftpflicht.«

Den Arm besitzergreifend um ihre Schultern gelegt, führte er sie zur Veranda. Und dann, gleichzeitig, wurden ihre Schritte langsamer. Meredith stand mitten im Wohnzimmer, hatte die Arme vor der Brust verschränkt und betrachtete fassungslos das Chaos um sie herum. Alles war zerfetzt, zerrissen und zerstört. Die Schubladen waren ausgekippt, Stifte lagen verstreut auf dem Boden, und das Sofa, auf dem sie sich geliebt hatten, war aufgeschlitzt und die Füllung herausgerissen worden.

»Ich glaube, das übernimmt meine Haftpflicht doch nicht«, murmelte Alex.

Meredith sah sich mit verengten Augen um. »Da hat jemand etwas gesucht.«

Daniel versteifte sich. »Wo ist Riley? Riley!« Er rannte, Alex auf den Fersen, in Hopes Zimmer, wo Agent Shannon ein ähnliches Chaos musterte. »Wo ist mein Hund?«

Die Frau deutete zum Bett, unter dem ein Schwanz hervorsah und langsam, aber unaufhörlich wedelte. Daniel seufzte erleichtert, während er Riley vorsichtig darunter hervorzog. Riley blickte ihn mit seinen traurigen Augen an, als er seinen Kopf in beide Hände nahm. »Was ist mit dir passiert, Kumpel?«

»Ich habe einen Napf im Badezimmer gefunden. Unterm Fenster«,

313

sagte Agent Shannon. »Das Fenster stand offen, und in der Schüssel war noch ein bisschen Dosenfutter.«

»Ich habe in der Küche Trockenfutter für ihn hingestellt. Riley darf kein Dosenfutter fressen, das bekommt seinem Magen nicht.« Daniel presste die Kiefer zusammen. »Man hat dich also betäubt.«

Alex bückte sich und betrachtete Rileys Augen. »Er sieht benommen aus. Würde er bellen, wenn jemand einzudringen versuchte?«

»Laut genug, um Tote aufzuwecken«, gab Daniel zurück. »Wir müssen das Futter im Labor untersuchen lassen.«

»Na ja, und das Bad ist ziemlich, ähm, verschmutzt«, sagte Agent Shannon. »Ich denke nicht, dass viel von dem Futter in seinem Magen geblieben ist.«

Alex begegnete Daniels Blick. »Das hat ihm vielleicht das Leben gerettet.«

Daniel zog die Brauen zusammen. »Nach was haben sie gesucht?«

Alex richtete sich auf und sah sich seufzend um. »Ich habe keine Ahnung.«

»In meinem Zimmer sieht es genauso aus«, sagte Meredith. »Zum Glück hatte ich meinen Laptop mitgenommen. Wo ist deiner?«

»Er sollte im Schrank sein. Daniel, kannst du ihn aufmachen?«

Er hatte sich bereits ein Paar Handschuhe übergestreift und öffnete nun den Schrank mit einer Hand. Er war leer. »Was hattest du auf deinem Computer?«

»Im Grunde nichts. Vielleicht alte Steuerunterlagen, sodass sie jetzt meine Sozialversicherungsnummer und meine Adresse kennen.«

»Wir sollten den Kreditanstalten dennoch Bescheid geben.«

Meredith räusperte sich. »Alex, wo ist dein *Spielzeug?*«

Alex warf Daniel einen Blick zu. »Ist meine Pistole immer noch in deinem Kofferraum eingeschlossen?«

Er nickte grimmig. »Ja. Obwohl ich sicher bin, dass sie ihre eigenen mitgebracht hatten. Für alle Fälle.«

Alex' schockierter Blick schnellte zu Meredith. »Wenn wir hier gewesen wären …«

Meredith nickte zögernd. »Aber wir waren nicht hier. Und Hope ist in Sicherheit. Sie muss vielleicht ein paar Tage dieselben Sachen anziehen, aber sie ist in Sicherheit.«

»Wir können alles, was Sie brauchen, auf dem Weg zu dem Haus besorgen«, sagte Agent Shannon. »Von hier können Sie leider nichts mehr mitnehmen, bis die Spurensicherung ihre Arbeit beendet hat. Wollen Sie die CSU anrufen, Vartanian, oder soll ich es tun?«

Daniel rieb sich die Stirn. »Wenn Sie es tun, wäre ich froh, Shannon. Ich muss Riley zum Tierarzt fahren. In dem Viertel, in dem ich wohne, gibt es einen Notdienst.«

»Gut, ich rufe an«, sagte Shannon. »Brauchen Sie Hilfe, um das Schlappohr zum Wagen zu tragen?«

»Nein.« Daniel hievte Riley auf die Arme und legte den Kopf des Tiers auf seine Schulter. »Er hat zwar Blei im Hintern, aber es geht schon. Ruf an, wenn du in dem Haus bist, Meredith.«

»Mach ich.« Meredith zog Alex in eine heftige Umarmung. »Wann sehen wir uns wieder?«

»Morgen früh. Du kommst doch mit Hope, damit wir es bei ihr mit der Hypnose probieren, oder?«

Merediths Nicken war unsicher. »Hoffentlich schaffe ich es ein zweites Mal.«

»Das wirst du bestimmt. Danke, dass du bei mir warst.«

Meredith zögerte. »Alex …«

»Sch. Kein Wort. Du konntest es nicht wissen. Also vergiss es.«

»Und du rufst mich an, wenn du bei Daniel zu Hause ankommst. Ich nehme an, dass du diese Nacht dort bleiben wirst.«

»Ja. Da werde ich bleiben.«

Athens, Georgia, Mittwoch, 31. Januar, 23.35 Uhr

Mack zuckte zusammen, als sein Handy vibrierte. Um sich in seinem Versteck nicht zu verraten, warf er einen Blick aufs Display und runzelte die Stirn. Eine SMS von Woolf. Hatte Woolf ihn verfolgt? Nein, er war vorsichtig gewesen. Außerdem war Woolf garantiert gerade beschäftigt.

Er las die SMS. *Danke für Tipp. Bin vor Ort. Wer ist er? Zu viel Blut, kann nix sehen. Brauche ID für die Mittagsausgabe.*

Er zögerte, dann zuckte er die Achseln. Bis zu diesem Punkt hatten die Woolfs sich einreden können, dass er nur ein anonymer Anrufer war, der mehr wusste als andere, nicht zwingend der Mörder. Die Leute konnten sich alles Mögliche einreden, wenn es dazu diente, eigene Taten zu rechtfertigen, und die Woolfs machten da keine Ausnahme. *Romney, Sean* tippte er und schickte die Nachricht ab.

Möglich, dass die Woolfs nun nicht mehr nach seiner Pfeife tanzen würden. Aber er brauchte sie ohnehin nicht mehr lange. Plötzlich hörte er Schritte. Eine Männerstimme. Das Lachen einer Frau.

»Du solltest mich fahren lassen«, sagte der Mann.

»Ach was, das geht schon. Wir sehen uns morgen, okay?« Kussgeräusche waren zu hören, dann ein männliches Stöhnen. »Ich bin so scharf auf dich. Es ist schon drei Tage her.«

Sie lachte. »Ich muss morgen eine Arbeit schreiben, also nicht mehr heute, mein Schatz.«

Mack hatte nicht damit gerechnet, dass sie in Begleitung war. Dumm von ihm. Er entsicherte behutsam seinen Colt. Wenn es sein musste, würde er schießen. Aber der Mann verabschiedete sich mit einem letzten, heißen Kuss und ging.

Lisa stieg summend in ihr Auto. Sie sah in den Rückspiegel und fuhr an. Er ließ sie ein paar Blocks fahren, bevor er hinter ihr auftauchte und ihr das Messer an den Hals drückte. *Ich werde langsam ein Profi darin.* »Fahr weiter«, sagte er.

Ja, das würde *richtig* Spaß machen.

Atlanta, Mittwoch, 31. Januar, 23.55 Uhr

»Was wollen wir hier?«, fragte Alex. »Ich dachte, wir fahren zu dir.«

»Hier« war Leo Papadopoulos' Schießstand. »Lukes Bruder arbeitet hier. Er gibt Lukes Freunden aus dem GBI einen Rabatt.«

»Nett von ihm«, sagte sie. »Also, was wollen wir hier?«

»Wir … ach, verdammt, Alex. Sheila Cunningham hielt ihre Waffe umklammert, als sie starb.« Und er bekam das Bild nicht aus dem Kopf. »Sie hat keinen einzigen Schuss abgegeben.«

»Wie meine Mutter«, murmelte sie. »Ist das ein Frauending?«

»Nein, Männern passiert das auch. Es ist eine Frage der Übung. Wer Angst hat, erstarrt. Man muss sich das richtige Verhalten anerziehen. Du machst doch in der Notaufnahme dasselbe. Wenn es schlimm wird, schaltest du in manchen Bereichen auf Autopilot, nicht wahr?«

»In manchen Bereichen, ja. Du willst mich also darin trainieren?«

»Ja. Das geht natürlich nicht an einem einzigen Tag. Wir kommen einfach ab jetzt täglich hierher, bis du gewisse Reflexe ausgebildet hast und es nicht mehr nötig ist.«

»Ist der Laden hier die ganze Nacht geöffnet?«

»Nein. Leo ist extra für uns hergekommen. Er schuldet Luke noch einen Gefallen. Als ich beim Tierarzt wartete, habe ich Luke angerufen, um zu fragen, ob wir kommen können.« Dass der Tierarzt seinen Verdacht, Riley sei vergiftet worden, bestätigt hatte, hatte den Zorn, der in ihm brodelte, nur noch verstärkt. Auch er würde davon profitieren, auf Pappkameraden zu feuern. »Komm, gehen wir rein.« Er half ihr aus dem Wagen, dann holte er ihre Umhängetasche aus dem Kofferraum. »Trotzdem kannst du mit dem Ding nicht einfach durch die Stadt laufen.«

Sie nickte. »Ich weiß.«

»Aber du sagst nicht, dass du es nicht tun wirst.«

Sie lächelte schwach. »Ich weiß.«

Er schüttelte den Kopf und hielt ihr die Eingangstür auf. »Geh einfach rein.«

Leo war ein paar Jahre jünger als Luke und bei Frauen genauso beliebt. »Das ist Alex. Finger weg von ihr.« Er hatte es scherzhaft gemeint, tatsächlich kam es aber grimmig heraus.

Leo grinste bloß. »Keine Sorge, ich bin vorbereitet. Mama hat mir schon alles von Miss Alex erzählt.«

Alex sah zu ihm auf. »Und woher weiß Mama das? Sie hat mich doch noch nie gesehen.«

»Aber das wird sie, keine Sorge.« Leo bedachte sie mit einem strahlenden Lächeln. »Das wird sie. Ihr könnt nach hinten gehen. Luke wartet schon.« Sein Lächeln verblasste. »Ich glaube, er hat einen verdammt schlechten Tag gehabt.«

»Tja, scheint ansteckend zu sein«, murmelte Daniel. »Danke, Leo.«

Luke stand an einer Bahn und trug Ohrenschützer. Sein Gesicht wirkte beinahe hasserfüllt, als er auf die Zielscheibe starrte. Alex zog die Brauen zusammen. »Was ist mit ihm?«

»Luke sitzt in der Abteilung Internetverbrechen. Hauptsächlich Kinderpornographie und Jugendschutz. Seit ungefähr zwei Monaten beschäftigt er sich mit einem bestimmten Fall, und es sieht nicht gut aus.«

»Oh.« Sie seufzte. »Das tut mir leid.«

»So ist der Job.« Er hob die Schultern. »Unser, deiner. Wir tun, wofür wir bezahlt werden, und Luke wird es schaffen. Hier, setz die auf.« Er reichte ihr Schutzbrille und Ohrenschützer, dann holte er ihre Pistole aus der Umhängetasche und untersuchte sie. Es war eine H&K Neunmillimeter, klein genug, um gut in ihrer Hand zu liegen. »Anständig. Weißt du, wie man sie lädt?« Als sie nickte, fügte er hinzu: »Und wie man sie schnell lädt?«

317

Ihr Kinn hob sich. »Noch nicht.«

»Okay, darum kümmern wir uns später. Jetzt schießt du erst einmal.« Er reichte ihr die Waffe und trat zurück. Sie befand sich auf der Bahn neben Luke, zielte und feuerte methodisch, verfehlte ihr Ziel aber jedes Mal. Während er zusah, wuchs seine Sorge … und seine Erregung. Es machte enormen Spaß, eine schöne Frau mit einer guten Waffe in der Hand zu beobachten. Vor allem, wenn es sich um eine schöne Frau handelte, die behauptete, der Sex mit ihm am Morgen gehöre zu ihren schönsten Erinnerungen. Vor allem, wenn man dasselbe empfand. Er runzelte die Stirn, als die Besorgnis seine Erregung überlagerte, da sie nicht einmal auf zehn Fuß Entfernung eine Scheune treffen konnte.

Luke hörte auf, um ebenfalls zuzusehen. »Du solltest die Augen offen halten«, sagte er.

Sie senkte die Waffe und blinzelte. »Oh, habe ich das nicht? Verflixt.« Sie schnaufte und lud nach, um es erneut zu versuchen.

Luke trat neben Daniel und sah ihn fragend an. »Und, wie geht's ihr?«, fragte er leise, obwohl Alex ohnehin kaum etwas hören konnte. Die Frage machte Daniel wütend – nicht auf Luke, sondern auf die Situation im Allgemeinen.

»In Anbetracht der Tatsache, dass sie in den letzten Tagen herausgefunden hat, dass ihre Schwester mehrfach vergewaltigt und ihre Mutter ermordet wurde, erstaunlich gut.« Lukes Augen wurden groß wie Unterteller, und Daniel brachte ihn auf den neusten Stand.

»Shit. Und wie geht es Riley jetzt?«

»Der Tierarzt meint, er wird sich erholen.« Er musterte Luke prüfend. »Was ist los?«

Lukes besorgte Miene wurde vollkommen ausdruckslos. »Heute hatten wir den großen Showdown. Wir hatten die Adresse von drei Kindern auf der Pornoseite herausgefunden.« Er fixierte Alex, die das Ziel inzwischen zweimal getroffen hatte. »Wir sind nicht rechtzeitig gekommen.«

»Das tut mir leid, Luke.«

Luke nickte. »Zwei Mädchen, ein Junge. Geschwister.« Seine Stimme war vollkommen emotionslos. »Fünfzehn, dreizehn und zehn. Kopfschüsse, alle drei.«

Daniel schluckte, als er das Bild nur zu deutlich vor seinem geistigen Auge sah. »Gott.«

»Wir haben die Täter um mindestens einen Tag verpasst. Wir haben

die Site geschlossen, aber sie werden irgendwo eine neue einrichten.«
Er starrte nun ins Leere, und Daniel wollte gar nicht wissen, was er sah.
»Ich brauche eine Pause. Chase sagt, du hättest eine Unmenge an Namen,
die überprüft werden müssten.«

»Wir können dich definitiv gut gebrauchen.« Er legte Luke eine
Hand auf die Schulter. »Kann ich irgendetwas für dich tun?«

Lukes Lippen verzogen sich. »Schenk mir den Schlüssel zur Hölle.
Nur dort gehören diese Mistkerle hin.« Ein Muskel zuckte in seinem
Kiefer. »Zu viele Gesichter tauchen in meinen Träumen auf.«

Der Zorn, der in ihm schwelte, flammte auf. »Das kenne ich.«

Als sich Luke zu ihm umwandte, glänzten seine Augen hell. »Ich
muss jetzt gehen. Leo meint, ihr könnt bleiben, solange ihr wollt. Wann
hat das Team für deinen Fall das nächste Meeting?«

»Um acht morgen früh. Im Konferenzraum.«

»Okay, dann sehen wir uns morgen.« Luke nahm seine Waffe und die
Munition und war fort.

Alex ließ ihre Pistole sinken und zog die Ohrenschützer ab. »Es geht
ihm wirklich nicht gut, oder?«

»Nein. Aber genau wie du wird er sich wieder fangen. Komm, setz die
wieder auf.« Er trat hinter sie, damit sie ihn hören konnte, und richtete
ihren Arm aus. »Ziel auf diese Weise.« Er schlang einen Arm fest um
ihre Taille und zeigte es ihr. »Jetzt drück den Abzug und lass die Augen
auf.«

Sie gehorchte und nickte knapp, als die Kugel die Brust des Pappziels
traf. »Ziel auf die Brust«, sagte sie. »Mehr Fläche, bessere Chancen. Das
hat mir mal ein Polizist gesagt, als er eine verletzte Frau in die Notaufnahme brachte. Ihr Mann hatte mit dem Messer auf sie eingestochen.
Sie hatte eine Waffe, hatte aber auf seinen Kopf gezielt und daneben-
geschossen.«

»Und was geschah mit ihr?«

»Sie ist gestorben«, sagte sie tonlos. »Bitte zeig's mir noch mal genau.«

Er tat es und hielt ihre Arme fest. Sie war voll konzentriert, als sie das
Magazin in die Brust des Zielobjekts leerte, doch da der Rückstoß sie
bei jedem Schuss gegen ihn presste, stand es mit seiner eigenen Konzentration nicht gerade zum Besten. Er zwang sich, an Sheila Cunningham
zu denken, die mit der Waffe in den Händen tot an der Wand gelehnt
hatte. *Bleib bei der Sache, Vartanian.*

»Laden«, sagte er und trat einen Schritt zurück, während sie seinen

Anweisungen folgte. Ihre Finger waren geschickt, und sie schaffte es schneller, als er erwartet hatte. »Das war gut.«

Sie hob die Waffe wieder, aber ohne seine Unterstützung zielte sie weniger gut, und der dritte Schuss ging gänzlich daneben.

»Du machst schon wieder die Augen zu. Halt sie offen, Alex.« Er trat erneut an sie heran, um ihre Arme auszurichten. Sie lehnte sich unwillkürlich gegen ihn, um das nächste Magazin abzufeuern. In der nachfolgenden Stille stieß er schaudernd den Atem aus. »Laden, verdammt noch mal.«

Sie wandte sich zu ihm um und sah ihn erstaunt an. Dann verdunkelten sich ihre whiskyfarbenen Augen, als sie verstand. Sie lud nach und richtete die Waffe mit vollkommen ruhigen Händen aus. Er wusste bereits, dass sie eine solche Ruhe immer dann an den Tag legte, wenn es in ihr tobte. Er verspürte plötzlich den Wunsch, sie auf ihrem beruflichen Terrain zu beobachten, und es durchfuhr ihn, dass ihm das verwehrt bliebe. Denn wenn dies hier vorbei war, würde sie zurückkehren. Nach Ohio. Zurück zu ihrem Job, den sie nicht aufgeben wollte, und zu ihrem »netten« Exmann, dem sie jeden verdammten Tag über den Weg lief.

Eine ganz andere Art von Wut brodelte nun in ihm. Er wusste, dass seine Eifersucht vollkommen unbegründet war, aber dieser andere … Sie würde gehen, wenn es vorbei war. *Nein, wird sie nicht. Ich lasse sie nicht gehen.*

Ach, und wie willst du sie aufhalten? Er hatte keine Ahnung, aber er wusste genau, dass er sie nicht loslassen würde. Er würde sich damit auseinandersetzen, wenn die Zeit da war. Bis dahin musste er vor allem für ihre Sicherheit sorgen. »Jetzt versuch es allein.«

Sie war etwas besser geworden, aber dann driftete sie wieder ein wenig ab und schoss daneben, sodass er erneut eingriff. Sie schmiegte sich an ihn und rieb ihr Hinterteil gegen seine Lenden, und bevor er stöhnen konnte, begann sie erneut zu feuern. Er wusste, dass ihre Bewegung Absicht gewesen war, und sein Puls nahm rasant an Tempo auf. Und dann verhallte der letzte Schuss.

Sie legte die Waffe auf die hüfthohe Theke, nahm die Brille und die Ohrenschützer ab, und er tat es ihr nach. Einen Moment lang stand sie da und betrachtete die Zielscheibe. Viel war nicht davon übrig geblieben. Die Patronen ihrer H&K hatten sie in Fetzen gerissen.

»Ich glaube, ich habe es umgebracht.« In ihrer Stimme lag kein Funken Humor.

»Ja, ich glaube, das hast du«, erwiderte er heiser.

Sie drehte sich in seinen Armen um und begegnete herausfordernd seinem Blick. Dann zog sie seinen Kopf zu sich heran und küsste ihn heiß, viel heißer, als er erwartet hatte, und in einem Sekundenbruchteil explodierte seine Lust. Plötzlich fielen sie übereinander her, hektisch, gierig, zügellos. Seine Hände packten ihren Hintern, der ihn so gereizt hatte, und zog sie hoch und gegen sich und rieb sie an seine Erektion. Sie schlang die Arme um seinen Hals und presste sich an ihn, schlang ein Bein um seine Hüften, um den Kontakt zu intensivieren. Stöhnend hob er sie hoch, und sie schlang auch das andere Bein um ihn.

»Stopp.« Keuchend löste er seine Lippen von ihren. Auch sie keuchte, und am liebsten hätte er ihr die Kleider vom Leib gerissen und wäre hier und jetzt in sie eingedrungen, aber sie befanden sich in Leo Papadopoulos' Schießstand, und Daniel hatte den Verdacht, dass selbst Leo ein gewisses Problem damit haben würde. Also ließ er sie langsam auf die Füße herab und versuchte, seinen Herzschlag zu einem etwas normaleren Rhythmus zu bringen. »Ich muss noch deine Hülsen aufheben, bevor wir gehen.«

»Das mach ich schon«, rief Leo vom Eingang her im singenden Tonfall. »Ihr Täubchen geht einfach nach Hause und seht zu, dass ihr … was auch immer.«

Daniel lachte. »Danke, Leo!«

»Jederzeit, Daniel.«

Daniel legte Alex' Pistole in die Tasche zurück und nahm ihre Hand. Sie hatte ihren Blick nicht von ihm gelassen, seit er sich eben von ihr gelöst hatte, und der Ausdruck in ihren Augen trieb sein Herz erneut zu Höchstleistungen an. Sie wirkte entschlossen. Nahezu gefährlich. Oh, ja, er war froh, gleich mit ihr allein sein zu können.

Atlanta, Donnerstag, 1. Februar, 0.50 Uhr

Zum Glück war Leos Schießstand nicht weit von Daniels Haus entfernt. Zum Glück war es schon so spät, dass nur noch wenig Verkehr herrschte, denn andernfalls wäre Daniel zum ersten Mal versucht gewesen, das Warnlicht für sehr persönliche Zwecke zu nutzen.

Sie sagte während des Heimwegs kein einziges Wort, und das Schweigen steigerte seine Begierde, bis Daniel befürchtete, er würde wie ein Teenager schon kommen, noch bevor er sich die Klamotten vom Leib gerissen hatte. Als er auf seine Auffahrt fuhr, zitterte er am ganzen Körper. Aber falls es Gerechtigkeit auf dieser Welt gab, konnte es ihr nicht anders gehen. Er packte die Umhängetasche und zerrte Alex zu seiner Haustür, wo er mit bebenden Händen versuchte, den Schlüssel ins Schloss zu zwingen. Er verfehlte es zweimal, bevor sie zischte: »Verdammt, jetzt mach schon, Daniel.«

Die Tür ging auf, und er schubste sie förmlich hinein. Noch bevor er die Tür wieder geschlossen hatte, hing sie bereits an ihm und küsste ihn. Er tastete nach dem Riegel und schob ihn blind vor. »Moment. Der Alarm. Ich muss ihn einstellen.«

Sie löste sich von ihm, und er trat an die Schalttafel. Als er sich wieder zu ihr umdrehte, wurde sein Mund trocken. Ihre geschickten Finger hatten die Knöpfe ihrer Bluse geöffnet, und nun zog sie sie ungeduldig aus ihrer Hose. Ihre Augen wurden schmal. »Mach schnell«, war alles, was sie sagte.

Und das reichte. Ihre Worte trafen ihn wie ein Peitschenschlag. Grob drückte er sie gegen die Tür und küsste sie wild, während er ihr Jacke und Bluse von den Schultern streifte. Sie war schneller und hatte sein Hemd geöffnet, noch bevor er ihren BH lösen konnte. Schließlich zog und zerrte und riss er, bis ihre Brüste befreit waren und er seine Hände um sie legen konnte. Ihre Nippel waren bereits hart wie Kieselsteine.

»Alex.« Er wollte zurücktreten, doch sie schob Hosen und Slip über ihre Hüften und trat sie zur Seite, während ihre Zunge in seinem Mund spielte. »Komm ins Bett.«

»Nein, hier.« Sie stand vor ihm, nackt und perfekt. »Tu es, wie du es eben tun wolltest.« Sie ließ ihm keine Wahl, als sie ihre Arme um seinen Nacken schlang, sich an ihn presste und ihm die Beine um die Hüfte schlang. »Jetzt.«

Das Blut rauschte ihm in den Ohren, während er zwischen ihre Körper griff und an seinem Gürtel zerrte, wobei seine Fingerknöchel ihre nasse Hitze liebkosten und sie zum Stöhnen brachten. Seine Hose rutschte von seinen Hüften, und er drückte sie gegen die Tür und drang mit einer einzigen Bewegung tief in sie ein. Endlich, endlich umgab diese nasse Hitze ihn, schien ihn tiefer zu locken, trieb ihn in den Wahnsinn.

Sie schrie auf, doch in ihren Augen lag nur Lust und Gier, und das machte ihn noch heißer. »Lass deine Augen auf«, flüsterte er heiser, und sie nickte wie in Trance. Ihre Finger gruben sich in seine Schultern, seine in ihre Hüften, und er hielt sie fest, während er in sie stieß und dem

Tier, das in ihm brüllte, die Zügel schießen ließ. Er stieß in sie hinein, bis nichts, was am Tag geschehen war, noch Bedeutung hatte, bis alle Furcht aus ihren Augen getilgt war, bis er darin nur noch Leidenschaft sah. Ihr Rücken bog sich durch, und sie schrie wieder auf, als sie kam, sich an ihn klammerte, sich fest um ihn zog und ihn in einer verzehrenden Welle mit sich riss.

Er stieß ein letztes Mal zu, und die Wonne, die ihn überflutete, betäubte ihn für einen Moment. Er sackte gegen sie und drückte sie wieder gegen die Tür. Er rang nach Luft, spürte das wilde Hämmern seines Herzens und dachte flüchtig, dass er nun zufrieden sterben konnte. Dann zog er sich ein Stück zurück, um ihr Gesicht zu betrachten, und erkannte, dass er es gleich wieder tun musste. Und dann noch einmal. Sie keuchte, aber ein Lächeln erschien auf ihren Lippen. Und sie sah … stolz aus. Unglaublich zufrieden, aber auch stolz.

»Das war wirklich, *wirklich* gut«, sagte sie.

Er lachte, musste aber aufhören, um erneut Luft zu holen. »Ich denke, drei ›Wirklichs‹ werden mich umbringen, aber ich würde das Risiko durchaus eingehen, wenn du es tust.«

»Ich scheine in letzter Zeit sowieso am Rand des Abgrunds zu leben, also los!«

Donnerstag, 1. Februar, 1.30 Uhr

Da weinte wieder jemand. Bailey konnte das klagende Jammern durch die Wände hören. Eine Tür öffnete sich, ein dumpfer Laut folgte, dann Schweigen. Dies geschah jede Nacht ein- oder zweimal.

Dann flog ihre Tür auf und krachte gegen die Betonwand. Er trat ein und packte sie an der Bluse, die inzwischen dreckig und zerrissen war. »Du hast mich angelogen, Bailey.«

»Aber −« Sie schrie auf, als sein Handrücken gegen ihren Wangenknochen schlug.

»Du hast gelogen. Der Schlüssel ist nicht in Alex' Haus.« Er schüttelte sie hart. »Wo ist er?«

Bailey starrte ihn an, ohne ein Wort herauszubringen. Sie hatte Alex gebeten, den Schlüssel zu verstecken. »Ich … ich weiß nicht.«

»Nun, dann wollen wir mal sehen, ob wir deinem Hirn nicht ein wenig auf die Sprünge helfen können.« Er zerrte sie aus dem Raum, und sie versuchte, ihren Verstand zu verschließen.

Kein Wort mehr zu sagen. Nicht mehr zu beten, sterben zu dürfen.

Atlanta, Donnerstag, 1. Februar, 2.10 Uhr

Alex war an genau den richtigen Stellen wund. Sie rollte den Kopf zur Seite, um ihn anzusehen, für mehr Bewegung hatte sie keine Kraft. Daniel lag neben ihr, flach auf dem Rücken, und versuchte, wieder zu Atem zu kommen.

»Ich hoffe nicht, dass du Wiederbelebungsmaßnahmen brauchst«, murmelte sie. »Ich fürchte nämlich, dass ich keinen Finger mehr rühren kann.«

Sein Lachen klang wie ein Stöhnen. »Ich werde es überleben.« Er drehte sie auf die Seite und zog sie in die Löffelchenstellung an sich. »Aber das war nötig gewesen«, fügte er leise hinzu.

»Bei mir auch«, flüsterte sie. »Danke, Daniel.«

Er drückte ihr einen Kuss auf die Schulter und zog die Decke über sie beide. Alex wollte gerade eindösen, als er seufzte. »Alex, wir müssen reden.«

Sie hatte geahnt, dass das kommen würde. »Okay.«

»Vorhin während der Hypnose. Deine Mutter hat Crighton gesagt, du hättest ihn mit Toms Decke gesehen.«

Alex schluckte. »Tom war mein Vater. Er ist gestorben, als ich fünf war.«

»Das hat Meredith mir schon gesagt. Was war denn so besonders an der Decke?«

»Es war die Campingdecke meines Vaters. Wir hatten nicht viel Geld, aber Zelten kostete nicht viel, und er war gern draußen. Manchmal quetschten wir uns alle in den Wagen, fuhren zum See, schwammen, angelten … Abends machte er dann ein Feuer, packte Alicia und mich in die Decke und nahm uns auf den Schoß, um uns Geschichten zu erzählen. Meine Mutter bewahrte alle seine Sachen in Craigs Garage auf für den Fall, dass Alicia und ich eines Tages etwas davon haben wollten. Craig gefiel das nicht besonders. Er war ziemlich eifersüchtig.«

»Und was genau hast du damals gesehen?«

»Ich weiß es nicht, aber ich weiß wohl, dass da noch etwas ist. Ich erinnere mich an Blitz und Donner. Mary sagte, sie sei überrascht gewesen, dass ich an dem Tag nach Alicias Tod anfangen wollte. Wir werden wohl noch einmal zurückkehren müssen. Na ja, das ist alles.«

»Nein, das ist nicht alles.« Sein Arm schlang sich fester um ihre Taille.

»Du wirst toben, und ich kann es dir nicht verübeln. Bitte denk nur daran, dass ich zu dem Zeitpunkt das Richtige habe tun wollen.«

Stirnrunzelnd rollte sich Alex herum, um ihn anzusehen. »Was?«

Er seufzte. »Das Detail ist in keinem Zeitungsartikel aufgetaucht, und es ist uns gelungen, es zurückzuhalten. Aber zwei von drei Leichen, die wir im Graben gefunden haben, hatten um den großen Zeh ein Haar gewickelt. Diese Haare sind mindestens zehn Jahre alt.« Seine Brust hob und senkte sich. »Und die DNS passt exakt zu deiner.«

Alex sah ihn verblüfft an. »Zu meiner? Aber woher weißt du das? Du hast doch gar kein Haar von mir zum Vergleich.«

Er schloss die Augen. »Doch, habe ich. Weißt du noch, als du am Dienstag mit Ed zu Baileys Haus wolltest und ich dir beim Küssen ›versehentlich‹ ein paar Haare ausgerupft habe?«

Alex presste die Kiefer zusammen. »Das war also Absicht. Warum? Warum hast du mich nicht einfach danach gefragt?«

»Weil ich dir keine zusätzlichen Sorgen bereiten wollte. Ich wollte dir nicht …«

»Weh tun, ich weiß.« Sie schüttelte den Kopf. »Daniel …« Sie hätte wütend sein sollen, aber er sah so zerknirscht aus, dass jeder Ärger verpuffte. »Ach, nicht so schlimm. Es ist schon in Ordnung.«

Er schlug die Augen auf. »Wirklich?«

»Ja. Du wolltest das Richtige tun. Mach's einfach nicht wieder, okay?«

»Okay.« Er zog sie wieder an sich und löschte das Licht. »Komm, schlafen wir endlich.«

Sie schmiegte sich an ihn. Doch plötzlich verstand sie, was seine Worte wirklich bedeuteten, und trotz der Wärme, die er ausstrahlte, wurde ihr kalt. »Er hat Haare von ihr«, flüsterte sie.

»Ja.«

Angst machte sich in ihrer Magengrube breit. »Woher hat er sie, Daniel?«

Er schlang seinen Arm beschützend um ihre Taille. »Das weiß ich noch nicht. Aber ich finde es heraus.«

Donnerstag, 1. Februar, 2.30 Uhr

»Bailey«, flüsterte Beardsley. »Sind Sie am Leben?«

Bailey atmete flach ein und aus. »Ja.«

»Haben Sie ihm noch etwas gesagt?«

»Ich weiß nichts mehr, was ich ihm sagen könnte.« Ihre Stimme brach, und sie schluchzte.

»Sch. Nicht weinen. Vielleicht hat Alex ihn nur gut versteckt.«

Bailey versuchte, ihren Verstand zum Funktionieren zu bringen. »Das habe ich ihr gesagt. In dem Brief.«

»Brief? Sie haben ihn ihr geschickt?«, murmelte er. »Nach Ohio? Wann?«

»An dem Tag, als er mich entführt hat. Donnerstag.«

»Dann hat sie ihn vielleicht nicht mehr bekommen. Sie war am Samstag schon hier.«

Bailey zog angestrengt die Luft ein. »Also weiß sie vermutlich nichts von dem Schlüssel.«

»Wir müssen uns Zeit erkaufen. Falls er Sie noch einmal fragt, sagen Sie, Sie hätten ihn nach Ohio geschickt. Falls sie dort suchen, kann ihr nichts passieren. Verstehen Sie?«

»Ja.«

Dutton, Donnerstag, 1. Februar, 5.30 Uhr

Er fuhr langsam an Alex Fallons Bungalow vorbei. Das gelbe Absperrband der Polizei klebte über ihrer Eingangstür. Hatten die Arschlöcher, die vor zwei Tagen versucht hatten, sie plattzufahren, schließlich doch Erfolg damit gehabt, sie auszuschalten? Hoffentlich nicht. Er brauchte sie lebend, denn er wollte sie selbst töten. Andernfalls konnte er den Kreis nicht schließen, und das wäre eine verdammte Schande.

Er rollte im Schneckentempo weiter, um zu tun, wofür er bezahlt wurde. Ein paar Türen weiter humpelte die alte Violet Drummond über ihre Auffahrt, und er reichte ihr die Zeitung durchs Fenster. »Morgen, Mrs. Drummond.«

»Morgen«, antwortete sie.

»Was ist denn da nebenan passiert? Im Bungalow?«

Sie schürzte die Lippen, als habe sie in eine Zitrone gebissen. »Einbruch. Da hat einer randaliert, alles kaputt gemacht und den Hund vergiftet. Aber ich wusste ja gleich, dass die Tremaine nur Ärger macht. Sie wäre besser gar nicht erst hergekommen.«

Er sah durch den Seitenspiegel zum Bungalow zurück. Jemand hatte die Hosen voll. Innerlich grinste er. Äußerlich blickte er besorgt drein. »Ja, Ma'am. Einen schönen Tag noch, Mrs. Drummond.«

Er fuhr davon, froh, dass Alex Fallon noch lebte, aber verärgert, dass sie nun wahrscheinlich noch wachsamer war – und nicht mehr so günstig auf der Main Street wohnte. Aber er wusste, wo sie zu finden war. Sie und Vartanian waren ja förmlich unzertrennlich. Aber bald würde er Vartanian begegnen, und dann konnte er sich Alex holen.

Zunächst musste er aber seine Arbeit erledigen und ein wenig schlafen. Er hatte viel zu tun heute Nacht.

Atlanta, Donnerstag, 1. Februar, 5.55 Uhr

Das Telefon weckte sie, und schlaftrunken ging Alex dran. »Fallon. Letta? Was ist denn?«

»Ähm, ich bin nicht Letta, und ich würde gern mit Daniel sprechen. Ist er da?«

Mit einem Ruck setzte sich Alex auf. »Oh, Verzeihung. Moment.« Sie stupste Daniel an. »Ich glaube, es ist Chase. Ich war noch im Halbschlaf und dachte, ich sei zu Hause und meine Oberschwester hätte angerufen.«

Daniel hob den Kopf, noch nicht ganz wach. »Oh. Gib rüber.«

Sie reichte ihm das Telefon und fragte sich, ob er wegen ihrer … Übernachtungslösung Ärger bekommen würde. Sie sah auf die Uhr und schnitt eine Grimasse. Viel hatten sie nicht geschlafen.

»Ja, tut mir leid, Sie haben ja recht. Aber ich hatte Sie schon wegen ihrer Mutter angerufen.« Daniel setzte sich auf und massierte mit der freien Hand eine Schläfe. Seine Kopfschmerzen setzten offenbar wieder ein. »Natürlich hätte ich Sie auch wegen des Einbruchs anrufen müssen, aber ich wollte den Hund zum Tierarzt bringen.« Er sah kurz zu ihr auf und verdrehte die Augen. »Ja, ja, das auch, richtig.«

Alex rutschte rüber, sodass sie neben seiner Hüfte kniete, und hob sein Kinn. Seine Augen waren dunkel vor Schmerz. Sie drückte ihm die Daumen gegen die Schläfen und die Lippen auf die Stirn, bis er sich zu entspannen begann. Dann lehnte sie sich zurück, und er nickte dankbar, lächelte aber nicht.

»Wann?«, fragte er. »Wer …? Nie von ihm gehört. Warum hat uns das APD nichts gesagt? Ich dachte, wir hätten in jedem Streifenwagen ein Bild von ihm.« Er seufzte. »Okay, das macht es schwer, ich sehe es ein.« Plötzlich setzte er sich aufrechter hin und sah auf den Wecker. »Schon wieder? Dann gibt es noch eine. Wer ist auf ihn angesetzt? … Gut. Er soll anrufen, sobald Woolf anhält. Ich beeile mich.« Er wollte gerade auflegen, hielt aber noch einmal inne. »Ja, ich sag's ihr. Danke, Chase.« Er reichte ihr das Telefon, und sie legte auf. Ihr Magen hatte zu brennen begonnen.

»Von wem hatte das APD ein Bild in jedem Streifenwagen?«

»Von einem Jungen, nach dem wir gesucht haben. Sie haben ihn tot in einer Gasse gefunden, ein paar Blocks von seinem Wagen entfernt.« Er rieb sich über das Gesicht. »Kopfschuss. Er war blutüberströmt. Sie haben ihn erst erkannt, als sie ihn im Leichenschauhaus abgewischt hatten. Dann haben sie den Wagen gefunden und das Kennzeichen überprüft. Ich kenne den Burschen nicht.«

»Wie heißt er?«

»Sean Romney.«

»Kenne ich auch nicht.« Sie zwang sich, auch die andere Frage zu stellen. »Woolf ist wieder unterwegs?«

Er nickte. »Ich muss los, und du kannst hier nicht allein bleiben.«

»Ich kann in zehn Minuten fertig sein«, sagte sie, und er sah sie zweifelnd an. »Wenn man auf einer Unfallstation arbeitet, muss man dorthin gehen, wo es gerade erforderlich ist. Wir kriegen alle schlimmen Fälle in einem Radius von siebzig Meilen. Ich bin es gewohnt, schnell in den Klamotten zu sein.« Sie stieg aus dem Bett, aber er blieb noch einen Moment liegen und sah ihr zu. »Was ist?«

Seine Augen hatten wieder das durchdringende Blau, das sie stets schaudern ließ. »Du bist so schön.«

»Und du auch. Ich hoffe nur, du kriegst keinen Ärger, weil ich eben ans Telefon gegangen bin.«

Er schwang die Beine aus dem Bett, stand auf und streckte sich, während sie ihn beobachtete. »Nein«, sagte er genüsslich. »Chase wusste es schon.«

Sie riss die Augen auf. »Du hast es ihm gesagt? Daniel!«

»Nein.« Er grinste. »Ich bin ein Kerl, Alex. Wenn ich phänomenalen Sex auf dem Sofa habe, dann sieht man mir das an. Alle wissen es.«

»Oh. Aha.« Sie spürte, wie ihre Wangen heiß wurden. »Und was sollst du mir von Chase sagen?«

Daniel wurde wieder ernst. »Dass es ihm leidtut wegen deiner Mutter. Komm jetzt. Wir müssen los.«

19. Kapitel

Tuliptree Hollow, Georgia,
Donnerstag, 1. Februar, 7.00 Uhr

DANIEL GING, die *Review* unter den Arm geklemmt, zum Graben. Ed stand bereits unten und sah zu, wie Malcolm und Trey die Leiche auf die Behelfsbahre hoben.

»Ed, komm mal rauf«, rief Daniel. »Ich muss dir was zeigen.«

Ed hangelte sich die Holzrampe hinauf, die sie an die Böschung gelegt hatten. »Weißt du was? Ich bin es leid, in Decken eingewickelte Leichen zu finden«, sagte er. Er warf einen Blick zu Daniels Wagen, in dem Alex wartete. Sie hatte sich in einen von Daniels Mänteln gehüllt. »Wie geht's ihr?«

Daniel sah über die Schulter. »Sie kriegt das schon hin.« Er reichte Ed die Zeitung.

Ed riss die Augen auf. »Verdammt. Der Junge hat doch die Decken gekauft.«

»Und Janets Z4 abgeholt.« Daniel tippte auf die Seite. »Autor ist Mr. Eichhörnchen.«

Ed blickte finster auf. »Er hockt schon wieder im Baum. Ich dachte, du möchtest ihn vielleicht persönlich herunterschütteln.«

»Mit Vergnügen. Schau mal auf den Namen des Jungen.«

»Sean Romney. Aus Atlanta. Und?«

»Und … Woolf schreibt, dass dieser Sean Romney der Enkel von Rob Davis *aus Dutton* ist, dem wiederum die Bank *in Dutton* gehört. Das bedeutet, dass Romney Cousin zweiten Grades von *Duttons* Bürgermeister Garth Davis ist. Reicht das an Duttons für dich?« Er senkte die Stimme zu einem Flüstern. »Ich möchte ja keine Verdächtigungen aussprechen, aber Garth Davis hat seinen Abschluss ein Jahr vor Simon und Wade gemacht. Allerdings an der Bryson Academy.«

Ed blies die Wangen auf. »Der Bürgermeister? Na, da kriegen wir ja noch Spaß.«

»Wir reden nachher im Büro darüber. Jetzt hole ich erst einmal Woolf aus dem Baum.«

Woolf stieg bereits herab, als sich Daniel näherte. »Sag mal, Jim, was ist eigentlich in dich gefahren? Auf Bäume klettern wie ein Zwölfjähriger?«

Woolf zuckte die Achseln. »Ich bin auf öffentlichem Grund, du kannst mich also nicht zum Gehen zwingen. Diese Story ist faszinierend, Daniel. Sie muss erzählt werden.«

Faszinierend. Zorn kochte in Daniel hoch wie ein Geysir. »Verdammt, Jim. Faszinierende Story? Sag das doch mal den Opfern und ihren Familien. Aber wo wir gerade von Faszination sprechen … du schießt deine Bilder aus einem Baum. Ist dir das nicht zu *bequem*? Weißt du was? Du kommst jetzt mit. Du darfst ein Opfer aus nächster Nähe sehen. *Das* wird eine faszinierende Story!« Er setzte sich in Bewegung, drehte sich dann aber um. Woolf hatte sich nicht gerührt. Daniels Augen wurden schmal. »Wenn es sein muss, schleife ich dich mit.«

Langsam folgte Woolf ihm. Seine Miene verriet eine Mischung aus Neugier und Furcht. Malcolm und Trey hoben die Tote gerade auf den Leichensack, der auf der Rollenbahre lag. »Schlag die Decke auf, Malcolm«, befahl Daniel barsch.

Malcolm gehorchte. »Dasselbe wie bei den anderen. Gesicht zerschlagen, Druckstellen um den Mund.«

»Die Lady hier hat ziemlich viel Metall im Gesicht«, bemerkte Trey. »Reihenweise Stecker und Ringe in beiden Ohren, Nasenring und Zungenpiercing.« Er deutete auf die Schulter des Opfers. »Und ein Tattoo. Falls ihr's nicht kennt: L-A-L-L heißt ›Live and let live‹. Leben und leben lassen.«

Hinter ihnen war ein dumpfer Laut zu hören. Daniel wandte sich um und erblickte einen erstarrten Jim Woolf, dem die Kamera aus der Hand geglitten war, und Daniel hatte plötzlich eine recht genaue Ahnung, wer das Opfer war. Er hätte ein schlechtes Gewissen haben müssen, dass er Woolf gezwungen hatte, es sich anzusehen, aber tatsächlich empfand er nur Mitleid mit der jungen Frau, deren Leben viel zu früh beendet worden war. *Tja,* dachte er bitter, *manchmal nimmt das Leben eine* faszinierende *Wendung.* »Jim?«

Woolf öffnete den Mund, aber es kam kein Laut heraus. Fassungslos starrte er auf die Leiche.

Daniel seufzte. »Ed, bringst du Mr. Woolf bitte zu deinem Van. Das ist seine Schwester Lisa.«

Atlanta, Donnerstag, 1. Februar, 8.35 Uhr

Daniel und Ed ließen sich beide schwer auf die Stühle am Konferenztisch fallen. Chase und Luke waren bereits da. Talia war unterwegs zu den Vergewaltigungsopfern, die sie mittels der Jahrbücher identifiziert hatten. Daniel hoffte nur, dass sie mehr Glück hatte als er.

»Wir haben zwei weitere Tote«, begann er. »Sean Romney und Lisa Woolf. Seine Schwester auf der Bahre zu sehen, hat Jims Zunge ein wenig gelöst. Ein Mann hat ihn angerufen und ihn mit ›Tipps‹ zu Janets und Claudias Fundorten versorgt. Die anderen Hinweise kamen als SMS auf ein Prepaid-Handy, das wir nicht in die richterliche Verfügung einschließen konnten.«

»Und natürlich sind die eingehenden Nachrichten auch nicht zurückzuverfolgen.« Ed seufzte.

»Vielleicht ist er ja jetzt, da seine Schwester Opfer geworden ist, nicht mehr ganz so heiß auf tolle Storys«, bemerkte Chase finster.

Luke las die Titelseite der *Dutton Review*, die Daniel mitgebracht hatte. »Wer ist dieser Romney?«

»Das APD hat einen anonymen Anruf bekommen, es läge ein Toter in einer Seitengasse«, erklärte Daniel. »Sean Romney hatte eine Kugel im Kopf, und sie haben ihn erst erkannt, als man ihm im Leichenschauhaus das Blut vom Gesicht gewischt hat. Deswegen kam der Anruf für Chase erst gegen fünf heute Morgen.«

»Er war achtzehn Jahre alt«, sagte Luke nachdenklich. »Er war also noch im Kindergarten, als Alicia ermordet wurde. Und er ist in Atlanta aufgewachsen.«

»Aber er hat Verbindungen zu Dutton«, wiederholte Daniel müde das, was er vorhin bereits Ed erklärt hatte. »Er ist ein Enkel von Rob Davis, Bankbesitzer in Dutton. Rob Davis ist Garth Davis' Onkel. Garths Vater war jahrelang Bürgermeister und eng mit dem Kongressabgeordneten Bowie befreundet. Ich denke, Seans Tod hat eine ähnliche Funktion wie die Schlüssel, die der Täter an die Zehen seiner Opfer bindet. Er soll eine Botschaft übermitteln.«

»Und Sie glauben, die Botschaft ist an Garth Davis gerichtet?«, fragte Chase.

Daniel nickte und rieb sich die Stirn. »Garth hat das richtige Alter, zumindest ist er nur ein Jahr älter als Simon und Wade. Und er kannte Simon. Wir können die Verbindung zu Simons Fotos nicht außer Acht lassen.«

»Und du kennst Garth«, sagte Ed. »Denkst du, er wäre zu dem, was auf den Fotos zu sehen ist, fähig gewesen?«

»Das hätte ich eigentlich nicht gedacht, und ich hoffe noch immer, dass ich mich nicht täusche. Ich war im letzten Jahr, er war gerade frisch auf der Highschool, daher hatten wir nicht besonders viel Kontakt. Allerdings kam er öfter zu uns, weil er zu Simon wollte. Ich würde nicht sagen, dass sie dicke Freunde waren, aber sie haben einiges zusammen unternommen.«

Luke schüttelte den Kopf. »Aber kann man ihm auch unterstellen, diese Frauen getötet zu haben?«

Daniel versuchte, sich wieder auf die Gegenwart zu konzentrieren. »Claudia kann er nicht umgebracht haben. Er war zu der Zeit, in der sie laut Felicity gestorben ist, bei den Bowies. Aber Garth ist die erste Person, bei der sowohl eine Verbindung zu Simon als auch zu einem der Opfer besteht.«

»Nein. Jim Woolf hat mit allen Opfern zu tun«, berichtigte Chase ihn. »Er hat von jeder einzelnen Toten Fotos gemacht und sie in seiner verdammten Zeitung veröffentlicht. Er bekommt Hinweise auf einem Silbertablett serviert. Der Täter muss wissen, dass wir Woolf beobachten. Warum gibt er ihm immer noch Tipps, obwohl er genau weiß, dass wir Woolf auf den Fersen sind?« Chase zog die Brauen hoch. »Es sci denn, er will, dass wir Woolf beobachten.«

»Er hat Jim an den Leichenfundort seiner eigenen Schwester geholt«, warf Ed ein. »Wenn das keine klare Botschaft ist.«

»Der Kerl hat sich einige Mühe gemacht, um sich Lisa Woolf zu schnappen«, bemerkte Daniel nachdenklich. »Sie hat in Athens studiert. Er muss entweder hingefahren sein oder sie hergelockt haben. Ich habe ihren Einzelverbindungsnachweis angefordert und die Außenstelle in Athens angerufen. Sie werden ihre Wohnung durchsuchen und ihre Freunde befragen. Vielleicht hat jemand gesehen, wie er ihr gefolgt ist.«

Chase zeigte auf die *Review*. »Ich will wissen, wie Woolf zu diesem Bild gekommen ist. Sein Beschatter sagt, er sei zwischen neun und zwei gestern Nacht in der Redaktion gewesen. Wie kann er nach Atlanta gekommen und dieses Foto gemacht haben? Er muss jemand anderen geschickt haben.«

332

»Ich kann mir nicht vorstellen, dass er das jemand anderem anvertraut«, sagte Daniel. »Höchstens seiner treuen Frau, der guten Marianne. Unglücklicherweise hat Jim vergessen, das zu erwähnen, als er vorhin sein Gewissen erleichterte.«

Ed blickte immer noch stirnrunzelnd auf den Artikel. »Moment mal. Das APD hat den Burschen nicht vor fünf Uhr heute Morgen identifizieren können. Woolf musste die Story aber bis zur Drucklegung fertig haben. Selbst bei einem winzigen Blättchen wie der *Review* muss das ungefähr um Mitternacht gewesen sein. Ich meine, die Zeitung landet um sechs Uhr morgens bei den Kunden auf der Veranda.«

Daniel fiel wieder ein, wie der Zeitungsbote am gestrigen Morgen Alex und ihn quasi noch keuchend vom Sofa gescheucht hatte. Er errötete. »Um halb sechs sogar«, sagte er. »Also wusste Jim Woolf bereits vor der Polizei, dass es sich um Sean Romney handelte. Das ist mehr als ein Tipp. Vielleicht können wir ihn wegen Verschwörung drankriegen.«

»Sie haben recht«, sagte Chase. »Los, holen wir ihn ab. Vielleicht löst eine drohende Gefängnisstrafe seine Zunge ein wenig. Daniel, sprechen Sie mit Marianne Woolf?«

»Sobald wir hier fertig sind. Gibt es Neues von Koenig und Hatton?«

Chase nickte. »Koenig hat vor ungefähr eineinhalb Stunden angerufen. Sie haben die ganze Nacht gesucht, Crighton aber nicht gefunden. Sie wollten sich zum Frühstück in den Obdachlosenunterkünften umsehen und dann erst einmal schlafen.«

»Verflucht.« Daniel presste die Kiefer zusammen. »Ich hatte wirklich gehofft, dass wir diesen Mistkerl fassen.«

»Ich habe mir noch einmal die Aufnahmen angesehen, die wir gestern Abend bei der Hypnose gemacht haben«, sagte Ed. »Dabei ist mir aufgefallen, dass Crighton laut Alex gesagt hatte, Alicia hätte ›mit ihren knappen Shorts und dem Top darum gebettelt‹. Das klingt für mich, als hätte er von der Vergewaltigung gewusst.«

»Du hast recht«, sagte Daniel. »Er meinte zwar auch, Wade habe Alicia nicht umgebracht, aber es ist ja logisch, dass er das behauptet. Wenn Wade Alicia vergewaltigt hat, dann war es vermutlich das, was er Reverend Beardsley gebeichtet und in den Briefen an Bailey und Crighton geschrieben hat.«

»Ich habe ein bisschen nachgeforscht«, meldete sich Luke zu Wort. »Nach den Morden an Alicia und ihrer Mutter ging es mit Crighton steil bergab. Bis dahin hatte er einen ganz anständigen Job gehabt, aber seit dreizehn Jahren gibt es von ihm keine Steuerunterlagen, keine Bankauszüge, kein gar nichts.«

»Stattdessen lebt er auf der Straße und spielt Flöte«, sagte Daniel verächtlich. »Und verprügelt alte Nonnen.«

»Oh.« Ed sah auf. »Flöte. Ich habe mir mal die Gegenstände angesehen, die wir aus Baileys Haus geholt haben, und ein Flötenkästchen gefunden. Es sah sehr alt aus, als sei es viele Jahre nicht angerührt worden. Staub in jeder Ritze, aber innen war es sauber, als sei es vor Kurzem erst geöffnet worden. Spielte Bailey auch Flöte?«

Daniel zog die Brauen zusammen. »Das hätte Alex doch sofort erwähnt. Ich frage sie trotzdem.«

»Haben Sie ihr die Sache mit dem Haar gebeichtet?«, fragte Chase.

»Ja, habe ich. Und auf dem Weg zum neuen Fundort heute Morgen habe ich sie gefragt, was mit Alicias Sachen passiert ist. Sie sagte, ihre Tante Kim hätte sie nach Ohio verfrachten lassen, wo die Kisten seitdem eingelagert sind. Sie hat mir auch erzählt, dass sie, Alicia und Bailey Kleidung, Make-up und Bürsten teilten. Bailey und Alicia schliefen zum Zeitpunkt des Mordes sogar in einem Zimmer, weil Alicia gerade sauer auf ihre Schwester war. Das heißt, das Haar könnte ebenso gut erst kürzlich aus Baileys Haus genommen worden sein.«

»Das glaube ich nicht«, wandte Ed ein. »Wenn es so lange Zeit in einer Bürste gesteckt hätte, wäre es geknickt oder gebrochen, aber dieses Haar ist schnurgerade – und staubfrei. Es wirkt wie versiegelt.«

»Ein Souvenir von der Vergewaltigung«, murmelte Chase angewidert.

»Und, äh, noch etwas.« Ed legte eine Plastiktüte auf den Tisch.

Daniel hielt sie ins Licht. »Ein Ring mit einem blauen Stein. Wo hast du den denn gefunden?«

»Im Zimmer, das laut Alex' Aussage ihres war. Direkt unterm Fenster.«

»Als Gary Fulmore von Alicias Ring gesprochen hat, hat Alex auf ihre Hände gestarrt«, sagte Daniel nachdenklich. »Fulmore behauptet, der Ring sei an Alicias Hand gewesen, als er sie wieder eingewickelt hat, aber Wanda aus dem Sheriffbüro sagt, man habe ihn in Fulmores Tasche gefunden.«

»Tja, fragt sich, ob einer lügt oder ein anderer Beweise gefälscht hat«, entgegnete Chase ruhig.

Daniel seufzte. »Ja. Wir müssen herausfinden, ob dieser Ring an ihrem Finger war, als man sie fand, oder nicht. Ich fahre gleich nach Dutton, um mit Garth und seinem Onkel über Romneys Tod zu sprechen. Dann schaue ich auch bei den Porter-Brüdern vorbei, die damals Alicia gefunden haben. Vielleicht erinnern sie sich ja an einen Ring. Luke, kannst du dich um die Namen kümmern, die Leigh aus den Jahrbüchern hat?«

Luke betrachtete den Stapel Ausdrucke, die die Assistentin am Tag zuvor angefertigt hatte, und verzog das Gesicht. »Wo soll ich anfangen?«

»Beschränke dich am Anfang auf die städtische Highschool, auf der Simon, Wade und Rhett ihren Abschluss gemacht haben, und die Privatschule, auf der Garth und ich waren. Sieh nach, ob einer von den Jungen eine gewalttätige Vorgeschichte hat oder ob bei einem von ihnen irgendetwas – keine Ahnung – *Komisches* auftaucht.«

Luke zog zweifelnd die Brauen hoch. »Komisch. Okay.«

»Und ich rufe die restlichen potenziellen Opfer an, die ich gestern nicht erreichen konnte«, sagte Chase mit einem Seufzen. »Vielleicht können wir ihm ja ein Schnippchen schlagen.«

Dutton, Donnerstag, 1. Februar, 8.35 Uhr

Er betrat hundemüde seine Veranda. Auch diese Nacht hatte er über Kate gewacht, obwohl er irgendwann kurz nach vier eingeschlafen war. Als er aufgewacht war, hatte die Sonne geschienen, und Kate war im Begriff, die Auffahrt hinunter und zur Arbeit zu fahren. Beinahe hätte sie ihn gesehen, und dann hätte er erklären müssen, was er hier zu suchen hatte.

In Anbetracht der Tatsache, dass drei Frauen tot waren, konnte er vielleicht behaupten, er mache sich einfach Sorgen, aber seine Schwester war nicht dumm. Sie wäre misstrauisch geworden.

Diese Sache musste ein Ende haben. So oder so. Seine Frau öffnete ihm die Tür, die Augen rot verweint. Augenblicklich begann sein Herz zu rasen.

»Was ist los?«

»Dein Onkel Rob ist hier. Er wartet schon seit sechs auf dich. Sean ist tot.«

»Was? *Sean* ist tot? Wieso Sean? Was ist passiert?«

Sie sah ihn an. Ihre Lippen zitterten. »Wieso Sean?«, wiederholte sie leise. »Mit wessen Tod hast du denn gerechnet?«

Er war zu erschöpft, um sich etwas einfallen zu lassen. »Kates.«

335

Sie stieß langsam die Luft aus. »Rob ist in der Bibliothek.«

Sein Onkel saß am Fenster. Sein Gesicht war grau und hager. »Wo bist du gewesen?«

Er setzte sich auf den Stuhl neben Rob. »Ich habe auf Kate aufgepasst. Was ist passiert?«

»Man hat ihn in einer Seitengasse gefunden.« Seine Stimme brach. »Sie konnten ihn zunächst nicht einmal identifizieren. Überall war Blut, und sein ganzes Gesicht … Die Polizei sagt, sie hätten nach ihm gesucht und sein Bild in den Nachrichten veröffentlicht. Mein Enkel in den Nachrichten.«

»Warum haben sie denn nach ihm gesucht?«

Robs Blick begann vor Zorn zu glühen. »Weil«, stieß er hervor, »er angeblich der Person geholfen haben soll, die Claudia Silva, Janet Bowie und Gemma Martin umgebracht hat.«

»Und Lisa Woolf«, fügte seine Frau an der Tür zur Bibliothek hinzu. »Ich habe es gerade auf CNN gesehen.«

Rob wandte sich wieder ihm zu. Die Verbitterung verschärfte jede Falte in seinem Gesicht. »Und Lisa Woolf. Sag mir endlich, was du weißt. Und sag es mir jetzt!«

Er schüttelte den Kopf. »Ich weiß gar nichts.«

Rob sprang auf die Füße. »Du lügst. Das weiß ich ganz genau.« Mit zitterndem Finger zeigte er auf seinen Neffen. »Du hast Dienstagabend hunderttausend Dollar auf ein Konto in Übersee transferieren lassen. Und gestern hatte ich plötzlich einen Besucher in der Bank, der Rhett Porters Banksafe einsehen wollte.«

Er spürte, wie ihm das Blut aus den Wangen wich. Dennoch hob er trotzig das Kinn. »Na und?«

»Na und? Als er ging, sagte er zu mir ›Sag Garth, dass ich ihn habe‹. Was soll das heißen?«

»Du hast jemandem hunderttausend Dollar gezahlt?«, fragte seine Frau. Sie starrte ihn entsetzt an. »Wir haben doch gar nicht so viel Geld, Garth.«

»Er hat es von dem Collegegeld eurer Kinder genommen«, sagte Rob kalt.

Seiner Frau blieb der Mund offen stehen. »Du verdammter Mistkerl. Ich habe mir in den vergangenen Jahren viel von dir gefallen lassen, aber jetzt bestiehlst du schon *die Kinder?*«

Nun kam alles heraus. Alles. »Er hat Kate bedroht.«

»Wer?«, fragte Rob barsch.

»Der, der diese Frauen umbringt. Er hat Kate und Rhett bedroht. Also habe ich gezahlt, um Kate zu schützen. Am nächsten Morgen war Rhett tot.« Er versuchte zu schlucken, aber sein Mund war zu trocken. »Und ich zahle auch noch mehr, wenn ich damit Kates Leben retten kann.«

»Das wirst du nicht!«, kreischte seine Frau. »Mein Gott, Garth, bist du verrückt geworden?«

»Nein«, erwiderte er ruhig. »Sicher nicht. Rhett ist tot.«

»Und du glaubst, dass dieser Kerl ihn umgebracht hat«, sagte Rob. »So wie er Sean umgebracht hat.«

»An Sean hätte ich nie gedacht«, sagte er. »Ich schwöre es. Seans Foto war nicht dabei.«

Rob ließ sich vorsichtig auf einen Stuhl nieder. »Er hat dir Fotos geschickt«, murmelte er tonlos.

»Ja. Von Kate. Und Rhett.« Er zögerte. »Und anderen.«

Auch seine Frau musste sich setzen. »Wir müssen es der Polizei sagen.«

Er lachte verbittert auf. »Definitiv nicht.«

»Was, wenn er unseren Kindern etwas antut? Hast du daran noch gar nicht gedacht?«

»Jetzt gerade, doch. Bevor ich das von Sean wusste, nein.«

»Du weißt, warum der Killer das tut«, stellte Rob kalt fest. »Und du wirst es mir jetzt sagen.«

»Nein.« Er schüttelte bedächtig den Kopf. »Das werde ich nicht.«

Rob verengte die Augen. »Und warum nicht?«

»Weil ich nicht weiß, wer Rhett getötet hat.«

»Garth, was passiert hier?«, flüsterte seine Frau. »Warum können wir nicht zur Polizei gehen?«

»Das kann ich dir nicht sagen. Es ist besser für euch und eure Sicherheit, glaub mir.«

»Verdammt noch mal, du scherst dich doch einen feuchten Dreck um unsere Sicherheit. Du hast dich da in etwas reingeritten, was uns offenbar genauso betrifft. Also erzähl mir nicht so einen … einen *Schwachsinn!* Du sagst es mir jetzt, oder ich gehe sofort zur Polizei!«

Sie meinte es ernst. Sie würde es tun. »Erinnert ihr euch an Jared O'Brien?«

»Er ist verschwunden.« Robs Stimme war noch immer tonlos.

»Ja, ich weiß es noch. Es hieß, er sei betrunken gewesen und nachts von der Straße abgekommen ...« Sie wurde blass. »Wie Rhett. O mein Gott. Garth. Was hast du getan?«

Er antwortete nicht. Konnte nicht antworten.

»Was immer damals geschah, anscheinend will dir jemand deswegen an den Kragen«, sagte Rob. »Wenn es nur um dich ginge, dann würde ich mich ja ruhig verhalten. Aber bei Gott, das hier betrifft meine Familie! Wir wissen alle, dass Sean nicht besonders intelligent war. Dieser Kerl hat ihn benutzt, *hat ihn benutzt und umgebracht*, weil er *dir* eins auswischen wollte.« Er stand auf. »So nicht, Garth. So nicht.«

Er sah zu seinem Onkel auf. »Was willst du tun?«

»Ich weiß es noch nicht.«

»Gehst du zur Polizei?« Seine Frau weinte jetzt.

Rob schnaubte verächtlich. »Doch nicht in dieser Stadt.«

Garth stand nun ebenfalls auf und sah seinem Onkel in die Augen. »Ich würde meinen Mund halten, wenn ich du wäre, Rob.«

Robs Augen verengten sich zu Schlitzen. »Ach, und warum?«

»Hast du ein bisschen Zeit? Tatsächlich bräuchte ich nur ein paar Minuten. Mit dem einen oder anderen Anruf hast du im Handumdrehen einen Wirtschaftsprüfer am Hals ...«

Auf Robs leichenblassem Gesicht erschienen hektische rote Flecken. »Du besitzt die Frechheit, *mir* zu drohen?«

»Ich besitze die Frechheit, alles zu tun, was ich tun muss«, erwiderte er ruhig.

Seine Frau presste sich die Hand vor den Mund. »Ich ... ich kann das alles nicht glauben. Das ist ein Alptraum.«

Er nickte. »Ja. Aber wenn du den Mund hältst und ruhig bleibst, könnten wir das alles überstehen.«

Atlanta, Donnerstag, 1. Februar, 9.15 Uhr

In dem kleinen Raum mit der verspiegelten Scheibe war es still. Sie warteten auf Dr. McCrady. Alex stützte die Ellenbogen auf den Tisch, das Kinn auf die Faust und sah Hope beim Ausmalen zu. »Wenigstens benutzt sie jetzt andere Farben«, murmelte sie.

Meredith sah auf und lächelte traurig. »Schwarz und Blau. Wir machen Fortschritte.«

Plötzlich hatte Alex genug. »Aber es reicht nicht. Wir müssen mehr aus ihr herausbekommen, Mer.«

»Alex.«

»Du warst nicht dabei, als sie heute Morgen die Frau aus dem Graben holten«, fuhr Alex sie an. »Ich schon. Mein Gott. Mit Sheila sind jetzt schon fünf Frauen tot! Das muss doch aufhören. Hope, ich muss mit dir reden, und du hörst mir jetzt zu.« Sie tippte Hope ans Kinn, bis die Hand des Mädchens verharrte und sie mit großen grauen Augen zu ihr aufblickte. »Hope, hast du gesehen, wer deiner Mami wehgetan hat? Bitte, Liebes, ich muss es wissen.«

Hope sah weg, und Alex ballte, der Verzweiflung nah, die Fäuste. Ihre Kehle verschloss sich. »Hope, Schwester Anne hat gesagt, wie klug du bist und wie viel und wie gut du sprichst. Du weißt, dass deine Mami weg ist. Ich kann sie ohne deine Hilfe nicht finden.« Alex' Stimme brach. »Bitte rede mit mir. Hast du gesehen, wer sie mitgenommen hat?«

Langsam nickte Hope. »Es war dunkel«, flüsterte sie mit dünnem Stimmchen.

»Lagst du im Bett?«

Hope schüttelte ängstlich den Kopf. »Ich hab mich rausgeschlichen.«

»Warum?«

»Ich hab den Mann gehört.«

»Den Mann, der ihr wehgetan hat?«

»Er ist weggegangen, und sie hat geweint.«

»Hat er sie geschlagen?«

»Er ist weggegangen, und sie hat geweint«, wiederholte sie. »Und gespielt.«

»Gespielt?«, fragte Alex.

»Auf der Flöte.« Die Worte waren kaum zu verstehen. Alex runzelte die Stirn. »Deine Mom hat früher auf dem Horn gespielt. Das ist groß und glänzend. Und gar nicht wie eine Flöte.«

Hope schob trotzig die Lippen vor. »Flöte.«

Meredith legte Hope ein weißes Blatt hin. »Mal es mir auf, Spatz.«

Hope nahm den schwarzen Buntstift und malte ein rundes Gesicht mit Augen und Nase und einem langen Rechteck an der Seite der Stelle, wo der Mund hätte sein sollen.

Sie sah zu Alex auf. »Flöte«, sagte sie.

»Das ist wirklich eine Flöte«, sagte Meredith. »Du kannst toll malen, Hope.«

Alex drückte Hope an sich. »Das stimmt. Und was war mit der Flöte?«

339

Hope senkte wieder den Blick. »Sie hat das Lied gespielt.«

»Das Lied deines Opas? Und was war dann?«

»Wir sind gerannt.« Ihre Stimme war nur ein Hauch.

Alex' Herz hämmerte heftig. »Gerannt? Wohin?«

»In den Wald.« Und plötzlich zog Hope die Knie an, schlang die Arme darum und machte sich so klein, wie sie konnte.

Alex hob Hope auf den Schoß und wiegte sich mit ihr. »Du warst mit deiner Mami im Wald?«

Hope begann zu weinen, und es klang so kläglich, dass es Alex im Herzen wehtat.

»Ich bin bei dir, Hope. Niemand kann dir etwas tun. Warum seid ihr in den Wald gerannt?«

»Wegen dem Mann.«

»Habt ihr euch versteckt? Wo?«

»Baum.«

»Seid ihr raufgeklettert?«

»Unter den Blättern.«

Alex zog die Luft ein. »Deine Mami hat dich unter den Blättern versteckt?«

»*Mami.*« Das Wort kam wie ein ängstliches Flehen heraus.

»Er hat deiner Mami etwas getan?«, flüsterte Alex. »Der Mann hat deiner Mami wehgetan?«

»Sie ist gerannt.« Hope packte Alex' Bluse. »Er ist gekommen, und sie ist gerannt. Dann hat er sie gekriegt und gehauen und gehauen und …« Hope wiegte sich heftig, während sie die Worte hervorstieß.

Nun, da sie einmal angefangen hatte, schien sie nicht aufhören zu können.

Alex drückte den Kopf des schluchzenden Mädchens an ihre Schulter.

Meredith schlang die Arme um beide, und so saßen sie da und lauschten Hopes verzweifelten Lauten. »Bailey hat Hope also versteckt, damit er sie nicht finden konnte«, flüsterte Alex. »Wie lange warst du wohl da unter den Blättern, Schätzchen?«

Hope antwortete nicht darauf, sondern weinte weiter, bis die Schluchzer schließlich verebbten. Schwer atmend und schniefend drückte sie sich gegen Alex, deren Bluse inzwischen tränendurchweicht war. Ihre Fäuste hielten noch immer den Stoff umklammert. Alex löste ihre Finger behutsam und rückte das Mädchen ein wenig zurecht, sodass sie sie umarmen konnte.

340

Die Tür hinter ihnen öffnete sich, und Daniel und Mary McCrady traten ein. Beide blickten ernst.

»Habt ihr es gehört?«, fragte Alex.

Daniel nickte. »Ich kam gerade in den Nebenraum, als sie die Flöte zeichnete. Ich habe Mary angerufen.«

»Ich war ohnehin schon auf dem Weg.« Mary strich Hope übers Haar. »Es war sicher schwer, uns das zu erzählen, Liebes, und ich bin sehr stolz auf dich. Und deine Tante Alex auch.«

Wieder vergrub Hope das Gesicht an Alex' Brust, und sie zog sie beschützend an sich. »Können wir eine Pause machen?«

»Ja, unbedingt«, sagte Mary. »Halten Sie sie einfach eine Weile im Arm. Aber wir sollten auch nicht zu viel Zeit verstreichen lassen, okay? Vielleicht kann der Zeichner ja jetzt etwas erreichen.«

»Nur noch ein bisschen.« Alex blickte zu Daniel auf, der zärtlich auf Hope hinabsah. Dann legte er seine große Hand auf Hopes kleinen Rücken, und diese Geste war so liebevoll, dass es Alex den Atem nahm.

»Das hast du gut gemacht, Hope«, sagte er leise. »Aber, Schätzchen, darf ich dich noch eine Sache fragen?« Als Hope nicht sofort reagierte, fügte er hinzu: »Es ist sehr wichtig.« In Alex' Ohren klang es, als wollte er vor allem sie davon überzeugen.

Hope nickte, obwohl ihr Gesicht noch immer an Alex' Brust lag.

»Was ist mit der Flöte deiner Mami passiert?«

Hope schauderte. »In den Blättern«, sagte sie.

»Okay, Liebes.« Daniel richtete sich auf. »Mehr wollte ich nicht wissen. Ich sage Ed, dass er die Gegend noch einmal absuchen soll. Ich bin gleich zurück.«

Atlanta, Donnerstag, 1. Februar, 9.45 Uhr

Daniel hatte mit Ed gesprochen und just den Hörer aufgelegt, als Leigh in seiner Tür erschien.

»Daniel, du hast Besuch. Michael Bowie, Janets Bruder. Und er ist gar nicht zufrieden.«

»Wo ist Chase? Er soll doch eine öffentliche Erklärung abgeben.«

»Chase steckt in einem Meeting. Soll ich Bowie sagen, dass du nicht da bist?«

Daniel schüttelte den Kopf. »Nein, ich komme raus und rede mit ihm.«

Michael Bowie sah genauso aus wie ein Mann, dessen Schwester vor wenigen Tagen grausam ermordet worden war. Er beendete seine unruhige Wanderung vor der Empfangstheke, als Daniel eintrat. »Daniel.«

»Michael. Was kann ich für dich tun?«

»Du kannst mir sagen, dass du den Kerl gefunden hast, der meine Schwester umgebracht hat.«

Daniel seufzte innerlich. »Nein, das kann ich nicht. Wir gehen verschiedenen Spuren nach.«

»Das höre ich seit Tagen«, presste Michael hervor.

»Ja, ich weiß, und es tut mir leid. Ist dir jemand eingefallen, der Janet so etwas hätte antun können? Aus Hass oder Wut?«

Michaels Zorn schien zu verpuffen. »Nein. Janet konnte unheimlich arrogant und egoistisch sein. Manchmal sogar gemein und hinterhältig. Aber es gab niemanden, der sie gehasst hätte. Sie, Claudia und Gemma … sie waren doch kaum erwachsen. Sie haben das einfach nicht verdient.«

»Niemand behauptet, dass sie das verdient hätten, Michael«, gab Daniel sanft zurück. »Aber jemand hat sich ausgerechnet Janet und Mädchen, die sie kannte, ausgesucht.« Als Bauernopfer in einem größeren Spiel. »Alles, was du weißt, kann hilfreich sein. Alles, was dir einfällt. Jede Person, der sie vielleicht auf die Zehen getreten ist.«

Michael stieß einen frustrierten Laut aus. »Soll ich dir eine verdammte Liste erstellen? Die Mädels waren verwöhnte Gören und haben vermutlich an jedem Tag ihres Lebens irgendjemanden vor den Kopf gestoßen. Aber das hier! Sie haben nichts getan, um so etwas zu verdienen.«

Michael trauerte. Daniel hatte schon viele trauernde Menschen erlebt. Dass die Mädchen dieses Schicksal nicht verdient hatten, war ein Bruch in der Weltordnung, den Michael noch nicht verarbeiten konnte. Mit der Zeit würde es ihm gelingen. Wie den meisten Familien von Opfern.

»Ich kann dir nicht sagen, was du hören willst, Michael, noch nicht. Aber wir kriegen ihn.«

Michael nickte steif. »Du rufst mich an?«

»Sobald ich mehr weiß. Verlass dich drauf.«

20. Kapitel

Atlanta, Donnerstag, 1. Februar, 10.15 Uhr

MEREDITH SCHAUTE von ihrem Laptop auf. »Soll ich sie nehmen?«, fragte sie. »Du hast dich seit mindestens einer halben Stunde nicht gerührt. Eigentlich sollten dir die Arme abbrechen.«

Sie saßen noch immer in dem Raum mit der verspiegelten Scheibe. Alex zog Hope ein wenig enger an sich. »Sie ist nicht schwer.« Selbst noch im Schlaf klammerte sich Hope an Alex' Bluse, als befürchtete sie, dass man sie allein lassen könnte. »Ich hätte schon die ganze Zeit bei ihr sein müssen«, murmelte sie.

»Idealerweise sicher«, sagte Meredith. »Aber ideal ist nicht unbedingt realistisch. Du musstest nach Bailey suchen. Du musstest mit Fulmore und all den anderen Leuten reden, also hör auf, dich ständig schuldig zu fühlen.«

Aber Alex wusste, dass es sich hier nicht um schlichte Schuldgefühle handelte. Sie hatte nicht gezögert, die Vormundschaft und damit die Verantwortung für Hopes körperliche Unversehrtheit zu übernehmen, aber bis vorhin, als Hope sich vertrauensvoll an sie geschmiegt hatte, war ihr Herz dem kleinen Mädchen gegenüber verschlossen geblieben. Sie hatte sich in den vergangenen Jahren kaum jemandem geöffnet. Richard gewiss nicht, und wenn sie ehrlich war, auch Bailey nicht. Damals hatte sie Bailey zwar angeboten, sie bei einer Entziehungskur zu unterstützen, aber echte Gefühle hatte sie ihr kaum entgegengebracht.

Vielleicht hatte sie einfach nicht gewusst, wie sie es tun sollte. Und vielleicht wusste sie es immer noch nicht. Aber dann ging die Tür auf, und Daniel trat ein, und alles Schwere, Belastende und Dunkle in ihrem Herzen wurde durch seinen Anblick in den Hintergrund gedrängt. Möglicherweise gab es für sie doch noch Hoffnung. Und das war das Licht inmitten der Finsternis.

»Soll Hope jetzt wieder mit Mary arbeiten?«, fragte sie leise, aber er schüttelte den Kopf.

»Noch nicht. Ich wollte euch hier nicht so lange warten lassen. Im

Pausenraum steht ein Sofa. Hope kann da schlafen, bis Mary zurück-kommt.«

Alex wollte sich mit Hope erheben, doch Daniel hielt sie auf. »Ich nehme sie schon.« Und dann hielt er Hope auf den Armen wie Riley in der Nacht zuvor. Hope erwachte nicht, sondern schmiegte sich nur an ihn, und Alex empfand plötzlich eine solche Sehnsucht, dass ihr die Knie weich wurden.

Das ist es, was ich will. Dieses Kind. Diesen Mann. Unsicher stand sie da und spürte, wie sich beinahe gleichzeitig mit dem Gedanken Panik einstellte. *Was, wenn er nicht dasselbe will? Was, wenn ich nicht sein kann, was er will?*

Meredith beobachtete sie stirnrunzelnd. »Komm.« Sie legte ihr einen Arm um die Schultern und schob sie sanft zur Tür hinaus, um Daniel zu folgen.

Daniel blieb vor dem Sofa im Pausenraum stehen. Sanft wiegte er Hope auf dem Arm. Er starrte ins Leere, offensichtlich war er in Gedanken ganz weit weg. Schließlich bettete er Hope behutsam auf das Sofa, zog sich die Jacke aus, legte sie über sie und warf dann Alex einen Blick zu. Das angedeutete Lächeln lag auf seinen Lippen. »Entschuldigung. Ich hatte gerade an etwas gedacht.«

»Und an was?«, fragte sie leise.

»An den Tag, an dem deine Mutter starb.« Er legte ihr einen Arm um die Taille und führte sie zum Tisch an der Kaffeemaschine. »Ich muss mit jemandem reden, der damals mit deiner Mutter gesprochen hat. Nachdem sie Alicia gefunden hatte.« Er zog Stühle für Alex und Meredith hervor.

»Das wären Sheriff Loomis, Craig, der Leichenbeschauer und ich«, sagte Alex und setzte sich.

»Und ich«, fügte Meredith hinzu.

Daniels Hand, die gerade nach der Kaffeekanne greifen wollte, verharrte. »Du hast an diesem Tag mit Kathy Tremaine gesprochen?«

»Mehrmals«, erklärte Meredith. »Tante Kathy rief am Morgen an, weil Alicia vermisst wurde, und meine Mutter packte sofort ihren Koffer. Ihr Auto war nicht besonders zuverlässig, also beschloss sie zu fliegen.« Meredith legte die Stirn in Falten. »Deswegen hat sie sich im Nachhinein unglaubliche Vorwürfe gemacht.«

»Aber warum?«, wollte Alex wissen.

Meredith zuckte die Achseln. »Ihr Flug wurde wegen Unwetter stän-dig verschoben. Hätte sie das Auto genommen, wäre sie Stunden eher angekommen, und deine Mutter wäre noch am Leben gewesen. Und wenn Tante Kathy nicht bereits tot gewesen wäre, hättest du auch nie die Tabletten geschluckt.«

»Ich wünschte, Tante Kim hätte die Wahrheit noch erfahren können«, sagte Alex traurig.

Meredith tätschelte ihr die Hand. »Ja, ich weiß. Jedenfalls rief Tante Kathy an, als Mom schon zum Flughafen unterwegs war. Weil damals kaum einer ein Handy hatte, spielte ich den Vermittler. Mom rief alle halbe Stunde vom Flughafen an, und ich sagte ihr, was ich von ihrer Schwester gehört hatte. Das erste Mal, als ich mit Tante Kathy sprach, hatte sie gerade erfahren, dass zwei Jungen aus der Nachbarschaft eine Leiche gefunden hatten.«

»Die Porter-Jungen«, sagte Daniel.

Meredith nickte. »Tante Kathy war in Panik. Sie wollte loslaufen und sich die Tote ansehen.«

»Und dann hat sie Alicia gefunden«, murmelte Alex. »Und wie ging es weiter? Wann hat sie wieder angerufen?«, fragte Daniel.

»Sie hatte die Leiche gefunden, sie aber noch nicht offiziell identifiziert. Sie war … mehr als hysterisch. Sie weinte und schluchzte, ich konnte sie kaum verstehen.«

»Weißt du noch, was sie gesagt hat?«

Meredith runzelte die Stirn. »Sie hat geschluchzt, dass man ihre Kleine im Regen liegen lassen hatte. Schlafend.«

Daniel sah sie verwundert an. »Aber es hatte in der Nacht zuvor nicht geregnet. Es hatte gedonnert und geblitzt, aber nicht geregnet. Ich habe mir die Wetterdaten von damals angesehen, nachdem wir mit Fulmore gesprochen haben.«

Meredith hob die Schultern. »Aber das war es, was sie gesagt hat. ›Schlaf‹ und ›Regen‹. Immer wieder.«

Die Erinnerung durchfuhr Alex plötzlich wie ein Blitz. »Nein. Das war es nicht. Sie hat etwas anderes gesagt.«

Daniel setzte sich neben sie und sah sie eindringlich an. »Was hat sie gesagt, Alex?«

»Mama war im Leichenschauhaus gewesen, um Alicia zu identifizieren. Craig gab ihr ein Beruhigungsmittel und ging zur Arbeit. Ich brachte sie ins Bett. Sie weinte so sehr, dass ich … dass ich zu ihr ins Bett gestiegen bin und mich einfach an sie geschmiegt habe.« Alex sah ihre tränenüberströmte Mutter nun wieder deutlich vor sich. »Was sie sagte, war ›Ein Schaf und ein Ring‹. Das war alles, woran sie ihre Tochter erkennen konnte, weil das Gesicht so zerstört war. ›Ein Schaf und ein Ring‹.«

Triumph blitzte in Daniels Augen auf. »Okay.«

Alex blickte auf ihre Hände herab. »Alicia und ich trugen beide einen Ring. Mit unseren Glückssteinen. Meine Mutter hatte sie uns zum Geburtstag geschenkt.« Ihre Lippen verzogen sich zu einem bitteren Lächeln. »Süße sechzehn waren wir geworden.«

»Und wo ist dein Ring, Alex?«, fragte er leise, und plötzlich drehte sich ihr der Magen um.

»Ich weiß es nicht. Ich kann mich nicht erinnern.« Ihr Puls begann zu rasen. »Ich muss ihn verloren haben.« Sie sah auf und begegnete seinem Blick. Und begriff. »Du weißt, wo er ist.«

»Ja. Er war in deinem ehemaligen Zimmer. Auf dem Boden, unterm Fenster.«

Furcht kroch in jede Faser ihres Körpers. Im Geist hörte sie Donnergrollen, und eine einzelne Stimme schrie. *Sei still. Mach die Tür zu.* »Das ist es, nicht wahr? Woran ich mich nicht erinnern will.«

Sein Arm drückte sie. »Wir finden es heraus«, versprach er. »Mach dir keine Sorgen.«

Aber das tat sie.

Atlanta, Donnerstag, 1. Februar, 10.55 Uhr

Daniel hielt am Konferenzraum an, wo Luke über einem Stapel Tabellen schwitzte.

»Ein Schaf und ein Ring«, sagte Daniel mit einem Nicken. Luke sah verwirrt auf. »Klingt gruselig.«

»Nein, tut es nicht.« Daniel setzte sich an den Tisch und schob Blätter und Jahrbücher beiseite. »Alex' Mutter hat das am Tag von Alicias Tod gesagt. Sie meinte damit, dass sie ihre Tochter nur an der Tätowierung und dem Ring an ihrem Finger identifizieren konnte, da ihr Gesicht zertrümmert war. Und sie hat Alicia noch vor der Polizei gesehen.«

Luke musterte ihn indigniert. »Alicia hatte eine Schaftätowierung?«

»Am Fußknöchel. Genau wie Bailey und Alex.«

»Und einen Ring an ihrem Finger. Das würde Fulmores Version untermauern.« Nach einer Pause fügte er hinzu: »Und die des Sheriffs als Lüge entlarven.«

Daniel nickte grimmig. »So sieht's aus. Und? Hast du etwas gefunden?«

Luke schob ihm ein Blatt Papier über den Tisch. »Ich habe alle Namen der Jungen notiert, die ein Jahr vor Simon, mit Simon und ein Jahr nach Simon ihren Abschluss gemacht haben. Sowohl die von den öffentlichen als auch die von den Privatschulen.«

Daniel überflog die Liste. »Und wie viele sind es?«

»Wenn wir die Minderheiten und die bereits verstorbenen streichen?« Luke schnaufte. »Rund zweihundert.«

Daniel blinzelte. »Mist. Leben alle zweihundert noch in Dutton?«

»Ganz und gar nicht. Wenn wir die, die weggezogen sind, auch noch rausnehmen, bleiben uns um die fünfzig.«

»Schon besser«, sagte Daniel. »Aber immer noch zu viele, um sie Hope zu zeigen.«

»Warum willst du sie Hope zeigen?«

»Weil sie den Entführer ihrer Mutter gesehen hat. Ich muss davon ausgehen, dass Bailey aufgrund des Briefs, den ihr Bruder ihr geschickt hat, entführt wurde. Andernfalls wäre Beardsley nicht auch verschwunden.«

»Tja, das ergibt Sinn. Aber was weiter? Ich meine, ich bin wirklich nur ungern der Spielverderber, aber wir versuchen, den Mord an vier Frauen aufzuklären, die in Gräben gefunden wurden. Wo siehst du die Verbindung zwischen der Entführung Baileys und diesen Serienmorden?«

»Du gehst also davon aus, dass es sich nicht um dieselbe Person handelt?«

Luke schaute verdutzt auf. »Scheint so.«

»Und wahrscheinlich hast du recht. Die Person, die Bailey entführt hat, will nicht, dass die Sache mit den Vergewaltigungen und den Fotos ans Licht kommt. Die Person, die die Morde begeht, will wiederum, dass wir uns auf den Fall Alicia Tremaine konzentrieren. Wie genau es zusammenpasst, kann ich nicht sagen. Aber ich weiß, dass der Mörder nichts hinterlässt, durch das wir ihn identifizieren könnten. Wenn ich Baileys Entführer finde, kann ich vielleicht etwas aus ihm herauspressen, was mir hier weiterhilft.«

»Wohl wahr«, sagte Luke. »Du möchtest also, dass ich diese fünfzig Fotos auf fünf oder sechs reduziere, die du dann Hope vorlegen kannst, stimmt's? Du solltest auf jeden Fall mit dem Zeichner sprechen. Wenn

347

Hope uns den Kerl wenigstens grob beschreiben könnte, gelingt es uns vielleicht, aus der Menge ein paar herauszufiltern.«

Daniel stand auf. »Ich sage Mary, dass sie an dich weitergeben soll, was immer Hope zu Papier bringt. Ich fahre jetzt nach Dutton, um mit Rob Davis und Garth zu reden. Allerdings werde ich vorher noch die Staatsanwaltschaft anrufen und mit Chloe reden. Fulmore hat die Wahrheit gesagt, was den Ring angeht, und er hat auf Alicia eingeschlagen, als sie schon tot war. Man kann ihn vielleicht der Leichenschändung anklagen, aber einen Mord hat er nicht begangen.«

»Chloe wird dich dafür lieben«, sagte Luke. »Oder eher doch nicht.«

»Solange –« Daniel brach ab, als ihm bewusst wurde, was er hatte sagen wollen. *Solange Alex es tut.* Es war zu früh, um in solchen Dimensionen zu denken ... oder? Aber als er eben Hope in einem und Alex im anderen Arm gehalten hatte, war es ihm so ... so *richtig* vorgekommen, dass das Gefühl der Zufriedenheit noch immer anhielt. Es war jedenfalls mehr, als er je zuvor für eine Frau empfunden hatte. Was allerdings auch an dem guten Sex liegen konnte. An dem wirklich, wirklich, wirklich guten Sex.

Nur glaubte er nicht, dass es sich darauf reduzieren ließ. »Solange was?«, wollte Luke wissen.

»Solange Chloe das Richtige tut«, beendete Daniel den Satz. »Zumindest was Fulmore betrifft. Aber wie du eben schon sagtest: Daraus folgt, dass die Polizei von Dutton Beweise gefälscht hat.«

»Chase hat Chloe schon über unseren Verdacht in Bezug auf Loomis informiert.«

»Ja, ich weiß. Sie leitet eine offizielle Untersuchung ein.«

»Bist du denn damit einverstanden? Ich meine, der Mann ist dein Freund, oder?«

»Nein, ich bin nicht damit einverstanden«, fauchte Daniel. »Aber wenn er Beweise gefälscht und einen Unschuldigen ins Gefängnis gebracht hat und einen Mörder frei herumlaufen lässt, dann bin ich damit noch weniger einverstanden.«

Luke hielt beide Hände hoch. »Hey, tut mir leid.«

Daniel schloss einen Moment lang die Augen. »Nein, ich muss mich entschuldigen. Ich hätte dich nicht so anschnauzen dürfen. Luke, danke für deine Arbeit. Ich muss jetzt wieder.«

»Moment noch.« Luke schob ihm zwei Jahrbücher über den Tisch. Beide lagen geöffnet übereinander. »Die Bücher sind von deinem und dem Jahrgang deiner Schwester. Ich dachte, du wolltest sie vielleicht haben.«

Daniel betrachtete das Foto in der untersten Reihe und spürte, wie ihm das Herz schwer wurde. Auf dem Abschlussfoto sah seine Schwester kühl und entspannt aus, aber schon damals hatte es sich um eine Fassade gehandelt, dessen war er sich sicher. Er musste sie anrufen, bevor die Presse Wind von den Vergewaltigungen bekam, die Talia untersuchte. Das schuldete er Susannah. Und noch so viel mehr.

Atlanta, Donnerstag, 1. Februar, 11.15 Uhr

Wird aller Voraussicht nach Präsident der Vereinigten Staaten. Daniel strich mit dem Finger über sein Jahrbuchfoto. Seine Klassenkameraden hatten diese Unterzeile für ihn gewählt, weil er in der Schule stets ernst und besonnen gewesen war. Fleißig und aufrichtig. Er war Klassensprecher und Leiter des Debattierclubs gewesen. Er hatte sich jedes Jahr in Football und Baseball ausgezeichnet. Überall die besten Noten gehabt. Seine Lehrer hatten ihn für seine Integrität gelobt. Für seine Moral. Der Sohn eines Richters.

Der ein heuchlerischer Mistkerl gewesen war.

Der der Grund gewesen war, warum Daniel sich derart angestrengt hatte. Er hatte gewusst, dass sein Vater nicht der Mensch war, für den ihn alle hielten. Er hatte die leisen Gespräche belauscht, die sein Vater mit nächtlichen Besuchern in seinem Büro im ersten Stock des Hauses geführt hatte. Er hatte gewusst, dass sein Vater überall im Haus Geheimnisse versteckte. Er hatte gewusst, dass sein Vater ein ganzes Lager an nicht registrierten Waffen im Haus hatte. Bündelweise Bargeld. Und er hatte immer vermutet, dass sein Vater korrupt war, aber er hatte es ihm nie beweisen können.

Sein ganzes Leben lang hatte Daniel versucht, wiedergutzumachen, dass er Arthur Vartanians Sohn war.

Sein Blick glitt zu dem anderen Jahrbuch. Seine Schwester Susannah hatte ihr ganzes Leben lang versucht zu vergessen, dass sie Arthur Vartanians Tochter war. Die Zeile unter ihrem Foto lautete, dass man ihr zutraute, ihre Ziele zu erreichen, und das hatte sie, aber zu welchem Preis? Susannah litt unter Erinnerungen, die sie mit niemandem teilte … *nicht einmal mit mir. Am wenigsten mit mir.*

Er hatte das Elternhaus verlassen, um aufs College zu gehen, an-

349

schließend hatte er sich bei der Polizeiakademie beworben. Und nachdem sein Vater Simons Fotos verbrannt hatte, hatte er seiner Familie vollständig den Rücken gekehrt. Hatte Susannah den Rücken gekehrt. Er hatte sie zu Hause zurückgelassen. Bei Simon.

Daniel musste schlucken. Simon hatte ihr etwas angetan. Daniel wusste es. Und er fürchtete, dass er auch wusste, was genau Simon ihr angetan hatte. Dieser Wahrheit musste er sich endlich stellen. Mit zitternden Fingern wählte er Susannahs Nummer bei der Arbeit. Er kannte alle ihre Telefonnummern auswendig. Nachdem es fünfmal geklingelt hatte, hörte er ihre Stimme.

»Dies ist der Anrufbeantworter von Susannah Vartanian. In dringenden Fällen wenden Sie sich bitte –«

Er legte auf und wählte die Nummer ihrer Assistentin. Auch diese Nummer kannte er auswendig. »Hallo, hier ist Daniel Vartanian. Ich muss mit Susannah sprechen. Es ist dringend.«

Die Assistentin zögerte. »Sie ist leider nicht erreichbar, Sir.«

»Moment«, sagte Daniel, bevor die Frau auflegen konnte. »Sagen Sie ihr, dass ich mit ihr reden muss. Es geht tatsächlich um Leben und Tod.«

»Gut. Ich gebe es weiter.«

Eine Minute später hörte Daniel wieder Susannahs Stimme – diesmal live. »Hallo, Daniel.« Kühl. Distanziert.

Es tat weh. »Suze. Wie geht's dir?«

»Viel zu tun. Ich war so lange nicht im Büro, dass sich die Arbeit stapelte, als ich zurückkam. Du kennst das ja.« Susannah war sofort nach der Beerdigung ihrer Eltern zurück nach New York geflogen. Seitdem hatten sie nicht mehr miteinander gesprochen. »Hast du die Nachrichten von hier unten verfolgt?«

»Ja. Drei tote Frauen in Gräben. Das tut mir leid.«

»Es sind leider schon vier. Wir haben vorhin Jim Woolfs kleine Schwester gefunden.«

»O nein.« Der Schock und das Mitgefühl waren echt. »Oh, Daniel.«

»Zu dem Fall gehört etwas, das noch nicht in den Medien war. Suze … es geht um die Fotos.«

Er hörte, wie sie kontrolliert ausatmete. »Die Fotos.«

»Ja. Wir haben die Mädchen identifiziert.«

»Ernsthaft?« Wieder klang sie schockiert. »Wie habt ihr das gemacht?«

Daniel holte tief Luft. »Eines der Mädchen war Alicia Tremaine. Es ist der Mord an ihr, den der jetzige Mörder kopiert. Sheila Cunningham

war auch auf einem Foto. Sie wurde vor zwei Tagen bei einem Überfall auf Presto's Pizza erschossen. Einige der anderen sind von Alicias
Schwester identifiziert worden.« Er würde Susannah ein anderes Mal
von Alex erzählen. Dieser Anruf gehörte nicht zu der Sorte, an den er
oder seine Schwester sich gern erinnern würde. »Wir haben mit Befragungen begonnen. Die Opfer von damals sind heute alle um die dreißig.« Wie du, wollte er sagen, tat es aber nicht. »Und sie erzählen alle
dieselbe Geschichte. Sie sind im Auto eingeschlafen. Als sie erwachten,
waren sie vollständig angezogen und hatten –«

»Eine Flasche Whisky in der Hand«, beendete sie den Satz hölzern.

Plötzlich konnte er kaum noch atmen. »Oh, Suze. Warum hast du
mir nichts gesagt?«

»Weil du weg warst«, sagte sie mit plötzlichem Zorn. »Du warst weg,
Daniel, Simon aber nicht.«

»Du wusstest, dass Simon der Täter war?«

»O ja.« Sie hatte sich wieder unter Kontrolle. »Dafür hat er schon
gesorgt.« Dann seufzte sie. »Du hast nicht alle Bilder, Daniel.«

»Ich … ich verstehe nicht.« Obwohl er es doch tat. »Willst du damit
sagen, dass es auch eins von dir gab?« Sie schwieg, und das war die Antwort, die er gefürchtet hatte. »Was ist mit diesem Bild geschehen?«

»Simon hat es mir gezeigt. Und mir gesagt, ich solle mich aus seinen
Angelegenheiten raushalten. Schließlich würde auch ich irgendwann
zum Schlafen die Augen schließen müssen.«

Daniel versuchte, trotz der wachsenden Beklemmung in seiner Brust
zu sprechen. »Suze.«

»Ich hatte Angst«, sagte sie, nun wieder kühl und distanziert, und er
musste an Alex denken. »Also ging ich ihm aus dem Weg.«

»Welche Angelegenheiten waren das, aus denen du dich raushalten
solltest?«

Sie zögerte. »Ich muss jetzt wirklich Schluss machen. Ich habe einen
Termin am Gericht. Bis dann, Daniel.«

Daniel legte den Hörer behutsam auf und wischte sich über die
feuchten Augen. Dann riss er sich zusammen und stellte sich innerlich
auf das bevorstehende Gespräch mit Jim und Marianne Woolf ein. Jim
würde um seine Schwester trauern, aber Trauer oder nicht – Daniel würde Antworten bekommen.

Atlanta, Donnerstag, 1. Februar, 13.30 Uhr

Alex stand an der verspiegelten Scheibe, Meredith neben ihr. Auf der anderen Seite war es Mary McCrady gelungen, Hope so weit zu entspannen, dass sie in ganzen Sätzen sprach.

»Vielleicht war sie einfach bereit zu reden«, sagte Alex.

Meredith nickte. »Du hast sicher eine Menge dazu beigetragen.«

»Ich hätte es aber auch noch schlimmer machen können.«

»Vielleicht, aber es ist nicht geschehen. Jedes Kind ist anders. Ich bin sicher, dass Hope in jedem Fall irgendwann gesprochen hätte. Aber sie brauchte das Gefühl, geliebt zu werden und in Sicherheit zu sein, und das hast du ihr letztendlich gegeben.«

»Und warum habe ich ihr das nicht vorher schon vermitteln können?«

»Vielleicht weil *du* nicht dazu bereit warst.«

Alex wandte den Kopf und betrachtete Merediths Profil. »Und bin ich das jetzt?«

»Das kannst du dir nur selbst beantworten, aber wenn ich deinen Gesichtsausdruck von vorhin deuten soll, dann würde ich sagen … ja. Und wie.« Sie lachte leise. »Junge, Junge, wenn er dich nicht auf dieselbe Weise angesehen hätte, dann hätte ich dich einweisen lassen. Und zwar per Ambulanz.«

»So offensichtlich?«

Meredith begegnete ihrem Blick. »So offensichtlich. Dich hat's schwer erwischt, Süße.« Sie wandte sich wieder der Scheibe zu. »Gut, dass Hope endlich mit dem Zeichner spricht. Vielleicht bekommen wir jetzt ein brauchbares Phantombild, das Daniels Freund dann mit den Jahrbuchfotos vergleichen kann.«

Alex holte tief Luft. »Selbst wenn wir Bailey nie wiedersehen.«

»Vielleicht tun wir das wirklich nicht, Alex. Du solltest dich an den Gedanken gewöhnen.«

»Das tue ich. Das muss ich. Für Hope.« Ihr Handy klingelte in ihrer Tasche, und sie holte es heraus und sah stirnrunzelnd auf das Display. Eine Nummer aus Atlanta, aber keine, die sie kannte. »Ja?«

»Alex? Hier ist Sissy. Baileys Freundin. Ich konnte Ihnen bislang nichts sagen, ich musste erst warten, bis ich mir ein öffentliches Telefon suchen konnte. Bailey hat mir gesagt, dass ich mich unbedingt bei Ihnen melden soll, falls ihr etwas passiert.«

»Und warum haben Sie es dann nicht getan?«, fragte Alex schärfer, als sie beabsichtigt hatte.

»Weil ich eine Tochter habe«, zischte Sissy. »Außerdem habe ich Angst.«

»Hat jemand Sie bedroht?«

Sie lachte verbittert. »Das sollte man meinen, wenn man unter der Eingangstür einen Brief findet, in dem ›Sag nichts, oder wir töten dich und deine Tochter‹ steht.«

»Haben Sie die Polizei eingeschaltet?«

»Nein, sicher nicht. Hören Sie. Ich habe Bailey gesagt, sie soll ihre Sachen packen und zu mir ziehen. Und das wollte sie tatsächlich – am nächsten Tag nämlich. Am Donnerstagabend hat sie mich angerufen und mir erzählt, dass sie ihre Sachen im Wagen verstaut hat und morgen kommen würde. Aber dann ist sie nicht einmal zur Arbeit erschienen.«

»Also sind Sie zu ihr gefahren und haben Hope im Schrank gefunden.«

»Ja. Im Haus sah es aus wie auf einer Müllhalde, und von Bailey keine Spur. Aber da ist noch etwas. Bailey hat mir gesagt, dass sie Ihnen einen Brief geschickt hat. Das sollte ich Ihnen unbedingt mitteilen.«

»Einen Brief. Okay.« Alex’ Gedanken rasten. »Und warum konnte sie nicht am selben Abend noch zu Ihnen kommen?«

»Sie wollte jemanden treffen. Sie würde danach kommen, sagte sie.«

»Aber Sie wissen nicht, wen sie treffen wollte?«

Sissy antwortete nicht sofort. Dann: »Sie war mit einem Mann zusammen. Ich glaube, er war verheiratet. Sie sagte, sie müsste sich von ihm verabschieden. Ich muss jetzt Schluss machen.«

Alex drückte das Gespräch weg und sah Meredith an, der die Ungeduld ins Gesicht geschrieben stand. »Bailey hat mir einen Brief geschickt, bevor sie verschwand.«

»Wer kümmert sich um deinen Briefkasten?«

»Eine Kollegin aus dem Krankenhaus.« Sie gab Lettas Kurzwahl ein. »Letta? Hier ist Alex. Kannst du mir einen Gefallen tun?«

Dutton, Donnerstag, 1. Februar, 14.30 Uhr

Das geplante Gespräch mit den Woolfs hatte nicht stattgefunden. Jim Woolf hatte gebellt, er würde kein Wort ohne einen Anwalt sagen, und Marianne hatte ihm die Tür vor der Nase zugeknallt. Als er wieder im Wagen saß, summte sein Handy. »Vartanian.«

»Leigh sagte, Sie wollten mich sprechen«, sagte Chase. »Ich habe mich gute zwei Stunden mit dem Captain auseinandersetzen müssen. Was gibt's Neues?«

»Ich war bei Sean Romneys Mutter und habe sie befragt. Der Junge war offenbar durch einen Geburtsfehler ein wenig zurückgeblieben. Laut Mrs. Romney war er extrem vertrauensselig und bestrebt zu gefallen. Daher hat sie ihn weit stärker im Auge behalten als ihre anderen Kinder. Und nun raten Sie mal, was sie vor zwei Tagen in seinem Zimmer entdeckt hat.«

»Keine Ahnung, aber Sie werden es mir ja zum Glück jetzt sagen.«

Chase klang vergrätzt, und Daniel schloss daraus, dass sein Meeting mit dem Captain ähnlich mies verlaufen war wie seines mit den Woolfs.

»Ein Prepaid-Handy. Aus seinem Zimmer ist es inzwischen verschwunden, und die Polizei hat es auch nicht bei der Leiche gefunden, aber Mrs. Romney hat sich die Nummern der Anrufliste notiert. Die Nummer der eingegangenen Gespräche ist identisch mit den Anrufen, die Woolf am Sonntagmorgen auf sein Handy bekommen hat.«

»Prima«, presste Chase hervor. »Und passt sie auch zufällig zu dem Anruf auf dem Handy von diesem Pizzeria-Mörder, Lester Jackson?«

»Leider nein, aber wir haben immerhin endlich eine Verbindung, die auch vor Gericht standhalten kann.«

»Das hätten Sie mir besser gesagt, bevor ich mich mit meinem Boss getroffen habe«, murrte Chase.

»Oje. Tut mir leid. Wie schlimm ist es?«

»Man wollte Sie vom Fall abziehen, aber ich habe es ihnen gerade noch ausreden können.«

Daniel atmete hörbar aus. »Danke. Ich bin Ihnen etwas schuldig.« Sein Telefon piepte, und er sah aufs Display. »Das ist Ed. Machen wir Schluss.« Er schaltete um. »Hey, Ed, was gibt's?«

»Verdammt viel«, sagte Ed. Er klang erfreut. »Komm zu Crightons Haus, dann erfährst du es.«

»Ich bin bei den Woolfs gewesen, also nicht weit. Wir sehen uns in zwanzig Minuten.«

Atlanta, Donnerstag, 1. Februar, 16.50 Uhr

»Alex. Wach auf.«

Alex wand sich aus dem Schlaf, vergaß aber, die Augen zu öffnen, als sie warme Lippen auf ihrem Mund spürte. »Hmm.« Sie erwiderte den Kuss, dann sah sie blinzelnd zu Daniel auf. Sie lag auf dem kleinen Sofa im Pausenraum, wo sie offensichtlich eingedöst war. »Du bist wieder da. Wie spät ist es?«

»Fast fünf. Ich muss gleich zum Meeting, aber ich wollte zuerst noch bei dir vorbeischauen.« Daniel ließ sich auf ein Knie herab und musterte sie anerkennend. »Hast du deine Kleider aus dem Bungalow geholt?«

»Nein. Agent Shannon sagte, es sei alles zerfetzt.« Sie hob die Schultern. »Also war ich einkaufen.«

Seine Miene wurde finster. »Aber du solltest doch …«

Sie legte ihre Hand an seine Wange. »Entspann dich. Chase hat einen Agent abgestellt, der mit mir gegangen ist.«

»Wen?«

»Pete Haywood.«

Daniel grinste erleichtert. »Das ist gut. Mit Pete legt sich niemand an.«

»Nein, das würde ich auch denken.« Der Mann war größer als Daniel und wie ein Panzer gebaut.

»Also ist alles gutgegangen?«

»Man hat mich noch nicht einmal schräg angesehen.« Sie mühte sich in eine sitzende Position, und er half ihr, indem er sie mit einer Hand hochzog. »Meine Freundin Letta hat mich angerufen.« Alex hatte ihm bereits von Sissys Anruf erzählt. »Sie meinte, sie hätte keinen Brief von Bailey gefunden.«

»Aber wenn sie ihn geschickt hat, müsste er doch längst angekommen sein.« Nachdenklich sah er sie an. »Wann bist du umgezogen?«

»Vor etwas über einem Jahr. Wieso?«

»Die Post leitet Sendungen nur ein Jahr lang weiter. Wusste Bailey, dass du dir eine eigene Wohnung gesucht hast?«

»Nein.« Sie verdrehte die Augen. »Also ist der Brief wahrscheinlich bei Richard gelandet. Ich rufe ihn an.«

»Wo sind Hope und Meredith?«

»Wieder im sicheren Haus. Hope war ziemlich erschöpft nach der Sitzung mit Mary, aber sie hat zwei Fotos herausgesucht. Schließlich hat Mary ihr verschiedene Kopfbedeckungen gezeigt, und sie sollte zeigen, welche davon Baileys Entführer getragen hat. Hope zeigte auf eine Kappe, wie sie die Leute des Sheriffs in Dutton tragen.«

Er nickte. »Ja, ich habe es eben erfahren.« Er richtete sich auf und hielt ihr die Hand hin. »Komm mit. Wir müssen mit dir reden.« Er zog sie auf die Füße, legte ihr einen Arm um die Taille und führte sie zum Konferenzraum. Um den großen Tisch saßen Luke, Ed, Chase, Mary und eine Frau, die sie nicht kannte. »Talia Scott bist du, glaube ich, noch nicht begegnet.«

Talia war eine kleine Frau mit einem freundlichen Lächeln. »Schön, Sie kennenzulernen, Alex.«

»Talia hat die Frauen von den Fotos befragt.«

Und Alex konnte sehen, dass die letzten Tage ihren Tribut forderten. Talias freundliches Lächeln konnte nicht darüber hinwegtäuschen, dass sie müde und erschöpft war. »Gleichfalls.« Ihr Blick glitt zu den beiden Fotos, die Hope herausgesucht hatte. Garth Davis, der Bürgermeister, und Deputy Randy Mansfield.

»Was haben sie gesagt, als ihr sie verhaftet habt?«

Chase schüttelte den Kopf. »Wir haben sie nicht verhaftet.«

Alex starrte ihn einen Moment lang ungläubig an, dann wallte Zorn in ihr auf. »Und warum nicht?«

Daniel strich ihr beruhigend über den Rücken. »Deswegen wollen wir ja mit dir reden. Wir wissen nicht, wer von beiden Bailey entführt hat. Vielleicht waren es beide.«

»Dann verhaftet doch beide und findet es heraus.«

»Im Augenblick«, sagte Chase geduldig, »haben wir nur die Aussage einer Vierjährigen, die zwei geachtete, wichtige Männer der Stadt beschuldigt. Wir brauchen Beweise, bevor wir sie offiziell herbringen können.«

Er sprach mit ihr, als sei *sie* vier Jahre alt. »Das kann doch nicht wahr sein. Zwei Männer entführen eine Frau und schlagen ihr beinahe den Schädel ein, und Sie unternehmen *gar nichts?*« Sie fuhr zu Daniel herum. »Du warst doch dabei. Garth Davis kam in der Pizzeria an unseren Tisch, und kurz darauf hatte sich Hope mit Tomatensauce beschmiert.« Die Verbindung war an den rechten Platz gerutscht, sobald sie sein Foto gesehen hatte. »Garth Davis muss sie entführt haben. Wieso darf er noch frei herumlaufen? Warum habt ihr ihn noch nicht einmal zum Verhör vorgeladen?«

»Alex ...«, begann Daniel, aber sie schüttelte den Kopf.

»Und Mansfield ... ein Cop. Mit Marke und Dienstwaffe. Jetzt muss doch alles, was er getan hat, verdächtig sein. Ich meine, er hat den Typ erschossen, der versucht hat, mich zu überfahren, nachdem der Sheila Cunningham getötet hat. Reicht das nicht als Beweis? Was muss man denn in diesem verdammten Staat anstellen, um verhaftet zu werden?«

»Alex«, wiederholte Daniel scharf, dann seufzte er. »Zeig's ihr einfach, Ed.«

Ed zog eine Kiste hervor und fischte eine silberne Flöte heraus. Alex fiel die Kinnlade herab. »Ihr habt die Flöte gefunden, auf der Bailey gespielt hat?«

Ed nickte. »Wir sind mit Metalldetektoren in den Wald hinter dem Haus gegangen und haben sie dort hinter einem Baumstamm gefunden. Sie war dort ein, zwei Zentimeter tief in der Erde eingegraben.«

»Dort, wo Hope versteckt war.« Sie sah die Anwesenden nacheinander zornig an. »Während diese Kerle auf Bailey eingeschlagen haben, bis ihr Blut den Waldboden durchweicht hat!«

»Alex«, fuhr Daniel sie an. »Wenn du dich nicht zusammennehmen kannst, musst du gehen.«

Sie klappte den Mund zu, immer noch wütend, aber nun auch peinlich berührt. Chase sprach mit ihr wie mit einer Vierjährigen, aber Daniel behandelte sie wie eine. Nun, vielleicht hatte er gar nicht so unrecht. Sie befand sich am Rand der Hysterie. »Okay, tut mir leid«, sagte sie kühl. »Ich nehme mich zusammen.«

Daniel seufzte wieder. »Alex, bitte. Es geht gar nicht um die Flöte.«

Ed hielt ihr ein Paar Latexhandschuhe hin, und gehorsam streifte Alex sie über. Dann riss sie die Augen auf, als er ihr ein Stück Papier reichte, das wie ein Fächer mehrfach in der Länge gefaltet worden war.

»Ed hat das hier in der Flöte gefunden«, sagte Daniel. »Ein Brief von Wade an Bailey.« Er zog ihr einen Stuhl unter dem Tisch hervor, und sie ließ sich daraufsinken, während sie laut vorlas.

»Liebe Bailey,

nachdem ich es so lange probiert habe, ist es mir endlich gelungen. Ich bin verwundet und werde sterben. Keine Sorge, ein Kaplan ist bei mir, und er wird mir die Beichte abnehmen. Allerdings glaube ich nicht, dass Gott mir vergibt. Ich habe mir ja nicht einmal selbst vergeben.

Vor Jahren hast du mich gefragt, ob ich Alicia getötet habe. Meine Antwort lautete nein, und das tut sie noch immer. Aber ich habe andere Dinge getan, und Vater auch. Ich denke, einiges davon ahnst du. Anderes nicht, und das ist auch gut so.

Ich war nicht allein. Die anderen wollen natürlich nicht, dass es herauskommt. Zuerst waren wir sieben, dann sechs, dann fünf. Wenn ich sterbe, bleiben also immer noch vier übrig, die das Geheimnis teilen. Sie leben in ständiger Angst und beobachten sich gegenseitig misstrauisch, müssen sich stets fragen, wer als

Erster zusammenbricht. Wer als Erster den Mund aufmacht.

Ich schicke dir einen Schlüssel. Trag ihn unter keinen Umständen bei dir. Verstecke ihn, wo er sicher ist. Falls man dich je bedroht, sagst du, du würdest den Schlüssel den Behörden übergeben. Aber nicht der Polizei, wenigstens nicht der in Dutton. Der Schlüssel enthüllt ein Geheimnis, das sie alle unbedingt bewahren wollen. Einige würden dafür viel Geld zahlen, die anderen morden. Zwei wurden deswegen bereits ermordet.

Ich werde dir die Namen der vier nicht nennen, denn dann würdest du dich gezwungen sehen, sie anzuzeigen. Falls du das tust, bist du so tot wie ich, deswegen ist der Schlüssel deine Lebensversicherung.

Ich weiß, dass du noch in unserem alten Haus wohnst, weil du hoffst, dass Dad zurückkommt. Aber das wird er nicht.

Dad ist kein guter Mensch, auch wenn du es dir immer sehnlichst gewünscht hast. Falls du ihn triffst, gib ihm den Brief. Falls nicht, verbrenne ihn. Und lass Dad los. Überlasse es ihm, sich mit Drogen und Alkohol selbst umzubringen, aber erlaube ihm nicht, dich mitzuziehen. Verlasse das Haus. Verlasse Dutton. Und trau um Gottes willen niemandem.

Vor allem mir nicht. Ich habe dein Vertrauen nicht verdient, obwohl Gott weiß, dass ich nun, da ich im Sterben liege, alles versuche, mich deiner würdig zu erweisen.

Nimm Hope, verlasse Dutton und schau nicht zurück. Versprich mir das. Und versprich mir, dass du dir ein gutes Leben aufbaust. Such Alex. Sie ist die Einzige, die von deiner Familie übrig geblieben ist. Ich habe es dir nie gesagt, aber ich liebe dich.«

Alex zog bebend die Luft ein. »*Lt. Wade Crighton, United States Army.*« Zögernd sah sie auf. »Der Schlüssel. Ist es der, den Bailey an mich weitergeschickt hat?«

Daniel setzte sich neben sie. »Das glauben wir. Drei der vier Opfer, die wir im Graben gefunden haben, hatten einen Schlüssel am Zeh. Und nun wissen wir, warum.«

»Und diese Schlüssel sind dieselben wie Wades?«

»Nein. Sie sind brandneu. Sie sollen nur eine Botschaft übermitteln. Wie das Haar, das wir bei drei Opfern gefunden haben.«

»Alicias Haar.« Sie blickte auf den Brief in ihren Händen und versuchte, ihre Gedanken zu sortieren. »Er schreibt hier, sie waren sieben. Zwei sind vor ihm gestorben. Beide sind ermordet worden, um das Geheimnis zu bewahren. Aber Simon ist doch in Philadelphia getötet worden.«

»Das wusste Wade nicht, als er den Brief diktierte«, sagte Daniel. »Er ist vor Simon gestorben. Er war der Ansicht, dass Simon schon längst tot war.«

»Und dass Simon damals von einem der anderen sechs getötet worden ist«, murmelte sie. »*Sie leben in ständiger Angst.* Einer der Männer, von denen er spricht, ist also Simon. Und der andere?«

»Das wissen wir noch nicht«, sagte Chase. »Aber wir haben eine Ahnung, um wen es sich bei dreien der übrigen vier handeln könnte.«

»Garth Davis und Randy Mansfield«, murmelte sie. »Und Rhett Porter dürfte Nummer drei sein.«

»Was bedeutet, dass wir noch zwei Namen in Erfahrung bringen müssen. Der eine lebt, der andere ist tot.«

»Und was wollen Sie jetzt machen?«

»Die zwei, von denen wir wissen, dazu bringen, dass sie uns den einen, der uns unbekannt ist, in die Hände spielen«, antwortete Chase. »Dummerweise haben wir immer noch keine Ahnung, wer hinter den Morden steckt.«

»Obwohl das Motiv mit Sicherheit Rache ist«, meldete sich Daniel zu Wort. »Jemand benutzt Alicias Tod, um diese Männer ins Rampenlicht zu stellen. Wir müssen vorsichtig sein, Alex. Wir dürfen nicht verraten, was wir wissen, bis wir alles oder wenigstens mehr in Erfahrung gebracht haben. Falls Garth oder Randy Mansfield etwas mit Baileys Verschwinden zu tun haben, dann werden wir es herausfinden, und sie müssen sich dafür verantworten, das verspreche ich dir. Aber, Alex, wir haben sechs Frauen und vier Männer im Leichenschauhaus. Im Augenblick ist nichts wichtiger, als dafür zu sorgen, dass nicht noch mehr dazukommen!«

Alex senkte beschämt den Blick. Sie machte sich Sorgen um Bailey. Daniel machte sich Sorgen um all die anderen. Sechs Frauen, vier Männer. Rhett Porter, Lester Jackson, Officer Cowell und Sean Romney. Vier. Aber ... *sechs* Frauen? Janet, Claudia, Gemma, Lisa und Sheila. Das waren nur fünf. Langsam hob sie wieder den Blick. »Sechs Frauen, Daniel?«

Er schloss müde die Augen. »Tut mir leid, Alex. Ich wollte es dir lieber ... anders beibringen. Schwester Anne ist heute Nachmittag gestorben. Obwohl wir denken, dass Crighton dafür verantwortlich ist, zählen wir sie zu den Todesopfern dieses Falls. Sie wäre dann die Nummer zehn.«

Alex schluckte und presste die Lippen zusammen. Spürte das Mitgefühl der Anwesenden. »Nein, mir tut es leid. Du hast recht. Mein Ärger hat hier weder etwas zu suchen, noch ist er konstruktiv. Was kann ich tun?«

Daniel sah sie mit einer Mischung aus Dankbarkeit und Respekt an. »Versuche im Augenblick einfach, Geduld zu haben. Wir beantragen für die Telefonverbindungen von Davis und Mansfield richterliche Verfügungen. Vielleicht bringt uns das weiter. Außerdem hoffen wir, dass der Kerl, der die Frauen ermordet, einen Fehler macht.«

Sie nickte und warf erneut einen Blick auf den Brief. »Wade sagt, er habe Alicia nicht getötet. Und warum sollte er kurz vor seinem Tod noch lügen? Aber wenn er es nicht war und Fulmore auch nicht – wer dann?«

»Gute Frage«, mischte sich Talia in das Gespräch ein. »Ich habe mit sieben der zwölf noch lebenden Vergewaltigungsopfer gesprochen, und ihre Geschichten ähneln sich stark. Wenn Simon und Konsorten Alicia vergewaltigt und wie alle anderen am Leben gelassen haben, sie aber tot war, als Fulmore sie im Graben fand, was genau mag dann in der Zwischenzeit geschehen sein?«

Alex spürte, wie sich Daniel versteifte, als Talia die zwölf Opfer erwähnte, aber seine Miene veränderte sich nicht, und so speicherte sie es ab. Sie würde ihn später danach fragen.

»Aber was immer passiert ist, Alex, Sie haben etwas gesehen«, sagte Dr. McCrady. »Und es muss mit der Decke zu tun haben, in die Alicia eingewickelt war. Wenn Sie bereit sind, sollten wir noch einmal versuchen, Ihre Erinnerungen hervorzuholen.«

»Lieber jetzt als morgen«, sagte Alex. »Bevor ich die Nerven verliere.«

Mary suchte ihre Sachen zusammen. »Also gut. Ich bereite alles vor. Sie kommen nach dem Meeting zu mir?«

Daniel nickte. »Machen wir. Chase, sind alle potenziell gefährdeten Frauen gewarnt?«

»Einige konnten wir nicht erreichen. Zwei sind nicht im Land, zwei sind nicht ans Telefon gegangen. Aber wenn die, die wir erreicht haben, schlau sind, schließen sie sich zu Hause ein.«

»Und entsichern ihre Waffen«, murmelte Alex.

Daniel stieß ihr leicht gegen das Schienbein. »Scht.«

»Ich muss jetzt los.« Talia stand auf. »Ich fliege morgen früh nach Florida, um mit zweien der Opfer zu sprechen, die weggezogen sind.«

»Danke«, sagte Chase. »Rufen Sie mich an, sobald sich etwas Neues ergibt.«

Als Talia fort war, wandte er sich Daniel zu. »Wir haben den Einzelverbindungsnachweis von Lisa Woolf. Keine Nummer von jemandem, der sie nicht auch schon Monate zuvor angerufen hat.«

»Und ihre Mitbewohnerinnen?«, fragte Daniel.

»Sie sagen, sie wollte gestern Abend in eine Bar, um ein bisschen ›runterzukommen‹. Sie ist nicht nach Hause zurückgekehrt. Ihren Wagen hat man allerdings gefunden. Etwa fünf Blocks von der Bar entfernt.«

Alle am Tisch schienen aufzumerken. »Was ist denn?«, fragte Alex.

»Von den anderen Opfern wurde bislang kein Wagen gefunden«, erklärte Daniel.

»Um was für einen Wagen handelt es sich?«, fragte Ed.

»Sie war Studentin und hatte nicht viel Geld.« Chase hob die Schultern. »Ein alter Nissan Sentra. Man hat ihn uns bereits reingebracht, wir werden ihn also auseinandernehmen. Vielleicht haben wir ja Glück und finden etwas.«

Daniel überlegte. »Janet hatte einen Z4, Claudia einen Luxus- Mercedes und Gemma eine Corvette. Keines der Autos ist gefunden worden, aber den Nissan lässt er stehen.«

»Der Bursche steht auf schicke Flitzer«, sagte Luke.

»Wir sind mit der Arbeit in Alex' Bungalow fertig«, sagte Ed. »Ziemlich viele Abdrücke, die wir durchsehen müssen, aber es war schließlich ein Mietshaus. Am Badezimmerfenster und auf der Fensterbank war nichts Brauchbares zu finden. Das Hundefutter enthielt eine hohe Konzentration an Tranquilizern. Wenn dein Hund einen normalen Verdauungstrakt hätte, Daniel, würde er jetzt mit den himmlischen Chören jaulen.«

»Ich bin vorhin kurz beim Tierarzt vorbeigefahren«, sagte Daniel. »Riley erholt sich bestens, und jetzt wissen wir ja, dass man vermutlich den Schlüssel gesucht hat, den Bailey an Alex geschickt hat.« Er warf ihr einen Blick zu. »Vergiss nicht, deinen Ex anzurufen.«

»Versprochen.«

»Okay. Dann bis morgen.« Daniel machte Anstalten, sich zu erheben.

»Moment noch«, sagte Alex. »Was ist denn jetzt mit Mansfield? Ich meine, ich verstehe ja, dass Sie sich nicht in die Karten schauen lassen dürfen, aber der Mann kann doch nicht einfach frei herumlaufen, oder?«

»Wir lassen ihn ständig beobachten, Alex«, sagte Chase. »Nur wenige Minuten, nachdem Hope auf sein Foto gezeigt hat, haben wir schon Leute losgeschickt. Machen Sie sich keine Sorgen.«

Sie atmete hörbar aus. »Okay. Ich versuch's.«

»Dann also bis morgen«, wiederholte Daniel und wollte erneut aufstehen.

»Warte«, sagte Luke. Er hatte während des größten Teils des Gesprächs auf dem Laptop getippt. »Ich hatte doch alle Minderheiten und Verstorbenen aus der Liste der Highschool-Abgänger gestrichen.«

»Richtig«, sagte Daniel und schnappte plötzlich nach Luft. »Der eine der sieben, der ermordet wurde!«

Luke nickte. »Wenn wir die Minderheiten wieder weglassen, bleiben – ohne Simon, Wade und Rhett – noch fünf übrig.«

»Überprüfen Sie sie«, sagte Chase. »Sie und ihre Familien.«

Diesmal sah sich Daniel erst am Tisch um, bevor er es wagte, sich zu erheben. »Noch etwas?« Alle schüttelten den Kopf. »Sicher? Okay. Wir treffen uns Morgen um acht Uhr wieder hier.«

Sie standen auf, als Leigh ihren Kopf durch die Tür steckte. »Daniel, du hast Besuch. Kate Davis, Garths Schwester. Sie sagt, es sei dringend.«

Daniel verdrehte die Augen, und alle setzten sich wieder. »Bring sie rein«, sagte Daniel. »Alex, kannst du bei Leigh warten?«

»Natürlich.« Sie folgte Leigh zum Empfang, wo eine junge Frau in einem modischen Kostüm wartete. Alex musterte sie, und die Frau erwiderte den Blick emotionslos. Dann bat Leigh sie, ihr zu folgen, und Alex ließ sich auf einem Stuhl nieder.

21. Kapitel

Atlanta, Donnerstag, 1. Februar, 17.45 Uhr

LAUT LUKES ELEKTRONISCHER BLITZÜBERPRÜFUNG war Kate Davis Bankmanagerin bei ihrem Onkel Rob. Sie war gerade erst ein Jahr mit dem College fertig, wirkte jedoch viel zu ernst für ihr Alter.

Daniel erhob sich, als Leigh sie durch die Tür führte. »Miss Davis. Setzen Sie sich bitte.«

Sie tat es. »Der Enkel meines Onkels ist gestern ermordet aufgefunden worden.«

»Ja. Die Mordkommission in Atlanta ermittelt.«

»Er war ein lieber Junge, vielleicht etwas langsam. Kein Mensch, der ein raffiniertes Verbrechen planen könnte.«

»Das hat auch niemand behauptet«, wandte Daniel ein. »Was können wir für Sie tun?«

Sie zögerte einen Moment. »Meine Schwägerin hat mich vor ungefähr einer Stunde angerufen. Sie ist mit ihren zwei Söhnen irgendwo im Westen.«

Daniel zog eine Augenbraue hoch. »Und es scheint kein Urlaubstrip zu sein?«

»Nein. Sie ist buchstäblich geflohen. Sie hat Angst. Sie hat mich angerufen, weil sie irgendwann wieder nach Hause möchte. Garth und mein Onkel Rob haben sich heute Morgen angeblich gestritten. Garth hat offenbar irgendetwas getan, was ihn zu einem Zielobjekt macht. Er hat die letzten beiden Nächte in seinem Auto vor meinem Haus gesessen und mich beobachtet. Ich habe ihn beide Male gesehen und dachte zunächst, dass seine Sorge um mich ziemlich rührend sei. Nun ja, er ist mein großer Bruder und will nicht, dass mir etwas zustößt.«

»Aber?«, fragte Daniel.

Sie straffte sich. »Aber meine Schwägerin hat mir erzählt, dass Garth erpresst wird. Er sollte zahlen, oder ich würde sterben. Garth hat tatsächlich hunderttausend Dollar gezahlt – vom Collegegeld seiner Söhne. Sie wollte zur Polizei gehen, aber Garth hat es ihr verboten. Er behauptet, Rhett Porter sei ermordet worden, weil er zu viel gesagt hat. Das scheint Sie nicht zu überraschen.«

Daniel neigte auffordernd den Kopf. »Fahren Sie bitte fort.«

»Und dann sagte Garth, dass auch Jared O'Brien aus diesem Grund beseitigt worden ist.« Sie sah ihn aufmerksam an. »*Das* scheint Sie zu überraschen.«

Luke tippte bereits. Dann schüttelte er den Kopf. »Er ist nicht tot.«

»Er ist nicht offiziell für tot erklärt worden«, korrigierte Kate ihn. »Er ist vor über fünf Jahren verschwunden. Es hieß, er sei wahrscheinlich betrunken von der Straße abgekommen. Er trank viel und ausgiebig. Damals war ich noch auf der Highschool. Sie werden den Polizeibericht mit Sicherheit noch irgendwo auftreiben können. Es sei denn natürlich, Loomis' Abteilung hat die Ermittlung geleitet.«

Am liebsten hätte Daniel geseufzt. »Bitte erklären Sie uns das genauer.«

»Garth fragte meinen Onkel, ob er zur Polizei gehen wolle. Rob erwiderte, in dieser Stadt würde er das bestimmt nicht tun. Dann drohte mein Bruder damit, Onkel Rob einen Wirtschaftsprüfer in die Bank zu schicken, falls er etwas sagte. Meine Schwägerin meinte, sie hätte sich Garths Affären lange Jahre bieten lassen, aber sie würde nicht zulassen, dass er ihre Kinder in Gefahr brächte.«

»Wissen Sie, wo sie ist?«

»Nein, und ich habe auch nicht gefragt. Wahrscheinlich könnten Sie beantragen, meine telefonischen Verbindungen einzusehen, und ich weiß, dass sie ihr eigenes Handy benutzt hat. Aber sie hat mich gebeten, zu Ihnen zu gehen und mit Ihnen zu reden, sofern ich keine Angst hätte. Falls doch, würde sie wohl selbst anrufen. Auf jeden Fall sollte ich wissen, dass Garth ernsthaft um mein Leben fürchtet.«

»Haben Sie denn keine Angst?«, fragte Daniel freundlich. »Doch, und wie. Ich will nicht wie Gemma, Claudia oder Janet enden. Oder wie Lisa.« Traurig senkte sie den Blick. »Und ich habe Angst um meine Familie. Sowohl Garth als auch mein Onkel haben offenbar genug Munition, um den jeweils anderen so unter Druck zu setzen, dass er den Mund hält. Und das ist es, was mich besonders entsetzt.«

»Es war reichlich riskant, zu uns zu kommen. Warum haben Sie es dennoch getan?«

Ihre Lippen zitterten, und sie presste sie zusammen. »Weil Lisa meine Freundin war. In der Schule habe ich mir in der Mittagspause Gemmas Nagellack geliehen. Claudia hat mir geholfen, mein Kleid für den

Abschlussball auszusuchen. Sie waren Teil meiner Kindheit, aber nun sind sie tot, und ebendieser Teil meiner Kindheit ist es ebenfalls. Ich will, dass derjenige, der das getan hat, dafür büßt.« Sie stand auf. »Das war alles, was ich zu sagen hatte.«

Alex stand am Ende des Flurs vor Leighs Empfangszimmer an einem Fenster, wo man einen halbwegs guten Empfang hatte. Und für sich allein sein konnte. Während sie dem Tuten in der Leitung lauschte, tappte sie nervös mit dem Fuß auf den Boden.

»Hallo?«, erklang eine Frauenstimme. *Mist.* Sie hatte gehofft, dass Richard selbst ans Telefon gehen würde. Doch stattdessen hatte sie Amber, Richards Frau, an der Strippe. »Hi, Alex hier. Ist Richard irgendwo in der Nähe?«

»Nein«, kam es prompt. Zu prompt. »Er ist bei der Arbeit.«

»Ich habe eben im Krankenhaus angerufen. Da hieß es, er sei zu Hause. Bitte. Es ist wichtig.«

Amber zögerte. »Okay. Ich hole ihn.«

Eine Minute später hörte sie Richards Stimme. Ruhig, distanziert. Und unsicher.

»Alex. Das ist ja eine Überraschung. Was kann ich für dich tun?«

»Ich bin in Dutton.«

»Ja, ich hab's gehört. Ich habe … na ja, die Nachrichten gesehen. Geht's dir gut?«

»Ja. Hör zu, Bailey hat mir einen Brief geschickt, aber ich fürchte, dass er bei dir gelandet ist. Könntest du bitte einmal nachsehen?«

»Moment.« Sie hörte, wie er sich mit dem Telefon bewegte und wie es raschelte. »Tatsächlich, hier ist er. Da ist ein Schlüssel drin. Man kann es fühlen.«

Alex zog die Luft ein. »Okay, pass auf. Ich weiß, es klingt verrückt, aber bitte fass ihn möglichst nur an einer Ecke an und mach ihn mit dem Brieföffner auf. Es kann sein, dass er ein Beweisstück ist.«

»Okay.« Sie hörte ihn in einer Schublade wühlen. »Willst du, dass ich hineinsehe?«

»Ganz vorsichtig, ja. Und wenn ein Brief drin ist, dann lies ihn mir bitte vor.«

Eine Pause. Dann: »Ja, da ist ein Brief. Bist du bereit?«

Nein. »Ja.«

»Liebe Alex,

ich weiß, dass es dir seltsam vorkommt, nach all den Jahren diesen Brief von mir zu bekommen, aber ich habe nicht viel Zeit. Bitte nimm diesen Schlüssel und verstecke ihn an einem sicheren Ort.
Falls mir etwas geschieht, dann kümmere dich bitte um Hope. Sie ist
meine geliebte Tochter und meine zweite Chance. Ihretwegen und
durch sie bin ich jetzt seit fünf Jahren clean. Ihret- und deinetwegen.
Du warst der einzige Mensch, der noch für mich da war, als ich ganz
unten war. Du wolltest mir helfen. Und du sollst wissen, dass ich tatsächlich Hilfe bekommen habe und Hope gesund und ganz normal
zur Welt gekommen ist. In den vergangenen Jahren wollte ich dich
tausendmal anrufen, aber ich habe mich geschämt, weil ich das letzte
Mal, als wir uns sahen, Mist gebaut habe. Ich kann nur hoffen, dass
du mir verzeihst, aber falls nicht, dann nimm dich bitte trotzdem
Hopes an. Du bist die Einzige, der ich meine Tochter anvertrauen
kann.

Bitte verstecke den Schlüssel. Und erzähle niemandem, dass du
ihn hast. Falls ich ihn brauche, rufe ich dich an.«

Richard räusperte sich. »Unterschrieben mit *In Liebe, deine Schwester
Bailey*. Daneben eine Zeichnung von eurer Schaftätowierung.«

Alex schluckte. »Es ist ein Lamm«, flüsterte sie.

»Wie bitte?«

»Nichts. Ich muss die Polizei fragen, was mit dem Schlüssel geschehen soll. Kannst du ihn per Express schicken, falls sie ihn brauchen?«

»Sicher. Alex, bist du in Gefahr?«

»Tja, vor ein, zwei Tagen hätte es mich wohl fast erwischt, aber, na
ja … ich bin hier in guten Händen.«

Offenbar hatte sie ihre Stimme beim letzten Satz verändert, denn
Richard fragte: »Wie heißt er denn?«

Sie lächelte. »Daniel.«

»Gut. Du bist schon zu lange allein.« Er seufzte. »Du warst es ja schon,
als du noch mit mir zusammen warst.«

Alex spürte ein Brennen in den Augen, und ihre Kehle zog sich zusammen. »Sag Amber, falls ich noch einmal anrufe, geht es nur um den
Brief, okay?«

»Alex, weinst du etwa?«

Sie schluckte wieder. »Das scheint mir in letzter Zeit ständig zu passieren.«

»Du hast früher nie geweint. Kein einziges Mal. Aber ich habe mir immer gewünscht, du würdest es tun.«

»Du wolltest, dass ich weine?«

»Ich wollte, dass du lernst, loszulassen«, sagte er so leise, dass sie ihn kaum verstand. »Ich dachte, wenn du das könntest, dann würdest du mich vielleicht auch ...«

Alex' Herz tat plötzlich furchtbar weh. »Lieben lernen?«

»Ja.« Er klang traurig. »Wahrscheinlich. Viel Glück, Alex. Ich wünsche dir wirklich alles Gute.«

»Ich dir auch.« Sie räusperte sich und wischte sich über die Augen. »Ich melde mich wegen des Briefes.«

Atlanta, Donnerstag, 1. Februar, 18.00 Uhr

Sobald Kate Davis die Abteilung verlassen hatte, wandte sich Daniel an die Gruppe. »Sechs haben wir, einer steht noch aus, stimmt's?«

Luke blickte von seinem Laptop auf. »Jared O'Brien hat das richtige Alter. Er hat seinen Abschluss im selben Jahr wie Simon gemacht. Auf einer Privatschule.«

»Also haben wir Garth und Jared auf der Privatschule«, sagte Daniel. »Wade, Rhett und Randy auf der öffentlichen, und Simon, der auf beiden war.«

»Falls O'Brien ein Trinker war, kann er für die anderen eine Bedrohung dargestellt haben«, bemerkte Chase. »Ziehen Sie diskret Erkundigungen über ihn ein, aber reden Sie noch nicht mit der Familie. Ich will keine schlafenden Hunde wecken. Wir müssen immer noch die letzte Person finden. Überprüfen Sie, ob noch irgendjemand das Collegegeldkonto seiner Kinder geplündert hat.«

»Kate Davis hat gesagt, Garth hätte Affären gehabt«, sagte Ed plötzlich. »Und hat Baileys Freundin nicht erwähnt, dass sie glaubte, Bailey wäre mit einem verheirateten Mann zusammen?«

»Vielleicht hat Bailey tatsächlich an jenem Abend auf Garth gewartet«, stimmte Luke zu. »Aber dass er auf sie eingeprügelt hat, kann ich mir nicht so recht vorstellen. Das würde eher zu Mansfield passen.«

»Wenn Garth und Bailey etwas miteinander hatten, sollten wir doch Fingerabdrücke in ihrem Haus finden können, oder?«, gab Chase zu bedenken. »Falls er sie zusammengeschlagen hat, muss das nicht unbedingt der Fall sein. Tja, wer von beiden ist ein Schläger und welcher nur ein ganz durchschnittlicher Fremdgänger?«

»Wir haben Fingerabdrücke aus Bad und Küche genommen und durch unser System geschickt«, sagte Ed. »Keiner hat einen Namen ergeben.«

»Weder Randy noch Garth haben ein Vorstrafenregister, daher werden sie wohl auch nicht bei AFIS registriert sein. Da aber beide städtische Angestellte sind, müsste es irgendwo Unterlagen geben.«

»Ich werde es überprüfen. Aber wir können auch einfach Hope fragen, oder, Daniel? Hallo, Daniel.« Ed schnippte mit den Fingern.

Daniel war gedanklich noch immer bei der letzten Bemerkung von Kate Davis. »Die Person, die die Frauen getötet hat, konzentriert sich auf eine bestimmte Zeit in der Vergangenheit. Kate meinte, ihre Kindheit sei gestorben.«

»Und?«, fragte Chase.

»Ich weiß nicht. Irgendwie will mir das nicht aus dem Sinn. Ich wünschte, ich wüsste jemanden, dem ich vertrauen kann, der mir wirklich die Wahrheit sagt.« Er hob den Kopf. »Moment. Vielleicht weiß ich ja jemanden. Ich habe neulich meinen alten Englischlehrer getroffen. Er hat etwas von Narren gemurmelt, die glaubten, sie könnten in einer Kleinstadt Geheimnisse hüten. Und er ermahnte mich, nichts Dummes zu tun. Ich war in Gedanken allerdings so sehr mit Woolf und der Zeitung beschäftigt, dass ich nicht richtig zugehört habe. Ich denke, ich sollte ihm morgen einen Besuch abstatten.«

»Diskret«, warnte Chase.

»Entschuldigung.«

Alle Köpfe wandten sich zu Alex um, die in der Tür stand.

»Ich sah Kate Davis das Gebäude verlassen und dachte, ich könnte jetzt vielleicht wieder dazukommen.«

Sie hatte geweint. Bevor Daniel wusste, was er tat, war er schon auf den Füßen und bei ihr. »Was ist los?«

»Nichts. Ich habe nur eben mit meinem Ex gesprochen. Er hat Baileys Schlüssel. Was soll er damit tun? Er meint, er kann ihn mit FedEx schicken, wenn ihr wollt.«

»Wir wollen«, sagte Chase. »Leigh kann Ihnen die Adresse geben.«

Sie nickte und entwand sich Daniels Händen. »Ich rufe an und sag's ihm.«

Er sah ihr nach und bemühte sich, das ungute Gefühl abzuschütteln. *Konzentrier dich, Vartanian.* Er setzte sich wieder und zwang sich zum Nachdenken. »Wade hatte einen Schlüssel.«

»Und wozu passt der?«, wollte Chase wissen.

»Ich nehme an, zu dem Ort, an dem sie die Fotos versteckt haben«, sagte Daniel. »Aber Simon hatte die Fotos im Haus meines Vaters aufbewahrt. Nur so konnte mein Vater sie finden. Was, wenn Simon auch einen Schlüssel besessen hat?«

»Wurde denn einer bei seinen Sachen gefunden, nachdem er gestorben war?«, fragte Luke.

»Nein, zumindest nicht nach seinem fingierten Tod. Allerdings kann es sein, dass mein Vater ihn einfach an sich genommen hat. Falls Simon ihn jedoch mitgenommen hat, müsste er bei seinen Sachen in Philadelphia sein. Ich rufe Vito Ciccotelli an.«

Dutton, Donnerstag, 1. Februar, 19.00 Uhr

»Alex, sag's mir doch einfach.«

Aus den Gedanken gerissen, fuhr Alex' Kopf zu Daniel herum. Er starrte durch die Windschutzscheibe auf den Highway und sah so verschlossen aus, dass sie glaubte, einen Fremden neben sich zu haben. »Bitte? Was meinst du?«

»Wir sind gleich in Dutton. Du hast kein Wort mehr gesagt, seit du mit deinem Ex gesprochen hast, und vorhin hast du geweint. Er muss etwas mehr gesagt haben als ›Ja, Alex, ich habe den Schlüssel‹.«

Sein Tonfall war so barsch, dass sie erstaunt blinzelte. »Was soll er denn gesagt haben?«

»Das weiß ich eben nicht«, antwortete er. »Deswegen frage ich ja.«

Sie musterte sein Profil, das in regelmäßigen Abständen von den Laternen beleuchtet wurde. Ein Muskel in seinem Kiefer zuckte.

»Wirst du zurückkehren?«, fragte er, bevor sie eine Antwort formulieren konnte.

»Wohin zurück? Nach Ohio?« Dann dämmerte ihr, was er meinte. »Oder zu Richard?«

Seine Kiefer schienen sich noch fester anzuspannen. »Beides wahrscheinlich.«

»Nein. Ich gehe nicht zu Richard zurück. Er ist verheiratet.«

»Das hat ihn früher auch nicht daran gehindert, fremdzugehen.«

»Nein.« Alex spürte Ärger in sich aufsteigen. »Aber ich würde das nicht wollen. Für wen hältst du mich eigentlich?«

Er stieß den Atem aus. »Tut mir leid. Das war taktlos.«

»Ja, allerdings. Und ich weiß, ehrlich gesagt, nicht genau, ob ich unglaublich sauer sein oder mich geschmeichelt fühlen soll.«

Er berührte ihren Arm mit den Fingerspitzen. »Sei lieber geschmeichelt. Das gefiele mir besser.«

Sie seufzte. »Na gut. Aber nur, weil es mehr Energie kostet, sauer zu sein. Ich habe ihm von dir erzählt. Er macht sich anscheinend Sorgen, weil er die Nachrichten gesehen hat. Ich habe ihm gesagt, dass ich in guten Händen bin.«

Sie hatte gehofft, ihn lächeln zu sehen, aber er tat es nicht. »Du hast bisher noch nichts davon gesagt, ob du nach Ohio zurückgehen willst.«

Und genau das war das Thema, das sie ebenso beschäftigt hatte. »Was willst du jetzt von mir hören?«

»Dass du bleibst.«

Sie holte tief Luft. »Einerseits möchte ich ja sagen, weil du hier bist. Andererseits möchte ich die Beine in die Hand nehmen und abhauen, aber das hat rein gar nichts mit dir zu tun. Meine schlimmsten Erinnerungen haben hier ihren Ursprung, Daniel. Und das macht mir Angst.«

Er schwieg einen Moment. »Würdest du andernfalls in Betracht ziehen zu bleiben?«

»Würdest du in Betracht ziehen zu gehen?«

»Nach *Ohio?*« Er sagte es, als handelte es sich um die Äußere Mongolei, und sie lachte leise.

»So schlecht ist es dort nicht. Man kann sogar Grütze kriegen.«

Ein Mundwinkel hob sich. »Auch Scrapple?«

Der Gedanke an die regionale Spezialität mit Innereien ließ sie schaudern. »Wenn's unbedingt sein muss, ich kenne einen Laden, der sogar das serviert. Brr.«

Endlich lächelte er, und ihre Laune stieg augenblicklich. »Ich würde es in Betracht ziehen.«

Wieder hielt sie den Atem an. »Scrapple oder Ohio?«

Sein Lächeln verblasste, und er wurde wieder ernst. »Beides.«

Eine volle Minute verstrich in Schweigen. »Das klingt gut. Aber ich kann dir keine Versprechungen machen, bevor ich nicht wieder fest auf eigenen Füßen stehe.«

»Okay.« Er drückte ihre Hand. »Aber jetzt geht's mir schon besser.«

»Das freut mich.«

Sie fuhren an Duttons Main Street vorbei, und ihr Magen revoltierte augenblicklich. »Wir sind fast da.«

»Ich weiß. Was immer es ist, an das du dich erinnerst – wir stehen das gemeinsam durch.«

Dutton, Donnerstag, 1. Februar, 19.30 Uhr

»Mit nur vierhundertfünfzig ist dieses Haus ein echtes Schnäppchen.« Delia Anderson berührte ihre Betonfrisur. »Lange bleibt es nicht auf dem Markt.«

Er öffnete einen Schrank und tat interessiert. »Meine Freundin kauft jeden Laden leer, wenn sie shoppen geht. Die Schränke hier sind etwas knapp bemessen.«

»Ich habe noch zwei weitere Häuser im Angebot«, sagte Delia. »In beiden gibt es begehbare Schränke.«

So einfach würde er es ihr auch nicht machen. »Aber dieses Haus hat etwas. Es ist so gemütlich. Und man ist hier so … ungestört.«

»Das ist es«, stimmte Delia eifrig zu. »Es gibt nicht viele Häuser mit einem so großen Grundstück.«

Er lächelte. »Wissen Sie, wir veranstalten gerne Partys. Und manchmal arten sie ein klein wenig aus.«

»Oh, Mr. Myers.« Delia kicherte, was bei einer Frau in ihrem Alter entschieden unattraktiv klang, wie er fand. »Ungestörtheit ist wirklich ein unterschätzter Faktor bei der Entscheidung für ein neues Domizil.« Sie blieb vor einem Spiegel stehen, der im Flur hing, und tätschelte erneut ihre bretthartе Frisur. »In diesem Haus ist man so ungestört, dass man ein Rockkonzert im Garten veranstalten könnte, ohne dass sich die Nachbarn über den Lärm beschweren.«

Er trat hinter sie und lächelte sie im Spiegel an. »Genau das dachte ich auch gerade.«

Sie riss alarmiert die Augen auf und öffnete den Mund, um zu schreien, aber es war bereits zu spät.

Schon hielt er ihr ein Messer an die Kehle. »Falls Sie es nicht schon geahnt haben, mein Name ist nicht Myers.« Er beugte sich vor, flüsterte ihr seinen richtigen Namen ins Ohr und sah zu, wie ihre Augen vor Entsetzen glasig wurden, als ihr zu dämmern begann, was geschehen

371

würde. »Ich möchte Ihnen nun einen anderen Geschäftsvorschlag machen, meine Liebe. Nennen wir es den fälligen Zins einer unbezahlten Schuld.«

Er stieß sie auf den Boden und fesselte ihr die Hände hinter dem Rücken. »Ich hoffe doch sehr, dass Sie gerne schreien.«

Dutton, Donnerstag, 1. Februar, 19.30 Uhr

»Und? Hatte Simon einen Schlüssel?«, fragte Ed im Fond des Überwachungswagens.

Daniel schob sein Mobiltelefon zurück in die Tasche. »Ja, sogar fünf. Vito Ciccotelli schickt sie uns gleich morgen früh. Hoffentlich finden wir auch heraus, in welche Schlösser sie passen.« Eine Bewegung auf Eds Schirm ließ ihn aufmerken. »Sieht aus, als wäre Mary bereit.«

»Mary hat mich angewiesen, die Kamera in Alex' damaligem Schlafzimmer aufzustellen«, erklärte Ed. »Da wir den Ring dort gefunden haben, ist das wohl sinnvoll.«

Angespannt beobachtete Daniel, wie sich die Tür öffnete und Mary Alex hereinführte.

»Wie spät ist es?«, fragte Mary.

»Spät. Es ist dunkel, aber es blitzt. Es blitzt und donnert.«

»Wo sind Sie?«

»Im Bett.«

»Schlafen Sie?«

»Nein. Mir geht's nicht gut. Mir ist schlecht. Ich muss ins Bad. Mir ist schlecht.«

»Okay. Und was passiert jetzt?«

Alex stand am Fenster. »Da ist jemand.«

»Wer?«

»Ich weiß es nicht. Vielleicht Alicia. Manchmal schleicht sie sich nachts raus. Und geht auf Partys.«

»Ist es Alicia?«

Alex beugte sich weiter zum Fenster. »Nein. Ein Mann.« Sie fuhr zurück. »Craig.«

»Warum sind Sie zusammengezuckt, Alex?«

»Der Blitz war so grell.« Sie verzog das Gesicht. »Und mein Bauch tut so weh.«

»Ist Craig noch immer da?«

»Ja. Aber es ist jemand bei ihm. Ich sehe zwei Leute, die einen Sack zwischen sich tragen.«

»Schwer oder leicht?«

»Schwer, glaube ich.« Sie fuhr wieder zusammen, zog scharf die Luft ein. Und starrte plötzlich ausdruckslos ins Leere.

»Was ist? Wieder Blitze?«

Alex nickte. Zögerte. »Er lässt ihn fallen.«

»Den Sack?«

»Kein Sack. Eine Decke. Sie ist auseinandergerutscht.«

»Und was sehen Sie, Alex?«

»Es blitzt wieder. Ein Arm. Ihre Hand.« Sie knetete ihren Ringfinger, als säße dort ein Ring. »Ich sehe ihre Hand.« Dann entspannte sie sich plötzlich sichtlich. »Oh, es ist nur eine Puppe.«

Daniel lief es eiskalt über den Rücken. Wieder musste er an Sheila denken, die wie eine weggeworfene Puppe an der Wand der Pizzeria gelehnt hatte.

»Eine Puppe?«, fragte Mary.

Alex nickte, ihr Blick noch immer starr, die Stimme nüchtern. »Ja. Nur eine Puppe.«

»Was machen die Männer jetzt?«

»Er packt die Hand und schiebt sie in die Decke zurück. Jetzt heben sie sie wieder auf und laufen ums Haus.«

»Was tun Sie?«

Ihr Blick war leicht verunsichert. »Mir tut der Bauch noch immer weh. Ich gehe lieber wieder ins Bett.«

»Gut. Kommen Sie mit mir, Alex.« Mary führte sie zu einem Klappstuhl und begann, sie wieder in die Wirklichkeit zu holen. Daniel konnte erkennen, wann genau sie wieder zurückkam. Sie wurde plötzlich blass und krümmte sich.

»Es war keine Puppe«, sagte sie tonlos. »Es war Alicia. Sie haben sie in eine Decke eingewickelt weggetragen.«

Mary ging vor ihr in die Hocke. »Wer, Alex?«

»Craig und Wade. Wade war derjenige, dem die Decke aus den Händen rutschte. Ihr Arm fiel heraus, aber er … er sah irgendwie nicht echt aus. Sondern wie der einer Puppe.« Sie schloss die Augen. »Ich hab's meiner Mutter erzählt.«

Mary warf einen Blick in die Kamera, dann wandte sie sich wieder Alex zu. »Wann?«

373

»Als sie im Bett lag und weinte. Sie sagte immer wieder ›Ein Schaf und ein Ring‹. Ich glaubte, ich hätte einen Alptraum gehabt. Vielleicht eine Art Vorahnung. Ich erzählte ihr von der Puppe, und sie geriet vollkommen aus der Fassung. Ich versuchte, sie zu beruhigen, es wäre doch nur eine Puppe gewesen, aber ich wusste zu dem Zeitpunkt ja nicht, dass sie Alicia in der Decke gefunden hatte.« Tränen begannen ihr über das Gesicht zu strömen. »Ich sagte es ihr, und sie sagte es Craig. Und er hat sie erschossen.«

»O Gott«, flüsterte Daniel.

»Sie hat die ganzen Jahre über geglaubt, sie sei für den Tod ihrer Mutter verantwortlich«, sagte Ed leise. »Arme Alex.«

»Es war nicht Ihre Schuld, Alex«, sagte Mary.

Alex wiegte sich ganz leicht vor und zurück, eine kaum wahrnehmbare Bewegung. »Ich sagte es ihr, und sie sagte es ihm, und er hat sie erschossen. Sie ist meinetwegen gestorben.«

Daniel war aus dem Lieferwagen hinaus, noch bevor sie den Satz zu Ende gesprochen hatte. Er rannte hinauf in ihr Zimmer und zog sie in seine Arme. Sie ließ sich ziehen, vollkommen widerstandslos, beinahe willenlos. *Wie eine Puppe.*

»Es tut mir leid, Liebes. Es tut mir so leid.«

Sie wiegte sich noch immer. Kleine, panische Laute drangen aus ihrer Kehle, und er sah zu Mary auf. »Ich muss sie hier wegbringen.«

Mary nickte traurig. »Passen Sie auf der Treppe auf.«

Daniel zog Alex sanft auf die Füße, legte ihr die Hände auf die Schultern und schüttelte sie leicht. »Alex. Hör auf damit.« Seine barsche Stimme ließ sie innehalten. »Komm, lass uns gehen.«

Atlanta, Donnerstag, 1. Februar, 22.00 Uhr

»Du warst heute schon viel treffsicherer«, bemerkte Daniel, als er auf seine Auffahrt bog.

»Danke.« Sie fühlte sich noch immer wie betäubt. Doch die Übungsstunde in Leo Papadopoulos' Schießstand hatte ihr dabei geholfen, sich ein wenig zu fassen. Dankbar hatte sie an dem unschuldigen Pappziel die in ihr tobenden Gefühle ausgelassen und auf jeden gezielt, den sie in den vergangenen Tagen zu hassen gelernt hatte. Craig vor allem, aber auch Wade und Mayor Davis und Deputy Mansfield und der Unbekannte, der die ganze Geschichte ins Rollen gebracht hatte, indem er vier Frauen grausam ermordet hatte. Und sogar ihre Mutter und Alicia. Wenn sich Alicia in jener Nacht nicht davongestohlen und ihre Mutter nicht die Beherrschung verloren hätte …

Und, und, und.

Sie hatte tatsächlich besser gezielt und getroffen. Sie hatte die Waffe ruhig gehalten und gefeuert, bis das Magazin leer gewesen war. Dann hatte sie nachgeladen und immer weiter geschossen, bis ihre Arme vor Ermüdung brannten.

»Ich hole deine Einkaufstüten aus dem Kofferraum«, sagte er, als das Schweigen zu belastend wurde. »Du kannst die neuen Sachen in meinen Schrank hängen.«

Sie hatte an diesem Tag nicht viel eingekauft. Nur ein paar Blusen und Hosen. Sie in seinen Schrank zu hängen, kam ihr jedoch zu … zu intim vor, zu überwältigend in einem Augenblick, in dem sie sich fühlte, als habe man ihr die Haut abgezogen. Aber weil er sie so erwartungsvoll ansah, nickte sie schließlich. »Gut.«

Er stieg aus und öffnete den Kofferraum. Sie erwartete, das Geräusch der zufallenden Klappe zu hören, aber nichts geschah. Der Kofferraum blieb offen, während sie auf dem Beifahrersitz saß und die Sekunden zählte, die sich zu Minuten ausdehnten. Schließlich stieg sie aus und seufzte. Frank Loomis stand im Schatten der Kofferraumklappe und sprach in wütendem Flüsterton auf Daniel ein.

»Daniel«, sagte sie, und er fuhr zu ihr herum.

»Geh zum Haus«, befahl er. »Bitte.«

Zu müde, um zu widersprechen, gehorchte sie und beobachtete von der Veranda aus, wie die beiden Männer stritten. Schließlich warf Daniel den Kofferraum laut genug zu, um die gesamte Nachbarschaft zu wecken, und Frank stakste hölzern zu seinem Auto und fuhr davon.

Zornig kam Daniel zum Haus gelaufen und schloss mit ruckartigen Bewegungen die Tür auf. Als er den Alarm ausschaltete, musste Alex unwillkürlich daran denken, wie er sie am Abend zuvor gierig an die Tür gepresst hatte.

Aber heute verschloss er die Tür, schaltete den Alarm wieder ein und stiefelte die Treppe hinauf, ohne sich auch nur mit einem Blick zu vergewissern, ob sie ihm folgte. Aber seine Haltung, seine ganze Körpersprache war wie ein Befehl, also ging sie ihm nach. Als sie in seinem Schlafzimmer ankam, lagen die Tüten auf dem Bett, und er stand vor der Kommode und zerrte an seiner Krawatte.

»Was ist passiert?«, fragte sie leise.

Er streifte Jackett und Hemd ab und warf sie auf einen Stuhl in der Ecke, bevor er sich mit nacktem Oberkörper zu ihr umdrehte. »Die Staatsanwaltschaft ermittelt gegen Franks Abteilung.«

»Zu Recht«, sagte sie, und er nickte.

»Danke.« Seine Brust hob und senkte sich. »Natürlich ist er wütend. Er gibt mir die Schuld.«

»Tut mir leid.«

»Es kümmert mich nicht.« Aber das entsprach nicht der Wahrheit. »Was mich rasend macht, ist die Tatsache, dass er eben auf unsere *Freundschaft* gepocht hat, um mich dazu zu bringen, bei der Staatsanwaltschaft Einfluss zu nehmen. *Freundschaft!* So ein Schwachsinn!«

»Es tut mir leid«, sagte sie wieder.

»Hör auf damit«, fauchte er. »Hör auf, *danke* und *es tut mir leid* zu sagen. Du hörst dich an wie Susannah.«

Seine Schwester. »Hast du mit ihr gesprochen?«

»Ja.« Er wandte den Blick ab. »Tolles Gespräch.«

»Was hat sie denn gesagt?«

Er fuhr wieder zu ihr herum, und seine Augen funkelten wütend. »›Tut mir leid, Daniel. Bis dann, Daniel‹.« Einen Moment lang stand ihm der Schmerz so deutlich ins Gesicht geschrieben, dass es ihr selbst im Herzen weh tat. »›Du warst *weg*, Daniel‹«, fügte er beißend hinzu, dann senkte er den Blick und schien in sich zusammenzufallen. »Verzeih mir. Ausgerechnet dich sollte ich nicht anschnauzen.«

Sie setzte sich auf die Bettkante. Sie war so müde. »Und warum ausgerechnet mich nicht?«

»Wohin ich mich auch wende, stoße ich auf Lügen und Verrat. Nur bei dir nicht.«

»Und wer hat dich verraten?«

»Umgekehrt. *Ich* habe meine Schwester verraten. Ich bin fortgegangen und habe sie allein gelassen. Allein mit Simon.«

Nun begann sie zu verstehen, und die Erkenntnis schnürte ihr beinahe die Luft ab. Ihr fiel wieder ein, wie sich Daniel am Nachmittag bei Talias Worten versteift hatte. »Simons Opfer sind nicht alle auf öffentliche Schulen gegangen, nicht wahr?«

Wieder hob er ruckartig den Kopf. Öffnete den Mund. Schloss ihn wieder. »Nein«, sagte er schließlich.

»Du warst es nicht, Daniel. Simon hat das getan. Es war genauso wenig deine Schuld, wie es meine war, dass meine Mutter damals beschloss, Craig mit dem zu konfrontieren, was ich ihr erzählt habe. Aber wir beide halten uns für schuldig, und es wird nicht leicht sein, damit zu leben.« Er runzelte die Stirn, und sie zuckte die Achseln. »Wie wild auf einen Pappkameraden zu schießen, kann den Verstand durchaus klären. Ich war erst sechzehn, aber meine Mutter war eine erwachsene Frau, die im Grunde genommen gar nicht mit Craig hätte zusammenleben dürfen. Dennoch war meine Information der Grund dafür, dass sie die Beherrschung verlor. Natürlich ist es nicht meine Schuld, aber ich habe sie mir dreizehn Jahre lang gegeben.«

»Ich war nicht mehr sechzehn.«

»Daniel, wusstest du denn, dass Simon an den Vergewaltigungen beteiligt war?«

Wieder ließ er den Kopf hängen. »Nein, bis zu seinem Tod nicht.«

»Na siehst du. Du hast die Fotos doch erst seit zwei Wochen.«

Er schüttelte den Kopf. »Nein. Ich meinte, bis zu seinem ersten, vermeintlichen Tod.«

Alex runzelte die Stirn. »Ich verstehe nicht.«

»Meine Mutter fand die Bilder vor elf Jahren. Damals war Simon, wie wir dachten, bereits ein Jahr tot.«

Alex riss die Augen auf. Vor elf Jahren? »Aber Simon war nicht tot. Er war untergetaucht.«

»Ja. Aber ich habe die Bilder damals gesehen. Ich wollte sie der Polizei bringen, aber mein Vater verbrannte sie. Er konnte keine negative Publicity gebrauchen. Ganz schlecht für einen Richter.«

Jetzt begann Alex wirklich zu verstehen. »Und wie hast du sie dann in Philadelphia finden können? Wenn dein Vater sie doch verbrannt hat, meine ich?«

»Offensichtlich hatte er Kopien zurückbehalten. Mein Vater war ein vorsichtiger Mensch. Aber der Punkt ist, dass ich nichts unternommen habe. Und Simon durfte jahrelang ungestraft weitere Verbrechen begehen.«

»Was hättest du denn sagen können?«, fragte sie sanft. »›Mein Vater hat die Fotos leider verbrannt, ich kann also nichts belegen‹?«

»Ich hatte schon Jahre zuvor den Verdacht, dass er in unsaubere Geschäfte verwickelt war.«

»Aber wie du schon sagst – er war ein vorsichtiger Mensch. Du hättest ihm nichts nachweisen können.«

»Und das kann ich immer noch nicht«, entfuhr es ihm plötzlich. »Weil Menschen wie Frank Loomis diesen Mist auch heute noch decken.«

»Was hast du denn eben zu ihm gesagt?«

»Ich habe ihn gefragt, wo er sich die ganze Woche über aufgehalten hat. Und warum er auf keinen einzigen Anruf von mir reagiert hat.«

»Und?«

»Er behauptet, er habe nach Bailey gesucht.«

Alex blinzelte. »Ernsthaft? Wo hat er denn nach ihr gesucht?«

»Das wollte er mir nicht sagen. Aber sie wäre nicht zu finden gewesen. Ich sagte ihm, dass ich ihm das ohnehin nicht abnehmen würde. Dafür hätte er anfangs zu ablehnend reagiert. Und wenn er seine Arbeit richtig machen wollte, dann sollte er mit uns kooperieren.« Er stieß wütend den Atem aus. »Tja, und dann habe ich ihm noch gesagt, dass er seine hehren Absichten beweisen könnte, indem er wiedergutmacht, was er vor dreizehn Jahren getan hat. Indem er Fulmore rehabilitiert und diejenigen ausliefert, die er damals gedeckt hat. Natürlich hat er abgestritten, dass er jemanden gedeckt hat, aber für mich ist das die einzige Möglichkeit, wenigstens ansatzweise zu rechtfertigen, was er damals getan hat. Frank hat einen Unschuldigen für einen Mord ins Gefängnis geschickt. Der ganze Prozess war eine einzige Farce.«

»Und das wirst du beweisen können, wenn du Simons Freunde allesamt in einen Raum sperrst. Sie werden sich mit Sicherheit sofort gegenseitig beschuldigen und umfallen wie die Dominosteine.«

Er seufzte. Seine Wut war zum größten Teil verraucht. »Aber ich kann es nicht tun, solange ich nicht weiß, wer diese Morde begeht. Und ich komme an diese Person nicht näher heran, ohne Simons Perversentruppe zu warnen. Es ist zum Verrücktwerden.«

Sie trat zu ihm und legte ihm eine Hand auf die Brust, die andere auf den Rücken. »Lass uns ins Bett gehen, Daniel. Du hast seit fast einer Woche keine Nacht mehr durchgeschlafen.«

Er legte seine Wange an ihren Kopf. »Ich habe seit elf Jahren keine Nacht mehr durchgeschlafen, Alex.«

»Dann musst du aufhören, dir die Schuld zu geben. Wenn ich es kann, kannst du es auch.«

Er zog den Kopf zurück und sah ihr in die Augen. »Kannst du es denn?«

»Ich muss«, flüsterte sie. »Kannst du das verstehen? Dreizehn Jahre lang habe ich mein Leben nur an der Oberfläche gelebt, habe niemals tief genug gegraben, um nach den Wurzeln zu sehen. Ich will meine Wurzeln. Ich will ein echtes Leben. Du nicht?«

Seine blauen Augen schienen von innen heraus zu leuchten. »Doch.«

»Dann musst du lernen, loszulassen, Daniel.«

»Das ist nicht leicht.«

Sie drückte ihre Lippen auf seine warme Brust. »Natürlich nicht. Aber lass uns morgen weiter darüber sprechen. Gehen wir ins Bett. Morgen früh kannst du wieder klarer denken. Du wirst den Mörder erwischen, und du kannst dann diese Mistkerle in eine Zelle sperren und zusehen, wie sie einander zerfleischen.«

»Sehr befriedigend. Und nähst du sie anschließend wieder zusammen?«

Sie hob den Kopf. »Vergiss es.«

Er lächelte sein angedeutetes Lächeln. »Gott, du bist sexy, wenn du skrupellos bist.«

Und sofort begehrte sie ihn. »Los, ins Bett. Und zwar jetzt.«

Er hörte die Veränderung in ihrer Stimme. »Zum Schlafen?«

Sie schlang die Arme um seinen Nacken. »Vergiss es.«

Atlanta, Donnerstag, 1. Februar, 23.15 Uhr

Mack senkte seine Kamera mit dem Teleobjektiv, als das Rollo an Vartanians Schlafzimmerfenster heruntergelassen wurde. Schade – wo es doch gerade interessant zu werden versprach. Nur zu gerne hätte er das Gespräch zwischen ihm und Fallon belauscht, aber die Reichweite des Abhörgeräts betrug keine hundert Meter, und durch Wände drang es ohnehin nicht. Zwei Dinge allerdings waren klar: Vartanian war stinksauer auf Frank Loomis, und er und Alex Fallon planten gerade, ein bisschen Spaß miteinander zu haben.

Der Abend war ausgesprochen erhellend gewesen. Mack war überrascht gewesen, Loomis vor Vartanians Haus warten zu sehen. Und ganz offensichtlich war auch Vartanian überrascht gewesen. Gegen Loomis wurde ermittelt, und das machte dem ach so mächtigen Dorfsheriff Sorgen. So große Sorgen sogar, dass er seinen Stolz hinuntergeschluckt hatte und zu Daniel gekommen war, um ihn um Hilfe zu bitten. Mack verdrehte unwillkürlich die Augen. Natürlich war Daniel viel zu gut, um sich auf so etwas Unmoralisches einzulassen, aber er schien dennoch loyal genug zu sein, um einen kurzen Moment in Versuchung zu geraten.

Doch so interessant das Wissen auch war, besonders nützlich war es ihm im Augenblick nicht. Seit dem missglückten Mordversuch und der Entdeckung, dass jemand den Bungalow auseinandergenommen hatte, war Alex Fallon auf der Hut, und Vartanian ließ sie keine Sekunde aus den Augen.

Also muss ich sie zu mir bestellen. Und er wusste genau, welchen Köder er einzusetzen hatte. Verzweiflung, gemischt mit ein wenig Loyalität, plus eine Brise Bailey war eine Kombination, der beide nicht würden widerstehen können.

Er sah über die Schulter. Delia Anderson lag in die Decke eingewickelt hinten im Van. Er würde sie loswerden und dann schlafen gehen. Er hatte morgen viel vor.

22. Kapitel

Atlanta, Freitag, 2. Februar, 5.50 Uhr

DAS TELEFON WECKTE IHN. Neben ihm regte sich Alex, schmiegte ihre Wange an seine Brust und legte den Arm um seine Taille. So sollte man immer aufwachen. Daniel blinzelte ein paarmal, bis er das Display des Weckers erkennen konnte.

Dann blickte er auf sein Handy und war mit einem Schlag hellwach. »Chase? Was ist los?«

Alex rückte von ihm ab und erwachte ebenfalls.

»Der Mann, der Marianne Woolf beschattet, hat mich angerufen. Sie ist gerade aus der Garage gefahren und hat ihm den bösen Finger gezeigt. Er hat sich ihr an die Stoßstange geheftet.«

Zorn kochte augenblicklich in ihm hoch. »Verdammt noch mal, Chase. Haben wir uns irgendwie undeutlich ausgedrückt, als wir alle Frauen gewarnt haben, besser im Haus zu bleiben und Türen und Fenster zu schließen? Was denkt sich Woolf eigentlich dabei, seine Frau die Drecksarbeit machen zu lassen? Und wie zum Teufel können sie springen, sobald der Mistkerl mit den Fingern schnippt? Er hat Jims Schwester ermordet, Herrgott noch mal.«

»Vielleicht weiß Woolf gar nicht, dass seine Frau unterwegs ist. Er sitzt noch in U-Haft. Die Anhörung ist erst morgen.«

»Na ja, immerhin könnte sie auch nur Milch holen gehen«, sagte Daniel ohne Überzeugung. »Oder zu einem heimlichen Lover.«

Chase grunzte. »Tja, so viel Glück sollten wir mal haben. Setzen Sie sich in Bewegung. Unser Mann wird Sie anrufen.«

Daniel beugte sich über Alex, um aufzulegen, und küsste sie dabei auf den Mund. »Wir müssen los.«

»Okay.«

Aber sie war warm und anschmiegsam und reagierte auf den schlichten Guten-Morgen-Kuss, also nahm er sich noch einen, um die Realität noch ein paar Momente auszuschließen. »Wir müssen wirklich los.«

»Okay.«

Sie bog sich ihm entgegen und vergrub die Hände in seinem Haar.

Ihr Mund war heiß und hungrig und sein Herzschlag plötzlich laut und heftig. »Wie schnell kannst du fertig sein?«

»Mit Dusche in einer Viertelstunde.« Sie drängte sich ungeduldig gegen ihn. »Mach schon, Daniel.«

Das ließ er sich nicht zweimal sagen. Er drang in sie ein und brauchte sich nicht viel zu bewegen, bis sie mit einem kleinen, verblüfften Laut kam. Drei harte Stöße später folgte er ihr und vergrub schaudernd sein Gesicht in ihren Haaren. Ihre Hände strichen über seinen Rücken, und er schauderte wieder. »Bist du sicher, dass man in Ohio Grütze kriegt?«

Sie lachte, ein sattes, glückliches Lachen, das er bei ihr noch nie gehört hatte. Er wollte es wieder hören.

»Ganz sicher«, sagte sie und versetzte ihm einen Klaps auf den Hintern. »Hoch mit dir, Vartanian. Und ich will zuerst duschen.«

»Ja, ja, gleich«, murmelte er, unwillig, sich von ihr zu lösen, unwillig, die Realität einer weiteren Leiche in seinen Verstand eindringen zu lassen. Aber er hob den Kopf, sah ihr ernüchtertes Lächeln und wusste, dass sie es verstand. »Ich habe zwei Duschen. Du nimmst die gleich nebenan, ich die im Flur, und dann sehen wir ja, wer schneller ist.«

Warsaw, Georgia, Freitag, 2. Februar, 7.15 Uhr

Er war zuerst fertig gewesen, aber sie hatte nur drei Minuten länger gebraucht. Er hatte an der Eingangstür gewartet, als sie heruntergerannt kam. Sie hatte ein leichtes Make-up aufgelegt und das nasse Haar zu einem Zopf geflochten. Sie wäre schneller gewesen, hatte sie behauptet, wenn sie nicht noch alle Preisschilder von ihren Kleidern hätte abschneiden müssen.

Nun warf Daniel einen Blick über die Schulter, während er zum Graben ging, wo Ed bereits auf ihn wartete. Er sah, wie Alex ihm durch die Windschutzscheibe ein aufmunterndes Lächeln schenkte, und fühlte sich wie ein Erstklässler bei seiner Einschulung.

»Alex sieht heute Morgen schon wieder besser aus«, bemerkte Ed.

»Ja. Ich war gestern Abend noch mit ihr im Schießstand, und sie hat sich an den Zielscheiben ausgetobt. Das und der Schlaf haben einiges bewirkt.«

Ed zog eine Braue hoch. »Erstaunlich, was Schlaf einem manchmal so bringt«, sagte er, und Daniel verzog einen Mundwinkel zu einem Lächeln.

»Ja, nicht wahr?«

»Wir haben Marianne Woolf vor das Flatterband geschafft«, sagte Ed und deutete auf die Frau, die wie wild fotografierte. »Und wir haben dafür gesorgt, dass die Stelle wirklich weiträumig abgesperrt ist.«

Marianne senkte die Kamera, und selbst aus der Entfernung konnte er ihren zornigen Blick spüren. »Ich begreife diese Frau nicht.« Er wandte sich wieder dem Graben zu. »Und ich begreife den Täter nicht.«

»Alles wie gehabt«, sagte Ed. »Decke, Gesicht, Schlüssel, Haar. Alles.«

Der Graben war flach, und Malcolm Zuckerman von der Rechtsmedizin war in Hörweite. »Nicht alles«, sagte er und blickte auf. »Sie ist älter. Sie ist zwar geliftet und hat sich die Lippen spritzen lassen, aber ihre Hände sind runzeliger.« Daniel ging in die Hocke. »Wie alt ungefähr?«

»So um die fünfzig«, antwortete Malcolm. Er zog die Decke weg. »Kennst du sie?«

Die Frau hatte gut frisiertes, gelbblondes Haar. »Nein. Glaube ich jedenfalls nicht.« Daniel warf Ed einen konsternierten Blick zu. »Er hat das Muster durchbrochen. Warum?«

»Vielleicht hat er keine Jüngere mehr erwischt, weil die alle im Augenblick auf der Hut sind. Oder vielleicht ist diese Frau wichtig für ihn gewesen.«

»Oder beides«, sagte Daniel. »Bring sie hoch, Malcolm.«

»Daniel?«, hörte er Alex hinter sich.

Daniel drehte sich hastig um. »Das willst du bestimmt nicht sehen, Liebes. Setz dich lieber wieder in den Wagen.«

»Ich habe schon ganz andere Dinge gesehen. Du wirktest so … besorgt, und da habe ich Angst bekommen.«

»Es ist nicht Bailey«, sagte er, und sie entspannte sich ein wenig. »Diese Frau ist älter.«

»Wer ist es?«

»Das wissen wir noch nicht. Tritt zurück, sie wird jetzt raufgeholt.«

Malcolm und Trey hoben die Tote aus dem Graben und hievten sie auf den offenen Leichensack, der auf der Bahre lag.

Alex schnappte nach Luft.

Daniel und Ed wandten sich gleichzeitig zu ihr um. Alex stand wie erstarrt da. »Ich kenne sie. Das ist Delia Anderson. Sie hat mir das Haus vermietet. Ich erkenne sie an ihren Haaren wieder.«

»Dann wissen wir wenigstens, wem wir die schlechte Nachricht überbringen müssen.« Er warf Marianne Woolf einen Blick zu. Wieder hatte sie die Kamera gesenkt, aber ihr Blick verriet nun Schock. »Und wir müssen dafür sorgen, dass Marianne den Mund hält.« Er tippte Alex sanft ans Kinn. »Alles okay mit dir?«

Sie nickte knapp. »Ich habe wirklich schon Schlimmeres gesehen, Daniel. Nicht oft, aber dennoch. Ich setze mich wieder in den Wagen. Bis dann, Ed.«

Ed sah Alex nachdenklich hinterher. »Ich würde sie am liebsten fragen, ob sie noch eine Schwester hat, aber das wäre wohl ziemlich geschmacklos.«

Daniel schaffte es gerade noch, ein Auflachen zu unterdrücken. Dies war eine der Situationen, die die meisten Leute nicht verstanden. Wenn die Belastung, die man als Polizist auszuhalten hatte, zu schwer zu werden drohte, war schwarzer Humor die einzige Erleichterung, die weder abhängig machte noch gesundheitsschädlich war. »Ed.«

»Schon gut.« Ed deutete mit dem Kopf auf Marianne, dann auf den Graben. »Du gehst zur Schlampe, ich in die Pampe.«

Nun konnte Daniel sein Grinsen nicht mehr länger unterdrücken, aber er senkte rasch den Kopf, sodass niemand es sah. Als er wieder aufblickte, war seine Miene ernst.

»Okay. Ich kümmere mich um *Mrs. Woolf*.«

»Wie auch immer«, murmelte Ed.

Marianne weinte, aber er dachte nicht daran, Mitleid zu empfinden. »Marianne, was zum Teufel hast du hier zu suchen?«

Trotz der Tränen war ihr Blick voller Zorn. »Das ist Delia Anderson.«

»Und woher weißt du das?«

»Weil ich in den vergangenen fünf Jahren jeden Donnerstag bei Angie's neben ihr saß«, gab sie scharf zurück. »Niemand sonst hat eine solche Frisur.«

»Wir müssen die Identität noch offiziell bestätigen«, sagte Daniel. »Und wieso bist du hier?«

»Ich habe über Handy einen Tipp bekommen.«

»Du stehst mit einem Killer in Kontakt, ist dir das eigentlich klar?«, sagte Daniel. Wider besseres Wissen hoffte er, dass diese klaren Worte Wirkung zeigten. »Mit dem Mörder deiner Schwägerin.«

Sie schnitt eine höhnische Grimasse. »Ach ja? Vielleicht auch nicht. Jedenfalls hat er noch nicht gesagt ›Schau, ich hab schon wieder eine umgebracht, fahr mal hin‹.«

»Nein. Wahrscheinlich eher ›Könnte sein, dass da oder da eine Leiche zu finden ist‹, stimmt's?« Er verdrehte ungeduldig die Augen. »Ich sehe da keinen Unterschied.«

Trotzig sah sie ihn an. »Nein, das kann ich mir denken.«

Es kostete Daniel einige Anstrengung, ruhig zu bleiben. »Marianne, warum tut ihr das, du und Jim? Ich verstehe es wirklich nicht.«

Sie seufzte. »Jims Vater hat die Zeitung viele Jahre lang geleitet, wie du wahrscheinlich noch weißt. Sie war sein Leben … eine nette, harmlose Kleinstadtzeitung, deren aufregendsten Nachrichten in den Footballergebnissen der Highschools bestanden. Jim wollte immer mehr daraus machen, aber sein Vater ließ es nicht zu. Als er starb und Jim den Laden übernahm, begann er, der Zeitung ein anderes Profil zu verleihen. Ich weiß, dass du das nicht nachvollziehen kannst …« Wieder hob sie trotzig das Kinn. »Aber das hier ist Jims Traum. Er hat für diese Story Angebote von Großstadtzeitungen bekommen, und da er im Gefängnis sitzt, erzähle ich diese Geschichte weiter, bis er wieder auf freiem Fuß ist.«

Daniel hätte sie am liebsten geschüttelt. »Du lässt dich von einem Mörder benutzen.«

»Ach, und du nicht? Dieser Fall und dieser Killer bekommen weit mehr Publicity als üblich, weil *du* ermittelst.« Ihr Lächeln war höhnisch. »Der großartige Daniel Vartanian, Sohn eines Richters und Bruder eines Serienmörders. Daniel, der Unbescholtene, der sich über all das Böse erhebt und zum Vertreter von Wahrheit, Gerechtigkeit und Gesetz wird. Wer da keine Träne abdrückt, ist selbst schuld.« Daniel starrte sie wie vom Donner gerührt an. »Und Lisa? Meinst du nicht, dass sie ein wenig Respekt verdient hat?« Marianne lachte auf. »Lisa wäre die Erste, die mich unterstützen würde.«

Er fuhr beinahe zurück. »Was soll das heißen?«

»Natürlich kannst du das nicht begreifen. Wie gut, dass in diesem Land Pressefreiheit herrscht.« Sie zog die Speicherkarte aus der Kamera und warf dem massigen Agent, der sie beschattet hatte, einen Blick zu. »Ich gehe mit dem schmalen Hemd dort und kopiere die Fotos auf euren Computer. Jim hat mir gesagt, dass ich das tun soll, wenn man mich erwischt.«

»Kannst du wenigstens mit der Veröffentlichung warten, bis wir die Andersons benachrichtigt haben?«

Marianne nickte. Für einen Moment war ihre Verachtung verschwunden. »In Ordnung.«

Atlanta, Freitag, 2. Februar, 8.50 Uhr

»Und wie passt diese Frau nun ins Bild?«, wollte Chase wissen. Ed war am Fundort der Leiche geblieben, Talia unterwegs, um weitere Vergewaltigungsopfer zu befragen, und Hatton und Koenig suchten noch immer in Peachtree und Pine nach Crighton. Luke saß neben Daniel am Konferenztisch und konzentrierte sich ganz auf seinen Computerbildschirm.

»Sie hat früher in Davis' Bank in Dutton gearbeitet«, sagte Luke. »Steht hier auf ihrer Homepage. Sie empfiehlt potenziellen Hauskäufern die Bank als Kreditgeber.«

»Das wird wohl kaum als Motiv für einen Mord ausreichen«, sagte Chase trocken. »Und was haben Sie über die Familie von Jared O'Brien herausgefunden?«

»Nur das, was im Internet frei zugänglich ist«, meinte Luke. »Aber es wird Ihnen gefallen. Den O'Briens gehörte früher die Papiermühle in Dutton. Larry O'Brien hatte zwei Söhne. Jared, der Älteste, ging auf die Bryson Academy. Er hatte dasselbe Alter wie Simon. Nach dem, was im Jahrbuch steht, war er wohl ein kleiner Casanova. Außerdem Homecoming King und Star seines Abschlussballs.« Luke schob ihnen eine Kopie des Jahrbuchfotos über den Tisch. »Ein hübscher Kerl. Sein kleiner Bruder heißt Mack. Er ist neun Jahre jünger.« Er machte eine bedeutungsvolle Pause.

Daniel zog scharf die Luft ein. »Er war also mit Janet und den anderen auf der Highschool.«

»Zu Anfang jedenfalls«, fuhr Luke fort. »Aber wenn man in den Jahrbüchern nachsieht, stellt man fest, dass Mack irgendwann auf die öffentliche Schule gewechselt ist. Er war zu jung, um auf der Liste der Jungen zu stehen, die in Simons Alter waren, und in dem Jahr, das wir im Hinblick auf die toten Frauen überprüft haben, war er nicht mehr auf der Bryson. Larry O'Brien starb durch einen Herzanfall ein Jahr nach Simons fingiertem Tod. Jared übernahm als Ältester die Mühle. Es gibt hier im Netz nicht viele offizielle Veröffentlichungen, aber ein großartiger Geschäftsmann scheint er nicht gewesen zu sein. Es gab eine Menge Entlassungen.«

»Kate meinte ja, er sei ein Trinker gewesen«, bemerkte Daniel. »Leigh hat ihn für mich überprüft, und wir wissen inzwischen, dass er vorbestraft war. Jared O'Brien wurde in Georgia zweimal wegen Alkohol am Steuer festgenommen.«

»Jared verschwindet, als Mack in der elften Klasse ist«, sagte Luke. »Die Mühle geht den Bach runter, weil Jared das Geld verpulvert hat, und der Betrieb wird verkauft. Da schau her. Ratet mal, an wen?«

Chase seufzte. »An wen?«

»Rob Davis.«

Daniel fiel die Kinnlade herab. »Ist nicht wahr.«

»Ist doch wahr.« Luke zuckte die Achseln. »Die Witwe des Vaters, Lila O'Brien, meldet ein paar Monate später Konkurs an.«

»Und Mack muss auf die städtische Schule.« Daniel nickte nachdenklich. »Der Zeitpunkt passt. Und viel haben die O'Briens von dem Verkauf offenbar nicht übrig behalten, wenn sie Bryson nicht mehr bezahlen konnten.«

»Die Mühle ist in Privatbesitz, daher finde ich keine öffentlichen Bilanzen«, sagte Luke. »Aber ich würde sagen, die Annahme ist berechtigt.«

»Das heißt, wir hätten ein Motiv. Rache an den Davis«, schloss Chase. »Aber bei allem anderen sind wir genauso ratlos wie zuvor. Woher weiß Mack von diesem ›Club‹? Er wäre damals neun Jahre alt gewesen. Und was ist mit Jared? Er ist verschwunden, aber eine Leiche wurde nie gefunden. Im Grunde genommen könnte auch *er* hinter alldem stecken.«

»Das wäre möglich, wenn es da nicht noch ein ausgesprochen interessantes Detail gäbe.« Luke machte eine dramatische Pause. »Mack wurde in seinem Abschlussjahr wegen Körperverletzung und schweren Diebstahls verhaftet. Er war schon achtzehn, wurde also als Erwachsener verurteilt. Vier von den zwölf Jahren hat er abgesessen, dann wurde er auf Bewährung freigesetzt. Vor einem Monat.«

»Wow!« Daniel hätte am liebsten breit gegrinst, verbiss es sich aber. Sie hatten noch zu viele Lücken zu füllen. »Es passt zwar alles, aber wir müssen noch herausfinden, warum er Janet und die anderen Frauen umgebracht und Alicias Tod kopiert hat. Und wie Chase schon gesagt hat: Woher weiß er von den Vergewaltigungen?«

»Tja, ich denke, wir sollten ihn herschleppen und ihm ein paar Fragen stellen«, sagte Chase finster. »Luke, haben Sie ein Foto?«

Luke schob eines über den Tisch. »Das ist das offizielle Polizeifoto.«

Nachdenklich musterte Daniel den mageren Mann auf dem Bild. Sein Haar war dunkel und wirkte fettig, und sein Gesicht war von Narben entstellt, die eine starke Akne hinterlassen hatte. »Sieht Jared nicht sehr ähnlich«, bemerkte er. »Wir sollten eine Fahndung einleiten.«

»Ich frage beim Bewährungsamt nach, ob man dort ein neueres Foto hat«, sagte Luke. »Aber im Augenblick ist das besser als nichts.«

»Und was ist mit dem Rest der Familie?«, wollte Chase wissen.

»Die Mutter ist gestorben, während Mack einsaß«, erklärte Luke. »Jared hat eine Frau und zwei kleine Söhne hinterlassen. Sie wohnen außerhalb von Arcadia.«

»Und das hast du alles aus dem Internet?«, fragte Daniel. »Duttons Tageszeitung ist inzwischen online, und das Archiv reicht zehn Jahre zurück.« Luke zuckte die Achseln. »Offenbar eine von Jim Woolfs Modernisierungsmaßnahmen. Außerdem sind Geburts- und Sterbedaten bei der County-Behörde vermerkt, und das Festnahmeprotokoll findet sich in unseren Datenbanken. Übrigens ist er hier in Atlanta verurteilt worden, nicht in Dutton.«

»Wer hat ihn verhaftet?«, fragte Daniel.

»Ein Typ namens Smits. Aus Zone 2.«

»Okay. Ich rede mit ihm.« Daniel wandte sich an Chase. »Wir müssen die Andersons so bald wie möglich benachrichtigen, aber ich möchte auch mit Jareds Witwe sprechen.« Chase nickte. »Ich kümmere mich um die Andersons. Wir lassen Davis und Mansfield bereits beschatten. Wenn sie abhauen wollen, schnappen wir sie uns.«

»Chase!« Leigh kam, Alex auf den Fersen, in den Raum gerannt. Beide waren blass. »Koenig hat sich gerade gemeldet. Sie haben Crighton gefunden, aber er hatte eine Pistole. Hatton wurde getroffen.«

»Wie schlimm?«, fragte Chase.

»Schlimm«, erwiderte Leigh. »Man hat ihn ins Emory gebracht. Sein Zustand ist kritisch. Koenig ist noch im Krankenhaus. Er ist auch verletzt, aber nicht so ernst.«

»Hat man ihren Frauen Bescheid gegeben?«

»Koenig hat sie schon angerufen. Sie sind auf dem Weg.« Chase nickte. »Gut. Ich kontaktiere die Andersons, dann fahre ich rüber. Luke, ich will alles über Mack O'Brien wissen, was sich in Erfahrung bringen lässt, bis zu seinen Frühstücksvorlieben. Und was Mansfield, Garth und seinen Onkel angeht, so brauche ich ihre Finanzdaten.«

»Ich melde mich, sobald ich etwas habe.« Luke klappte seinen Laptop zu, klemmte ihn unter den Arm und ging.

Chase drehte sich zu Daniel um. »Crighton kann warten. Sollen sie ihn in einer Zelle schwitzen lassen, bis wir Zeit haben, uns um ihn zu kümmern.«

»Da stimme ich Ihnen zu. Ich fahre jetzt los, um mit Jareds Frau zu sprechen.«

»Moment noch«, sagte Leigh. »Eure Express-Lieferungen sind gekommen. Aus Cincinnati und Philadelphia.«

»Die Schlüssel«, sagte Daniel.

Er riss die Briefumschläge auf und ließ die Schlüssel auf den Tisch gleiten. Es war leicht zu erkennen, welcher der Schlüssel, die Ciccotelli geschickt hatte, der richtige war: Er war nahezu identisch mit dem, den Alex' Ex ihnen zugesandt hatte. Daniel hielt beide nebeneinander. »Nicht derselbe Bart, aber anscheinend derselbe Hersteller.«

»Ein Bankschließfach?«, fragte Chase, und Daniel nickte.

»Darauf würde ich wetten.«

»Die Bank von Garths Onkel?«

Daniel nickte wieder. »Dummerweise kann ich ohne richterliche Anordnung nicht hinrennen und verlangen, die Schließfächer einzusehen. Außerdem würden wir uns damit in die Karten schauen lassen.«

»Rufen Sie Chloe an und beantragen Sie die Genehmigungen«, sagte Chase. »Dann können wir wenigstens sofort loslegen, wenn wir mehr Informationen haben.«

»Das ist wahr. Alex, du musst hierbleiben, tut mir leid. Ich möchte mir keine Sorgen um deine Sicherheit machen müssen.«

Sie presste die Lippen aufeinander. »Okay. Ich verstehe.«

Er küsste sie hart auf den Mund. »Versprich mir, dass du dieses Gebäude nicht verlässt.«

»Daniel. Ich bin nicht dumm.«

Seine Miene war finster. »Weich mir nicht aus. Versprich es mir.«

Sie seufzte. »Ich verspreche es.«

Arcadia, Georgia, Freitag, 2. Februar, 10.30 Uhr

Jared O'Briens Frau wohnte in einem Haus von der Größe einer Keksschachtel. Als sie die Tür öffnete, trug sie eine Kellnerinnenuniform und eine misstrauische Miene zur Schau.

»Annette O'Brien?«

Sie nickte. »Das bin ich.«

»Ich bin Special Agent …«

»Sie sind Simon Vartanians Bruder«, unterbrach sie ihn müde. »Kommen Sie rein.«

Sie durchquerte das winzige Wohnzimmer und hob im Gehen ein Hemd, Kinderschuhe und ein Spielzeugauto auf. »Sie haben Kinder«, bemerkte er überflüssigerweise. »Zwei Söhne. Joey und Seth. Joey ist sieben, Seth ist kurz vor Weihnachten fünf geworden.«

Das bedeutete, dass sie mit dem jüngeren schwanger gewesen war, als ihr Mann von der Bildfläche verschwunden war. »Sie scheinen nicht überrascht zu sein, dass ich hier bin, Mrs. O'Brien.«

»Das bin ich auch nicht. Tatsächlich erwarte ich Sie schon seit über fünf Jahren.« Ein Schatten huschte über ihr Gesicht. »Ich erzähle Ihnen, was Sie wissen wollen. Aber ich brauche Schutz für meine Kinder. Sie sind der einzige Grund, warum ich bisher noch nichts gesagt habe.«

»Schutz vor wem oder was, Mrs. O'Brien?«

Sie begegnete seinem Blick direkt. »Das wissen Sie, oder Sie wären nicht hier.«

»Da ist etwas dran. Wann haben Sie also herausgefunden, was Jared und die anderen getan haben?«

»Nachdem er verschwunden war. Ich hatte zuerst geglaubt, er sei mit einer anderen Frau durchgebrannt. Ich war schwanger mit Seth und wurde langsam zu dick und zu unbeweglich für … nun ja. Ich war mir sicher, dass er schon zurückkommen würde.«

Sie tat ihm leid. Gleichzeitig spürte er, wie seine Wut auf Jared wuchs. Falls Alex schwanger werden würde, wäre sie in seinen Augen die schönste Frau der Welt, davon war er überzeugt. »Aber das tat er nicht.«

»Nein. Und ein paar Wochen später war unser Bankkonto leer, und wir hatten nichts mehr zu essen.«

»Und Jareds Mutter?«

Sie schüttelte den Kopf. »Sie war mit Mack außerhalb des Landes. In Rom, glaube ich.«

»Sie hatten kein Geld mehr, um sich etwas zu essen zu kaufen, und seine Mutter war in Rom? Verzeihung, aber das verstehe ich nicht.«

»Jared wollte nicht, dass seine Mutter erfuhr, wie sehr er die Mühle seines Vaters heruntergewirtschaftet hatte. Seine Mutter war an einen gewissen Lebensstandard gewöhnt, und er sorgte dafür, dass sie diesen nicht aufgeben musste. Und auch wir taten nach außen hin, als sei nichts. Wir wohnten in einem großen Haus, fuhren fette Autos. Aber wir besaßen im Grunde genommen nichts mehr. Keiner gab uns mehr Kredit, Bares war nicht vorhanden. Jared spielte.«

»Und trank zu viel.«

»Das auch. Als er nicht zurückkehrte, suchte ich überall dort, wo er normalerweise sein Geld versteckt gehalten hatte.« Sie holte tief Luft. »Und dabei fand ich die Tagebücher. Jared führte seit seiner Kindheit penibel Tagebuch.« Daniel musste sich beherrschen, um nicht triumphierend in die Luft zu boxen. »Wo sind diese Bücher?«

»Ich hole sie.« Sie trat an den Kamin und ruckelte an einem Ziegel.

»Ziemlich riskant, darin Papier zu verstecken«, kommentierte Daniel.

»Jared hatte sie in der Garage bei den Ersatzteilen für die Corvette. Meine Jungs und ich sind hierhergezogen, nachdem wir alles verloren hatten. Seth hat Allergien, also benutzen wir den Kamin nie.« Sie hatte an dem Stein geruckt und gezerrt, während sie sprach, und zog ihn nun endlich heraus. Dann ließ sie sich ungläubig auf die Fersen zurückfallen. »Das … das kann doch nicht sein.«

Daniels Triumphgefühl fiel in sich zusammen. Er ging zum Kamin und blickte in das leere Loch, und endlich rutschten die Puzzleteile an den richtigen Platz.

»Kommen Sie, setzen wir uns.« Als sie sich beide niedergelassen hatten, beugte er sich mit unbewegter Miene vor. Annette O'Brien befand sich am Rand der Hysterie, und wenn er noch etwas erreichen wollte, musste er behutsam vorgehen. »Hat Mack Sie in letzter Zeit besucht?«

Sie sah schockiert zu ihm auf. »Nein. Er sitzt im Gefängnis.«

»Nicht mehr«, sagte er leise, und ihr wich das Blut aus dem Gesicht. »Er ist vor einem Monat auf Bewährung freigelassen worden.«

»Das … das wusste ich nicht. Ich schwöre es.«

»Fehlte in letzter Zeit sonst noch irgendetwas?«

»Ja. Mein Trinkgeld. Ich hatte es in einem Glas im Schlafzimmer aufbewahrt. Vor ungefähr einem Monat war es plötzlich weg. Ich habe Joey die Schuld gegeben.« Sie bedeckte ihren Mund mit zitternder Hand. »Und vor zwei Wochen passierte es wieder. Mein Trinkgeld und die Kekse, die ich für die Kinder gebacken hatte. Ich habe Joey einen Lügner genannt und ihm eine Ohrfeige verpasst.« Tränen schossen ihr in die Augen. »Ich habe gesagt, dass er wie sein Daddy sei.«

»Sie können sich bei ihm entschuldigen«, sagte Daniel sanft. »Aber im Augenblick muss ich wissen, was in den Tagebüchern stand. An was können Sie sich erinnern?« Doch nun geriet Annette in Panik. »Mack war hier. Meine Jungs sind in der Schule. Wenn Mack frei herumläuft, sind sie nicht mehr sicher.«

Da sie ihm aus Sorge um ihre Kinder nicht mehr helfen würde, rief Daniel Sheriff Corchran in Arcadia an und bat ihn, die Jungen von der Schule abzuholen. Dann wandte er sich wieder an Annette, die sichtlich um Fassung rang. »Corchran hat gesagt, er erlaubt ihnen, Sirene und Blaulicht zu bedienen. Sie werden sich prächtig amüsieren, machen Sie sich keine Sorgen.«

»Danke.« Sie schloss die Augen. »Mack ist frei, die Tagebücher sind weg, und vier Frauen sind genauso gestorben wie damals Alicia Tremaine.«

Fünf Frauen, dachte Daniel. Annette O'Brien hatte die Morgennachrichten offenbar noch nicht gehört.

Sie schlug die Augen auf und sah ihn an. »Mack hat sie umgebracht.«

»Sie kennen ihn. Ist er zu so einer Tat fähig? Würde er Morde begehen?«

»Er ist dazu fähig und ja, er würde es tun«, flüsterte sie. »Mein Gott. Ich hätte sie vernichten sollen.«

»Die Tagebücher?«, fragte Daniel, und sie nickte. »Bitte, Mrs. O'Brien. Sagen Sie mir, an was Sie sich erinnern können.«

»Sie hatten eine Art Club. Ihr Bruder, Simon, war der Vorsitzende. Jared hat keinen echten Namen erwähnt. Sie haben sich Spitznamen gegeben.« Sie seufzte. »Dumme Jungen waren sie.«

»Dumme Jungen, die eine ganze Menge junger Mädchen vergewaltigt haben«, gab Daniel zurück.

Sie zog die Stirn in Falten, als ihr klarwurde, was sie gesagt hatte. »Ich versuche in keiner Weise zu rechtfertigen, was sie getan haben, Agent Vartanian. Bitte verstehen Sie mich nicht falsch. Mir ist klar, dass es sich nicht um einen harmlosen Jungenspaß handelt. Im Gegenteil. Es war ein schlimmes Verbrechen.«

»Entschuldigen Sie. Bitte fahren Sie fort.«

»Sie waren fünfzehn oder sechzehn, als sie mit dieser Sache anfingen. Sie stellten Regeln auf, erfanden einen Geheimcode, hatten alle einen besonderen Schlüssel ... Es war so *dumm*.« Sie schluckte. »Und so entsetzlich.«

»Wenn Jared keine Namen genannt hat, woher wissen Sie dann, dass Simon den Vorsitz hatte?«

»Sie nannten ihn Captain Ahab. Simon war der Einzige in Dutton, der eine Beinprothese hatte, also habe ich zwei und zwei zusammengezählt. Jared schrieb in sein Tagebuch, dass es allerdings niemand wagte,

Simon mit Ahab anzusprechen, also nannten sie ihn nur Captain. Sie hatten Angst vor ihm.«

»Aus gutem Grund«, murmelte Daniel. »Welche anderen Spitznamen hat Jared genannt?«

»Bluto und Igor. In Jareds Tagebuch hörte es sich so an, als wären sie ständig zusammen, und einmal hat er wohl nicht aufgepasst und etwas von Blutos Vater erwähnt, den er Mayor McCheese nannte. Garth Davis' Vater war damals Bürgermeister. Und ich denke, Igor sollte Rhett Porter sein.«

»Garths Onkel hat die Papiermühle gekauft, nachdem Jared verschwunden war«, bemerkte Daniel, und ihre Augen blitzten auf.

»Ja, für einen lächerlichen Preis. Wir hatten danach nichts mehr. Aber deswegen sind Sie nicht hergekommen. Da waren noch die anderen ... Sweetpea zum Beispiel. Ich weiß nicht, ob es sich um Randy Mansfield oder einen der Woolf-Brüder handelte. Jared machte sich gerne über den Spitznamen lustig, denn der Betreffende konnte es offenbar nicht ausstehen, so genannt zu werden. Schien ein Affront gegen seine Männlichkeit zu sein. Anscheinend haben sie ihn auf diese Weise dazu gebracht, sich ihnen anzuschließen.« Ihre Lippen verzogen sich verächtlich. »Komm, nimm dir diese Mädchen vor. Zeig, dass du ein Mann bist. Gott, mir wird übel davon.«

»Sie haben mir bisher vier Spitznamen genannt«, sagte Daniel. »Wie lautete Jareds?«

Sie sah rasch zur Seite, aber er hatte die Scham in ihrem Blick schon gesehen. »DJ. Für Don Juan. Er war derjenige, der die meisten Mädchen heranschaffte.«

»Und die anderen beiden?«

»Po'Boy und Harvard. Po'Boy war Wade Crighton. Dessen bin ich mir ganz sicher.« Po'Boy als Abkürzung für *poor boy* – der Habenichts.

»Warum?«

»Jeder von den Jungs musste – sozusagen als Initiation – ein Mädchen anschleppen. Sie waren sich uneins, ob Wade mitmachen sollte. Er kam aus einer armen Familie. Sein Vater arbeitete in der Mühle. Aber Wade hatte ein großes Plus ... seine drei Schwestern.«

Daniel drehte sich der Magen um. »Mein Gott.«

»Ja«, murmelte sie. »Die Clubmitglieder waren wohl wütend, weil er sich weigerte, seine leibliche Schwester einzubringen. Aber der Trostpreis waren die Zwillinge.«

Bittere Galle stieg brennend in Daniels Kehle hoch. »Wade hat beide Mädchen mitgebracht?«

»Nein. Er hatte es versprochen, und sie waren vollkommen aus dem Häuschen, weil sie Zwillinge ›kriegen‹ würden, aber dann brachte Po'Boy nur ein Mädchen mit. Die andere sei krank geworden, sagte er, und könne das Haus nicht verlassen.«

»Also haben sie Alicia vergewaltigt.«

»Ja.« Annettes Augen wurden feucht. »Wie die anderen auch. Ich … ich konnte zuerst nicht fassen, was ich da las. Ich habe diesen Mann *geheiratet*. Habe mit ihm Kinder bekommen und …« Sie konnte nicht mehr weitersprechen.

»Mrs. O'Brien«, sagte Daniel leise. »Was genau ist mit den Mädchen passiert?«

Sie wischte sich mit den Fingerspitzen über die Augenwinkel. »Zuerst flößten sie ihnen K.-o.-Tropfen ein. Dann fuhren sie sie zu einem Haus, aber Jared hat kein einziges Mal erwähnt, wessen Haus es war oder wo es lag. Und dann …« Sie blickte auf. »Bitte. Verlangen Sie nicht, dass ich das auch beschreibe. Ich glaube, ich muss mich sonst übergeben.«

Er brauchte die Beschreibung nicht. Er hatte auf den Fotos genug gesehen. »Okay.«

»Danke. Wenn es vorbei war, setzten sie das jeweilige Mädchen in ihr Auto, kippten Whisky über die Kleider und ließen sie mit der leeren Flasche zurück. Sie machten Fotos von den Mädchen, damit sie sie damit erpressen konnten, falls sie sich an etwas erinnerten. Sie achteten darauf, dass es auf den Bildern so aussah, als sei es in gegenseitigem Einvernehmen passiert.«

Daniel sah stirnrunzelnd auf. Auf keinem der Bilder, die er gesehen hatte, war ein Mann zu sehen gewesen, und keines hatte auch nur annähernd auf gegenseitiges Einvernehmen schließen lassen. »Hat sich eines der Mädchen an etwas erinnern können?«

Sie nickte stumpf. »Sheila. Und jetzt ist sie tot. Und ich kann ihr Gesicht nicht mehr aus meinem Kopf verdrängen.«

Daniel genauso wenig. »Sprechen Sie weiter.«

Sie nahm sich sichtlich zusammen. »An diesem einen Abend ließen sie Alicia im Wald liegen, nachdem sie … mit ihr fertig waren. In den Wochen vor Alicia stellte Jared Überlegungen an, wie es wohl wäre, wenn die Mädchen wach wären.« Annettes Miene wirkte gequält.

»Er wollte ›sie schreien hören‹. Also ging er in der Nacht noch einmal zurück. Er wartete, bis Alicia aufwachte, fiel erneut über sie her, und sie schrie tatsächlich. Aber sie waren nicht weit von dem Haus der Crightons entfernt, und plötzlich wollte Jared doch nicht mehr, dass sie schrie.«

»Er hat ihr also den Mund zugehalten, damit sie ihn nicht verriet?«

Sie nickte. »Und geriet in Panik, als er feststellte, dass er sie umgebracht hatte. Er lief davon und ließ sie nackt im Wald liegen. Zu Hause schrieb er sofort alles in sein Tagebuch. Es klingt, als … als hätte er ein Hochgefühl empfunden. Am nächsten Tag fand man Alicia tot und nackt im Graben, und Jared war genauso verblüfft darüber wie alle anderen, wenn auch aus einem vollkommen anderen Grund. Dort hatte er sie nämlich nicht hingelegt. Dennoch amüsierte er sich prächtig. Die anderen rasteten vollkommen aus, und nur er allein wusste, wer sie umgebracht hatte. Und weil dieser Penner verhaftet wurde, kam er auch noch ungestraft davon.«

Und Gary Fulmore hatte dreizehn Jahre für ein Verbrechen gesessen, das er nicht begangen hatte. »Was ist mit dem siebten Mann? Harvard?«

»Auch bei ihm habe ich überlegt, ob es sich nicht um einen der Woolf-Brüder gehandelt hat. Jim zum Beispiel war ein ziemlicher Überflieger.« Ihre Mundwinkel hoben sich zu einem traurigen Lächeln. »So wie Sie. Sie hatten ja immer nur die besten Noten.«

Daniel verengte die Augen. »Kannten wir uns damals?«

»Nein. Aber jeder hatte schon von Ihnen gehört. Wegen Mr. Grant.«

Sein Englischlehrer. »Und er hat über mich gesprochen?«

»Er hat seine Lieblingsschüler immer in höchsten Tönen gepriesen. Sie haben damals wohl ein Gedicht rezitiert und dafür einen Preis gewonnen.«

»›Tod, sei nicht stolz‹«, murmelte Daniel. »Was haben Sie getan, nachdem Sie die Tagebücher gefunden hatten?«

»Ich wusste nun, dass Jared nicht einfach abgehauen war. Mir war klar, dass sie sich seiner entledigt hatten. Auf den letzten Seiten sagte Jared, dass er sich fürchtete. Dass er vielleicht im betrunkenen Zustand reden würde, und es fiel ihm immer schwerer, das, was er wusste, für sich zu behalten.«

»Er empfand so etwas wie Reue?«, fragte Daniel staunend.

»Nein. Das Wort Reue kam in Jareds Wortschatz nicht vor. Sein Geschäft ging den Bach hinunter. Er hatte zwei Familienvermögen verspielt – seins und meins. Er wünschte sich sogar, dass er sagen dürfte, was er mit Alicia gemacht hatte. Aber er wusste genau, dass die anderen ihn dafür umbringen würden.«

»Er wollte … prahlen?« Daniel schüttelte angewidert den Kopf.

»Er war Abschaum. Als er weg war und ich wusste, dass er umgebracht worden war, war ich einerseits erleichtert. Aber andererseits hatte ich auch entsetzliche Angst. Was, wenn die anderen herausfinden würden, was ich wusste? Sie würden mich ebenfalls töten, und Joey auch. Ich war schwanger und wusste nicht, an wen ich mich wenden sollte. Jede Nacht lag ich wach und hatte Angst, dass jemand einbrechen und uns etwas antun würde.

Ein paar Wochen lang war ich wie paralysiert. Die Papiermühle war nicht mehr zu retten, und Jareds Mutter musste Konkurs anmelden. Ich traute mich kaum mehr hinaus. Die meisten Leute dachten wahrscheinlich, ich würde mich wegen des Geschäfts schämen, aber tatsächlich hatte ich Todesangst. Ich wusste, dass Männer, die ich kannte, scheußliche Verbrechen begangen hatten. Und ich wusste, dass sie es mir früher oder später ansehen würden. Also verkaufte ich schließlich, was uns geblieben war, und zog hierher. Ich suchte mir eine Arbeit und sehe seitdem zu, dass das Essen auf den Tisch kommt.«

»Und die Tagebücher haben Sie behalten.«

»Als Versicherung. Ich dachte, ich könnte sie vielleicht einsetzen, falls jemand anfangen würde, mich zu belästigen.«

»Wie ging es mit Jareds Mutter weiter?«

»Lila versuchte, von der Bank einen Kredit zu bekommen. Sie hat sogar darum gebettelt.« Ihr Gesicht wurde hart. »Sie hat Rob Davis auf Knien angefleht, aber er hat sie abgewiesen.«

»Das muss ziemlich demütigend gewesen sein.«

»Sie machen sich kein Bild«, erwiderte sie voller Bitterkeit. »Eine Angestellte sah es und erzählte es brühwarm weiter.« Ihre Wangen färbten sich rot. »Delia schaffte es, es so klingen zu lassen, als hätte meine Schwiegermutter etwas … etwas Anstößiges versucht. Aber, mein Gott, allein der Gedanke … Ich glaube, Lila wusste nicht einmal, dass Männer und Frauen so etwas tun.«

Daniel ließ sich nichts anmerken, doch die Nennung des Namens jagte ihm einen Stromstoß durch den Körper. »Delia?«

»Ja.« Annettes Stimme war voller Verachtung. »Delia Anderson. Diese Schlampe. Jeder wusste, dass sie ein Verhältnis mit Rob Davis hatte.

Wahrscheinlich hat sie noch immer etwas mit ihm. Und ausgerechnet sie hat damals die Frechheit besessen, das Gerücht über Lila zu verbreiten. Lila hatte ein schwaches Herz, und nach dieser Sache war es praktisch aus mit ihr. Sie musste ebenfalls alles verkaufen und Mack von der Schule nehmen. Sie konnte sich die teure Bryson Academy nicht mehr leisten. Mack rastete vollkommen aus. Er hat mir schon immer Angst gemacht.«

Nun ergaben die Morde an Sean und Delia einen Sinn. »War Mack gewalttätig?«

»O ja. Er hat sich immer schon gerne geprügelt, Ärger bekam er deswegen jedoch nie. Damals dachte ich, dass es wahrscheinlich am Geld der O'Briens lag, bis ich herausfand, dass gar keins mehr da war. Als ich dann die Tagebücher entdeckte, begriff ich. Die anderen hatten Jared unterstützt, ihm das notwendige Bargeld zum Spielen und Leben gegeben und es ihm ermöglicht, sich seine Gläubiger und die Steuer vom Hals zu halten. Anscheinend haben sie auch hinter Mack aufgeräumt.«

»Ja, das ergibt Sinn. Zu diesem Schluss wäre ich auch gekommen.«

Ihr Lächeln war traurig. »Danke. Ich habe immer gedacht, dass man mich für vollkommen verrückt halten würde, falls ich jemals erzählen sollte, was ich weiß. Vielleicht würde man mich beschuldigen, mir alles ausgedacht zu haben. Aber …«

»Aber?«

»Aber dann musste ich nur den Stein aus dem Kamin ziehen und mich vergewissern, dass die Tagebücher noch da waren. Ich war – *bin* – nicht verrückt.«

»Wann haben Sie zum letzten Mal nachgesehen?«

»Am Tag, an dem man das Grab Ihres Bruders geöffnet und einen Fremden darin gefunden hat. In diesem Moment dachte ich, dass ich es jetzt erzählen konnte. Dass mir jetzt jemand glauben würde.«

»Und warum haben Sie es dann doch nicht getan?«, fragte er behutsam.

»Weil ich ein Feigling bin. Ich habe die ganze Zeit gehofft, dass einer von Ihrer Truppe schließlich von allein drauf kommt. Dass Sie kämen und mich zum Reden brächten, sodass ich mir vormachen könnte, ich hätte keine Wahl gehabt. Aber weil ich nichts gesagt habe, sind die Mädchen nun alle tot.« Sie sah mit Tränen in den Augen zu ihm auf. »Damit muss ich von nun an leben. Sie können sich nicht vorstellen, was das für ein Gefühl ist.«

Und ob er das konnte. »Aber Sie sagen es mir doch jetzt. Und das ist es, was zählt.«

Als sie blinzelte, begannen die Tränen zu fließen. Beinahe wütend wischte sie sie weg. »Ich werde vor Gericht aussagen.«

»Gut, danke. Mrs. O'Brien, wissen Sie etwas über diese Schlüssel?«

»Ja. Simon hat alle Vergewaltigungen fotografiert. Wenn einer etwas sagen würde, würden sie alle untergehen, und die Fotos sollten eine Garantie sein, dass jeder ›ehrlich‹ blieb. Simon hat sie verwahrt. Er hat sich nie an den Vergewaltigungen beteiligt, er war nur der Fotograf.«

»Und die Schlüssel?«

»Simon verwahrte die Fotos in einem Bankschließfach, für das man zwei Schlüssel benötigte. Simon hatte einen, die anderen jeweils ein Exemplar des anderen. So war die Macht ein wenig verteilt. Als Simon angeblich bei einem Autounfall starb, hatte Jared Angst, dass nun alles herauskäme, aber die Zeit verging, und niemand schien einen Schlüssel gefunden zu haben. Wieso – haben Sie ihn jetzt?«

Er ließ die Frage offen. »Haben Sie Jareds Schlüssel gefunden?«

»Nein. Aber er hat ihn in seinem Tagebuch abgemalt. Die Umrisse.«

»Hat Jared auch erwähnt, unter welchem Namen das Bankschließfach eröffnet wurde?« Daniel hielt den Atem an, bis sie nickte.

»Charles Wayne Bundy. Ich weiß noch, wie entsetzt ich darüber war. Und ich dachte, dass ich mir diesen Namen unbedingt merken muss, falls ich jemals gezwungen werde, alles zu erzählen. Dass ich mir damit den Schutz für meine Kinder erkaufen kann. Aber Sie haben ihn mir bereits zugesagt, daher … sage ich es Ihnen einfach so.«

Charles Manson. John Wayne Gacy. Ted Bundy. Es passte. Simon war bereits als Jugendlicher fasziniert von Serienmördern gewesen und hatte ihre Bilder und Gemälde kopiert. Susannah war diejenige gewesen, die vor vielen Jahren seine »Kunst« unter dem Bett gefunden hatte. *Jetzt habe ich, was ich brauche.* Wenn Simon belastende Fotos von den Männern gemacht hatte, würde Daniel damit genau die Beweise haben, die er benötigte. Nun musste er nur noch das verfluchte Schließfach öffnen.

»Haben Sie irgendeine Ahnung, wo sich Mack verstecken könnte?«

»Wenn ich es wüsste, würde ich es Ihnen sagen. Jedenfalls kann er nicht in seinem alten Haus sein, denn es wurde abgerissen, während er im Gefängnis saß.«

»Wieso denn das?«

»Man hatte eingebrochen und im Inneren alles zertrümmert, eingeschlagen, aufgerissen. Wände, Böden. Was übrig blieb, war nichts mehr wert.«

Daniel dachte an Alex' Bungalow. »Jemand hat den Schlüssel gesucht.«

»Wahrscheinlich. Rob Davis hatte jedenfalls seinen Nutzen davon. Als das Haus erst einmal weg war, kaufte er das Grundstück für einen Schleuderpreis und stellte ein Lager für die Papiermühle darauf. Da kann sich Mack aber nicht verstecken. Es wird täglich besucht.«

Dennoch würde er es überprüfen. Sie mussten Mack O'Brien finden, bevor er erneut mordete. Und er war nur noch eine richterliche Anordnung davon entfernt, das letzte Mitglied des Höllenclubs zu identifizieren. Charles Wayne Bundys Bankschließfach wartete.

»Ich danke Ihnen, Mrs. O'Brien. Sie haben mir mehr geholfen, als Sie ahnen. Holen wir Ihre Jungen ab, dann bringen wir Sie an einen Ort, an dem Sie sicher sind. Ein Polizist kann Ihnen die nötigen Sachen holen.«

Annette nickte und folgte ihm, ohne sich noch einmal umzusehen.

23. Kapitel

Arcadia, Georgia,
Freitag, 2. Februar, 11.35 Uhr

»Passt alles zusammen«, sagte Luke über die Freisprechanlage in Chase' Büro.

Daniel telefonierte in Sheriff Corchrans Dienststelle und erzählte Annette O'Briens Geschichte nach, während sie darauf warteten, dass ein Agent kam und sie und ihre beiden Söhne zu einem sicheren Haus brachte. »Jetzt müssen wir ihn nur noch finden.«

»Wir haben bereits ein anderes Fahndungsfoto rausgegeben«, sagte Chase. »Das aus seiner Bewährungsakte. Er ist inzwischen um einiges kräftiger als damals, als man ihn eingebuchtet hat.«

»Wie alle, die lange genug gesessen haben«, bemerkte Daniel. »Vielleicht hat er sich auch die Haare gefärbt. Mrs. O'Brien hat mir auf der Fahrt zu Corchran erzählt, dass sie neulich vergeblich nach einer Packung Tönung gesucht hat. Blond.«

»Okay, ich gebe ein Update durch«, sagte Luke. »Noch etwas – Mack O'Brien ist im Knast oft zur Straßenreinigung eingesetzt worden. Und er hat in jeder der Gegenden gearbeitet, in denen die Leichen gefunden wurden.«

»Wir müssen die Papiermühle gründlich durchsuchen. Besonders das neue Lagerhaus, das auf dem ehemaligen Grundstück der O'Briens errichtet wurde.«

»Ich habe bereits ein Team abgestellt«, sagte Chase. »Sie treten als Kammerjäger auf, damit wir keine schlafenden Hunde wecken. Was ist mit der Verfügung für das Bankfach?«

»Chloe arbeitet dran. Ich fahre gleich nach Dutton, sodass ich sofort loslegen kann, wenn sie dem Richter die Unterschrift abgerungen hat. Wie geht's Hatton?«

»Liegt noch im OP«, antwortete Chase. »Crighton hat sich einen Anwalt besorgt und sagt kein Wort.«

»Mistkerl«, brummte Daniel. »Ich würde ihn gern wegen Kathy Tremaine drankriegen.«

»Nach so vielen Jahren …«, sagte Luke. »Da stehen die Chancen nicht besonders.«

»Ich weiß, aber für Alex wäre es sicher wichtig. Hat sie schon verlangt, ihn zu sehen?«

»Nein«, gab Chase zurück. »Sie rennt uns wegen Hatton im Vorzimmer eine Rinne in den Boden, hat Crighton aber mit keinem Wort erwähnt.«

Daniel seufzte. »Nun, das wird sie wohl, wenn sie bereit dazu ist. Okay, ich mache mich jetzt auf den Weg nach Dutton. Ich melde mich, sobald ich ans Schließfach komme. Drückt mir die Daumen.«

Atlanta, Freitag, 2. Februar, 12.30 Uhr

Alex stoppte ihre rastlose Wanderung im Empfangsbüro direkt vor der Theke. »Die müssten doch längst angerufen haben.«

»Eine OP kann lange dauern«, beruhigte Leigh sie. »Sie werden sich schon melden, wenn Hatton wieder herauskommt.«

Leighs Miene verriet nichts, ihr Blick aber umso mehr. Auch sie hatte Angst um den Agent, und irgendwie fühlte sich Alex dadurch nicht mehr so allein. Sie wollte den Gedanken gerade aussprechen, als ihr Mobiltelefon klingelte.

Die Nummer war eine aus dem Großraum Cincinnati, ihr aber nicht bekannt. »Ja?«

»Miss Alex Fallon?«

»Ja?«, sagte sie vorsichtig. »Wer sind Sie?«

»Ich bin Officer Morse. Von der Polizei in Cincinnati.«

»Was ist los?«

»Gestern Nacht wurde in Ihre Wohnung eingebrochen. Ihre Hausmeisterin hat heute Morgen bemerkt, dass Ihre Tür offen stand, als sie die Post vorbeibringen wollte.«

»Oh – nein, nein. Ich habe gestern eine Freundin gebeten, etwas abzuholen. Sie hat wahrscheinlich nur vergessen, die Tür richtig zuzuziehen.«

»Ihre Wohnung ist demoliert worden, Miss Fallon. Matratzen und Polster aufgeschlitzt, alle Schubladen ausgeleert und …«

Ihr stockte der Atem. »… alle Kleider zerfetzt.«

Eine zögernde Pause. »Woher wissen Sie das?«

Vertrau niemandem, hatte Wade in seinem Brief an Bailey geschrieben. »Officer, könnten Sie mir Ihre Dienstnummer und eine Telefonnummer geben, unter der ich Sie erreichen kann, nachdem ich Sie habe überprüfen lassen?«

»Natürlich.« Er gab ihr durch, was sie haben wollte, und sie versprach, sich gleich wieder zu melden.

»Leigh, könnten Sie vielleicht die Identität dieses Officers überprüfen? Er behauptet, man habe meine Wohnung demoliert.«

»Ach, du lieber Himmel.« Leigh sah sie entgeistert an. »Mache ich sofort.«

»Danke. Ich muss noch ein paar Anrufe tätigen, bevor ich dort zurückrufe.« Alex wählte das Krankenhaus an und war erleichtert, als sie Lettas Stimme vernahm. Sie warnte sie, vorsichtig zu sein, und bat sie, die Warnung auch an Richard weiterzugeben, der gerade im Dienst war.

Leigh legte fast gleichzeitig mit ihr auf. »Der Cop aus Cincinnati ist echt.«

»Gut.« Sie rief Morse zurück. »Vielen Dank, dass Sie gewartet haben.«

»Kein Problem. Es war klug von Ihnen, erst nachzufragen. Haben Sie eine Ahnung, wer in Ihre Wohnung eingebrochen ist?«

»Ja, ich denke schon. Auch in meine Mietwohnung hier ist eingebrochen worden. Darf ich Sie an Agent Vartanian verweisen? Er weiß, was weitergegeben werden kann.«

»Ich melde mich bei ihm. Wissen Sie, wonach gesucht worden ist?«

»Ja, denn ich habe es mir bereits geholt. Es befand sich im Haus meines Exmannes. Wenn der Täter das herausfindet, könnte er als Nächstes dort suchen.«

»Geben Sie mir seine Adresse. Wir schicken jemanden hin, um uns zu vergewissern, dass mit ihm alles in Ordnung ist.«

»Danke«, sagte Alex gerührt und überrascht.

»Wir sehen hier auch Nachrichten, Miss Fallon. Wie mir scheint, hat Agent Vartanian alle Hände voll zu tun.«

Alex stieß die Luft aus. »Da sagen Sie was.«

Dutton, Freitag, 2. Februar, 12.30 Uhr

Daniel betrachtete den schweren Gedichtband in seiner Hand. Er hatte auf dem Weg bei einer Buchhandlung haltgemacht. Chloe Hathaway arbeitete noch an seiner Verfügung, daher hatte er ein wenig Zeit totzuschlagen.

Nun parkte er seinen Wagen gegenüber von Duttons Herrenfriseur. Daniel wollte mit seinem ehemaligen Englischlehrer reden, der auch heute auf der Bank saß und seine Umgebung aus wachen Augen beobachtete.

Er öffnete die Autotür und stieg aus. »Mr. Grant«, rief er. »Daniel Vartanian.« Grant winkte, während sich die anderen Männer nicht rührten.

Daniel bat Grant mit einer Geste, zu ihm zu kommen, und der alte Mann schlurfte über die Straße. »Ich habe etwas für Sie«, sagte Daniel, als Grant ihn erreicht hatte. Er gab ihm die Gedichtsammlung. »Ich denke oft an Ihren Englischunterricht.« Dann fuhr er flüsternd fort: »Ich muss mit Ihnen reden, aber niemand soll es mitbekommen.«

Grant strich fast ehrfürchtig über das dicke Buch. »Ein wunderschönes Werk«, sagte er, bevor er ebenfalls in Flüsterton verfiel: »Ich habe schon darauf gewartet, dass du zu mir kommst. Was willst du wissen?«

Daniel blinzelte erstaunt. »Was wissen Sie?«

»Wahrscheinlich mehr, als in dieses Buch reinpasst, aber nicht viel davon ist sachdienlich. Stell deine Fragen. Wenn ich sie beantworten kann, tue ich es.«

Er schlug das Buch auf und blätterte darin, bis er das Gedicht von John Donne gefunden hatte, das Daniel damals so gemocht hatte. »Los. Ich höre.«

»Mack O'Brien.«

»Wacher Verstand, aber hitziges Temperament.«

»Wann oder bei wem ging es mit ihm durch?«

»Eigentlich immer, vor allem, nachdem er nichts mehr besaß. Während seiner Zeit auf Bryson hielt er sich für einen Frauenheld. Wie sein großer Bruder einer war.« Grant neigte den Kopf, als betrachtete er das Gedicht. »Mack war kein Spaß für unsere Schule. Er randalierte, raste mit seiner verflixten Corvette durch die Gegend, als wäre er ein Rennfahrer, und war immer dabei, wenn es irgendwo eine Prügelei gab.«

»Sie sagten, er sei ein Frauenheld gewesen.«

»Nein, ich sagte, er hielt sich dafür.« Grant blätterte zum nächsten Gedicht weiter. »Ich weiß noch, wie ich einmal ein paar Mädchen über ihn reden hörte, nachdem er die Schule hatte wechseln müssen. Sie lästerten hemmungslos und dachten wohl, dass ich zu sehr mit meinen Korrekturen beschäftigt sei. Nun ja, jedenfalls machten sie sich über ihn lustig, weil er offenbar glaubte, er sei zum Abschlussball eingela-

403

den. Das war er natürlich nicht, nachdem jeder wusste, dass die Familie nichts mehr hatte. Sie schnitten ihn. Er sei höchstens wegen seines Autos noch akzeptabel, sagten sie. Dazu muss man wissen, dass Mack auch nicht halb so gutaussehend war wie sein großer Bruder Jared. Er hatte schreckliche Akne und tiefe Narben im Gesicht. Die Mädchen waren recht grausam.«

»Welche Mädchen waren das, Mr. Grant?«

»Die, die jetzt tot sind. Janet war die Schlimmste, wenn ich mich recht erinnere. Gemma erzählte, sie sei betrunken gewesen, als sie es mit ihm in seinem Wagen ›getrieben‹ hätte. Ohne den Alkohol sei er ja nicht zu ertragen gewesen.«

»Und Claudia?«

»Claudia lief gewöhnlich mit den anderen mit. Kate Davis war diejenige, die den anderen sagte, sie sollten aufhören.«

»Warum haben Sie mir das nicht vorher erzählt?«

Grant studierte die nächste Seite mit vermeintlicher Konzentration, bevor er antwortete. »Weil Mack nichts Besonderes war. Sie benahmen sich einer Menge Jungen gegenüber grausam. Ich hätte nicht einmal an ihn gedacht, wenn du mich nicht nach ihm gefragt hättest. Außerdem sitzt er im Gefängnis.«

»Nicht mehr.«

Der alte Mann schien einen Augenblick lang zu erstarren. »Gut zu wissen.«

»Was können Sie mir in dem Zusammenhang über Lisa Woolf sagen?«

Die Falten auf Grants Stirn vertieften sich. »Einmal fehlte Mack beinahe zwei Wochen lang. Als ich nachfragte, was mit ihm sei, kicherten die Mädchen nur und sagten, er sei von einem Hund angefallen worden. Später erfuhr ich, dass er sich von einer Prügelei erholen musste. Offenbar hatte er versucht, bei Lisa zu landen, woraufhin die Woolf-Brüder ihn zu Kleinholz verarbeiteten. Er fühlte sich schwer gedemütigt. Wenn er danach durch die Schulflure ging, heulten die Kids hinter ihm wie Wölfe. Aber immer wenn er sich umdrehte, taten alle, als sei es keiner gewesen.«

Daniels Handy vibrierte in seiner Tasche. Es war Bezirksstaatsanwältin Chloe Hathaway. »Entschuldigen Sie mich bitte einen Moment.« Er wandte sich ein wenig ab. »Vartanian.«

»Ich bin's, Chloe. Sie sind stolzer Besitzer einer Verfügung für das

Bankschließfach eines gewissen Charles Wayne Bundy. Hoffentlich finden Sie, was Sie suchen.«

»Das hoffe ich auch. Danke.« Er klappte das Handy zusammen. »Ich muss jetzt weiter.«

Grant schlug das Buch zu und hielt es Daniel hin. »Ich habe gern mit dir geredet, Daniel Vartanian. Es tut immer gut, zu sehen, dass sich ein ehemaliger Schüler gemacht hat.«

Daniel schob das Buch mit leichtem Druck zurück. »Bitte behalten Sie es, Mr. Grant. Ich habe es für Sie gekauft.«

Grant presste das Buch an seine Brust. »Vielen Dank, Daniel. Und pass auf dich auf.«

Daniel sah dem Alten hinterher und hoffte, dass er diskret genug gewesen war. Zu viele unschuldige Menschen hatten für die Sünden einiger junger Männer bezahlt. Die einen waren reich gewesen, die anderen arm, aber alle hatten sich einen feuchten Dreck um die menschliche Würde und den freien Willen anderer geschert.

Wenn sich die Tradition nicht geändert hatte, würden die alten Männer ihre Bank gegen fünf Uhr nachmittags verlassen. Er würde dafür sorgen, dass jemand Grants Haus beobachtete. Daniel konnte nicht noch mehr Blut an seinen Händen verantworten.

Er fuhr vom Gehweg auf die Straße, als sein Handy erneut brummte. Dieses Mal war es sein Büro, und sofort kam ihm Hatton in den Sinn. Er war noch im OP gewesen, als Daniel das letzte Mal angerufen hatte. »Vartanian.«

»Daniel, hier ist Alex. Jemand hat gestern meine Wohnung in Cincinnati verwüstet.«

»Verdammt.« Er stieß geräuschvoll die Luft aus. »Sie haben den Schlüssel gesucht.«

»Aber wie können sie wissen, dass ich ihn in einem Brief bekommen habe?«

»Vielleicht durch Baileys Freundin?«

»Ich habe Chase gebeten, sich zu erkundigen. Sie hat weder Besuche noch Anrufe erhalten.«

»Es gibt viele Möglichkeiten, mit jemandem in Kontakt zu treten, wenn man es will.«

»Ja, ich weiß. Aber, Daniel ... die einzige Person, die es sonst noch weiß, ist Bailey.«

Er wusste, was sie andeuten wollte. Er hörte die Hoffnung in ihrer

Stimme und brachte es kaum übers Herz, sie ihr zu nehmen. »Und nun denkst du, dass die Person, die sie entführt hat, sie letztlich doch zum Reden gebracht hat.«

»Nein, ich *denke,* dass sie noch lebt.«

Er seufzte. Vielleicht hatte sie ja recht. »Falls sie noch lebt …«

»Falls sie noch lebt, weiß einer der Männer, wo sie ist. Davis oder Mansfield. Daniel, bitte, verhafte sie und bring sie zum Reden.«

»Wenn sie sich bisher eine solche Mühe gegeben haben, alles zu vertuschen, ist es nicht sehr wahrscheinlich, dass sie uns einfach erzählen, was wir hören wollen«, erwiderte Daniel und hoffte, dass er sich nicht zu herablassend anhörte. »Aber wenn sie nervös werden, führen sie uns vielleicht auf die richtige Spur. Mansfield und Davis stehen ohnehin schon unter Bewachung. Ich weiß, wie schwer es ist, aber im Moment müssen wir vor allem Geduld haben.«

»Ja. Ich versuch's ja.«

»Ich weiß, Liebes.« Er lenkte den Wagen auf den markierten Parkplatz vor der Bank. »Sonst noch etwas? Ich will jetzt in die Bank und nach dem Schließfach sehen. Wenn Davis oder Mansfield mich beobachten, dann zünde ich hier gerade ein Leuchtfeuer.«

»Na ja, da wäre noch eine kleine Sache. Der Tierarzt hat angerufen. Riley darf abgeholt werden.«

Daniel schüttelte den Kopf. Der Themawechsel überraschte ihn. »Das schaffe ich im Augenblick nicht.«

»Das weiß ich ja, aber ich habe mich gefragt, ob einer der Leute, die auf Hope und Meredith aufpassen, nicht losfahren und ihn holen könnte. Hope hat nach dem traurigen Hund gefragt.«

Das brachte ihn zum Lächeln. »Kein Problem. Ich rufe dich später an. Bleib, wo du bist.«

»Ja, doch.« Und sie klang nicht gerade glücklich darüber. »Und du pass auf dich auf.«

»Tue ich. Alex …« Er zögerte. Er fürchtete sich ein wenig vor dem, was er sagen wollte. Alles ging viel zu schnell. Und daher beschloss er, die Worte doch noch ein wenig länger für sich zu behalten. »Sag Meredith, sie soll Riley nur Trockenfutter geben. Vertrau mir.«

»Das tue ich«, gab sie zurück, und er wusste, dass es hier nicht um Riley ging. »Ruf mich an, wenn du kannst.«

»Ja. Bald ist alles vorbei.«

Mit dem Gefühl, am Rand eines steilen Abgrunds zu stehen, überquerte Daniel die Straße zur Bank. Sobald er sich nach dem Schließfach erkundigte, wussten alle Beteiligten Bescheid, und dann würden sich die Ereignisse vermutlich überstürzen. *Kleinstädte. Man muss sie einfach lieben.* Aber er war nicht »man«.

Freitag, 2. Februar, 12.45 Uhr

Verärgert zog Mack die Stöpsel aus den Ohren, als Vartanian die Main Street hinauffuhr und sich somit aus der Reichweite seines Mikrofons herausbewegte. *Hielt sich für einen Frauenheld …* Blöder Hund. Er hasste Mr. Grant, diesen arroganten, alten Mistkerl. Wenn er mit den anderen durch war, würde er dem Alten einen Besuch abstatten, und dann würde Mr. Snob bereuen, jemals mit Vartanian gesprochen zu haben.

Daniel wusste nun also von ihm. Und es war wirklich prickelnd, dass der Mann wahrscheinlich die Gegend nach ihm absuchen ließ, während er bloß ein paar Meter entfernt saß und ihm zuhörte.

Aber das Hochgefühl war kurzlebig. Vartanian war allein gekommen. Das hätte sich Mack nicht träumen lassen. Er hatte angenommen, dass Alex Fallon ihn auf Schritt und Tritt begleitete, wie sie es die vergangenen Tage getan hatte. Mack war endlich bereit für sie, und Vartanian war allein gekommen.

Wenn Alex Fallon den Zuckerguss auf seinem Kuchen darstellen sollte, dann musste er sie dazu bringen, zu ihm zu kommen. Andernfalls würde sein Plan jämmerlich scheitern, und das wäre wirklich eine Schande. Apropos Kuchen und Zuckerguss … er musste noch ein paar Einladungen verschicken.

Er startete gerade den Motor seines Vans, als er sah, wie Daniel Vartanian auf die Bank zuging. *Sieh an.* Daniel stattete Davis also endlich einen Besuch ab. Man hätte meinen können, dass vier Schlüssel an den Zehen von vier toten Frauen den Agent etwas früher auf die Idee gebracht hätten, aber immerhin.

Mack lächelte, als er an die Bilder dachte, die Vartanian in »Charles Wayne Bundys« Schließfach finden würde. Bald würden die Säulen der Gemeinde einstürzen. Gedemütigt würden sie den Gang ins Gefängnis antreten, und die ganze Welt würde mit dem Finger auf sie zeigen.

Mack würde natürlich alles tun, um ihnen das zu ersparen. Wenn sein Plan aufging, würde keiner von ihnen diese Schande mehr erleben müssen.

Weil sie alle tot waren.

Atlanta, Freitag, 2. Februar, 12.45 Uhr

Alex legte den Hörer des Telefons auf Daniels Schreibtisch auf und ließ den Kopf nach vorn fallen.

»Was ist los?«

Sie wandte sich um und entdeckte Luke Papadopoulos, der sie auf seine merkwürdig nachdenkliche Art betrachtete.

»Ich habe das Gefühl, dass Bailey noch am Leben ist. Ich bin so … frustriert.«

»Und wünschst dir, dass jemand irgendetwas unternehmen würde.«

»Ja. Ich weiß ja, dass Daniel recht hat und die Verantwortung für die Sicherheit vieler Menschen trägt, aber Bailey … Bailey ist die Person, die *mir* am Herzen liegt. Und ich komme mir egoistisch und weinerlich vor.«

»Du bist weder egoistisch noch weinerlich. Komm mit. Ich mache eine Pause und muss etwas essen. Normalerweise nehme ich mir etwas von zu Hause mit, aber jemand hat sich mein Mittagessen einverleibt.« Er warf einen finsteren Blick in Richtung Chase' Büro. »Dafür wird er büßen.«

Alex musste grinsen. »Chase ist wirklich eine Nummer für sich. Leigh hat gesagt, dass es freitags in der Cafeteria Pizza gibt.« Und nun merkte sie, dass sie tatsächlich hungrig war. Sie waren heute Morgen in solch einer Hast aufgebrochen, dass keine Zeit zum Essen geblieben war. »Gehen wir.« Als sie Daniels Büro verließen, sah sie sich Luke genauer an. Er sah umwerfend gut aus. Ganz Merediths Typ. »Ähm … hast du eigentlich eine Freundin?«

Seine weißen Zähne blitzten in seinem gebräunten Gesicht auf. »Wieso? Bist du Daniel schon leid?«

Sie dachte an den Morgen in Daniels Bett und spürte, wie ihre Wangen warm wurden. »Nein. Ich frage wegen Meredith. Sie würde dir gefallen. Man kann viel Spaß mit ihr haben.«

»Geht sie gerne angeln?«

»Das weiß ich nicht genau. Ich kann ja mal nachfragen …« Ihre Stimme verklang, als sie und Luke gleichzeitig stehen blieben. An Leighs Theke stand eine Frau, deren Gesicht sie sofort erkannte. Und Lukes plötzlicher Anspannung entnahm sie, dass auch er wusste, um wen es sich handelte.

Die Frau war klein, hatte glattes, dunkles Haar und traurige Augen.

Ihre Kleidung verriet, dass sie aus New York kam, ihre Haltung, dass sie lieber ganz woanders wäre.

»Susannah«, murmelte Alex.

Die Frau drehte sich zu ihr um. »Sie kennen mich?«

»Ich bin Alex Fallon.«

Susannah nickte. »Ich habe über Sie gelesen.« Dann richtete sie ihren Blick auf Luke. »Und Sie sind Daniels Freund. Wir haben uns letzte Woche auf der Beerdigung gesehen. Agent Papadopoulos, richtig?«

»Richtig«, gab Luke zurück. »Warum sind Sie gekommen, Susannah?«

Sie lächelte humorlos. »Das weiß ich selbst nicht genau. Aber ich glaube, ich wollte mir hier mein Leben zurückholen. Und vielleicht meine Selbstachtung.«

Dutton, Freitag, 2. Februar, 12.55 Uhr

Diesem Köder würde er nicht widerstehen können. Er beobachtete, wie Frank Loomis auf der Treppe zum Polizeigebäude stehen blieb, sein Handy aufklappte und die SMS las. Mit verengten Augen blickte er zur Redaktion hinüber, die heute wegen eines Todesfalls in der Familie geschlossen war. Mack lächelte. Die Woolfs trauerten, und er war dafür verantwortlich. Manchmal dauerte es lange, bis eine Schuld bezahlt war. Und wenn genug Zeit vergangen war, wuchsen die Zinsen ins Unermessliche.

Woolfs Schwester zu töten, war ein guter Anfang gewesen, die Schulden einzutreiben. Er hatte die Woolfs in der vergangenen Woche mehrmals für seine Zwecke eingesetzt, und er würde es noch ein paarmal tun, bevor alles vorbei war. Aber nun gab es anderes zu tun. Frank Loomis stieg in seinen Wagen und fuhr in die richtige Richtung.

Die SMS war unmissverständlich gewesen: *Hab noch 'n Tipp bek. Weiß wo Bailey C ist. Fahr zur alten O'B Mühle. Du findest BC + *viele* andere. Kann nicht hin – muss zum Friedhof. Beeil dich, sonst ist Var schneller.* Unterzeichnet, *Marianne Woolf.*

Und Frank war unterwegs. Bald würde auch Vartanian dorthin kommen. Mansfield sollte bereits anwesend sein, genau wie Harvard, die letzte Säule, die es umzustürzen galt. Mack hatte lange gebraucht, bis er in Erfahrung gebracht hatte, wer hinter diesem Spitznamen steckte, und die Entdeckung hatte sogar ihn verblüfft.

409

Was Alex Fallon betraf, hatte er schon einige Ideen, wie er sie aus ihrem Versteck locken würde. Alex' einziges Ziel in der vergangenen Woche war es gewesen, Bailey zu finden. *Und ich weiß, wo Bailey ist.* Wenn sich der Staub der Ereignisse des kommenden Nachmittags erst einmal gelegt hatte, würde Alex nur allzu gerne daran glauben, dass Bailey noch lebte. Da Delia nun auch tot war, hatte Mack keinerlei Absicht, noch weitere Leichen in Gräbern abzulegen. Bis auf die von Alex natürlich. Vielleicht würde die Ruhe ihr ein falsches Gefühl der Sicherheit vermitteln.

Außerdem würde sie natürlich um Daniel Vartanian trauern, und Trauer brachte die Leute oft dazu, unkluge Dinge zu tun. Früher oder später würde sie ihre Vorsicht vergessen, und dann konnte er sich sein letztes Opfer schnappen. Und den Kreis schließen.

Freitag, 2. Februar, 13.25 Uhr

Mansfield blieb neben dem Schreibtisch stehen. »Okay, Harvard. Hier bin ich.«

Er sah auf und betrachtete den anderen kühl. »Ach, und warum?«

Mansfield runzelte die Stirn. »Du hast mich doch schließlich herbestellt.«

»Das habe ich nicht.«

Mansfields Herzschlag beschleunigte sich. »Ich hatte eine SMS auf dem Prepaid-Handy. Niemand außer dir hat die Nummer.«

»Nun, offensichtlich ja doch«, gab Harvard kalt zurück. »Lass sie mich sehen.«

Mansfield reichte ihm das Telefon.

»›Komm asap. DVar weiß von der Ware. Müssen verschwinden.‹« Seine Miene verfinsterte sich. »Jemand weiß Bescheid, wenn auch nicht Vartanian. Man ist dir gefolgt, du Vollidiot.«

»Nein, niemand ist mir gefolgt, das weiß ich genau. Anfangs schon, aber ich habe ihn abgehängt.« Nun, er hatte ihn nicht abgehängt, sondern getötet, aber es gab keinen Grund, die Sache noch schlimmer zu machen. »Was tun wir jetzt?«

Harvard schwieg einen Moment. »Wir schaffen sie im Boot raus.«

»Ins Boot passen höchstens sechs.«

Harvard stand auf. »Wenn du etwas zu sagen hast, das ich noch nicht weiß, dann rede. Ansonsten sei still. Schaff du die Gesunden im Boot raus. Ich kümmere mich um den Rest.«

Dutton, Freitag, 2. Februar, 13.30 Uhr

Daniel wartete, bis er außerhalb von Duttons Stadtgrenze war, bevor er mit aller Kraft seine Faust auf das Lenkrad krachen ließ. Nur mit Mühe kämpfte er seine Frustration nieder und wählte Chase' Nummer.

»Das Schließfach war leer«, fauchte er ohne Einleitung.

»Sie machen Witze«, sagte Chase. »Vollkommen leer?«

»Nein, nicht vollkommen. Ein Fetzen Papier lag drin. Darauf stand ›Ha ha‹.«

»Verfluchter Mist. Kann Rob Davis in seinen Unterlagen nachsehen, wer als Letzter dran war?«

»Jemand mit einem Ausweis, der auf den Namen Charles Wayne Bundy ausgestellt war. Er kam ein halbes Jahr nach Simons vermeintlichem Autounfall. Ich bezweifle aber stark, dass es Simon selbst war. Er hätte niemals gewagt, einfach so in der Öffentlichkeit zu erscheinen, denn wenn Davis ihn erkannt hätte, wäre das Geheimnis nicht mehr lange eines gewesen.«

»Aber ich dachte, Jared hätte in seinem Tagebuch geschrieben, dass Simon den Hauptschlüssel besäße.«

»Entweder stimmt Annettes Erinnerung nicht, oder Jared hat sich geirrt. Jedenfalls hat jemand das Schließfach leer geräumt.«

»Könnte Rob Davis einen Universalschlüssel haben?«

»Na sicher. Aber er wirkte selbst ziemlich verblüfft, als er sah, dass sich in dem Kasten nichts mehr befand.«

»Was hat er denn überhaupt gesagt, als Sie ans Schließfach wollten?«

»Bevor ich es geöffnet habe, hat er Blut und Wasser geschwitzt. Nach anfänglichem Staunen wirkte er erleichtert und … selbstzufrieden.«

»Okay. Entspannen Sie sich. Und ich meine das wirklich so. Hier ist nämlich jemand, der mit Ihnen reden will.«

»Sagen Sie Alex, ich rufe sie zurück. Ich bin jetzt zu –«

»Hallo, Daniel.«

Daniel blieb der Mund offen stehen, und er drosselte das Tempo und fuhr rechts ran. »Susannah? Du bist in Atlanta?«

»Ja, so sieht's aus. Dein Freund Luke hat mir erzählt, dass du die Fotos aus dem Schließfach holen wolltest. Aber aus dem, was ich mitgehört habe, schließe ich, dass sie nicht da waren.«

»Nein, leider nicht. Es tut mir leid, Susannah. Ich dachte wirklich, wir könnten diese Schweine endlich festnageln.« Sie schwieg einen Moment. »Ich weiß, wo die Fotos sein könnten.«

»Und wo?« Aber er ahnte bereits, was sie antworten würde, und sein Magen zog sich zu einem festen Klumpen zusammen.

»Im Haus, Daniel. Ich treffe dich dort.«

»Warte.« Er packte den Hörer fester. »Nicht allein. Gib mir mal Luke.«

»Ich fahre sie hin«, sagte Luke, als er dran war. »Und Alex steht neben mir. Sie will auch mit.«

»Nein! Sag ihr, sie soll –«

»Daniel.« Alex hatte Luke den Hörer abgenommen. »Du bist bei mir gewesen, als ich in mein altes Haus gegangen bin. Lass mich dasselbe für dich tun. Bitte.«

Er schloss die Augen. Auch sein Elternhaus war mit Geistern bevölkert. Nicht mit denselben wie ihres, aber dennoch. Und plötzlich spürte er, wie wichtig es ihm war, dass sie mit ihm kam.

»Also gut. Bleibt beide bei Luke. Ich komme hin.«

Freitag, 2. Februar, 14.20 Uhr

»Bailey«, zischte Beardsley.

Bailey mühte sich, die Augen zu öffnen. Ihr Körper wand und schüttelte sich. »Ich bin hier.«

»Jetzt ist es so weit.«

Zu einer anderen Zeit, an einem anderen Ort hätte das etwas Wunderbares bedeuten können, aber hier und jetzt hieß es nur, dass sie bald sterben würden.

»Bailey?«, flüsterte Beardsley wieder. »Sind Sie bei sich?« Oh, Gott, sie brauchte einen Schuss. *Und Hope braucht dich.* Sie biss die Zähne zusammen. »Ich bin bereit.«

Sie beobachtete, wie er den Dreck wegschaufelte, den er in den letzten Tagen gelockert hatte, bis ein Loch entstand, das kaum groß genug für Hope war. »Da passe ich nicht durch.«

»Sie müssen. Wir haben keine Zeit mehr, noch weiter zu graben. Rollen Sie sich auf den Bauch und schieben Sie die Füße hindurch.« Sie tat es und spürte, wie er zu ziehen begann, und das nicht besonders sanft. »Tut mir leid. Ich will Ihnen nicht wehtun.«

Sie hätte beinahe gelacht. Er zog, drehte sie hierhin und dorthin, packte endlich ihre Hüften, drehte sie wieder, damit sie hindurchpasste, doch als er an ihren Brüsten angelangt war, hielt er inne. Bailey verdrehte die Augen. Sie lag auf dem Bauch, halb hier, halb drüben, war verdreckt und stank wahrscheinlich erbärmlich, und er legte ausgerechnet jetzt ein gewisses Maß an Prüderie an den Tag.

»Ziehen Sie schon«, flüsterte sie. Eine Hand fuhr unter ihren Körper, die andere über ihren Rücken, dann hatte er ihre Schultern erreicht und zog wieder. Es tat weh.

»Drehen Sie das Gesicht zur Seite.«

Sie tat es, und er half ihr, sich hindurchzuwinden, ohne Erde und Staub in Mund und Nase zu bekommen. Und dann, endlich, war sie auf seiner Seite der Wand.

Und sah ihn zum ersten Mal. Dass auch er sie zum ersten Mal sah, war etwas, an das sie lieber nicht denken wollte. Sie blickte zu Boden, weil sie sich schämte. Aber er legte ihr sanft einen Finger ans Kinn. »Bailey. Lass dich ansehen.«

Schüchtern hob sie erst den Kopf, dann den Blick. Und wäre am liebsten in Tränen ausgebrochen. Unter all dem Schmutz und dem verkrusteten Blut war er der attraktivste Mann, den sie je gesehen hatte. Er lächelte, und seine Zähne wirkten blitzend weiß in seinem schmutzigen Gesicht. »Ich bin gar nicht so übel, nicht wahr?«, sagte er in gutmütigem Spott, und da brachen die Tränen, gegen die sie eben noch angekämpft hatte, endlich hervor.

Er zog sie auf seinen Schoß und in seine Arme und wiegte sie, wie sie es so oft mit Hope getan hatte. »Sch«, flüsterte er. »Weine nicht, Kleine. Wir haben es bald geschafft.« Doch da sie sicher war, dass sie sterben würde, brachte sie das nur noch mehr zum Weinen, denn nun würde sie nie wieder eine Chance bekommen, ihm oder jemand anderem zu zeigen, was aus ihr hätte werden können.

»Wir müssen von hier verschwinden«, flüsterte er. »Es geschieht etwas. Sie scheinen hier wegzuwollen. Mach die Augen zu.« Sie tat es, und er wischte ihr die Tränen mit dem Daumen ab. Dann zog er sie wieder an sich und hielt sie fest.

»Was immer geschieht«, murmelte sie. »Danke.«

Er hob sie von seinem Schoß und stand auf. Trotz allem, was er durchgemacht hatte, wirkte er stark und aufrecht. »Wir haben nicht viel Zeit.«

Sie erhob sich auf zitternde Beine. »Was sollen wir tun?« Er lächelte wieder, diesmal anerkennend. Seine Augenfarbe war von einem warmen Braun. Daran würde sie sich erinnern, was auch immer geschah. Er reichte ihr einen Stein, etwa zehn Zentimeter lang, die Kanten messerscharf. »Das ist für dich.«

Sie starrte ungläubig darauf. »Hast du das gemacht?«

»Gott hat den Stein gemacht. Ich habe ihn nur zurechtgefeilt. Behalte ihn und lass ihn nicht los. Vielleicht brauchst du ihn, wenn wir getrennt werden.«

»Was hast du vor?«

Er ging zu einem Winkel seiner Zelle und wischte dort Dreck beiseite, bis ein ähnliches Steinwerkzeug zum Vorschein kam, nur dreimal größer als ihres. »Hast du überhaupt geschlafen?«, fragte sie, und er lächelte wieder. »Hier und da ein Nickerchen.« In den nächsten Minuten zeigte er ihr, wo und wie man am meisten Schaden anrichtete, wenn man einen Angreifer mit dem scharfen Werkzeug attackierte.

Dann krachte im Flur eine Tür zu, und ihr Blick flog zu seinem. Er sah grimmig und entschlossen aus, und plötzlich hatte sie mehr Angst denn je.

»Er kommt«, flüsterte sie entsetzt.

Beardsley strich ihr über den Arm. »Dann kommt er eben. Wir sind bereit. Oder?«

Sie nickte.

»Leg dich da hinten in die Ecke. Versuch, so groß wie möglich auszusehen. Er soll meinen, du seiest ich.«

»Dazu bräuchte es zwei von meiner Sorte«, sagte sie, und auf seinen Lippen erschien ein kleines Lächeln.

»Eher drei. Bailey, du kannst nichts falsch machen. Und wenn ich dir einen Befehl gebe, gehorchst du, ohne zu fragen. Verstehst du mich?«

Er kam nun näher, öffnete irgendwo eine Tür, und ein einzelner Schuss krachte. Sie hörte Schreie aus der Richtung, aus der sie bisher nur Weinen gehört hatte. Voller Entsetzen begegnete Bailey erneut Beardsleys Blick, als weitere Türen geöffnet wurden und weitere Schüsse fielen. »Er bringt sie um.«

Ein Muskel zuckte in seinem Kiefer. »Ja. Planänderung, du stehst hinter der Tür, ich auf der anderen Seite. Los, Bailey.«

Sie gehorchte, und er bezog, den steinernen Dolch in der Hand, Stellung.

Eine Sekunde später flog die Tür auf, und sie riss die Hände vors Gesicht, um ihre Nase zu schützen. Bailey hörte einen erstickten Schrei, ein Gurgeln, dann einen dumpfen Laut.

»Komm. Schnell«, sagte Beardsley. Sie trat über die Leiche eines Mannes, den sie einmal gesehen hatte, als *er* sie zu seinem Büro gebracht hatte.

Beardsley wischte den Dolch an seiner Hose ab, packte sie an der Hand und rannte los. Aber ihre Knie waren so schwach und zerschrammt, dass sie immer wieder stolperte. »Lauf«, sagte sie. »Lauf weg. Lass mich hier zurück.«

Aber er hörte nicht auf sie, sondern zerrte sie an einer Tür vorbei, dann an der nächsten. Einige Zellen waren leer. Die meisten nicht. Bailey würgte beim Anblick der angeketteten, blutenden Mädchen. Toten Mädchen.

»Nicht hinsehen«, fuhr er sie an. »Lauf weiter.«

»Ich kann nicht.«

Er hob sie hoch und klemmte sie sich unter den Arm, als sei sie ein Football. »Du wirst mir hier nicht unter den Händen wegsterben«, presste er hervor und rannte um eine Ecke.

Dann blieb er wie angewurzelt stehen, und Bailey sah auf. *Er* stand mitten im Flur und hielt eine Pistole in der Hand. Beardsley ließ sie los, und sie fiel auf die Knie. »Hau ab«, schrie er.

Und im gleichen Moment warf er sich auf den Mann und rammte ihn gegen die Wand. Bailey kam auf die Füße und setzte sich in Bewegung, während die beiden Männer miteinander rangen. Sie hörte das Übelkeit erregende Geräusch von Knochen, die auf Beton krachten, doch sie sah sich nicht um und blieb nicht stehen.

Bis sie das Mädchen sah. Es blutete aus einer Wunde an der Seite und aus einem Loch im Kopf und robbte quälend langsam über den Boden. Ein Arm war ausgestreckt, und nun hob es den Kopf. »Hilf mir«, krächzte es. »Bitte.«

Ohne nachzudenken, griff Bailey nach der Hand und zerrte das Mädchen auf die Füße. »Vorwärts.«

Dutton, Freitag, 2. Februar, 14.35 Uhr

Daniel stand auf der Veranda seines Elternhauses und hatte ein seltsames Déjà-vu-Erlebnis. Vor drei Wochen hatte er hier mit Frank Loomis gestanden. Frank hatte ihm gesagt, dass seine Eltern »vielleicht vermisst gemeldet werden müssten«.

Tatsächlich waren sie zu dem Zeitpunkt bereits tot gewesen. Doch Daniels Suche nach ihnen hatte ihn nach Philadelphia und zu Simon und den Fotos geführt. Seine Suche nach den Fotos führte ihn nun wieder hierher.

»Alles okay?«, fragte Luke sanft.

»Ja.« Er schloss die Tür auf, stieß dagegen und stellte fest, dass seine Füße nicht eintreten wollten.

Alex legte ihm einen Arm um die Taille. »Komm«, sagte sie. Sie zog ihn über die Schwelle, und er blieb in der Eingangshalle stehen und ließ seinen Blick in einer raschen Bestandsaufnahme durch den Raum gleiten. Er hasste dieses Haus. Hasste jeden Stein, aus dem es gebaut war. Er wandte sich um und entdeckte, dass sich Susannah ebenfalls umsah. Sie war sehr blass, aber sie hielt sich gut, wie sie es auch während der wenigen Tage in Philadelphia getan hatte.

»Wo?«, fragte er.

Susannah schob sich an ihm vorbei und stieg die Treppe ins obere Stockwerk hinauf. Er folgte ihr mit Alex, deren Hand er so fest hielt, wie es ihr zumuten konnte. Ein sehr wachsamer Luke bildete das Schlusslicht.

Oben runzelte Daniel die Stirn. Türen, die er beim letzten Besuch hier geschlossen hatte, standen offen, und ein Gemälde im Flur hing schief. Er drückte die Tür zum Schlafzimmer seiner Eltern auf. Das Zimmer war verwüstet, die Matratze aufgeschlitzt.

»Sie sind hier gewesen«, sagte er tonlos. »Um nach Simons Schlüssel zu suchen.«

»Hier entlang«, sagte Susannah gepresst, und sie folgten ihr in den Raum, der einst Simons gewesen war. Auch hier herrschte Chaos, aber in den Schubladen war nichts gewesen, das man hätte auskippen oder durchwühlen können. Daniels Vater hatte Simons Sachen schon vor langer Zeit entfernt.

Es kam ihm vor, als hinge etwas Böses in der Luft, aber vielleicht bildete er sich das auch nur ein. Obwohl auch Alex sich umsah, als fühlte sie sich nicht wohl in ihrer Haut.

»Eine komische Atmosphäre, nicht wahr?«, flüsterte sie, und er drückte ihre Hand.

Susannah war vor der Schranktür stehen geblieben und öffnete und ballte die Fäuste zu ihren Seiten. Sie war noch immer blass, aber sie hatte die Schultern gestrafft und hielt sich kerzengerade. »Vielleicht irre ich mich, und sie sind nicht hier«, sagte sie. Dann öffnete sie die Schranktür. Es war nichts dahinter, aber sie trat dennoch ein. »Wusstest du, dass dieses Haus geheime Verstecke hat, Daniel?«

Etwas in ihrer Stimme ließ ihm die Haare zu Berge stehen. »Ja. Ich dachte, ich würde sie alle kennen.«

Sie kniete sich hin und tastete die Bodenbretter ab. »Das in meinem Schrank entdeckte ich, als ich mich einmal vor Simon verstecken wollte. Ich presste mich gegen die Wand und muss irgendwie richtig gedrückt haben, dann plötzlich öffnete sich das Paneel, und ich plumpste hinein.« Sie tastete weiter, während sie sprach. »Ich fragte mich, ob wohl alle Schränke so etwas hätten. Und eines Tages, als ich glaubte, dass Simon fort war, kam ich her und probierte es aus.«

Bei der Tonlosigkeit ihrer Stimme drehte sich ihm der Magen um. »Und er hat dich dabei erwischt.«

»Zuerst glaubte ich, ich wäre entkommen. Ich hörte ihn die Treppe hinaufpoltern und rannte in mein Zimmer. Aber er hat es doch gemerkt«, sagte sie ruhig. »Als ich mit einer Whiskyflasche in der Hand erwachte, steckte ich in dem Versteck meines Schranks. Er hatte mich dort reingestopft.«

Alex strich ihm tröstend über den Arm, und erst jetzt bemerkte er, dass er ihre Hand förmlich quetschte. Er wollte loslassen, doch sie hielt fest.

Daniel räusperte sich. »Er kannte also dein Versteck.«

Susannah zuckte die Achseln. »Vor ihm gab es kein Versteck. Später zeigte er mir die Fotos, die er von mir mit …« Wieder ein Achselzucken. »Und er sagte mir, ich solle meine Nase nicht in seine Angelegenheiten stecken. Von da an habe ich ihm gehorcht.« Sie drückte auf ein Brett, und es gab nach. »Nach seinem Autounfall wollte ich nur vergessen.« Sie beugte sich in die Öffnung und zog eine staubige Schachtel heraus. Luke nahm sie ihr ab und stellte sie auf das aufgeschlitzte Bett. »Danke«, murmelte sie und deutete auf die Schachtel. »Ich denke, das ist es, wonach ihr sucht.«

Nun, da sich die Fotos endlich vor ihm befanden, fürchtete sich Daniel beinahe, sie zu betrachten. Mit hämmerndem Herzen hob er den Deckel. Und hätte sich am liebsten übergeben.

»Lieber Gott«, flüsterte Alex neben ihm.

Freitag, 2. Februar, 14.50 Uhr

»Komm.« Bailey schleifte das Mädchen förmlich durch die dunklen Flure. Beardsley hatte in diese Richtung gezeigt. Er hatte sich sicher nicht geirrt. *Beardsley.* Ein Stich fuhr ihr durch die Brust. Er hatte seine Freiheit aufgegeben ... *und zwar für mich.*

Und nun würde er sterben. *Für mich. Konzentriere dich, Bailey. Du musst hier raus. Lass nicht zu, dass dieser Mann sein Leben umsonst opfert. Los. Such eine Tür.* Nach ein paar weiteren Augenblicken sah sie ein Licht.

Das Licht am Ende des Tunnels. Beinahe hätte sie laut aufgelacht. Mit frischer Energie zerrte sie das Mädchen weiter. Sie stieß die Tür auf und erwartete, Hundegebell oder einen schrillen Alarm zu hören.

Doch nichts kam. Stille. Und frische Luft und Bäume und Sonnenschein.

Freiheit. *Oh, Beardsley. Vielen Dank.*

Und dann zersprang die Vision. Vor ihr stand Frank Loomis. Und er hielt eine Waffe in der Hand.

24. Kapitel

Dutton, Freitag, 2. Februar, 14.50 Uhr

DER KARTON WAR VOLL mit Fotos und Zeichnungen, die Simon angefertigt hatte. Einige davon waren dieselben, die sein Vater damals verbrannt hatte, aber es gab noch viele, viele mehr. Hunderte mehr. Erbittert zog er ein Paar Handschuhe hervor und holte die Fotos eines nach dem anderen aus dem Karton. Sie zeigten die Gesichter der jungen Männer, die ihre widerlichen Verbrechen begingen, und irgendwie war es ihnen gelungen, es so aussehen zu lassen, als geschähe der jeweilige Akt in gegenseitigem Einvernehmen. Genau wie Annette O'Brien gesagt hatte. Er presste die Kiefer aufeinander, während er die Bilder durchsah. Er hatte gewusst, was ihn erwartete, aber die Wirklichkeit war schlimmer, als er sie sich vorgestellt hatte. Ihm war schlecht, als er die Gesichter der Jungen musterte.

»Sie lachen dabei«, flüsterte Alex. »Und feuern sich gegenseitig an.«

Der Zorn, der in ihm aufstieg, war rotglühend, und er wünschte, er hätte diese Schweine eigenhändig erwürgen dürfen. »Jared O'Brien und Rhett Porter. Und Garth Davis«, sagte er heiser, und ihm fiel wieder ein, wie besorgt sich der Bürgermeister an dem Abend bei Presto's Pizza gegeben hatte, als er nach Informationen zu den toten Frauen verlangt hatte. »Dieser widerliche Mistkerl. Er geht zu Presto's und lässt sich von Sheila bedienen, obwohl er ihr das damals angetan hat.«

»Davis Handschellen umzulegen, wird sehr, sehr befriedigend sein«, sagte Luke.

Daniel nahm das nächste Bild. »Randy Mansfield.« Als er eben vor der Tür auf Luke, Susannah und Alex gewartet hatte, hatte Chase ihn angerufen. Ja, Mansfield hatte junge Mädchen vergewaltigt. Aber nun wusste Daniel auch, dass er ein Mörder war.

Neben ihm zuckte Alex zusammen, als er das nächste Foto aufdeckte. Wade. Mit Alicia.

»Es tut mir leid.« Daniel schob das Foto rasch unter den Stapel. »Ich wollte nicht, dass du das siehst.«

»Ich hatte es schon gesehen«, sagte sie leise. »In meinem Kopf.«

Daniel ging Foto um Foto durch, bis er plötzlich erstarrte, als er Susannah sah. Jung. Bewusstlos. Missbraucht. Automatisch drehten seine Hände das Bild um, und er starrte auf die leere Rückseite, während ein bitteres Brennen in seiner Kehle aufstieg.

Er hatte sie allein gelassen. Schutzlos allein gelassen. Mit Simon. Der ihr ... *dies* angetan hatte.

Sein Magen hob sich. Damals hatte er es nicht gewusst. Aber das änderte nichts daran, dass es geschehen war. Simon hatte erlaubt ... Nein, er hatte diese ... diese *Tiere* dazu ermuntert, seine eigene Schwester zu vergewaltigen. *Meine Schwester.* Sie war missbraucht worden, *und ich habe nichts getan!*

Tränen brannten ihm in den Augen, und ihm war so übel, dass er befürchtete, sich jeden Augenblick übergeben zu müssen. Er schob das Foto in seine Jackentasche und blickte zur Seite. »Verzeih mir. Gott. Suze.« Seine Stimme brach. »Bitte verzeih mir.«

Niemand sagte etwas. Dann zog Susannah das Foto wieder aus seiner Tasche und schob es ganz unten in den Stapel zurück.

»Wenn ich meine Selbstachtung zurückerhalten will, dann muss ich es als gegeben hinnehmen«, sagte sie mit einer Ruhe, die ihn innerlich zerriss. Unfähig, ein Wort hervorzubringen, nickte Daniel.

Luke trat zu ihm und übernahm die Aufgabe, die Bilder durchzusehen, während Daniel versuchte, sich wieder zu fassen.

Dann machten er und Luke schweigend weiter, und als sie den Stapel durchgesehen hatten, kannten sie die Identität von fünf jungen Männern, die man nur als Ungeheuer bezeichnen konnte.

»Garth, Rhett, Jared und Randy«, sagte Alex. »Und Wade. Das sind nur fünf.«

»Nummer sechs war Simon, der die Fotos aufgenommen hat.« Daniel spürte, dass die Frustration übermächtig zu werden drohte. »Aber wir haben den siebten noch immer nicht. Verdammt noch mal!«

»Ich dachte, Annette hätte gesagt, dass Simon von jedem Fotos gemacht hatte«, wandte Alex ein. »Damit sie sich alle gegenseitig kontrollieren konnten.«

Luke schälte sich die Handschuhe von den Fingern. »Vielleicht hat sie das falsch verstanden.«

»Sie hatte aber mit allem anderen recht.« Daniel zwang sich, nachzudenken, zusammenzusetzen, was er wusste. »Dennoch muss jemand anderes beide Schlüssel zu dem Bankschließfach gehabt haben, denn sonst hätten wir die Fotos dort gefunden. Der letzte Zugriff auf das Fach fand ein halbes Jahr nach Simons vermeintlichem Autounfall statt. Also vor fast zwölf Jahren.« Daniel deutete auf die Schachtel. »Diese Bilder waren die ganze Zeit hier, also müssen wir annehmen, dass es von jedem mindestens zwei Abzüge gab.«

Luke nickte verstehend. »Es stimmte nicht, dass alle im gleichen Boot saßen. Simon hatte einen Partner. Die Nummer sieben.«

»Dessen Namen wir noch immer nicht kennen«, sagte Daniel verbittert. »Verflucht.«

»Aber wir wissen von Garth und Randy«, sagte Alex drängend. »Verhaftet sie. Bringt sie zum Reden. Bringt sie dazu, zu verraten, wo Bailey ist.«

»Das habe ich bereits«, sagte Daniel und legte den Deckel auf den Karton. »Während ich hier auf euch gewartet habe, habe ich dem Agent, der Garth beschattet, Anweisungen gegeben, den Bürgermeister zu verhaften.« Er zögerte, weil er nicht aussprechen mochte, was er zu sagen hatte. »Aber Mansfield … Alex, der Agent, der ihm gefolgt ist, ist tot.«

Alex erbleichte. »Mansfield hat ihn umgebracht?«

»So sieht's aus.«

Zorn blitzte in ihren Augen auf. »Verdammt, Daniel. Du wusstest schon *gestern* über Mansfield Bescheid. Ich habe dich angefleht, ihn zu verhaften. Wenn du gestern schon …« Sie ließ den Rest des Satzes offen, aber der Vorwurf hing so deutlich in der Luft, als habe sie ihn ausgesprochen.

»Alex, das ist nicht fair«, murmelte Luke, aber sie schüttelte heftig den Kopf.

»Jetzt ist Mansfield klar, dass du ihm auf den Fersen bist«, sagte sie wütend. »Und wenn er Bailey bei sich hat, bringt er sie um.«

Daniel würde sie nicht beleidigen, indem er es leugnete. »Verzeih mir. Es tut mir leid.«

Geschlagen ließ sie den Kopf hängen. »Ich weiß«, flüsterte sie.

Luke nahm die Schachtel. »Fahren wir zurück nach Atlanta, und reden wir mit Garth Davis. Er weiß, wer unser siebter Mann ist. Er soll schwitzen.«

»Und ich werde eine Aussage machen«, sagte Susannah und sah auf ihre Uhr. »Mein Flug geht um sechs.«

Sie drehte sich um und ging Luke hinterher, als Daniel sich wieder fasste. »Suze, warte. Ich muss … ich muss mit dir reden. Alex, gibst du uns bitte eine Minute?«

Alex nickte steif. »Ich brauche deinen Autoschlüssel. Ich glaube, ich kriege Migräne, und mein Imitrex ist in meiner Tasche.«

Daniel wünschte, er hätte gewusst, wie er ihr den emotionalen Druck, den er verursacht hatte, erleichtern könnte. Aber es gab nichts, was er sagen oder tun konnte, also suchte er seinen Schlüssel. »Bleib immer bei Luke.«

Sie presste die Lippen zusammen, als sie ihm den Schlüssel abnahm. »Ich bin nicht blöd«, sagte sie einmal mehr, machte auf dem Absatz kehrt und ging.

Vollkommen erschöpft wandte sich Daniel seiner Schwester zu und zwang sich, ihr in die Augen zu sehen. Sie zeigten keine Regung. Susannah wirkte zart. Zerbrechlich. Aber er wusste längst, dass sie genauso wenig zerbrechlich war wie Alex. »Was hat dich dazu veranlasst, herzukommen?«, fragte er, und sie hob die Schultern.

»Die anderen werden aussagen. Soll ich so feige sein und mich drücken?«

»Du bist nicht feige«, sagte er vehement.

Ihr Lächeln war sardonisch. »Du hast gar keine Ahnung, was ich bin, Daniel.«

Er sah sie finster an. »Und was soll das bitte schön heißen?«

Sie blickte zur Seite. »Ich muss jetzt los.«

»Susannah – warte!« Sie drehte sich noch einmal um, und er sprach die Frage aus, deren Antwort er unbedingt wissen musste. »Warum hast du es mir nicht gesagt? Mich angerufen? Ich wäre sofort gekommen und hätte dich abgeholt.«

Ihr Blick flackerte. »Hättest du das getan?«

»Das weißt du genau.«

Als sich ihr Kinn hob, musste er an Alex denken. »Wenn ich das gewusst hätte, hätte ich dich angerufen. Aber du bist gegangen, Daniel. Du hast es geschafft, alles hinter dir zu lassen. Du bist aufs College gegangen und im ersten Jahr nicht einmal Weihnachten nach Hause gekommen.«

Er konnte sich noch an dieses erste Jahr erinnern. An das erste Jahr auf dem College und an seine immense Erleichterung, Dutton entkommen zu sein. Doch er hatte Susannah in der Obhut von Ungeheuern gelassen. »Das war egoistisch. Aber wenn ich es gewusst hätte, wäre ich gekommen. Gott, es tut mir so leid.«

Der letzte Satz war eher ein Flehen gewesen, aber ihre Miene wurde nicht weicher. Obwohl er keine Verachtung erkennen konnte, gab es auch keine Absolution.

Er hatte geglaubt, er hätte seine Buße geleistet, wenn er Simons Opfern Gerechtigkeit verschafft hatte. Doch nun wollte er nur die Vergebung der einen Person, die er hätte retten können. Die er aber nicht gerettet hatte.

»Es ist, wie es ist«, erwiderte sie nichtssagend. »Du kannst die Vergangenheit nicht mehr ändern.«

Ihm wurde die Kehle eng. »Aber vielleicht die Zukunft?« Einige Sekunden lang betrachtete sie ihn schweigend. Dann zuckte sie die Achseln. »Ich weiß es nicht.«

Er war sich nicht sicher, was er erwartet hatte. Er war sich nicht sicher, was er verlangen durfte. Aber sie war aufrichtig zu ihm, und das war ein Anfang. »Okay. Lass uns gehen.«

»Alles in Ordnung?«

Alex fischte die Ampulle aus der Tasche und sah zu Luke auf. Ein paar Stunden lang hatte sie die Hoffnung gehabt, Bailey finden zu können. Doch nun war die Hoffnung zunichtegemacht worden. »Nein, überhaupt nicht. Dreh dich um, Luke.«

Er sah sie indigniert an. »Warum denn das?«

»Weil ich mir das Medikament in den Schenkel spritzen muss und keine Lust habe, dir meine Unterwäsche zu zeigen. Also?« Leicht errötend gehorchte er, und Alex schob ihre Hose weit genug herunter, bis sie sich die Injektion in den Muskel rammen konnte. Sie zog sich wieder an und betrachtete Lukes Rücken. Seine Haltung verriet, dass er die Umgebung musterte.

Mansfield war ein Mörder und lief frei herum. Ein Schauder rann ihr über den Rücken.

Aber wahrscheinlich war es nur das Haus, das ihr Unbehagen einflößte. Dennoch war sie, wie sie Daniel bereits mehrfach gesagt hatte, nicht dumm. Sie blickte auf seinen Autoschlüssel in ihrer Hand und wusste, was sie zu tun hatte.

»Darf ich mich wieder umdrehen?«, fragte Luke.

»Nein.« Alex öffnete Daniels Kofferraum, holte ihre Waffe heraus und schob sie ungelenk in ihren Hosenbund. Aber als sie den Deckel wieder zuklappte, fühlte sie sich nicht sicherer. »Jetzt.«

Luke tat es und bedachte sie mit einem bedeutungsvollen Blick. »Halt die Augen offen, wenn du sie benutzt. Und es tut mir leid wegen deiner Stiefschwester«, setzte er ruhig hinzu. »Daniel ist untröstlich, glaub's mir.«

»Ja, das weiß ich.« Und das entsprach der Wahrheit. Daniel hatte nicht anders handeln können, denn er hatte nur seine Arbeit getan. Doch Bailey war die Leidtragende. *Niemand kann in diesem Spiel gewinnen.* Ihr blieb eine ausführlichere Antwort erspart, als Daniel und Susannah aus dem Haus kamen. Sie gab ihm seinen Schlüssel, und er schloss die Haustür ab.

»Fahren wir zurück«, sagte Daniel tonlos, und Alex fragte sich, worüber die beiden gesprochen hatten – und worüber nicht.

Freitag, 2. Februar, 15.00 Uhr

Erstarrt wartete Bailey, dass Loomis auf sie schoss. Ihr Herz hämmerte viel zu laut. Fast hätten sie es geschafft. Sie wären fast frei gewesen … Das Mädchen neben ihr hatte zu weinen begonnen.

Doch dann legte Loomis plötzlich zu ihrem maßlosen Erstaunen den Finger auf die Lippen. »An der Baumreihe entlang«, flüsterte er. »Dahinter ist die Straße.« Er zeigte auf das Mädchen. »Wie viele sind noch drin?«

Bailey kniff die Augen zu. *Alle tot.* »Keins mehr. Er hat sie alle umgebracht.«

Loomis schluckte. »Lauft. Ich hole meinen Wagen und sammle euch an der Straße auf.«

Bailey hielt die Hand des Mädchens fest. »Komm«, flüsterte sie. »Nur noch ein bisschen.«

Das Mädchen weinte noch immer leise, aber Bailey erlaubte sich kein Mitleid. Sie durfte nichts fühlen. Sie musste einfach nur weitergehen.

Nun, das war doch mal interessant, dachte Mack, als Loomis dem Mädchen und Bailey den Weg in die Freiheit zeigte. Der Mann tat tatsächlich seine Arbeit. Zum ersten Mal in seiner Karriere diente und schützte Frank Loomis wahrhaftig. Er wartete, bis Loomis ein paar Schritte gegangen war, und verstellte ihm dann den Weg.

Loomis' Blick hob sich. Nur mildes Erstaunen zeigte sich darin, als er sein Gegenüber erkannte. »Mack O'Brien«, sagte er langsam. »Man darf wohl als gesichert betrachten, dass du nicht mehr im Gefängnis bist.«

»Nö«, erwiderte Mack fröhlich. »Nach einem Drittel der Strafe auf Bewährung frei.«

»Du warst es also.«

Sein Lächeln war sehr zufrieden. »Ich war es. Geben Sie mir Ihre Waffen, Sheriff. Oh, Moment mal, Sie sind ja gar kein Sheriff mehr.«

Loomis' Lippen bildeten eine dünne Linie. »Ich bin nicht verurteilt worden. Gegen mein Büro läuft eine Ermittlung.«

»Seit wann macht das in dieser Stadt einen Unterschied? Die Waffen«, wiederholte er. »Oder ich knalle Sie ab.«

»Das tust du doch sowieso.«

»Vielleicht. Vielleicht können Sie mir aber auch helfen.« Loomis' Augen verengten sich. »Und wie?«

»Ich will, dass Vartanian herkommt. Ich will, dass er alles mit eigenen Augen sieht und sie in flagranti ertappt. Wenn Sie ihm das plus Bailey liefern, könnte sich das positiv auf Ihr Verfahren auswirken. Ich meine, die Ermittlungen.«

»Das ist alles, was ich tun muss? Daniel herrufen?«

»Das ist alles.«

»Und wenn ich mich weigere?«

Mack deutete auf Bailey, die sich mit dem Mädchen in der Ferne einen Weg durch den Wald bahnte. »Ich schlage Alarm, und das Mädchen stirbt.«

Loomis' Blick war angewidert. »Du bist ein Dreckskerl.«

»Oh, danke.«

Dutton, Freitag, 2. Februar, 15.10 Uhr

»Was machen die Kopfschmerzen?«, fragte Daniel.

»Ich habe das Zeug gerade noch rechtzeitig genommen. Es geht ganz gut«, antwortete Alex, blickte jedoch durch die Windschutzscheibe auf Duttons Main Street. Sie hätte sich bei ihm entschuldigen müssen, sie wusste es. Sie hatte ihn gekränkt, obwohl er nur seine Arbeit getan hatte. Aber, verdammt, sie war so wütend. Und hilflos, was sie noch wütender machte. Und da sie weder ihrer Stimme noch ihrem Temperament wirklich trauen konnte, hielt sie den Mund.

Nach ein paar weiteren Minuten des Schweigens fluchte Daniel leise. »Könntest du mich nicht einfach anschreien? Es tut mir so leid wegen Bailey. Ich weiß nicht, was ich sonst sagen soll.«

Der Wall, hinter dem ihre Wut lauerte, brach. »Ich hasse diese Stadt«, stieß sie hervor. »Ich hasse euren Sheriff und den Bürgermeister und jeden, der etwas hätte tun müssen. Und ich hasse –« Sie brach ab und rang um Luft.

»Mich?«, fragte er leise. »Du hasst mich auch?«

Zitternd und mit brennenden Augen legte sie ihren Kopf gegen die Scheibe. »Nein, dich nicht. Du hast getan, was du tun musstest. Bailey ist dem Kreuzfeuer zum Opfer gefallen. Es tut mir leid, was ich gesagt habe. Du bist nicht schuld.« Sie ließ sich von der Scheibe die Wange kühlen.

»Ich hasse mich selbst«, murmelte sie und schloss die Augen. »Ich hätte damals etwas sagen müssen. Ich hätte etwas tun müssen. Aber ich habe mich nur ganz klein gemacht und mir wie ein Kind eingeredet, dass nichts ist, wenn ich nur fest genug daran glaube.«

Seine Fingerspitzen strichen über ihren Arm, doch dann zog er die Hand wieder zurück. »Gestern Abend hast du gesagt, wir müssten lernen loszulassen.«

»Das war gestern. Heute ist der Tag, an dem ich Hope sagen muss, dass ihre Mami nicht wiederkommt.« Ihre Stimme brach, aber es war ihr egal. »Ich gebe dir keine Schuld, Daniel. Du hast deine Karten genauso ausgespielt, wie du musstest. Aber ich werde mit den Konsequenzen leben müssen und Hope auch. Und das macht mir eine höllische Angst.«

»Alex. Sieh mich an. Bitte.«

Seine Miene drückte ein solches Elend aus, dass ihr das Herz noch schwerer wurde. »Daniel, ich gebe dir wirklich keine Schuld. Bitte glaub mir das.«

»Vielleicht wäre es aber besser. Vielleicht hätte ich es lieber als das.«

»Als was?«

Seine Hände packten das Lenkrad fester. »Du ziehst dich zurück. Gestern Abend ging es noch darum, was *wir* tun. Heute willst du wieder alles allein machen. Verdammt, Alex, ich bin hier, und in der letzten Stunde hat sich für mich nichts geändert. Aber du rückst von mir ab.« Er zuckte zusammen. »Oh, verdammt!« Wütend holte er sein Handy aus der Tasche, wodurch seine Kunststoffhandschuhe im hohen Bogen herausflogen. »Vartanian!«

Doch dann verharrte er beinahe reglos und drosselte das Tempo. »Wie das?«, fragte er barsch.

Etwas stimmte nicht. Aber was stimmt schon? Daniel lenkte den Wagen an den Straßenrand, während sie nervös die einzelnen Handschuhe aufsammelte und in die eigene Tasche stopfte.

»Wo?«, bellte er. »Nie und nimmer. Ich komme mit Verstärkung oder gar nicht!« Er lauschte und tippte sich währenddessen ans Kinn. »Nein, komisch, aber ich denke, ich traue dir nicht. Früher tat ich das, aber jetzt nicht mehr.«

Frank Loomis. Alex beugte sich zu ihm und versuchte, etwas zu hören. Daniel klopfte auf seine Taschen. »Hast du einen Stift?«, flüsterte er ihr zu, und sie holte einen aus ihrer Tasche, während Daniel den Notizblock aus seiner Brusttasche zog. »Wo genau?« Er kritzelte eine Adresse auf das Blatt. »Daran habe ich überhaupt nicht gedacht, aber es ist zumindest nicht unlogisch. Okay. Ich komme.« Er zögerte. »Und danke.«

Abrupt wendete er, wodurch Alex reflexartig nach etwas zum Festhalten griff. »Was ist los?«, fragte sie ängstlich.

»Das war Frank. Er sagt, er hat Bailey gefunden.«

Alex zog scharf die Luft ein. »Lebend?«

Daniel presste die Kiefer zusammen. »Sagt er.« Er drückte eine Taste auf dem Handy. »Luke. Dreh bitte sofort um und komm zu …« Er hielt Alex das Telefon hin. »Sag ihm die Adresse. Sag ihm, das ist noch hinter der alten O'Brien-Mühle. Susannah weiß Bescheid.«

Alex tat es, und Daniel nahm das Telefon wieder an sich. »Frank Loomis behauptet, er wüsste, wo Bailey festgehalten wird. Ruf Chase an, damit er Verstärkung schickt. Ich rufe Sheriff Corchran in Arcadia an. Ich vertraue ihm, und er hat es nicht weit.« Er lauschte, dann warf er Alex einen Blick zu. »Deshalb rufe ich ja Corchran an. Er wird nicht viel später als wir eintreffen. Er kann Alex und Susannah mitnehmen.«

Alex protestierte nicht. Sein Blick war zu fokussiert. Gefährlich beinahe. Sie empfand plötzlich eine grimmige Befriedigung, dass derjenige, der dies alles getan hatte, seine Taten bald bitter bereuen würde.

Er legte auf und reichte ihr das Telefon. »Such bitte nach Corchrans Nummer und wähle sie.« Sie tat es, und er brachte den Sheriff von Arcadia rasch auf den neusten Stand und bat ihn um sein Kommen. Schließlich schob er das Handy wieder in die Tasche.

»Ich dachte, du und Chase hättet die Mühle durchsuchen lassen«, sagte sie.

»Die neue, ja. Ich habe aber die alten Gebäude ganz vergessen. Ich war seit meiner Kindheit nicht mehr da. Es handelte sich schon damals nur um einen Haufen Schutt.« Ein Muskel in seinem Kiefer zuckte. »Bitte bleib im Wagen, wenn wir da sind. Und duck dich.« Er sah sie scharf an. »Versprich es mir.«

»Ich verspreche es.«

Freitag, 2. Februar, 15.15 Uhr

»Das war's.« Im Schutz der Bäume steckte Loomis sein Handy weg. »Er kommt.«

Als hätte es je daran Zweifel gegeben. »Gut.«

»Und jetzt lass mich gehen. Ich sammle Bailey und dieses Mädchen auf und bringe sie ins Krankenhaus.«

»Nein. Ich brauche Sie hier. Oder besser ein Stück weiter entfernt.« Er winkte mit seiner Pistole. »Raus aus der Deckung.«

Loomis schien schockiert. »Warum?«

»Weil selbst Judas zum letzten Abendmahl auftauchte.«

Begreifen und Schock malten sich auf Loomis' Gesicht ab. »Du wirst Daniel umbringen.«

»Ich wahrscheinlich nicht.« Er zuckte die Achseln. »Sie haben Vartanian angerufen. Falls Sie nicht hier sind, wenn er eintrifft, verschwindet er wieder, und mir ist der ganze Spaß verdorben. Also vorwärts.«

»Aber Mansfield wird mich sehen«, sagte Loomis. Der Unglaube ließ seine Stimme ansteigen.

»Eben.«

»Und dann erschießt er mich.«

»Eben.« Mack lächelte.

»Und Daniel auch. Du hast die ganze Zeit vorgehabt, ihn zu töten.«

»Und da hat Sie jeder für einen minderbemittelten Hinterwäldler gehalten. *Vorwärts.*« Er wartete, bis Loomis ein paar Schritte gegangen war, dann drehte er seinen Schalldämpfer fest. »Und um sicherzustellen, dass Sie nicht irgendeine Dummheit begehen und vielleicht wegrennen …« Er jagte Loomis eine Kugel ins Bein. Der Sheriff sank mit einem Schmerzensschrei zu Boden. »Steh auf«, sagte er kalt. »Wenn du Vartanians Wagen siehst, gehst du hin.«

Freitag, 2. Februar, 15.30 Uhr

»Wir müssen los.« Der Captain des kleinen Bootes suchte nervös das Ufer ab. »Ich kann nicht mehr länger auf deinen Boss warten. Nicht mit so einer Ladung.«

Mansfield versuchte es noch einmal über Handy, bekam aber wieder keine Antwort. »Er wollte sich um diejenigen kümmern, die nicht mehr reisefähig sind. Ich gehe ihn suchen.« Er sprang auf den Steg.

»Sag ihm, dass ich noch genau fünf Minuten warte, dann bin ich weg.«

Mansfield drehte sich um und maß den Mann mit einem kalten Blick. »Du wartest, bis wir hier sind.«

Der Captain schüttelte den Kopf. »Von dir nehme ich keine Befehle entgegen. Du verschwendest nur Zeit.«

Er hatte recht. Niemand nahm von Mansfield Befehle entgegen. Nicht mehr. Und das dank Daniel Vartanian, diesem verdammten aufrechten, selbstzufriedenen Gutmenschen. Und diesem Mistkerl, der die ganze Geschichte ins Rollen gebracht hatte und den Vartanian schon längst hätte gefasst haben müssen. Aber er war noch nicht geschnappt worden, weil Daniel ein Versager war wie alle anderen auch.

Mit zusammengebissenen Zähnen schob er die schwere Tür zur Seite und ging den Flur entlang. Stirnrunzelnd betrachtete er die toten Mädchen. Was für eine Verschwendung. Mit ein bisschen Zeit hätte man sie wieder aufpäppeln und verkaufen können. Nun waren sie nutzlos.

Seine Schritte wurden langsamer, als er die Zelle erreichte, in der der Kaplan gewesen war. Die Tür stand offen, und auf der Schwelle lag eine Gestalt, aber etwas stimmte nicht. Er zog seine Waffe und bewegte sich lautlos voran. Verdammt. Es war einer von Harvards Security-Leuten, nicht der Geistliche, der es hätte sein sollen. Mansfield rollte ihn auf den Rücken und verzog das Gesicht. Der Mann war regelrecht aufgeschlitzt worden.

Mansfield wischte sich die blutigen Hände an der Hose des toten Mannes ab und sah in den nächsten Raum. Die Zelle war leer. Bailey war fort. Er rannte los, blieb aber wie angewurzelt stehen, als er um die Ecke gebogen war und beinahe über eine Gestalt am Boden gefallen wäre. Mansfield ließ sich auf die Knie sinken und überprüfte den Puls des Mannes. Harvard lebte.

»Das Boot legt in fünf Minuten ab. Steh auf.« Mansfield versuchte, ihn hochzuziehen, aber der andere stieß seine Hand weg.

»Bailey ist entwischt.« Harvard hob den Kopf und sah mit glasigen Augen zu ihm auf. »Wo ist Beardsley?«

»Weg.«

»Verdammt. Aber sie kommen nicht weit. Beardsley hat ein Loch im Bauch, und Bailey ist so klapprig, dass sie kaum laufen kann. Hol die beiden ein, bevor sie uns die Bullen auf den Hals hetzen.«

»Und was ist mit dir?«

»Ich werde es überleben«, erwiderte er beißend. »Was uns beiden nicht vergönnt sein wird, wenn man uns hier mit den ganzen Leichen entdeckt.« Mühsam setzte er sich auf und tastete nach seinem Holster. Es war leer. »Beardsley hat meine Pistole. Gib mir eine von dir.«

Mansfield zog die Pistole aus dem Knöchelhalfter.

»Und jetzt beweg dich. Such Bailey und Beardsley und bring sie um.«

Freitag, 2. Februar, 15.30 Uhr

Frank wartete außerhalb eines Gebäudes, das wie ein Betonbunker aussah. Die Außenwände waren von Unkraut überwachsen, und die Straße war kaum noch als solche zu erkennen. Daniel sah auf die Uhr. Luke und Sheriff Corchran würden jede Minute hier eintreffen.

»Wo sind wir hier?«, fragte Alex.

»Das hier war die ursprüngliche Papiermühle der O'Briens aus den Zwanzigern. Als die Stadt an das Eisenbahnnetz angeschlossen wurde, zogen sie in die neuen Gebäude um.« Er deutete in die Ferne auf den Chattahoochee, der jenseits der Baumlinie entlangströmte. »Früher hat man die Baumstämme über den Fluss hereingebracht.«

»Aber du hast doch gesagt, dass es sich nur noch um einen Haufen Schutt handelt.«

»Das war eigentlich auch so. Der Bunker hier ist noch nicht besonders alt und recht gut getarnt, sodass man ihn aus der Luft nicht sieht.« Er schwieg und beobachtete Loomis, der an seinem Streifenwagen lehnte und sie beobachtete.

»Worauf wartest du?«, fragte Alex leise.

»Verstärkung«, sagte er knapp, ohne den Blick von Frank zu nehmen. »Und auf Corchran, damit er dich in Sicherheit bringt.« Er hörte, wie sie Luft holte, und wusste, dass sie sich widersetzen wollte, aber dass sie es nicht tat, bewies ihm wieder einmal, dass sie genügend Verstand besaß. »Ich will nicht, dass Bailey vielleicht umkommt, nur weil ich schlecht vorbereitet reingehe. Wenn sie drin und am Leben ist, will ich sie auch lebendig rausbringen.«

»Ich weiß.« Ihre Stimme war kaum hörbar. »Danke, Daniel.«

»Kein Grund, mir zu danken. Nicht dafür. Mist.« Frank kam auf sie zu, und er humpelte, aber erst als er nur noch wenige Schritte entfernt war, sah Daniel den dunklen, feuchten Fleck auf seinem Hosenbein. »Er ist angeschossen worden.« Die Härchen in seinem Nacken stellten sich auf, und er legte den Rückwärtsgang ein.

Alex löste den Gurt, aber er packte sie am Arm. »Nein!«

Sie starrte ihn an. »Wir können ihn doch nicht verbluten lassen. Er weiß, wo Bailey ist.«

»Nein, habe ich gesagt. Warte.« Daniels Gedanken überschlugen sich, aber die Zwickmühle machte es ihm unmöglich, klar zu denken. Sein Verstand, seine Instinkte – alles warnte ihn vor einer Falle, aber er kannte diesen Mann schon so lange. Also ließ er das Fenster ein paar Zentimeter herunter. »Was ist passiert?«

»Habe mir 'ne Kugel eingefangen«, presste Frank hervor und schob seine blutigen Finger in das offene Fenster. »Dreh um und hau ab. Verzeih –«

Ein Schuss krachte, und nach einem Sekundenbruchteil rutschte Franks ungläubiges Gesicht an der Autoscheibe hin ab. Daniel stampfte aufs Gaspedal, und der Wagen schoss mit quietschenden Reifen rückwärts. »Runter!«, brüllte er, ohne sich zu vergewissern, ob Alex gehorchte.

Er riss das Steuer herum, um den Wagen um hundertachtzig Grad zu wenden, rammte aber etwas, wurde nach vorn geschleudert und krachte mit dem Kopf gegen das Lenkrad. Aus dem Augenwinkel sah er Alex vom Armaturenbrett herabgleiten und im Fußraum zusammensacken.

Benebelt blickte er in den Rückspiegel und sah einen weiteren Streifenwagen aus Dutton hinter sich. Dann blickte er zur Seite, wo Randy Mansfield vor der offenen Beifahrertür stand. Er hielt eine Smith & Wesson in der Hand, die auf Alex gerichtet war.

»Gib mir deine Waffe, Daniel«, sagte Randy ruhig, »oder ich erschieße sie vor deinen Augen.«

Daniel blinzelte, als die Wirklichkeit glasklar auf ihn einstürzte. *Alex.* Sie lag reglos im Fußraum, und sein Herz setzte aus. »Alex? *Alex!*«

»Ich sagte, gib mir deine Waffe. Und zwar jetzt.« Randy streckte ihm die linke Hand entgegen. Die rechte hielt noch immer die Smith & Wesson.

Luke, wo bist du? Den Blick auf Mansfields Pistole fixiert, holte er langsam seine SIG hervor und reichte sie ihm mit dem Griff voran. »Warum?«

»Weil ich nicht will, dass du mich erschießt«, sagte Mansfield trocken. Er schob sich Daniels Waffe hinten in den Hosenbund. »Und jetzt die andere, und zwar genauso langsam.«

»Sie ist vielleicht schon tot«, zwang sich Daniel zu sagen. »Warum soll ich tun, was du sagst?«

»Sie ist nicht tot. Die tut bloß so.« Er rammte den Lauf der Waffe gegen ihre Schläfe, aber sie regte sich nicht, und Mansfield stieß einen leisen Pfiff aus. »Entweder ist sie total ausgeknockt, oder sie kann sich richtig gut verstellen. Jedenfalls lebt sie noch, doch wenn du nicht tust, was ich sage, ändert sich das in den nächsten zehn Sekunden.«

Zähneknirschend holte Daniel die zweite Pistole aus seinem Knöchelholster. *Verdammt, Luke, wo bleibst du bloß?* »Du mieser Dreckskerl«, presste er hervor.

Mansfield nahm den Revolver und bedeutete ihm mit einer Kopfbewegung, auszusteigen. »Raus. Schön langsam. Und leg die Hände auf die Motorhaube. Du kennst das ja.«

Daniel stieg aus und blickte zu Frank hinüber, der auf dem Boden lag. »Ist er tot?«

»Wenn nicht, dann wird es bald so sein. Hände auf die Motorhaube, Vartanian. Und du, steh auf.« Er drückte Alex wieder die Waffe gegen den Kopf, aber aus seiner Position konnte Daniel nicht sehen, ob sie sich regte oder nicht. Mit einem frustrierten Schnaufen steckte Mansfield Daniels Zweitwaffe ebenfalls in den Hosenbund, griff in Alex' Haar und zog fest daran. Nichts.

Daniel spürte Panik aufwallen, zwang sie aber nieder. Sie war nur bewusstlos. Und vielleicht war das Glück im Unglück. Mansfield musste sie hierlassen, und Luke würde sie finden.

Mansfield trat zurück. »Heb sie auf.«

»Was?«

»Bist du taub? Heb sie auf und trag sie rein. Vielleicht brauche ich sie noch.« Ungeduldig wedelte er mit der Waffe. »Mach schon.«

»Und was, wenn sie eine Rückenverletzung hat?«

Mansfield verdrehte die Augen. »Vartanian. Für wie blöd hältst du mich?«

Behutsam hob Daniel sie aus dem Wagen. Ihr Atem ging flach, aber regelmäßig. »Alex«, flüsterte er.

»Vartanian!«, fauchte Mansfield. »Beweg dich endlich.«

Daniel erhob sich mit Alex auf dem Arm. Ihr Kopf rollte zur Seite, und Daniel musste an die tote Sheila in der Pizzeria denken. Er drückte sie an sich und warf einen verzweifelten Blick über die Schulter. *Luke, verdammt noch mal, beeil dich doch!*

25. Kapitel

Freitag, 2. Februar, 15.30 Uhr

IM SCHUTZ DER BÄUME SAH BAILEY, wie ein Zivilwagen mit blinkendem Warnlicht mit mindestens hundert Meilen pro Stunde an ihnen vorbeirauschte. Polizei. Vor Erleichterung wurde ihr schwindelig. Die Bullen waren unterwegs. Vielleicht würden noch mehr kommen. Sie musste es nur bis zur Straße schaffen.

Sie schüttelte das Mädchen an der Schulter. »Komm schon«, wisperte sie. »Vorwärts.«

»Ich kann nicht mehr.«

Bailey begriff, dass das Mädchen tatsächlich nicht mehr weit kommen würde. »Dann bleib hier. Wenn ich nicht wiederkomme, musst du es selbst schaffen.«

Das Mädchen riss die Augen auf und packte Baileys Arm. »Geh nicht. Lass mich nicht allein.«

Resolut löste Bailey ihre Hand. »Wenn ich keine Hilfe hole, stirbst du.«

Das Mädchen schloss die Augen. »Dann lass mich sterben.« Beardsleys Worte kamen ihr in den Sinn. »Du stirbst mir nicht unter den Händen weg.« Sie wandte sich zur Straße um und befahl ihren Füßen, voranzugehen, doch ihre Knie gaben immer wieder nach. Also kroch sie.

Die Straße lag auf einem Damm, und sie musste die Böschung hinaufklettern. Ihre Hände, die nass von Blut waren, rutschten immer wieder ab. *Beweg deinen Hintern, Bailey.*

Sie war nur noch wenige Meter von der Straße entfernt, als sie einen weiteren Wagen kommen hörte. Vor ihrem geistigen Auge tauchte erst Hopes süßes, dann Beardsleys blutverschmiertes Gesicht auf. Sie nahm all ihre Kraft zusammen, hievte sich hinauf und kullerte auf die Straße. Einen Augenblick später schoss der Wagen um die Biegung und kam schlingernd in einer Staubwolke zum Stehen. Sie hörte Rufe. Eine Männerstimme. Dann die Stimme einer Frau. »Haben Sie sie angefahren?«, fragte die Frau. Sie ging neben ihr in die Hocke, und Bailey sah schwarzes Haar und graue, angstvolle Augen. »Mein Gott. Haben wir das getan?«

»Nein.« Der Mann hockte sich ebenfalls hin. Seine Hand war sanft. »Oh, Mist. Sie ist zusammengeschlagen worden und fiebert.« Er strich ihr über die Arme und Beine. Plötzlich verharrten seine Hände an ihrem Knöchel, dann packte er sie sanft am Kinn. »Sind Sie Bailey?«

Sie nickte mühsam. »Ja. Meine Kleine. Hope. Geht es ihr gut?«

»Oh, ja, es geht ihr gut, und sie ist in Sicherheit. Susannah, rufen Sie Chase an. Sagen Sie ihm, dass wir Bailey gefunden haben und dringend einen Krankenwagen brauchen. Und dann rufen Sie bitte auch noch Daniel an. Er soll umkehren.«

Bailey packte seinen Arm. »Wo ist … Alex?«

Er schaute auf und die Straße entlang, und Bailey wurde das Herz schwer. »Sie war in dem Wagen eben? O mein Gott.«

Seine dunklen Augen blickten sie alarmiert an. »Warum?«

»Er bringt sie um. Er bringt sie alle um.« Bilder drangen durch ihren Verstand. »Alle.«

»Wer? Bailey, hören Sie mir zu. Wer hat Ihnen das angetan?« Aber sie konnte nicht mehr sprechen. Ihr Kopf rollte zur Seite, und sie dachte an die Mädchen in den Zellen, angekettet, tot. »Bailey.« Der Mann drehte ihr Gesicht wieder zu sich. »Wer war es?«

»Luke!« Die Frau kam zurück, in jeder Hand ein Handy, und ihr Gesicht war noch blasser als zuvor. »Chase schickt Hilfe, aber Daniel meldet sich nicht.«

Freitag, 2. Februar, 15.40 Uhr

Die Requisiten standen an ihrem Platz, die Spieler hatten die Bühne betreten. Nun musste sich Mack nur noch gemütlich zurücklehnen und zusehen. Allerdings blieb nicht viel Zeit. Sie wussten nun, wer er war, also musste er sein Techtelmechtel mit der hübschen Alex Fallon abkürzen. Am Morgen würde er sein letztes Opfer in einen Graben legen, und der Kreis war geschlossen.

Gegen Mittag würde er sich hinter dem Steuer von Gemma Martins frisch lackierter Corvette auf dem Weg nach Mexiko befinden. Er würde nicht zurückblicken.

Aber nun … mussten zunächst die letzten Säulen niedergerissen werden.

Freitag, 2. Februar, 15.45 Uhr

Alex' Schädel schmerzte, und ihre Kopfhaut brannte, aber sie war unverletzt. Sie war durch den Aufprall benommen gewesen, hatte aber jedes Wort zwischen Daniel und Mansfield gehört. Nun konzentrierte sie sich mit aller Macht darauf, ihre Glieder schlaff wirken zu lassen, und es kostete sie mehr Kraft, als sie sich je hätte träumen lassen. Dennoch schien es ihr zu gelingen. Weder Daniel noch Mansfield merkten, dass sie bei vollem Bewusstsein war. Es tat ihr in der Seele weh, Daniel solche Angst einzujagen, aber im Augenblick konnte sie es nicht ändern.

Wo blieb Luke? Er hätte schon längst hier sein müssen.

Daniel hatte sie in den Bunker getragen. Sie hielt die Augen geschlossen, hörte aber das Hallen der Schritte. Es gab keine Stufen, nur einen langen, geraden Gang. Dann wandte sich Daniel nach rechts und trat offenbar durch eine Tür, denn er drehte sich so mit ihr, dass sie nicht anstieß.

»Leg sie auf den Boden«, befahl Mansfield, und Daniel tat es behutsam. »Setz dich.« Daniel bewegte sich von ihr weg und nahm die Wärme mit. »Hände hinter den Rücken.« Sie hörte das Klicken von Metall und wusste, dass Mansfield ihm Handschellen angelegt hatte. Sie hatte gehofft, dass Daniel die Waffe bemerken würde, die sie sich in den Hosenbund geschoben hatte, aber es war nicht geschehen.

Also muss ich handeln.

»Warum hast du Frank Loomis erschossen?«, fragte Daniel. »Er hat mich doch angerufen, wie du es wolltest.«

Einen Moment lang herrschte Schweigen. »Halt die Klappe.«

»Du hast gar nicht gewusst, dass er mich angerufen hat, nicht wahr?« In Daniels Stimme schwang Begreifen mit. »Also hat er nicht gemeinsame Sache mit dir gemacht.«

»Klappe!«

Aber Daniel dachte nicht daran. »Was macht ihr hier? Drogen über den Fluss schaffen?«

Es kostete Alex viel Kraft, nicht zusammenzufahren, als sie einen Schlag, dann Daniels Stöhnen hörte.

»Nun, was immer ihr tut – euer Schiff ist auf und davon. Als du Frank erschossen hast, habe ich ein Boot ablegen sehen.«

Man hörte das Geräusch einer abrupten Bewegung, und Alex machte die Augen gerade weit genug auf, um zu sehen, wie sich Mansfield zum Fenster begab. Dann stieß er einen Fluch aus.

»Tja, du sitzt wohl hier fest«, sagte Daniel beinahe vergnügt. »Und ich habe Verstärkung angefordert. Du wirst hier nicht lebend herauskommen.«

»O doch«, gab Mansfield zurück, doch seine Stimme war nicht ruhig. »Ich habe eine Geisel.«

Das wäre dann wohl ich. Sie versuchte, durch die leicht geöffneten Augen zu sehen, entdeckte Daniel und versteifte sich mental. Er sah sie direkt an. Und begriff, dass sie wach war.

Und plötzlich stürzte Daniel mit dem Stuhl im Rücken vor und warf sich mit dem Kopf zuerst auf Mansfield. Alex sprang auf die Füße, als Mansfield zurück gegen einen Tisch krachte. Da sie wusste, dass Daniel ihr den Weg freimachen wollte, rannte sie instinktiv zur Tür.

Aber dann erklang ein Schuss, und ihr Herz und ihre Füße blieben einfach stehen. Mansfield stand mit dem Rücken zu ihr, und Daniel, noch immer an den Stuhl gekettet, lag auf der Seite. Blut drang aus einer Schusswunde in der Brust und bildete rasch einen dunklen Fleck auf dem Hemd.

Sein Gesicht wurde zunehmend grauer, aber sein Blick war fest auf sie gerichtet. *Lauf!*

Sie riss den Blick von Daniel los und sah Mansfield an, dessen Schultern sich schwer hoben und senkten. Im Eifer des Gefechts schien er noch nicht bemerkt zu haben, dass sie nicht mehr am Boden lag. Die Waffe in der Hand, starrte er auf Daniel herab. In seinem Hosenbund steckte Daniels Pistole. Nur eine.

Mansfield hatte Daniel zwei abgenommen. Die kleinere, zweite war fort.

Und dann vergaß sie die Waffen, als Mansfield Daniel so fest in die Rippen trat, dass sie es knacken hörte.

»Du Scheißkerl«, murmelte Mansfield. »Warum musstest du auch zurückkommen und alles aufrühren. Simon hatte wenigstens genug Verstand, um sich rauszuhalten.«

Alex tastete nach der Waffe in ihrem Hosenbund und ging im Geist durch, was Daniel ihr eingeimpft hatte. Sie entsicherte die Pistole, als Mansfield den Lauf auf Daniels Kopf richtete. Das Klicken ließ Mansfield herumfahren, und verblüfft starrte er eine Sekunde auf die Waffe in ihrer Hand, bis er den Kopf hob und zielte. Ohne nachzudenken, zog Alex den Hahn durch, wieder und wieder, bis er mit weit aufgerissenen Augen erst auf die Knie stürzte, dann vornüberfiel. Nun war es sein weißes Hemd, das sich rasch dunkelrot färbte.

Sie trat Mansfield die Waffe aus der Hand, zog die zweite aus dem Hosenbund und legte beide neben Daniel auf den Boden, bevor sie sich ihre eigene Waffe wieder in den Hosenbund schob. Dann kniete sie sich neben Daniel und zog sein Hemd hoch. Ihre Hände zitterten leicht, als sie sah, wie schwer er verletzt war.

»Du sollst … laufen«, flüsterte er. »Verdammt … geh.« Seine Brust hob sich immer schwächer, und sie hörte bei jedem Atemzug ein Zischen aus der Wunde.

»Du hast verdammt viel Blut verloren, und wahrscheinlich wurde deine Lunge punktiert. Wo sind die Schlüssel für die Handschellen?«

»Tasche.«

Sie fand seine Autoschlüssel und das Handy und tastete weiter, bis sie die Schlüssel für die Handschellen gefunden hatte und ihn befreien konnte. Dann schob sie den Stuhl weg und drehte ihn auf die Seite. Seine Stirn glänzte vor Schweiß, und sie strich ihm eine Strähne beiseite.

»Das war dumm«, sagte sie heiser. »Er hätte dich töten können.«

Seine Lider fielen zu. Er verlor das Bewusstsein. Sie musste den Blutfluss stoppen und ihn hinausschaffen. Aber sie konnte ihn nicht allein zum Auto schleppen. Sie brauchte Hilfe.

Sie versuchte es mit seinem Handy, aber es gab keinen Empfang im Bunker. Mit wachsender Panik sah sie sich um. Sie befanden sich in einem kargen Büro, in dem nur ein metallener Schreibtisch stand.

Sie riss die Schubladen auf, bis sie Büromaterial fand, auch Klebeband und Schere. Sie seufzte erleichtert. Das musste reichen. Sie nahm beides und eilte zu Daniel zurück, wobei sie achtlos über Mansfield hinwegstieg. »Ich werde die Wunde versiegeln. Halt still.«

Sie holte die Handschuhe, die ihm vorhin im Auto heruntergefallen waren, aus ihrer Tasche und zog einen davon straff, um ihn mit dem Klebeband über der Wunde zu befestigen. »Ich muss dich umdrehen. Und es wird wehtun. Es tut mir leid.«

So sanft, wie sie konnte, rollte sie ihn auf die Seite, schnitt ihm das Hemd vom Rücken und stieß einen erleichterten Seufzer aus, als sie sah, dass es sich um einen glatten Durchschuss handelte. Keine Kugel, die in seinem Körper weiteren Schaden anrichten konnte. Rasch wiederholte sie die Prozedur. Ein paar Sekunden später wurde das zischende Atemgeräusch leiser, und ihr Puls beruhigte sich im Gleichklang mit seinem.

»Alex.«

»Sag nichts. Spar dir deinen Atem.«

»Alex.«

»Er will Ihnen klarmachen, dass Sie sich umdrehen sollen.«

Auf ihren Knien fuhr Alex herum und blickte zur Tür. Und dann begriff sie.

»Nummer sieben«, sagte sie, und Toby Granville lächelte. Blut sickerte aus einer Wunde an der Schläfe, und in seiner Hand hielt er einen kleinen Revolver. Seiner Miene war anzusehen, dass er Schmerzen hatte. Sie hoffte, dass es starke Schmerzen waren.

»Nun, eigentlich war ich die Nummer eins. Ich habe Simon allerdings in dem Glauben gelassen, er sei es, weil er ein ziemlich instabiler kleiner Mistkerl war.« Er warf Mansfields Gestalt am Boden einen verächtlichen Blick zu. »Und du warst ein Versager«, murmelte er, bevor er sich wieder Alex zuwandte. »Schieben Sie mir seine Waffe rüber, dann Vartanians.«

Sie gehorchte, aber so langsam wie möglich.

»War nicht … auf meiner Liste«, flüsterte Daniel. »Zu alt … mein Alter.«

»Nein, ich war genauso alt wie Simon«, erklärte Granville. »Ich habe ein paar Klassen übersprungen und den Abschluss gemacht, bevor Simon rausflog. Schon auf der Junior High haben Simon und ich immer gescherzt, wir sollten einen Club gründen. Jeder dachte, es sei seine Idee gewesen, weil er so ein launischer Dreckskerl war, aber in Wirklichkeit war es meine. Und Simon tat, was ich wollte, obwohl er glaubte, es sei auf seinem Mist gewachsen. Ich habe ihn angelernt. Jared hätte ebenfalls das Potenzial gehabt, aber er hat zu viel getrunken. Die anderen hatten nicht den nötigen Mumm.« Vorsichtig bückte sich Granville und hob die zwei Waffen auf, die Alex ihm hatte zuschieben müssen.

Sobald er den Blick abgewandt hatte, zog Alex ihre Pistole und schoss. Die erste Kugel traf die Wand. Der Gips rieselte noch herunter, als die zweite, dritte, vierte und fünfte ihr Ziel fand. Granville sank zu Boden, doch er atmete noch.

»Lassen Sie die Waffe fallen«, sagte Alex kalt. »Oder ich bringe Sie um.«

»Nein«, sagte er. »Das … das bringen Sie nicht fertig. Jemanden kaltblütig zu erschießen, niemals.«

»Tja, das hat Mansfield auch gedacht«, erwiderte sie und hob die Waffe. »Lassen Sie Ihre Pistole fallen.«

»Bringen Sie mich raus … und ich tu's.«

Alex sah ihn ungläubig an. »Sie können nicht bei Trost sein. Ich helfe Ihnen doch nicht.«

»Dann werden Sie nicht erfahren … wo Bailey steckt.«

Alex' Augen wurden schmal. »Wo ist sie?«

»Bringen Sie mich hier raus … und ich sage es Ihnen.«

»Er … hat … bestimmt ein Boot«, presste Daniel hervor.

»Nicht.«

»Bailey?«, lockte Granville spöttisch.

Hinter ihr wurde Daniels Atmung immer angestrengter. Sie musste ihn unbedingt in ein Krankenhaus bringen.

»Für diesen Blödsinn habe ich keine Zeit.« Sie zielte auf Granvilles Herz, schaffte es jedoch nicht, abzudrücken. Granville hatte recht. Jemanden in Notwehr zu erschießen, war etwas anderes, als einen Verwundeten kaltblütig zu ermorden. Aber es gab ja auch noch andere Möglichkeiten …

Sie drückte ab, und Granville schrie auf. Blut sprudelte aus seinem Handgelenk, aber seine Hand war nun geöffnet, und die Waffe lag auf dem Boden. Alex steckte sie in ihre Tasche und kniete sich neben Daniel. Mit einer Hand tastete sie nach den Handschellen, mit der anderen maß sie seinen Puls. Er war schwach. Entsetzlich schwach.

Wenigstens hatte sie den Blutfluss gestoppt. »Ich muss Hilfe holen, aber ich traue ihm nicht. Trotzdem kann ich ihn nicht töten. Verzeih mir.«

»Nicht nötig. Brauchen ihn … noch. Handschellen … im Rücken.« Mit einer blutigen Hand packte er ihre Jacke, als sie sich aufrichten wollte. »Alex.«

»Sag nichts. Wenn ich dich nicht schnell in ein Krankenhaus bringen kann, stirbst du.« Aber er ließ nicht los.

»Alex«, flüsterte er, und sie beugte sich herab. »Liebe dich … wenn du so skrupellos … bist.«

Ein Kloß bildete sich in ihrer Kehle. »Und ich liebe dich«, erwiderte sie flüsternd und küsste ihn auf die Stirn, »wenn du kein toter Held bist. Hör auf zu reden, Daniel.«

Sie kehrte zu Granville zurück und fesselte ihm die Arme hinter dem Rücken. Es war komplizierter, als sie gedacht hatte, und als sie fertig war, hatte sie sein Blut an Händen und Armen und atmete schwer. »Ich hoffe, Sie haben eine beschissene Zeit im Gefängnis.«

»Sie glauben, Sie wüssten ... Bescheid.« Er zog mühsam Luft ein. »Aber Sie wissen nichts. Es gibt ... andere.«

Ihr Kopf fuhr hoch, und sie packte die Waffe. »Andere? Wer? Wo?«, fragte sie alarmiert.

Granvilles Blick wurde glasig. Er hatte bereits viel Blut verloren. »Simon war mein Handlanger«, murmelte er. »Aber ich ... war der eines ... eines anderen.« Benommen sah er auf, und in seine Augen trat nackte Angst.

Sie wollte sich gerade umsehen, als sie kalten Stahl an ihrer Schläfe spürte.

»Vielen Dank, Miss Fallon«, flüsterte eine Stimme an ihrem Ohr. »Die Waffe nehme ich.« Er quetschte ihr Handgelenk zusammen, bis sich ihre Finger öffneten und die Waffe klappernd auf den Beton fiel. »Alles hat sich perfekt entwickelt. Davis ist verhaftet worden, Mansfield ist tot und ...« Er schoss, und ihr drehte sich der Magen um, als Granvilles Schädel explodierte. »Granville jetzt auch. Die sieben gibt es nicht mehr.«

»Wer sind Sie?«, fragte sie, obwohl sie die Antwort schon kannte.

»Na, komm, das weißt du recht gut«, sagte er ruhig, und Alex war sich zum ersten Mal in ihrem Leben bewusst, was echte Angst war. Er zerrte sie auf die Füße. »Und jetzt kommst du mit mir.«

»Nein.« Sie wehrte sich gegen seinen Griff, aber er bohrte ihr die Mündung in den Rücken. »Ich will nur Hilfe für Daniel holen. Ich sage niemandem, dass Sie hier sind. Gehen Sie. Ich halte Sie nicht auf.«

»Nein, natürlich nicht. Niemand hält mich auf. Aber ich lasse dich nicht gehen. Ich habe besondere Pläne mit dir.«

Die Art, wie er es sagte, ließ ihre Knie einknicken. »Aber warum? Im Gegensatz zu Gemma und den anderen habe ich Sie doch nie gekannt.«

»Das stimmt. Aber sterben wirst du trotzdem.«

Wieder stieg ein Schluchzen in ihrer Kehle auf, aber diesmal war es mit Entsetzen vermischt. »Warum denn?«

»Wegen deines Gesichts. Alles hat mit Alicia begonnen. Es endet mit dir.«

Alex verharrte. Ihr wurde eiskalt. »Sie töten mich für ein großartiges Finale?«

Er lachte leise. »Deswegen und um Vartanian leiden zu sehen.«

»Aber wieso? Er hat Ihnen doch nie etwas getan.«

»Er nicht, aber Simon schon. Simon kann ich nichts mehr antun, also muss Daniel dafür büßen.«

»Wie man Sie für das hat büßen lassen, was Jared getan hat.«

»Ah, du hast es verstanden. Es ist nur gerecht.«

»Mich zu töten, hat mit Gerechtigkeit nichts zu tun«, sagte sie und versuchte, ruhig zu bleiben. »Ich habe niemandem etwas getan.«

»Mag sein. Aber das ist im Augenblick bedeutungslos. Du stirbst genau wie die anderen, und du darfst so lange und laut schreien, wie du magst.« Er bewegte sich rückwärts mit ihr zur Tür, und sie begann, sich heftig zu wehren.

»Wir haben Verstärkung angefordert«, presste sie hervor. »Sie können nicht mehr entkommen.«

»Doch, können wir. Ich hoffe nur, dass du nicht seekrank wirst.«

Der Fluss. Er wollte sie über den Fluss wegschaffen. »Nein. Ich lasse mich nicht wie ein Opfer zur Schlachtbank führen. Wenn Sie mich wollen, müssen Sie mich an den Haaren rausschleifen.« Er würde Daniel töten, aber dafür musste er den Lauf der Waffe von ihrer Schläfe nehmen, und das war ihre Chance … ihre einzige Chance. Kaum, dass der Druck an ihrem Kopf nachließ, wand sie sich in seinem Griff und versuchte, ihm das Gesicht zu zerkratzen. Plötzlich ließ er sie los, und einen Augenblick lang war sie zu überrascht, um zu reagieren.

Sie blinzelte, als ein Schuss loskrachte. Sie hatte nur einen kurzen Moment, um in sein Gesicht zu sehen, bevor er zu Boden ging. Verblüfft starrte sie auf das saubere Loch in seinem Kopf, als er vor ihr zusammensackte.

Der Zeitungsbursche. Sie schauderte, als ihr klarwurde, wie nah O'Brien ihr gewesen war. Dann sah sie auf und unterdrückte einen Schrei, als sie die blutverschmierte, schmutzige Gestalt sah, die nun die Waffe senkte. Der Mann schwankte.

Alex verengte die Augen. »Reverend Beardsley?«

Er nickte. »Ebender.« Er ließ sich gegen die Tür sinken und rutschte daran herab. Als er saß, legte er die Waffe behutsam neben sich.

Sie betrachtete das Loch in O'Briens Schädel, dann wieder Beardsley. »Sie haben ihn erschossen? Aber … aber wie denn? Sie waren dicht hinter ihm und …« Sie fuhr herum und sah gerade noch, wie Daniel langsam seinen Kopf auf den Boden senkte. In seiner Hand lag der Zweitrevolver.

»Du warst es?« Daniel schien zu nicken, sagte aber nichts. Alex steckte den Kopf durch die Tür und sah den Flur entlang. »Noch jemand hier mit Waffen?«

»Glaube ich nicht.« Beardsley packte ihr Bein. »Bailey?«

»Granville hat behauptet, sie sei noch am Leben.«

»Vor einer Stunde war sie es noch«, murmelte er.

»Ich werde es herausfinden. Aber jetzt muss ich Hilfe holen.«

Mit Daniels Handy in der Faust rannte sie los, bis sie Licht durch ein kleines Fenster in einer Tür sah. Einen Moment beinahe geblendet von der Helligkeit, blieb sie stehen. Dann drückte sie die Tür auf und atmete so befreit ein wie nie zuvor.

»Alex!« Luke kam im Laufschritt auf sie zu. »Sie ist verletzt«, brüllte er. »Sanitäter hierher.«

Sie blinzelte, als Männer mit einer Trage in ihrem Blickfeld erschienen. »Ich doch nicht«, fauchte sie. »Daniel. Sein Zustand ist kritisch. Er braucht einen Hubschrauber.« In dem Vertrauen, dass die Leute ihr folgen würden, machte sie kehrt. »Bailey muss entkommen sein.«

»Ja, ist sie«, erwiderte Luke, als er zu ihr aufschloss. Hinter ihnen quietschte die fahrbare Trage. »Wir haben sie gefunden. Sie lebt. Sie ist in keinem guten Zustand, aber sie lebt.«

Alex wusste, dass die Erleichterung über ihr zusammenschlagen würde, sobald Daniel auf der Trage lag. »Beardsley ist auch da drin. Lebendig. Aber selbst wenn er noch auf eigenen Füßen hinausmarschieren könnte, so ist er wohl auch schwerverletzt.«

Sie erreichten den Raum am Ende des Flurs, und Luke blieb wie angewurzelt stehen, als er die drei Gestalten auf dem Boden liegen sah. »Heilige Mutter Gottes«, murmelte er. »Hast du das angerichtet?«

Ein hysterisches Lachen sprudelte in ihr hoch. Die Sanitäter hoben Daniel vorsichtig auf die Trage, und endlich konnte sie wieder frei atmen. »Zum Teil. Ich habe Mansfield erschossen und Granville verwundet, aber O'Brien hat Granville den Rest gegeben.«

Luke nickte nur. »Okay.« Er stieß O'Brien mit der Schuhspitze an. »Und der hier?«

»Beardsley hat ihm seine Waffe abgenommen, und Daniel hat ihn in den Kopf geschossen.« Ein breites Grinsen erschien auf ihrem Gesicht. »Ich fand uns gar nicht schlecht.«

Aber Beardsley lächelte nicht. »Wir sind zu spät gekommen«, sagte er müde.

Das ernüchterte Alex und Luke augenblicklich. »Wovon reden Sie?«, fragte Alex.

Beardsley stemmte sich mühsam an der Wand hoch, bis er stand. »Kommen Sie mit.«

Mit einem letzten Blick auf Daniel folgte Alex. Luke legte ihr eine Hand auf den Rücken.

Beardsley öffnete die erste Tür zu ihrer Linken. Die Zelle war nicht leer. Entsetzt sah Alex hinein. Was sie sah, würde bis in alle Ewigkeit in ihrem Gedächtnis eingebrannt sein.

Ein junges Mädchen lag auf einer schmalen Pritsche, die Arme an die Wand gekettet. Sie war vollkommen abgemagert, die Rippen deutlich sichtbar. Die Augen standen offen, und auf der Stirn war ein rundes Einschussloch zu sehen. Das Mädchen konnte höchstens fünfzehn sein.

Alex rannte zu ihr, fiel auf die Knie und legte ihr die Finger an den Puls. Sie war noch warm. Sie sah entsetzt zu Luke auf. »Sie ist tot. Aber höchstens seit einer Stunde.«

»Sie sind alle tot«, sagte Beardsley heiser. »Jedes Mädchen, das nicht weggebracht werden konnte.«

»Wie viele waren es?«, fragte Luke, mühsam beherrscht.

»Ich habe sieben Schüsse gezählt. Bailey ...«

»Lebt«, sagte Luke. »Und sie hatte ein Mädchen bei sich.«

Beardsley schien in sich zusammenzusacken. »Gott sei Dank.«

»Was ist denn das hier?«, flüsterte Alex.

»Mädchenhandel«, antwortete Luke tonlos.

Alex sah ihn mit offenem Mund an. »Du meinst, diese Mädchen sollten alle ...? Aber warum sie töten? Warum?«

»Sie hatten keine Zeit, alle rauszuschaffen«, erwiderte Beardsley. »Und sie wollten nicht, dass jemand redet.«

»Und wer ist für all das verantwortlich?«, flüsterte Alex.

»Der Mann, den Sie Granville genannt haben.« Beardsley lehnte sich an die Wand und schloss die Augen. Erst jetzt sah Alex den dunklen Fleck auf seiner Brust.

»Sie sind ja auch angeschossen worden«, sagte sie und streckte die Hand nach ihm aus.

Doch Beardsley wehrte ab. »Ihr Cop ist in weitaus schlechterem Zustand.«

»Wie viele haben sie noch rausgeschafft?«, wollte Luke wissen, und in seiner Miene erkannte Alex denselben heillosen Zorn, den sie vor ein paar Tagen bei ihm im Schießstand gesehen hatte.

»Fünf oder sechs, denke ich. Sie hatten ein Boot.«

»Ich benachrichtige die Wasserschutzpolizei«, sagte Luke. »Und die Küstenwache.«

Hinter ihm schoben die Sanitäter Daniel aus dem Raum. »Gehen Sie mit ihm«, sagte Beardsley. »Ich komme klar.«

Eine weitere Trage wurde hereingefahren. »Diese Sanitäter kümmern sich um Sie.« Sie nahm seine Hand. »Danke. Sie haben mir das Leben gerettet.«

Er nickte, seine Augen ausdruckslos. »Gern geschehen. Sagen Sie Bailey, dass ich sie besuchen werde.«

»Das mache ich.« Dann lief Alex neben Luke hinter der Trage mit Daniel her und sah in jeden Raum, an dem sie vorbeikamen. Fünf weitere Opfer. Sie wollte schreien, aber schließlich schloss sie zu Daniel auf, nahm seine Hand und trat ins Sonnenlicht hinaus.

26. Kapitel

Atlanta, Freitag, 2. Februar, 17.45 Uhr

»ALEX.« Meredith sprang auf die Füße, als Alex durch die Schwingtüren der Notaufnahme platzte. »O mein Gott, Alex.« Sie schlang die Arme um ihre Cousine, und Alex umklammerte sie.

»Es ist vorbei«, murmelte sie. »Alle sind tot.«

Meredith löste sich zitternd von ihr. »Du bist verletzt. Wo bist du verletzt?«

»Das ist nicht mein Blut. Es stammt hauptsächlich von Daniel und Granville. Ist Daniel schon hier?«

»Der Hubschrauber ist vor dreißig Minuten eingetroffen.« Alex ging zur Schwesternstation. »Mein Name ist Alex Fallon. Können Sie –«

»Hier entlang«, unterbrach die Schwester, als plötzlich von überall her Reporter auftauchten. »Agent Chase Wharton hat uns gesagt, dass Sie kommen. Er will mit Ihnen reden.«

»Und ich will mit Daniel Vartanians Arzt reden«, sagte Alex stur. »Und mit dem von Bailey Crighton.«

»Der Doktor ist gerade bei Mr. Vartanian«, sagte die Schwester freundlich, dann musterte sie Alex plötzlich genauer. »Sie waren doch vor wenigen Tagen hier. Und haben die Nonne besucht.«

»Ja.« Alex ging unruhig in dem kleinen Raum auf und ab. »Sie arbeiten in der Notaufnahme, stimmt's?« Die Schwester zog die Brauen hoch. »Wow. Sie haben bei Vartanian höllisch gute Arbeit geleistet.«

Alex blieb stehen und sah die Schwester direkt an. »Gut genug?«

Die Frau nickte. »Sieht ganz so aus.«

Alex stieß einen erleichterten Seufzer aus. »Kann ich zu Bailey?«

»Kommen Sie mit.«

Alex drückte Merediths Hand, als sie der Schwester folgten. »Wo ist Hope?«

»Bei Agent Shannon und Riley, noch immer im sicheren Haus. Ich dachte, es wäre besser, wenn Hope ihre Mutter erst sieht, wenn sie in einem etwas besseren Zustand ist. Alex, ich habe Bailey gesehen, als sie sie reingebracht haben. Sie sieht nicht gut aus.«

»Aber sie lebt«, sagte die Schwester. Sie deutete auf eine Zimmertür. »Bitte nur ein paar Minuten.«

Trotz der Vorwarnung zuckte Alex zusammen, als sie ihre Stiefschwester sah. »Bailey. Ich bin's. Alex.«

Baileys Lider öffneten sich flatternd, fielen aber sofort wieder zu. Sichtlich angestrengt versuchte sie es erneut.

»Schon gut«, flüsterte Alex. »Du musst dich ausruhen. Hope geht es gut.«

Tränen quollen aus Baileys geschwollenen Augen. »Du bist gekommen. Du hast meine Kleine gerettet.«

Alex griff sanft nach ihrer Hand und sah die Schrammen und die abgebrochenen Nägel. »Sie ist ein wunderschönes Mädchen. Meredith hat sich um sie gekümmert.«

Bailey blickte von Alex zu Meredith. »O Gott, danke.«

Merediths Schlucken war hörbar. »Hope ist gesund und munter, Bailey. Sie vermisst dich schrecklich. Und Alex hat nie die Hoffnung aufgegeben, dich noch zu finden.«

Bailey fuhr sich über die aufgesprungenen Lippen. »Und Beardsley?«, krächzte sie.

»Ebenfalls am Leben«, murmelte Alex, während sie Baileys trockene Lippen mit einem feuchten Tuch abtupfte. »Er hat mir das Leben gerettet. Und ich soll dir sagen, dass er dich besuchen kommt. Bailey. Die Polizei hat deinen Vater festgenommen.«

Baileys Lippen begannen zu zittern. »Ich muss es dir sagen. Wade hat ... schreckliche Dinge getan. Und mein Vater wusste es.«

»Ich weiß. Ich habe mich schließlich erinnert. Craig hat meine Mutter getötet.«

Bailey riss entsetzt die Augen auf. »Das ... das wusste ich nicht.«

»Erinnerst du dich an die Tabletten, die ich an jenem Tag genommen habe? Hat Craig sie mir gegeben?«

»Ich glaube, ja, aber ich weiß es nicht genau. Aber Alex ... Wade ... er ... ich glaube, er hat Alicia getötet.«

»Nein, hat er nicht. Er hat Schlimmes getan, aber er hat sie nicht getötet.«

»Vergewaltigt?«

Alex nickte. »Ja.«

»Es gibt andere.«

Alex schauderte. Granville hatte dasselbe gesagt. »Sprichst du von

447

dem Brief, den Wade dir geschickt hat? Wir haben ihn gefunden. Mit Hopes Hilfe.«

»Es waren sieben. Wade und sechs andere.«

»Ich weiß. Bis auf Garth Davis sind alle tot, und Garth ist verhaftet worden.«

Wieder fuhr Bailey zusammen. »Garth? Aber er … Oh, Gott, wie habe ich nur so dumm sein können.«

Alex dachte an Sissys Anruf und den verheirateten Mann, mit dem sich Bailey treffen wollte, bevor sie entführt worden war. »Du hattest eine Affäre mit ihm?«

»Ja. Als wir erfuhren, dass Wade tot war, kam er zu mir und wollte mir in seiner Rolle als Bürgermeister sein Beileid aussprechen.« Sie schloss die Augen. »Und dann führte eins zum anderen. Dabei hat mich Wade gewarnt. Vertraue niemandem.«

»Hat Garth nach Wades Habe gefragt?«, wollte Meredith wissen.

»Ja, mehr als einmal, aber ich dachte mir nichts dabei, und ich hatte seinen Brief noch nicht bekommen. Ich war so froh, dass jemand aus der Stadt nett zu mir war … dabei hat Garth nur nach diesem verdammten Schlüssel gesucht. Genau wie er. Er wollte immer nur das. Den Schlüssel.«

»Wer? Wer wollte den Schlüssel?«, fragte Alex, und Bailey schauderte.

»Granville«, stieß sie bitter hervor. »Wofür war der Schlüssel?«

»Für ein Schließfach«, erklärte Alex. »Aber es war nichts drin.«

Bailey blickte verwirrt auf. »Aber warum hat er mir das dann angetan?«

Alex warf Meredith einen Blick zu. »Das ist eine gute Frage. Daniel und Luke glaubten, der siebte Mann hätte ebenfalls die nötigen Schlüssel besessen, aber ich denke, Granville hatte sie wohl doch nicht.«

»Oder doch«, sagte Luke, der im Türrahmen erschienen war. »Granville hat sich die Fotos vielleicht schon vor Jahren geholt. Wir wissen es noch nicht. Aber dass der totgeglaubte Simon nach so vielen Jahren quietschlebendig wieder aufgetaucht war, hat sie wohl alle nervös gemacht. Wenn Daniel Simons Schlüssel und Bailey Wades hatte, dann hätte man begonnen, Fragen zu stellen, und das wollte Granville natürlich nicht.« Er trat an Baileys Bett. »Chase will mit dir reden, Alex. Bailey – wie geht es Ihnen?«

»Wird schon«, sagte sie. »Es muss. Wie geht es dem Mädchen, das ich gefunden habe?«

»Bewusstlos«, antwortete Luke.

»Wahrscheinlich ist das momentan ganz gut so«, murmelte Bailey. »Wann kann ich Hope sehen?«

»Bald«, versprach Meredith. »Dass sie mit ansehen musste, wie du zusammengeschlagen worden bist, hat ihr ein schlimmes Trauma verursacht. Ich fände es besser, wenn du dir die Haare waschen und ein paar von den Schwellungen überschminken lässt, bevor wir Hope zu dir bringen.«

Bailey nickte müde. »Alex, ich habe Granville verraten, dass ich dir den Schlüssel geschickt habe. Hat er dir etwas angetan?«

»Nein. Das Blut auf meiner Kleidung ist hauptsächlich seins. Er ist tot.«

»Gut«, sagte Bailey grimmig. »Hat er gelitten?«

»Nicht genug. Bailey, hast du während der Zeit im Bunker noch andere Leute gesehen?«

»Nur Granville und Mansfield. Und manchmal eine Art Wachpersonal. Wieso?«

»Nur so.« Alex wollte lieber noch etwas warten, bevor sie ihr erzählte, dass es laut Granville noch »andere« gab. Und sie würde auch noch ein Weilchen für sich behalten, dass Crighton Schwester Anne umgebracht hatte. »Schlaf jetzt. Ich komme wieder.«

»Alex, Moment noch. Ich wollte ihm das mit dem Schlüssel nicht sagen. Aber er …« Ihre Augen füllten sich mit Tränen, als sie auf die frischen Nadeleinstiche an ihren Armen zeigte. »Er hat mich wieder an die Nadel gehängt.«

Alex starrte entsetzt auf Baileys Arme. »Nein.«

»Ich war seit fünf Jahren clean, ich schwöre.«

»Ich weiß. Ich habe mit Freunden von dir gesprochen.«

»Und jetzt muss ich wieder entziehen.« Baileys Stimme brach, und Alex' Herz mit.

»Aber diesmal musst du es nicht allein durchstehen.« Sie küsste ihre Stiefschwester auf die Stirn. »Schlaf. Ich muss mit der Polizei reden. Und sie werden wegen der Mädchen auch mit dir sprechen wollen.«

Bailey nickte. »Sag ihnen, dass ich helfe, wo immer ich kann.«

Atlanta, Samstag, 3. Februar, 10.15 Uhr

Als Daniel erwachte, sah er Alex schlafend auf einem Stuhl neben seinem Bett. Er versuchte dreimal, ihren Namen zu sagen, bevor er genügend Stimmvolumen aufbrachte, um sie aufzuwecken. »Alex.«

Sie hob den Kopf, blinzelte und war mit einem Schlag hellwach. »Daniel.« Sie sackte in sich zusammen, und einen Moment lang glaubte er, sie würde zu weinen beginnen. Panik packte ihn.

»Was?« Die einzige Silbe schmerzte in seinem Hals.

»Moment.« Das Eisstück, das sie ihm in den Mund schob, fühlte sich himmlisch an. »Sie haben den Beatmungsschlauch entfernt, aber deine Kehle wird noch eine Weile wund sein. Hier sind Stift und Block. Du solltest nicht sprechen.«

»Was?«, wiederholte er, ohne auf ihre Anweisung zu achten. »Wie schlimm steht es?«

»Du wirst in ein paar Tagen rauskommen. Du hattest Glück. Die Kugel hat nichts Lebenswichtiges getroffen.« Sie küsste ihn auf den Mundwinkel. »Du musstest nicht einmal operiert werden. Die Wunde hat schon begonnen, sich von allein zu schließen. In wenigen Wochen gehst du wieder arbeiten. Spätestens in einem Monat.«

Aber irgendetwas stimmte dennoch nicht. »Was ist mit Mansfield und Granville passiert?«

»Mansfield, Granville und O'Brien sind tot. Frank Loomis auch. Es tut mir leid, Daniel. Aber Bailey lebt.«

»Gut.« Er schloss einen Moment lang die Augen. »Was ist überhaupt passiert, Alex? Ich habe dich und Luke reden hören. Etwas über Mädchen.«

»Granville hat Grauenhaftes getan«, sagte sie ruhig. »Wir haben die Leichen von fünf Jugendlichen gefunden. Mädchen. Er hielt sie gefangen. Beardsley meint, insgesamt müssten es zwölf gewesen sein. Granville hat sie wegschaffen wollen, aber nicht mehr genug Zeit gehabt, also hatte er die, die zurückgeblieben waren, erschossen.«

Daniel wollte schlucken, aber es ging nicht. Alex schob ihm ein weiteres Stück Eis in den Mund, aber diesmal half es nicht. »Eins der Mädchen konnte mit Baileys Hilfe entkommen, aber es ist noch nicht wieder bei Bewusstsein. Luke sagt, er hätte eins von den Mädchen wiedererkannt. Von einem Fall, den er bis vor Kurzem bearbeitet hat.« Sie seufzte müde. »Wahrscheinlich kann er die Gesichter genauso wenig vergessen wie du die der Frauen von Simons Fotos. Eines der Mädchen, die wir dort entdeckt haben, war auf einer Kinderpornoseite gewesen, die Lukes Team vor acht Monaten aus dem Netz genommen hat.«

Daniel war erschüttert. »Oh, Gott.«

»Wir sind eine Stunde zu spät gekommen.« Alex streichelte ihm über die Hand. »Daniel, bevor Granville starb, sagte er, dass es noch andere gäbe. Und er meinte, Simon habe zwar getan, was er wollte, aber er, Granville, habe getan, was ein anderer wollte.«

»Und wer waren diese anderen?«

»Das hat er nicht gesagt.«

»Mack O'Brien?«

»Chase' Team hat herausgefunden, wo er gewohnt hat.«

»Im Lagerhaus, das Rob Davis auf dem O'Brien-Land gebaut hat?«

»Nicht ganz. Er ist zwar tatsächlich in einem der Lager untergeschlüpft, aber in dem, das die Drucker der *Review* nutzen. Delias Wagen war mit GPS ausgestattet, und Chase' Leute sind dem Signal gefolgt. Sie haben auch die Autos anderer Opfer gefunden. Er hatte vor, Delias Porsche, Janets Z4 und Claudias Mercedes zu verkaufen. Die Corvette hatte er neu lackiert. Offenbar wollte er den Wagen behalten.«

»Moment mal. Mack wohnte im Lager, wo die Auflage der *Review* aufbewahrt wurde? Wie denn das?«

»Er hat für die *Review* gearbeitet, Daniel. Mack war der Zeitungsbote. Er hat noch Dienstag in der Früh auf meiner Veranda mit mir gesprochen. Ganz fröhlich und entspannt.«

Daniels Eingeweide verkrampften sich, als er daran dachte, wie nah O'Brien ihr gewesen war. »Verdammt. Und niemand hat ihn wiedererkannt?«

»Marianne hat ihn eingestellt, und sie war ihm nie zuvor begegnet. Mack war noch ein kleiner Junge, als ihr zur Highschool gingt. Er brachte die Zeitung zu einer Zeit, in der die meisten noch schliefen, und ansonsten ist er nur in Mariannes Lieferwagen herumgefahren und hat beobachtet. Ausgiebig beobachtet.«

»Wen denn?«

»Alle. Wir haben Fotos gefunden. Von Garth, wie er Baileys Haus betritt, von Mansfield, der Mädchen zu Granvilles Bunker bringt, von Mansfield –«

»Moment mal. Mansfield war in diese Sache verwickelt?«

»Ja. Wir wissen noch nicht, in welcher Funktion, aber er hat für Granville gearbeitet.«

Daniel schloss die Augen. »Verdammt … Gott, Alex.«

»Ich weiß«, murmelte sie. »Falls es dich tröstet – Frank wohl nicht, wie es aussieht. Er hat gestern Morgen eine SMS bekommen, in der stand, wo er Bailey finden würde. Er dachte, sie sei von Marianne, aber sie stammte von Mack.«

»Aber Frank hat trotzdem Beweise im Prozess gegen Gary Fulmore gefälscht.« Seine Stimme war nur noch ein Krächzen, und Alex gab ihm vorwurfsvoll ein weiteres Eisstück. »Nimm Stift und Block. Ja, Frank hat Beweise gefälscht, aber ich glaube nicht, dass er dich gestern verraten hat. Bailey meint, Frank hat ihr zur Flucht verholfen.«

Ja, das war zumindest tröstend, dachte Daniel. Dennoch … »Ich wüsste nur gerne, warum. Ich muss wissen, warum.«

»Vielleicht hat er jemanden geschützt. Vielleicht ist er erpresst worden.« Sie strich ihm über die Wange. »Warte, bis du wieder zu Kräften gekommen bist. Dann wirst du es schon herausfinden.«

Daniel hoffte es. Obwohl er sich bewusst war, dass er vielleicht nichts in Erfahrung bringen würde, musste er einfach daran glauben, dass Frank einen guten Grund für diese Tat gehabt hatte. »Was noch?«

Sie seufzte. »Mansfield hat Lester Jackson angeheuert – der Kerl, der versucht hat, mich umzufahren, und Sheila und den Deputy in der Pizzeria erschossen hat. Chase hat ein Prepaid-Handy in Mansfields Tasche gefunden. Die Nummer passte zu den entsprechenden eingehenden Anrufen auf Jacksons Handy.«

»Tagebücher?«

»Die hat Chase bei Macks Sachen gefunden. Annette hat recht gehabt. Mack hat Garth und Rob Davis und Mansfield seit circa einem Monat verfolgt. Ich glaube, er wusste auch nicht genau, wer der siebte Mann war, denn zuerst hat er Fotos von verschiedenen Männern der Stadt gemacht, nachher aber nur noch von Garth, Toby, Randy und Rob. Rob hatte ein Verhältnis mit Delia, und Mack hat wohl mit ihrer Ermordung zwei Fliegen mit einer Klappe schlagen wollen. Delia musste sterben, weil sie seine Mutter schlecht behandelt hat, und ihr Tod sollte Rob tief treffen.

Mack hat übrigens auch fotografiert, wie Mansfield Rhett Porter von der Straße gedrängt hat.« Sie zögerte. »Und er hat uns aufgenommen.« Sie wurde rot. »Dienstagabend war er vor unserem Haus im Van. Er hat uns durchs Fenster fotografiert. Ich denke allerdings nicht, dass er die Bilder hochgeladen hat oder so etwas. Er brauchte mich, um den Kreis zu schließen.«

Sie sagte das so neutral, dass sein Zorn wieder hochkochte. »Dieser Dreckskerl«, presste er durch die Zähne hervor. »Bankschließfach?«

»Falls Rob Davis etwas weiß, so sagt er jedenfalls nichts. Garth hat einen Anwalt. Wahrscheinlich kriegt ihr über ihn ein paar Antworten, aber wohl nur im Austausch für ein Entgegenkommen von der Staatsanwaltschaft.«

»Hatton?«

Nun lächelte sie. »Wird wieder. Er kann wahrscheinlich noch eine ganze Weile nicht in den aktiven Dienst zurück, aber er schafft es. Er meinte, er sei sowieso schon nah genug an der Pensionierung dran.«

»Crighton?«

Ihr Lächeln verblasste. »Blutige Fingerabdrücke in Schwester Annes Zimmer, und das Blut ist von ihr, also reicht es dicke aus, um ihn wegen Mordes zu verurteilen. Aber Chase sagt, falls er nicht gesteht, könnten wir ihn nicht wegen des Mordes an meiner Mutter und Vertuschung eines Verbrechens belangen.«

»Die Tabletten, die du geschluckt hast?«

»Keine Ahnung. Vielleicht finde ich es nie heraus. Aber ich werde ihn garantiert nicht um eine Antwort anflehen.«

»Hast du mit ihm gesprochen?«

Sie verspannte sich. »Nein.«

»Ich gehe mit dir.«

»Bailey glaubt, dass Wade und er mich gezwungen haben, die Tabletten zu nehmen – Wade muss damals ein paar entsprechende Bemerkungen gemacht haben. Sicher ist das allerdings nicht.«

»Bailey ist wach?«

Sie nickte. »Ich mache Krankenbett-Hopping«, sagte sie mit einem kleinen Grinsen. »Du und Bailey und Hatton und Beardsley und das Mädchen, das Bailey aus dem Bunker geholt hat. Bailey meint, sie sei sich allerdings ganz sicher, dass Alicia mir an dem Abend etwas ins Essen getan hat, damit mir schlecht wird. Sie wollte auf eine Party gehen, auf die ich nicht mitkommen sollte. Sie war noch immer sauer wegen der Tätowierung und meiner Petzerei. Dass sie so sauer war, hat mir vielleicht das Leben gerettet.«

Er packte ihre Hand fester. »Und Hope?«

»Sie weiß, dass Bailey lebt, war aber noch nicht bei ihr. Bailey sieht noch nicht besonders präsentabel aus. Daniel … Granville hat ihr Heroin gespritzt, um sie zum Reden zu bringen.« Ihre Stimme begann zu zittern. »Sie war fünf Jahre frei von dem Zeug. Jetzt muss sie wieder ganz von vorn anfangen. Und er war Arzt!«

»Und ein sadistisches Schwein.«

Sie seufzte wieder. »Ja, das war er. Bailey hatte ein Verhältnis mit Garth, aber es ist nicht klar, ob er wusste, dass Mansfield und Granville sie entführt haben oder nicht. Wie ich schon sagte – er hat einen Anwalt. Luke hat versucht, ihn zu verhören, aber Garth schweigt. Tja, das war so weit alles.«

»Suze?«

»Ist noch hier. Sie wacht abwechselnd über dich und Jane Doe.« Als er sie fragend ansah, erklärte sie: »Das Mädchen, dem Bailey geholfen hat. Wir kennen ihren Namen noch nicht. Daniel, ich habe nachgedacht.«

Furcht wallte in ihm auf, aber er unterdrückte das Gefühl rasch. Vielleicht würde sie gehen, aber garantiert nicht jetzt. Dessen war er sich sicher. »Worüber?«

»Über dich. Und mich. Bailey und Hope. Wenn du hier rauskommst, ist alles wieder okay mit dir, aber Bailey … Sie hat noch einen weiten Weg vor sich. Sie wird Hilfe brauchen.«

»Aha. Und wo?«

»Hier. Alle ihre Freunde sind hier. Ich werde sie nicht aus Atlanta rausholen. Ich werde bleiben und muss ein Haus für Bailey, Hope und mich finden, aber –«

»Nein«, krächzte er. »Du bleibst bei mir.«

»Aber ich muss auf Hope aufpassen, wenn Bailey ihre Entziehungskur macht.«

»Du bleibst bei mir«, wiederholte er. »Hope kommt zu uns. Und Bailey kann so lange bleiben, wie es nötig ist.« Er begann zu husten, und sie hielt ihm ein Glas Wasser an die Lippen.

»Langsam«, befahl sie. »Nur kleine Schlucke.«

»Ja, Ma'am.« Er lehnte sich zurück und sah ihr in die Augen. »Du bleibst bei mir.«

Sie grinste. »Ja, Sir.«

Er senkte den Blick nicht. »Ich habe das gestern ernst gemeint.«

Sie sah ebenfalls nicht weg. »Ich auch.«

Er stieß erleichtert den Atem aus. »Gut.«

Sie küsste ihn auf die Stirn. »Da du jetzt weißt, was du wissen musst, schlaf endlich. Ich komme später wieder.«

Atlanta, Samstag, 3. Februar, 12.30 Uhr

»Bailey.«

Ihre Lider flatterten beim Klang der vertrauten Stimme, und ihre gute Hoffnung sank. Sie war noch immer dort. Die Flucht war nur ein Traum gewesen. Doch dann spürte sie das weiche Bett unter sich und wusste, dass der Alptraum vorbei war. Dieser jedenfalls. Der Alptraum Entzug stand ihr noch bevor.

»Bailey.«

Sie brachte sich dazu, die Augen zu öffnen, und ihr Herzschlag geriet aus dem Takt. »Beardsley.« Er saß in einem Rollstuhl neben ihrem Bett. Sauber. Mit zerschlagenem, zerschrammten Gesicht, aber sauber. Sein Haar war sandfarben und militärisch kurz geschnitten. Er hatte kräftige Wangenknochen und ein eckiges Kinn. Seine Augen waren so warm und braun, wie sie sie in Erinnerung hatte. Seine Lippen waren gesprungen, aber fest mit klaren Linien. Alles an ihm war fest mit klaren Linien. »Ich dachte, du wärst tot«, flüsterte sie.

Er lächelte. »So schnell bin ich nicht unterzukriegen.«

Das glaubte sie ihm auf der Stelle. »Ich habe mit Alex gesprochen.«

»Ich auch. Sie besucht einen nach dem anderen. Sie ist stark, genau wie ihre Stiefschwester.«

Das Kompliment freute sie. »Du hast mir das Leben gerettet. Wie kann ich dir dafür danken?«

Er zog die Brauen hoch. »Das überlegen wir uns später. Wie fühlst du dich?«

»Als wäre ich eine Woche lang eine Gefangene gewesen.« Wieder lächelte er. »Du hast dich unglaublich gut gehalten, Bailey. Du solltest stolz auf dich sein.«

»Und du weißt nicht, was du sagst. Du weißt nicht, was ich getan habe.«

»Aber ich weiß, was ich gesehen habe.«

Sie schluckte. »Aber vorher ...«

»Hast du Drogen genommen, ich weiß.«

»Und anderes getan.« Ein trauriges Lächeln erschien auf ihren Lippen. »Ich bin nicht das Mädchen, das man seiner Mutter vorstellt.«

»Weil du dich prostituiert hast?«

Sie riss verblüfft die Augen auf. »Das wusstest du?«

»Ja. Wade hat mir einiges erzählt, bevor er starb. Er war sehr stolz auf dich, dass du das Steuer herumgerissen hattest.«

»Danke.«

»Bailey, du scheinst mich nicht zu verstehen. Ich weiß es. Ich wusste es vorher. Aber es kümmert mich nicht.«

Nervös begegnete sie seinem Blick. »Was willst du von mir?«

»Das weiß ich noch nicht. Aber ich will es herausfinden. Wir haben uns nicht grundlos in einer solchen Situation kennengelernt, und ich werde mich nicht einfach umdrehen und gehen, nun, da diese Phase vorbei ist.«

Sie wusste nicht, wie sie darauf reagieren sollte. »Ich muss wieder in die Klinik.«

Zorn machte seine Züge hart. »Und dafür würde ich ihn gern noch einmal umbringen.«

»Beardsley, er …« Die Worte blieben ihr in der Kehle stecken.

Er presste die Kiefer zusammen, aber als er sprach, war seine Stimme sanft. »Auch das weiß ich. Bailey, du bist entkommen. Aus eigener Kraft. Schau nicht zurück.«

Sie schloss die Augen, und die Tränen begannen zu laufen. »Ich kenne nicht einmal deinen Vornamen.«

Er legte seine Hand auf ihre. »Ryan. Captain Ryan Beardsley, U.S. Army, Ma'am.«

Ihre Lippen zitterten, als sie lächelte. »Schön, Sie kennenzulernen, Captain Ryan Beardsley. Ist das jetzt der Moment, in dem man sagt, dies sei der Beginn einer wunderbaren Freundschaft?«

Er erwiderte das Lächeln. »Gibt es einen besseren Beginn?« Er beugte sich vor und küsste sie auf die Wange. »Und jetzt schlaf. Und mach dir keine Sorgen. Sobald du bereit bist, bringen wir dir Hope. Ich würde sie auch gerne kennenlernen, wenn du es mir erlaubst.«

Atlanta, Samstag, 3. Februar, 14.45 Uhr

»Wie geht's dem Mädchen?«

Susannah musste nicht aufblicken, um zu wissen, dass Luke Papadopoulos hinter ihr stand. »Sie ist eben kurz aufgewacht, hat aber wieder das Bewusstsein verloren. Ich nehme an, dass sie auf diese Weise den Schrecken und die Schmerzen noch eine Weile verdrängen kann.«

Luke betrat das kleine Zimmer auf der Intensivstation und zog sich einen Stuhl heran. »Hat sie etwas gesagt?«

»Nein. Sie hat mich bloß angesehen, als sei ich Gott oder seine Vertreterin auf Erden.«

»Nun, Sie haben sie aus dem Wald geholt.«

»Ich habe gar nichts getan.« Sie schluckte. Noch nie waren ihre Worte so wahr gewesen.

»Susannah. Sie tragen an alldem hier keine Schuld.«

»Komischerweise mag ich dem nicht zustimmen.«

»Wollen Sie mit mir reden?«

Sie drehte den Kopf, um ihn anzusehen. Er hatte die dunkelsten Augen, die sie je gesehen hatte, beinahe schwarz, schwarz wie die Nacht. Sie blickten sie eindringlich und sehr besorgt an, auch wenn seine Miene gefasst wirkte. Oder, nein … eher emotionslos. Er hätte aus Stein sein können. »Und warum?«

»Na ja, weil …« Er zuckte die Achseln. »Weil ich es wissen will.«

Ihre Mundwinkel verzogen sich zu etwas, das, wie sie wohl wusste, von einigen als höhnisches Grinsen interpretiert worden wäre. »Was wollen Sie wissen, Agent Papadopoulos?«

»Warum Sie meinen, dass Sie einen Teil der Schuld an den Ereignissen tragen.«

»Weil ich es wusste«, antwortete sie leise, »und nichts gesagt oder getan habe.«

»Was genau wussten Sie?«, fragte er.

Sie wandte den Blick ab und fixierte stattdessen das namenlose Mädchen. Das sie angesehen hatte, als sei sie Gott. »Ich wusste, dass Simon ein Vergewaltiger war.«

»Ich dachte, er hätte nur die Fotos gemacht.«

Sie erinnerte sich an das Foto, das Simon ihr gezeigt hatte. »Er hat es zumindest einmal getan.«

Sie hörte, wie er scharf die Luft einsog. »Haben Sie das Daniel erzählt?«

Ihr Kopf fuhr zu ihm herum. »Nein. Und Sie werden das auch nicht tun.«

Sie hatte Zorn in sich. Viel Zorn. Er brodelte und kochte in ihr und drohte jeden Tag, jeden Moment hervorzubrechen. Sie wusste, was sie getan und was sie nicht getan hatte. Daniel hatte nur einen raschen Blick auf die Fotos geworfen, auf denen der Täter nicht erkennbar gewesen war. Sie wusste mehr. »Ich weiß nur, dass sich vieles von dem hier hätte vermeiden lassen, wenn ich etwas gesagt hätte.« Sie strich mit der Hand über die Stange des Krankenhausbettes. »Sie wäre vielleicht jetzt nicht hier.«

Luke schwieg einen langen Augenblick, und gemeinsam saßen sie da und sahen dem Mädchen beim Atmen zu, jeder in seine Gedanken versunken. Die Stille war tröstend. Susannah respektierte Menschen, die schweigen konnten. Schließlich sprach er wieder. »Ich habe eine der Leichen aus dem Bunker identifiziert.«

Sie sah ihn verdattert an. »Wie denn das?«

»Durch einen Fall, an dem ich vor acht Monaten gearbeitet habe.« Ein Muskel zuckte an seiner Wange. »Ich habe es nicht geschafft, das Mädchen zu schützen. Ich habe es nicht geschafft, ein sadistisches Schwein zur Strecke zu bringen. Ich will ihn haben.«

Sie musterte sein Gesicht. Er wirkte entschlossen, ernst. »Granville ist doch tot.«

»Aber es gibt jemand anderen. Ein anderer hat die Fäden gezogen. Jemand, der Granville in das Geschäft eingeführt hat. Und den will ich kriegen.« Er richtete seinen Blick auf sie, und sie wäre vor der Kraft und der Energie darin beinahe zurückgewichen.

»Warum erzählen Sie mir das?«

»Weil ich glaube, dass Sie dasselbe wollen.«

Sie wandte sich wieder zu Jane Doe um, und der heillose Zorn in ihr wuchs noch weiter. Wut auf Simon, auf Granville, auf diesen mysteriösen Wer-auch-immer … und Wut auf sich selbst. Damals hatte sie nichts unternommen. Aber sie hatte sich verändert. »Was soll ich tun?«

»Das weiß ich noch nicht. Ich rufe Sie an.« Er stand auf. »Ich danke Ihnen.«

»Wofür?«

»Dass Sie Daniel nichts von Simon gesagt haben.«

Sie blickte zu ihm auf. »Danke, dass Sie meine Entscheidung respektieren.«

Einen Augenblick lang hielten sie den Blick des jeweils anderen fest. Dann nickte Luke Papadopoulos zum Abschied und ging. Susannah wandte sich wieder dem Mädchen ohne Namen zu.

Und sah sich selbst.

Atlanta, Montag, 5. Februar, 10.45 Uhr

Es war nun drei Tage her, dass Mansfield Daniel angeschossen hatte. Es war nun drei Tage her, dass Alex einen Menschen getötet und vor ihren Augen zwei weitere hatte sterben sehen. Noch immer war diese Tatsache nicht richtig in ihr Bewusstsein eingedrungen. Oder vielleicht bereute sie es auch einfach nicht ausreichend.

Alex neigte dazu, Letzteres zu glauben.

Sie schob Daniels Rollstuhl im Justizgebäude durch die Tür zu dem kleinen Raum, in dem das Treffen stattfinden würde.

»Und es ist *doch* Zeitverschwendung, Daniel.«

Daniel stemmte sich hoch und ging selbst zum Tisch. Er war noch ziemlich blass, erholte sich aber schnell. Er zog sich einen Stuhl heran und ließ sich darauf nieder. »Tu's trotzdem. Du meinst vielleicht, du brauchst keinen Abschluss, aber ich sehe das anders.«

Sie starrte an die Wand. »Ich will ihn nicht sehen.«

»Und warum nicht?«

Sie zuckte voller Unbehagen mit den Schultern. »Weil ich Besseres zu tun habe, Produktiveres. Wie zum Beispiel Bailey in einer Entzugsklinik unterzubringen, Hope jeden Tag in den Kindergarten zu fahren und wieder abzuholen, eine Stelle zu suchen.«

»Ja, das sind sehr wichtige Dinge«, sagte er liebenswürdig. »Also – aus welchem Grund wirklich?«

Sie wirbelte herum, um ihn wütend anzustarren, aber die Zärtlichkeit in seinem Blick ließ den Ärger verpuffen. »Ich habe jemanden umgebracht«, murmelte sie.

»Du hast keine Schuldgefühle, was Mansfield betrifft.« Es war eine Feststellung, keine Frage.

»Nein. Ganz im Gegenteil. Ich bin froh, dass ich ihn erschossen habe. Ich fühlte mich dabei ...«

»Allmächtig?«, half er aus, und sie nickte.

»Ja, wahrscheinlich. Als könnte ich einen Moment lang die Geschicke der Welt lenken und ein Unrecht wiedergutmachen.«

»Das hast du. Und das macht dir Angst?«

»Ja, und wie. Ich kann doch nicht durch die Gegend laufen und Leute umnieten, Daniel. Craig wird mir nichts sagen, und ich werde mich bestimmt vollkommen hilflos fühlen. Und ich wünschte, ich könnte ihn ebenfalls umbringen, aber das geht nun einmal nicht.«

»Willkommen in meiner Welt.« Sein Lächeln war ein wenig unsicher. »Aber ihm aus dem Weg zu gehen, ist die falsche Lösung, Liebes. Das hast du schon einmal getan und davon Alpträume bekommen.«

Sie wusste, dass er recht hatte. Und dann vergaß sie alles, als sich die Tür öffnete und eine Wache Craig Crighton in den Raum führte.

Der Wachmann drückte ihn auf einen Stuhl. Die Hand- und Fußfesseln klirrten.

Es dauerte eine volle Minute, bis Alex verschiedene Dinge registriert hatte: Sie hielt den Kopf gesenkt und starrte auf ihre Hände, wie sie es damals vor vielen Jahren im Krankenhaus getan hatte. Niemand sprach. Und sie hörte keine Schreie in ihrem Kopf, nur eisiges Schweigen. Daniel legte seine Hand auf ihre und drückte sie leicht, und das gab ihr die Kraft, den Blick zu heben und Craig Crighton anzusehen.

Er war alt geworden. Hager. Jahrelanger Drogenmissbrauch und das Leben auf der Straße hatten seinen Blick stumpf gemacht. Aber er starrte sie an, wie Gary Fulmore es getan hatte, und sie begriff, dass er Alicia sah. Oder vielleicht sogar ihre Mutter. »Craig«, sagte sie leise, und er fuhr zusammen.

»Du bist nicht sie«, murmelte er.

»Nein. Ich weiß, was du getan hast.« Ihre Stimme blieb ruhig, und Craig sah sie aus schmalen Augen an.

»Ich hab nichts getan.«

»Agent Vartanian.«

Alex blickte zu einem jungen Mann in einem blauen Anzug hinüber, der neben einer schicken Blondine in einem schwarzen Kostüm saß. Alex erkannte in der Blondine Staatsanwältin Chloe Hathaway, denn sie hatte Daniel im Krankenhaus besucht. Ihre Vermutung, dass es sich bei dem jungen Mann um Craigs Anwalt handelte, wurde rasch bestätigt. »Was wollen Sie mit dieser Konfrontation erreichen? Meinem Mandanten wird der Mord an Schwester Anne Chambers vorgeworfen. Sie erwarten doch wohl nicht, dass er sich mit einem weiteren Mord belastet.«

»Wir wollen nur mit ihm reden«, sagte Daniel leichthin. »Und vielleicht ein paar offene Fragen aus der Vergangenheit klären.«

»Ich weiß, dass Ihr Mandant meine Mutter umgebracht hat«, sagte Alex, stolz, dass ihre Stimme nicht zitterte. »Und obwohl ich ihn gerne dafür bestraft sehen möchte, weiß ich sehr gut, dass er es nicht zugeben wird. Dennoch will ich wissen, wie es damals weiterging.«

»Du hast dir eine Packung Tabletten genommen«, sagte Craig kalt.

»Das glaube ich nicht«, erwiderte Alex. »Ich möchte gerne wissen, ob du sie mir gegeben hast.«

»Falls dem so wäre«, sagte Craigs Anwalt aalglatt, »wäre das versuchter Mord. Und das wird er kaum zugeben.«

»Ich werde keine Klage einreichen«, versicherte Alex ihm.

»Sie können gar nicht anders«, meldete sich Chloe Hathaway zu Wort. »Falls Mr. Crighton versucht hat, Sie mit einer Überdosis Tabletten zu töten, muss ich dem nachgehen.«

»Aber Sie könnten sich etwas einfallen lassen, nicht wahr, Chloe?«, fragte Daniel.

»Verminderte Schuldfähigkeit bei der Nonne?«, sagte Craigs Anwalt augenblicklich.

Alex' Zorn kochte so heftig auf, dass sie darüber selbst erschrak. Zitternd vor Wut, stand sie auf. »Nein. Kommt überhaupt nicht infrage. Ich werde Schwester Annes Fall nicht für meinen Stolz opfern.« Sie beugte sich über den Tisch, bis sie auf Augenhöhe mit Crighton war. »Du hast meine Mutter umgebracht, dein Sohn hat meine Schwester vergewaltigt. Er hat auch versucht, mich zu vergewaltigen, und du hast nichts unternommen. Falls ich diese Pillen geschluckt habe, schäme ich mich nicht dafür. Du hast mir damals jeden genommen, den ich geliebt habe. Aber meine Selbstachtung bekommst du nicht!« Sie warf Chloe einen Blick zu. »Verzeihen Sie, dass Sie extra hergekommen sind, aber wir sind hier fertig.«

»Alex«, murmelte Daniel. »Setz dich bitte.« Seine Hand legte sich auf ihren Rücken und übte Druck aus, bis sie sich neben ihm niederließ. »Chloe?«

»Immunität, was den versuchten Mord angeht, aber nichts, was die Nonne betrifft.«

Craigs Anwalt lachte. »Also geht es hier quasi um die gute Tat? Nein, danke.«

Daniel bedachte Craig mit einem eiskalten Blick. »Betrachten Sie es als Buße für den Mord an einer Nonne.«

Sie saßen schweigend am Tisch, bis Alex es nicht mehr ertragen konnte. Sie stand auf. »Meine Mutter hat dich nicht umgebracht, obwohl sie eine Chance dazu gehabt hatte. Nenn es Angst oder Panik oder Gnade, das Ergebnis bleibt dasselbe. Du bist hier und sie nicht, weil du Angst hattest, dass dein Geheimnis gelüftet wird. Aber weißt du was? Es wäre früher oder später ohnehin rausgekommen, weil Geheimnisse nun einmal diese Tendenz haben. Ich habe meine Mutter verloren, aber du hast auch etwas verloren, nämlich Bailey und Wade und das Leben, wie du es gekannt hattest. Ich habe mein Leben noch. Selbst wenn dein Anwalt es schafft, dich irgendwann hier rauszuschaffen, wirst du nicht mehr auf die Füße kommen. Du bist am Ende. Und dieses Wissen reicht mir.«

Sie ging zur Tür, doch Craig hielt sie auf.

»Du hast die Tabletten nicht von dir aus genommen. Ich hab sie dir gegeben.«

Sie wandte sich langsam um. »Und wie?«, fragte sie so neutral wie möglich.

»Wir haben sie in Wasser aufgelöst. Als du zu dir kamst, haben wir es dir eingeflößt.«

»Wir?«

»Wade und ich. Falls es dich tröstet – er wollte es nicht.« Alex kehrte zum Tisch zurück. »Und die Tabletten, die du mir in die Hand gedrückt hast, als Kim mich abholte?«, fragte sie, und er senkte den Blick.

»Ich habe gehofft, dass du sie entweder schluckst oder Kim sie findet und … dich einweist. Das ist alles.«

Und es reichte. »Falls du jemals wieder freikommst, hältst du dich von Bailey und Hope fern.«

Er nickte. »Bringen Sie mich zurück.«

Der Wachmann führte Craig weg, und der Anwalt folgte ihnen. Chloe Hathaway sah Alex anerkennend an. »Ich hätte im Fall der Nonne keinen Millimeter nachgegeben. Nur, dass Sie es wissen.«

Alex lächelte angestrengt. »Danke für die Immunität. Es tut gut, die Wahrheit zu kennen.« Als die Staatsanwältin ebenfalls gegangen war, wandte sich Alex an Daniel. »Und danke, dass du mich überredet hast. Ich musste es wirklich wissen.«

Er stand auf und legte die Arme um sie. »Ja, das wusste ich. Mir wäre es egal gewesen, aber du brauchtest das. Nun gibt es keine Geheimnisse mehr. Gehen wir nach Hause.«

Nach Hause. Zu Daniels Haus mit dem gemütlichen Wohnzimmer, dem Billardtisch, dem Hundegemälde und dem riesigen Bett. Heute konnte er das Krankenhaus verlassen, und ihr wurde warm bei dem Gedanken, dass sie in dem Bett nicht mehr allein schlafen würde.

Dann fiel ihr ein, in welchem Zustand sie das Haus verlassen hatte, und sie schnitt eine Grimasse. »Ähm, wo wir gerade dabei sind, Wahrheiten zu enthüllen … Ich habe ein kleines Geständnis zu machen. Hope hat Riley gefüttert.« Daniel stöhnte. »Wo?«

»Im Wohnzimmer. Ich habe Lukes Mama angerufen, und sie wollte mir Lukes Cousin vorbeischicken. Er hat anscheinend eine Reinigungsfirma. Eigentlich sollte alles wieder in Ordnung sein, wenn wir zurückkommen.«

Er setzte sich seufzend in seinen Rollstuhl. »Noch irgendwelche Geheimnisse oder Geständnisse?«

Sie lachte, und der Laut überraschte sie. »Nein, ich denke, das war's. Ab nach Hause.«